Eine Art zu lesen

Eine Art zu fliegen

GOYA

Das Buch

Eine junge Wissenschaftlerin reist Anfang der Achtziger für Studien ins Dorf Mauduit, mit dem sie auch eine verstörende Kindheitserinnerung verbindet. Durch die Erzählungen der alten Lottie, die als letzte Bewohnerin eines verwunschenen Herrenhauses die Geschichte der Familie Ardenne hütet, taucht die Protagonistin tief in die Vergangenheit des Dorfes ein. Lottie gewährt ihr Kost und Logis, im Gegenzug muss die junge Frau ihrer Gastgeberin allabendlich am Kamin Gesellschaft leisten, während diese vom Haus und seinen Bewohner*innen erzählt.

Die Autorin

Anne-Marie Garat, geboren 1946 in Bordeaux, arbeitete nach ihrem Studium in Paris als Dozentin für Film und Fotografie und seit Anfang der Achtzigerjahre auch als Autorin. Insgesamt hat sie gut 30 Werke veröffentlicht und wurde mehrfach mit Literaturpreisen ausgezeichnet: Für *Aden* erhielt sie den Prix Femina und den Prix Renaudot de Lycéens, für *Les Mal Famées* den Prix Marguerite Audoux und für *Der große Nordwesten* den Franz-Hessel-Preis. *Erinnerung und Lüge* ist ihr neunter Roman. Garat verstarb am 26. Juli 2022 in Paris.

Die Übersetzerinnen

Claudia Steinitz, 1961 in Berlin geboren, studierte Romanistik und übersetzt seit 30 Jahren französischsprachige Literatur u. a. von Virginie Despentes, Claude Lanzmann, Albertine Sarrazin und Véronique Olmi. Für ihre Arbeit wurde sie unter anderem mit dem Johann-Friedrich-von-Cotta-Übersetzerpreis und dem Jane-Scatcherd-Preis ausgezeichnet. Sie ist Gründungs- und Vorstandsmitglied der Übersetzervereinigung Weltlesebühne.

Barbara Heber-Schärer, geboren 1945, lebt in Basel. Sie arbeitet seit 1990 als Lektorin und Übersetzerin, unter anderem von Emmanuel Bove, Paul Ricœur, Claude Lanzmann, Joseph Szapski, Leslie Kaplan und Michèle Desbordes.

Heber-Schärer und Steinitz haben bereits an mehreren Übersetzungsprojekten erfolgreich zusammengearbeitet.

Anne-Marie
Garat

Erinnerung und Lüge

ROMAN

Aus dem Französischen von
Barbara Heber-Schärer und Claudia Steinitz

GOYA

Die Originalausgabe erschien 2015 unter dem Titel
La Source
bei Actes Sud, Arles.

Dieses Buch ist auch als E-Book erhältlich.

Besuchen Sie uns im Internet: www.goyaverlag.de

Dieses Buch erscheint im Rahmen des Förderprogramms
des französischen Außenministeriums, vertreten durch
die Kulturabteilung der französischen Botschaft in Berlin.

Aus Verantwortung für die Umwelt hat sich der GOYA Verlag
dazu entschieden, keine Plastikfolie zum Einschweißen
der Bücher zu verwenden.

1. Auflage 2023
Deutsche Erstausgabe

Umschlaggestaltung: Katrin Wahl unter Verwendung von
Bildmaterial von Jairo Díaz/stock.adobe.com
Lektorat: Mirjam Madlung
Satz: Greiner & Reichel, Köln
Gesetzt aus der Chaparral
Druck und Bindearbeiten: GGP Media GmbH, Pößneck
Printed in Germany
ISBN 978-3-8337-4426-6

Als das zweiköpfige Wesen am Zaun vorbeikam, saß Lottie auf dem Hackklotz an der Ecke des Schuppens und ließ den Mund offen stehen. Sie lässt ihren Körper oft wie eine leere Hülle zurück, das Strickzeug gleitet aus ihren in der Schwerelosigkeit fühllosen Fingern, oder die Körner rinnen aus der Schürze, auch in der Schule, sobald die Klasse mit verschränkten Armen dem Lehrer zuhört und stockend die Gebote im Katechismus aufsagt, starrt sie Löcher in die Luft, sodass ihr manchmal Speichel aus dem Mund tropft, was die Mädchen zum Kichern bringt und den Lehrer, den Priester und die ganze Brut zum Schimpfen. Doch sie ist nicht eingeschlafen, wie man glaubt. Sie beobachtet die Sonnenstrahlen, die zu bestimmten Zeiten durchs Fenster Sterne auf den Boden des Klassenzimmers zeichnen oder in der Küche den Ruß der Feuerstelle erglitzern lassen wie eine Höhle voll schwarzer Diamanten; sie sieht in der Kupferlampe ihre zwergenhafte, weit entfernte Gestalt widergespiegelt, eine, die in der Küche eines anderen Hauses eines anderen Landes darauf wartet, dass etwas passiert. Das ist kein Traum wie im Schlaf, sondern eine parallele Welt voller Überraschungen, wenn man ihr genug Aufmerksamkeit schenkt. Allem Anschein zum Trotz ist ihr Geist nie lebendiger als in diesen Augenblicken, wenn er auf die Vorboten von Ereignissen, Vorkommnissen und Zwischenfällen lauert; dann zischen Stromstöße aus ihrem Bauch, dem Sitz blitzschneller Gedanken, die sich in heftigen Wellen im ganzen Körper ausbreiten und die Zeichen der unmittelbaren Umgebung und von anderswoher deuten, weit weg von den Wänden mit ABC-Tafeln, Gewichts- und Maßtabellen oder Karten von Kontinenten, die plötzlich in der Leere treiben, jenseits der Kirchenfenster, die entschwebende Märtyrer in göttliches Licht tauchen, und jenseits der Wolken und Baumkronen, die den Hof vor dem Haus beschatten, wo sie allein auf dem Hackklotz sitzt und ihr Strickzeug verloren hat, während die Mutter hinter dem Koben die Wäsche ausbreitet, ihr Bruder Jules für immer und ewig mit der Hündin durchs Unterholz tobt und sie sich in die Betrachtung der winzigen Lebewesen vertieft, die über die Holzscheite flitzen, das geschäftige Treiben von Geschöpfen, die wie wild ihre geheimen Gänge in die rissige Rinde bohren, ohne sich um die Jahreszeiten oder Leben und Tod der Brut zu kümmern – da kam der Mann vorbei.

Auf diesem Weg geht niemand vorbei, der nicht Namen oder Spitznamen, Lumpen und Holzschuhe ihrer Gegend trägt, von dem man nicht weiß, wo er hinwill. Die eine geht zum Waschplatz waschen, macht ihre Einkäufe im Dorf oder bringt sie zurück zu ihrem Gehöft irgendwo in der Nähe, man weiß sogar, was in ihrem Korb liegt, was ihre Schubkarre füllt. Der andere besucht einen Nachbarn, sammelt trockenes Holz, Kastanien, Pilze oder fängt Flusskrebse, Frösche in der Flane, die sich träge durchs Tal schlängelt, bevor sie das Landgut der Familie Ardenne durchquert; oder er besucht seine Kühe auf der Weide, mäht, erntet, je nach Jahreszeit, wie in den letzten Tagen. Schon im Morgengrauen hört man die Leiterwagen herunterrumpeln, die Bremsen an den Naben quietschen; abends haben die Pferde Mühe, die Ladung den Hang hinaufzuziehen, an den Brombeersträuchern bleiben große Fetzen Heu hängen, Pipa begleitet sie japsend, das ist alles, womit sie sich nützlich macht, alt wie sie ist und beinah blind. Die Mutter spricht davon, sie abzuknallen, aber ihr Hundeleben ist nicht mal die Patrone wert, und außerdem könnte sie die Waffe des Vaters gar nicht laden; die Mutter sagt die Dinge, ohne sie zu tun, als reichte das Reden, um die Schwierigkeiten abzuwenden. Dieser Weg jedenfalls dient als Verbindung zur unmittelbaren Nachbarschaft, er zieht sich am Hügel entlang bis zu der Gabelung, an der ein Kreuz steht, dann einen Steilhang hinauf zum Marktflecken Le Mauduit. Ansonsten nehmen ihn nur diejenigen, die ihn wegen ihrer Arbeit kennen, manchmal der Briefträger oder Hausierer und Vertreter von Landwirtschaftsgeräten, um Neuigkeiten anzupreisen, oder Saisonarbeiter, die sich für die Ernte verdingen; kurz Leute aus der Gegend, auch wenn man sie nur einmal im Jahr sieht.

Daher hielt Lottie, als der Unbekannte vorbeiging, ohne den Schritt zu verlangsamen, auch nicht zu beschleunigen übrigens, ohne Gruß oder Blick über die Schulter zum Hof, dieses Ereignis nicht für einen Traum, sondern für eine außergewöhnliche Realität, eine Art Zeichen aus der Parallelwelt. Sie legte ihr Strickzeug auf den Hackklotz und rannte zum Zaun. Sie hatte sich nicht getäuscht: Der Mann entfernte sich zwischen den Hecken. Sie wartete einen Moment, ob er zurückkommen und nach dem Weg fragen würde, aber er ging entschlossen wie einer, der sein Ziel kennt. Bevor er an der Kurve hinter den Brombeersträuchern verschwand, sah sie, dass er groß war und besohlte Schuhe trug und dass oben auf seinem großen Reisesack, den sie für einen Soldatensack hielt, ein kleines Kind war. Deshalb hatte sie zuerst einen doppelten Kopf gesehen: An seinem Nacken lag der eines Winzlings, rittlings auf den Sack geschnürt, die Füßchen unter die Achseln des Trägers geklemmt, ein seltsames Bündel auf einem Männerrücken. Sie registrierte noch viele weitere Einzelheiten, die ihr erst später wieder einfielen, doch jetzt rannte sie bis zur Wegbiegung, um sich an dieser Merkwürdigkeit zu weiden. Als sie dort anlangte, war der Mann nur noch eine schrumpfende Gestalt, die zwischen den Drosselbeersträuchern im Tal auftauchte und verschwand. In diesem Schritt würde er sich gleich an den Steilhang hinauf zum Dorf machen. Doch ohne an der Gabelung zu zögern, ging er weiter bergab. Sie war baff. In dieser Richtung wurde der Weg immer schmaler und mündete ins Gut der Ardennes. Rasch schlüpfte sie unter dem Stacheldraht hindurch, dann stürzte sie im Galopp die Wiese hinab bis zum Fluss, scheuchte unterwegs Krähen auf, die über dem Stoppelfeld kreischten, lief im Zickzack von einem Heuschober zum anderen, um nicht gesehen zu werden, falls sich der Mann umwenden sollte, aber der warf kein einziges Mal einen Blick zurück oder zur Seite.

Im Schutz der mit Sommergold überpuderten Pappeln verschnaufte sie, während sie hinter einem Stamm auf ihn lauerte, aber sie hatte ihn an einer Wegbiegung aus den Augen verloren. Auch sie fühlte sich verloren. Riesige Wolken versperrten den Horizont und zeichneten sich wie ein zerklüftetes, von Nebelschwaden durchzogenes Bergmassiv in der Dämmerung vor dem Himmelsblau ab, sie fühlte sich in ein tiefes, enges Tal am Fuß hoher Gipfel versetzt, in einer unbekannten Gegend und doch dieselbe oder vielmehr dieselbe zu einer anderen Zeit, sehr lange, bevor der erste Mensch erschienen war. Die kurze Abschweifung bestärkte sie darin, dass sie gut daran tat, sich nicht blicken zu lassen. Als sie ihre Dreistigkeit wiedergefunden hatte, wandte sie sich dem Weg an der Wiese zu, denn ihr war eingefallen, dass er zum Fuß des Hangs führte und man dort kurz vor der kleinen Brücke über die Flane springen konnte und, statt den Eingang zum Gut durch die Ulmenallee nehmen zu müssen, nur dem schmalen Uferpfad durch das Schilf bis zum zerfallenen Mäuerchen zu folgen und hinüberzuklettern brauchte, um ganz hinten in den Gemüsegarten zu gelangen und, wenn man am Pferdestall vorbei war, hinter den großen Feigenbaum am Brunnen zu schlüpfen und so als Erste beim Haus der Ardennes anzukommen. Außer Atem kauerte sie sich in die Johannisbeersträucher mit Blick auf die Allee, sie konnte ihn nicht verpassen. Zumindest, wenn er sich nicht anders besonnen hatte und umgedreht war. Aber bald schon erschien er im hellen Schatten der Ulmen, immer noch mit seinen langen Schritten.

Sie machte sich noch kleiner in ihrem Versteck, zog die Knie ans Kinn, presste ihre Rippen so stark, dass sie fast erstickte. Ihr Herz raste. Sie spürte Schweiß unter den Achseln und über den Rücken rinnen, an ihren Schenkeln brannten Schnittwunden vom Schilf, ihre Wangen glühten, und ihre Augen verschleierten sich vor lauter Zwischen-den-Zweigen-Hindurchstarren. Alles war ungewöhnlich. Die Ruhe auf der Weide, die Einsamkeit, die Nachmittagssonne, die das Gras verbrannte und die Schieferplatten funkeln ließ, der bläuliche Schatten auf dem braunen Mauergestein, der leichte Wind mit dem Duft der Rosen und der Ulmen, das plötzliche Verstummen der Insekten und die kleinen roten Rispen, die vor ihrer Nase hingen. Sie spürte die nahenden Schritte wie die Vibration, die einem Erdbeben vorausgeht. Sie hatte noch keins erlebt, aber das musste ähnlich sein; gewiss stand ein übernatürliches Phänomen bevor. Ein Schwarm Stare verließ den Dachfirst und stürzte sich auf die Kühe, die, angelockt von dem Eindringling, zum Zaun drängten.

Sie muhten ihm leise entgegen, während sie wiederkäuten. Kühe haben die Gabe der Durchdringung. Zuweilen fixiert sich ihr gewöhnlich verschwommenes großes Auge, wird durchdringend und schärfer als das einer hundertjährigen Schildkröte. Lottie beglückwünschte sich, dass sie in der ersten Reihe saß, um dieses Phänomen zu studieren.

Der Mann war so jäh stehen geblieben, dass er jetzt schwankte wie betrunken, doch an der Wölbung seiner Lenden und an seinem Sprunggelenk war zu erahnen, wie viel Kraft und Entschlossenheit in ihm steckten. Von ihrem Posten aus konnte sie sein Gesicht nicht sehen, aber sein Rücken verriet, was er sich überlegte. Während er sich durch den Halsausschnitt die Brust kratzte, glitt sein Blick wohl über das Wohnhaus, die Umgebung, dann zu seinen Füßen, den schlammbedeckten Schuhen, weiter zu den gegerbten Händen, deren Innen- und Außenflächen. Lottie wagte zu blinzeln, um klarer zu sehen. Sie war gespannt darauf, wie Madame Ardenne den Besucher empfangen würde. Denn jetzt klappte der Unverschämte den Fensterladen auf und spähte, die Augen mit den Händen abschirmend, durchs Fenster nach drinnen. Das Fenster geht in die Küche. Aus diesem Blickwinkel sieht man nur den Kamin, eine Ecke des Tischs, die Sandsteinspüle und den geschwärzten Boden der Kessel, die an dem niedrigen Balken hängen. Wenn die Tür im Hintergrund offen steht, auch die Zimmerflucht. Man muss wirklich ein Fremder sein, wenn man nicht weiß, dass der Haupteingang sich auf der anderen Seite befindet. Dass nur die Lieferanten an die Hintertür klopfen. Wenn dieses Individuum um Geld, Essen für sich und das Kind, ja gar einen Unterschlupf für die Nacht oder auch Arbeit betteln will, wird er enttäuscht: Madame Ardenne ist nicht barmherzig. Aber dieses Individuum sieht nicht wie ein Bedürftiger aus, der irgendwo betteln geht. Auch nicht wie ein Hausierer, da er weder einen Karren noch einen Bauchladen hat. Seine Schnürschuhe sind, wenn auch schlammbedeckt, wirklich gute Arbeit, wie sie auf den ersten Blick erkannt hat. Ebenso wie sein pelzgefütterter Mantel und das walkwollene Käppi, zu warm für diese Gegend und die Jahreszeit, aber von guter Qualität. An seinen Rockschößen haften Seggenblüten. Das beobachtete sie aus ihrem Versteck, während sie wartete, was geschehen würde, denn jetzt klopfte er mit der Faust an die Tür. So kräftig, dass sie sich unter den Schlägen öffnete. Er zögerte, dann stieß er sie ganz auf und rief von der Schwelle ein energisches *hello* nach drinnen. Von wo niemand herbeieilte, trotz seines Klopfens. Auch nicht aus der Umgebung, aus dem Stall oder dem Garten, der leer gewesen war, als Lottie hindurchrannte, und da fiel ihr ein, dass ja Donnerstag war. Dass Madame Ardenne jeden Donnerstagnachmittag mit ihrer Magd Delphine im Dorf ist. Gentil bringt sie mit der Stute hin. Während er wartet, bis die eine ihre Besuche, die andere ihre Einkäufe erledigt hat, spielt er im Café Gilain Belote und trinkt seinen Absinth. An diesem Tag, zu dieser Uhrzeit ist das Haus leer. Dass die Küchentür unverschlossen war, war sehr überraschend. Geht Madame Ardenne aus, ohne überall abzuschließen, oder hat sie die Hintertür vor dem Aufbruch aus Unachtsamkeit vergessen? Wenn es immer so ist, gut zu wissen. Wenn es Vergesslichkeit ist, liegt es eher an Delphine, sie verliert allmählich den Verstand. Man macht sich im Dorfladen darüber lustig, dass sie sich beim Wechselgeld vertut, das falsche Waschpulver nimmt und die am Vortag gelieferten Lebensmittel abholen will. Der Mann ging hinein, rief laut. Ein Dieb bewegt sich verstohlen, erledigt sein Geschäft und macht sich davon. Er kommt nicht wie der Herr durch die Allee und brüllt nicht, dass die Toten aufwachen. Diese Umstände waren außergewöhnlich. Und so war alles, seit er am Zaun vorbeigegangen war.

Während er durchs Erdgeschoss spazierte – aus seiner Stimme schloss sie, dass er nicht auch noch hinaufging –, fragte sich Lottie, ob sie die Gelegenheit nutzen sollte, um aus den Sträuchern hervorzukommen und abzuhauen, solange noch Zeit war, oder ob sie eingreifen sollte. Zum Beispiel in der Küche auftauchen, eine Bewohnerin spielen, die von den Rufen angelockt worden war. Sie könnte sehr gut die Verschreckte spielen, sich empören, dass man unaufgefordert kein fremdes Haus betritt, ihn fragen, was er dort tue, was er wolle, und ihm die Stirn bieten, wenn er sie von oben herab behandelte. Nur allzu gern würde sie diese Rolle spielen. Um ihm dann, wenn er wirklich Madame Ardenne suchte, mitzuteilen, dass er sie im Dorf fände und ihren Gärtner im Café Gilain. Sie brannte vor Lust, mit dem Unbekannten zu sprechen, sein Gesicht zu sehen. Einzugreifen ist eine unendlich verlockende, jedoch unvorsichtige Tat. Denn Situationen haben eine Ordnung und einen Sinn, ihren Ablauf zu ändern birgt Risiken, die man bedenken muss. Angenommen, der Besucher kannte Madame Ardenne, war ein Verwandter, ein Bekannter, wie sollte sie rechtfertigen, dass sie bei seiner Ankunft auf diesem Grundstück war? Denn er würde es sicher erzählen. Irgendetwas vorgeben, unverfroren lügen, darauf versteht sie sich. Trotzdem, es würde Schwierigkeiten geben, besser, sie machte sich davon. Sie war kurz davor, das zu tun, als der Mann herausgestürmt kam. Würde er, da er drinnen niemanden gefunden hatte, auch den Stall, den Garten durchsuchen, aufgeben oder sich gedulden, sich niederlassen und die Rückkehr von irgendwem abwarten? In diesem Fall müsste sie versteckt bleiben, solange es dauerte, wer weiß, wie lange. Ratlos inspizierte er die Nebengebäude und die Umgebung. Er drehte sich auf der Stelle wie ein Tier, das nach der Witterung sucht, und sie sah sein Gesicht. Knochig, voller Ecken und Vorsprünge, Hakennase. Vor allem, was sie sehr beeindruckte, ein zerfetztes Ohr. Sein Blick ging über den Feigenbaum, den Brunnen, präzise und durchdringend. Die Johannisbeersträucher waren auf einmal kein gutes, dicht belaubtes Versteck mehr, sondern ein löchriges Gitter, durch das er sie erblicken würde, zusammengekauert wie ein verschrecktes Wild. Sie wäre gern zu einer Johannisbeere, einer Ameise, einem Sandkorn geschrumpft. Während er auf die Sträucher starrte, biss sie sich vor Angst die Hand blutig. Plötzlich zog er eine Uhr aus der Tasche. Auch er sorgte sich um die Zeit. Oh, Schluss jetzt, er soll verschwinden!

Das hatte er nicht vor. Mit einem plötzlichen Schulterschwung entledigte er sich seines Gepäcks. Untersuchte das Kind, das vor seinen Füßen lag, wie der Viehhändler das Tier, das er schlachten will. Lottie schwor sich, die Augen nicht zu schließen, wenn er es abstach. Doch nein, er wickelte es aus dem Tuch, lehnte es an den Rucksack und goss aus seiner Trinkflasche ruhig und ohne Hast Milch, zweifellos Milch, in einen Becher. Tauchte einen Kanten trockenes Brot hinein und gab ihn dem Kind. Die Milch rann über das kleine Kinn, tropfte von den Fingern des Mannes und vom Rand des Bechers, zweifellos war er aus Silber. Dabei sprach er halblaut mit ihm. Er fütterte es, bis es satt war und lallend seine Patschhändchen bewegte. Das Kindchen, das wie ein Bündel auf dem Rücken herumgeschleppt wurde, musste da oben ganz glücklich gewesen sein, wenn es so brav blieb. Was für eine Geschichte, sagte sie sich mit klopfendem Herzen und erzählte sich schon die einzelnen Episoden, um sie sich einzuprägen. Aber was weiß man schon von den Dingen und den Menschen, die man überrascht, von ihren Absichten und ihrem Tun, besser, man beobachtet das Geschehen, um es sich gut zu merken und zu bedenken. So konnte sie Jahre später noch jederzeit die ganze Szene wieder vor sich sehen, genau so, wie sie sich gerade abspielte: Der Mann zieht eine dicke Brieftasche aus dem Mantel, legt sie auf den Bauch des Babys, klemmt sich das ganze Paket unter den Arm, geht abermals in die Küche und kommt sogleich wieder raus. Während er eine Art Etui in seine Tasche schiebt. Er zieht die Tür zu, schultert seinen Rucksack und geht davon. Er ging davon. Inzwischen starrte Lottie konzentriert auf eine kleine Spinne mit goldenem Bauch, die ihre Fäden spann, ihr Netz von rechts nach links und von links nach rechts zwischen zwei von Blattläusen angeknabberten Beerenrispen webte. Das ganze Jahrhundert lang, in dem das Hin und Her der Spinne und das Knabbern der Blattläuse weiterging, ratterten hinter ihrer Stirn wilde Gedanken, die in der großen Stille widerhallten, die sich nun über das Haus und die Ulmenallee gelegt hatte, durch die der Mann verschwunden war, für immer verschwunden, als hätte er nie existiert, oder es war ein Traum, ein richtiger Schlaftraum diesmal, mit weit offenen Augen. An ihrem Ohr summt eine Bremse. Mit einer steifen Handbewegung vertreibt sie sie, gähnt, dass sie sich fast den Kiefer ausrenkt. Die Kühe entfernen sich vom Zaun. Sie kehren langsam, mit schaukelnden Eutern, zum Trog in der Mitte der Weide zurück, streifen sich an den Flanken und käuen wieder, was sie mit ihren großen Augen beobachtet haben.

Nun betritt auch Lottie die Küche von Madame Ardenne, in der im Halbdunkel dieses Nachmittags an einem Augustdonnerstag im Jahr 1904 eine schöne Ordnung von

Kupferzeug und blauen Kacheln mit kleinen Hollandmühlen, gewachstem Tisch und Wanduhr mit Emaillezifferblatt herrscht. Da die Fensterläden halb geschlossen sind, erkennt man das Kleine kaum, das in dem alten Ohrensessel vor dem Kamin liegt. So, wie es mit seinem Mützchen auf dem Kopf und geballten Fäustchen pennt, so satt, ruhig und zufrieden, sorgt sich Lottie nicht darum. Es wird nicht vom Sessel fallen, auch wenn es strampelt, so sorgfältig, wie es hinter dem Kissen eingeklemmt ist. Die Brieftasche und der Silberbecher warten gut sichtbar auf der Tischecke. Kein Tier, ob Hund, Katze oder Ratte, in diesem bürgerlichen Haus, das es fressen könnte, bevor Madame Ardenne bald zurückkehrt und eine schöne Überraschung erlebt, wenn sie so ein Ereignis in ihrer Küche findet. Sagte sich Lottie einen Augenblick später, nachdem sie die Tür ordentlich geschlossen hatte, als sie unter dem Rosengewölbe hindurch rannte, vom Mäuerchen sprang und sich durchs Schilf am Flussufer davonmachte. Mit seinem kräftigen Schritt war der Fremde nun wohl schon weit weg, und sie beeilte sich jetzt weniger, als sie zwischen den Heuschobern die Wiese überquerte. Am Rand der Hecke, die die Drosselbeeren am Ufer bildeten, sah sie ein Rotkaninchen mit angelegten langen Ohren, zitterndem Fell und angespannten Läufen kauern, auf dem Sprung. Tatsächlich schoss es gleich darauf mit einem gewaltigen Satz quer durchs Feld und verschwand. In diesem Moment pfiff in der Ferne der Zug vor der Einfahrt in den Bahnhof.

Sie sitzt auf dem Hackklotz, den unfertigen Strumpf auf den Knien, und geht alles noch mal durch. Der Abend bricht an. Die Sonne wirft schon sehr lange Schatten, sie hat noch keine Reihe weitergestrickt, aber ihr lebhafter, dehnbarer Verstand wirft Netze mit Haken in alle Richtungen. Von ihrer

Stirn, ihrem Bauch jagen schnelle Gedanken zu den Holzscheiten, in jedes kleine Loch, in dem sich die Insekten tummeln, zu den wurmstichigen Zaunpfählen, dem Grasbüschel zu ihren Füßen, vor allem zu den wie Männerhände gespreizten Blättern des Nussbaums. Elektrische Pfeile sausen im Zickzack von unten nach oben, von rechts nach links, treffen hier auf einen grauen, von blauen Adern durchzogenen Stein, dort auf das verfaulte Stroh, das die Pumpe umhüllt, knüpfen ein wunderschönes Netz von Gedankengängen, das Fliegen und Staub mit schwarzen Pailletten bedecken. All das vibriert in der Luft. Der Hof, in den abendlichen goldenen Dunst gehüllt, ist kein mit Hühnerkacke und getrockneten Pferdeäpfeln übersätes ärmliches Gehöft, kein eingezäuntes, von Schweinedreck bedecktes Schlammloch mehr, sondern eine algebraische Tabelle von Ursachen und Wirkungen, die die Quadratwurzel des Ereignisses zeigt.

In dieser Jahreszeit, kalkuliert Lottie, ist der einzige Ort, an dem man sich matschige Sohlen und an den Rockschößen haftende Seggenblüten holt, der Sumpf im Wald. Nirgends sonst Feuchtigkeit. Überall sonst ist alles gelb, verbrannt, verkohlt, Staub und Sommerasche. Doch diesen Kessel voller Disteln, Wasserlinsen, Seggen, Schilfhalmen auf flockigen Schäften, darüber ein Gewimmel von Libellen, Mücken und Larven, Ungeziefer, das den fauligen Schlamm liebt, überschwemmt die Flane sogar bei Niedrigwasser im August. Selbst wenn man die Furt hinüber findet, macht man sich unweigerlich dreckig, so schlau man es auch anstellt. Der Mann ist durch den Sumpf gegangen. Er kommt durch den Wald vom Bahnhof. Nur die Leute von hier nehmen diese Abkürzung, um nach Le Mauduit zu gehen, ohne sich die Straße zuzumuten, die sich durch die Ebene schlängelt, und einen Kilometer zu sparen. Wenn er von dort gekommen ist, kann er kein wirklich Fremder sein. Oder jemand aus der Gegend hat ihm den Weg erklärt. An der Gabelung zögert er nicht, geht schnurstracks auf sein Ziel zu. Er meidet das Dorf, aber ohne sich zu verstecken, er kennt die Ulmenallee. Er hat Madame Ardenne seinen Besuch nicht angekündigt, sonst hätte sie nicht ihr Haus verlassen, um mit ihrem Personal ihren Beschäftigungen nachzugehen. Er kommt, wann es ihm passt, zu seiner Stunde, die kein Zufall ist, sondern persönliche Notwendigkeit. Er hat keine Zeit zu verlieren. Er legt das gefütterte Kindchen in die Küche, die Brieftasche und den Becher gut sichtbar auf den Tisch. Er steckt einen gestohlenen Gegenstand ein, als er geht. Er ist verschwunden. Der Zug hat gepfiffen. Das alles ist ein fantastisches Rätsel. Ein Lehrstück. Manche Dinge, die man durch logische Knoten mit dem Ereignis verbunden weiß, passen hier und da zu Gewissheiten oder zu Fragen, die Widersprüche bringen die Abendluft zum Leuchten. Die Sonne kommt unter den Wolken hervor, so niedrig, dass sie den Boden des Hofs streift und kleine Wunder aufspringen lässt, erschreckende, anmutige Reliefs, die vor Wollust erschauern lassen. Das nennst du Arbeiten? Mit einer Backpfeife reißt die Mutter sie aus ihrer Ekstase. Der Strumpf fliegt in den Kot, der Faden rollt sich vom Knäuel, da ist mit einer ordentlichen Tracht Prügel zu rechnen.

Das macht uns nichts aus, kicherte Lottie in ihrem Versteck unter der Treppe und ließ ihre Mutter wütend suchen. Sie ist genauso wenig imstande, uns zu finden, wie die Hündin zu töten. Sie regt sich mal über Belangloses, mal über Wichtiges auf, misshandelt in plötzlichen Krisen gleichermaßen Werkzeug, Geräte, Tiere und Menschen, das Pferd, die Hündin und uns, die wir schlimmer als Parasiten und Blutegel sind. Kreischt ihre Beschimpfungen und rennt im Hof hin und her, zur Küche, zum Verschlag, der als Lagerraum für Äpfel, Kastanien, Zwiebeln, Knoblauch und getrocknete Bohnen dient, knallt die Türen, dass die Wände Risse bekommen. Der Gips fällt in Placken auf den Boden. Sie dreht sich unter dem Vordach wie ein Kreisel, die verschreckten Hühner stieben gackernd auseinander, dann setzt sie dem Pferd zu, das in einer Ecke mit dem Huf schlägt und am Halfter zerrt, sich als gesetztes Wesen, das Ausschweifungen ablehnt, aber nicht herablässt zu wiehern. An einem Tag solchen Zorns kommt Jules mit einem Sack im Gebüsch gesammelter Brennnesseln nach Hause, die Hündin auf seinen Fersen. Pipa verkriecht sich sogleich hinter dem Koben, Jules rennt unters Vordach, um die Sächelchen in Sicherheit zu bringen, die er aus Abfall bastelt, sein Lieblingsspiel, falls seine Mutter sie in ihrer Raserei zerstören wollte. Sie verfolgt ihn, versetzt ihm einen Stoß, und seine Stirn schlägt auf die Pflugschar. Die Wunde blutet nicht. Ohne einen Laut bleibt er vor dem Pflug liegen. Am nächsten Tag versammeln sich die Nachbarn an seinem Lager, zwei Tage später bringt ihn die Mutter mit der Karre ins Hospital und bald unter die Erde. Wir erinnern uns an diesen Tag des Zorns. Aber meist kehrt sie niedergeschlagen zu uns zurück, ihres Geschreis überdrüssig, hat Grund und Ziel vergessen. Während wir warten, dass sie sich beruhigt, rühren wir uns nicht von der Stelle. Am Abend stellt sie zur Vergeltung Brotlaib und Wasserkrug auf den Tisch: Wenn du Hunger hast, hol dir deinen Fraß beim Teufel. Trotz allem schlagen wir das Kreuz über dem Brot. Ohne um Vergebung für die Beleidigungen zu bitten. Später sagt sie: Eines Tages hast du meinen Tod auf dem Gewissen.

Waisenmädchen, eine Versuchung für uns, ein beneidenswertes Schicksal, wenn man darüber nachdenkt. Die Mutter wäre tatsächlich imstande zu sterben, wenn man ihr dabei hülfe. Was wir, glaubt man ihren Worten, nach Kräften tun, seit der Vater sie mit zwei Kleinen auf dem Arm zurückgelassen hat, obwohl er ihr ein ewig währendes Schlaraffenland versprochen hatte. Um so einem Schwur zu glauben, muss man schon dumm wie Bohnenstroh sein. Hier ihre Geschichte, wie sie sie uns immer wieder erzählt: Nach einem Frühjahr ohne Arbeit in der Spinnerei verdingte sie sich mit einer Schar von Schusseln für die Ernte. Der Vater, der in die Jahre kam und immer noch nicht die Richtige gefunden hatte, fand sie nach seinem Geschmack, denn die Mutter war damals, immer noch in ihren Worten, ein hübsches Ding, kräftige und mollige Jugend. Obwohl sie nicht mal eine Forke halten konnte. Er rühmte ihr seinen Stand als Grundbesitzer, sein Stück Land und sein Vieh, die herrliche Landluft statt des giftigen Qualms in der Stadt, wo man für die Fabrikbesitzer schuftet. Bezirzt von der guten Gelegenheit, berauscht wie vom Likör hat sie ihm aufs Wort geglaubt. Auf dem Porträt von einem Wanderfotografen sieht man die beiden vor dem Café Gilain sitzen, im Hintergrund eine zwischen den Holmen seines Karrens aufgespannte bemalte Leinwand. Mit den Mohnblüten an der Bluse ist sie eine stolze Braut, sie sah sich schon aus dem Schlamassel gezogen als Schäferin auf den Wiesen und sich von gleich zu gleich mit dem Vater ihrer Habe erfreuen. Statt Lämmchen hüten hieß es das Schwein mästen, den Koben putzen, den Mist wegtragen, das Pferd satteln, Hühner, Kaninchen, Gemüsegarten, Wäsche, den Kleinen den Hintern putzen, und dazu die ständig schimpfende Mémé im Nacken: Die hatte sich gegen eine Schwiegertochter aus der Fabrik gesträubt, die von nichts eine Ahnung hatte, aber auf die Alten hört ja niemand. Vor lauter Ärger konnte unsere Mémé bald nicht mehr laufen und war an ihren Strohsack gefesselt, bis sie krepierte. Noch vor ihrem Sohn, der sich schon hinter dem Schuppen die Seele aus dem Leib kotzte, Ströme von Galle und schwarzes Blut, eine Krankheit, an der schon sein Vater, ein Köhler, zugrunde gegangen war. Die Mutter erfuhr es irgendwann im Dorf, aber da merkte sie es schon selbst, als er im Zimmer oben mit dem Tod rang. Die Krönung war: Da sie sich nicht um die Erbschaft gekümmert hatte, die der Vater ihr hätte schriftlich übertragen müssen, gehörte ihr als Witwe gar nichts, erbten nur wir Kinder. Und da sie das Gehöft nicht abstoßen durfte, konnte sie das Nest auch nicht verlassen und in die Stadt zurückkehren, was sie gern getan hätte, zu ihrem Vater, einem Nagelschmied, und ihrer Mutter, einer Büglerin. Da sie ihr einziges Einkommen aus diesem Land bezieht, das ihr nicht gehört, ist sie genötigt, es zu bestellen, um einen Ertrag herauszuholen, ohne Hoffnung auf Pension oder Rente, und da sie kaum lesen kann, zu ungebildet ist, um Sätze zu drechseln, behauptet sie, es sei an uns, unsere Bildung zu nutzen, um in ihrem Namen einzufordern, was ihr zustehe. Die Schule lehrt solche Sätze nicht, nur Rezitation und Multiplikation, und wir sind zu jung, um ihr bei der Arbeit zu helfen, undankbar in den Augen einer Frau wie ihr, die keine Ahnung von dem hat, was man schon als Kind über den Bauernstand lernt. Also hält sie den Stolz ihres Witwenstands hoch und quält sich schlimmer als in der Fabrik, um allein zu erledigen, wofür zwei kaum ausreichen, verflucht das Unglück, wütend über die Bosheit, die sie jeden Tag dem Vater vorwirft, als müsste er sie für den Schicksalsschlag seines Hinscheidens bezahlen.

Unsere Nachbarn helfen bei den schweren Arbeiten, aus Freundschaft bringen sie gratis für sie das Heu ein, fällen ihr Holz, schlachten und verkaufen ihr Schwein. Sie ist nicht zufrieden damit, erst recht nicht dankbar, denn jemandem verpflichtet zu sein belastet sie, und sie ist niemandem wohlgesinnt. Erbittert über die Kümmernisse, die sie schlimmer quälen als die Krätze, mit aufdiktiertem Willen und von lauter Dingen gezwungen, die sich ihr verweigern, flucht und prügelt sie, ohne ihre Kraft zu kennen. Sie behauptet, Jules sei gegen den Pflug gestolpert. Wir wissen, dass sie ihn gestoßen hat. Was nicht unbedingt heißt, sie habe gewollt, dass er gegen die Pflugschar stößt. Dass sie ihn loswerden wollte wie uns, dass sie das im Sinn hatte. Ihr Plan war, uns im Dorf bei Mademoiselle Sorbet, der Modistin, unterzubringen, damit wir zu Hause Lohn abliefern, statt zu sabbern wie eine Zurückgebliebene, aber aus Angst, abgewiesen zu werden, traute sie sich nicht in den Laden, hinter dem die Nähwerkstatt und ein Gärtchen lagen. Ein Ort mit einer modernen Singer-Nähmaschine und einer Schneiderpuppe aus Wachstuch, an der man die Kleider fertigstellt, mit Posamenten, Bändern und Kunstblumen verziert, Arbeiten, die Geschicklichkeit erfordern: ein Waschlappen wie du, kannst nichts anfassen, ohne es zu verderben, zu blöd, die Abfälle aufzufegen oder die Nadeln mit einem Magneten aufzusammeln. Nie wird sie dich in die Lehre nehmen.

Uns schlechtzumachen erspart ihr, den Plan auszuführen. Lieber beißt sie sich die Zunge ab, als das zuzugeben, so sehr schämt sie sich für sich selbst und für uns, die sie für das dümmste Stück auf Erden hält. Statt ihren Willen auf die weiche Art durchzusetzen, bezahlt sie uns lieber mit Galle und straft uns mit Schelte und Backpfeifen, lockt Missbilligung auf unser Haupt, indem sie unsere Fehler anprangert. Aber uns schlechtzumachen schadet unserer Sache, denn die anderen warten nur darauf, uns zu unterschätzen. Sie hätte mehr davon, unsere Verdienste herauszustellen, als jemand, der zwar nichts kann, aber nur darauf bedacht ist, es recht zu machen. Man muss über sich selbst herrschen, um über andere zu herrschen. Wir, die wir weder bescheiden noch verschämt, auch nicht von uns eingenommen sind, wir beobachten die Dinge, denn so dunkel auch die Pläne des Schicksals sein mögen, es beugt sich doch unseren Absichten, wenn wir nur improvisieren, sobald sich die Gelegenheit bietet. So ist es uns einträglich, wenn wir in der Sakristei herumtrödeln, dem Pfarrer hier und da zur Hand gehen und so Vergebung für unser Gähnen während seiner Predigt erlangen. Ohne dass wir deshalb im Ruch der Heiligkeit stehen, findet er uns gut zum Ausbeuten.

Etwa letztes Jahr, als er kurz vor dem Marienmonat die geweihten Tücher herausholt, so zerfressen von ihrer Lagerung, dass für unsere untröstliche Gipsjungfrau dringend Abhilfe geschaffen werden muss. Da die alte Armise, eine Cousine von Delphine, mit der Sorge für Kerzen und Altarwäsche betraut, aber von der Arthritis ans Bett gefesselt ist und sich nicht einmal bekreuzigen kann, wissen wir, die wir während des ganzen Katechismus beobachtet haben, wie sich ihre alten Finger abmühten, dass unsere jungen, flinken Finger es schaffen würden, wenn es sich lohnt. Wir improvisieren, holen eine feine Nadel, flicken mit kleinen Stichen den zerschlissenen Stoff, dann waschen wir ihn ganz vorsichtig in *Bleu de Dole*, verdecken die Flickerei mit gründlich zerkleinerter Wäschestärke, wahre Fee des Bügeltuchs. Unser Pfarrer ist so zufrieden mit dem Wunderwerk, so zufrieden, die Altäre für seine Stundengebete schmücken zu können, dass er unserer begriffsstutzigen Person Beachtung schenkt, sie bei seinen Gemeindemitgliedern rühmt, wir seien, obgleich bedürftig, doch geschickt. Unter ihnen Mademoiselle Sorbet, die kein Gebet verpasst. Mit der behandschuhten Hand streift sie unseren Nacken, wir beugen ihn mit einer Miene, als wären wir die Unschuld in Person. Da sie mit Aufträgen für den nahenden Sommer überhäuft ist, nimmt sie uns auf Probe drei Tage pro Woche in die Werkstatt ihres Ladens vor dem Gärtchen, lehrt uns abzustecken, zum Heften den Fingerhut aufzusetzen, zu säumen und zu paspelieren, die Nonnenfalte zu glätten, mit Knopflochstich, Satinstich, Kettenstich zu nähen. Wir lernen schnell, denn unser einziger Wunsch ist, es gut zu machen.

Die Mutter schreibt der Gunst der Vorsehung zu, was unser Werk ist, aber wir rühmen uns unseres Erfolges nicht. Wir klagen auch nicht, ganze Tage auf dem niedrigen Stuhl unter dem Fenster zu sitzen und uns mit den Nadeln die Haut von den Fingern zu reißen, ohne den Blick von der Arbeit zu heben. Zu jeder ganzen und halben Stunde läutet das Glockenspiel des Kirchturms, so nah, dass man meint, der Klöppel schlage einem gegen die Stirn. Fünf Minuten später ertönt hell die Standuhr in der Stille. Die geht nach, aber Mademoiselle Sorbet vertraut nur ihrer Standuhr, um die Arbeit in der Werkstatt zu beenden, wo wir und Berthe zwei Angestellte sind, die die Nadel führen. Diese Bohnenstange hat uns in der Schule verspottet, aber jetzt ist sie kleinlaut, weil Mademoiselle Sorbet uns den Nacken öfter streichelt als ihr und unsere Fortschritte lobt im Vergleich zu ihren. Wir halten uns zurück, so gut es geht, verpfuschen die Arbeit zuweilen sogar, um sie unsere Unterlegenheit glauben zu machen, während wir von ihrem Können profitieren. Zum Beispiel Lätzchen und Mützchen zu wenden und mit Gaze-Schnickschnack und Bändern zu verzieren. Es mangelt nicht an Kleinkindern im Land, die eine Ausstattung brauchen, die Aufträge kommen das ganze Jahr. Berthe hat sich darauf spezialisiert, aber in kurzer Zeit überholen wir sie, die sprachlos ist, wenn sie uns neue Dinge erfinden sieht, die wir ihr beibringen, weil wir nicht eifersüchtig über unsere Ideen wachen, ohne Groll, dass sie uns zunächst verachtet hat, weil wir von einem Hof da unten kommen, während sie als Dörflerin im Ort lebt. Was hat man davon, in ihrem Viertel zu wohnen, das sind auch nur Elendshütten. Allein muss sie ihre Schwestern und ihren schwindsüchtigen Vater durchbringen, ihr einziges anständiges Kleid ist das, was sie anzieht, um in die Werkstatt zu kommen. Wenn man sie in ihrem Viertel trifft, läuft sie in Lumpen herum, sie ist selbst ein blutarmer Lappen von Mädchen, mit Schuppenflechte und rissigen Händen. In solch guter Gesellschaft machen wir Fortschritte als Näherin. Die übrige Zeit verbringen wir auf dem Hof, der zwar unser Erbe ist, aber von unserer tobsüchtigen Mutter regiert wird.

Bei Einbruch der Nacht, wenn nichts mehr zu tun ist, setzt sie sich an die Feuerstelle. Ihre Gestalt zeichnet sich vor dem Licht der Petroleumlampe ab. Wenn es kein Petroleum mehr gibt, zündet sie eine Kerze an. Wenn auch die Kerze fehlt, sucht sie eben im Schimmer der Glut nach Flöhen unter dem offenen Mieder, in den Stofffalten, unter ihren hängenden Brüsten, ihren Achseln, zwischen ihren Schenkeln, dem Gebüsch unter dem Bauch. Ihre Bewegungen sind nachdenklich, so langsam, als hätte ein Zauber sie eingeschläfert. Manchmal führt sie ein Tier dicht vor die Augen, untersucht es so genau, dass sie schielt, und zerquetscht es zwischen den Fingernägeln, es ist so winzig, dass es auch ein Reisigsplitter, ein Brotkrümel oder ein Erdkrumen auf der Haut sein könnte. Ihr Knochengerüst trägt das weiche Fleisch von so dürftiger Substanz, dass es vor Erschöpfung nachgibt. Bei jedem wunden Atemzug erschlafft ihre Brust.

Die Erledigung der Aufgabe beschränkt ihre ganze Aufmerksamkeit auf sich selbst, vom Gewicht ihres geschundenen Fleischs niedergedrückt und abgestoßen und doch so gleichgültig, dass sie sich so weit vergessen könnte zu lieben, wäre sie nicht so allein gekränkt oder eine andere Frau, ohne Sorgen und Müdigkeit und ohne Verbitterung. Ihr Atem wird immer flacher und gleichmäßiger in der Stille. Das Barmherzigste wäre, dass ihr jemand hülfe, Schluss zu machen, sie in diesem Moment der Hingabe erledigte, jemand, der sich in Körper und Geist ihrer erbarmt. Von ihrer Lagerstatt beobachtet Lottie ihre Mutter.

Ihre Lagerstatt ist die Pritsche in der Küchenecke, auf der Mémé voll Kummer und Groll monatelang bettlägerig war, um ihrer Schwiegertochter eins auszuwischen oder durch die gespielte Krankheit den Tod zu überlisten, damit ihre Nachbarn sie bedauerten, dass sie es so schlecht getroffen hat, dass sie von niemandem gehätschelt wird als von ihrem Sohn, der sie abends füttert, den Brei in ihren zahnlosen Mund schiebt, zwischen die gespitzten Lippen, die das Essen zurückweisen. Sie bekleckert ihr Hemd, dreht sich zur Wand, wimmert ins Kopfkissen, dass sie verhungern und ohne Leichentuch auf den Friedhof will. Wut, die Mutter wirft das Brot auf den Tisch. Ohne das Kreuz zu machen. Schlägt auf das Geschirr. Schlägt die Hündin, die Mémés Napf ausleckt, deren Körper kleiner wird, sich zusammenzieht, unter der Decke verschwindet. Nachts tastet sich Lottie lautlos auf ihr Lager. Sie sucht Mémés Wärme, ihren scharfen, sauren Geruch, die raue Haut eines kranken Tiers. Sie windet sich zwischen den Schenkeln und verkrümmmten Armen hindurch den mit Wucherungen bedeckten abgemagerten Leib hinauf, in dessen Mitte sich eine Kuhle befindet, in die sie sich mit angezogenen Beinen schmiegt, Po, Schultern, Nacken in der

Wölbung des alten Leibs, der den ihren umhüllt wie weiche Butter, ihn aufnimmt wie früher der barmherzige Schoß, als sie noch aus weichen Knorpeln und keimenden Eingeweiden bestand; das milchige Hirn entschwindet aus der Fontanelle, sie verkörpert sich in dieser Flüssigkeit, in der tiefsten Tiefe von Membranen und feuchten Fasern, lauert in unruhigem Schlaf durch die Lider hindurch auf den Anbruch des Tags, sein Licht kündigt an, dass sie von dem Lager verschwinden muss, bevor die Mutter plötzlich die Decke wegzieht und schreit: Raus da, Dreckstück.

Nun, da Mémé gestorben ist, schläft Lottie auf dem Strohsack statt auf Mémés Matratze, die im Schuppen zwischen Zwiebeln und Kartoffeln klemmt; und die Mutter auf dem Eisenbett oben im Schlafzimmer, dem einzigen Bett im Haus, der einzigen Mansarde, wo es Fayencekrug und -schüssel für die Toilette und einen halbblinden Spiegel gibt, dazu zwei Nägel an der Wand, um die Kleider aufzuhängen. Auch einen Schrank, um die Wäsche der Alten zu verstauen, die erst dem Vater gedient hat, dann, geändert, der Mutter, die geflickte Wechselwäsche und ein Satz neue aus Mischgewebe, niemals aufgefaltet. Dazwischen die Saffianledermappe mit den Akten und Urkunden. Darüber zerrissene Mieder, Spitzenhemden, ausgebleichte Strickjacken und Unterröcke, Florettseidenknäuel, Spulen, das Medaillon von Mémé, die Sächelchen von Jules, Lottie macht in Gedanken Inventur, während sie zugleich das Ereignis rekapituliert, das ihr keine Ruhe lässt. Heute Nachmittag steigt der Mann am Bahnhof aus dem Zug, kürzt durch den Wald und den Sumpf ab, zögert nicht an der Gabelung und trägt sein Bündel direkt zu den Betreffenden. Die aber sind abwesend, das Haus ist leer. Überrumpelt und in Eile, wie er ist, muss er improvisieren: Er entledigt sich seiner Lieferung und macht sich still und leise aus dem Staub. Niemand, der ihn am Ärmel packen, ihn fragen könnte, wer er ist. Und was er mitgenommen hat. Ein kleines Etwas, das er einfach hat mitgehen lassen. Im Tausch für das Kindchen, als Gegenleistung oder als Begleichung einer Schuld, als Erinnerung, als Lohn für seine Mühe. Heute Abend stellt sich bei den Ardennes die Frage des Kindes. Es gibt keinen Hinweis auf seine Herkunft. Bis auf den Becher, gut sichtbar auf dem Tisch, dazu die Brieftasche und das, was sie enthält. Wenigstens das, was Lottie davon zurückgelassen hat, nachdem sie sie hastig durchsucht hatte. Während der ganzen Zeit unter den Johannisbeersträuchern piesackt sie der Dämon der Einmischung, aber ihr fällt nichts ein, was zu tun wäre. Als sie in der Küche ist, kommt die Inspiration, plötzlich und klar, wie ein Signal aus der Parallelwelt. Sie führt ihren Plan aus und schließt die Tür. Die Kühe sind gute Personen, sie kehren in die Mitte der Weide zurück, um die Angelegenheit wiederzukäuen. Im Wald pfeift der Zug vor der Einfahrt in den Bahnhof. Unser Reisender verschwindet schneller als das Kaninchen.

Die Herkunft der Geschöpfe ist ein Mysterium. Natürlich weiß Lottie um die Dinge, die sich erkennen lassen. Sie unterscheidet Männlein und Weiblein, da sie in der Umgebung eine Menge hat herumspringen sehen. Sie hat auch viele Tiere niederkommen sehen. Besonders die Sau, die zuckend und um ihr Leben schreiend klebrige kleine Ferkel auskackt. Kaum ausgestoßen, quieken sie sich heiser, kriechen zu den Zitzen, wälzen sich in der Jauche der Organe und im Schlamm des Kobens. Dann verschlingt die gierige Sau ihre Nachgeburt, einen blutigen Fladen. Dasselbe mit den Karnickeljungen, den Kälbern, Welpen, Kitzen und Frischlingen:

durch die Chirurgie der Natur aus einem ähnlichen Uterus geschnitten. Ihr Wissen umfasst noch weitere Beispiele. Das Ei enthält in seinem Schleim das Vogeljunge, einen gelblichen Keim, Flügelstummel, Brustbeinkamm, Schädelgelatine und große leere Augen. Die verknäulten Natternjungen schlängeln sich im Gras, lassen sich mit dem Stock zerquetschen. Die Klumpen von Insektengelegen, von einem Stein zermalmt, sind nicht so interessant; die Kaulquappen sind lehrreicher. Zu Tausenden klammern sie sich an Halme und faulige Zweige im Schlamm, peitschen das Wasser mit ihrem Schwimmblasenschwanz. Die durchsichtigen Klumpen enthalten dichte Spiralen angedeuteter Mägen, Gedärme, Augen und handförmiger Gliedmaßen, aus denen im Handumdrehen Kröten werden, wenn man sie überleben lässt. Der Laubfrosch trägt keine Kaulquappen in sich, es nützt nichts, ihn zu kreuzigen und aufzuschneiden. Auch die Nymphen in ihrer Hülle nicht, oder die Raupen, deren Puppen sie mit dem Finger schält, um das Innere zu zerbröseln, das weder Uterus noch Eier enthält, auch keine halb fertigen Tierchen. Die tierische Entwicklung lehrt sie, wie die Fortpflanzung nach der Empfängnis weitergeht.

Aus ihrer Forschung zieht sie Folgerungen, die sie aufregen und mit Krämpfen ermüden, als käme sie selbst mit einem Geschöpf nach ihrem Bild nieder, einer Art Kümmerling, der mit den Stummeln zappelt. Ihr schwant, dass sie sich wohl ebenso gewunden, sich mit Schwimmhäuten durch wie bei Diarrhöe zuckende Organe geschoben, sich ebenso blind durch Kontraktionen des Klumpens und der Schwimmblase aus der schleimigen Hülle befreit hat, dann erschöpft dalag und mit der Schnauze zur Brustdrüse strebte; während die Mutter den rohen Mutterkuchen verschlang. Desgleichen ihr Bruder Jules. Desgleichen jeder, der zu allen

Zeiten geboren wird und vergeht. Die Alten aus dem Café Gilain, Berthe, Mademoiselle Sorbet, der Pfarrer, die Mädchen in der Schule, Madame Ardenne und ihr Gesinde, was auch heute ihr Stand sein mag, alle sind sie durch diese Zuckungen hindurchgegangen. Auch die Mutter, Mémé und die ganze Brut. So weit man zur Quelle der Generationen zurückgeht, ist es ein Naturgesetz, dass man sich verkörpert, sich manchmal fortpflanzt und früher oder später an krankem Magen, an Blutsturz, am Ersticken oder am Aufprall auf die Pflugschar stirbt. In welchem Stadium der Wandlungen ist Lottie jetzt mit ihren zwölf Jahren, ohne zu wissen, ob sie auf diese oder jene Art und durch was für ein Keimen sie geboren ist und welcher Tod sie erwartet. Sie betrachtet sich oben im Schlafzimmer im Spiegel, zu stockfleckig, um sich genau, und zu klein, um sich ganz zu sehen. Den Körper an allen Stellen abzutasten, an die man rankommt, sagt auch nicht mehr über die Ähnlichkeit. Es mangelt nicht an Erklärungen über das Gebären, das Geborenwerden und die Nachkommenschaft, wenn man die Ohren spitzt. In der Apotheke lauscht sie den leisen Gesprächen, wenn sie darauf wartet, an die Reihe zu kommen und ihre Schrundensalbe zu kaufen. Niemand kümmert sich darum, dass sie vielleicht zuhört, weil sie wie üblich mit offenem Mund die auf dem obersten Regalbrett aufgereihten und mit Äskulapstäben, Hirschen, Schlangen, Reihern und makellosen Schmetterlingen bemalten Porzellangefäße anstarrt. Zangen, von der Nabelschnur erwürgte Säuglinge, unstillbare Blutungen, Kindbettfieber und rissige Brustwarzen interessieren sie nicht. Die Grausamkeit von Geburten ist nur ein vorübergehendes Unglück. Das Mysterium ist das der Herkunft. Kein seziertes Inneres erklärt den Anfang von allem. Die Gipsmaria, durch Eingebung des Engels ins Schneckenhaus ihrer Ohrmuschel befruchtet, die unbefleckte Empfängnis aus dem Kohlkopf und den Rosen oder gar der Anflug im spitzen Storchenschnabel, als Gleichnisse betrachtet sind das gute Geschichten, über die man nachdenken kann, aber das Ideal aller Anfänge wäre, auf dem Rücken eines Boten gebracht zu werden, der mit sicherem Schritt vom Ende der Welt kommt und uns in einer auserwählten Küche ablegt, mit Hollandmühlenkacheln, blitzendem Kupferzeug, gewachsten Tischen und einer Uhr mit Emailleziffernblatt. Diese Geburt schenkt einen Schwall von Freude und Eifersucht, so sehr widerspricht sie der Wissenschaft, die wir kennen.

Am Sonntag hören wir Schäfchen dem Pfarrer zu, der preist von der Kanzel herab mit ausgebreiteten Armen die Schöpfung, ihre Größe auf Erden wie im Himmel, wo Heerscharen von Erzengeln uns vor den Mächten des Dämons beschützen, denn die Fische im Wasser, die Vögel in der Luft, die Insekten und die Lurche, alle Tierchen, die auf Erden herumwimmeln, wie auch die Wale, Eidechsen, Kamele, Pinseläffchen, das Vieh auf unseren Höfen und wir selbst gehören zur allumfassenden Welt, die in sieben Tagen erschaffen wurde, nach einem Plan, der unsern Verstand übersteigt. Doch dank der Vorsehung haben wir auserwählten Geschöpfe Augen, um zu sehen, Ohren, um zu hören, und Hände, um unser täglich Brot zu verdienen. Mühen wir uns von unserer Ankunft auf Erden an, ohne auf unser kommendes Ende zu warten, denn Werden und Vergehen liegen ganz nah beieinander, ja stoßen sich fast, wenn man darüber nachdenkt. Folgen wir also in der winzigen Zeitspanne unseres Daseins dem Gleichnis vom Säer, von der Aussaat und vom guten Schnitter. Schluss mit Heulen und Zähneklappern. Die Sünder werden landen in den glühenden Flammen und wie die

Sonne werden erstrahlen die Gerechten, die den Weizen von der Spreu getrennt haben.

Der Gedanke, dass jeder nach eigenem Urteilsvermögen die richtige Wahl treffen kann, bewirkt, dass man zufrieden Arme und Beine hängen lässt. Und Lottie verlässt die leere Hülle ihres Körpers, der im Betstuhl zusammengesunken ist, verliert ihr irdisches Gewicht, fliegt mit ihren Erzengelflügeln davon und versenkt sich in die Betrachtung der sonnendurchfluteten Kirchenfenster. Vor allem desjenigen, auf dem Agatha, die Schutzheilige der Ammen, auf einem goldenen Tablett ihre abgeschnittenen Brüste darbietet. Sie fragt sich, ob Madame Ardenne seit Donnerstag in der Gegend nach einer Amme herumgefragt hat, um das Kindchen zu stillen, oder ob sie es mit einem in die Milch ihrer Kühe getauchten Brotkanten nährt, wie der Reisende, der einen Vorrat dabeihatte. Wie hat sie die in ihrer Küche gelandete Sendung aufgenommen? Das fragt sie sich, denn die Zeit vergeht, und bis heute ist nichts von der Lieferung und ihren Folgen ins Dorf gedrungen. Wenn sich die Neuigkeit verbreitet hätte, hätte Lottie davon Wind bekommen, da sie sich überall herumgetrieben hat, wo geklatscht und getratscht wird. Aber nirgendwo hat sie ein Gespräch aufgeschnappt, das mit dem Ereignis zu tun hätte, wiewohl es doch dazu angetan ist, wegen seiner Seltenheit Aufmerksamkeit zu erregen. Je nachdem, was man als selten ansieht, gemessen an dem, was gang und gäbe ist.

Auf der Terrasse des Café Gilain werden nur landwirtschaftliche Lappalien und alkoholische Betrachtungen ausgetauscht. Sie hat auch bei der Bäckerin und im Dorfladen Zeit vertrödelt und in der Hoffnung auf eine Information höflich die Schnattergänse vorgelassen. Dort wird nur über die Katastrophen des Alltags gesprochen, verbrannte Gärten und austrocknende Brunnen und das trübe Wasser der vom Brunnenbauer schlecht gepflegten Fontäne. Der Rest ist dementsprechend. Auf Verdacht ist sie auch in die Apotheke gegangen, dort schnappt man oft Informationen auf. Außer einem, der Salbe gegen Krampfadern verlangte, war dort auch die alte Armise auf der Suche nach einem Wundermittel gegen ihre Arthritis. Schmutzig, weinerlich. In einer Erleuchtung entsinnt sich Lottie, dass Armise die Cousine von Delphine ist. Verblüffung, dass sie diese kapitale Tatsache außer Acht gelassen hatte. Und plötzlich glänzt die Alte mit fabelhaften Tugenden, wie jene in Lumpen verkleideten Feen, die den Vorübergehenden täuschen und ihn dann zur Strafe für seinen Irrtum verfluchen. Die verwandtschaftliche Beziehung zur Magd von Madame Ardenne verleiht Armise das Prestige, bei dem Ereignis in der ersten Reihe gesessen zu haben, wie aber soll man ihr die Würmer aus der Nase ziehen, ohne eine Abfuhr zu kassieren. Als Lottie ihren winzigen Einkauf, Salizylsäure fürs Tomatenpüree, erledigt hat, muss sie die Apotheke verlassen. Auf der Schwelle besinnt sie sich: Die Cousinen sind auf den Tod verfeindet. Nichts zu erhoffen von dieser Hexe. Außerdem ist es Zeit, in die Nähwerkstatt zu rennen, auch ein interessanter Horchposten. Die gute Gesellschaft kommt dorthin, um die örtlichen Nachrichten zu kommentieren, während sie die Waren betasten, in den Katalogen der Neuheiten blättern, doch vergeblich hat sie den ganzen Freitag die Ohren gespitzt, im Geschäft wurde nur ungereimtes Zeug erzählt. Von Berthe ist nichts zu erwarten, keinerlei Neuigkeit für uns. Abgesehen von den Lymphknoten, die ihr unter der Achsel anschwellen, wobei sie uns schwören lässt, niemandem davon zu erzählen, vor allem nicht Mademoiselle Sorbet, die sie vorbeugend sofort in Quarantäne schicken würde; dann säße sie erst recht in der Patsche, da der Vater immer noch im Hospiz liegt. Entmutigt von ihrer vergeblichen Nachforschung ist Lottie nicht einmal mehr zum Waschhaus gegangen, um den Tratsch zu hören. Diesen Sonntag hat sie nach der Messe nicht auf dem Kirchplatz rumgestanden, um etwas Neues aufzuschnappen. Offenbar ist noch nichts von der verblüffenden Tatsache durchgedrungen, dass Madame Ardenne ein Kind geerbt hat.

Vor dem Heimweg hat sie sich hinter der Kirche herumgetrieben und über ihre Begegnung mit Armise gegrübelt, die sich mit Delphine überworfen hat. Kann man sich Unähnlichere vorstellen als diese beiden, die eine verschlagen und vom Alter ausgezehrt, die andere wohlgenährt und einfältig. Seit wann sind sie sich spinnefeind, wie war ihre Kindheit als rivalisierende Cousinen, Töchter von dem und von der, mit was für einer Sippe geschlagen. Was ist ihre Familiengeschichte. Diese Frage von Bäumen und Ästen führt zu Tausenden schwindelerregenden derselben Art. So viele geheime Bande vereinen die Menschen von Le Mauduit, die sie jeden Tag trifft, ohne zu ahnen, dass sie durch Familien- oder Nachbarschaftsangelegenheiten, Interessen, Eifersüchteleien, Konflikte und Bündnisse miteinander verbunden sind, die ein Netz weben, über das sie bis zum heutigen Tag nie nachgedacht hat. Wie könnte es auch anders sein bei ihrer Jugend, da sie noch nicht wirklich Fuß gefasst hat in der Schöpfung, die ihr, mit der Geburt zugesprochen, noch zu erforschen bleibt. Auch ihr Weizenkorn in der Spreu muss sie erst finden. Lauter Lücken, die zu füllen, und nützliche Dinge, die zu lernen sind, aber wo ansetzen, wie den Fluss der Zeit zurückgehen und zur Quelle ihrer Geschichten gelangen, um deren Plan herauszufinden und zu begreifen, der sich dem Verständnis entzieht.

Mittags ist die Hitze so groß, dass man draußen nichts tun kann, ohne mit einem Sonnenstich umzufallen. Die Fliegen plündern die Überreste der Mahlzeit und summen laut wie ein Motor. Die Mutter schiebt ihren Teller weg, lässt den Oberkörper auf den Tisch sinken, gleich ist sie eingeschlafen. Pipa auch, die alte Schnauze zwischen den Pfoten. Lottie hat am anderen Ende des Tischs die Ellbogen aufgestützt und gähnt vor Langeweile. Ihr Bruder fehlt ihr, aber es ist so, als würde er immer noch Brennnesseln sammeln, die Kaninchen necken oder unter dem Vordach seine Sächelchen basteln. Durch den Kamin fällt ein Sonnenstrahl und lässt den Ruß darin glitzern. Die Feuerstelle ist ein riesiger schwarzer Diamant mit tausend Facetten, wie es sie nur im Mittelpunkt der Erde, im schwärzesten Bergwerk der Hölle gibt. Plötzlich glaubt sie ein Röcheln zu hören. Nichts Verständliches, nur ein Klangfädchen aus der Tiefe eines Hohlraums, ein Plätschern in den Bronchien oder im Bauch, das stoßweise entweicht. Das kann nur von der Mutter kommen. Sie spricht zu jemandem mit jener Stimme, die man im Traum als die eigene hört, der Stimme eines Gnoms, der immer in unserem Leib wohnt, sich aber nur bei einem Schläfchen oder im Todeskampf vernehmen lässt. Das, was in der letzten Zeit aus dem Vater kam, ebenso bei Jules. Lottie würde gern in den Traum der Schlafenden eindringen, den Tunnel betreten, der dorthin führt und zu einer Grube, die von Schatten auf dem Weg der Entstehung bevölkert ist, aber das ist das mütterliche Geheimnis. Lottie nähert sich ihr vorsichtig, kommt ihr so nah, dass sie die geweiteten Poren, das Streumuster des Verschleißes, der Abschürfungen, das Innere der Nasenlöcher, das Zucken der Zunge zwischen den Zähnen sehen kann. Die Mutter sinkt zusammen, hört auf zu atmen. So lange, dass sie vielleicht gerade krepiert. Aber nein, auf einmal holt sie wieder Luft, füllt die Lungen. Man könnte meinen, sie lausche, erwarte eine nahende Bedrohung. Eine Fliege setzt sich auf ein Brauenhaar, reibt sich die nervösen Beinchen. Die Luft entweicht aus dem Oberkörper, schlechter Atem, verdaute Lebensmittel, Lottie mustert ausgiebig das ganze Gesicht. Nie war es so blass, wie abgewaschen die Alltagsmaske. Sicher ist es verboten, die Mutter so zu ertappen. Sie ist nie auf die Idee gekommen, nachts in ihr Zimmer hinaufzugehen, um zu schauen, in was sie sich im Schlaf verwandelt. Eine zu gewagte Idee, um sie sich mit zwölf Jahren einzugestehen, und wenn, dann nur ganz vage. Wie ein Vorhaben, dessen Ausführung noch unmöglich ist, weshalb es zwischen anderen, ebenso schamlosen, die sich in der Nähe herumtreiben, in Reserve dahinvegetiert. Etwa die Mutter bei der Körperpflege zu beobachten, oder wenn sie zum Abort ganz hinten im Garten geht. Die Jagd auf Flöhe war das einzige Mal, dass Lottie sie in ihrer Intimität ertappt hat. Wider Willen, denn wie sie da im Dunkeln auf ihrem Strohsack liegt, ist es, als wäre sie gar nicht da. Plötzlich erwacht die Mutter.

Ihr Blick bohrt sich in den ihren, er errät. Er klagt an. Erschrocken weicht Lottie zurück, dann begreift sie, dass die Mutter weiterschläft. Mit weit aufgerissenen Augen ist das möglich. Sie starren durch sie hindurch auf einen fernen Punkt draußen oder auf der Kehrseite ihres Traums. Jetzt trübt sich die Pupille durch einen Fleck, hat sich in eine Dunkelheit zurückgezogen, in der sie sich zu mühen scheint, einen zerbrochenen Gegenstand oder ein liegendes Wesen mit offener Stirn am Grund der Zisterne zu sehen, in der Lottie mit ihr versinkt, in einer zähflüssigen, klebrigen Flüssigkeit gefangen, fast aufgelöst, von einer Traurigkeit überschwemmt, die vielleicht Liebe ist oder die Sehnsucht nach einer Erinnerung, wenn man die Bilder Erinnerung nennen kann, die sie bestürmen, sich winden und zerreißen und unwiderruflich versinken. Vielleicht ist sie selbst nur der zufällige Traum der Mutter, die so auf dem Tisch liegt, und sie trinkt ihren Atem, befragt ohne Hoffnung ihr erschöpftes Gesicht, in der begierigen Anbetung von Waisenkindern, die den Augenblick wieder heraufzubeschwören suchen, in dem alles begonnen hat. Die Augen der Mutter haben sich wieder geschlossen. Sie ist nicht tot. Lottie rennt nach draußen, schwingt sich auf den Hackklotz und kauert sich auf dieser Insel zusammen. Die Hitze ist erstickend. Sie bricht in Tränen aus.

Später am Nachmittag, als sie gehört hat, wie sich die Mutter stöhnend nach oben ins Schlafzimmer schleppt, um ihr Schläfchen zu beenden, hält es Lottie nicht mehr aus und macht sich davon, ohne recht zu wissen, wohin. Sie weiß es sehr gut, gibt aber vor, sie hätte keine Ahnung, lässt sich von ihren Schritten führen, um das Einzige zu tun, was sie jetzt tun kann, das Einzige, was sie unbedingt will und was niemand an ihrer Stelle tun wird. Die Sonne verbrennt die Erde, kein Schatten ist zu sehen. Die Weite der abgeernteten Wiesen und das ungleichmäßige Schachbrett der Parzellen zwischen den Hecken glühen, am Grund des Tals erkennt man unter den Pappeln die grün-weiße Schlange der Flane. Dunstverschleiertes Laub säumt den Horizont, alle Farben unter der Gluthitze sind erloschen, und keine Wolke, kein Windhauch. Dennoch zittert die Luft hier und da wie Wasser vor dem Siedepunkt, dann dreht sie sich, angesaugt vom Äther, in wirbelnden Säulen. Es ist, als würden Vergrößerungsgläser den Blick einmal trüben und ihm ein andermal tödliche Klarheit verleihen. Die Schöpfung ist kein fest verbundenes, ununterbrochenes Ganzes, sondern eine bestrahlte Substanz kurz vor der sekundenschnellen Auflösung, so instabil, dass es keineswegs unsinnig wäre, wenn die Landschaft lautlos explodierte und sich in einer anderen Unvorstellbarkeit neu zusammensetzte, aber Lottie hat keine Angst.

Im Gegenteil. Ermutigt von einem Gefühl der Unantastbarkeit wägt sie die Entscheidung ab, die sie schnellstens treffen muss. Am liebsten würde sie durch den verborgenen Uferweg aufs Gut schleichen, um unbemerkt das Treiben der Anwesenden auszuspähen. Doch auch wenn sie bis jetzt unbeschadet davongekommen ist, bewahrt nichts sie vor dem Pech, und was wäre das für ein Reinfall! Ihr Ansehen ruiniert, sie selbst gescholten, getadelt von der Brut, die es rumerzählen wird. Mademoiselle Sorbet schickt sie fort. Und die Mutter schlägt sie tot. Die andere Möglichkeit ist, als Nachbarin mit unbekümmertem Schritt die Ulmenallee entlangzugehen, was sie manchmal unter dem Vorwand wagt, Madame Ardenne einen Korb mit Löwenzahn oder Pfifferlingen zu bringen, nach denen sie ganz närrisch ist, oder von ihrem Gut Milch zu holen, die als die beste gilt. Solche kleinen Schmeicheleien kommen gut an. Allerdings ist sehr zu befürchten, dass ihr unerwarteter Besuch die Bewohner stört, dass sie sie wegjagen, bevor sie überhaupt da ist. Zumal sie sich kein Geschenk oder Kompliment ausgedacht hat. Beide Fälle bergen Risiken, die man abwägen müsste, doch sie stellt keine dieser schönen Überlegungen an. Ohne auch nur den Kopf vor dem Kreuz zu senken, läuft sie schnell den Weg hinab. Mit jedem Schritt führt sie die unabänderliche Entscheidung aus, die ohne ihr Zutun gefallen ist, denn sie läuft schon die Ulmenallee entlang, wird förmlich zum Haus katapultiert, das man am Ende des

Blättertunnels sieht. Oder vielmehr stürzt das Haus ihr entgegen, schluckt die Schatten, weitet den Lichthof der Fassade, schon fliegt sie über den Kies des Hofs und löst den Donnerhall einer Kriegserklärung aus.

Doch just in dem Augenblick, als sie in die grelle Sonne tritt, bietet sich ihr dort unten ein Bild, das ihre kühnsten Hoffnungen übertrifft: Madame Ardenne und Delphine sitzen auf niedrigen Stühlen beim Brunnen im bläulichen Schatten des Feigenbaums und umrahmen wie Schutzengel den Kissenschrein, in dessen Mitte schläft das Kindchen. Dem sie mit Federn Luft zufächeln, Pfauenfedern ohne jeden Zweifel. Lottie will sich gerade aus dem Staub machen, als Madame Ardenne, die sie von Weitem bemerkt, ihr ein Lächeln schenkt, ohne jeden Zweifel ein Lächeln, gerichtet, ja doch, an ihre unbedeutende Person. Die Gutsherrin mit schönem Haus, Feldern und Kühen, die ihre gelegentlichen Besuche nur ausnahmsweise duldet, scheint keineswegs verärgert, ja nicht einmal überrascht ob ihres Erscheinens. Sogar fröhlich, könnte man meinen, wäre diese Möglichkeit nicht gar zu gewagt. Besser noch, sie lädt sie mit einer ermutigenden Kopfbewegung ein, näher zu kommen. Wobei sie mit gebieterischem Finger die Lippen verschließt. Lottie folgt dieser Mahnung, achtet übertrieben sorgfältig darauf, nur auf Gras zu treten, geht auf Zehenspitzen, schleicht wie ein Wolf, huscht wie eine Ameise. Delphine, in die Betrachtung versunken, würdigt sie keines Blickes, doch die freundschaftsfeuchten Augen von Madame Ardenne danken ihr für die Umsicht. Wahrhaftig, absolute Stille. Als hätte sich die ganze Welt verbündet, um den Schlaf des Geschöpfs zu schützen. Kein Vogelruf in der Umgebung, kein Blätterrauschen, kein Insektengesumm oder Muhen der Kühe, die sich unter den kargen Schatten eines Apfelbaums am anderen

Ende der Weide zurückgezogen haben. Plötzlich schlägt es vom Kirchturm drei. Die beiden Frauen werfen sich über die Kissen, und solange die fernen Schläge dröhnen und ihre schädlichen Wellen über die Felder verbreiten, stellen sie die entschlossene Mauer ihrer Leiber der Vibration entgegen, die die Seligkeit des in seinen Spitzen schlafenden Wesens bedroht. Alles ist gut, flüstert Madame Ardenne schließlich und richtet sich auf. Mit dem gerührten Tremolo derer, die um Haaresbreite einem tödlichen Unfall entgangen sind. Delphine bekräftigt es mit einem Seufzer der Erleichterung. Lottie fühlt sich nicht betroffen, so offensichtlich pennt der Fratz mit geballten Fäustchen im kühlen Schatten des Feigenbaums, von den Federfächern erfrischt, die ihren Dienst wieder aufgenommen haben. Mit höflicher Vorsicht betrachtet sie das Gesicht, pausbäckig wie bei allen Säuglingen. Bis auf die riesig langen seidigen Wimpern nichts Bemerkenswertes. Lottie interessiert dieses Persönchen nicht, das so ruhig, satt und geliebt ist, wie man nur sein kann. Sie interessiert sich für Madame Ardenne. In deren Gesicht liegt eine schmerzliche Glückseligkeit wie bei den Märtyrern auf dem glühenden Rost oder denen mit abgeschnittenen Brüsten, die in ihren Kirchenfenstern gefangen sind. Jetzt oder nie muss sie's wagen: Wer ist dieses Baby?, fragt sie, baff ob der eigenen Dreistigkeit.

Das ist das Kind von François, verkündet Madame Ardenne der Unverschämten einfach nur lächelnd und präzisiert, ganz hingerissen von dem, was sie nun gesteht: Das ist meine Enkeltochter. Für den Fall, dass Lottie nicht wüsste, dass es einen François im Vateralter gibt, dessen Mutter sie ist, mithin die Großmama des Abkömmlings von eben diesem. So viele Neuigkeiten auf einem Haufen machen sprachlos. Und mehr noch, dass Madame Ardenne ganz natürlich ihre

Fruchtbarkeit und ihre Leibesfrüchte einem Gör offenbart, das ihr rein gar nichts bedeutet, ihr, die bekannt dafür ist, kaum je mit der Brut zu verkehren, abgesehen von wenigen ausgewählten Personen aus dem Kreis dessen, was als gute Gesellschaft gilt, ausnahmsweise mit Mademoiselle Sorbet und notwendigerweise mit ihrem Knecht und ihrem Kuhhirten. Madame Ardenne lebt allein mit Delphine und Gentil, ein höchst beschränkter Umgang. Die Nachricht, dass sie einen Sohn hat – nur einen? – und folglich einen toten oder lebendigen Ehegatten, der sein Vater war, ist nicht bis zu ihr gedrungen. Sie hatte gedacht, die Dame sei eine einsame Jungfer. Vielmehr hatte sie gar nichts gedacht, weil sie sich nicht mit der Frage befasst hatte, was sie nun für eine unglaubliche Nachlässigkeit hält. Sie nimmt auch zur Kenntnis, dass das Bündel weiblich ist. Wie heißt sie, erkundigt sie sich, da sie es für angebracht hält, Interesse eher für dieses banale Thema zu bekunden als für das delikatere der Parentel.

Bisher nennen wir sie Schatz, gesteht Madame Ardenne, als spendete sie ein Sakrament. Lottie gibt sich mit dem lächerlichen Namen zufrieden, denn an diesem Schlusspunkt der Unterhaltung weiß sie nicht mehr recht, wie sich verhalten. Es wäre ziemlich, sich zu verdrücken, doch lieber nutzt sie die Gunst der Stunde, tritt linkisch auf der Stelle, von einem Fuß auf den anderen, während die beiden Frauen weiter fächeln, fragende Blicke wechseln, besorgte, möchte man meinen, denn plötzlich bewegt sich Schatz. Schon windet sie sich wie eine wütende Kaulquappe, die mit den Schwimmhäuten schlägt, zumal sie untenherum fest in ihre Windeln eingeschnürt ist. Ihr Vollmondgesicht legt sich in Falten, verzerrt sich, stößt schließlich, puterrot vor Wut, ein langes, schrilles Geschrei aus und noch eines. Unglaublich, dass ein so mickriger Körper ein so mächtiges Organ besitzt. Jetzt ist sie nur noch Gebrüll, droht zu ersticken. Eben das, was die Frauen mit ihrem ganzen Betuttel-Trallala wohl befürchtet hatten. Wie rasend reißen sie die Wütende aus ihrem Kissennest, richten sie auf, drücken sie, verschreckt von ihrer Nervenkrise, zanken, wer sie besser auf dem Bauch, auf dem Rücken schaukelt, sie schüttelt, befummelt, verstört. In panischer Flucht stürmen sie über den Hof, rennen zum Haus. Lottie, neugierig auf den Ausgang, folgt ihnen auf den Fersen.

Die Küche ist wohltuend frisch, ganz in Schatten getaucht. Auf dem Tisch ausgebreitet die komplette Ausstattung einer Säuglingsstation, Unmengen von Windeln, Häubchen, Hemdchen, Schühchen, Talgpuder, Seife, Rosenwasser, Baumwollquasten, Elfenbeinbürste mit Seidenborsten, Sicherheitsnadeln, Fläschchen, alte Rasseln, alte Plüschtiere und, funkelnd inmitten des ganzen Plunders, der gründlich polierte Silberbecher. Dieses Inventar macht klar, dass sich das Haus der neuen Situation angepasst hat. Das ganze Zeug besänftigt den Zorn des Geschöpfs keineswegs. Nicht einmal der feuchte Waschhandschuh, den man ihm wie einen Fieberumschlag auf den Schädel klebt. Während Delphine Anstalten macht, Milch aufzuwärmen, schnauzt Madame Ardenne sie an, das Gör habe vor nicht mal einer Stunde bekommen, was es braucht, es seien Verstopfung, Koliken, nervöse Krämpfe, weshalb sie sich winde. Bereite lieber ein lauwarmes Bad vor. Lauwarm, hörst du? Hol die Wanne, brüllt sie, um das Gebrüll zu übertönen. Das noch schlimmer wird. Entnervt drückt sie den Schreihals Lottie in die Arme, geht selbst irgendwo oben nach dem Bottich suchen, mit der dussligen Delphine auf den Fersen.

Lottie schwankt vor Erregung. Noch nie eine solche Last getragen, nicht mal Jules ein einziges Mal. Jetzt heißt es improvisieren, denn Schatz brüllt sich die Seele aus dem Leib, läuft lila an, erstickt fast an ihrem Geschrei. Im Handumdrehen entfernt sie die Hüllen. Legt sie fast nackt auf den Tisch, kämpft gegen das Gestrampel der Kleinen, die sich windet wie eine Ertrinkende. Ganz nass geschwitzt, voll Sabber und Rotz kämpft sie weiter und spuckt obendrein, winziger, schwächlicher als die ans Kreuz geschlagenen Kröten. Aber pummelig, voller Falten und Grübchen. Sie war so glücklich, rittlings auf dem Männerrucksack. So etwas hat Lottie nicht, aber sie rittlings an sich drücken, sich die angezogenen Beinchen um die Taille legen und sie unter dem Hintern festhalten, das schafft sie. Obwohl sie das Gewicht im Vergleich zum Volumen überrascht. Die Kleine ist schwer wie Blei, als sie erschlafft, vielleicht ist sie schon hinüber. Keineswegs. Sie schmiegt sich an, sucht mit dem Mäulchen, noch von schwachem Schluckauf geschüttelt, den Lottie in ihrer Brust spürt, als schluchzte sie selbst auf dem Hackklotz, mutterseelenallein auf ihrer Insel. Sie hat angefangen, sich zu drehen, sich langsam zu drehen und, während sie sich dreht, dummes Zeug zu murmeln und mit dem Finger auf die Stirn, die Nase, das Kinn, den aufgerissenen Mund zu tippen. Auf einmal schnappt sich das sabbernde Loch ihren Finger, nimmt ihn ganz in Beschlag. Plötzlich Frieden. Große Stille. Die Lottie betäubt nach all dem Lärm. In die Kuppe ihres Zeigefingers strömen heftige Empfindungen. Die brennende Pumpe pulsiert und presst, löscht jede Wahrnehmung aus bis auf die an ihrer von Lippen umfangenen Fingerspitze, Lottie bebt vor Glück, in Besitz genommen zu sein von diesem Ringmuskel, der sie aufsaugt, sie will und ruft, eine Gefangene dieses Fleischs, das so großzügig gibt und alles aus ihr schöpft wie aus einer Liebesquelle.

Als Madame Ardenne und Delphine mit einer Wanne und Krügen zurückkommen, ist etwas Zeit vergangen. Die Sonne ist weitergewandert, so scheint es. Es ist dunkler und heller zugleich. Lottie sitzt im Ohrensessel und hält die halb nackte Schatz im Korb ihrer gespreizten Beine. Gänzlich entspannt bewegt sie Händchen und Füßchen, reckt ihren Vogelhals nach den alten Balken, ohne den Finger von Lottie freizugeben, die ihr leise ins Ohr zwitschert, trillert und gurrt, Laute, die sie ihrer Kehle entlockt. Verblüfft stellen die Frauen Wanne und Krüge ab. Heilige Mutter, kann das sein, wie kommt das, krächzt Delphine. Dabei sieht die dumme Gans doch, dass es möglich ist. Auch Madame Ardenne beugt sich der Einsicht, dass die Furie endlich die Klappe hält. Furchtsam kommt sie näher, betastet vorsichtig das Bäuchlein. Schatz stößt ein empörtes Grunzen aus. Ihre Stirn färbt sich dunkelrot, sie saugt noch heftiger am Finger, unter hochgezogenen Brauen sucht ihr schielender Blick, wer es wagt, ihr Wohlbehagen anzutasten. Vom Kirchturm schlägt es halb, ohne sie zu stören. Die Wanduhr schlägt nicht, nur ein unhörbares Klicken, als der Zeiger weiterrückt: Madame Ardenne hat den Klöppel angehalten. Weil jede Kleinigkeit sie reizt, erklärt sie, sie außer sich bringt. Sie brüllt Tag und Nacht, nichts hilft. Mit leiser Stimme, falls die Betreffende darin einen Vorwurf sähe, daran Anstoß nähme, sagt sie, das ist die Umstellung. Sie ist nicht an uns gewöhnt. Sie ist gerade erst angekommen. Sei so nett und bleib noch ein bisschen, bis sie einschläft. Besiegt fügt sie hinzu: Du scheinst ihr zu gefallen.

Wilde Freude überschwemmt Lottie. Zunächst, weil sie, ohne dass jemand Einwände erhebt, in dem Ohrensessel sitzt, der den ehrwürdigen Bewohnern dieses Hauses vorbehalten ist, in einem Sessel, den Generationen von Ardennes jahrhundertelang mit ihren edlen Hintern abgenutzt haben. Dann, weil man sie noch nie so höflich um etwas gebeten hat. Und schließlich, weil Lottie niemandem gefällt. Jemanden für sich gewinnen, jemanden bestechen, darauf versteht sie sich, aber gefallen, es bedarf schon der ganzen Autorität einer Madame Ardenne, um ihr diese Gabe zuzubilligen. Dabei liegt es gar nicht in deren Zuständigkeit, das zu entscheiden. Sie beugt sich lediglich dem Willen des kleinen Tyrannen. Dieses Geschöpf, das seine Tücher durchnässt, das wimmert und winselt wie ein Dämon, verfügt über die außerordentliche Macht, nach Belieben zu entscheiden, wer ihm gefällt. Angefangen bei dem Mann mit dem zerfetzten Ohr. Dass sie uns auserwählt hat, ist von entzückender Unschuld. Es wird nicht dauern, aber im Moment sind wir in den Glanz der Gnade gehüllt. Der Schatten des Hauses umschmeichelt den Ruhmessitz, auf dem wir thronen. Als wir uns in der schmelzflüssigen Luft hierher begaben, hat alles dieses Ereignis vorbereitet. Das unermessliche Draußen war in seiner unmittelbar bevorstehenden Metamorphose erstarrt, der Lauf der Flane unter dem goldenen Laub der Pappeln zum Stehen gebracht, das wellige Land der Stoppelfelder und Hecken vor Überraschung gelähmt. Kein Blätterrauschen, kein Tiergeschrei unter dem Lichtschwert der Verkündigungen.

Lottie denkt, dass die Mutter gewiss den Hof und die Umgebung auf den Kopf stellt, nach ihr, die verschwunden ist, ruft, die Hündin und den Hausrat piesackt. Sie kann nicht länger bleiben. Nicht dass sie Lust hätte zu gehen, nicht für alles Gold der Welt würde sie sich von der Stelle rühren. Sie fürchtet auch nicht die Furie, die sie oben erwartet, aber ihr Glück ist zu groß, ihre Macht zu neu, als dass sie sie missbrauchen dürfte. Man könnte sie auf Knien anflehen zu bleiben, sie würde der Versuchung nicht nachgeben. Entschlossen zieht sie den Finger aus dem Schlund, hofft, damit eine neue Krise auszulösen. Daran würde man die Größe ihrer Macht erkennen. Aber die Kleine stößt weiter befriedigte leise Gluckser aus. Der warme Nacken neigt sich. Die selige Schatz ratzt. Unendlich vorsichtig nimmt man sie ihr ab, trägt sie hinauf ins Schlafzimmer. Lottie versinkt im Sessel. In ihrer Ratlosigkeit jubelt sie vor Kummer. Sie hat ja nichts von dem Frohlocken, der Dankbarkeit, dem Groll und dem Liebeskummer geahnt, die sie zermalmen, von der Einsamkeit des Stolzes. Aus Sorge, überrascht zu werden, hütet sie sich, auch nur einen verstohlenen Blick zu dem in schwarzen Schatten getauchten Winkel unter dem Balken über dem Kamin zu werfen. Neulich hatte sie in wenigen Sekunden ihr ganzes Leben gesehen. Nicht nur ihr unmittelbares Leben auf dem Hof und dem Strohsack, sondern alles, was während der Häutungen des Alterns sein wird, bis sie wie Mémé stinkt und vergeht. Und während sie daran denkt, zieht sie, ohne sich nach Sinn und Grund zu fragen, den Umschlag aus der Brieftasche. Ihr ganz in ihrem Blick konzentrierter Geist findet mit geradezu magischer Schnelligkeit die ideale Nische, dort, wo der Balken an die Kamineinfassung stößt. Sie klettert auf den Sessel, steckt den Umschlag so tief hinein, dass niemand ihn dort finden wird, zieht die Haustür zu und macht sich davon. Die am Zaun versammelten Kühe nicken ihr zu. Der etwas abgekühlte Wind wiegt die Ulmen. Das Knacken der Äste hört sich an wie das Knattern hoffnungsgeblähter Segel.

Als ich Lottie Carmeaux kennenlernte, erzählte ich Abel, während ich neben ihm unter den Bäumen des Campus entlanglief, als ich sie zum ersten Mal getroffen habe, war sie gerade dabei, hinter dem Haus mit der Gartenschere ihre Glyzinie zu beschneiden. Ich kam auf Empfehlung der Sekretärin des Bürgermeisters, mit der ich einen Termin vereinbart und die mir versichert hatte – was ich schon durch den Blick in einen Reiseführer wusste –, dass ich im Dorf kein Hotel finden würde, also bis Bouvier-les-Eaux oder Andreville fahren müsste, um unterzukommen. Da ich es aber für das, was ich dort zu erledigen hatte, einfacher fand, direkt vor Ort zu übernachten, äußerte ich die Absicht, für ein paar Tage ein Privatzimmer zu mieten, wie es jetzt fast überall üblich sei, etwas wie ein *Bed & Breakfast*, was sie verblüffte. Offenbar gab es das nicht in dieser Gemeinde, die kaum noch Touristen anziehe, sagte sie, zu abgelegen von der Nationalstraße, vor allem seit dem Bau der Schnellstraße, weshalb das letzte Hotel im Winter zugemacht habe, fragen Sie bei den Ardennes, wenn Mademoiselle Carmeaux der Sinn danach steht, nimmt sie manchmal Gäste auf, die auf dem Wanderweg unterwegs sind und eine Pause einlegen wollen, aber ich kann Ihnen nichts garantieren. Diese einzige Adresse ließ mir wenig Hoffnung, aber ich wollte mein Glück versuchen, ich wollte um jeden Preis mein Ziel erreichen, den Drang befriedigen, der mich seit Wochen quälte, nach Le

Mauduit zurückzukehren, wie damals in seinen Mauern zu wohnen, in Muße herumzulaufen und mich dort zu verirren.

Ich war an einem sehr milden Tag im Frühherbst angekommen, der in dem klaren Licht strahlte, das auf den Regen folgt. Schon am Ortseingang erinnerte ich mich, als ich die abschüssige Hauptstraße mit ihren ungleichmäßig hohen Häusern, den Erker vor dem früheren Hôtel du Commerce mit seinem Stufendach und den herzförmigen Öffnungen in den Fensterläden, das seinen Bauch über die Straße schob, die massige Kirche mit ihrem durchbrochenen Glockenturm und die Wipfel der Kastanien auf dem Vorplatz wiedersah, an unsere Ankunft an einem Gewitterabend und den kurzen Aufenthalt in einem Spätsommer in den Fünfzigerjahren; als wäre mein Vater auf der Rückfahrt aus dem Urlaub ganz plötzlich auf die Idee gekommen, unter dem Vorwand, es sei nur ein kleiner Umweg; an den Ärger meiner Mutter, die ihm unterstellte, er habe das vielmehr geplant, habe diese ungewöhnliche Strecke gewählt, um in der Nähe von Le Mauduit vorbeizufahren und ihr diesen Halt aufzuzwingen, den er nicht mit ihr abgesprochen hatte und den sie aus Gründen ablehnte, die ich damals nicht kannte, während ich, vergessen auf der Rückbank des Peugeot, ihren heftigen Wortwechsel verfolgte, dessen Inhalt mir entging, weil der Motor im Leerlauf tuckerte und der Wind gegen die Scheiben schlug, aber ich ahnte, dass es um etwas ging, das ihre Beziehung bedrohte, etwas Ernstes, das ich willkürlich übertrieb, als passte dieser Streit zu meinem Gefühl einer untergründigen Missstimmung, die sie vor mir verbargen. Ich erwartete einen Ausbruch, ein Wort lauter als das andere, dass meine Mutter wie so oft protestierte oder weinte und er sich aufregte, aber zu meiner großen Enttäuschung war es plötzlich vorbei. Mein Vater zog den Zündschlüssel, stieg aus und ging über den Platz, um nach freien Zimmern zu fragen. Mein Blick folgte ihm den Hang hinunter, er schwankte ein wenig im Wind, der seine Jackenschöße hochwehte: Geh zum Teufel, flüsterte meine Mutter, zu leise für mich, aber ich hörte es. Ich hörte, wie sie ihn durch die Scheibe mit dieser lapidaren Formel verabschiedete, mit der sie drei Jahre später seinen Weggang kommentierte, der ihre Trennung vollzog, mit dem gleichen bösen Lächeln, das sie wohl auch damals zeigte – ohne das Gesicht der Menschen zu sehen, hört man an ihrer Stimme, ob sie lächeln und was für ein Lächeln es ist –, und ich kann mich nicht daran erinnern, ohne zu denken, dass ich verantwortlich, wenn nicht gar schuld bin an ihrem Streit auf dem Platz von Le Mauduit, weil ich ihn nicht verhindert, ihn nicht wenigstens gemildert habe, indem ich an meine Anwesenheit erinnert und gesagt hätte, dass ich kein Koffer auf der Rückbank war, sondern ihr Kind. Als ich langsam die Straße hinunterfuhr, dachte ich wieder an diesen Satz meiner Mutter, der meinen Vater zum Hôtel du Commerce katapultierte wie zu seinem endgültigen Abschied von uns, gegen den widrigen Wind des Lebens ankämpfend, der ihn dazu trieb, verhängnisvolle Fehler zu begehen, fortgerissen auf dem abschüssigen Weg seines Schicksals oder vielmehr seiner Vergangenheit, die er nicht verlassen hatte, seiner Kindheit, seiner Jugend auf dieser verlorenen Dorfstraße, in diesem Winkel abseits der großen Straßen. Man brauchte schon Gründe, ihn auf einer Karte zu suchen, um dorthin zu kommen oder zurückzukehren.

Der Sommer war vorbei, und es drohte kein Gewitter an diesem Tag, trotz dieses atmosphärischen Unterschieds schien sich das Dorf seit jener fernen Zeit kaum verändert zu haben. Kein Neubau oder unzeitgemäßer Anbau veränderte die alte Architektur, abgesehen von der modernisierten städtischen Ausstattung des Ortes mit einem Bushäuschen, zementierten Gehsteigen und normierter Straßenbeleuchtung. Der braune Stein widerstand der Witterung und dem Zahn der Zeit, bewahrte die schönen Linien der Fassaden, doch hier und da zeigte sich der Verfall, von dem die ländlichen Gegenden betroffen sind. Manch ungenutzter Laden war in eine Wohnung umgewandelt worden, über den einstigen Schaufenstern hingen noch rostzerfressene Reklameschilder, die verschwundene Aperitif- oder Suppen-Marken priesen, die Fenstersimse waren zu häuslichen Museen blutleerer Pflanzen, Nippes in Muschelschalen und Gipsfigürchen geworden. Bei vielen Häusern waren die Fensterläden geschlossen, entweder hatten die Bewohner sie an diesem Herbstnachmittag schon zugeklappt, oder die Häuser standen leer, Opfer der Landflucht oder von Erbstreitigkeiten, die endlos dauern und die Grundstücke verfallen lassen. Im Vorbeigehen erkannte ich das frühere Café Gilain, auf dessen neuem Schild mit hässlichen, zu dieser Stunde dunklen Neonlettern *Le Barjo* stand, wobei nichts auf der menschenleeren Terrasse mit drei roten Plastikstühlen und grünen Plastik-Thujen diese Verheißung wilder Ausgelassenheit zu bestätigen schien. Der Brunnen, aus der Zeit gefallen, weil niemand mehr daraus Wasser schöpfen musste, war sicher wegen seines pittoresken Wasserspeiers in Form eines Wildschweinkopfes mit Hängebacken und Rüssel erhalten geblieben, der von den Eimern abgeschabte Rand des Sandsteinbeckens war mit Geranien bepflanzt, die immer noch blühten. Ich erkannte ihn sofort, mitten auf dem Parkplatz. Dort stellte ich das Auto vor dem Rathaus ab, das gerade um eine Etage aus Hohlblocksteinen ergänzt worden war, die noch auf den Putz warteten. Die Kirche auf der anderen Seite des Platzes unter ihrem Turm mit den kleinen Rundbogenöffnungen, der die Glocken beherbergte, war unverändert; ihre hässlichen modernistischen Kartuschen, das Werk eines ortsansässigen, mit dem bischöflichen Auftrag geehrten Bildhauers, bildeten immer noch einen schreienden Gegensatz zu der nüchternen romanischen Tür, die den abschüssigen, mit Platten roh gepflasterten Kirchplatz dominierte, an dessen unterem Ende, umgeben von frisch gemähtem Rasen und Blumenbeeten mit einem Schild, das darum bat, keinen Müll zu hinterlassen, das unveränderte Denkmal für die Toten von 1914/18 stand. Eine flehende weibliche Bronzefigur mit Witwenschleier und ein kleines Waisenkind klammerten sich an einen barhäuptigen Soldaten, der, vor Erschöpfung auf die Knie gesunken, sein Gewehr am Lauf hinter sich herzog, eins der wenigen Denkmäler in Frankreich, hatte mein Vater gesagt, das die Schlächterei dieses Kriegs nicht rühmt, und ich schloss, ich weiß nicht warum, aus dieser Bemerkung, dass er das Waisenkind des Denkmals war. Auf der stehen gebliebenen Uhr war es fünf oder siebzehn Uhr, vielleicht war sie außer Dienst, oder der elektrische Mechanismus, mit dem man all diese Uhren ausgestattet hat, war kaputt, und entweder weil diese reglose Zeit eine Bresche in die Illusion unwandelbarer Stetigkeit schlug oder weil diese Stunde einen geheimnisvoll schicksalhaften Moment des Tages bezeichnete, hatte ich das Gefühl, in all den Jahren nicht wirklich fort gewesen zu sein. Fast fünfundzwanzig Jahre waren seit dieser Kindheitserinnerung vergangen, ich sollte die Einzelheiten dieses Ortes vergessen haben, aber ohne dass ich mich bemühte, fiel mir alles wieder ein. Über meinen Blick legte sich eine Schicht Pauspapier oder Rauchglas, die das Leuchten des Tages auslöschte und mir die tote Materie der Vergangenheit vergegenwärtigte.

Wenn Menschen unterwegs waren, habe ich sie nicht bemerkt, an diesem Spätnachmittag war das Dorf seltsam leer oder kam mir wenigstens so vor im Vergleich zur Belebtheit in meiner Erinnerung an jenen langen, fernen Tag, an dem ich allein herumlief, während mein Vater verschwunden war, um zu tun, weshalb er gekommen war, und meine Mutter, die sich weigerte, das Hotel zu verlassen, im Negligé im Hotelzimmer schmollte oder hinunter zur Bar ging, um einen Martini nach dem anderen zu trinken, und mich frei in der Umgebung herumstromern ließ, als wäre diese außergewöhnliche Großzügigkeit die Entschädigung für ihre Vernachlässigung. Damals gab es keinen Parkplatz, viel mehr Leute liefen die Hauptstraße entlang, grüßten einander vertraut, gingen ihren Geschäften nach und blieben zum Schwatzen auf der Ladenschwelle stehen, Karren blockierten die damals gepflasterte, heute asphaltierte Fahrbahn; über all das ging ein warmer Sommerwind hinweg, der Geräusche und Gespräche mit sich forttrug. Durch meine Schüchternheit zurückgehalten, beobachtete ich eine ganze Weile aus der Entfernung eine Gruppe von Kindern, die sich am Brunnen gegenseitig nass spritzten und die alten Frauen auf ihren Stühlen vor der Kirche mit Spötteleien und Hühnergegacker bedachten, ein Grüppchen uralter Weiber, alle mit Leinenhauben und schwarzer Kleidung, damit beschäftigt, für einen Blumenteppich Blätter von Lorbeerzweigen und Rosenblüten, die der Wind um sie herumwirbelte, in Körbe zu rupfen. Die Kirchentür stand weit offen, ich sah, dass drinnen fröhliche junge Leute in den bunten Strahlen, die durch die Fenster fielen, Lilien und Gladiolen zu Girlanden und Kränzen wanden, Stühle und Gebetshocker aufreihten und die Altartücher ausklopften, ein geschäftiges Treiben, das mir, so ungläubig ich auch war, die zur Andacht bestimmte Höhle voller Schatten und Licht zu entweihen schien. Ich blieb einen Moment hinter dem Pfeiler mit dem Weihwasserbecken stehen und sah zu, wie sie sich über alles amüsierten, sie ignorierten mich, die das Alter in die Gruppe der Kinder am Brunnen verwies, ich war eifersüchtig auf ihre Verbundenheit und die Freizügigkeit ihrer Spiele, die derben Ausdrücke, mit denen sie sich neckten, während sie sich kitzelten und in den Gängen verfolgten, um sich einen Kuss zu rauben, ohne in den Vorbereitungen innezuhalten, sicher für eine Hochzeit, sie alle verbunden durch dieses Fest, um das ich sie beneidete und das mich ausschloss, die Fremde im Dorf, in der Gegend, eine Unbekannte für sie, die ich mir als Freunde wünschte, die mich aufnehmen und mir nachlaufen, mich umarmen und lieben sollten.

Als ich die an diesem Tag geschlossene Kirche wiedersah, durchlebte ich erneut meinen langen Aufenthalt im Kirchenschiff, eine Zeit, die mir heute endlos vorkommt im Vergleich zum Rest des Nachmittags, obwohl es sicher nicht mehr als eine Viertelstunde war, dass ich diesen Ort besichtigte, den regelmäßig zu besuchen mir nicht beschieden war, ich wusste nicht, wozu sein Hauptaltar, die Seitenkapellen, die mit dem Nimbus von Gold und Staub umgebenen liturgischen Objekte im Halbdunkel dienten, ebenso wenig kannte ich die Bedeutung der Gemälde, die tragische Szenen darstellten, deren Sinn mir verborgen blieb, oder die der kleinen Votivtafeln, die an den Pfeilern hingen, und die der Gedenktafeln mit den eingravierten lateinischen Inschriften; und schließlich die bunten Fenster, die ich mit schmerzhaft zurückgebogenem Nacken eines nach dem anderen betrachtete, jedes zeigte majestätische, furchtlose, allen erdenklichen Martern mit Flammen und Schwertern, Rädern, glühenden Kohlen und Zangen unterworfene Personen, deren schreckliche Gesichter aus strahlendem Glas lange, vielfarbige Prismen in die Dunkelheit zeichneten. Im Spiel dieses Lichts schien es, als würden ihre sich im Raum ausbreitenden Geister für die bedrohte Zeit, die der sie durchbohrende Sonnenstrahl dauerte, ein Unglück heraufbeschwören, das sie anzukündigen schienen, mich dumpf mit der Schreckensvorstellung zurücklassend, meine Eltern seien tot oder vielmehr sehr alt in einem irrealen Tod, der ihr Leben jenseits ihres Sterbens, dem ich beigewohnt hätte, verlängert; ich weiß sie tot, während sie ewig jung sind wie die Märtyrer auf den Fenstern, und ich selbst bin es, die tot ist, in der Wirklichkeit der Kirche außerhalb der Zeit.

Den Rest des Nachmittags war ich lange durch die Gassen gewandert, ich hatte mich verirrt, ohne mich zu verirren, weil ich immer zur Hauptstraße zurückkam, zu der sie alle führten; ich war an den Schaufenstern entlanggebummelt, Lebensmittel, Drogerie oder Mode, ein Messerschmied und ein Schuster, vorbei an den Terrassen kleiner Hotels, viel bescheidener als unseres, aus denen Gerüche nach Saucen und verbranntem Fett, Geschirrklirren und Lachen drangen, hatte neugierig an der Ecke seines Schuppens einem Saatgut- und Kleiehändler zugesehen, der auf seiner Roberval-Waage gerade einen Sack Saatkorn wog, aus dem durch einen Riss ein dünner, duftender Faden auf seine Füße rann wie eine sprudelnde kleine Fontäne, aber er schien nicht zu bedauern, dass sich das Korn auf dem Boden verlor, der mit gelben Strohhalmen und in der Sonne dampfenden Ballen bedeckt war. Aus seiner Höhle drang ein würziger Geruch, der meine Nasenhöhlen kitzelte, und als ich nieste, rief er: Gesundheit, meine Süße, was mich vor Scham fliehen ließ. Er war der Einzige an dem ganzen Tag, der mir ein Wort, einen Blick zuwarf, mir eine Existenz verlieh, während ich für alle, denen ich begegnet war, durchsichtig schien. Noch später am Nachmittag folgte ich einer sehr dicken roten Katze, die mich adoptiert hatte, zumindest so tat, als wartete sie auf mich, da sie sich leckte und Toilette machte, wenn ich stehen blieb, und dann in wiegendem Schritt weiterlief oder sich den Rücken an den Hauswänden rieb, als lockte sie mich, um mich geduldig irgendwohin zu führen. So fand ich mich weit außerhalb des Zentrums wieder, wo ich in ihrem Schlepptau ein steiles, unwegsames Gässchen hinablief, das durch die ungleichmäßig zur Mitte geneigten Mauern noch enger wurde, gesäumt von elenden Hütten, aus denen Rinnsale in einen schlammigen, stinkenden Bach rannen. Dort gingen noch schmalere Pfade ab, wo klaffende Türen den Blick auf winzige, mit allem möglichen Zeug vollgestopfte, schmutzige und schäbige Innenräume freigaben, die ich aus dem Augenwinkel wahrnahm, da ich den Kopf nicht zu wenden wagte, entsetzt, dass womöglich Tiere darin lebten und vielleicht Menschen, hie und da bemerkte man an vagen Bewegungen ihre Gegenwart, aber niemand, ob Erwachsener, Kind oder Tier, erschien auf einer Schwelle, vielleicht beobachtete man mich heimlich durch einen Spalt. Mir war, als spürte ich im Rücken Blicke, die ich mir feindselig vorstellte, genau in dem Moment, als der Begriff »Elendsviertel« in meinem Kopf auftauchte, den ich bisher für eine literarische Abstraktion gehalten hatte und der plötzlich zu einer Realität passte, und ich schämte mich, als hätte ich ihn laut ausgesprochen und die Bewohner hätten es gehört.

Dann kam mir der Gedanke, dass die rote Katze, die inzwischen verschwunden war, mich vielleicht in dieses Viertel von Le Mauduit geführt hatte, damit ich mich darin verlor, in diesen schändlichen, dem Blick entzogenen Kulissen seines Theaters, seiner niederträchtigen, im Zustand längst vergangener Zeiten belassenen Kehrseite, die ich in einem ungefähren Mittelalter ansiedelte, dessen Bild mir meine Schulbücher zeigten, und dass diese Menschen Figuren eines Romans, Gefangene einer Geschichte waren, die zwar vorbei war, aber in einer Parallelwelt neben der meinen weiterging, und die ich plötzlich berührte wie eine greifbare Wirklichkeit. Ich weiß nicht, woher ich die Gewissheit hatte, dass es die Welt meines Vaters war. Dass es mich in eine Vergangenheit verschlagen hatte, in der er so alt war wie ich, und dass ich durch seine Augen etwas sah, das ihm gehörte, einen Ort, an dem er weiterlebte und in dem ich mich verlieren musste, um ihn zu finden, ihn dort einzuholen und ihm zu begegnen, doch dann würde er diese Fremde nicht als seine Tochter erkennen können und ich ihn in seiner kindlichen Gestalt nicht als meinen Vater, vielleicht würden wir uns streifen und uns doch verfehlen, hinter einer dieser finsteren Türen lauernd, würde er mich vorbeigehen sehen und das Wort Elendsviertel gehört haben, so leise ich es auch in Gedanken ausgesprochen hatte. Bei dieser Vorstellung packte mich brennende Reue, dass ich einen Fehler gemacht hatte, indem ich entdeckte, was er vor mir verbarg und was wohl den Streit mit meiner Mutter im Auto ausgelöst hatte, die Auseinandersetzung wegen des unerwarteten Umwegs über dieses Dorf; und weit davon entfernt, mir die Befriedigung zu verschaffen, die Kinder empfinden, wenn sie zufällig die Geheimnisse der Erwachsenen aufdecken, litt ich darunter wie unter einem dem Vater angetanen Unrecht, das sich durch nichts beheben ließ.

Blind vor Tränen rannte ich stolpernd den Hang hinunter, verrenkte mir die Knöchel, stieß gegen die widerlichen Mauern, bis ich am Ausgang dieses Labyrinths endlich auf einen Hohlweg stieß, der zwischen Rosenhecken, hinter denen ich das Gebimmel einer nahen Herde vernahm, weiter nach unten führte, ich war dem offenen Land wiedergegeben, und der Abend brach herein. Der Weg verlor sich in einem kleinen, lichten Wäldchen, ein im Wind wehendes Spitzengewebe aus Schatten und Licht streichelte mein Gesicht, die ausgestreckten Äste junger Bäume bildeten ein Gewölbe, das sich auf eine Lichtschneise öffnete, und ich glaube nicht, dass ich je wieder so voller Glück genossen habe, von der Natur, den Pflanzen, Bäumen, Büschen, Sträuchern und Grasbüscheln, der Güte der nahen Tiere und dem Geruch der Erde eingehüllt zu sein. Ich kam an eine Weggabelung. In dieser Einsamkeit erhob sich ein Kreuz, der mit Moos und orangen Flechten bedeckte Sockel trug ein rostiges großes Kruzifix, unter dem ich verschnaufte. Vor mir erstreckte sich eine Landschaft von Hecken unterteilter Felder bis hinab in ein Tal, durch das sich ein friedlicher Fluss schlängelte, gesäumt von silbrigen Pappeln, deren Blätter sich wie zitternde Fischbäuche im Wind bewegten, und der tintenblaue, am Horizont von einem goldenen Band gesäumte Himmel verdunkelte sich allmählich. Durch einen Einschnitt im Laub sah ich die edlen Schiefer- und Ziegeldächer eines einsamen Hauses inmitten des Grüns, von wo vielleicht Leute kommen und mich entdecken, mich ausfragen oder mit mir schimpfen würden, deshalb entfernte ich mich rasch, folgte einem engen Pfad, der von der Gabelung hinaufführte, allmählich breiter wurde und mich ans andere Ende des Dorfes zu der Kirche mit ihrem Platz und dem Denkmal für die Toten zurückführte.

Von diesem Abenteuer erzählte ich meinen Eltern am Abend nichts. Mein Vater war kurz vor mir von seinem Ausflug ins Hotel zurückgekehrt und noch nicht oben im Zimmer gewesen, an seiner ungewöhnlichen Röte sah ich, dass er angetrunken war, und es kam mir so vor, als wären auch seine Hände geschwollen. Er trank an der Bar Bier mit Unbekannten, gewiss Hotelgäste auf der Durchreise wie wir, er schien großen Durst und Lust auf solche zufälligen Reisebekanntschaften zu haben und um die Aufmunterung einer künstlichen Geselligkeit förmlich zu betteln, was mir als Laschheit, als Erbärmlichkeit erschien, derer ich mich für ihn schämte. Seine Krawatte war schmutzig, seine Schuhe voller Schlamm, worauf ihn meine Mutter spöttisch hinwies, meine ebenso schmutzigen bemerkte sie nicht, keiner von beiden fragte mich, wie ich den Nachmittag verbracht hatte. Später habe ich dieses Kindheitserlebnis vergessen wie so viele andere, die ungestillte Schmerzen hinterlassen, von denen man nicht ahnt, wie sehr sie, unvermittelt aufwallend, die Wiederkehr von Vergangenem auslösen, im Traum wie im Wachen.

Deshalb schließe ich nicht aus, dass ich einer solchen Eingebung gehorcht habe, als ich eine Feldforschung vorbereitete, um sie meinen Studenten im Hinblick auf ihr Diplom aufzugeben, und einen Ort in der Nähe der Universitätsstadt suchte, an der ich vorübergehend unterrichtete. Von dieser Stadt kannte ich nur das kleine Hotel, in dem ich für zwei Nächte in der Woche abstieg, mein enger Zeitplan und die administrativen Verpflichtungen ließen mir kaum Zeit, durch die Straßen zu schlendern oder gar in die Umgebung vorzudringen, zumal ohne Auto, weil ich nach dem letzten Seminar zum Bahnhof rannte, um den TGV zu erwischen und nach Hause zu fahren. Ich hatte kaum mit den ortsansässigen Kollegen zu tun, die Neuankömmlinge zwar nicht direkt ausschlossen, aber irgendwie doch eine Gemeinschaft bildeten, die wenig geneigt war, ihren Kreis zu öffnen, sich für Menschen zu interessieren, die auf andere Posten lauerten, wie es in jenem Jahr bei mir der Fall war. Ich wartete darauf, dass eine Stelle im Ausland frei wurde, um die ich mich beworben hatte, und beschäftigte mich schon mit dieser Abreise, die schließlich erst zwei Jahre darauf stattfand, gab mir also auch keine große Mühe, Beziehungen zu knüpfen, entmutigt von den wenigen Abenden, die ich mit den Kollegen verbracht hatte, vom kindischen Niveau der Gespräche, den Anzüglichkeiten und dem Tratsch, den sie sich erzählten.

Es war also kein Kollege, der mir dieses Dorf empfohlen hatte, um es meinen Studenten vorzuschlagen, sondern sicher das seltsame Ziehen, das ich verspürte, als unter der Bleistiftspitze, mit der ich über die Karte der Region fuhr, unter dem gedruckten Namen Le Mauduit die kleine Zeichnung mit der sternförmigen Straßenverzweigung auftauchte, die das Örtchen abseits der Nationalstraße darstellte, quer zu den eng zusammenliegenden Höhenlinien, die auf große Niveauunterschiede hinwiesen und weiter wurden, als es auf einen Wasserlauf zuging, dessen Mäander am Dorf vorbeiführten, bevor sie sich zum Saône-Tal hin erneut weiteten. Ich musste für meine Studenten das Beispiel einer alten ländlichen Gemeinde finden, die durch ihre Wohn- und Anbauformen, den demografischen Wandel und die verschiedenartigen Tätigkeiten ein geeignetes Objekt darstellte. Diese Feldstudie sollte das halbe Jahrhundert umfassen, in dem sich das bäuerliche Leben in Frankreich radikal verändert hat; das war das Thema der Lehrveranstaltung, die ich in Erwartung von etwas Besserem in jenem Jahr anbot. Hundert andere Gemeinden in der Umgebung wären ebenso gut gewesen, aber nachdem mein Bleistift auf den Namen Le Mauduit gestoßen war, konnte ich nicht mehr zurück, keine anderen suchen und meine Aufmerksamkeit auf sie richten, es war, als würde sein Blinken die ganze Karte überstrahlen, die anderen Orte auslöschen, das abstrakte Terrain auf der Karte anheben und eine dreidimensionale Landschaft formen, deren Höhenlinien sich in echte geologische Steilhänge und sommerpralle Landschaften unter tintenblauem Himmel verwandelten. Eine Karte zu interpretieren und die Landschaft zu visualisieren ist für eine Geografin das Leichteste, doch was da vor mir auftauchte, hatte die Intensität bekannter Dinge, zwar zu kurz wahrgenommen, um ein stabiles Gesamtbild sicherer Gegebenheiten zu bilden, aber mit der Eindringlichkeit sich wiederholender Träume. Ich ahnte, warum ich nicht weitersuchte, verschob es aber, wirklich darüber nachzudenken, beugte mich lieber, ohne die Ursache zu kennen, der undeutlichen Anziehung, die der Ort ausübte und die sicher mit der Erinnerung zusammenhing, dort gewesen zu sein und sogar zwei Nächte im Hotel verbracht zu haben, in einer Zeit meiner Kindheit, die durch die zunehmende Missstimmung zwischen meinen Eltern getrübt war, ziemlich undeutlich, jedoch stechend genug, um mich darauf hinzuweisen, dass an diesem Ort etwas noch immer Schmerzendes von mir zurückgeblieben war. Eine jener verschwommenen Intuitionen, die meist folgenlos bleiben, diese aber hat mich nicht losgelassen, sagte ich zu Abel, zur Entschuldigung und aus Angst, dass er mich wirr oder in Bezug auf die Umstände meiner Rückkehr nach Le Mauduit zu sentimental fand; doch diese Angst war nur die jeden Anfangs. Alles war neu und zu erfinden, mein Leben in Vancouver, wo ich gerade angekommen war, unsere Begegnung in einem Universitätsflur, der Bericht, den ich zum ersten Mal gab; und falls es ihm auf die Nerven ging, dass ich nicht schneller zum Kern der Sache kam: Das liege nur daran, dass mir noch nicht klar sei, was eigentlich der Kern, die Quelle und die genauen Daten sind, die es in seinen statistischen Berechnungen ja gebe. Weil er sich nie bemüht habe zu erzählen, verteidigte ich mich, dabei hörte er mir zu; während wir unsere Schritte unter den Bäumen des Campus einander anglichen, hörte er mir zu, wie ich diesen Ort auf der Karte entdeckt und mir einen guten oder schlechten Grund verschafft hatte, dorthin zurückzukehren.

Und so, fuhr ich fort, ging ich, wie telefonisch vereinbart, ins Rathaus, um die Sekretärin zu treffen, von der ich außer der Adresse einer Unterkunft erhoffte, dass sie mir einen Termin beim Bürgermeister oder einem seiner Stellvertreter besorgte, damit ich ihm mein Projekt vorstellen konnte. Die Frau, die mich empfing, war von unbestimmbarem Alter, ihr Rock aus Lederimitat und ihr glitzerndes Haargummi wirkten eher jung, aber das ungeschminkte Gesicht und die müden, langsamen Bewegungen zeugten vom Gegenteil. Sie bat mich unter Entschuldigungen in ihr Büro, einen winzigen Raum mit einem runden Fensterchen zum Hof. Eine Abstellkammer, erklärte sie mir, die sie zeitweise nutze, bis zur Decke zugestellt mit wackligen Regalen voll grauer Verwaltungsordner, unter deren Last das zarte Persönchen zusammenzubrechen schien. Ihre Schultern waren hochgezogen und der Nacken gekrümmt, als rechnete sie mit einer Rüge, wahrscheinlicher war, dass sie die Nackenverspannung zu mildern suchte, die von der langen Arbeit über ihrem Rechnungsbuch herrührte, hinter dem sie während unseres gesamten Gesprächs verschanzt blieb und in das sie hin und wieder unruhige Blicke warf, als müsste es ihr aus der Verlegenheit helfen. Wenngleich unser Telefongespräch freundlich gewesen war, begegnete sie mir jetzt von Anfang an mit einer gewissen Distanz, als wollte sie keinerlei behördliche Verantwortung übernehmen. Ich gab mich höchst liebenswürdig und erzählte ihr ausführlich von meinem Projekt, sie wunderte sich, dass die Gemeindearchive von wissenschaftlichem Interesse und meine Reise wert sein konnten, was sie nicht geahnt hatte, war geschmeichelt von den Publikationen, die ich nannte, um sie zu überzeugen, und wurde allmählich sanfter; bevor ich aufbrach, führte sie mich sogar, was mir nicht selbstverständlich erschien, durch das Erdgeschoss des Rathauses, das gerade renoviert wurde. Der alte Gemeinderatssaal und das Trauzimmer waren voll mit Gerüsten, Gipssäcken und Farbeimern, der Stuck an der Decke, der mit der Hacke abgeschlagen wurde, sammelte sich auf dem Boden, einem schönen Fischgrätparkett, wie ich unter dem Schutt zu erkennen meinte. Zwischen den Planen vor den Fenstern drang blasses Tageslicht herein, nur eine Marianne blieb auf ihrem Porphyrsockel und starrte mit abwesendem Blick auf das Durcheinander; ich wusste nicht, ob mir die Sekretärin die Baustelle zeigte, weil sie sich darüber freute und ihren Stolz teilen wollte, oder ob sie mich als Zeugin für das gottlose Bild der Zerstörung anrief. Was es auch war, vielleicht erweicht durch das Einvernehmen der gemeinsamen schweigenden Betrachtung, hatte sie mir schließlich die Adresse von dieser Mademoiselle Carmeaux gegeben, die mich möglicherweise aufnehmen würde.

Ihren Hinweisen folgend und mit allen möglichen Ratschlägen versorgt, verließ ich das Dorf nach Norden und fand linkerhand sogleich die Nebenstraße, schlecht ausgeschildert, hatte sie mich gewarnt, die sich durch einen schattigen Wald aus Buchen und Sträuchern bergab schlängelte und laut Karte den ganzen Hang hinabführte, bevor sie in eine Kurve abbog und an einem Punkt unterhalb des Dorfes ankam, von dem man über dem Steilhang den Kirchturm und ein paar Dächer sah, die sich vor dem klaren Herbsthimmel abzeichneten. Wie sie mir beschrieben hatte, fuhr ich fast dreihundert Meter an der Außenmauer eines Guts entlang, die sich wohl nur durch das Pflanzengewirr aufrecht hielt, das sie bedeckte und von ewiger Vernachlässigung kündete, ein lebendiger Teppich aus Ranken und Büschen, die zwischen den Steinen und über dem Sims wuchsen, hinter dem die üppigen Wipfel eines Obstgartens hervorsahen, wenn ich es recht erkannte, aber da war ich schon am Tor; es war mit einem *Betreten verboten*-Schild versehen, das an einem der Pfosten hing. Ich hätte mein Auto am Straßenrand gelassen, hätten nicht die weit geöffneten Flügel das ohnehin ausgebleichte und halb unter Efeu verschwundene Verbot Lügen gestraft und zur Durchfahrt förmlich eingeladen. Die hilfsbereite Sekretärin hatte mir geraten, die Lage nach eigenem Gutdünken zu deuten und zu sehen, ob es mich trotzdem hineinzog. Im Schritttempo fuhr ich zwischen hohen, üppigen Lorbeerbäumen und verwilderten Erlen hindurch, die die Zufahrt verengten und so schräg wuchsen, dass sie jede Sicht nahmen, und plötzlich stand das Haus von Mademoiselle Carmeaux vor mir. Nach dem Dschungel, den ich soeben durchquert hatte, wirkte das Auftauchen der Fassade geradezu unwirklich. Das Licht des hereinbrechenden Abends war so lebhaft, die vom Regen gewaschene Luft so rein, dass sogar diese Klarheit künstlich schien, ein optischer Theatereffekt. Vor meiner Windschutzscheibe erhob sich die groteske Kulisse einer Opera buffa. Davor hatte mich die Sekretärin nicht gewarnt, vielleicht war ihr die Seltsamkeit dieses Hauses schon so lange vertraut, dass sie es nicht mehr überraschend fand, oder sie hatte befunden, dass ich es selbst entdecken sollte.

Das zweistöckige, mit geraden Schieferplatten gedeckte Haus war eine bunte Mischung sorgsam aneinandergefügter Anleihen; Fenster mit den orientalischen Schwüngen einer Pagode oder dem Flechtwerk von Wiener Stuck, Neorenaissance-Dachgauben, Eckpfeiler mit geriffelter Verkleidung, gekrönt mit Kapitellen in verspielt dorischem Stil, das alles einheitlich aus dem braunen Stein der Region; eine Ausnahme bildete nur ein niedriger, ziegelgedeckter Flügel, dessen orange-rosa Putz, der hier und da abgeplatzt war und den Backstein erkennen ließ, bis unter das mit einem dreireihigen Genueser Gesimsfries verzierte Vordach reichte; wie bei den provenzalischen Höfen, dachte ich und erinnerte mich an einen Besuch in Nîmes bei meiner Mutter und ihrem neuen Lebensgefährten, der mir den italienischen Ursprung dieser Besonderheit erklärt hatte, bei der man an der Zahl der Biberschwanzziegel des Gesimsfrieses den Reichtum des Eigentümers ablesen könne. Das Außergewöhnliche war, dass diese exzentrische Konstruktion durchaus Charme hatte. Die barocke Sorge um die »schöne Fassade« verschwand in der düsteren Harmonie von Blindfenstern und verwitterten Wänden, Überresten eines vergangenen Ruhms, wie in den Wäldern vergessene Tempel toter Religionen. Diese Atmosphäre wurde durch die am klaren Abendhimmel aufgetauchte fantastische Wolkenballung verstärkt, Kaskaden so weiß wie Eisberge, die in den letzten Sonnenstrahlen funkelten und den Raum bis in ferne Regionen weiteten, wo sich in Bereitschaft die gleichen Wolken türmten. Die kurze Vortreppe führte zur Eingangstür, von der der Lack abplatzte. Ich bediente den bronzenen Klopfer, eine elegante, mit Ringen geschmückte Frauenhand, und hörte die Schläge vergeblich durch ein großes, offensichtlich unbewohntes Inneres hallen. Ich wollte aufgeben und hatte mich schon damit abgefunden, die paar Kilometer zu fahren, die ich mir gern erspart hätte, um ein Hotel zu finden, als ein Blick auf den provenzalischen Flügel mich zurückhielt. Auf dieser Seite der Fassade befand sich ein hohes Fensterkreuz, hinter dem man durch eine ähnliche Öffnung auf der anderen Seite des Gebäudes wie auf einem leuchtenden, gerahmten Gemälde die luftige Perspektive eines Gartens mit einem Feigenbaum, Rosenstöcken und einem Brunnen und dahinter Laubbäumen erkannte, eine so reizende Landschaft, dass ich es wagte, um das Gebäude herumzugehen, um nach der Rückseite zu schauen, wobei ich meine Schritte übertrieben laut auf dem Kies knirschen ließ, um meine Anwesenheit anzukündigen, falls jemand dort wäre, besorgt, dass mein Eindringen von der Eigentümerin, vor deren unberechenbarer Laune mich die Sekretärin gewarnt hätte, schlecht aufgenommen würde, so sie denn da war.

Hier offenbarte sich mir ein ganz anderer Anblick, ein im alten Stil mit Pappeln, Nussbäumen und Rosenstöcken bestandener Hof, ein großer Feigenbaum über einem alten Brunnen, dahinter ein Gemüsegarten und die Nebengebäude und gegenüber eine bis zur Grundstückmauer reichende große, wellige, leicht abschüssige Wiese, auf der weit hinten Kühe weideten. Die Fassade, von der ich ein Stück zurücktrat, um sie zu betrachten, entsprach der traditionellen Bauart der Bauernhäuser der Region mit einem dreiteiligen Sprossenfenster im Obergeschoss und zwei kleinen, symmetrisch unter dem oberen angeordneten Fenstern im Erdgeschoss, die eine Tür mit Schwelle flankierten, eine Fassade, die sich so sehr von der anderen unterschied, dass man sich fragte, wie die beiden im Raum zusammenleben, miteinander kommunizieren und ein Ganzes bilden konnten. Zumal die Vorderseite einem aufgesetzten Dekor glich, das dem Zahn der

Zeit überlassen war, während diese alle Zeichen sorgfältigen Unterhalts und regelmäßiger Nutzung trug, und wäre nicht die Einsamkeit ringsum gewesen, hätte man geschworen, dass hier viele Menschen aller Generationen wohnten, dass sie durch die niedrige Tür herauskommen und sich vor dem Brunnen zu Gruppenbildern aufstellen würden, die jene kindischen Fiktionen von Glück illustrieren, wie sie Familienfotos eigen sind, und die Illusion war so stark, dass ich überzeugt war, es gäbe so ein Foto irgendwo in einer Schublade im Haus.

So weit war ich mit meinen Gedanken und im Begriff, den Rückweg anzutreten, als ich in der Ecke gegenüber der Mauer ein Geräusch vernahm. Ich ging ein paar Schritte darauf zu und stand direkt vor einer großen alten Frau. Sie selbst, wohl von den Geräuschen angelockt, die ich gemacht hatte, kam auf mich zu, sodass wir beinahe aneinandergestoßen wären. Da sie einen Kopf größer war als ich, befand ich mich in Höhe ihres Busens und nahm flüchtig, aber außerordentlich genau die Kamee an ihrem Kragen wahr, ein über sein ganzes pausbäckiges Gesicht lachender Engel aus heller Koralle. Wir wichen gleichzeitig zurück, und was ich nun von der Frau sah, strafte die Freundlichkeit ihrer Brosche Lügen. Der Körper eines Ackergauls in bis zur Wade geschnürte Galoschen und ein Korsett gehievt, das ihre Hüften bauschte und ihren Busen hob, über all dem ein wie mit dem Messer geschnitztes Gesicht, gemildert durch breite, weiche Wangen, die Lust machten, sie zu küssen, aber das hätte man nicht gewagt. Erst hätte man das Hindernis ihrer steilen Nase überwinden müssen, auf der Lupen saßen, hinter denen ihre zum Umfang eines Flaschenbodens vergrößerten funkelnden Augen einen auf Distanz hielten. Alles an ihr war hart, bis auf die Wangen und ihre

Hände, bewegliche und frische, anmutige Hände, die man überrascht am Ende kräftiger Männerarme entdeckte, über denen die Ärmel aufgekrempelt waren, voller Kratzer von der Arbeit des Ausästens, wovon die auf dem Boden verteilten, noch blühenden Zweige kündeten. Sie hielt ihre kleine Heckenschere vor sich und begutachtete mich von Kopf bis Fuß, während ich mich für mein Eindringen entschuldigte, ich hätte es mir auf den Rat der Sekretärin des Bürgermeisters erlaubt, die mich ihr empfehle; mit der Geschwätzigkeit von jemandem, der eine Abweisung fürchtet, breitete ich unnötige Einzelheiten aus. Wandern Sie?, unterbrach sie mich. Und da ich verdutzt schwieg: Wenn Sie den Wanderweg langgekommen sind, sind Sie nicht besonders ausgerüstet, wie's aussieht. Mit meinen Jeans, der kurzen Lederjacke und den Stadtschuhen an den Füßen sah ich wahrhaftig nicht nach einer Wandrerin aus, und ich fürchtete deshalb, ich hätte von vornherein jede Chance verspielt, Gnade vor ihren Augen zu finden. Aber ich verlor nicht die Fassung: Man braucht keine Ausrüstung, um zu wandern, nicht mal abseits der markierten Wege, entgegnete ich etwas großspurig. Ich musterte sie genauso und fügte hinzu: Ihre Ausrüstung ist auch nicht die beste, um Bäume zu beschneiden, dabei lachte ich über die Blüten und die kleinen Glyzinienblätter, die an ihrer hohen Stirn und ihren Wangen klebten und ihr schneeweißes Haar, ihre Schultern und ihre breite Brust bedeckten, als wäre sie beim Karneval in einen Konfettiregen geraten. Ich scheine Ihnen zu gefallen, urteilte sie in einem Ton, von dem ich nicht zu sagen wusste, ob es spöttische Genugtuung, ein leicht bedrohlicher Vorwurf an meine Adresse oder Ironie an ihre eigene war.

Die Zufallsbegegnung ähnelt dem, was man im Kampfsport oder im Krieg *Einsatz* nennt, wenn man nicht mehr beim Üben, sondern in der gefährlichen Selbsterprobung ist; ich glaube, unsere erste Begegnung war von dieser Art, sie und ich setzten in der Überraschung des Zusammenstoßes an der Hausecke, in diesem kühnen Wortwechsel, der mich ganz fröhlich gestimmt hatte, alles auf eine Karte, wie bei einem Rendezvous, wenn schon in den ersten Worten deutlich wird, was über die Zukunft entscheidet, was leiden lassen oder glücklich machen wird, Worte, die man sich vergegenwärtigt und wehmütig wiederholt, als hätte sich in ihrer anfänglichen Vollkommenheit etwas unwiderruflich verknüpft, und ja, diese Frau gefiel mir, kaum dass ich sie gesehen hatte, mit ihr zusammengestoßen und ihr fast in die Arme gefallen war, die Worte, die wir aufs Geratewohl sprachen, waren ein Einstieg in etwas Entscheidendes, vielleicht der Schlüssel, der mir ihr Herz öffnete. Erst viel später verriet sie mir, weshalb sie Wanderer aufnahm, die auf dem Weg durch das Tal vorbeikamen, das wissbegierige Lokalhistoriker als einen Abschnitt identifiziert hatten, auf dem Pilger aus Osteuropa Jahrhunderte zuvor in Richtung Limousin oder Rhonetal gewandert waren, um nach Compostela zu gelangen, eine Hypothese, die so gut begründet war, dass sie auf den Wanderkarten verzeichnet wurde und der romanischen Kirche von Le Mauduit wie auch einigen verstreuten Meilen- oder Grenzsteinen der Gegend ein gewisses Prestige verlieh, wenigstens bei Freunden sommerlicher Wanderungen. Eine ganze Saison, erzählte sie, hatte sie sich damit vergnügt, hier die Vermesser herumstreifen zu sehen, die Markierungen an den Bäumen im Wald und hölzerne Schilder an Kreuzungen anbrachten, wo man vom Weg abkommen konnte; das hinderte manche Wanderer nicht daran, sich zu verirren, wegen der Launen des Flusses, der beim kleinsten Gewitter über die Ufer tritt und manche Pfade unpassierbar macht, oder weil sie, mitgerissen vom Abhang, die Gabelung verpassten und irrtümlich bei den Ardennes landeten.

Der Erste, den sie die Ulmenallee hatte entlangkommen sehen, war ein vielleicht fünfzigjähriger Pole gewesen, ein erfahrener Wanderer, wie sie aus seinen alten Schuhen mit hohem Schaft und seinen kräftigen Waden in Wollstrümpfen geschlossen hatte, sie endeten unter weichen Kniebundhosen, die ebenso viele Taschen hatten wie sein Rucksack mit Bauchgurt, dessen Träger gut eingestellt waren und auf dem eine zusammengerollte Decke lag, alles sichtlich alt und abgenutzt. Er habe sich weder verlaufen noch sei er müde, erklärte er ihr in stockendem, aber absolut korrektem Französisch. Ihn habe nur der Charme der Schiefer- und Ziegeldächer angelockt, die er im Vorbeigehen zwischen den Bäumen gesehen habe, ein Anblick wie auf Stichen aus dem romantischen 19. Jahrhundert, die er als Kind bei seiner Großmutter gesehen habe, und so habe er sich am Ende eines langen einsamen Wegs durch die Natur, ohne einer Menschenseele zu begegnen, zu dem kleinen Umweg verlocken lassen, und als sie ihm auf dem Hof eine Erfrischung anbot, fragte er, ob sie ihm für die Nacht ein Zimmer vermieten könne oder eine Ecke im Stall, er sei nicht anspruchsvoll, erst kürzlich habe er auf einem harten Lager genächtigt, sagte er, und manchmal sei ihm ein Bett unbequemer als Bretter oder sogar der Boden. So wie er diesen Satz formulierte, schien er unter der Leichtigkeit des Anstands eine schwer vorstellbare Erfahrung anzudeuten, für die einzig konventionelle Worte vor der Ungläubigkeit oder Verlegenheit des Gegenübers bewahren. Bei ihr weckte dieser Satz Kindheitserinnerungen, die sie ihm nicht entgegenzuhalten gewagt hätte, auf einem harten Lager zu schlafen war ihr Schicksal gewesen, ohne dass sie sich auch nur vorgestellt hätte, man könne eine gute Matratze und weiche Laken besitzen, schon gar nicht ein eigenes Zimmer, und auch wenn sie die fragliche Erfahrung nicht mit ihm geteilt hatte, hatte dieses Gefühl sie doch dazu gebracht, die Gastgeberin zu spielen, das Abenteuer zu wagen, einen Abend und eine Nacht unter einem Dach mit einem Unbekannten zu verbringen. Damals gab es noch Hotels im Dorf, aber er hatte ihr Angebot vorgezogen, und so, sagte Lottie, habe sie ihren ersten Wanderer beherbergt.

Sie hatte ihm ihren Gemüsegarten gezeigt, die Beete, bei denen er sich die Zeit nahm, die Pflanzen zu identifizieren und ihr Können in einem Ton zu rühmen, den sie so schwach war, für aufrichtig zu halten, und hatte ihn von der kleinen Stützmauer herab die unruhigen Ufer der Flane vor ihrem letzten Mäander bewundern lassen. Als sie sich in der Abenddämmerung davon abwandten und am Pferdestall vorbei zurückgingen, hatte sie gescherzt, dass sie ihn der schönen Nacht beraube, indem sie ihm im Blauen Zimmer ein Bett bereite. Während er mit ihr das frugale Mahl teilte, eine Suppe aus Rettichkraut, angedickt mit einer Handvoll Fadennudeln, und Schweinskopfsülze mit Petersilie, hatte sie beobachten können, wie er seine Scheibe Brot sorgsam in kleine, gleich große Würfel schnitt, die er einen nach dem anderen aß, nachdem er jeden ernst betrachtet hatte, ihn andächtig zum Mund führte wie die geweihten Hostien, die der Pfarrer verteilt, als hinge von jedem sein Leben ab. Trotz seines beschränkten Französisch, das ihm aus der Schule geblieben war, aber man vergisst eine Sprache nie völlig, war es ihm gelungen, ihr von seiner einsamen Wanderung zu erzählen, ihr die Länder zu beschreiben, die er während der letzten drei Monate in Zwanzig-Kilometer-Etappen durchquert hatte, Deutschland und den Osten Frankreichs, nur mit Landkarten, Kompass und einem Fernglas ausgerüstet, wie er irgendwo, wo er Unterschlupf fand, geschlafen hatte, oft auch unter freiem Himmel, und weiter als bis Conques wolle er nicht gehen, erklärte er. Conques sei sein Ziel, das Kloster Sainte-Foy, nicht dass er dieser Heiligen, die auf einem glühenden Bronzegitter gemartert und dann enthauptet wurde, einen Kult weihe, sondern er wolle das Versprechen einlösen, das er sich einmal gegeben habe, zur Erinnerung an jemanden, der, sagte er, mehr oder weniger das gleiche Schicksal erlitten habe, ohne irgendeinem Glauben anzuhängen. Nach diesem Geständnis hatte er reuig geschwiegen. Man hätte meinen können, etwas Ungehöriges sei ihm entschlüpft oder er habe sich ungewollt etwas abnötigen lassen, weshalb Mademoiselle Carmeaux sich beeilt hatte, wie aus Unachtsamkeit die Kasserolle auszukippen, die sie zur Spüle trug, und den Rest der Suppe auf ihrer Schürze zu verteilen und ihn dann, ihre Tolpatschigkeit verfluchend, einen Moment allein zu lassen, um sich in der Kammer umzuziehen. Als sie zurückkam, hatte er begonnen, im Kamin Feuer zu machen, in dieser Gegend sind die Abende auch im Sommer kühl, und so hatten sie, immer wieder kleine Scheite nachlegend und die Glut schürend, den Rest des Abends damit verbracht, über alles Mögliche zu reden, über die Flane, deren Lauf er ein paar Stunden lang gefolgt war, erstaunt über ihren wechselnden Charakter, manchmal wirbelnd in den engen Kalkschluchten, manchmal träge in den weiten Tälern, ihm war aufgefallen, dass sie einen eigenartigen blauen Lehm mit sich führte, und er fragte sie nach der Quelle, über die sie nichts wusste; über die Aufzucht der Kühe in dieser Gegend, Charolais, häufiger Braunvieh, wie er auf den Weiden gesehen hatte, eine exzellente Milchrasse, die hier nicht als Schlachtvieh gezüchtet wird, sondern als Milchkuh für den Käse, den er in Langres gekostet hatte, wie er sagte, wo ein Markt stattfand. Heute, erklärte sie ihm, wird das Vieh weniger, es gibt nicht mehr viele Familien, die eine eigene Herde halten, auch die Pferde sind nach dem Krieg von '14 allmählich verschwunden, dabei waren das schöne Personen, diese Tiere. Über dieses Wort hatte er gelacht und erklärt, seine Großmutter habe dasselbe benutzt, um die Pferde zu bezeichnen, die sein Großvater in Polen züchtete und mit denen er in der Region Janów nahe der russischen Grenze Handel trieb, viele seien zu Kriegsbeginn 1939 vernichtet worden, aber über solche Dinge rede man besser nicht. Er sei nie wieder an den Orten seiner Kindheit gewesen, ohnehin habe er sich schon lange das Prinzip zu eigen gemacht, vorwärtszugehen, ohne je umzukehren, ohne die Orte wieder aufzusuchen, die er einmal aufgesucht oder an denen er gelebt hatte, deshalb würde er auch nicht nach Le Mauduit zurückkehren und sie ein zweites Mal um Obdach für eine Nacht bitten, so freundlich auch ihr Empfang und so gastlich ihr Haus gewesen seien. Sie hatte ihn tatsächlich nie wiedergesehen, bekam aber hin und wieder Postkarten, auf denen er nichts von seinen Reisen schrieb, sondern ihr nur sagte, wie gern er sich an die Rettichkrautsuppe, das Kaminfeuer, die Kühe oder die Flane erinnere. Es waren Landschaften oder Städte in fernen Ländern wie Argentinien, Syrien, der Ukraine oder der Türkei, die sie auf Landkarten suchte, sie, die nie verreist war, liebte Landkarten. Deswegen war sie neugierig auf die Wanderer, die bei ihr haltmachten, wollte wissen, woher sie kamen und wohin sie gingen, aber keiner hatte dem Polen geglichen, von dem sie nicht einmal den Namen wusste und der mit »der Passant« unterschrieb. Später sagte sie mir auch, wie sehr es ihr gefallen habe, dass ich erklärte, gern abseits der markierten Wege zu laufen, sie misstraute allen, die sich nur auf ausgetretenen Pfaden bewegten, solche hatte sie so viele gekannt, die auf diese Art nie irgendwohin gekommen waren. Emporkömmlinge, das ja, das waren sie, aber wie der Hahn auf dem Misthaufen in seinem Hühnerhof.

Wir hatten uns über meinen Aufenthalt bei ihr verständigt, den ich auf drei oder vier Tage schätzte und für den sie einen beschämend niedrigen Preis verlangte, obwohl das Abendessen inbegriffen war: Wer schläft, isst, hatte sie mir mitgeteilt und freudig erklärt, diese Redewendung bedeute nicht, wie gemeinhin angenommen, dass der Schlaf den Hunger stille, sondern dass sich früher ein Gast, der im Hotel um eine Übernachtung bat, obendrein zur Bezahlung seiner Abendmahlzeit verpflichtete. Was das Frühstück anging, würde ich auf dem Küchentisch einen Laib frisches Brot und selbst gemachte Konfitüre finden, dazu in Musselin eingeschlagene Butter vom Bauern, er buttert noch für den eigenen Verbrauch, das ist was anderes als die Industrietafeln; die warme Zichorie ist auf dem Herd. Wenn Sie Kaffee wollen, die Mühle steht im Regal. Ich könne frühstücken, wann ich wolle, denn sie serviere nicht auf dem Zimmer, sagte sie, und bereite auch keine Spezialmenüs für ihre Gäste zu, die müssten sich mit ihrem Alltagsessen begnügen, mit dem, was sie gerade gekocht hatte, sie blieben selten länger als eine Nacht, und sie nahm nicht jeden. Nicht, dass sie jemanden wegjagen würde, aber sie spüre keinerlei Berufung zur Herbergsmutter oder Kammerzofe, erklärte sie mir, und sie pfeife drauf, sich den pingeligen Vorschriften der Fremdenverkehrsämter zu unterwerfen, die sich für diesen verlassenen Winkel ohnehin nicht interessierten: Sie nahm auf, wen sie wollte und wann es ihr passte. Als ich sie darauf hinwies, dass sie bei mir eine Ausnahme mache und mich länger aufnehme als üblich, versetzte sie, in diesem Fall passe es ihr eben. Waschen könne ich mich im Bad neben dem blauen Zimmer, das sie seither das Zimmer des Polen nannte; das hatte sie mir zugeteilt, ohne mich nach meiner Meinung zu fragen.

Blau war darin nur die Decke, und auch die sehr verblasst, früher wahrscheinlich ein reizender Pastellton; sie war rissig geworden und beregnete die Möbel mit blauem Staub, der, wie ich stark vermutete, kaum strikten Gesundheitsstandards entsprach, aber darüber sah ich hinweg, denn überall im Haus, das ich später entdeckte, fanden sich Spuren seines Alters, die Holztäfelungen und Dielen wurmzerfressen, die Wandbehänge und Teppiche schwer von Staub und mit feuchten Flecken, die uralten Tapeten mit Blumenmustern hier und da geschrumpelt, die geradezu antiken Rohre mit Grünspan bedeckt; das alles hätte eine gründliche Überholung verdient, die offenbar nicht auf der Tagesordnung stand. Nichts jedoch war schmutzig, alles sogar recht gepflegt, zumindest im Erdgeschoss gebohnert und gefegt, aber trotz dieser sorgfältigen Reinigung schien das Haus eins von jenen aus der Zeit gefallenen Provinzmuseen, in denen die seltenen Besucher ehrerbietig verstaubte Altaraufsätze und von Patina verdunkelte Gemälde mit unleserlichen Schildern betrachten. Verstärkt wurde dieser Eindruck durch ein Sammelsurium von Krimskrams aller Art und Größe, aus Porzellan, Zinn oder Glas, überladene Bronzefiguren, Uhren aus Marmor und Silber, vergilbte Spitzendeckchen, Spiegel, Stiche in knorrigen Ulmenholz-Rahmen, eine kuriose Sammlung orientalischer Teekannen und Parfumtöpfchen in einer Vitrine, alles ungenutzte

Dinge, die jedes freie Regal, jeden Kaminsims, die hinterste Ecke der großen, von den zu schwachen Glühlampen in den Leuchtern kaum erhellten Räume füllten, durch die ich am ersten Abend ging. Das alles weckte in mir den Eindruck einer Welt, die in einer unbestimmbaren Epoche stehen geblieben war, zu deren Konservatorin sich Mademoiselle Carmeaux gemacht hatte. Nicht dass sie selbst dort geblieben wäre, sie war viel zu sehr mit ihrer Gegenwart verbunden, wie es Menschen in hohem Alter oft sind, und zu beschäftigt mit der Gartenarbeit und den tausend Pflichten ihres Alltags. Sie schien sich eher der ihr von anderen auferlegten Mission zu widmen, nichts daran zu verändern, weshalb sie selbst, wie ich verstand, in einem Zimmer unten schlief, das zu der Wiese hinten hinausging, und sich für den Rest ihres Tages auf die Küche beschränkte, als wäre dieses riesige Haus nicht ihr Zuhause. Das war es tatsächlich nicht, erst später erfuhr ich die Umstände, durch die es ihr in Verwahrung gegeben war, aber schon an diesem ersten Abend, als ich mich im Zimmer des Polen einrichtete, meine wenigen Sachen auf Bügeln in den Schrank hängte und die Bettlaken ausbreitete, was sie mich selbst machen ließ – wegen ihres Alters kam sie kaum noch ins Obergeschoss und hatte mich nur mit großer Mühe begleitet, um mir ein für alle Mal zu zeigen, was ich brauchte –, hatte ich den Eindruck, dass unser beider Anwesenheit an diesem Ort aus unterschiedlichen Gründen nichts Ungewöhnliches war, sondern irgendeiner verborgenen Bestimmung folgte, die sie eher für eine Fügung des Schicksals als für einen Zufall hielt, und obwohl ich dem Schicksal nicht viel Vertrauen schenke, fand ich es jetzt tröstlich, daran zu glauben.

Wir haben sogar Strom, hatte sie so prahlerisch verkündet, als spottete sie über ein Privileg, und wie um es mir zu beweisen, drehte sie die Porzellanschalter, als wir durch die unteren Zimmer gingen. Heutzutage staunen nicht mehr viele, dass auf einen bloßen Knopfdruck das Licht angeht, und ich dachte, dass sie alt genug war, um diese vergessenen, wenngleich noch gar nicht so fernen Zeiten erlebt zu haben, als mit dem Tagesende die Dunkelheit einzog, die langen Winternächte, in denen sich das Leben in dem kleinen Kreis kümmerlichen Lichts von Kerzen oder Petroleumlampen abspielte, und dass sie die Elektrifizierung der Dörfer miterlebt haben musste, als sich Anfang des Jahrhunderts die Kommunen bis über beide Ohren verschuldeten, um dafür zu sorgen, bevor sich mit großer Verspätung der Staat dieser Aufgabe annahm. Sie muss erlebt haben, wie entlang der Straßen die Masten aufgestellt, die Transformatoren installiert, die Kabel bis in die Weiler und abgelegenen Gehöfte gezogen wurden, wie Zähler eingebaut wurden, die bei vielen Bauern Misstrauen gegen den teuren und gefährlichen Einzug der Energie in ihre Häuser und Ställe weckten, ja geradezu Feindseligkeit gegen diesen städtischen Luxus und die Lichtorgien, weshalb sie sich mit einer einzigen kärglichen Glühlampe an der Decke begnügten, um bei der Rechnung zu sparen, und sogar die Petroleumlampen wieder anzündeten, wie ich es Lottie tun sah, ja sogar die Kerze, bis ihnen der Vorteil für ihre Landwirtschaftsgeräte und ihren Frauen der Nutzen für die Hausarbeit deutlich wurde, der Strom den Tag für die Lektüre der Zeitung und die Hausaufgaben der Kinder verlängerte, ihren Alltag in jeder Hinsicht verbesserte und zugleich die Mentalitäten veränderte und, bei den Frauen mehr noch als bei den Männern, Lust auf den Fortschritt weckte. Das alles, was ich bisher nur aus Büchern wusste, war mir wieder eingefallen, als Lottie diese alberne Bemerkung machte. Für einen Wandel von solcher

Tragweite, den meine Studenten für das Dorf Le Mauduit beschreiben sollten, würde man, so dachte ich, neben dem Gemeindearchiv keine bessere Informationsquelle finden als diese Frau, deren Leben das ganze 20. Jahrhundert umfasste und die noch ein schelmisches Vergnügen daran fand, einen Schalter zu drehen, damit in ihrem Haus das Licht anging. Gas hatte sie in Flaschen. Die brachte ihr der Bäcker zusammen mit dem Brot, das er im Morgengrauen in einem Beutel hinter einen Fensterladen an der schönen Fassade hängte, und als ich mich wunderte, dass sie allein lebte, so weit weg vom Dorf und ohne Transportmittel, ließ sie mich wissen, dass das Tor, das ich offen vorgefunden hatte, rege genutzt werde. Kein Tag vergehe, ohne dass sie Besuch von Händlern bekam, die mit ihren Lieferwagen die Runde bis zu noch abgelegeneren Gehöften machten, dass sie entsprechend ihren Bestellungen auch mit Medikamenten und sonstigen Dingen versorgt wurde und auf Telefon und Fernsehen sehr gut verzichten konnte. Sie hatte ein uraltes, an die Steckdose angeschlossenes Radio, das mit einer Plastiktüte bedeckt war, um es vor Staub zu schützen, ein gutes Modell, schmeichelte sie sich, das, obwohl noch nie repariert, zuverlässig tat, was sie von ihm verlangte. Von Zeit zu Zeit hörte sie die Nachrichten aus der Welt, aber es war immer dasselbe, ständig zerfleischte sich die Brut und wurden Regierungen gestürzt. Hingegen schätzte sie einen Musiksender sehr, der ständig leise lief, obwohl sie nicht die geringste Ahnung hatte, verteidigte sie sich, gefielen ihr symphonische Musik und Opern, vor allem die Stimmen, die manchmal dem Gesang des Windes glichen, Sie können sich nicht vorstellen, wie er manchmal hier bläst.

Ich beschreibe dir Lottie nach meinen ersten Eindrücken von damals, sagte ich zu Abel, sie mögen konfus klingen, aber eine neue Beziehung deutet sich in Umrissen und groben Linien an, ich wusste noch nicht, wie genau sie ihre Person für mich zeichneten. Sie war gesprächig, ohne schwatzhaft zu sein; so, wie viele Menschen, die allein leben, die Angewohnheit haben, Selbstgespräche zu führen, ermahnte sie sich oder kommentierte, was sie tat, schalt oder lobte sich, mischte in ihr häufig unterbrochenes Gerede Sätze, die, wie mir schien, an andere gerichtet waren als an mich, wie in einem vertraulichen Gespräch, das sie für sich allein beständig weiterführte, diese Eigenheit fiel mir schon am ersten Abend auf, den wir zusammen verbrachten und der ähnlich ablief wie der mit dem polnischen Passanten, den sie mir später schilderte. Fast zwanzig Jahre waren seitdem vergangen, aber es war das gleiche Ritual wie damals, sobald die Teller abgeräumt waren – die ich zur Spüle tragen, aber nicht abwaschen durfte, denn sie habe ihre Methode, behauptete sie –, machte sie Feuer im Kamin und setzte sich wie an jenem Abend in ihre Ecke, in einen sehr alten Ohrensessel, dessen gebrochene Federn sie mit mehr Kissen ausglich, je tiefer sie einsank, bevor sie ihren Hintern zwischen die oft geflickten Armlehnen platzierte, und das Behagen, mit dem sie sich niederließ, sagte mir, dass wer schläft, nicht nur isst, sondern ihr selbstverständlich auch vor dem Zubettgehen Gesellschaft leisten sollte. Obwohl ich nach der langen Autofahrt müde war und mich am liebsten unter dem Federbett ausgestreckt hätte, das mich oben erwartete, blieb ich und schaute gern zu, wie sich das Feuer ausbreitete und wie die Eichen- und Buchenscheite erglühten, die ihr der Nachbar fix und fertig vorbeibrachte, daran fehlt es uns hier nicht. Wir müssen ständig auslichten und totes Holz aufsammeln, nur Touristen bilden sich ein, dass die Natur so ist, wie sie immer war, sagte sie, während sie das Feuer schürte, bis die Glut nur noch einen einzigen purpurroten Haufen bildete, um den gelbe Funken sprühten, ich selbst, in einem niedrigen Sessel, hatte die Beine zur Feuerstelle ausgestreckt, überließ mich der Wärme und fröstelte bei der Vorstellung, wieder durch die großen Räume und die dreifach geschwungene Treppe hinaufgehen zu müssen, vielleicht mit einer Petroleumlampe gleich der, die sie nach dem Essen auf dem Tisch angezündet und deren bläuliche Flamme sie mit einem Metallrädchen reguliert hatte, bevor sie den Glaskolben darüber stülpte, eine sorgsame Bewegung ihrer kindlichen Hände, die mich schon am Nachmittag überrascht hatten, der so weit zurücklag, dass ich meinte, sie schon ewig zu kennen. Das Feuer spiegelte sich in den dicken Brillengläsern, hinter denen ich ihre Augen noch nicht deutlich genug gesehen hatte, um deren Farbe zu erkennen, es ist sehr seltsam, mit jemandem zusammenzusitzen, dessen Blick man begegnet, ohne ihn richtig zu sehen, ohne sicher zu sein, ob und wie gut er wiederum dich erkennt, ob du für ihn ein deutliches Bild bist oder eine Silhouette mit verschwommenen Umrissen und ohne Gesicht, was dich wie ein Gespenst aussehen lässt. Hinter ihr schaukelte an der Wanduhr mit dem Emailleziffernblatt das kupferne Pendel und blitzte bei jeder Bewegung im Feuerschein, und entweder wegen dieses regelmäßigen Aufblitzens im Halbdunkel oder wegen der Windstöße gegen die Hauswand muss ich in einen Dämmerzustand geglitten sein, sind Sie nicht zu müde?, fragte sie mich mit so leiser Stimme, dass ich dachte, ich hätte es geträumt, und ich antwortete mit einem langsamen Kopfschütteln, das mich Lügen strafte, aber das war unwichtig: Sie können ein wenig schlafen, während ich rede, es stört mich nicht, wenn Sie uns zuhören und dabei schlafen, aber da Sie in dieses Haus gekommen sind, ich weiß nicht woher, auf den nicht markierten Wegen, die Sie so mögen und die uns besser als alle anderen dahin führen, wo wir hinmüssen, da sagen wir Ihnen lieber gleich, wo Sie sind, woher wir kommen und wer wir sind.

Es folgte eine Stille, in der ich zu der Erlaubnis, die sie mir so wohlwollend gab, genickt und in trägem Halbbewusstsein der Idee zugestimmt haben muss, dass Schlafen nicht am Zuhören hindert, vielleicht sogar das Gehör für Abstufungen der Stimme schärft, die im Wachen unbemerkt bleiben, das Zimmer, in dem Sie schlafen werden, ist dasselbe, das uns Madame Ardenne gegeben hat, als wir mit zwölf Jahren zum ersten Mal das Haus betreten haben, so etwas hatten wir noch nie erlebt, bis dahin hatten wir immer nur auf einem harten Lager in unserer Küche geschlafen, und unsere Begeisterung war so groß, dass wir die ganze Nacht kein Auge zumachen konnten. Ungeduld kribbelte überall in meinem Körper, ich starrte auf die blaue Decke, die die Nacht mit fantastischen Figuren bedeckte, auf die Tapete an den Wänden, deren Girlanden aus Pfingstrosen und Winden einen Märchenwald voller Homunculi und Libellen darstellten, die mich lachend beobachteten, und die Bäume vor dem Fenster streckten die Arme freundlicher Riesen herein, ich lauschte dem Schrei der Eule, die angeblich mit ihrem blinden Auge die Verstorbenen sieht, so nah, als säße sie direkt auf dem geschwungenen Kranzaufsatz des Kleiderschranks. Ich hatte keine Sachen, die ich auf die Bügel hängen konnte, deren Gebrauch mir unbekannt war, so viele seltsame Dinge stürmten auf mich ein, das Haus um mich herum, das in seiner Größe einer schwimmenden Kathedrale glich oder mit all seinen Wänden und Mauern einem Schiff, dessen

Anker vom Seegang herausgerissen worden war, oder einem riesigen Bienenstock, von dem jeden Moment eine gewaltige Hand das Dach abnehmen und meinen Augen die mit Sternen wie mit tausend Schneebienen bedeckte Nacht offenbaren würde, glauben Sie mir nicht aufs Wort: Ich erfinde, dass ich kein Auge zugemacht habe. Tatsächlich habe ich nie im Leben so gut geschlafen, trunken vor Glückseligkeit, die Freude ist anstrengend, sie ermüdet die Glieder ebenso wie die Plackerei, ich war völlig gelähmt, erschlagen von meinem Glück. Vielleicht habe ich auch den polnischen Passanten ein bisschen erfunden, um Sie zu locken, Sie zum Bleiben zu verführen, damit Sie das Zimmer nach Ihrem Geschmack finden, aber glauben Sie nichts davon: Morgen zeige ich Ihnen seine Postkarten aus fernen Ländern. Er hat mich nicht vergessen, denn er ist in Gedanken treu, und solange ich nicht tot bin, kann ich erzählen, dass er weiterlebt und nur mit seinen Karten, seinem Kompass und seinem Fernglas ausgerüstet wandert, haben Sie mal durch die Lupe die ferne Stelle angeschaut, bis zu der die Augen zu blicken meinen, und dann weder das große Ganze noch das Detail gesehen? Damit amüsierte ich mich in der ersten Zeit am Fenster des Zimmers oben, ich hatte mir das Fernglas von Monsieur Ardenne geborgt, der es sowieso nicht mehr benutzte, wie auch sonst nichts von seinem Haus und seinem schönen Besitz, denn er war in der Irrenanstalt von Bouvier-les-Eaux eingesperrt. Die Ärzte testeten an ihm elektrische Wellen, um ihm Schocks zu verpassen, die ihn heilen sollten, es hat nichts genützt, aber es war ein sehr schöner Ort. Wenn Sie vielleicht dort vorbeikommen, sehen Sie hinter dem Gitterzaun noch den großen Park, der die Anstalt umgibt, die Baumgruppen aus Erlen und Birken, die das Haus verdecken, sicher sind sie dicker und älter geworden seit der

Zeit, von der ich Ihnen erzähle, wenn nicht alles abgerissen und eingeebnet oder zu irgendetwas Modernem gemacht worden ist, heutzutage brauchen die Irren Behandlungen und Pillen, die es damals nicht gab. Ich war nicht mehr dort, seit wir ihn in dem von der Stute gezogenen Wagen besucht haben, Gentil vorn auf dem Kutschbock, Madame Ardenne, Delphine, Anaïs und ich eng zusammengedrängt auf den Sitzen, oder auch im Zug mit den alten Tanten, ich erzähle Ihnen noch von unserem Bahnhof und von diesem Kind, das uns alle verband, aber vorher müssen wir Ihnen sagen, was das Gut der Ardennes war.

Ich kannte es nur vom Sehen und von dem wenigen, was man sich darüber erzählte. Zu meiner Zeit war alles verstummt, was Le Mauduit einst in Aufregung versetzt hatte, wobei solche Feuer immer wieder mal aufflammen. Denn in Ortschaften wie unserer kann man sich noch so lang mit seinem Laden, seinem Handel und den häuslichen Pflichten, den offiziellen Festen, Fürbitten und anderen Prozessionen amüsieren und ist doch aufs Nichtstun abonniert. Und so passieren denn, damit man sich nicht langweilt, außer einem unerwarteten Dahinscheiden zuweilen interessante Dinge, doch Verbrechen und Selbstmorde sind selten, Ehebrüche hingegen zu häufig, um einen wirklich zu zerstreuen, also muss man sich Mühe geben und sich Dinge ausdenken, um den Tratsch zu nähren, man muss die Zutaten ausschmücken, kleine Tatsachen mit vagen Gerüchten zu Schaum schlagen, so exotisch, dass sie weder Substanz noch echte Glaubwürdigkeit haben, aber nicht einmal davon wird man satt. So pikant die Dramen in den Fortsetzungsromanen auch sein mögen, nichts ersetzt ein schönes Ereignis, eine echte Überraschung wie die Baustelle des alten Justin Ardenne, als er sein Haus errichtete, und später der Sonnenstich seines Sohns Fernand, der ihn in die Irrenanstalt brachte. Ich spreche von den ersten Ardennes, die ich nicht persönlich gekannt habe, deren Geschichte ich mir erst später zusammengereimt habe, wie die vom Hausbau, der das Dorf kopfstehen ließ. Wenn die Leute im Ort etwas herausbekommen wollen, erniedrigen sie sich doch nicht so weit zu zeigen, dass sie sich für Dinge interessieren, die sie nichts angehen, sondern schicken die Jungen des Dorfs als Kundschafter aus. In meiner Kindheit erinnerten sich ein paar Alte noch daran, dass sie bis zur Gabelung hinuntergerannt waren, um ganze Tage lang die Baustelle auszuspähen, sodass an dieser Stelle kein Gras mehr wuchs, das waren improvisierte Bänke auf den Felsen am Steilhang, von denen herab sie in Grüppchen der Arbeit der Maurer zusahen und wie die Wände dieser Kuriosität hochwuchsen, von deren Fortschritten sie dann berichteten. Im Dorf gingen die wildesten Hypothesen um, die sich auf das Gebaren des eigenartigen Architekten gründeten, der die Pläne selbst entworfen hatte, ein großer Mann mit roter Haut, die heißer gebrannt schien als seine Ziegel, mit starken Schenkeln und Armen, Hängebacken und Fettwülsten, der sich nicht zu schade war, schwitzend aufs Gerüst zu klettern und sich dreckig zu machen, indem er selbst Hand anlegte, wenn er die Baustelle inspizierte. Man wusste nicht, woher er kam, wo er logierte, wenn er so ganz allein im Landauer ankam, den er selbst lenkte. Ein, zwei Mal versuchten Neugierige ihm zu folgen, um zumindest die Richtung zu erfahren, aber sein Kaltblüter sauste davon und hängte sie ab. Man versuchte die Arbeiter zu bestechen, die im Café Gilain tranken; sie wussten nichts über ihren Chef oder wurden gut für ihr Schweigen bezahlt, was das Misstrauen noch schürte. Dieser Kerl verheimlichte etwas, ohne seine Schaustellungen zu verbergen, er verwirrte. Zumal er seine Ackerflächen – schlechter, oft überschwemmter Boden, wie man anmerkte, entweder hatte er sich übers Ohr hauen lassen oder Ernten kümmerten ihn nicht – auf einer privaten Versteigerung bei einem Notar in Besançon, also fast im Ausland, erworben hatte. Das Geheimnis wurde noch undurchdringlicher, als man erfuhr, dass der Baumeister dem Präfekten Höflichkeitsbezeigungen erwies, gute Manieren als Bürger und Gemeindemitglied an den Tag legte und für das Hospiz spendete, er war also ein hohes Tier. Schließlich enthüllte eine Indiskretion, dass das Bauwerk für seine Gattin bestimmt war, die zur Behandlung einer unheilbaren Krankheit nach Bouvier-les-Eaux gekommen war. Als es ihr auf wunderbare Weise besser ging, hatte er beschlossen, in der Nähe der Einrichtung zu bleiben, die sie regelmäßig aufsuchen musste. Ein Geheimnis, das gelüftet wird, ist immer eine Enttäuschung, die wiederum andere Zweifel nährt, etwa hinsichtlich des Vermögens dieses Privatiers, üppig genug für den Bau eines Pharaos und großzügige Wohltätigkeit. Man schickte einen Boten zum Notar nach Besançon, die diskrete Erkundigung brachte die ebenfalls enttäuschende Enthüllung, dass dieser Justin Ardenne, Sohn eines bekannten honorigen Lyoner Tuchhändlers, ganz legal durch den Handel mit Tropenholz zu Reichtum gelangt war. Jahrelang war er durch die schrecklichen Länder gereist, in denen sich seine Gattin ihr Leiden zugezogen hatte, für das sich die Quellen unserer Gegend als segensreich erwiesen. Als sich bestätigte, dass sie tatsächlich regelmäßig dort Aufenthalt nahm, verstummten die bösen Zungen. Man hatte nur noch Mitgefühl für die kranke junge Dame und ihren Gemahl, für das Töchterchen und dessen Bruder, die von der Natur so wenig begünstigt waren, und als sich zeigte, dass die Neuankömmlinge ein geordnetes Leben führten, auch ihr Gesinde und ihren Pächter recht gut behandelten, begann man sie zu mögen; das Leid der anderen zu beklagen macht sie uns liebenswert. Bald wurde es zu einer geschätzten Lustbarkeit, am Sonntag durch den Wald die Straße hinabzuwandern, unter dem Vorwand eines Spaziergangs der Mauer zu folgen und von Weitem durch das Tor die beeindruckende Fassade mit ihren Ornamenten und übertriebenen Verzierungen zu sehen. Diese zufälligen Besuche waren eine Komödie, aber insgeheim wuchs in jedem der Stolz auf das Haus wie auf ein persönliches Verdienst, denn so weit man auch ins Land schaute, gab es nichts Vergleichbares.

Wie Sie heute Abend sehen konnten, ist das Gut der Ardennes ziemlich seltsam. Es steht nicht isoliert auf seinem Land wie die alten Villen, Überbleibsel einer vergangenen Zeit, als die vornehmen Leute abseits der Ortschaften unter sich blieben, sich mit der Familie nur zur Messe auf ihrer Bank, bei Prozessionen oder beim Markttag in Begleitung anderer Vertreter der besseren Gesellschaft zeigten. Unsere Leute hätten es für unschicklich gehalten, wenn sich diese Herrschaften unters einfache Volk gemischt hätten, und waren stolz, dass sich ihre Gegend mit wohlklingenden Namen schmückte, die in Akademien und Parlamenten genannt wurden, sich in obskuren Schlachten ausgezeichnet und die Gunst von Königen oder Kaisern genossen hatten, in gleich welcher weit zurückliegenden Zeit sie sich auch hervorgetan und bereichert hatten; die Ehre, dem einen oder anderen Familienmitglied zu begegnen, schmeichelte der Brut, die im Vorbeigehen bereitwillig den Hut lüpfte. Doch die Verlockungen der Stadt, wo die Banken und Fabriken stehen, leerten diese unbequemen Häuser. Ihre Besitzer fanden es einträglicher, die Provinz zu verlassen und nur noch zur Jagd zurückzukommen, die Rente aus den verpachteten Gütern zu kassieren, wenn sie sie nicht gleich an Großbauern verkauften, die sie für ihr Heu und ihre Kühe nutzten. Für empfindsame Seelen waren die Landflucht der guten Familien, die Ruinen der Villen, die rostigen Wappen und die eingestürzten Hufeisentreppen im Gestrüpp eine persönliche Kränkung, und als nun so ein Original, statt sich in einer dieser langsam verfallenden Villen niederzulassen, die er leicht hätte kaufen können, um sie in ihrem einstigen Glanz auferstehen zu lassen, aus einer Laune heraus daranging, diese hier wie eine riesige Warze auf dem Rücken des alten Bauernhofs am Ufer der Flane ganz neu zu erbauen, unterhalb des Dorfs, also außerhalb, aber nah genug, dass man vom Kirchenvorplatz aus, der über dem Tal liegt, ihren Anblick kostenlos genießen konnte, fand man daher, er besitze die Großzügigkeit eines echten Herrn, dessen Verschwendungssucht Le Mauduit und seiner Umgebung zur Ehre gereiche.

Ich erzähle Ihnen das alles, weil man zuweilen die Zeit bis zur Quelle zurückgehen muss, um einigermaßen die Gegenwart der Dinge zu verstehen. Ein Haus zu bauen heißt nicht nur, Wände gegen Wind und Kälte, ein Dach gegen den Regen zu errichten. Es zeigt die Pläne des Architekten, der nicht nur das Rückgrat und das Knochengerüst, die es im Lot halten, nach seinem Bild entwirft, sondern auch das Innere, man findet darin seine Nerven und seine Muskeln, sein Fett, seine Leber, seine Milz, Teile seines Gehirns, Splitter seines Herzens, ein Haus wie dieses ist ein lebendiges Wesen. Man las darin wie in einem Katalog, wer Justin Ardenne war, seine rüden Ambitionen, seinen Egoismus, seine Eifersucht und seine Genüsse; seine trüben Gelüste in der Falschheit dieser Gelasse, seine Prätentionen als Händler von Tropenhölzern, die in Gestalt chinesischer Brauen über den

Fenstern befestigt waren, seinen geschwellten Stolz in den antiken Säulen und den zu hohen Decken, seine kriegerische und ängstliche Art zu lieben, die Naivität seiner Schmeicheleien. Aufgrund einer glücklichen Unachtsamkeit hatte er vergessen, die Schönheit sich überlappender Schiefer- und Ziegelreihen von seinem Dach zu verjagen. Zum ersten Mal sah ich so viel verschleudertes Geld oder vielmehr, was für ein gefährlicher Rohstoff das Geld in den Händen eines unglücklichen Mannes ist. Unsere Bildung reicht nicht aus, darüber zu urteilen, aber ich sah, aus welch wahnsinniger Traurigkeit dieser große Buckel auf dem Rücken des alten Hofs gemacht war, welche Tragödien er schon seit seiner Entstehung ankündigte, deshalb hielt ich mich immer in der großen Küche mit den alten flämischen Kacheln, im angrenzenden Verschlag und in den kleinen Zimmern im Obergeschoss auf, von denen man auf die Ulmenallee, den Gemüsegarten und die Weide schaute, nur musste man trotzdem die große Treppe hinaufsteigen, um dorthin zu gelangen, und zuvor die Karawanserei der Prachtsäle durchqueren, damals schon genau so, wie Sie sie heute Abend gesehen haben, als ich das Licht eingeschaltet habe, bitte ziehen Sie Ihre Füße ein Stück vom Kaminfeuer weg. Ich will noch einen Armvoll Stechginster und trockenes Bruyèreholz aufs Feuer werfen und möchte nicht, dass Ihnen die Flammen die Sohlen verbrennen. Dann können Sie wieder einschlafen, aber verpassen Sie nicht, uns jetzt zuzuhören, wenn wir Ihnen erzählen, wie wir zu den Ardennes gekommen sind.

Ich erinnere mich nicht, hinaufgegangen zu sein. Ich bin wohl durch die Säle geschlafwandelt, wie im Traum von der Wärme des Kamins zu der meines Betts gelangt und sofort in einen Tiefschlaf gesunken, der den leichteren vor dem

Feuer fortsetzte, sodass ich, als ich mitten in der Nacht aufwachte, das sehr unangenehme Gefühl hatte, nicht mehr zu wissen, wo, ja auch nur, wer ich war, in jener kurzen Verwirrung, wenn das Bewusstsein, da es die unterirdischen Regionen, in denen es umherstreifte, noch nicht verlassen hat und nur mit Mühe zur Klarheit zurückfindet, die Rückkehr zum Wachzustand unwirklich erscheinen lässt. Ganz dicht vor meiner Nase wucherte eine erdrückende, von Grimassen schneidenden Gnomen bewohnte Blumenfülle, vergeblich versuchte ich, einen Ausweg aus diesem Dschungel zu erkennen, bis ich begriff, dass ein schwaches Licht, das durchs Fenster auf die Wand traf, diese Chimäre in das Dekor der Tapete zeichnete, und nun konnte ich die Position des Betts, die Lage des Zimmers und die des Flurs, der Treppe und des ganzen in seine Mauern gefügten Hauses rekonstruieren. Dann kamen mir das Büro der Sekretärin im Rathaus und der Weg, den ich am Tag zurückgelegt hatte, wieder in den Sinn, aber auch die Mariannenbüste, das Denkmal für die Toten und das in meiner Kindheit gesehene Elendsviertel, mein Abend mit Mademoiselle Carmeaux, das Kreuz an der Gabelung, von wo ich als Kind die Dächer ihres Hauses gesehen hatte, der polnische Passant und meine Studenten, dies alles in ungeordneter Wiederkehr der Erinnerung, die mich endlich mir selbst und der Wirklichkeit dieses Zimmers zurückgab.

Das Erste, was ich über den Nachttisch tastend fand und beinah umkippte, war die Petroleumlampe, mit der mich Mademoiselle Carmeaux wohl wie vorhergesehen ausgerüstet hatte, ich erinnerte mich weder, sie getragen, noch, sie ausgedreht zu haben, und da ich außerstande war, sie anzuzünden, ging ich, nunmehr besser an die schwache Helligkeit gewöhnt, die das Fenster spendete, tastend wie eine

Seiltänzerin barfuß darauf zu. Der Fußboden knarrte mit jeder Diele, aber ich beruhigte mich mit dem Gedanken, dass der Lärm durch die Wände, die Deckenbalken und die Böden, die uns trennten, gedämpft wurde und verhallte, bevor er das Trommelfell der alten Dame erreichte, die irgendwo in diesem nächtlichen Schiff lag. Zunächst sah ich durch die Scheiben nur undifferenzierte, trübe Dunkelheit, dann öffneten sich meine Augen, und ich konnte allmählich undeutliche Schatten unterscheiden, die sich in dem bläulichen Grau als mehr oder weniger dichte Pflanzen entpuppten. Der aufgehende Mond ließ im Gegenlicht Umrisse hervortreten, und je schärfer ich sah, desto sichtbarer wurde die Mondlandschaft, wie Fotopapier im Entwicklerbad das Bild bis zu dem Moment deutlicher werden lässt, da man es fixieren muss, bevor es schwarz wird, ich hatte den Eindruck, es in genau diesem Stadium festzuhalten, mich der monochromen Perfektion der Landschaft zu nähern, die ich später noch viele Male in wechselndem Tageslicht betrachten sollte, ohne dass sie an jene erste Negativansicht heranreichte. Der Kies glänzte unbestimmt, verschwamm unter den Bäumen, verschob die Tiefenschärfe auf die düstere Arche der Ulmen, milchige Nebelfetzen, die den Boden verschleierten, isolierten die einzelnen Bäume wie schwimmende Inseln voneinander, ein ganzes Repertoire, ziseliert mit der Präzision mittelalterlicher Tapisserien, die durch die geheime Symbolik jedes Pflanzenteils das Sein oder den Geist des Ortes ausdrücken, und in der großen Stille der Nacht stieg aus dem Garten ein Gesang auf wie ein Basso continuo, deutete die Partitur einer Geschichte an, der Geschichte dieses Schattentheaters und der Menschen, die darin gelebt hatten.

Wieder im Bett, kuschelte ich mich zwar genüsslich unter die Daunendecke, lag aber lange wach und verfolgte den

Rhythmus der halben und vollen Stunden, die die Kirchenglocke aneinanderreihte. Nachdem ich sie den ganzen Abend nicht gehört hatte, fragte ich mich, ob sie wohl im Rhythmus der kaputten Uhr mit den stehen gebliebenen Zeigern schlug, derweil lauerte ich ständig auf Geräusche drinnen, die wie in jedem unbekannten Haus, das knackt oder rauscht, nicht zu deuten waren, und auf solche draußen, die genauso gut Hörillusionen sein konnten, badete im Geruch des Zimmers, einer süßlichen Mischung von Kampfer und Schimmel, dazwischen stachen einige Blumendüfte in Moll heraus. Das alles bestürmte mich genug, um mich am Einschlafen zu hindern und mir ins Gedächtnis zu rufen, was Lottie erzählt hatte, als die Zauberkraft des Feuers meinen Körper von der Müdigkeit befreite und ihn leichter machte, bis ich ihn wie eine leere Hülle verließ und ihr in den Raum und die Zeit ihrer Geschichte folgte, denn, sagte sie, man weiß nicht, wo die Geschichten anfangen, welche Quelle ihr Ursprung ist, deswegen hat man kaum eine andere Wahl, als in dem am günstigsten erscheinenden Moment darin einzutauchen, sich hineinzuwagen, wie man in Wasser eintaucht, das woanders herkommt, und seinem Lauf folgt, sich manchmal tragen lässt, aber vor allem gegen die Strömung ankämpft, um die Stufen und Sprünge zurückzugehen, die es überwunden, zu den Becken, in denen es innegehalten hat, und zu den unterirdischen Wohnungen, den Grotten und Höhlen, aus denen es kommt, zunächst Tropfen für Tropfen hervorgequollen ist, ehe es ans Tageslicht drang, auch wenn Sie schlafen, können Sie mir vielleicht in jene Zeit folgen, als ich unbemerkt in das Gut eindrang, um ohne das Wissen der Bewohner das Leben zu belauschen, das sie führten. Ich entdeckte nur völlig Unschuldiges, ihre häuslichen Tätigkeiten, ihr Kommen und Gehen und ihre Gewohnheiten, aber gerade in ihrer Banalität schienen sie mich zu täuschen, eine von der meinen getrennte Parallelwelt zu verbergen, die doch so nah war, dass ein Sprung genügte, um mich im geeigneten Moment hineinzustürzen.

Dieser Moment kam an dem Tag, als Madame Ardenne zu Mademoiselle Sorbet, der Modistin, kam, gefolgt von ihrer Magd Delphine mit einem Paket, das sich vor Spitze bauschte und dessen durchdringendes Geschrei den Laden und die nach hinten zum Garten hin anschließende Werkstatt erfüllte, wo Berthe und ich, die Näherinnen, arbeiteten. Die Nadel blieb in der Luft hängen, wir lauschten dem Brüllen einer Gefolterten und wagten unsere Stühle nicht zu verlassen. Oft kamen Damen vorbei, die sich hier trafen und halblaut zuckersüß miteinander schwatzten, während sie zwischen den Mustern und den Schnittbögen nach etwas Passendem für sich oder ihre Kinder suchten, vor allem für die Säuglinge, denn die Anfertigung ihrer Ausstattung war unsere anerkannte Spezialität, und so konnten wir uns zu jeder Jahreszeit vor Bestellungen nicht retten. Es vergingen keine zwei Minuten, da kamen die Damen in die Werkstatt geschossen, voran Madame Ardenne, die zu Delphine sagte, sie solle mir das Kind geben, damit ich es ruhigstellte, während sie mit Mademoiselle Sorbet die komplette zu bestellende Ausstattung für ihre Enkeltochter Anaïs besprechen würde, die ihr Sohn, auf Reisen, in ihre Obhut gegeben habe, zwar habe sie in ihren Schränken alles Notwendige, doch das alte Zeug würde Schatz nicht kleiden, das alles blitzschnell vorgebracht, durch das Geschrei der Wahnsinnigen hindurch, die, wie sie sich entschuldigte, noch nicht an die Gluthitze gewöhnt sei, die wir in diesem August erduldeten: Das Mädchen soll sie zum Schweigen bringen, bis wir alles besprochen haben. Sie soll sie unter Ihren Nussbäumen im Garten wiegen. Wir waren nicht im Geringsten erstaunt, dass sie uns in die Arme gepackt wurde, nicht Berthe, dieser blutarmen Bohnenstange ohne einen Funken von Eigeninitiative, und obwohl wir nicht wussten, wie man so kleine Geschöpfe hätschelt, ergriffen wir die Gelegenheit, unsere Arbeit zu unterbrechen und in den Garten zu gehen, um wie angeordnet Luft zu schnappen, wohl wissend, dass Madame Ardenne, nur scheinbar improvisierend, durchaus im Sinn hatte, unsere Fähigkeit, die Furie zu bändigen, ein zweites Mal zu testen. Was wir auch eilig taten: Wir steckten ihr unseren Finger in den Mund. Diesen hier, sagte Lottie, hielt ihren alten Zeigefinger ganz nah vor ihre dicken Brillengläser und betrachtete ihn mit immer noch frischer Bewunderung, nach so vielen Jahren. Ich muss Ihnen sagen, dass ich Anaïs gefiel, ich gefiel ihr absolut. Das heißt, sie hatte meinen Finger zum Saugen adoptiert, nur diesen hier. Weder den eigenen, Daumen oder sonst einen, den ihre Großmutter und Delphine vergebens in ihren Mund schoben, noch die ihren, die sie schreiend zurückwies; Gentil hatte man nicht gebeten, es zu versuchen, weil er Erde unter den Nägeln hatte und die Stute berührte, haben sie mir später gesagt: Nur deiner ist ihr recht. Tatsächlich, kaum berührte ich ihre Lippen mit meinem Finger, hörte sie sofort auf zu kreischen und sich zu krümmen, sie schnappte danach und saugte inbrünstig daran, runzelte die Stirn, blinzelte, als lauschte sie auf ein intensives Gefühl in ihrem Innern, und stieß durch die Nase laute, zufriedene Seufzer aus, ohne den Mund zu öffnen, der mich gefangen hielt, und ich begriff, dass es genau mein Finger war, der ihr gefiel, sein besonderer Geschmack, sein Geruch, seine Größe, seine Beschaffenheit, vollkommen geeignet, ihren Gaumen auszufüllen, er war das ideale Objekt ihres wilden Heißhungers. Hätte Madame Ardenne uns den Zeigefinger abschneiden und ihn mit nach Hause nehmen können, hätte sie es liebend gern getan und all die Schwierigkeiten vermieden, die später folgten, aber an unserem Finger hing unser Arm und unsere Person, die sie wohl oder übel als Ganzes und lebendig kaufen musste.

So bemühte sie sich einige Tage später höchstselbst, wie immer mit Delphine im Schlepptau, als Unterhändlerin zu uns, um es der Mutter vorzuführen, und verkündete, wir müssten unsere Stelle in der Nähstube aufgeben, um bei den Ardennes Kindermädchen für dieses Baby zu werden, müsste den Schreihals, der Tag und Nacht seine eigenen und ihre Kräfte verausgabte, sich die Seele aus dem Leib brüllte, sich die Lungen zerfetzte und sie in den Wahnsinn trieb, liebkosen, wiegen und vor allem zum Schweigen bringen. Selbst der eiligst herbeigerufene neue Doktor Maître-Grand hatte mit all seinen Säften und Saugern, Mitteln gegen Koliken, mit Minze- und Lindenblüteninhalationen oder entspannenden Ölbädern nichts ausgerichtet, sodass am Ende wir allein die Gesundheit und vielleicht das Leben von Anaïs, ja sie alle retten konnten. Das geschah bei uns, in der Küche der Carmeaux, an einem strahlenden Nachmittag Ende August 1904. Delphine trug das brüllende Paket, ächzend waren sie den Weg bis zum Zaun heraufgelaufen, hatten ihren Sonnenschirm zugeklappt und verlangt, die Mutter zu sehen, die, damit beschäftigt, unter dem Vordach Futter zu zerstampfen, sprachlos war ob dieses Besuchs. Nicht, dass die Gunst der Mühen solch angesehener Leute ihr schmeichelte, im Gegenteil, sie war gekränkt, dass man sie in ihren Alltagssachen unangemeldet überfiel, einfach durchs Tor kam und ihren Hof betrat, als wäre man hier zu Hause, dass man ihr ohne Umschweife Angebote machte, die sie sich nicht selbst ausgedacht hatte und die über ihre Wünsche hinausgingen, kurz, dass man ihren freien Willen wie ihre Eigenliebe missachtete. Man muss schon sagen, dass Madame Ardenne es sehr ungeschickt anstellte. Ganz von ihrem Vorrecht als Grundeigentümerin, ihrem Stand und ihrer Situation erfüllt, benahm sie sich, als verstehe es sich von selbst, dass die mittellose Mutter uns der Erstbesten überlasse, die in ihren Augen eine Madame Ardenne ja war. Es wäre ja noch schöner, wenn sie da zustimmte. Wir saßen zwar stumm auf unserem Stuhl in der Küchenecke, das Kleinchen, das an unserem Finger saugte, zwischen unsere Knie geklemmt, aber bewunderten doch, dass die Mutter uns mit so viel Hartnäckigkeit verteidigte wie ihren teuersten Besitz und die Dame mit der Würde der Gekränkten zappeln ließ. Sie musste sich keine große Mühe geben, so aufzutreten, ihr Naturell sah im geringsten Annäherungsversuch einen Affront und Berechnung, um sie des wenigen zu berauben, was sie besaß. Madame Ardenne spielte mit höherem Einsatz als sie, weil sie uns haben wollte, und als sie merkte, mit wem sie es zu tun hatte, hielt sie es für klug, ihre ursprüngliche Überheblichkeit fahren zu lassen und von einer anderen Seite anzugreifen, indem sie unsere Verdienste und Tugenden lobte, die man im Dorf gerühmt habe. Aber darum scherte sich die Mutter noch weniger, sie hielt uns für dumm wie Bohnenstroh. Sie machte uns schlecht, erniedrigte uns, ruinierte unseren Ruf, ich sei unbrauchbarer als unsere alte Hündin. Ich glaube nicht, dass ich je heißer umkämpft war als an jenem Tag, Gegenstand eines so schönen und erbitterten Wettstreits um die Verfügung über mich, wie man ihn sich in der Liebe erträumt, im siebten Himmel und tief gekränkt, bald über den grünen Klee gerühmt, bald wie das Vieh auf dem Markt runtergemacht zu werden und die eine wie die andere so viel Inbrunst darauf verwenden zu sehen, mich zu bekommen oder zu behalten, um mich auszubeuten. Ich rührte mich nicht von meinem Stuhl, versunken in mein winziges, fernes Abbild in der Kupferkugel des Feuerbocks, anderswo, in jener anderen Welt, die die schwarzen Diamanten der Feuerstelle heraufbeschworen hatten, auserwählt und geliebt, begehrt von der Kleinen, die mit all ihrer Kraft an meinem Finger saugte, sie war die Herrscherin, die mein Schicksal in ihrem goldenen Mund hielt.

Madame Ardenne hatte fast gewonnen, indem sie den Lohn verdoppelte, den uns Mademoiselle Sorbet für das Ende unserer Lehrzeit, also für den Sankt-Nimmerleins-Tag versprach, wie sie spottete, aber da meine Mutter diesen Tag ebenso wenig kannte wie wir, erklärte sie, das bedeute in weiter Ferne, außerdem verpflichtete sie sich, sechs Monate Lohn zusätzlich zu dem zu zahlen, der für ein Jahr verbindlich wäre, vielleicht länger, sollten wir zufriedenstellen. Ein faires Angebot, rechnete die Mutter wohl insgeheim und gab widerwillig nach, aus Angst, das schöne Geld zu verlieren, wenn sie sich weiter sträubte. Sie murrte, das Futter stampfe sich nicht von selbst, und wischte sich die schwarzen Hände an der Schürze ab, um die Besucherinnen mit dieser Einigung zu verabschieden. Es gab aber noch ein Stündchen zusätzlichen Streits, denn Madame Ardenne, von ihrem Sieg gestärkt, glaubte verlangen zu können, dass wir unseren Dienst am selben Abend anträten, nach dem Prinzip des Marktes, sobald ein Handel abgeschlossen ist, dem anderen besser keine Zeit zu lassen, es sich anders zu überlegen. Bei diesem Wunsch setzte sich die Mutter wieder, sie spürte, dass ihr irgendetwas entging. Die Dringlichkeit der Entführung, die Notwendigkeit, die Eile, die wir erregten, das alles widersprach dem gesunden Menschenverstand. Auch uns war das Ungewöhnliche bewusst, aber auf andere

Art. Dass ein unvollständiges Geschöpf ohne Sprache und Denken, das nichts von der Welt und ihren Machenschaften wusste, so willkürlich sein Auge auf uns warf, war an sich schon verblüffend, doch dass eine mit allen Fähigkeiten ausgestattete Person ihr gehorchte, sich nicht nur bedingungslos ihrem Despotismus unterwarf, sondern, was ich allmählich erkannte, Nutzen, ja geradezu Erfüllung darin fand, ihn zu befriedigen, war von weit größerer Unvernunft.

Solange die Kontroverse dauerte, als es darum ging, unseren Preis festzusetzen und uns in Besitz zu nehmen, dachte niemand daran, uns zu fragen, ja uns auch nur einen Blick zuzuwerfen, da man unsere Anwesenheit offensichtlich für eine belanglose Größe hielt. Dennoch verstanden wir, dass wir zwar zum Gegenstand des Streits erklärt wurden, aber nur dessen Vorwand waren, und dass das eigentliche Motiv, mehr noch als Anaïs, diese Frau war und ihre Leidenschaft, ihren Willen im Namen eines anderen durchzusetzen, mehr noch, eine bedrohte Liebe an sich zu reißen, ihre Panik, damit zu scheitern und in ihrem tiefsten Innern eine Triebkraft ihres Daseins zu verlieren. In die Dunkelheit der Küche verbannt, ahnten wir, dass zwischen ihr und der Mutter etwas ausgetragen wurde, das deren Begriffsvermögen ebenso überstieg wie das von Delphine, die die ganze Zeit am Fenster stand und uns das Licht raubte, eine Statistin, ebenso verachtet wie wir. Nur für uns war die Illusion offensichtlich, dass sie sich Herrinnen dieses Theaters wähnten, obwohl sie an Marionettenfäden hingen, die nach einem ebenso zielgerichteten wie unergründlichen Plan bewegt wurden. In die Enge getrieben, gab Madame Ardenne ihr letztes Angebot ab, das darin bestand, die ersten sechs Monate meines bereits verdoppelten Lohns verbindlich und sogleich zu bezahlen. Offenkundig hatte sie diesen letzten Trumpf vorausgeplant, denn sie zog ein zusammengestecktes Bündel aus ihrem Handtäschchen, legte nicht Münzen auf den Tisch, sondern herzerwärmende Geldscheine, die die Mutter sorgsam zählte und dann zum Zeichen der Aufgabe in ihre Schürze steckte, und Sie, sagte sie noch, um das letzte Wort zu behalten, werden sie einkleiden, denn hier hat sie nur Lumpen, die bei Ihnen sicher nicht passend sind. Na dann viel Spaß, soll sie sich doch ihren Fraß beim Teufel holen. So sind wir zu den Ardennes gekommen, sagte Lottie und schürte nachdenklich die Glut, so haben wir die erste Nacht im blauen Zimmer verbracht, in dem Sie schlafen werden, und obwohl ich damals nicht wusste, was sich daraus ergeben würde, ahnte ich doch im tiefsten Innern, dass ich, wenn auch nur quer, in eine Geschichte eintrat, die schon lange begonnen hatte und mich erwartete.

Es wurde gerade hell, als ich so leise ich konnte nach unten ging. Aber wohin man auch den Fuß setzte, das Haus knackte, die Wasserrohre vibrierten wie Orgelpfeifen, die Dielen und Türen knarrten, die Riegel klapperten, alles in dem alten, von Unwettern zerrütteten Gebäude verriet meine Anwesenheit. Die Vorsicht war unnötig: Meine Gastgeberin hatte schon gefrühstückt, ihre geblümte Schale stand in der Spüle, eine ebensolche für mich auf dem gewachsten Holz des Tisches, daneben ein offenes Glas Konfitüre, Rhabarber mit Sternanis, und die Butter, wie versprochen in Musselin; die Mühle für den Kaffee steht auf dem Regal, hatte sie mir erklärt, also begann ich zu mahlen, was ich seit Ewigkeiten nicht mehr getan hatte, drehte die Kurbel und genoss den würzigen Duft der zermahlenen Bohnen, der den Geschmack des Getränks ankündigt, und während ich mich dieser altertümlichen Handarbeit hingab, hatte ich Zeit, die Küche zu entdecken, die ich am Vorabend nur im kärglichen Licht der Glühbirne und später der Petroleumlampe und des Kaminfeuers gesehen hatte, die ihre Ausmaße im Schatten verbargen. Einer jener großzügigen Räume, die Platz für Bewegung lassen und in ausgewogenem Verhältnis zu den Möbeln und Gerätschaften aus verschiedenen Zeitaltern stehen, wie das vornehme Buffet aus der Franche-Comté, der rundliche Kühlschrank aus den Fünfzigerjahren, das alte Sandsteinbecken und der gusseiserne Herd neben dem Kamin, in dem die Asche unseres langen Abends unter einem großen Kloben schwelte, der ehrwürdige, mit schlaffen Kissen ausgestopfte Ohrensessel, die zusammengewürfelten Stühle an verschiedenen Stellen abseits des Tischs, an dem nur ein einziger stand, jedes Ding gehorchte einem Handgriff, täglichen Wiederholungen und Gewohnheiten und verriet in der für die Augen des Eindringlings, der ich war, zufälligen Anordnung die Eigenarten der alten Dame, ihre Vorstellungen von Ordnung und Unordnung in einem von niemandem gestörten einsamen Leben. Das alles von unerbittlicher Reinlichkeit, die Delfter Kacheln auf halber Höhe ebenso wie der gewachste und polierte Tisch, das glänzende Kupfer des Uhrpendels, bis hin zu den sauberen Scheiben des kleinen Fensters, hinter dem eine rote Morgendämmerung rauchgraue Wolkenfetzen auseinanderzog, die Regen ankündigten. Es war noch viel zu früh, um die Sekretärin aufzusuchen und zu fragen, ob sie am Vorabend einen Termin beim Bürgermeister gemacht hatte, sogar zu früh, um zu Fuß ins Dorf zu gehen und im Barjo einen Kaffee zu trinken, bis das Rathaus aufmachte, deshalb wagte ich mich, nachdem ich das frugale Frühstück genossen und meine Schale abgewaschen hatte, da meine Gastgeberin unsichtbar blieb, nach draußen. Die Feuchtigkeit der Nacht ließ den Kies glänzen und verdunkelte die Farben des anbrechenden Tages, das Ockergrün des Herbstanfangs, das Blau des hundertjährigen Feigenbaums, in einen Dunst gehüllt, der die Umrisse wie auf Postkarten mit Wolken darauf verschwimmen ließ, am Rand hielten sich nächtliche Schatten. Ich hatte das Gefühl, der morgendliche Frieden über diesem einsamen Ort sei durchdrungen von der undefinierbaren, hartnäckigen Anwesenheit immer wieder neuer Gegenwarten, unzähliger Morgen, die über diesem Tal und in der ganzen Landschaft ringsum angebrochen waren, die so wenig von den modernen Entstellungen getroffen war, dass sie die Erinnerung an eine lokale Färbung bewahrte, etwas zugleich Verwurzeltes und Schwebendes, das sowohl mit Vorahnungen als auch mit längst Vergangenem zusammenhing.

Ich wandte mich dem im Morgentau schlafenden Gemüsegarten zu und gelangte, vorbei an mehr oder weniger zerfallenen, jedenfalls ungenutzten Nebengebäuden mit offenen Türen und von wildem Wein überwucherten Wänden, ziemlich bald zum Ufer der Flane, das von einem mit winterhartem Moos bedeckten Steinmäuerchen gesäumt war. Im diffusen Licht schien das Wasser an der Oberfläche seltsam glatt, wie eine Lasur, in der sich nur silbrige Spritzer an winzigen gekräuselten Stellen bewegten und unter der die unerschöpflichen Fluten ihre Massen das Gefälle hinabtrugen, das Wesen des Wassers selbst, das sich, in sein Bett zwischen den Schilfufern gezwungen, aus eigener Kraft in all seiner Fülle flussabwärts ausbreitete. In Höhe der kleinen Steinbrücke, die ich sah, wenn ich mich vorbeugte, tobte das Wasser jedoch um die Pfeiler des Brückenbogens in wilden Strudeln und Wirbeln gegen das Hindernis, schoss in langen, gewundenen Bändern zwischen ihnen durch und verschmolz sogleich wieder zu der öligen Fläche, so glatt, als wäre es ein schlafendes Gewässer, gesäumt von den Wiesen, die sich dahinter im Morgennebel verloren, und über all dem Stille. Erstaunt, dass der Fluss nicht das kleinste Geräusch machte und vom Reiben der gebeugten Schilfhalme oder den Wirbeln an der Brücke kein Rascheln oder Rauschen, kein Plätschern aufstieg, hörte ich erst nach einer kleinen Weile aus der Stille den Basso continuo aufsteigen, den ich in der Nacht vernommen hatte, jenen atonalen Gesang, den endlos wiederholten Entwurf eines Wiegenlieds oder traurigen

Abzählreims, den die Flane murmelte und den ich, ohne zu wissen weshalb, als Drohung empfand. Mit Verzögerung mahnte mich ein Schaudern, dass es angefangen hatte zu nieseln, die Feuchtigkeit nässte meinen Pullover und mein Gesicht, also verließ ich das Mäuerchen, um meine Jacke zu holen, als ich auf dem Rückweg durch den Gemüsegarten Mademoiselle Carmeaux hinter dem Nebengebäude hervorkommen sah. Sie hatte Kopf und Schultern mit einer Pelerine bedeckt und trug einen sehr schweren Korb voller Äpfel, die sie in den Überresten des Obstgartens gemaust hatte, wie sie anstatt einer Begrüßung sagte, aber allmählich kannte ich ihre abrupte Art, jemanden anzusprechen. Die Obstbäume sind älter als ich, aber sie tragen noch reichlich, sogar verschrumpelt sind das hier noch famose Äpfel. Herb, eher mürbe, mit säuerlichem Geschmack, hervorragend als Kompott, wie die süßeren Cabarelles, die beim Kochen schnell zerfallen; diese hier, Louquottes, lassen sich gut schneiden und halten sich lange, hören Sie mal: Sie *klappern*, sagte sie lachend und schüttelte einen an meinem Ohr. Das sind die losen Kerne, die so rasseln. Als Kinder hat es uns Spaß gemacht, sie klingen zu lassen, mit solchen Kleinigkeiten haben wir uns damals vergnügt.

Mir stieg der Geruch ihrer feuchten Pelerine in die Nase, auf deren Wollverschlüssen winzige Tropfen lagen, auch ihr weißes Haar war damit bestäubt, als wäre sie durch eine Wolke gelaufen, haben Sie nicht gut geschlafen, dass Sie heute Nacht so viel rumgelaufen sind? Nicht, dass Ihr Gezappel mich gestört hat, aber ich höre die Klage des Hauses wie meinen eigenen Körper, ich habe überall Antennen in seinen Sälen und Schlafzimmern und Kammern, und da ich nicht viel schlafe, höre ich, was es von seinen Altersschmerzen erzählt; Sie haben gut daran getan, zur Flane zu gehen, das ist die richtige Zeit, um sie zu überraschen. Morgens ist sie entspannt und spielt die schlafende Schöne, aber Sie dürfen ihr nicht trauen, sie ist jähzornig. Wer hier seinen Hof gebaut hat, muss wahrlich mittellos gewesen sein, dass er diesen Ort wählte, der Boden ist schlecht, der Fluss macht es sich im Tal bequem, auch wenn die Erde dort nicht vom Hochwasser überschwemmt ist, bleibt sie locker, das ist hier selten. Im heißesten Sommer schwitzt sie schädliche Dünste aus, die in Schwaden aus dem Boden aufsteigen, das Wasser ist gleich unter unseren Füßen, weshalb man keine Keller bauen konnte, wie es in der Gegend üblich ist, selbst die Fundamente sind nicht tief. Dennoch dringt die Feuchtigkeit nicht ein, die Mauern bleiben gesund, als lägen ihre Steine auf einem schwimmenden Floß. Dabei gewinnen solche Häuser ihren Charakter aus dem Grund, etwas Nebliges und Instabiles geht von ihnen aus, ihre Stimmung steckt die Menschen darin an, färbt auf sie ab; so sagt man, dass die ersten Besitzer schwierige Leute waren, Träumer und etwas verwirrt, scheue Gesellen, die alle möglichen Rückschläge erlitten. Das liegt alles sehr weit zurück, denn die Bewohner hatten das Haus verlassen, vielleicht waren die Generationen erloschen, oder sie waren der Widrigkeiten überdrüssig oder von einem Unglück verjagt worden, es stand seit Ewigkeiten leer, und es gab keinen lebenden Erben, als Justin Ardenne es aufgrund seiner fixen Idee kaufte, was niemand verstand, man wusste doch, dass dieses Land nichts einbrachte, also hat er sich übers Ohr hauen lassen, als er das Grundstück kaufte. Aber er hatte andere als landwirtschaftliche Pläne im Kopf, das hat man im Dorf bald erfahren.

Ich habe Ihnen erzählt, dass er vom Holz aus den Kolonien lebte und dass er das Geschäft wegen der Behandlung seiner Frau hatte aufgeben müssen, aber als er hier ankam, begriff er schnell, was er mit seiner Erfahrung anfangen konnte. Wir sind eine Waldgegend, nicht so reich wie anderswo, aber es gibt schöne Baumarten, die Eiche liebt feuchten, fruchtbaren Grund, auch die Esche, die Buche gewöhnt sich auch an trockene und die Hainbuche sogar an flache Böden, Espen und Birken wachsen da und dort auch auf Kalkgeröll. Ein tatkräftiger Mann konnte da einiges machen. Als er in den Fünfzigerjahren angekommen war, ich meine des letzten Jahrhunderts, gab es sehr viele prosperierende Hüttenwerke, nicht hier in Le Mauduit, eher in den Tälern Richtung Langres und Chaumont, denn der Boden enthielt leicht zugängliche Mineralien, die Flüsse lieferten die Antriebskraft und das Dickicht unserer Wälder das Holz für die Holzkohle, ein guter Brennstoff für die Industrie. Den Hüttenbesitzern gehörten auch Wälder in der Nähe ihrer Fabriken, ihre Förster markierten die zu fällenden Bäume, oder sie kauften welche bei den zahlreichen Händlern, die die Gemeinde- oder Privatwälder ausbeuteten, das brachte gutes Geld, aber schon begann die Steinkohle der mühsam herzustellenden Holzkohle den Rang abzulaufen, vor allem weil diese auf langen Karren durch Schneisen herangebracht werden musste, die in unserer Gegend oft nur holprige Waldpfade sind. Die Steinkohle kam reichlich mit den ersten Eisenbahnen und auf dem Canal de Bourgogne, sodass die Hütten, die sich nicht umstellten, eingingen, sie mussten fast alle schließen, und der Markt für Holz und Holzkohle brach ein. Jetzt wurde nur noch wenig für die Heizungen in der Stadt oder in den Dörfern produziert, wobei auch das Gabholz noch üblich war: Gegen ein geringes Entgelt hatte jeder Anrecht auf seinen Teil Holz aus dem Gemeindewald, das reichte für seinen Haushalt, doch die Leute hier sind nicht sehr geschickt, was die Ausbeutung ihrer Rohstoffe angeht. Ich wusste nichts von den Sitten in jenen Zeiten, ich habe erst davon erfahren, als Madame Ardenne Anaïs von ihrem Urgroßvater erzählte.

Ich spitzte die Ohren umso mehr, als ich mich beim Zuhören wieder an das erinnerte, was ich von meiner Mémé über ihren Vater, einen Tagelöhner, gehört hatte, das waren arme Leute ohne Zugtier für die Feldarbeit, die im Winter auf den Feldern keine Arbeitsmöglichkeit fanden und deshalb von November bis März tief in den Wäldern Holz fällten. Da der Vater nur zehn, fünfzehn Kilometer entfernt Anstellung fand, kam er erst samstags zurück, schlief sich den ganzen Sonntag in der Scheune aus, weshalb die Kinder kein Geräusch machen durften, das ihn geweckt hätte, und brach am Montag vor dem Morgengrauen wieder auf, den Rucksack gefüllt mit Speck und Kartoffeln für seine Woche im Wald, wo er, erzählte sie, wie ein Wilder lebte, mit einem Bart, der sogar dem Teufel Angst gemacht hätte, nur den Bach hatte, um sich zu waschen und zu trinken, in einer eisigen Hütte aus Erdschollen schlief und sich bei Schnee und Regen abrackerte, das Gebüsch im Unterholz auszulichten, das Kohlenholz auf die gewünschte Länge von sechzig Zentimeter zu kürzen und das Reisig zu bündeln, dann mit der Axt oder Handsäge die großen Buchen oder Eichen zu beschneiden oder zu fällen, sie in Rundholz und Spaltholz zu zerlegen, zu einem Lohn von fünfzig Centime pro *Klafter* Kohlenholz. So ein Klafter Holz soll sogar mehr als ein Ster gewesen sein, der bei uns genau zwei Meter lang, einen Meter hoch und sechzig Zentimeter breit sein muss, dafür braucht ein Mann einen ganzen Tag. Das war ihr Vater wert, fünfzig Centime am Tag, so viel kostete schon ein Kilo Brot. Er hatte zwar auch Anrecht auf das beim Beschneiden und Fällen übrigbleibende Totholz und das Sägemehl, doch er hatte nur seinen Rücken, um es nach Hause zu bringen, also verkaufte er seinen Anteil an die, die es im Nachbardorf an den Mann bringen konnten, und wissen Sie, viel später, als ich Anaïs die Geschichte von Jean Valjean vorlas und erfuhr, dass dieser Mann, der als Baumputzer in den Wäldern von Faverolles lebte, keinen anderen Weg sah, als das Fenster des Bäckers mit der Faust einzuschlagen und ein Brot zu stehlen, da dachte ich, dass der Vater meiner Mémé sein Bruder im Elend war.

Glauben Sie nicht, sagte Lottie, während sie ihre Äpfel sorgsam auf einen Rost legte, dass ich Sie weit von meinem Thema wegführe, denn Justin Ardenne gehörte zu den Ausbeutern der Armen; er schaffte es, sehr rasch Profit aus dem Wald zu schlagen, aber nicht für die Versorgung der Hüttenwerke. Er erfasste sofort die Gefahren der bisher rücksichtslosen Abholzung und dass es vorteilhaft war, sich dem Edelholz für Schnittholz und Balkenwerk zuzuwenden. Also zog er durch die Region, scheute keine Mühe und brachte die Aufforstung in Schwung, um die Wälder zu verjüngen, indem er schneller wachsende Nadelhölzer pflanzen ließ, österreichische Schwarzkiefern, die man heute noch hier am Waldsaum sieht. Das war ein Plan für zwanzig, dreißig Jahre, aber er war sehr vorausschauend. Einstweilen sicherte er sich ab und schloss Verträge mit den Geleitschiffern, sie brachten die Fracht auf der Marne oder der Saône zu weit entfernten Märkten, die er durch seine Beziehungen kannte; er ignorierte den Markt im Süden, wo schon das Eisen das Holz auf den Schiffswerften ersetzte, denn am meisten verdiente er, das hatten nur wenige vor ihm kommen sehen, mit den Stützbalken für die Minen und vor allem mit den Schwellen für die Eisenbahn: Die Schienen hatten den

Hüttenwerken den Garaus gemacht und brauchten weiterhin Holz. Er war ein Experte darin, mit bloßem Auge den Baumbestand abzuschätzen, die guten Bäume zu markieren, seine Leute anzuleiten, bei Versteigerungen durch Gemeinden und öffentliche Einrichtungen den Preis für den Holzeinschlag auszuhandeln. Ende September trieb er sich für seine Geschäfte auf den großen Jahrmärkten von Chaumont, Châtillon, Arc-en-Barrois oder Langres herum, in den Bahnhöfen wuchsen riesige Holzstapel mit seinem Namen und warteten auf den Abtransport: Er *versilbert*, sagte man in Le Mauduit mit dem unterwürfigen Respekt, der bei Leuten, denen fehlender Grips so viel Glück vorenthält, den Neid ersetzt. Irgendwie war er ein Künstler und ein Halunke, dieser Justin Ardenne. Er handelte bei seiner gründlichen und gefährlichen Arbeit instinktiv, legte seine ganze Raubvogeldurchtriebenheit und seine Maßlosigkeit hinein, zog kreuz und quer durchs Land, ob es regnete oder stürmte, und sah nicht, wie seine innig geliebte Frau, Tochter eines Kolonialbeamten, gefunden unter dem Vordach eines Bungalows irgendwo am Ufer des Gelben Flusses, der ihrem Blut schon die schädlichen Miasmen der tropischen Hoffnungslosigkeit eingeimpft hatte, wie sie in seinem schönen, bombastischen Haus verkümmerte, sich verzehrte und erlosch. Je mehr er beim Versilbern zulegte und sich verausgabte, herumzog und großmäulig verhandelte, desto mehr zitterte sie wie eine Flamme kurz vor dem Erlöschen, ein Luftzug hätte sie umgebracht.

Und das geschah in einem April bei wildem Sturm, der den Anisduft des Seidelbasts mitbrachte und die Blüten der Süßgräser und Dolden abriss, die in der Sonne wirbelten wie Schnee. Sie kehrte von einer ihrer Kuren zurück, die sie heilen sollten, aber sie war so schwach, dass man sie mit einer Trage unter den Feigenbaum hatte bringen müssen, wo man sie zum Schutz vor dem heftigen Wind in Kaschmirschals und irische Decken einmummelte, die noch stapelweise in unseren Schränken liegen, und mit Kissen umgab, um ihre Arme zu stützen, die dünner waren als Reisig. Er kam in seinem Einspänner angesprengt, den Sie immer noch im Pferdestall sehen können, nahm sich die Zeit abzuschirren, dem von der schnellen Fahrt dampfenden Pferd Wasser und Hafer zu geben, seine Hunde zu tätscheln und ins Haus zu stürmen, wo er brüllend die Dienste seiner Leute und sein Essen verlangte, laut nach den Kindern schrie, die oben mit ihrer *mistress* arbeiteten, denn sie hatten eine englische Lehrerin für Lesen und Schreiben, Erdkunde und Gesang, Fernand war fast zehn, Séverine dreizehn Jahre alt. Ich will ihnen nichts Schlechtes nachsagen, aber schön waren sie nicht, man sieht es auf den Fotos. Der Junge x-beinig und -armig, niedergeschlagene Augen unter der niedrigen Stirn, das Mädchen weniger missgestaltet, aber so bleich, als hätte man es in Kirchenwachs getaucht. Er hob sie hoch und drückte sie mit beiden Armen an seinen dicken Bauch, zerstrubbelte ihr sorgfältig gekämmtes Haar und küsste sie genießerisch, dann fragte er endlich nach seiner Frau, die vergessen unter dem Feigenbaum da draußen auf ihrem Korbliegestuhl lag. Alle rannten eilig hinter ihm her, bis auf die Hunde, die aufhörten zu kläffen, auf der Küchenschwelle den Rücken krümmten und die Zähne fletschten. Erloschen, genau das war sie, ausgeblasen von dem starken Wind. Ein Moment allgemeiner Lähmung, alle waren erstarrt, wie vom Zorn Gottes getroffen. Nach den Worten Séverines, die ich gut gekannt habe und die es mir erzählt hat, war Justins Verzweiflung eine grandiose Szene. Er zog seine Frau hoch und drückte sie an sich wie eine Stoffpuppe, er rannte mit ihr durch alle Etagen, stieß gegen die Möbel, schrie herzzerreißend, bis man sie ihm entriss, aber er packte sie wieder, umschlang sie und brüllte, muhte, trompetete weiter, riss sich an den Armen, schlug sich an die Brust, stampfte wütend auf wie ein Kind, zerkratzte sich das Gesicht mit den Nägeln und riss sich die Haare aus, bis der eiligst herbeigerufene Priester eintraf, zu spät für das Sterbesakrament, um wenigstens dem Wahnsinnigen die Leviten zu lesen und ihn mit frommen Worten zu salben.

Während er ihm so gut es ging die Beichte abnahm, hatte die *mistress*, halb tot vor Grauen, weniger vor dem Leichnam als vor dem entsetzlichen Geschrei, die Kinder in die Küche gesetzt, wo sie ihren Milchreis essen sollten. Sie zwang sie, sich damit vollzustopfen, als würde der Brei, wenn er sie füllte, auch ihre Ohren verstopfen, aber Séverine, so erinnerte sie sich, hatte keine Angst vor der Toten und noch weniger vor ihrem besessenen Vater. Sie schwelgte eher in der schamlosen Übertreibung seines Unglücks, bewunderte, wie er sich voller Inbrunst zur Schau stellte, und sah in ihm die Verkörperung eines niedergerungenen Gottes. Es sei ihr eine heilsame Lehre gewesen, statt Kummer die erregende Schönheit, die heilige Größe des Dahinscheidens zu empfinden, weshalb sie mir mit zuckersüßer Miene anvertraute, wenn sie nicht den Schleier genommen hätte, wäre sie gern Theaterschauspielerin geworden, um so großartige Rollen zu spielen. Auf jeden Fall habe sie in aller Muße beobachten können, dass sich die vernünftigsten Erwachsenen im Angesicht des Todes albern wie Kinder gebärden. Sie jedenfalls hatte noch Appetit auf Milchreis, als ihr Bruder schon alles auf den Boden erbrochen hatte. Unter seinem verdrossenen Äußeren verbarg sich also eine zarte, empfindsame Seele. Sie nutzte es aus, dass man sich seiner annahm, und stahl sich aus der Küche. Im großen, verwüsteten Salon drängten sich Hunde, Gesinde und der Priester um ihren in einem Sessel zusammengesunkenen Vater, sie brachten ihm Kräutertee und Kompressen, kümmerten sich nicht um ihre Mutter, die in der eigenartigen Haltung einer Grabfigur auf dem großen Festmahltisch lag und sich nicht um das außergewöhnliche Durcheinander scherte. Séverine konnte so dicht an sie herangehen, dass sie den balsamischen Duft nach Kampfer und Melisse roch, den Geruch der Arzneien, der die Mutter ständig umgeben und in dem sich lange schon die Trauer um sie angekündigt hatte, und sie staunte, dass sich das ausgemergelte Gesicht nicht verändert hatte und der Blick in die unsinnige Höhe der Decke starrte, denn niemand hatte daran gedacht, ihr die Augen zu schließen. Séverine war darauf gefasst, dass sie sich jeden Moment ihr zuwenden und sie anflehen würde, ihren Schal hochzuziehen, damit sie anständig aussah, ihr Kleid herunterzuziehen, das ihre knochigen Beine mit den auf die Knöchel gerutschten Strümpfen entblößte, und die gelösten Bänder ihrer Haube zu glätten, die unter der Raserei ihres Gatten gelitten hatten, und da begann sie zu weinen, weil sie es nicht tun konnte. Weil sie spürte, dass sie zwar nah genug war, um sie zu berühren und zu riechen, doch durch ein unsichtbares Hindernis, die undurchdringliche Grenze zwischen zwei Ländern, die sich zwischen ihnen erhob, von ihr getrennt war, jede an einem Ufer des Flusses, über den es keine Brücke gab. Amüsiert euch, amüsiert euch doch, sagte die *mistress* und schob sie zur Treppe, und da Séverine nicht im Sinn hatte, weiter Kummer zu heucheln, trocknete sie ihre Tränen und amüsierte sich damit, Seidenbänder ins Haar ihres Bruders zu flechten, der sich an ihre Knie schmiegte und sie gewähren ließ. Abends, als die Totenglocke läutete, kamen Frauen aus dem Dorf, die erfahren waren im Herrichten von Verstorbenen. Justin stieß nur noch Fiepsen und Seufzer aus, trompetete schwach in sein Taschentuch und ließ das Gesinde sich abrackern und Schüsseln bringen, neue Laken ausbreiten, die Tote mit den besten Sachen herausputzen, wie es sich geziemt, während er in der Küche allein seine Hasenpastete verschlang. Schließlich warf er sich auf ein niedriges Sofa im Salon und schlief in seiner übergroßen Müdigkeit die ganze Nacht.

An den folgenden Tagen herrschte eine große Unordnung zwischen dem Kondolenzdefilee und der Erwartung der fernen Verwandtschaft, die telegrafisch benachrichtigt worden war und die man im Pferdewagen vom Bahnhof abholen musste, ich erzähle Ihnen noch von unserem Bahnhof im Wald. Die Alten und die Cousins blieben acht Tage und schlugen sich die Bäuche voll, ohne dass man recht wusste, wer sie waren, ob sie zur einen oder anderen Seite gehörten. Séverine sagte, sie habe sie nie wiedergesehen, nur sehr viel später in Alben, aber selten stehen die Namen unter den Fotos. Einstweilen hatte man den Leichnam in den provenzalischen Flügel gelegt, in dem es keine Möbel gab. Séverine schlich unbemerkt dorthin. Hier herrschte ein Frieden, der im Gegensatz zu der Aufregung im Haus stand, das mit der Vorbereitung der Beisetzung beschäftigt und mit den Verwandten vollgestopft war, die man verköstigen und unterhalten musste. Sie ging nicht weiter als bis zur Schwelle, beeindruckt von dem großen Raum mit den nackten, geweißten Wänden, die von den hohen Fenstern zum Park und zum Garten grell erleuchtet wurden, beeindruckt von der monumentalen Einsamkeit des in der Mitte aufgestellten Katafalks aus Holzböcken, auf dem der offene Sarg stand, dem in seiner Höhe näher zu kommen sie sich wohl hütete.

Sie wollte sich nur die Nase mit dem scheußlich süßlichen Geruch füllen, der den ungelüfteten Raum jeden Tag mehr erfüllte, ein widerlicher Geruch nach Bittermandel oder schwarzer Seife und gegorenem Mehl, der sie mit köstlichem Grauen erfüllte und den sie in ihrem schwarzen Kleid mit sich nahm wie eine Diebin, fasziniert, dass ihre so schmächtige Mutter einen so heftigen Duft verströmte. Es war ein warmer April, und der Wind hatte sich gelegt, schließlich drang der abstoßende Geruch auch nach draußen, erfüllte den Hof, einige hielten sich angewidert Taschentücher vor die Nase, wenn sie vom Brunnen Wasser holten, es wurde Zeit, dass das ein Ende nahm. Eine Woche später fand in der Kirche von Le Mauduit die denkwürdige Totenmesse statt. Dort versammelten sich alle, die in der Gegend Rang und Namen hatten, mit ihren Damen unter verschleierten Hüten, das, was man bei uns die Großkopferten nannte, außerdem wichtige Händler, Fuhrleute, Waldarbeiter, Tagelöhner und unzählige Neugierige, die sich am Straßenrand drängten, um das Gespann der sechs mit schwarzen und silbernen Federn geschmückten Pferde vorbeifahren zu sehen, das den Leichenwagen zog, der unter den Kränzen fast zusammenbrach, gefolgt von der Familie, an der Spitze Justin und die Kinder, gezeichnet von großer Trauer; die Brut ist ganz versessen auf Pomp und schöne Ereignisse. Dann leerte sich das Haus. Justin nahm seine Reisen wieder auf, aber er war nicht mehr mit dem Herzen dabei.

Wenn er zurückkam, hallten seine Schritte zwischen den Mauern, er knallte die Türen und brüllte durch die Gegend, um die Abwesenheit zu füllen, misshandelte die Dienstboten, beklagte sich über die Kinder und über die *mistress*, die er im Herbst entließ, nachdem er Séverine und Fernand in Pension gegeben hatte, die eine zu den Schwestern der

Vorsehung in Langres, den anderen in ein Internat in Dijon. Doch alle fortzuschicken machte ihn noch einsamer, er ließ sich gehen. Er hatte nie auf sein Aussehen geachtet, war immer schlammbespritzt und badete im Schweiß des dicken Mannes, jetzt lief er schmutzig und bärtig herum, schlief in seinen Kleidern und Stiefeln auf der Steppdecke, aß jedoch für zehn, gierte nach salzigen Speisen, fettem Fleisch und Wild, nach Wein, um den Durst zu stillen, nach Absinth und Schnäpsen, die einen Bullen umgeworfen hätten. Es ist recht verbreitet, dass Witwer sich dem Trunk ergeben, aber er ergab sich dieser Neigung mit der gleichen Maßlosigkeit wie allem anderen. Man muss annehmen, dass er in seiner Frau etwas wie eine Ergänzung, in ihrer Sanftheit, ihrer Mattigkeit einen Trost gefunden hatte, ohne sich darum zu kümmern, ob sie eine Seele oder auch nur den kleinsten tieferen Gedanken hatte; vielmehr überzeugt, dass sie eine sehr selten benutzte Nippfigur, eine schon vor dem Altern welke Jugend war, hatte er es sich zur Pflicht gemacht, alles hinwegzufegen, was ihr bisschen Leben versiegen lassen konnte. Natürlich war das in einem so aussichtslosen Fall verlorene Liebesmüh. Doch dieser Mann liebte es, sich abzumühen, sich zu verausgaben, absurde Häuser zu bauen und mit Geld um sich zu werfen, nun ließ er seinen Buchhalter stehlen, sein Gesinde es sich auf seine Kosten wohl sein lassen, er hatte die Lust verloren, alle zu gängeln. Er vernachlässigte seinen Handel und stürzte sich inbrünstig in die Jagd.

Er, der sich niemals freie Zeit gegönnt hatte, ließ sich mit einer Bande ein, berauschte sich ein ganzes Jahr lang an Treibjagden und Gemetzel. Mit bloßen Händen habe er gehäutet, heißt es, mit den Fingern die von geronnenen Säften klebrigen Eingeweide herausgerissen, die Bäuche mit dem

Messer aufgeschlitzt und sich die noch blutigen Pelze um die Schultern gelegt; bei uns gibt es viel Wild, Wildschweine, Hirsche, Rehe und Hasen im Überfluss. Er wäre selbst zum Untier geworden, hätte er nicht seinen Meister in Gestalt einer Bache gefunden, mächtig wie ein Eber und groß wie ein Esel. Mit seinen Jagdgefährten hatte er schon die Suhlen entdeckt, in denen sie sich wälzte, und die Stellen, wo sie wühlte, nicht aber ihren Wurfkessel, denn es war ja ein Weibchen. Niemand wird so rasend wie eine Wildsau, die ihre Jungen säugt. Sie greift an, wie gefährlich es auch sein mag, ihre Hauer sind schärfer als Schwerter, spitzer als ein Spieß. Er ging tollkühn vor den anderen, sie brach aus dem Unterholz und griff ihn an, richtete sich auf wie ein Mensch, traf ihn an Stirn und Brust; bevor sie ihn ganz aufgeschlitzt hatte, entrissen sie ihn zu dritt ihrer Raserei. Er hatte eine tiefe Wunde am Oberschenkel, durch die man den Knochen sah, der Hauer hatte eine Arterie getroffen, und er wäre fast verblutet. Seine Wunde brauchte Monate, um zu vernarben. Er lag in seinem Ohrensessel am Feuer, fassungslos über dieses Unheil, stumpfsinnig ob seiner Behinderung, wusste nicht, womit er seine Tage füllen sollte, sah nur, wie sich die wutschäumende Bestie mit hochgezogenen Lefzen, funkelnden Augen und gewaltigen Reißzähnen auf ihn stürzte. Diese Begegnung hat ihn womöglich schlimmer in seinen Grundfesten erschüttert als der Tod seiner Frau.

Anfangs kamen die Leute zu ihm, fragten, wie es gehe, baten um Anweisungen für die Geschäfte, aber er scherte sich nicht um sie, weil er nicht mehr selbst vor Ort mitreden konnte. Eine Witwe, vom Hospiz geschickt, kam jeden Tag, um seinen Verband zu erneuern und ihn zu rasieren, bald erwartete er sie wie den Messias, zählte das Läuten der ganzen und halben Stunden vom Kirchturm und der Wanduhr, wurde ungeduldig, wenn sie sich verspätete, und hielt sie länger auf als nötig, verausgabte sich mit allerlei Listen, um sie zu amüsieren, und offenbar fand sie Gefallen daran. Diese Madame Fortin war eine kräftige Frau, aber doch von einem gewissen natürlichen Adel, ganz durchdrungen von ihren Vorrechten, sehr pfiffig und in der Verwaltung so erfahren wie in der Pflege. Er holte sie ganz ins Haus und stellte sie als Haushälterin ein. Es wurde auch Zeit, dass sie Ordnung schaffte, bevor alles den Bach runterging. Sie entließ die einen, ließ die anderen die Rute spüren, weitete ihr Reich auf die Schränke aus, bestellte das Essen und überprüfte die Rechnungen, erlegte den Pächtern ihre Gesetze auf, die sich allerdings kaum darum kümmerten; er duldete nur sie, um ihm den Stock zu reichen, den er seit dem Unfall brauchte, sein Essen zu machen und sein Bett vorzubereiten. Niemand weiß, was für eine Beziehung sie zueinander hatten, wer wem unterworfen war in dem seltsamen Paar, das sie bildeten, aber mit ihrem vor Gesundheit strotzenden Leib war sie ein so gewaltiger Gegensatz zu seiner verstorbenen Frau, dass man keinen Anstoß daran nahm, wenn er sie aus Wehmut ersetzte oder sich in Zweideutigkeiten erging, waren doch beide verwitwet. Tatsache ist, dass Madame Fortin ihm aus der Patsche half und das Gut in Ordnung hielt, solange sie lebte. Als Vitalie 1880 als junge Ehefrau an Fernands Arm zu den Ardennes kam, war sie noch da, überlegen Sie mal! Justins Glanzzeiten waren vorbei, er hatte seinen Holzhandel längst aufgegeben. Die Nadelbäume brachten allmählich Gewinn, und er beauftragte andere, sie zu nutzen, sein Vermögen schlummerte mit Zinsen auf den Banken.

Es ist schon merkwürdig, sich vorzustellen, welche Leidenschaft ihn einst dazu gebracht hatte, das Unternehmen seines Tuchmachervaters in Lyon zu verlassen und durch die Welt zu reisen, statt die sesshafte Tätigkeit fortzusetzen, in Afrika und Asien Wälder zu fällen, zum Fachmann für den Handel mit seltenen Hölzern zu werden, wozu ihn nichts in seiner Herkunft und seiner Erziehung bestimmt hatte, was hat ihn da nur gejuckt? Das Blättern in einem Atlas als Kind, eine Zeitung oder ein Buch, das ihm unvermutet bei einem belesenen Nachbarn in die Hände gefallen war, der Kupferstich eines Orientreisenden, der Einfluss eines engstirnigen Lehrers, der doch begierig war, sein bisschen Wissen weiterzugeben, oder eine Bekanntschaft, die er vom Wein beflügelt als junger Mann in einer Schenke schloss, die quälende Träumerei von Weite, wie sie manchmal im engsten Gehirn geboren wird; und dann – denn viele Träumer begnügen sich mit Schimären, reduzieren sie durch endlose Liebkosungen auf fade Märchen –, wie hat er dann seinen Wünschen Gestalt verliehen und seine Sehnsucht Wirklichkeit werden lassen, indem er sich in den Häfen von Marseille oder Nantes herumtrieb, sich auf einem der stolzen Segler einschiffte, zum ersten Mal das Meer überquerte, ins Unbekannte, und nach der Landung dort Leute traf, sich an gierige Händler und bestechliche Ingenieure heranmachte, ohne von irgendwem, einem Ministerialbüro oder einem Diplom, empfohlen zu sein, ohne Erfahrung oder Sicherheiten, ausgerüstet allein mit außergewöhnlichem Unternehmergeist, durchtriebener Intelligenz und unerschütterlichem Wagemut, sicher ein Abenteurer, aber systematisch, ja manisch in der Verfolgung seiner Ziele. Vielleicht waren sie erreicht, als er zu seinem Unglück dem bleichsüchtigen jungen Mädchen mit dem romantischen Zauber einer fragilen Pflanze begegnete, vielleicht war dies seine geheime Achillesferse, dass er sich eine zarte Seele aufladen musste, um sich für sein Abenteuer zu bestrafen oder ein altes Bedürfnis nach Liebe zu befriedigen. Wir wissen nichts über seine Mutter oder die Frauen, die ihn durch die Kindheit begleitet haben, über ihre Anwesenheit oder ihr Fehlen, wir wissen nicht einmal, ob er geliebt hat, bevor er abreiste, enttäuscht oder einer Hoffnung beraubt, kurz, wie man bis zur Quelle dieses Mannes zurückgehen und erklären soll, dass er so weit in die Welt hinausgezogen und zurückgekehrt ist, um sich ausgerechnet hier zu verlieren, was nicht einmal seine Heimatregion war, wo seine Frau doch in hundert anderen Thermalbädern ebenso wenig hätte geheilt werden können, dass er hier diesen abgelegenen Hof wählte, um inmitten unfruchtbarer Felder einen exzentrischen Palast daraus zu machen, in diesem Tal unterhalb von Le Mauduit, durch das die Flane fließt, das bleibt ein Geheimnis für uns, das uns oft beschäftigt, wie viele andere dieses Ortes. Wir gingen ihnen nach, während wir unsere Glyzinie beschnitten, als Sie gerade im rechten Moment auftauchten, mit Ihrer Jacke und Ihren Spazierschühchen.

Da ich nicht wusste, um welchen *rechten Moment* es sich handelte, hielt ich diese Formulierung für einen Ausdruck des Schalks, den sie häufig an den Tag legte, als befreite sie sich von all dem, was sie mit ihren neunzig Jahren an Leben herumschleppte, mit unbekümmerter Heiterkeit, zumindest tat sie so. Ich glaubte ziemlich schnell zu wissen, dass sie eine Rolle erfand, um sich selbst zu täuschen, und sich zwar nicht gänzlich täuschte, aber doch so weit überlistete, dass sie wirkte, als glaubte sie selbst daran, jedenfalls machte sie es andere glauben, indem sie bei unzähligen Gelegenheiten im Laufe des Tages die Alte spielte, die sie war, mit vollendeter Komödiantenkunst vorgaukelte, was man von ihr erwartete, um die unerschöpfliche Jugend ihres Lebensuhrwerks zu verbergen und sich vor dem Tod zu bewahren, ihn einzuschläfern, ihn zu überlisten. Vor dem Tod, sagte sie jedoch, habe sie gar keine Angst, bei all dem, was sie vom Schicksal der Kreaturen wisse, das darin bestehe, sich zu verkörpern, dann früher oder später auf tausend mehr oder weniger angenehme Arten zu sterben, sich in der Zwischenzeit nach Kräften einzumischen und nach eigenem Urteil seine Wahl zu treffen. Diese Frage der Wahl war ihre große Sorge. Sie schien ihr, weit mehr als ihr Dahinscheiden, das sie als untergeordnetes Thema behandelte, große Qualen zu bereiten; da war etwas Ungelöstes, das sich ihr Leben lang ihrem Verständnis widersetzt hatte und für dessen Durchdringung ihr nur noch wenig Zeit blieb, und während ich ihrer Erzählung lauschte, begann ich zu verstehen, dass in ihren Augen weniger die Taten und Ereignisse zählten, deren Zeugin sie gewesen oder an denen sie beteiligt gewesen war, die ihr berichtet worden waren oder die sie erfand, dass sie weniger deren Wahrheitsgehalt interessierte als die Art, wie sie ausgewählt und aneinandergereiht, wie sie einer Ordnung unterworfen wurden, die Lottie nicht kannte, die jedoch von außerhalb der Zeit herrschte.

Wenn Sie nachher ins Dorf gehen, bringen Sie mir doch Bucheckern mit, wenn Sie so freundlich sind. Sie finden welche bei Madame Quenotte, Rue Basse-du-Cimetière, sie macht kein großes Geschäft damit, niemand mehr isst diese Früchte oder kennt sie auch nur, sie ist die Letzte, die sie in der Erntezeit sammelt, und mir legt sie immer eine Portion davon zurück, sie schmecken viel besser als Maroni, ein Geschmack zwischen Haselnüssen und Pinienkernen. Wenn sie noch grün sind, lassen wir sie trocknen, aber wenn sie gerade richtig sind, können Sie sie in der Glut geröstet kosten, und sagen Sie ihr auch, dass es für Lottie bei den Ardennes ist, damit sie Sie nicht dafür zahlen lässt wie eine Fremde.

Ich ließ mein Auto da stehen, wo ich es am Vortag geparkt hatte, und ging zu Fuß durch die Ulmenallee und den Weg hinauf bis zur Gabelung. Vor dem rostzerfressenen Kreuz, von dem Christus ins Gebüsch herunterhing, weil sich ein Arm gelöst hatte, blieb ich stehen und dachte an den polnischen Passanten, der nicht ins Dorf weitergegangen, sondern dort stehen geblieben war und seitdem Postkarten schickte, wie Lottie behauptete, und ich war noch unsicher, ob ich Lottie bitten sollte, sie mir zu zeigen, oder ihre Existenz lieber dem Zweifel überließ. Dann ignorierte ich die Andeutung eines Wegs, der an der Böschung entlangführte, und ging den Steilhang hinauf, von dem ich wusste, dass er früher oder später hinter der Kirche herauskommen würde, weil ich diesen Weg schon einmal gegangen war. Lottie hatte darauf bestanden, mir einen großen Regenschirm mitzugeben, weil sie am Vormittag etwas Regen erwartete; wenn es nicht regnen sollte, könne ich ihn wenigstens als Wanderstock oder zur Verteidigung nutzen, falls ich einen streunenden Hund traf, es laufen immer noch welche in der Gegend herum, obwohl Vagabundieren verboten ist. Die Strecke kam mir länger und steiler vor als in meiner Erinnerung, aber vielleicht hatte meine überstürzte Flucht sie damals verkürzt, oder ich hatte kräftigere Waden zum Klettern gehabt. Doch als geübte Wandrerin passte ich meinen Schritt und meinen Atem dem Aufstieg an, betrachtete aufmerksam, was mich umgab, und suchte verlorene Gefühle wiederzufinden. Ich erkannte den Weg nicht wieder. Der hier war asphaltiert oder zumindest notdürftig mit Splitt befestigt, von Spurrinnen durchzogen, ein fahrbarer Weg, aber so schmal, dass zwei Autos nicht aneinander vorbeikommen würden. Er wurde wohl nicht oft genutzt, denn in der Mitte und am Rand waren Streifen mit kräftigem Gras bewachsen, das offenbar den ganzen Sommer über nicht geschnitten worden war, denn es sank unter dem Gewicht des Nieselregens in dicken Garben auf die Spurrinnen; mit dem Rauschen von Federn und Blättern drang das Piepsen unsichtbarer Vögel aus dem durchnässten Gebüsch hervor. Im Aufstieg drehte ich mich oft um und orientierte mich an den Dächern der Ardennes, die ich bald links von mir in ihrer Wiege aus Bäumen mit kupfernen Kronen auftauchen sah, und entdeckte zwischen den Hecken allmählich das Panorama des von goldenem, die Sonne ankündigendem Nebel überzogenen Tals und durch gelegentliche Einschnitte das sich dahinschlängelnde blasse, graugrüne Band der Flane.

Nun, da ich die Talsohle hinter mir gelassen hatte, spürte ich eine frische Brise, die nach Humus, Pilzen und Moos roch und scharfe Rauchschwaden mit sich brachte, die auf nahe Wohnhäuser hindeuteten; bald lief ich zwischen Trockenmauern hindurch, hinter denen grasbewachsene Grundstücke lagen, auf der Rückseite der Häuser durch Bretterzäune abgeschlossen, an denen windschiefe kleine Verschläge klebten. Darin war Holz gestapelt, lag Wäsche auf einem Gestell, standen rostige Schubkarren und Werkzeuge; dazwischen thronten ein nagelneues Schaukelgestell und eine Rutschbahn aus orangem Plastik. Ich sah niemanden in diesen Gärtchen, bald wurden sie seltener und nach und nach von Häusern abgelöst, die immer dichter standen und zu einer Fassade zusammenwuchsen. Nur der ländlich unbekümmerte Umgang mit den Materialien bewahrte sie vor Hässlichkeit, obwohl sich ein Mischmasch jüngerer

Ergänzungen – kleine Reparaturen hier, Zementbasteleien da – in die intakte Einheit der alten Bauten geschummelt hatte, die mehr aus Not denn aus Treue zu einer pittoresken regionalen Besonderheit erhalten waren. Jetzt konnte ich mich wieder an meiner Erinnerung orientieren, ich erreichte die Kirche über dem Steilhang und dem Tal, dann den kastanienbestandenen Vorplatz, umgeben von so dichtem Gras, dass er im morgendlichen Schatten der Bäume schwarz wirkte, und sah die Schneise der Hauptstraße, das Denkmal für die Toten, den Brunnen auf dem Parkplatz und die Fassade des Rathauses.

In diesem Moment ging ein kurzer, aber heftiger Schauer nieder, der Lottie recht gab, mir ihren Regenschirm aufgedrängt zu haben, er war schon wieder vorbei, als ich das Barjo erreichte, wo ich nach meinem Aufstieg einen Kaffee zu bekommen hoffte, aber ich wunderte mich kaum, es wie am Vortag geschlossen zu finden, hinter der Scheibe war ein Rollo aus vergilbtem Leinen heruntergezogen. In der Umgebung sah ich kein anderes Lokal, überhaupt gab es an der Straße kaum Geschäfte bis auf die Apotheke, deren grünes Kreuz blinkte, eine Fleischerei mit blau-weiß gestreifter Markise und einen Kiosk mit der roten Karotte der Tabakläden, alles vertraute Zeichen, deren lebhafte Farben die braune Eintönigkeit des noch schlafenden Dorfes unterbrachen. Wie üblich menschenleer, erklärte mir die Sekretärin, sobald am frühen Morgen alle weggefahren sind, die außerhalb von Le Mauduit auf Baustellen, in Supermärkten oder Büros arbeiten, der Schulbus die Oberschüler eingesammelt hat und die Kleinen in der Grundschule verschwunden sind. Erst am späten Nachmittag beleben sich die Straßen ein wenig, wenn die Mütter kommen, meist mit dem Auto, um die Kinder von der Schule oder der Bushaltestelle abzuholen, und andere auf dem Rückweg von der Arbeit einen zusätzlichen Einkauf erledigen, vor allem in den angrenzenden Straßen, wo es einen Coop-Mini-Supermarkt, eine Bäckerei, eine Arztpraxis, einen Waschsalon und die Post gibt.

Sie war zur verabredeten Zeit gekommen, in für die Jahreszeit sehr sommerlichen Sandalen mit Absätzen und einer fuchsiaroten Jacke, die mich aufheiterte. Offenkundig war sie die Einzige, die während der Öffnungszeiten des Rathauses anwesend war, die Handwerker waren nicht da, weil die Bauarbeiten, wie sie mir erklärte, mit der Fertigstellung warten mussten, bis eine sich verzögernde Subvention der Departementverwaltung eintraf, sehen Sie nur, unter welchen Bedingungen ich arbeite, zwischen Waschbecken und Putzmittelschrank. Weil der Bürgermeister, Chef eines großen Landwirtschaftsbetriebs, nur gelegentlich auftauchte, wenn eine dringliche Angelegenheit es verlangte, und die Gemeinderäte alle irgendwo angestellt waren oder sich um ihre Höfe kümmerten, war sie im Grunde die eigentliche Bürgermeisterin von Le Mauduit, zuständig für die Verwaltung, den Kontakt mit allen möglichen Instanzen und die höchst pingelige Buchhaltung, außerdem empfing sie die Bürger, ihre Klagen und Hilfsersuchen, Sie ahnen nicht, unter was für einer Bürokratie eine kleine Gemeinde mit achthundertdreiundzwanzig Einwohnern erstickt. Vor zwanzig Jahren waren wir mehr als doppelt so viele, aber es gab weniger zu tun. Sind Sie bei Mademoiselle Carmeaux untergekommen? Sie sorgte sich, wie sie mich wohl empfangen hätte, sie stehe im Ruf, nicht eben liebenswürdig zu sein, ihre Einsamkeit und den Komfort des heruntergekommenen Schuppens mitten in der Pampa zu schätzen, gibt es da überhaupt warmes Wasser und ein anständiges Bett, doch aus ihren Fragen hörte ich heraus, dass sie sich weniger um meine

Bequemlichkeit sorgte, als ein paar Details über die alte Dame herausbekommen wollte, die, wie sie scherzte, nicht zu den eifrigsten Mitbürgern gehörte. Sie könne gut die Älteste im Dorf sein, man müsste im Archiv nachschauen, um ihr Geburtsdatum zu erfahren.

Apropos Archiv, schwatzte sie weiter, nachdem sie an ihrem improvisierten Schreibtisch Platz genommen hatte, der Bürgermeister lässt Ihnen ausrichten, er habe nichts dagegen, Sie darin arbeiten zu lassen, das sind ohnehin jedermann zugängliche öffentliche Dokumente, aber er möchte genauer wissen, was Sie vorhaben, Sie müssen eine Bescheinigung Ihrer Einrichtung vorlegen und sich verpflichten, dafür zu sorgen, dass Ihre Studenten sorgsam mit den alten Registern umgehen und alles wieder genau dahin legen, wo sie es vorgefunden haben, außerdem darf nichts über die Identität der Bürger, der lebenden wie der toten, bekannt werden, und wenn Sie die Bürozeiten überschreiten, muss eine Vergütung der Rathausangestellten erfolgen, ebenfalls für die Nutzung des Kopierers, und schließlich muss natürlich das Ende der Bauarbeiten abgewartet werden, damit etwas mehr Platz ist, außerdem verfügt die Gemeinde über keine Jugendherberge, um die jungen Leute während ihres Aufenthalts unterzubringen, schloss sie lächelnd und holte Luft. Ich lächelte auch, versicherte, dass ich die Bedingungen vernünftig fände und mich natürlich daran halten würde, wenn wir im Februar oder März herkämen, dem Zeitraum, in dem meine Studenten diese Recherchen machen sollten, die Frage einer Unterbringung vor Ort stelle sich nicht: Sie hätten alle Autos und würden abends lieber nach Hause fahren, sechzig Kilometer schreckten sie nicht. Ich selbst sei nur hier, um mich zu orientieren, mich zu vergewissern, dass der Korpus des Archivs weit genug zurückreiche, damit sie ihre

Arbeit ausführen könnten und die Anfahrt sich lohne. Die Bestände seien von einem Rathaus zum anderen sehr unterschiedlich, je nach der Sorgfalt ihrer Pflege, den Zufällen der Aufbewahrung, ganz zu schweigen von Kriegen und Katastrophen, die womöglich alles oder Teile zerstört hätten. Manchmal bleibe gar nichts übrig, wenn sie geschlossen und vernichtet wurden, was bei Le Mauduit offenkundig nicht der Fall sei. Im Departementarchiv gebe es zwar die entsprechenden Bestände, reich genug, um Stoff für die Forschung zu liefern. Doch mir liege daran, dass meine Studenten echte *Feldforschung* kennenlernten, dass sie auch die Realität eines Ortes wahrnähmen, die Region erfassten, leibhaftig und mit eigenen Augen. Allerdings hätte ich das Dorf zwar wegen der guten Erinnerung an einen kurzen Besuch während meiner Kindheit ausgesucht, aber es sei keineswegs zwingend, am Ende dabei zu bleiben, weil ein Dutzend anderer Gemeinden als ebenso gutes Beispiel dienen könnten.

Ich war nicht unzufrieden mit der Wirkung, die mein Redefluss auf mein Gegenüber hatte, sie spürte einen Umschwung kommen, vielleicht zu ihrem Schaden und dem ihres unsichtbaren Bürgermeisters, in jedem Fall wollte sie nicht verantwortlich sein, wenn er unzufrieden wäre, deshalb bot sie an, wenn es nur darum gehe, einen Blick hineinzuwerfen, werde sie mich während ihrer Bürozeiten gewähren lassen, nicht heute, weil sie mittags Feierabend habe, aber an den nächsten beiden Tagen bis siebzehn Uhr, es werde sicher nicht sehr bequem für mich sein, da während der Bauarbeiten alles oben gelagert sei, das heißt in dem frisch aufgebauten Obergeschoss, das ich wohl gesehen hätte. Der fertiggestellte, aber noch nicht genutzte Teil ist ungeheizt, ebenso wie mein Büro, Ihnen wird womöglich nicht sehr warm sein, wenn es weiter regnet. Sie schrieb mir ihren

Namen und ihre Privatnummer auf einen Zettel, falls ich es mir anders überlegen sollte, denn sie sei zwar verpflichtet, die Öffnungszeiten einzuhalten, erklärte sie mir, aber an Tagen, an denen niemand ins Rathaus komme, gehe sie früher, die Leute wüssten, wo sie nötigenfalls zu finden sei, deshalb solle ich besser Bescheid sagen: Sie wolle nicht umsonst warten.

Es regnete nicht mehr, und die Sonne drang durch den Morgennebel, als ich das Rathaus verließ, ganz aufgekratzt, erreicht zu haben, was ich wollte, und obendrein war das Barjo endlich geöffnet. Ich verzichtete auf die von aufgebockten Mopeds umzingelte Terrasse und ging hinein, um den ersehnten Kaffee zu trinken. Ein paar junge Männer am Tresen, sicher die Eigentümer der Mopeds, drehten sich um und musterten mich eher erstaunt als feindselig, dann setzten sie ihr Gespräch fort, es drehte sich, soweit ich es mitbekam, um ein entscheidendes Fußballspiel am kommenden Wochenende gegen eine Mannschaft, über die sie mit dem Hohn der Schwächeren herzogen. Ich setzte mich ans Fenster und bestellte den erhofften Kaffee, aber die Kaffeemaschine war kaputt, und der Wirt bot mir ein Bier an. Dann eben ein Bier, stimmte ich zu und fand mich angesichts des beschränkten Getränkeangebots auf den Regalen damit ab, keine bestimmte Marke zu bestellen. Das einstige Café Gilain wies alle Anzeichen wechselnder Inhaber oder einer so ausgedünnten Kundschaft auf, dass es wohl eher der exklusive Treffpunkt der Freunde des Wirts war, eines schüchternen jungen Mannes, der von Ticks geplagt wurde, die er übertrieb, um sie zu verbergen, indem er eine lang herabhängende Strähne mit einer mechanischen Kopfbewegung nach hinten warf und mit der flachen Hand im Rhythmus des Heavy-Metal-Titels, den die heisere Jukebox in Endlosschleife spielte, auf den Tresen schlug. Das alles war von dumpfer Traurigkeit, die jedoch meiner guten Laune keinen Abbruch tat, weshalb ich meinen Eindruck korrigierte und mir sagte, die jungen Leute seien zusammen glücklich, zumindest hätten sie diesen freundlichen Ort, um sich in ihrem dem Dahinsiechen überlassenen Nest zu treffen, nicht doch, korrigierte ich mich schnell wieder, in diesem vom gekünstelt pittoresken Charme so vieler Dörfer verschonten und seinem friedlichen Leben eines ländlichen Zentrums überlassenen Örtchen, das eher aus Gewohnheit sein provinzielles Flair bewahrte, dabei wusste ich nicht, worin dieses Flair bestand, dieser Abdruck auf allem, was ich vor dem Fenster, aber auch im Innern sah, denn nun, da sich die Jungen nicht mehr für mich interessierten, konnte ich in aller Ruhe betrachten, was von dem Café übrig war, das ich in meiner Kindheit gesehen hatte. Mein Eindruck von einem Privatclub wurde dadurch bestärkt, dass der Tresen und die wenigen Tische vor dem Fenster eine Art Insel in einem größeren Raum bildeten, die ein hoher, mit angepinnten Anzeigen und Fotos von Sportmannschaften bedeckter Metallparavent abgrenzte, dahinter sah ich einen im Halbdunkel schlummernden Saal mit stumpfen Spiegeln an den Wänden, die das fahle Licht des erleuchteten Teils reflektierten. Ich erkannte einen großen, mit verstaubtem grünem Filz bespannten Billardtisch unter einer Decke mit bräunlichen Flecken, von der zwei vornehme Kupferleuchten mit großen Milchglaskugeln herabhingen, wie im *Café de nuit* von van Gogh, dachte ich, aber dies war weniger eine in den Osten Frankreichs verpflanzte künstliche Provence als eine verflossene Epoche von Brasserien mit strahlenden Lüstern, die Zeit von Bockbier und Limonade im Duft von Bier und Wein, mir klopfte das Herz angesichts des Spalts der Zeit, der plötzlich in diesem abgelegenen Fleckchen auf dem Lande aufklaffte, kein Exil, sondern eine wiedererrungene Konzentration aufs Wesentliche. Andere Jungen kamen herein und begrüßten die ersten lautstark und mit männlichen Knüffen, ich bezahlte mein Bier und machte mich aus dem Staub, vom Kirchturm schlug es zwölf.

Die Bäckerei bot keine fertigen Sandwiches an, also kaufte ich ein Ficelle und ein Milchbrötchen in der Erwartung, beim Coop abgepackten Schinken und einen Apfel zu finden, um meinen Mittagsimbiss zu vervollständigen, und da niemand hinter mir wartete, war ich drauf und dran, die Bäckerin zu fragen, ob sie Mademoiselle Carmeaux das gute Brot lieferte, das ich am Morgen gegessen hatte, aber ich verzichtete darauf, eine Frage gibt so viel Auskunft, wie sie erbittet. Sie zu stellen hieß, meinen Aufenthalt bei den Ardennes zu verraten, was eine weitere Frage nach meiner Beziehung zu Lottie aufgeworfen hätte, falls die Bäckerin sie kannte, nach meinem Grund, bei ihr zu logieren, oder ihrem, mich aufzunehmen, und dann auch noch nach dem zu umständlich zu erklärenden Grund für meinen Besuch in Le Mauduit. Überdies war meine Anwesenheit bereits bemerkt worden, als ich mein Auto am Vortag nachmittags auf dem Parkplatz abgestellt hatte, um ins Rathaus zu gehen, solch verschlafene Nester lauern auf die kleinste ungewöhnliche Regung, die die Monotonie der Tage durchbricht. Mir kam das Porträt in den Sinn, das meine Gastgeberin vom Dorf gezeichnet hatte, die große Langeweile der Bewohner, die jede Kleinigkeit aufplustern, das betraf zwar die Vergangenheit, blieb jedoch aktuell. Ich überließ es der Sekretärin, dem Bürgermeister oder dem Fußballclub, die Neuigkeit zu verbreiten, statt mich darauf einzulassen. Ich weiß nicht, warum es mir widerstrebte, nur im Geringsten aufzudecken, was mich mit Lottie verband, obwohl es noch so frisch war, dass es mich zu nichts verpflichtete, warum es mir treulos, ja geradezu unlauter vorgekommen wäre, wenn ich dagegen verstieß. Wahrscheinlich existierte das alles nur in meinem Kopf, doch die wenige Zeit, die wir miteinander verbracht hatten, fühlte sich schon jetzt eher wie eine Verpflichtung an als wie eine bloße Verbindung, wie sie ein Bericht zwischen dem Berichtenden und seinem Zuhörer schafft, wie ein so persönlicher Glaubenspakt, dass ihn aufzudecken hieße, sich gegenseitig in Gefahr zu bringen.

Ich ging hinter die Kirche, um etwas abseits mein frugales Mahl zu verzehren, an die Brüstung gelehnt, die schon so lange der Balkon des Dorfs über dem Panorama des Tals war, allein dieser Ausblick, überlegte ich mir, wäre ein paar Postkarten wert, die den Charme der Landschaft illustrieren, um die Touristen anzulocken, die in Le Mauduit so schmerzhaft fehlen. Der Steilhang schuf eine Leere unter dem Betrachter, aber jenseits der Flane öffnete sich das großartige Amphitheater der Hügel; die durch die Entfernung bläulich wirkenden Wälder auf ihren fernen Kuppen bildeten ein Fell, das von felsigen Schneisen durchzogen wurde, wie Scheitel im gekämmten Haar, der Herbst legte eine rötliche Wolke über die Wipfel, die Sonne belebte die Farbpalette, umriss die Formen in der Fülle des Lichts, ich musste die Augen zukneifen, um ein paar im Gewimmel des Sichtbaren verstreute Details zu erkennen, und dachte an das Fernglas, das sich Lottie von Fernand geborgt hatte und dank dem sie, wie sie sagte, begriffen habe, dass man nichts mit eigenen Augen sieht, so gut sie auch sein mögen, dass scharfe Augen vielmehr täuschen, dass man sie manchmal trüben muss, um zu sehen, was sich hinter dem Realen befindet, und durch eine List, eine Lupe oder eine Träumerei sich selbst zu entkommen, und ich hatte tatsächlich das Gefühl, dass die Landschaft in ihrer Pracht andere, kosmische oder mikroskopische Größenmaßstäbe verbarg, die sich in diesem Fleckchen Land verdichteten, und dass im Anblick dieses zufälligen Tages das gesamte Dasein der Welt enthalten war. Während ich mein Sandwich kaute, dachte ich auch wieder an das Vorhaben, um das ich mich am Morgen gebracht hatte, nämlich das Elendsviertel wiederzufinden, in dem ich mich damals verlaufen hatte, überzeugt, dass ich es angesichts der beschränkten Größe des Dorfes, so unvorhersehbar die inzwischen erfolgten Erweiterungen auch waren, und selbst ohne Plan – ich kann Ihnen leider keinen anbieten, entschuldigte sich die Sekretärin, aber wer würde auch einen brauchen? – schnell umrundet haben würde; dabei würde ich unweigerlich auf dieses Viertel ganz nah am Zentrum stoßen, das zu der Gabelung mit ihrem Kreuz hin abfiel, an der ich nach meinem wilden Lauf gelandet war.

Vielleicht ließ mich die Gewissheit, dass es einfach sein würde, den Moment hinauszögern, es zu tun, vielleicht auch die Furcht, diesen wirren Moment der Vergangenheit wieder aufleben zu lassen. Jedenfalls bummelte ich noch ein wenig herum, ging die Hauptstraße wieder hinauf, erkundete die angrenzenden Gassen, in die ich vielleicht am Anfang meines Umherirrens fünfundzwanzig Jahre zuvor eingebogen war. Überall waren die Geschäfte geschlossen, wie es in der Provinz während der Mittagspause üblich ist, sogar das Barjo hatte sein Rollo runtergezogen. In dieser Einsamkeit hatte ich das Gefühl, durch ein Geisterdorf zu wandern, das die in der Sonne liegenden Hauswände in harte Licht- und Schattenflächen teilten wie auf einem expressionistischen Gemälde, nirgends fand ich den Messerschmied, den Schuster oder das Modegeschäft wieder, auch nicht den Schuppen des Samenhändlers, den ich nachdenklich seine Säcke hatte wiegen sehen; dabei war ich doch durch diese Straßen gelaufen. Vergeblich erweiterte ich mein Suchgebiet, ich wusste, wie leicht man sich täuscht, wenn man glaubt, in die eigenen Fußstapfen zu treten lasse die ursprüngliche Erfahrung wiederaufleben, an den einstigen Anfangspunkt zurückzukehren sei der beste Neuanfang. Schließlich gestand ich mir ein, dass ich mit dieser List den Moment hinauszögerte, die Hauptstraße zu überqueren und mich auf der anderen Seite an den Abhang zu wagen. Einige Jahre später, als ich hier in Vancouver lebte und die Stadt, ihre Alleen und Straßen, ihre fernen, am Fuß der Berge klebenden Vororte und vor allem die kleine Anhöhe des Campus der Simon-Fraser-Universität, an der ich unterrichtete, gut kannte, war ich überzeugt, irgendwo gebe es einen Hang, den ich noch nicht erkundet hätte, eine imaginäre Neigung der Stadt, die doch auf Meeresniveau lag und kein Viertel unterhalb des Hafens haben konnte, doch obwohl ich genau wusste, dass diese Vorstellung von der Stadt absurd war, neigte ich doch zu einem so verlockenden wie gefährlichen Unterhalb, dessen auf dem Kopf stehendes, widergespiegeltes Bild ich im Wasser zu sehen meinte, und ich glaubte unwillkürlich, dass ich eines Tages dort hinuntergehen würde, bis ich begriff, so widersinnig und unpassend die Verbindung im Maßstab der Welt auch war, dass das winzige, in Zeit und Raum weit entfernte Dorf Le Mauduit meinem Körper immer noch sein Gefälle aufzwang, so hartnäckig besteht das Erlebte im dunkelsten Winkel unserer Empfindungen und Gedanken fort, dass es die Gegenwart lenkt, und ich bin immer noch das Kind, das sich dem zuneigt, dem es entfliehen sollte.

Dabei muss ich früher oder später meine Schritte von einst gekreuzt haben, gelaufen sein, wo ich gelaufen war, als ich der rothaarigen Katze folgte, aber nichts glich meiner Erinnerung. Was mir damals wie ein sehr holpriger Abhang vorgekommen war, glich nun einer Reihe so bizarr verwinkelter Ebenen, dass sie keinerlei Perspektive boten, sie waren durch Steinstufen verbunden, sodass man bequem von einer zur nächsten gelangen und zwischen den in den Hang gebauten Gebäuden herumlaufen konnte; keine Wohnhäuser, sondern eher schlecht verputzte, mit Dornenranken, Klematis und wildem Asparagus bewachsene Schuppen, einige mit Ketten verschlossen – sie wurden also genutzt –, die meisten um Verschläge erweitert, wie ich sie beim Aufstieg am Morgen gesehen hatte, daneben kleine Freiflächen für Kompost, Mist, Holzstapel und sogar Kaninchenställe. Ich sah die Tiere im Stroh hocken, auch Hühner und sogar eine frei herumlaufende Ziege, die in einer Gasse an den Brennnesseln knabberte und mich ein Stück begleitete, so hartnäckig, dass ich sie mit meinem Regenschirm vertreiben musste. Der Ort glich einer Kulisse des Dorfes, wo sich jeder in den inzwischen wertlosen Gebäuden seinen Schuppen, seinen Hühnerhof oder seine Scheune gebastelt hatte, und mir fiel ein, dass die Sekretärin erzählt hatte, die Bevölkerung habe sich in zwanzig Jahren um die Hälfte reduziert. Wenn dieses ärmliche Viertel jemals bewohnt gewesen war, hatte die Landflucht es wohl als Erstes getroffen, doch soviel ich auch grübelte, es blieb das Gefühl, dass ich mich im Ort täuschte oder dass der Ort mich täuschte. Das war nicht mehr wie zuvor in den menschenleeren Straßen der Eindruck eines Geisterdorfs, sondern der einer böswilligen Fälschung, die meine Sicht beeinträchtigte und der ich mich widersetzte, indem ich mich auf meine Erinnerung stützte, ohne diesen verlassenen Winkel mit dem Gewirr aussätziger Gassen und unheimlicher Ecken, den widerlichen

Rinnsalen und vor allem mit der schroffen Neigung zusammenbringen zu können, die geradewegs in einen Abgrund geführt hatte. Die große Einsamkeit und Stille stießen mich ab, dennoch versteifte ich mich darauf, das Viertel abzulaufen, enttäuscht, hier nichts zu finden als das banale Elend am Rande jeder Ansiedlung, allmählich von der feindseligen Atmosphäre, dem Unbehagen, ja geradezu Schrecken gepackt, vergeblich in diesem Kreis herumzuirren, in den ich verbotenerweise eingedrungen war, irrtümlich in ein Zeitloch gestürzt, das meine Wahrnehmung verwirrte und die Bilder meiner Erinnerung durch sarkastische Leugnung widerlegte. Je länger ich es mir überlege, desto mehr glaube ich, dass meine Voreingenommenheit mich blind machte und dass ich, da ich mich an den kindlichen Glauben klammerte, die Dinge würden in unserer Abwesenheit dieselben bleiben, nur daran scheitern konnte, die Zeichen der Vergangenheit zu erkennen, hier und da die Spuren wahrzunehmen, die mich mit meiner Erinnerung versöhnt hätten. Ich wurde weniger durch ein Versagen meiner Erinnerung getäuscht als durch ihre tyrannische Autorität, durch mein rasendes Verlangen, in die Vergangenheit zurückzukehren, wieder zehn Jahre alt zu sein und in seiner überwältigenden Neuheit zu erleben, was ich dort erblickte oder mir vorstellte, während ich es sah; nicht die Orte waren sich untreu, sondern ich ihnen.

Der Nachmittag war schon fortgeschritten, als ich müde und durstig wieder ins Zentrum kam, ich wollte nur noch zurück, um mich vor dem Abend in meinem Zimmer auszuruhen. Ich ging schon die Straße zur Kirche hinab, als mir der Auftrag einfiel, den mir Lottie erteilt hatte, ihr bei der Händlerin in der Rue Basse-du-Cimetière Bucheckern zu kaufen. Der Tabakhändler schickte mich ans andere

Ende des Ortes in ein Viertel, das sanft zum Friedhof hin anstieg, dem die Straße ihren Namen verdankte, ich würde den Lebensmittelladen nicht verfehlen, der an der unteren Ecke lag. Er sah von außen nicht so protzig aus wie der Coop und überlebte sicher nur dank der unmittelbaren Nachbarschaft, hatte weder Auslagen von frischem Gemüse auf dem Gehsteig noch Ladenschilder, nur zwei abgetretene Stufen und das Schaufenster, in dem verblasste Reklame für Zahnpasta und Waschpulver hing. Eine Glocke kündigte meinen Besuch an, als ich die Tür öffnete, und läutete erneut, als ich sie schloss, aber niemand erschien am Tresen, einem imposanten Möbelstück, hinter dem ein Vorhang aus alten Buchsbaumperlen den Zugang zu Innenräumen versteckte, aus denen Fernsehgemurmel zu vernehmen war. Ich hatte also Zeit, mich im Laden umzusehen, einer schlecht beleuchteten, aber einladenden Höhle, auch wenn die Kunden kaum Platz hatten, umzingelt vom wilden Gedränge der Kisten mit mehr oder weniger vertrocknetem Gemüse und Obst, von Kartoffelsäcken direkt auf dem Boden, Trögen mit losem Reis, Trockenbohnen, Erbsen, Linsen und Hühnerfutter mit einer kleinen Handschaufel darin, Regalen bis zur Decke, die unter den Pyramiden von Konservendosen, Paketen und Tüten fast zusammenbrachen und an denen neben geräucherten Schinken und Knoblauchzöpfen auch ein spiralförmiges Klebeband für Fliegen hing; das alles verströmte die verschiedensten sauren und süßen Gerüche von Salzlake, Gewürzen, Schokolade und Käse, Letzterer schwitzte unter einer durchbrochenen Glocke neben einer wunderschönen Waage mit Kupferschalen. Ich ließ die Glocke erneut läuten, indem ich die Tür energisch öffnete und schloss, woraufhin endlich der Vorhang mit den Holzperlen klapperte und der Kopf einer dicken Frau erschien, die von meiner Anwesenheit sichtlich überrascht war. Sie verschwand wieder und tauchte einen Moment später ganz auf, während sie noch ihr Schürzenband knotete und so kräftig gähnte, als hätte ich sie aus der Mittagsruhe gerissen. Die vielleicht Siebzigjähre mit ihrer gemütlichen Körperfülle hatte einen frischen Teint und die gelassenen Bewegungen unbeschäftigter Menschen. Als ich sogleich erklärte, ich komme von Lottie Carmeaux, leuchteten ihre Augen auf, was mich einen Schwall von Fragen nach den Gründen für meinen Botengang erwarten ließ. Aber sie interessierte sich mehr für Neuigkeiten vom Gut als für mich, erkundigte sich freundlich nach meiner Gastgeberin, ihrer Gesundheit und ihren Aktivitäten, dem Wetter, das »da unten« herrsche, scherzte sie. Sie nehme es ihr nicht übel, dass sie sich beim Coop versorgte, sie selbst habe ja kein Fahrzeug, um so weit entfernt zu liefern, und der Fußweg bis da unten sei eine zu mühsame Expedition für sie, aber gelegentlich schicke sie ihr mit dem Briefträger oder der Bäckersfrau, was sie anderswo nicht fand, ihren Kräutertee aus Löwenzahn, Erdrauch oder Odermennig, ihre La-Girafe-Seife und die Kerzen der Firma Cire Trudon. Sie habe sie schon lange nicht mehr gesehen, ich solle sie herzlich grüßen, und wenn sie Bucheckern haben wolle, käme ich gerade richtig: Ihr Mann sei am vergangenen Donnerstag zur Eckernernte gewesen. Da sie damit rechnete, dass Mademoiselle Carmeaux auch in diesem Jahr wieder davon nehmen würde, habe sie ihr ein kleines Geschenk reserviert. Die Frau drehte aus Packpapier eine spitze Tüte um ihre Hand und verschwand damit. Sehr froh über diesen Empfang, wartete ich geduldig und sah mich um, was ich aus Höflichkeit kaufen könnte, zum Beispiel alte Postkarten, die auf einem Drehgestell vergilbten, als plötzlich zwischen den Holzperlen eine sehr alte Frau mit zwei Krücken erschien, geschmückt von den Vorhangketten, bis sie höchst mühevoll ganz auftauchte, um mich genauestens zu betrachten, so mager, als müsste sie im nächsten Augenblick auseinanderfallen. Ein Netz bedeckte ein komisches Haarteil aus spärlichen rabenschwarzen Strähnen auf ihrem kahlen Schädel; ihr zu mir erhobenes, mit Altersflecken übersätes Gesicht, ihr zahnloser Mund, der unhörbare Worte stammelte, und ihre feuchten, rotgeränderten Augen packten mich, als stünde ich vor einem herrenlosen Hund. Lotties Regenschirm half mir jetzt gar nichts, ich mühte mich um mein liebenswürdigstes, freundlichstes Lächeln, aber es konnte die Erscheinung nicht rühren, die, als die Händlerin zurückkam, mit verblüffender Leichtigkeit zu dieser herumfuhr: Vergiften sollen sie die Bucheckern, sagte sie, diesmal sehr verständlich, dann humpelte sie davon. Ja, ja, gehen Sie zurück zu Ihrer Fernsehserie, rief ihr die Händlerin nicht eben freundlich hinterher; das ist die Mutter meines Mannes, entschuldigte sie sich bei mir, sie erholt sich gerade von einem Oberschenkelbruch. Sie ist nicht mehr ganz bei sich, aber wenn sie den Namen Lottie Carmeaux hört, zeigt sie die Zähne, die sie auch nicht mehr hat, ich glaube, sie waren Klassenkameradinnen, vor dem Krieg 14/18. Stellen Sie sich vor, meine Schwiegermutter erinnert sich besser an jene Zeit als daran, was sie heute Mittag gegessen hat, das Gehirn ist ein komisches Ding, Bucheckern sind überhaupt nicht giftig, wie oft behauptet wird. Man muss einen Zentner essen, um Bauchschmerzen zu bekommen, haben Sie nichts zum Tragen dabei? Mit einer Hakenstange holte sie geschickt ein Bündel Einkaufsnetze aus ungebleichter Baumwolle von der Decke, vergebens bot ich ihr an, eins zu bezahlen: Ich weiß nicht mal, was das kostet, niemand benutzt mehr Einkaufsnetze, ich schenke es Ihnen als Zugabe, sagte sie lachend. Ich ging Dankesworte stammelnd zur Tür, als hinter dem Vorhang die von der Anstrengung, mich auf der Schwelle zu erreichen, ganz heisere Stimme bellte: Und sagen Sie ihr ruhig, dass Berthe immer noch lebt! Die Händlerin zuckte mit den Schultern, wer weiß, weshalb sie sich auf der Schulbank verzankt haben, spottete sie. Lassen Sie sich nicht zu viel Zeit, der Regen kommt bald zurück.

Sie ist mir also immer noch böse, sagte Lottie, die genüsslich im Ohrensessel saß und auf dem Schoß mit ihren zarten Fingern die Bucheckern schälte, sie lächelte, und während sie sie verzehrte, meditierte sie einen Moment über das, was ihr diese hartnäckige Feindschaft eingebracht hatte. Ich hatte darauf verzichtet, ihr den mörderischen Wunsch der alten Berthe zu wiederholen, und mich auf die Nachricht beschränkt, mit der sie mich beauftragt hatte, wobei ich mich um vorsichtige Neutralität bemühte. Der Bote weiß nicht, was er überbringt, was er vermittelt, indem er es weitergibt, die durch den Perlenvorhang gedrungene Harpyienstimme war unmissverständlich gewesen, doch meine ungetreue Wiedergabe übermittelte nichts von ihrem Ton. Obwohl ich nicht die ganze Botschaft ausgerichtet hatte, war sie doch angekommen, das Ohr, das sie empfing, erkannte sie. Früher waren die Früchte der Buche ein Essen für Arme und Schweine, erklärte mir Lottie freundlich und ganz damit beschäftigt, die Häutchen zu entfernen, um dem heiklen Thema auszuweichen, doch allmählich kannte ich ihre Ablenkungsmanöver, aber ihr Mehl ist sehr nährstoffreich. Wenn man sie presst, gewinnt man ein sämiges Öl, das nicht ranzig wird, die Butter daraus ist ein gutes Wurmmittel, das können weder Kastanien noch Eicheln. Was unsere Buchenhaine abwerfen, ist nicht für alle verloren, die Tiere des Waldes, Wildschweine, Eichhörnchen und Meisen laben sich daran. Es ist ein Jammer, dass die Leute sie heutzutage verschmähen, aber Madame Quenotte kennt mein kleines Laster, sie ist eine gute Frau. Es ist sehr verdienstvoll, dass sie sich um ihre Schwiegermutter kümmert, trotz ihres hohen Alters und ihrer Behinderung … und ihres schlechten Charakters. Stellen Sie sich vor, damals gab man Berthe keine fünfzehn Jahre, und jetzt wird sie zweiundneunzig. Sie ist zwanzig Monate älter als ich und zieht beim Wettlauf zum Friedhof den Fuß nach, damit ich sie einhole, damit ich vor ihr ankomme, sie ist dumm, diese Berthe. Wenn Sie sie damals gesehen hätten, Sie hätten keinen Heller auf sie gesetzt. Ein großes Mädchen, dürr wie eine schlecht gewachsene Bohnenstange, giftig, hinterlistig, man muss zu ihrer Rechtfertigung sagen, dass das Leben nicht eben freundlich zu ihr war. Als Halbwaise, aber das waren wir alle, von einem Elternteil oder dem anderen, musste sie ihren lungenkranken Vater pflegen, ihre Schwestern durchfüttern und allein großziehen, da gab es nicht viel zu lachen. Trotzdem hatte sie einen hübschen Stich bei der Handarbeit, sehr anmutig. Ich habe ohne ihr Wissen viel gelernt, nur indem ich ihr auf die Finger schaute, denn wir waren beide Näherinnen bei Mademoiselle Sorbet, die einen Modesalon im Dorf hatte, ihr Laden war gleich neben dem Café Gilain. Suchen Sie nicht danach, er ist eingegangen, als zwischen den Kriegen die Konfektionsmode aufkam, die Modistin auch, an einer Lungenentzündung. Unser Zwist rührt daher, dass Berthes Lymphknoten in der Leistengegend und unter den Achseln anschwollen. Sie ließ mich schwören, nichts davon zu sagen. Man kann sich heute nicht mehr vorstellen, welches Entsetzen die Tuberkulose auslöste, wie man sich davor versteckte, wie man einander misstraute; viele Menschen, gerade die jungen, raffte es mit der ganzen Familie hinweg, die Ansteckung war gnadenlos. Und deswegen fürchtete sich Berthe, als die ersten Anzeichen kamen, so gewaltig, dass Mademoiselle Sorbet davon erfährt und sie wegschickt. Überlegen Sie nur, in ihren Laden kam die gute Gesellschaft aus der ganzen Umgebung, es hätte ihr Geschäft ruiniert, wenn sich herumgesprochen hätte, dass sie eine Aussätzige im Laden hat. Was Berthe auch denken mag, wir haben geschwiegen wie ein Grab. Nicht aus Freundschaft für sie, aber es traf sich, dass wir just in jener Woche die Werkstatt verlassen haben, entführt von Madame Ardenne für die schönen Augen von Anaïs. Man müsste Mademoiselle Sorbet aus dem Sarg holen, um zu erfahren, wie sie dahintergekommen ist. Die Leute denunzieren mit Genuss, sie ergötzen sich an Bosheiten, tratschen alles weiter oder schreiben anonyme Briefe, Sie ahnen nicht, wie viele solche Briefe während der Besatzung ans Rathaus geschickt wurden. Auf jeden Fall hat unsere Chefin Wind von den Lymphknoten bekommen und Berthe weggejagt. Das hat ihr gewiss keinen Spaß gemacht, denn sie konnte sich vor Arbeit nicht retten, und nun hatte sie gar keine Näherin mehr. Sie musste ihren Laden in der Hochsaison zwei Tage zumachen und jemanden in der Stadt suchen, eine kostspielige Expedition. Dennoch hat sich diese dumme Berthe in den Kopf gesetzt, ich wäre schuld an ihrem Rauswurf und ihrem ganzen Elend. Wenn sie so dumm war, sich ohne Not mir zu offenbaren, wird sie es auch vor anderen, weniger Barmherzigen getan haben, das Mädchen hatte keine Unze Verstand. Ganz davon zu schweigen, dass ihr Vater im Krankenhaus mit diesem Übel dahinsiechte, das genügte schon, um ihren Ruf zu ruinieren. Sie verbreitete, ich hätte sie verleumdet, um mich für ihren Aufstieg zu rächen, ich sei eine Neiderin, ein Lästermaul, ein eifersüchtiges Bauerngör, dann wurde sie so krank, dass keine Zeit mehr war, gegen ihre Lüge zu protestieren. Sie kam ebenfalls ins Krankenhaus und man gab ihr keine Chance mehr, überall hieß es, sie werde das Jahresende nicht erleben.

Doch wie das Schicksal so spielt, war kurz zuvor ein junger gebildeter Doktor ins Dorf gekommen, der in unserer Gemeinde vieles reformierte, sogar die Gesunden besuchte und kein Geld nahm, aber viele Ratschläge für das Wasser und die Körperhygiene gab. Dieser Doktor Maître-Grand, der für neue Methoden schwärmte, hatte Mitleid mit Berthe und schickte sie auf seine Kosten in die Alpen zu einer neuen Behandlung, die dort ausprobiert wurde. Wir hörten jahrelang nichts von ihr und dachten, sie sei schon lange tot, als sie wieder auftauchte, frisch wie eine Morgenrose, aufgepäppelt, geheilt. Inzwischen hatte sie eine Stellung als Dienstmädchen in einer Familienpension gefunden und gute Manieren gelernt, was wollte sie hier? Es war zur Zeit der Mobilmachung im August 14, man hatte anderes im Kopf, als ihre Rückkehr zu feiern, ihr zu diesem Wunder zu gratulieren, aber glauben Sie, dass sie sich inmitten der Gräuel jener Zeit über ihr Glück gefreut und ihrem Retter gedankt hätte? Sie hat wieder angefangen, über mich herzuziehen, diese Giftschlange. Zudem hatte Mademoiselle Sorbet in der Zwischenzeit auch ein Lungenleiden bekommen, der Doktor sagte, es sei Asthma, sie aber beschuldigte Berthe, sie angesteckt zu haben, und klagte sie nun an, auf ihre Kosten geheilt worden zu sein und unter ihrer Nase zu gedeihen, während sie dahinsiechte und verkümmerte. Sie verkümmerte eher, weil die Not des Krieges ihr das Einkommen raubte, weil niemandem mehr der Sinn danach stand, sich in ihrem Laden an Nichtigkeiten zu erfreuen, und weil, da alle jungen Männer an der Front waren, auch die Geburten seltener wurden; mit dem Geschäft ging es bergab, und die

Konfektionsindustrie machte es dann noch schlimmer. Sie selbst verging vor allem wegen ihrer verschwundenen Epoche, ihrer verlorenen Jugend und der allgemeinen Veränderungen, aber wie will man so beschränkte Personen zur Vernunft bringen, wenn ihnen ihr goldenes Zeitalter zwischen den Fingern zerrinnt. Sie starb an einer Entzündung der Bronchien oder der Lunge, man erfuhr nicht, woran genau, aber bis zum Schluss hörte sie nicht auf, Berthe mit ihrem Groll zu verfolgen, was deren Missgunst gegen mich weiter nährte. Wenn wir uns begegneten, wechselte das Dreckstück die Straßenseite, spuckte unverhohlen hinter mir aus, giftete, was das Zeug hielt. Dabei hat sie eine gute Partie gemacht, es war ein unverhofftes Glück. Ein Sohn der Quenottes, der verstümmelt aus dem Krieg zurückgekommen war, ein Arm amputiert, aber kräftig und vor allem mit einem Lebensmittelladen, heiratete sie. Sie bekam zwei Söhne. Sie und ihre Schwestern haben es gut getroffen. Aber das hat ihre Rachsucht keineswegs besänftigt. Was ist wohl die Quelle? Halten wir ihr zugute, dass eine Jugend in einer Hütte in Dreck und Schlamm am unteren Dorfausgang und der Verlust der Mutter, die sie bei den Schwestern ersetzen musste, ein wahres Kreuz waren. Jeder hat seins zu tragen. Das macht die Menschen nicht gut oder schlecht. Berthe ist eine von denen, die einen Feind brauchen, dem sie alles Elend ihres Daseins in die Schuhe schieben können, das ist gar nicht so anders als die Liebe, bloß das Gegenteil. Vielleicht grollt sie mir am meisten, weil sie nicht auf mich verzichten kann, immerhin, jemanden ein ganzes Leben lang zu verabscheuen, wenn man so viel anderes zu tun hat, das ist hart. Eigentlich hatte sie Glück, mich zu treffen, ich war ihr mehr als nützlich: unverzichtbar. Manchmal denk ich, dass Berthe nur wegen mir zurückgekommen ist. Ich glaube, sie liebt mich, sie liebt mich von ganzem Herzen, sie hat in mir ihren *Daseinsgrund* gefunden, das hat sie bis zum Alter von zweiundneunzig leben lassen. Während wir essen, lassen wir das Feuer lodern, das bringt uns eine schöne Glut wie gestern Abend. Wir lassen die Bucheckern darin ganz gemächlich rösten, Sie werden sehen, wie köstlich das ist, mit Johannisbeergelee.

Ich war erschöpft angekommen, mein Netz und den großen Regenschirm am Arm und mit der Absicht, mich hinzulegen, vielleicht ein bisschen zu schlafen, aber Lottie sah das anders, sie hatte mich erwartet, während sie die Abfälle ihrer Glyzinie zusammenharkte, die in der Nachmittagssonne getrocknet waren. Sie war begierig auf meinen Bericht, neugierig, wie ich meinen Tag verbracht hatte, wem ich begegnet und was mir im Ort aufgefallen war, sie stellte zwar keine direkten Fragen, beherrschte aber die Kunst, mir durch kleine Bemerkungen zu entlocken, was sie interessierte, zumindest das, was ich ihr erzählen wollte, den kleinen Widerständen, die ihr Instinkt erspürte, ging sie taktvoll aus dem Weg, ohne nachzubohren. Während sie auf dem Gasherd einen Eintopf aus Kartoffeln und kleinen Zwiebeln aufwärmte, bereitete ich das Kaminfeuer vor, wie ich es am Vorabend bei ihr gesehen hatte, und stellte unsere Teller auf den Tisch. Wir hatten uns schon aneinander gewöhnt, aber ohne unangebrachte Vertraulichkeit, im gegenseitigen Respekt vor unserem Tun und Schweigen, tatsächlich lag das meine an ihrem speziellen Geplauder. Ihre Worte schienen nur der laut geäußerte Teil einer inneren Unterhaltung, ihre Stimme nahm jeden möglichen Tonfall an, wie mir jetzt bewusst wurde, vom gemurmelten Selbstgespräch bis zum lebhaften Ausbruch, von plötzlichen Unterbrechungen bis zum Wortschwall, sie zeichneten wie in einem Notensystem die

Melodie ihres Denkens, seine Sprünge und seinen Strom nach, oft hatte ich das Gefühl, sie brauche gar keinen Zuhörer, um ihren Monolog fortzusetzen, ich könnte genauso gut gar nicht da sein, es sei ihr genug, sich mit einer eingebildeten Anwesenheit auszutauschen. Der eines Geistes, dachte ich, ohne verletzt zu sein, vielmehr zufrieden, dazu zu werden, schwebend vor Müdigkeit und der hypnotischen Wirkung ihrer Stimme hingegeben, deren ununterbrochener Singsang mich einlullte, doch gerade, wenn ich überzeugt war, sie hätte mich vergessen, sprach sie mich an, um mich zu wecken, was mir zeigte, wie sorgsam sie auf mein Zuhören achtete. Die Bucheckern rösteten auf einem Sieb, wir schälten sie langsam, und obwohl ich sie nicht ganz so wie Lottie genoss, bleibt ihr Geschmack doch für immer mit jener Nacht verbunden. Ich weiß nicht, wie lange wir vor dem Feuer saßen, die Kloben schienen nachzuwachsen, oder es war immer derselbe, der endlos in der Glut zerfiel; man dürfe Berthe nicht wichtiger nehmen, als sie sei, sagte Lottie verächtlich und spuckte die Häutchen in ihre Hand. Tatsächlich habe sie jahrzehntelang nichts von Berthes Abscheu und deren Ursprung geahnt. Es waren so viele unglaubliche Dinge passiert in der Woche, als Madame Ardenne gekommen war und sie ihrer Mutter abgekauft hatte, dass ihr früheres Leben auf dem Hof der Carmeaux und ihre Näherinnenlehre bei Mademoiselle Sorbet aus ihrem Gedächtnis gelöscht waren. Dabei habe sie sich gar nicht so weit vom Hof entfernt, kaum ein paar Hundert Meter, aber dieser Umzug sei wie eine Reise ans andere Ende der Welt oder in eine Parallelwelt gewesen, deren Anzeichen sie erahnt hatte, irgendwer, sagte sie, müsse ihr im Vorbeigehen deren Existenz offenbart haben, während sie auf ihrem Hackklotz am Zaun saß und träumte. Ich habe geschlafen, und dieser Zauberer hat mich geweckt oder in einen noch tieferen Schlaf sinken lassen, aus dem ich bis heute nicht aufgewacht bin.

Dieses Gefühl hatte ich in der ersten Zeit, ich badete in unvergleichlichem Glück, jeden Morgen selig, wenn ich im blauen Zimmer die Augen öffnete, geweckt vom Gezwitscher der zauberhaften Meisen, ganz sicher eine andere Spezies als die, die ich vielleicht in einem anderen Leben gehört hatte, ich dachte an den Tag voller Freuden, der mich erwartete, jede Sekunde tauchte mich in unbekannte Gefühle, neue Gedanken, die mich verwirrten. Ich war ganz betäubt davon, wie von Jahrmarktgetöse, von klingenden Zimbeln und schmetternden Trompeten, dröhnenden Pauken, Flötensoli und großen symphonischen Momenten von überwältigender Harmonie, ich war hingerissen und völlig erschöpft: Ich kümmerte mich um Anaïs. Madame Ardenne hatte mich wegen meines Zauberfingers gekauft, doch sehr bald überließ sie mir ganz die Pflege der Kleinen, die bei mir ein Musterkind an Freundlichkeit wurde, die Nächte durchschlief, plapperte, gurrte, lachte und lächelte wie ein Engel, verdaute, ihr Bäuerchen machte, fröhlich pupste, aus ihrer Wiege den Himmel ihres Zimmers oder den der Schöpfung mit demselben naiven Staunen betrachtete; ebenso wie ich. Ich glaube, durch ihre neuen Augen sah ich die Dinge neu, ich öffnete mich ihnen, es ist eine unbeschreibliche Freude, so rein geliebt zu werden. Damit gehörte ich mir nicht mehr. Ich hatte keinen Augenblick für eine andere Aufgabe, als Anaïs zufriedenzustellen, ihren unstillbaren Hunger nach Streicheln, Kitzeln, Singen zu befriedigen, sie herumzutragen und zu wiegen, ihr vor allem meinen köstlichen Finger zum Nuckeln zu geben, der davon schon ganz schrumpelig war. Ich liebte ihren Körpergeruch, ihre warme Feuchtigkeit, die säuerliche Milch ihrer Bäuerchen, sogar ihre schmutzigen Windeln gefielen mir, sie rochen so gesund. Wir waren eine einzige Person, wir verständigten uns in einer Sprache ohne Übersetzung, die weder Madame Ardenne noch die dusslige Delphine verstanden, und wir ahnten beide, dass wir im Zauberkreis unseres Glücks unantastbar waren, solange unser Bündnis bestand. Deswegen legte ich so viel Eifer darein, ihre Zeichen zu deuten, mich ihren Wünschen zu beugen und ihr meine zu vermitteln, die sie bereitwillig erfüllte, ihr alle möglichen Spiele beizubringen, die ich erfand und denen sie Varianten hinzufügte, ich wurde sehr klug, wie mit einem sechsten Sinn begabt, der alle anderen Sinne in sich vereinte und sich auf das Gut und alle, die dort lebten, erstreckte, denn dass ich meine ganze Zeit Anaïs widmete, hinderte mich nicht daran zu beobachten, was mich umgab, meine Überlegungen anzustellen oder in Fantastereien zu versinken.

Anfänglich war ich auf die Küche und den Raum neben dem meinen beschränkt, den Delphine pompös *nursery* nannte, die Flucht unzähliger Zimmer, Flure und Vorräume durchquerte ich stets im Laufschritt, sie waren ein Museum der schönsten Möbel, zahlloser Teppiche und Kunstwerke, von Spiegeln, Wanduhren, Vasen und Spitzendecken, die in meinen Augen von unschätzbarer Qualität waren. Ganz zu schweigen von all dem, was Wandschränke, Buffets, Garderoben und Kisten enthielten, an deren Erkundung ich mich machte, sobald ich meiner Aufgabe ein wenig Freizeit abknapsen konnte. Ich war baff über die Vielzahl kostbarer Dinge, die dieses Haus enthielt und deren jedes die Erinnerung an den Toten oder Lebenden offenbarte, dem es gehört hatte. Jedes schien mir genau an seinem Platz zu stehen, nach seinem Wert, seinem Umfang, seinem Aussehen, von einer Idee wie von einem unsichtbaren Faden mit einem andern verbunden, und alle Fäden kreuzten sich und bildeten ein kompliziertes Gewebe aus Knoten, hier schlaff, dort straff, luftig, ungreifbar und dennoch stabil, wie die sogenannten Flugfäden, die die Spinnen in der Luft weben, die einem über das Gesicht streichen und bei der Berührung zerreißen. Daher kam mein Gefühl, dass all das einer gründlicheren Untersuchung bedurfte. Das war mein Studium, sagte Lottie, ich hörte auf zu rennen und flanierte, bewunderte die Schönheit, die Würde und die Autorität der Anordnung, die einem verborgenen Grund folgte, machte den genauen Wert jedes Gegenstands nach seiner Herkunft, seiner Art und seiner Funktion ausfindig, die in einer Geheimsprache die Geschichte der Menschen präsentierten, von oben bis unten und in die Tiefe jeder Etage eingeschrieben. Es war ein schwer zu übersetzender Text, doch wenn ich nur lange genug herumlief, würde ich diesen Rebus wohl entziffern können. Deshalb hatte ich angefangen, das Haus zu besichtigen, langsam herumzuspazieren, erfüllt von dem Gedanken, dass es mir mit der Zeit gelingen würde, das alles im Ganzen und in jeder Einzelheit zu erfassen.

Eines Tages überraschte mich Madame Ardenne, als ich ein bronzenes Tintenfass mit einem fast nackten Mädchen betrachtete, Wasser oder Wind presste ein hauchdünnes Gewand an ihre reizenden angedeuteten Brüste. Diese Wassernymphe beschütze die Liebenden, die an ihrer Quelle trinken kämen, sagte Madame Ardenne. Das ist nur eine *Legende*, fügte sie in einem Ton hinzu, von dem ich nicht wusste, ob er Missbilligung oder Verachtung ausdrückte und wem er galt, der Nymphe, mir oder sich selbst, aber ich verstand, dass sie mir einen Schlüssel gab, mir das in jedem Gegenstand, jedem Wesen eingeschlossene Geheimnis ein wenig lesbar machte. Nun erst wurde mir die Dürftigkeit bewusst, in der ich bis dahin gelebt hatte, der elende Hof im ewigen Durcheinander von Krimskrams, Gerätschaften und Werkzeugen, die liegen blieben, wo man sie nach dem Gebrauch hatte fallen lassen, die durchgelegene Matratze, der auf einem Stuhl vergessene Toiletteneimer, unser angeschlagenes Geschirr, weil die Mutter jedermanns Besitz gleichermaßen verachtete, weil für sie nichts etwas wert war und sie für sich selbst genauso wenig Respekt aufbrachte, es war empörend, mir vorzustellen, welch geistiges Durcheinander dieses Chaos der Armut organisierte und dass ich mich damit abgefunden und sogar darin wohlgefühlt, dort geträumt hatte, obwohl nichts dazu einlud, doch dann besann ich mich. Wenngleich die rudimentären Dinge, die wir besaßen, höchst primitiv, aus gröbstem Material und von dem abgestandenen Geruch, der in den dunklen Zimmern herrschte, durchdrungen waren, feucht von den alltäglichen Handlungen wie Essen, Wäschewaschen, Schlafen und Arbeiten, die den intimen Umgang der Menschen mit ihren Dingen ausmachen, wog doch die starke Präsenz ihrer rohen Schlichtheit die der Ardenne'schen Reichtümer auf. Bevor ich sie verließ, hatte ich nicht spüren können, dass diese Dinge von der Ehre und der Würde der Meinen geprägt waren, von meiner Mémé, die ich innig liebte, und meinem Bruder Jules, die beide mit all unseren Vorfahren in der Erde lagen, ich erstickte vor Sehnsucht und Kummer, wenn ich an sie dachte, und da kam die Mutter und forderte mich zurück.

Ein Monat war vergangen, so schnell, dass er mir vorkam wie ein Tag, als sie eines Morgens in der Küche der Ardennes stand, ohne sich zurechtgemacht zu haben, sie sah so zerlumpt aus wie direkt aus dem Bett gestiegen, und brachte das Bündel Geldscheine zurück, so, wie Madame Ardenne es zusammengesteckt hatte. Anaïs und ich machten einen Spaziergang an der Flane, Delphine schilderte nach unserer

Rückkehr die Szene, die meine Mutter machte, um uns zurückzuholen, der Vertrag, mit dem man sie einer Arbeitskraft beraubt hatte, sei unbillig, warf sie Madame Ardenne vor, Kindermädchen sei eine Stelle ohne Zukunft, es sei schlecht, dass man uns aus der Nähwerkstatt genommen hatte, wo wir einen guten Beruf lernten, sie habe es sich überlegt und beschlossen, wir sollten nach Hause zurückkehren. Oder aber, gestand sie zu, nur für ein paar Stunden am Tag kommen, denn Madame Ardenne hielt ihr entgegen, dass niemand, niemand Lottie bei dem Kind ersetzen könne, dass sie gegen jede Üblichkeit im Voraus bezahlt habe, dass Vertragsbruch kriminell sei. Kriminell, verkündete sie mit so tragischer Miene, dass Delphine schon glaubte, sie müsse das Riechsalz holen, wie an dem Tag, als sie bei der Rückkehr aus dem Dorf das Kind im Ohrensessel gefunden hatten und Madame Ardenne ob dieses Ereignisses fast die Sinne geschwunden waren, ein wahres Erdbeben, sagte sie. Schließlich war die Mutter, die fluchte und weinte oder so tat, wie Delphine behauptete, wieder gegangen. Ich glaubte ihr nicht so recht, was die Mutter anging, wohl aber, was sie mir über das Geheimnis der plötzlichen Adoption sagen konnte. Darüber, wie Madame Ardenne, die wenige Tage später vorgab, so glücklich zu sein, das Kind ihres auf Reisen gegangenen Sohnes François aufzunehmen, sich bei Mademoiselle Sorbet dessen rühmte und mit Geld um sich warf, um ihm seine Aussteuer zu kaufen, angesichts des aus dem Nichts nur mit einem Becher und einer Brieftasche als Marschgepäck in ihrer Küche aufgetauchten Kindes vor Schreck fast in Ohnmacht gefallen war, ich erzähle Ihnen später von den Umständen dieser ungewöhnlichen Kindeslieferung.

In diesem ersten Monat hatte ich zu viel damit zu tun, Anaïs zu liebkosen und die Räumlichkeiten zu erkunden, deshalb hatte ich nicht viel Aufhebens um Delphine gemacht, die selbst mit der Führung des Haushalts alle Hände voll zu tun hatte, zumal sie im Ruf stand, nur wenig Hirn zu besitzen, oft redet man zu Unrecht schlecht über einen Menschen. Als ich dann um ihre Röcke strich, erfuhr ich allmählich, worum es ging. Dass dieser François, einziger Sohn von Vitalie Ardenne, der ihr *ordentlich zu schaffen gemacht hatte*, nicht erst seit gestern auf Reisen war, sondern seit sieben oder acht Jahren und ohne ein Lebenszeichen zu geben, was seine Mutter zunächst in Verzweiflung gestürzt hatte, bis sie sich dareinfand. Zumal in dieser Zeit ihr Gatte Fernand einen gewaltigen Sonnenstich bekommen hatte, der ihn ins Irrenhaus brachte, die Summe von Prüfungen betäubt dich gründlicher als jedes Beruhigungsmittel. So hatte sich Vitalie Ardenne aus diesen aufeinanderfolgenden Dramen eine beruhigende Geschichte gebastelt, die das eine mit dem anderen rechtfertigte und aus der hervorging, dass ihr Sohn klugerweise vor einem unerbittlichen Vater geflohen war, um seiner Mutter den Kummer ihrer Unstimmigkeiten zu ersparen, und dass dies ihren reuigen Ehemann, weit tiefer von der Abreise getroffen, als es den Anschein haben mochte, in seiner krankhaften Melancholie hatte versinken lassen. All ihre Bekannten im Dorf schluckten diese Version, nicht so Delphine. Das gab sie mir mit betrübter Miene und herzzerreißenden Seufzern zu verstehen. Mein Herz klopfte vor Ungeduld, von ihr zu erfahren, was sie wusste, da sie schon so lange im Dienst von Madame Ardenne stand, dank der Tanten, die sie zu einer Zeit eingestellt hatten, da sie stets *die erste Geige spielten*, wie sie sagte, als François noch klein war. Ich erzähle Ihnen noch von Séverine, Fernands älterer Schwester, und Victoire, der älteren Schwester von Vitalies Vater, beide Nonnen und Krankenschwestern im selben Hospital, wo sie sich angefreundet hatten, beide in der einen oder anderen Hinsicht Tanten und von großem Einfluss auf die Familiengeschichte. Sie sind übrigens sehr bald wieder aufgekreuzt, Anaïs zum Vorwand nehmend, und haben sich im Haus eingenistet wie zwanzig Jahre zuvor. Doch zunächst bekam ich nur Bruchstücke von Delphine, die sich noch nicht recht an mich gewöhnt hatte, mich ob meiner magischen Kraft, die kleine Irre zu bändigen, ein bisschen fürchtete und obendrein, da sie mein Ansehen bei Madame Ardenne wachsen spürte, den Verdacht hegte, dass ich ihr zur Rivalin wurde. Ich hütete mich, meine Vorrechte auszunutzen, ich war nicht so dumm, Anspruch auf die Fronarbeit zu erheben, die ihr Privileg war. Ich hielt mich an meinem Platz, hinreichend verwöhnt von meinem Glück. Sie können sich gut vorstellen, dass ich mich in dieser Zeit weiß Gott nicht um Berthe, ihre Lymphknoten und ihre Verleumdungen scherte, ich hatte sie einfach vergessen. Ich scherte mich auch nicht um die Mutter und ihre Reue, mich verkauft zu haben, bis das Unglück geschah, ein Blitz aus heiterem Himmel, wie man sehr zu Recht sagt.

An jenem Tag besuchten wir Fernand in seiner Nervenheilanstalt in Bouvier-les-Eaux, ich war zum ersten Mal dabei, ebenso wie Anaïs, die ihrem Großvater vorgestellt werden sollte. Es war ein strahlender Spätsommertag, durch den lavendelblauen Himmel zogen freche Wolkentupfer, die goldbraunen Bäume bedeckten die Ulmenallee allmählich mit Laub, das der leichte Wind aufwirbelte und auf uns niedergehen ließ, auf Madame Ardenne, Delphine, Anaïs und mich, auf den Bänken der Kutsche zusammengedrängt, und Gentil, der als stolzer Postillion die Kruppe der Stute peitschte. Es gefiel mir überhaupt nicht, dass wir den hinteren Weg nahmen und bei uns vorbeifahren mussten, wo uns vielleicht die Mutter sehen würde, wenn sie auf dem Hof wäre. Deshalb nahm ich mir vor, im Vorbeifahren den Kopf abzuwenden, mich unter dem schönen Strohhut mit Bändern zu verstecken, den ich stolz trug, denn Madame Ardenne war dem Verlangen meiner Mutter gefolgt und hatte ihre Ehre dareingesetzt, mich von Kopf bis Fuß neu einzukleiden, in meinen neuen, auf dem Markt von Langres bestellten Kleidern sah ich wahrlich flott aus. Ich hatte Le Mauduit nie verlassen, der weiteste Weg, den ich kannte, führte vom Friedhof zum Bahnhof im Wald. Dieser Tagesausflug berauschte mich, als wäre er der Beginn einer langen Reise, und da ich keine Ahnung hatte, wie weit zwanzig Meilen oder Kilometer waren und durch welche Gegenden wir kommen würden, machte mich die Vorstellung, ein Hindernis könnte meine Reise stören, geradezu rasend. Bis wir zu unserem Hof kamen, brodelte in mir die Furcht, die Mutter werde auftauchen und auf dem Weg einen Skandal machen. Ich sah sie nach der Trense der Stute greifen, Madame Ardenne mit Beschimpfungen überschütten, Grimassen schneiden, belfern, wie der Zorn es ihr eingab, schon bei dieser Vorstellung würgte es mich vor Angst und Abscheu. Ich hasste sie aus tiefstem Herzen, die Abneigung, die sie mir einflößte, drückte mich nieder, und die Scham, die ich für uns empfand, schürte meinen Groll gegen sie. Aber nur Pipa erschien am Zaun. Sie begleitete uns eine Weile, ohne zu kläffen, dazu war sie zu atemlos, dann gab sie auf, und für immer sehe ich unsere alte Hündin mitten auf dem Weg stehen, kleiner werden und verschwinden. Zu meiner großen Erleichterung hatten wir den Hof also ohne Zwischenfall passiert, nun öffnete sich die Straße frei vor uns. Ich schluckte meine Tränen hinunter, tat, als trübte der Wind meine Augen, und lachte Anaïs an, die warm zwischen ihren Kissen steckte wie eine kleine

Königin, die sie auch war, und eine doppelte Portion aus meinem Finger saugte. Wir fuhren rasch durch eine Landschaft, die wahrscheinlich in jeder Hinsicht der unseren glich, doch in meinen Augen an Glanz alles übertraf, was ich je gesehen hatte; der stolze Hochwald, durch den die Straße führte, die Dörfer, die wir durchquerten, die Wirtshäuser, die Scheunen, die Brunnen und die kleinen Dorfkirchen begeisterten mich, ebenso die Leute, die uns vorbeisausen sahen, die wuchernden Hecken, die Hohlwege, lauter Einladungen, umherzustreifen, und die Bäche, die wir auf kleinen Brücken überquerten, kurz, diese zauberhafte Reise erfüllte mich mit Glück. Der Ort Bouvier-les-Eaux erschien mir so prächtig wie eine Hauptstadt, ein Gedränge der vornehmsten Passanten, Terrassen mit Sonnenschirmen, fesche Schlösschen. Ich war stolz auf die elegante Geste, mit der Madame Ardenne ihren Schirm öffnete, stolz, mich in unserem kleinen Pferdewagen aufzuplustern, stolz auf die Geschicklichkeit, mit der Gentil durch das Durcheinander von Kutschen, Fahrrädern und Kippkarren lenkte, baff ob der Vielzahl von Automobilen, von denen kaum eines je nach Le Mauduit kam.

In diesem Freudenrausch landete ich also in der Nervenheilanstalt, so von mir selbst eingenommen, dass mir Madame Ardenne, um meine Begeisterung zu bremsen, befehlen musste stillzusitzen, während sie sich halblaut mit ernsten Herren in weißen Kitteln unterhielt. Ich war verblüfft, dass wir, um in den Park zu gelangen, zwei verschiedene, von Posten bewachte Tore hatten durchfahren müssen, die hinter uns sogleich wieder geschlossen wurden. Dabei hatte das Haus nichts von einem Gefängnis, glich mit seinen Rosenbeeten inmitten eines Wäldchens eher einem teuren Hotel, das große Gebäude mit Sprossenfenstern und glänzenden Dachziegeln verströmte den Eindruck von Wohlbehagen und großer Ehrwürdigkeit. Auf der Freitreppe hatte Madame Ardenne einem Türsteher in grauem Kittel ein weiteres Mal den Grund unseres Kommens mitteilen müssen, bevor dieser die Tür mit seinem riesigen Schlüsselbund öffnete. Während ihres Getuschels mit den Herren warf ich, allmählich von der eigenartigen Atmosphäre des Ortes ergriffen, Delphine verstohlene Blicke zu, um mein Verhalten an ihrem auszurichten, denn sie hatte mir voraus, dass sie Madame Ardenne schon mehrfach begleitet hatte. Sogar Anaïs in meinem Arm war auf der Hut. Ich spürte, wie sie mit besorgten Zungenschlägen an meinem Finger saugte, und fürchtete nichts mehr, als dass sie zu schreien begänne, dass wir in den Park gejagt werden und den Besuch verpassen würden. Hinter der Glastür begann ein langer, menschenleerer Flur, weiß gestrichen, mit schwarz-weißen Fliesen, kalt wie ein Gefängnis. Heiterer wirkte da der Gang mit Musselinvorhängen vor den Fenstern, durch den uns schließlich eine junge Krankenschwester wortlos in eine Art runden Salon mit großen nackten Fenstern führte. Aus dem Raum mit bequemen Korbsesseln und bunt gestreiften Kissen blickte man auf eine Terrasse voller Hortensien und dahinter auf die belaubten Wipfel an den Hügelhängen. Ein seidiges, fast milchiges Licht draußen dämpfte die Farben und ließ den durch das Moiré der Scheiben goldbesprühten Raum ein wenig unwirklich erscheinen. Nach einer Wartezeit, in der wir schweigend ausharrten, erschien ein Offizier, umgeben von zwei stämmigen Individuen, deren gleichsam festgeklebtes Lächeln im ungerührten Gesicht mir boshaft und falsch vorkam. Der sehr dicke Mann, der diese Eskorte nur aus Disziplin zu ertragen schien, entließ sie mit einer harschen Handbewegung; sie gingen hinaus, um sich auf der Terrasse die Beine in den Bauch zu stehen. Das war also der

Ehemann von Vitalie, ohne jeden Zweifel Fernand Ardenne höchstselbst. Seine ganze raumfüllende Person, das rote Gesicht mit den trüben Augen und die schlaff wie Pinguinflügel herabhängenden Arme standen im Widerspruch zu der strengen, mit Orden und Tressen geschmückten Uniform, in die er untadelig geschnürt, gegürtet, geknöpft und gestiefelt war und deren steifer Kragen seine Hängebacken hervorquellen ließ, die zitterten wie Aspik. Während er uns andere ignorierte, schien er Vitalie als entfernte Bekannte zu identifizieren, er grüßte sie mit einer mechanischen Neigung des Oberkörpers und inspizierte den Salon, indem er verstohlen misstrauische Blicke um sich warf, als wären nicht wir, sondern er der Besucher, der in ein fremdes Haus kam, geschmeichelt, dort von liebenswürdigen Gastgebern empfangen zu werden, deren Freundlichkeit ihn überraschte. Er zog seine Reithose über dem Knie hoch, ließ sich in einen Sessel fallen und kreuzte die Stiefel. Werteste, sagte er liebenswürdig, nehmen Sie es nicht übel: Ich bin nur auf der Durchreise. Lassen Sie sich nicht stören. Sie haben andere Gäste, bloß kein Tralala für mich. Delphine kennen Sie ja, wagte sie sich vor; die kleine Neue heißt Lottie. Hervorragend, rief er und wischte unsichtbare Staubkörner weg.

Nun begann ein von Schweigen unterbrochenes zusammenhangloses Gespräch, Vitalie berichtete wohlüberlegt von den Neuigkeiten auf dem Gut, von der Heuernte, den Kühen, dem Ausästen der Ulmen im Winter, deren Kronen Kaminholz liefern würden, dem Pachtvertrag, der an Allerheiligen auslief, Informationen, denen Fernand mit höflicher Unaufmerksamkeit lauschte. Ich begriff, dass sie mit dieser Kurzfassung das Thema des Tages aufs Tapet zu bringen suchte, die Vorstellung von Anaïs, doch es gelang ihr nicht, Fernands Interesse zu wecken, der hartnäckig wiederholte, sie solle sich für ihn keine Mühe machen, er sei erfreut, sie in diesen Annehmlichkeiten so wohl eingerichtet zu sehen, und da die Zeit voranschreite – er zog seine silberne Taschenuhr hervor und schüttelte sie wie eine Rassel –, müsse er sich verabschieden, um sie nicht länger zu belästigen, und dieses ganze Tralala, sagte er gereizt. Vitalie, ganz geduldige Selbstbeherrschung, wahrte ihre steife Haltung, doch mehr als einmal wagte sie eine diskrete Gefühlsäußerung, tätschelte den Uniformärmel, kehrte zu ihrem gekräuselten Spitzenkragen zurück, als wollte sie sich seines Sitzes vergewissern, versuchte erneut eine Berührung und streichelte die reglosen Finger des dicken Mannes, ohne die geringste Reaktion von ihm, mäßigte ihre Fiebrigkeit mit Hüsteln und Räuspern, auf die er mit verständnisvollem Zwinkern reagierte. Schließlich sagte sie mit fester Stimme, schauen Sie, Fernand, Ihre Enkeltochter Anaïs. Auf dieses Signal sprang ich auf, stolz, meine Aufgabe zu erfüllen, und hob sie im Korb meiner Arme feierlich hoch zu dem knallroten Kopf. Der nickte wie der Esel vor der Krippe. Mit aufgerissenen Augen, ganz blöde vor Überlegen, betrachtete Fernand das Baby, das ebenso eindringlich mit gerunzelter Stirn sein gerötetes Gesicht musterte. Einen Moment lang hielten alle den Atem an, als Vitalie in einer ungewohnten Haltung erstarrte, sich halb stehend nach dem Spitzenpaket reckte, bereit, wie eine Löwin hinzustürzen, und ich begriff, dass der so höflich und gutartig wirkende Paradeoffizier eine drohende, reale Gefahr darstellte. In diesem Moment schlug Anaïs selig lächelnd mit ihrer winzigen Faust nach dem großen Kinn, auf das sie schielte. Vitalie zog sie hastig aus Fernands Reichweite, setzte sich ihm gegenüber, griff diesmal nach seinen toten Händen, schüttelte sie bei jeder Silbe, die sie einzeln artikulierte, um ihn zu erreichen, und sagte mit lauter Stimme, als wäre er taub: Das ist die Tochter von François, der sie uns schickt. François, wiederholte der Offizier nachdenklich und suchte in der Umgebung nach dieser Person, auf die er schließlich draußen, zwischen zwei Hortensien, deutete und die er so starr fixierte, dass ich mich umdrehte und erwartete, Anaïs' Vater persönlich auftauchen zu sehen. Tralala, dröhnte er dann, erhob sich mit einem Ruck aus dem Sessel und wippte wie ein Feldgeneral in den Knien, was uns alle vor Schreck zurückweichen ließ. Aber schon war er an der Tür. Er wandte sich ein letztes Mal um, stand stramm und schlug die Hacken zusammen, dann rief er mit Stentorstimme nach seiner Eskorte.

Als wir Bouvier-les-Eaux verließen, brach der Abend herein. Wir hatten auf einem Platz haltmachen müssen, um Anaïs ihr Fläschchen zu geben. Sie schlief unter ihrer kuschlig warmen Decke gleich wieder ein. Da es frischer wurde, hatte Gentil das Verdeck geschlossen, unter dem ich mich, gleichgültig gegen die Natur, die mich auf dem Hinweg so gefangen genommen hatte, fröstelnd zusammenkauerte; im Nebel, der ihren Reiz verbarg, sah ich trostlose, jetzt dunkle, verschwommene Landstriche vorbeiziehen. Ich hatte es eilig, anzukommen, voller Unbehagen bei der Erinnerung an diesen Besuch, an die seltsame Atmosphäre dieser luxuriösen Klinik und den Mann in Militäruniform, der in einer Parallelwelt voller Bedrohungen lebte, er hat Angst, sagte ich mir. Er verbirgt seine entsetzliche Angst, indem er den Verrückten spielt, doch er ist es nicht, was heißt es also, geisteskrank zu sein, wie wird man es? Durch das Knarren der Räder und den langsamen Trab der Stute hindurch vernahm ich mit Unterbrechungen die Stimmen der beiden Frauen, jede brach die Stille, wenn ihr ein Gedanke kam, er sieht wohl aus, sagte Delphine. Er ist noch dicker geworden, sagte

Madame Ardenne später. Er erholt sich gut, entgegnete Delphine, die Pfleger baden ihn, er wird gut behandelt. Er hat sich gefreut, Anaïs zu sehen. Ich glaube nicht. Auf jeden Fall hat ihr sein dickes Kinn gefallen, kicherte Delphine. Es war unvernünftig, sie zu ihm zu bringen, er hätte sie erwürgt, wenn ich mich nicht dazwischengeworfen hätte. Weil er sie für François gehalten hat, und so weiter und so fort, die Litanei schläferte mich ein. Ich habe wohl etwas gedöst und bin erst in der ganz in Dunkelheit getauchten Ulmenallee aufgewacht.

Am nächsten Tag trieb mich Radau von unten aus dem Bett, erstickte Schreie, Kommen und Gehen auf dem Kies, es wurde gerade hell. Als ich noch ganz verquollen vom Schlaf herunterkam, war die Küche voller Leute aus der Umgebung, ich erkannte unsere Nachbarn, Delphine jammerte und schniefte, Madame Ardenne, noch im Nachtkleid, leitete die Versammlung. Die bestürzte Gesellschaft trat auseinander, als ich hereinkam, und man teilte mir mit, ich weiß nicht, wer den Boten abgab, bei uns zu Hause sei ein schrecklicher Unfall geschehen. Tatsächlich habe ich nie erfahren, was genau passiert ist, jedenfalls hatte man Gewehrschüsse gehört, zwei aufeinanderfolgende Schüsse in der Stille des frühen Morgens, wenn die noch verschlafenen Männer das Melken in den Ställen beenden, die Frauen das Feuer schüren und die Zichorie aufwärmen, so nah bei den Häusern konnten es keine Jäger sein, jemand trat vors Haus und sah einen Nachbarn angerannt kommen, der rief, bei den Carmeaux sei ein Unglück geschehen. Man konnte sich nicht erklären, wie die Mutter, nachdem sie die Hündin auf dem Hof niedergestreckt hatte, von einem Schuss unter dem Kinn getroffen werden konnte. In dieser Reihenfolge hatte sich das Drama abgespielt, zumindest war es das, was man rekonstruierte, als man das blutüberströmte Tier, aus nächster Nähe erschossen, neben dem Hackklotz und die Mutter im Nachthemd auf der Türschwelle liegend fand. Die einen sagten, sie habe vielleicht im Halbschlaf einen Landstreicher vermutet und in der Dunkelheit des Morgengrauens irrtümlich die Hündin erschossen, dann sei sie, entsetzt über ihre Bluttat, gestolpert, und der Schuss habe sich von selbst gelöst. Andere wandten ein, es gebe keine Landstreicher mehr, die Zeit der Räuber, die einsame Gehöfte angriffen, sei vorbei, und die Mutter gehöre nicht zu denen, die sich von einem Geräusch so erschrecken ließen, dass sie bewaffnet herausgerannt kämen, außerdem sei die Hündin alt gewesen, nur noch dazu gut, zu viel zu fressen, und wenn die Frau von der Idee gepackt worden war, sich der Hündin zu entledigen, warum so früh am Morgen, es war auch keine Frauenart, sie zu erschießen. Im Übrigen müsse das Gewehr, ein altes, zu einem einschüssigen Jagdkarabiner umgebautes Modell, noch einmal aufgeladen worden sein, was sie vielleicht hatte tun wollen, als sie hineinging, ganz automatisch oder einem Sicherheitsbedürfnis folgend, aber woher hatte sie die Patronen, wo man doch nie gehört habe, dass das Ding seit dem Tod ihres Gatten von irgendwem benutzt worden war. Der junge Carmeaux habe zu seinen Lebzeiten gelegentlich gejagt, aber das Ding sei schwer, schwierig zu handhaben und unhandlich ob seiner Länge, so habe sie die Waffe auf seltsame Art halten müssen, damit der Schuss sie unter dem Kinn traf. Es gab endlose Mutmaßungen und Hypothesen, aus denen die vom Bürgermeister gerufenen Gendarmen auf einen bedauerlichen Unfall schlossen. Das Anrücken der Gendarmerie sorgte im Ort für Aufsehen, eine Zeit lang gingen diverse Gerüchte um, aber solche Dramen, die nicht selten passieren, lassen einen am Ende gleichgültig.

Ich durfte nicht hingehen, um es mir anzusehen. Es war mir nicht unlieb, dass man mir wegen meines jungen Alters den schrecklichen Anblick der Mutter und meiner geliebten Pipa ersparte.

Nun war ich wahrhaftig Waise, wie ich es mir so oft gewünscht hatte, ohne wirklich zu glauben, dass es eintreten würde, und gar auf diese Art, deshalb redete ich mir ein, dass das Schicksal eingegriffen habe, weil es meine innere Stimme gehört hatte, die ich selbst nicht verstand, weil es willig gewisse Wünsche erfüllt, die man formuliert, ohne es selbst zu wissen, dass es mich gegen den Willen der Mutter zu den Ardennes gebracht habe und mich teuer dafür zahlen ließ. Denn ich zweifelte nicht daran, dass das eine mit dem anderen verbunden war, dass sie die Hündin erschossen und sich das Leben genommen hatte, wovon ich überzeugt war, um sich für mein Fortgehen zu rächen oder für die Ohnmacht, meine Rückkehr zu erwirken, eine so gnadenlose Tat, dass ich fürs Leben bestraft war. Dann sagte ich mir, dass das Schicksal einem Plan folgt, der unser Verständnis übersteigt, dass der Tod von Mémé, dem Vater und meinem Bruder Jules ebenso wenig Zufall war wie der meiner Mutter, dass es an mir war, diese Zeichen der Parallelwelt zu deuten, in den unergründlichen Text einzudringen, der hier geschrieben wurde, und ihn mit meinen eigenen Mitteln zu lesen. Zum Beispiel der Mutter zu vergeben für ihre Wutanfälle und ihre Brutalität gegenüber Tieren, Dingen und Menschen, die nur Verzweiflung über ihr Schicksal, die Kränkungen und die Rückschläge ihres Daseins waren. Sie hatte damals im Schlaf, als sie ihre Augen in meine versenkte, tief in mich hineingeblickt und mir in ihrem Traum gezeigt, welch fernes Kind ich für sie war, wie allein und schon Waise. Ich kam nicht darüber hinweg, dass sie es so gut gesehen hatte und dass sie damit einverstanden war. Mehr als ihr schrecklicher Tod quälte mich der Kummer, sie ihrem unglücklichen Dasein überlassen zu haben, um mich vor ihr zu retten, und immer sah ich Pipa hinter mir herrennen, während unser Wagen davonfuhr, ohne kläffen oder uns einholen zu können, und schließlich mitten auf dem Weg stehen bleiben, kleiner werden und verschwinden.

Madame Ardenne hat alles geregelt mit der Beisetzung und das Grab mit dem gravierten Stein bezahlt, in dem die Meinen vereint sind, vielleicht plagte sie das Gewissen, die Mutter fortgejagt zu haben, die gekommen war, um uns zurückzufordern, oder wegen des ihr abgerungenen Vertrags, denn sie tat nichts aus Herzensgüte, sondern im eigenen Interesse, das wurde mir später klar. Sie hat auch beim Notar arrangiert, dass der ganze Hof der Carmeaux meiner Erbschaft zugeschlagen wurde, sogar Pächter gefunden, damit er bis zu meiner Volljährigkeit nicht verkam und mir die Einnahmen gutgeschrieben wurden, und schließlich übernahm sie die Vormundschaft für mich, um sich das ausschließliche Recht auf mich zu bewahren. Mir war nicht klar, wie sehr sie mich brauchte, oder vielmehr, wie wichtig es für sie und ihre Rache war, dass Anaïs wuchs und gedieh.

Ich weiß nicht mehr, wann Lottie aufstand, um Fotos zu holen. Die Nacht war weit fortgeschritten, man hörte den Wind gegen die Mauern schlagen und an die Fensterläden klopfen, er gelangte offenbar durch Lücken im Mauerwerk unters Dach und sauste unter den Türen hinweg durch die Flure, denn man hatte das Gefühl, dass er das Haus anhob und es in seinen Grundfesten schwanken und krachen ließ, als sollte es in See stechen, oder war ich es, die, vom Stuhl in der Feuerecke gerissen, in der nächtlichen Strömung schwebte, dann hörte ich den tiefen Gesang der Flane, ihr Grollen in angespanntem Bass aufsteigen, so nah, dass es von unter dem Haus zu kommen schien. Lottie kam mit einem Album aus altem, grünlich gewordenem Leder zurück und suchte, ohne mich die Fotos sehen zu lassen, die sie unter der Lampe umblätterte, die Bilder, die sie mir zeigen wollte. Damit Sie die Gesichter der Hauptpersonen sehen, sagte sie, das gibt zu denken. Hier ist Vitalie Ardenne mit Anaïs. Das Baby hatte sich wohl bewegt, denn sein Gesicht war unscharf, so dunstig wie sein langes Festgewand aus Musselin, das Vitalies Kleid bis zu den Füßen bedeckte, nur die kleinen, wie Blüten geöffneten Hände waren scharf, doch die unter dem Feigenbaum neben dem Brunnen sitzende Frau, die sie mit besitzergreifender Geste auf ihrem Schoß hielt, wusste, wie man die Pose bewahrte und reglos blieb, um klar und deutlich dargestellt zu werden, den Blick ins Objektiv gerichtet, als bestimmte sie selbst das Auslösen. Ich hätte gern eine Lupe gehabt, um das Gesicht zu vergrößern, denn darauf konzentriert sich unsere Leidenschaft zu erkennen, auf die Züge des toten oder abwesenden Wesens, sogar eines Unbekannten, als verriete die Annäherung das Geheimnis seiner damaligen Gegenwart und seines Werdens und seine Laune, seinen Charakter, sogar das noch Ungedachte, das ihn im Moment der Aufnahme erfüllte, die Erinnerung, die er an seine Vergangenheit hat, und die dunkle Vorahnung seiner Zukunft. Vitalie Ardenne mochte um die vierzig sein, doch eine alterslose Jugend glättete die Züge, ihre glatte Stirn unter dem damals modernen dicken Haarkranz zeigte keine einzige Falte, oder aber das Foto machte sie unsichtbar; die Fassade perfekter Harmonie, dachte ich, einer gestalteten und für eine lange Schlacht verteidigten Schönheit. Diese Frau *bot die Stirn*, mit der kämpferischen Ruhe derjenigen, die den Gegner herausfordert, ihr Blick richtet sich auf etwas jenseits der Kamera, die ihr Bild aufnimmt, hinter dem Fotografen, der nur Ausführender ist, auf einen anderen, den sie anvisiert und durchbohrt. Sie hatte schöne Augen, sehr hell, blau, bestätigte mir Lottie, von so klarem Blau wie Bergkristall, so rein, so durchdringend wie ein Eissplitter. Der matte Abzug verlieh dem Gesicht die Porosität von Porzellan und gab den Schatten des Laubwerks das Beben des Windes zurück, das die ansonsten so unbewegten Züge belebte. Die gerade Nase mit den schmalen Flügeln, die Grübchen an den Mundwinkeln, die ein Lächeln andeuteten – ein Vorzeigelächeln, reserviert oder simuliert, jedenfalls hochmütig, dachte ich –, die in leichtem Staunen hochgezogenen Brauen: Das alles blieb auf dem Bildschirm der Emotionen, der Gefühle, den das Gesicht bildet, vieldeutig, ohne sich je zu klären, und ich weiß nicht, ob ich bei der Betrachtung dieses Fotos von Vitalie Ardenne, das ein Dreivierteljahrhundert alt war, ein wenig von ihrer Persönlichkeit wahrnahm oder ob das, was ich aus Lotties Erzählungen wusste, meine Wahrnehmung prägte, aber ich hatte den Eindruck, als wäre diese Frau mit uns hier im Haus, als wären die Bewegung des Windes, der Gesang der Flane ihre anwesende Seele.

Sie zeigte mir noch ein Foto, auf dem sie und Delphine nebeneinander auf der Schwelle der Küche stehen. Ich kümmerte mich nicht groß um Letztere, eine kleine, rundliche Frau, die aussah wie eine Bäuerin in Sonntagskleidern. Umso mehr um Lottie als Zwölfjährige, ein hoch aufgeschossenes Mädchen mit verschränkten Armen, wozu man für die alten Schulfotos die Schüler nötigte, etwas Pferdehaftes, was sie immer noch hatte, aber mit der Anmut der Kindheit, ein starkes, auf den Hals gezogenes Kinn, Blick nach unten, nicht aus Schüchternheit, sondern weil es ihr zuwider war, so zu posieren, was das unterdrückte Lachen zeigte, ob aus Verlegenheit, fotografiert zu werden, oder aus reiner Fröhlichkeit, die ihren Unmut besiegte, so strahlte sie eine grundlegende Lebenskraft aus, eine Energie, die im Gegensatz zur Apathie ihrer Nachbarin stand, ich war noch ziemlich grobschlächtig, kommentierte Lottie. Sehen Sie nur, wie schief ich dastehe, meine falsch geschnürten Schuhe und die Haare, die den Kämmen entwischen, dabei war es keineswegs so, dass Madame Ardenne meine Erziehung vernachlässigte. Sie war sehr streng bei Kleidung und Verhalten, bei der Hygiene. Sie hat uns die allabendliche Intimpflege gelehrt, uns beigebracht, jeden Tag die Unterwäsche zu wechseln und die Oberbekleidung zu pflegen, die Hände zu waschen, Nägel und Ohren zu reinigen, in ein Taschentuch zu schnäuzen, kurz, all die Kleinigkeiten, die ich nicht kannte, um in der guten Gesellschaft zu leben.

Sehen Sie, das da ist Fernand Ardenne. Das Foto wurde in Marseille aufgenommen, bei seiner letzten Rückkehr aus Afrika. Er war schon vor dem Krieg von 1870 beim Militär, noch zu jung, um in Sedan gegen die Ulanen zu kämpfen, aber er hatte in den Kolonialfeldzügen Karriere gemacht und war am Ende Hauptmann in den Bataillonen, die über die Bewohner des Tschad und des Sudan herrschten. Damals habe ich ihn natürlich nicht gekannt, erst in der Nervenheilanstalt, aber da trug er dieselbe Uniform mit ihren Orden und Tressen. Sehen Sie sich an, was für ein robuster Mann er geworden war, wie stattlich. Kein Vergleich mit dem verwachsenen, x-beinigen Jüngelchen, das Séverine beschrieb, als sie Kinder waren und ihre Mutter verloren hatten. Er war mit den Jahren kräftiger geworden, hatte an Format gewonnen. Es kommt oft vor, dass ein schmächtiges Kerlchen breitschultrig, ein hässliches Entlein eine Schönheit wird.

Auch das Gegenteil passiert manchmal. Man schreibt diese erstaunlichen Metamorphosen den Feen zu, aber wir wissen, dass die Märchen, die weniger naiv sind, als sie scheinen, uns ganz einfache Wahrheiten lehren. Was man auf diesem Foto nicht sieht, auch nicht auf denen, die es von ihm als Kind gibt, ist, dass er später verrückt wird. Ist er es schon, als er in diesem Studio in Marseille posiert? Nichts davon war sichtbar, als er zu den Ardennes zurückkam, einige sagten, er habe seine Dienstzeit abgeleistet, andere, er sei wegen irgendeiner Undiszipliniertheit entlassen worden: Im Dorf kursierten immer gegenteilige Gerüchte, die aufflammten und dann erloschen. Die Geschichte von seiner Verrücktheit habe ich von Tante Victoire gehört, auch Séverine war dabei, aber als Schwester tat es ihr zu weh, um es anderen gegenüber zu erwähnen. Ich muss Ihnen das erzählen, damit Sie begreifen, was für ein gefährlicher Mensch Fernand Ardenne war und dass seine Internierung nicht von ungefähr geschah. Er war nie lange bei den Ardennes gewesen, seit man ihn als Zehnjährigen ins Internat nach Dijon und dann in die Kavallerieschule geschickt hatte. Seine Urlaube verbrachte er immer bei seiner Schwester Séverine, die mit zwanzig ins Kloster gegangen war. Trotz der Trennung hingen sie aneinander. Als er älter wurde, fragte man sich, ob er je eine Frau finden würde. Da er von einem Manöver in die nächste Expedition zog und in der Garnison nur unter Männern lebte, hielt man ihn für einen hartgesottenen Junggesellen voller Verachtung für alles Geschlechtliche. Als er dann mit Ehefrau und Kind zurückkam, brachte er den Tratsch zum Schweigen. Trotzdem tat er noch viele Jahre Dienst und kehrte in langen Abständen für den Urlaub zurück, daher rührt vielleicht, man vermutete es und auch Vitalie behauptete es später, dass François, der allein zwischen Mutter und Tanten gelebt hatte, seine rivalisierende Anwesenheit nicht ertrug und seinen soldatischen Absolutismus fürchtete, denn Fernand wünschte ihn sich ebenso martialisch, wie er selbst war, während François eher verträumt und leidenschaftlich war, sich mehr für Literatur und Wissenschaft interessierte als für Reitübungen und Schlägereien. Das Kind fühlte sich wohler in Gesellschaft seines Großvaters Justin, der ihm die Wälder zeigte und ihn die Wissenschaft von den Bäumen lehrte; den Bäumen der näheren Umgebung, denn wegen seiner verletzten Hüfte humpelte er stark. Doch just in dem Moment, da sich ankündigte, der entlassene Fernand werde endgültig zu den Ardennes zurückkehren, floh der junge Mann, er war fünfzehn oder sechzehn, aus seinem Gymnasium in Besançon, wovon seine Mutter erst mit einiger Verspätung in Kenntnis gesetzt wurde, ich erzähle Ihnen noch von den Umständen seiner Flucht und seines Verschwindens.

Um auf Fernand zurückzukommen, man kann vermuten, dass ihn das sesshafte Leben, das er fortan führen musste, aus der Bahn warf, unbeschäftigt aus fehlendem Interesse an der Verwaltung des Gutes, die er gänzlich Vitalie überließ, denn er hatte keine Ahnung von der Nutzung des Bodens und der Wälder und keine Bekannten in der Umgegend. Seine plötzliche Entlassung aus dem Militär stürzte ihn in Melancholie, jähe Stimmungsumschwünge, dumpfes Grübeln. Eingeschlossen in die Bibliothek oben, in der er kein einziges Buch aufschlug, vertrieb er sich die Zeit damit, seine Gewehre zu putzen, die Waffen aus dem Koffer, der neben seinem Bett stand, endlose Nachrichten an Ministerien zu schreiben und *sich den Kopf zu zerbrechen*, wie Delphine sagte; und genau das geschah. An einem Julinachmittag, es herrschte eine Affenhitze, wie sie hier oft vorkommt, während der

Mittagsruhe und in der großen Stille überall, kam er bloßen Hauptes aus dem Haus und ging zu der Weide gleich nebenan, um eine Kuh zu holen. Er wählte sie unter allen wegen ihres schwarzen Fells und führte sie an einem um die Hörner gebundenen Strick bis zum Kiesplatz vor der Küche. Dort schnitt er ihr mit einer Machete der Wilden die Wirbelsäule durch, so tief, dass die Klinge den Leib in der Mitte durchtrennte und das kniende Tier fast in zwei Hälften spaltete. Mit der Kraft seiner Gelenke richtete es sich dennoch auf, da zerhackte er es noch an Lenden und Widerrist, riesige Fleischviertel lösten sich, während das Tier noch in Stücken zuckend brüllte, sein Blut in Geysiren hervorspritzte und die Eingeweide sich auf dem Kies verteilten. Es war grauenvoll, die Zähne unter den zurückgezogenen Lefzen, die aufgespießte Zunge und die großen, hervorquellenden Augen zu sehen, das ganze Gemetzel, wie es die Hausbewohner und dann die benachbarten Bauern vorfanden, angelockt vom verzweifelten Brüllen der Kuh, von Fernands Ächzen und Stöhnen und den Schreien der entsetzten Frauen. Drei Männer waren nötig, um ihn festzuhalten, seinen Fäusten die Machete zu entreißen, die schärfer war als die Klinge des Abdeckers, ihn am Boden in den blutroten Lachen zu fesseln, seine Beine und Arme mit dem Strick zu verschnüren, an dem er die Kuh geführt hatte, aber immer noch stieß er sein Ächzen und Stöhnen eines Holzfällers an der Axt aus, wand sich und schäumte vor Raserei. Endlich kam der alte Doktor, nach dem man geschickt hatte, und ließ beim Anblick des Massakers per Telegrafen das Irrenhaus rufen. Die ganze Zeit, sagte Victoire, gab Vitalie, wachsbleich, ruhige Anordnungen und befahl allen, wie sie die Ruhe zu bewahren. Sie ließ ihren Gatten eimerweise mit Brunnenwasser übergießen, um das Blut abzuwaschen, das ihn von Kopf bis Fuß bedeckte, die rote Marmelade gerann in der Sonne und verpasste ihm eine bestialische Maske, in der seine weißen Augen zuckten; sie ließ die Stute anspannen, um den Kuhkadaver sofort wegzuschaffen und hinter den Stall zu bringen, wo ihn der Viehhändler am nächsten Tag abholen würde; sie drängte den armen Gentil, der niedergeschmettert auf der Bank saß, ins Haus zu gehen, und die verstörten Tanten, ihn zu trösten und zu beten, denn das konnten sie. Kurz, keine Sekunde zeigte sie Entsetzen oder Schwäche, sie ging sogar mutig zu ihrem Gatten, der neben dem Brunnen lag, kniete sich hin und deckte ihn mit einem Tuch zu, redete leise auf ihn ein und tätschelte sanft den durchnässten Ärmel seiner Uniformjacke, sodass er sich gänzlich beruhigt hatte, als am Abend die Pfleger kamen, um ihn abzuholen, und freundlich, mit der jammernden Stimme eines kleinen Jungen zu ihnen sagte: Ich bin fertig, ich bin fertig, ich bin fertig. Sehen Sie auf dem Foto, dass er eine Kuh zerfetzen würde? Wochenlang war der Kies voller Blut. Vitalie ließ das ganze Waschwasser dort auskippen, doch wiewohl man unermüdlich harkte, die Kiesel vermischte und wieder ausbreitete, bewahrten sie an dieser Stelle eine bräunliche Farbe, von der auch die Erde darunter durchtränkt ist. Ich frage mich, ob nicht auch heute noch einige Steinchen vom Blut der geopferten Kuh verfärbt sind.

Und die Tanten, bat ich Lottie, zeigen Sie mir die Tanten. Wenn man erst anfängt, darin zu blättern, ist das Album sehr verführerisch, sagte sie, aber hüten Sie sich vor diesem Buch. Seine schönen, in der Ordnung der Generationen sortierten Seiten lassen Sie in der Zeit zurückgehen, als wäre dies die wahre Bedeutung der Geschichte. Wer die Fotos nacheinander eingeklebt hat, führt und narrt Sie mit seinem fein sortierten Familienroman, aber im Leben ist es komplizierter, manchmal unauflösbar. Das Album kommt von keiner Quelle und weist auch nicht in die richtige Richtung. Es gibt tote Zeiten und umkehrbare Zeiten, die Rückkehr in die Zukunft der Vergangenheit, ich sehe mir die Fotos lieber ungeordnet, kreuz und quer an, gehe in meiner persönlichen Unordnung den Lauf der Episoden zurück und zwischen ihnen hin und her, wie es mir beliebt. Sie können in den nächsten Tagen darin blättern und die Geschichte nach Ihrer Intuition lesen, ich habe die drei Fotos, die ich Ihnen gezeigt habe, nur als Einstieg benutzt, aber gut, da wir schon mal dabei sind, schauen wir uns noch ein bisschen die Persönlichkeit der Tanten an. Man findet sie oft auf diesen Seiten, das zeigt, wie gern sie sich fotografieren ließen, wie viel Raum sie einnahmen. Sie sind kurz nach dem Tod der Mutter hier zusammen aufgekreuzt, sehen Sie, ich trage noch Trauer. Madame Ardenne hatte erklärt, die Ausgabe, all meine neuen Kleider zu färben, lohne nicht, ich hatte nur dieses eine schwarze Kleid, das ich anzog, um in den Ort zu gehen oder zu besonderen Anlässen. Ich habe es nicht lange getragen, ich bin schnell gewachsen. Eine sehr gute Anordnung, wie wir auf diesem Foto stehen: Madame Ardenne hinter mir, ich mit Anaïs im Arm, und die Tanten rahmen uns ein. Das war ihre Rolle, so verstanden sie es. Sehen Sie, das gleiche Foto am selben Ort fünfundzwanzig Jahre zuvor: Da ist François in den Armen eines Kindermädchens, dahinter die junge Mutter und die beiden schon als Zerberusse. Oh, sie waren fromm und beherzt, guten Willens, zuvorkommend, sanft wie Veilchenseife, aber ich fragte mich, welche Leidenschaft sie trieb zu dienen, wo doch Delphine und ich drinnen und Gentil im Garten alles erledigen konnten. In solchen Familien gibt es oft diese mittellosen alten Jungfern, die durch ein Loch ins Haus eindringen, darin geräuschlos ihr Nest bauen, sich mit tausend Liebenswürdigkeiten nützlich machen und in einer Ecke altern. Im Grunde waren sie Wichtigtuerinnen, aber Vitalie duldete sie nachsichtig, als nächste Verwandte, dachte ich, denn die eine war als Fernands ältere Schwester ihre Schwägerin, die andere als Schwester ihres Vaters ihre Tante.

Das Außergewöhnliche ist, dass sie so gute Freundinnen waren. Obwohl Victoire fast zehn Jahre älter war als Séverine, waren sie sich am Ende so ähnlich geworden, dass man sie verwechseln konnte. Das lag nicht so sehr am Nonnengewand, das sie übrigens ablegten, nachdem sie sich endgültig bei den Ardennes niedergelassen hatten, sondern an ihrer ganz eigenen Art, sich in Zügen und Gesten einander anzugleichen, förmlich aufeinander abzufärben, fast wie durch einen Heiligen- oder Schurkenpakt. Man wusste nicht, welche die andere nachahmte, wer das Vorbild war, sie waren so mimetisch, dass man sie für Zwillinge hielt, siamesische geradezu. Dabei waren sie gar nicht verwandt. Mit der Hochzeit von Vitalie und Fernand haben auch sie regelrecht geheiratet, das kann man schon sagen. Dabei war es nicht erst dieser Anlass, der sie verbunden hat, sie waren schon länger unzertrennlich, beide waren Krankenschwestern in derselben Abteilung für Bedürftige im Hospital von Auxerre, wo sie sich gegenseitig bei der Arbeit halfen, ihre Gebete und ihre Süßigkeiten teilten, denn sie waren sehr genäschig. Eine jener zufälligen Verschweißungen, die das launische Leben zuweilen schafft, denn eigentlich hatten sie nichts gemein. Séverine, von ihrem Vater zu den Schwestern der Vorsehung nach Langres geschickt, wo sie ihr Noviziat absolviert hatte, war ein Provinzmädchen ohne viel Bildung, während Victoire ihre Jugend in Paris verbracht und die vornehme Welt gesehen hatte. Ihr Bruder, Besitzer einer Metallwarenfabrik, war ein vorausschauender Ingenieur und hatte sich rechtzeitig auf die Entwicklung der Eisenbahn eingestellt. Eigentlich hätten sich Justin und er, der eine mit dem Schwellenholz, der andere als Hersteller von Nieten und Bolzen, in ihren Geschäften zusammentun können, aber nicht so kam es zur Verbindung der beiden Familien, sondern durch die Schwestern. Ich habe lange gebraucht, um herauszufinden, wie sie die Begegnung zwischen dem Bruder der einen und der Nichte der anderen herbeigeführt haben, wie sie sich als echte Dorfkupplerinnen einmischten, davon sieht man nichts auf den Fotos, nur wenn man es weiß, sagen Sie? Schauen Sie nur, wie eng sie sich mit fünfundzwanzig Jahren Abstand um das Baby drängen, wie sie Vitalie einrahmen, echte Leibwächterinnen. Diese Frau gehört ihnen, sie hängen sich an sie. Sie hängen an dem Kind und am Kind des Kindes wie an ihrem eigenen Besitz. Sie sind kein Dekor. Sie haben Mitspracherecht, sie stehen für etwas anderes als die Nonneneifersucht auf die Mutterschaft oder die Zuneigung kindischer alter Tantchen. Man musste sich im Herzen dieser Familie einnisten und gut beobachten, wie ich es in diesem Haus immer und überall tat, um zu erahnen, dass Vitalie sie nicht aus Herzensgüte duldete, dass hinter der Nachsicht ihnen gegenüber und der Nachsicht der Tanten für sie gnadenlose Interessen steckten, und ohne dass ich damals wusste, welches Geheimnis die drei verband, spürte ich in einer Parallelwelt geradezu greifbare Wellen zwischen ihnen, deren Zentrum Anaïs bildete. Und ich hatte beschlossen, mir dieses Mädchen durch Anziehungskraft und aufeinanderfolgende Umwälzungen anzueignen, selbst wenn ich es ihnen stehlen musste.

Wie sehr ich sie liebte, wie gut sie mir tat und ich ihr. Wir dachten an nichts Böses, unsere Hände waren voll, so sagt man von den Unschuldigen, die weder schlichte Gemüter noch zurückgeblieben sind. Besonders gefiel mir, dass sie, obwohl sie so klein war, einen Kuhblick hatte. Sie müssen wissen, dass ich Kühe sehr schätze. Diese netten Personen haben einen friedlichen, ganz gleichgültigen Blick, so langsam und leer, dass man sie für dumm halten könnte, aber plötzlich wird er scharf, so durchdringend, so intensiv, dass man ihm besser nicht begegnet. Nur die Kühe haben die Fähigkeit, dieses Theater zu betrachten, wiederzukäuen, was es verbirgt, und daraus Wissen zu schöpfen. Ich sage Ihnen was: Dieses Mädchen war *stinkreich*. Sie hatte von Anfang an das ganze Spiel in der Hand, in ihren süßen Patschhändchen, mit denen sie ziellos herumfuchtelte, während sie gurrte wie ein Täubchen. Sie ließ sich weder auf Berechnung noch auf List ein, musste nicht einmal tricksen: Sie zeigte offen, was sie wollte, und setzte alle Falschspieler matt, und von denen umschwirrten sie so einige. Als würde ihre Unschuld deren Begehrlichkeit noch anfachen, klebten sie an der Kleinen wie an Honig, berührten und streichelten sie, als wäre sie eine glücksbringende Hasenpfote, um ein wenig von ihrem Gewinnerglück abzubekommen. Aber sie gab nichts ab, sie bediente sich, bemächtigte sich. Sie machte alle zu ihren Geiseln. Zuerst mich mit ihrem unersättlichen Hunger nach meinem Finger, der ihr Glückseligkeit verschaffte. Ebenso die Tanten und ihre Großmutter, Delphine, die dadurch noch dussliger wurde als sonst, und sogar Gentil, der vor ihr dahinschmolz wie Eis in der Sonne, er hätte sich zum Esel gemacht, um ihr die Sterne vom Himmel zu holen. Sie spürte bei jedem, was er einzusetzen bereit war, damit sie gesund blieb, gedieh, schöner und größer wurde, sie war eine große Verführerin. Sie hatte begriffen, dass es genug war, da, inmitten all dieser Ränke gelandet zu sein, ein wahres *Geschenk des Himmels* – der Himmel macht solche Geschenke, denen man nicht misstraut –, und dass sie, weil sie dieses unverhoffte, in all seiner Grundlosigkeit skandalöse Geschenk war, den Reigen nach Belieben anführen konnte. So unbeeindruckt von den Machenschaften, in deren Zentrum sie stand, dass sie sogar den Teufel gerührt und ihm die Lust zu lieben und daran zu leiden eingeflößt hätte, denn ihre Unschuld war grausam, einige haben teuer dafür bezahlt. Wir haben uns ihrem Joch gebeugt, die meisten, ohne zu wissen, woher es kam und wohin es uns führte, sagte Lottie, während sie die Glut schürte, in welchem Netz wir gefangen waren, denn neben den Lebenden, die sie mit ihren schlimmen Absichten umgaben, strichen in diesem Haus viele Wiedergänger aus der Vergangenheit herum, die auch ihr Wörtchen mitzureden hatten. Diese Gespenster sind uns vertraut, ob sie abwesend sind oder verschwunden, sogar ohne Gesicht kommen sie so nah, dass sie uns streifen. Die Toten berauben uns, wenn wir sie nicht im Auge behalten, sie erheben den Anspruch, sich weiterhin einzumischen, doch obwohl sie scheu sind, kann man sie zähmen oder von gleich zu gleich mit ihnen streiten, sie manchmal auch verjagen. Aus der Zukunft sah ich Gespenster kommen, die mich weit mehr beunruhigten. Obwohl sie noch keinen Körper und keine Existenz hatten, waren da Präsenzen, die es danach verlangte zu sein. Auch die Gespenster aus der Zukunft haben ein Wörtchen mitzureden, und man weiß nicht welches, sie mischen sich mit denen aus der Vergangenheit, es ist sehr schwierig, sie zu beschwören. Anaïs zog sie an, ich spürte, wie sie sich um sie drängten, ich würde sehr wachsam sein müssen, um eine Auswahl zu treffen und sie vielleicht zu eliminieren, bevor sie ihnen begegnete. Auf den Fotos sind sie bereits, hier und da, vollkommen durchsichtig, nur ein Hauch, ganz leichte Nebel, die das Bild verschleiern, in den Ecken. Wenn Sie meine Brille tragen würden, wäre es einfacher, sie zu sehen, sagte Lottie und schüttelte die Schalen der Bucheckern aus ihrer Schürze in die Asche. Bitte legen Sie den dicken Eichenkloben quer darauf. Eiche brennt nicht lichterloh, ihr langsames Verglühen schläfert die Glut ein und am nächsten Tag flammt das Feuer auf, ohne dass man es anzünden muss; als die Tanten ankamen, waren wir fast im Winter angelangt, die Nacht brachte dünnes, knackendes Eis, das den ganzen Tag nicht schmolz, nicht mal in der Sonne.

Wir haben sie mit Gentil und der Stute am Bahnhof abgeholt. Vitalie hatte es so eilig, ihnen ihren Schatz zu zeigen, dass sie Anaïs zwischen warme Ziegelsteine gelegt, in Wolle eingemummelt und einen Fußwärmer unter unsere Füße gestellt hatte, obendrein hatten wir unsere Pelerinen an und Decken auf den Knien. So eingepackt fuhren wir los, um sie zu erwarten. Ich muss Ihnen unseren Bahnhof von damals beschreiben, kein stolzes Gebäude mit türkisblauen Mosaiksteinen, Glasdach und gusseisernem Vordach, gepflasterten Bahnsteigen, Weichen und emaillierten Bahnhofsschildern wie in Bouvier-les-Eaux. Beinah hätten wir gar keinen gehabt. Mémé hat mir von der Zeit erzählt, als die Eisenbahn überall aufs Land vordrang, was für eine große Gefahr diese Ungeheuer darstellten, die mit ihrem Lärm und Rauch das Hirn umnebelten und die Reisenden mit ihrer Geschwindigkeit verrückt machten. Als sie mit der ganzen Bevölkerung, die auf Karren mit Sitzbänken in die Wälder verfrachtet wurde, die erste Lokomotive vorbeifahren sah, hatte sie so große Angst vor dem Dampf ausstoßenden Eisenpferd gehabt, dass sie sich geschworen hatte, niemals einzusteigen. Nicht alle teilten ihre Meinung. Der Plan, eine Nebenstrecke zu bauen, die die Region mit der Außenwelt verbinden sollte, hatte Le Mauduit mit Hoffnung erfüllt, auch mit Stolz, als die Ingenieure vom Tiefbauamt mit ihren wissenschaftlichen Instrumenten anrückten und den Anstieg der Hochebene, den Mineralgehalt und die Höhenlinien maßen. Doch angesichts des Gefälles und der enormen Kosten, die entstehen würden, wenn man die Strecke auf diese Höhe führte, um den Launen der Flane zu entgehen, kamen sie zu dem Schluss, dass der Bau einer Zahnradbahn wie in Langres oder eines Viadukts wie in Chaumont für ein so kleines Nest undenkbar sei, die Strecke müsse weiter östlich der natürlichen Neigung hinab ins Tal folgen, bereits diese Vorstudie stelle eine Verschwendung öffentlicher Gelder dar. Der Bürgermeister beklagte sich beim Abgeordneten, dass der Marktflecken Le Mauduit, Zentrum bedeutender Märkte und Handelsplatz, unter dieser schlechten Streckenführung leiden und ohne Bahnhof dastehen würde, wenn man nicht, doch mit welchem Transportmittel, die zehn Kilometer bis zur nächsten Station zurücklegte. Der Abgeordnete, Cousin eines Ministers, erwog den Schaden bei den Wählern und legte sich so ins Zeug, dass er durch Protektion mit der Bahngesellschaft einen provisorischen, auf zehn Jahre begrenzten Kompromiss aushandelte, nach dem der Zug auf Verlangen an der dem Dorf nächstgelegenen Stelle anhalten würde, also zwei Kilometer entfernt mitten im Wald, wobei Bau und Unterhalt des Bahnhofs zu Lasten der Gemeinde gingen. Eine Bude aus Ziegelsteinen mit Vordach und ein Bahnsteig aus Brettern reichten aus, ohne Bahnhofsvorsteher oder Kontrolle, so verloren im Wald wie in den Schubladen der Ministerien, dass dieses von Wahl zu Wahl verlängerte Zugeständnis zum Gewohnheitsrecht wurde. Noch in meiner Kindheit funktionierte es so: Wenn ein Reisender seinen Wunsch schon vor der Abfahrt kundgetan hatte oder wenn der Lokomotivführer an Tagen ohne Nebel auf der schnurgeraden Strecke von Weitem jemanden auf dem Bahnsteig unseres Bahnhofs die Arme schwenken sah, ließ er Dampf ab, bremste seine Lokomotive, ließ aus- oder einsteigen und fuhr sofort weiter, um seinen Fahrplan einzuhalten. Manchmal setzte er auch Bestellungen der Anwohner ab, und im Winter, wenn zu viel Schnee lag, sogar die Post und Pakete, die der Briefträger abholen kam. Auf der eingleisigen Strecke fuhr derselbe Zug zweimal am Tag hin und her, kam also sehr früh am Morgen und am Nachmittag im Abstand von anderthalb Stunden zweimal vorbei; wenn man den Zug pfeifen hörte, wusste man, dass jemand ankam oder wegfuhr oder dass der Lokführer gut gelaunt grüßte.

Eine derartige Vereinbarung und wie segens- und hilfreich sie für die Einwohner von Le Mauduit war, kann man sich heute nicht mehr vorstellen, sie waren sehr froh über diesen Halt auf Verlangen, ihren kleinen, improvisierten Bahnhof. Ich erkläre Ihnen den Weg, wenn Sie ihn sehen wollen. Natürlich konnte man die Straße oben auf der Hochebene nehmen, die extra gebaut wurde, um dorthin zu gelangen, und die am Bahnhof endete, aber dann musste man einen großen Umweg machen. Es ging auch schneller, wenn man mit den versteckten Wegen vertraut war, die nur noch ein paar Alte wie ich kennen. Die Abkürzung konnte man nur zu Fuß nehmen, etwas gewagt im dichten Wald und vor allem in dem Schlamm, den die Flane dort sogar im Sommer feucht hält, dieser Pfad traf schräg auf den Weg quer durchs Tal, der an der Gabelung mit dem Kreuz mündet, unterhalb des Steilhangs zur Kirche hinauf. Ich wäre selbst neugierig, den kleinen Bahnhof wiederzusehen. Wahrscheinlich ist nichts davon übrig, höchstens ein Haufen von Brombeerranken überwucherter Balken und Bretter. In den Dreißigerjahren, als alles, Lastwagen, Automobile, Autobusse, über die Straße kam, wurde die Bahnlinie, die nicht mehr rentabel und auch nicht mehr notwendig war, eingestellt, die Gleise und Schwellen wurden abgebaut. Man erkennt vielleicht noch die Trasse anhand jüngerer Bäume, die im Gleisbett stehen. Die Abkürzung ist sicher auch zugewachsen, niemand braucht sie mehr, höchstens Jäger oder Spaziergänger wie Sie, die gern außerhalb der markierten Wege wandern. Sie können sich vorstellen, dass wegen dieses irregulären Bahnhofs dem Lokführer keine Ankunft und Abreise in Le Mauduit entging. Er kannte die Gewohnheiten des Dorfs, wusste, wer aus der Gegend seinen Geschäften nachging, drei Stationen weiter Verwandte besuchte oder das Gericht anrufen wollte, wer im Kantonshospital einen Arzt konsultierte, Hin- und Rückfahrt am selben Tag, wer wen in Le Mauduit besuchte und sogar wer ihn am Bahnhofshäuschen abholte, zu Fuß oder mit dem Pferdewagen. Deswegen hatte er an jenem Tag ganz sicher die beiden Damen bemerkt, die um den Halt gebeten hatten und mächtig herausgeputzt waren, hatte beobachtet, dass der Wagen mit der Stute vom Hof der Ardennes gekommen war, um sie mit großem Pomp zu empfangen, und aus ihrem beträchtlichen Gepäck, das abzuladen er Gentil helfen musste, geschlossen, dass sie auf einen langen Aufenthalt eingestellt waren. Ich beneidete den ölverschmierten Lokführer mit seinem kecken Gaunerhalstuch, den von der dicken ledernen Brille geschützten Augen und dem Helm mit Visier, er glich einem Zauberer der Verbindungen in die Ferne, der über die Pläne jedes Reisenden Bescheid wusste, sein Komplize, wenn nicht gar sein Anstifter war, und wenn sich der Zug entfernte und seine Rauchwolke in der eisigen Luft zurückließ, kam es mir vor, als wäre die Lokomotive mit all ihren vernieteten Eisenteilen, dem Hin und Her ihrer Pleuelstangen, dem Blech der Anhänger, den Federn des Bisselgestells und vor allem ihrem glühenden Kessel wahrhaftig ein fantastisches Pferd, das das Geheimnis unserer Schicksale mit sich forttrug.

Als sie in der Kurve verschwunden war und sich die Stille wieder über die bläulich bereiften Bäume gelegt hatte, gaben wir sicher ein seltsames Bild ab. Gentil schnallte die Koffer hinten auf dem Wagen fest, und die drei Frauen beugten sich über meinen Schoß wie die drei Könige bei der Anbetung, was für ein Gemälde stellten wir dar, Verschwörer, die auf dieser einsamen Lichtung ein Komplott um das Kind schmiedeten. Die Stute hatte Mühe, unser Gewicht und das der Koffer den Hang hinaufzuziehen, man musste sie zu Atem kommen lassen, dann umfuhren wir den Ort auf der Hochebene und kamen die Straße herunter, die Sie kennen. Delphine, die ganz aus dem Häuschen war, weil sie den Zug hatte pfeifen hören, und sich ob unserer Verspätung sorgte, hatte Wärmflaschen vorbereitet, um Anaïs aufzuwärmen, und für die Tanten einen Imbiss. Sie waren am Vortag in Auxerre aufgebrochen, waren hungrig, durchgefroren von der Reise und steif von den Holzsitzen in den Waggons und den Wartesälen beim Umsteigen, was sie nicht daran hinderte, noch bevor sie ihre Pelzmäntel ablegten, das Baby aus den Decken zu wickeln, wie man ein Geschenk auspackt, und sich darum zu streiten, wer es als Erste küssen durfte. Ihre Hast wurde sogleich von Vitalie gebremst, die verkündete, einzig Lotties Finger sei der Garant für Anaïs' Wohlbehagen, Gesundheit und Heiterkeit, man dürfe sie auf keinen Fall betätscheln, liebkosen, ja auch nur mit ihr sprechen, wenn ich nicht dabei sei, gezähmt beugten sie sich diesem Dekret, berührten ihr Mützchen, das Lätzchen mit ihren alten, schüchternen Händen und stammelten Segenssprüche. Anscheinend löste die Rührung ihre Zunge, oder ihre Ungeduld seit Wochen, das Wunder endlich zu sehen, ließ sie jede Zurückhaltung verlieren, denn ich erfuhr in wenigen Tagen viel mehr als in drei Monaten, was es mit dem verschollenen François auf sich hatte und was mit dem königlichen Geschenk, das er ihnen mit seiner Tochter machte. Da ich in ihren Augen nicht mehr zählte als ein Möbelstück, musste ich ihre Vorsicht nicht einmal einschläfern, indem ich Löcher in die Luft starrte, ich brauchte nur in Hörweite zu bleiben, um ihr Getuschel, ihre Vertraulichkeiten und Kommentare aufzuschnappen, die so zusammenhanglos waren, dass ich zunächst gar nichts verstand. Wenn man unter sich ist, spricht man anders, das Strickwerk solcher Unterredungen scheint nirgendwohin zu führen, weil jeder unerwähnt lässt, was der andere schon weiß, und sich auf Andeutungen beschränkt, dieser fährt auf gleiche Weise fort, mit Abschweifungen vom Hundertsten ins Tausendste, sodass der lauschende Dritte, ratlos von diesem verworrenen Geschwätz, das schlimmer ist als eine Geheimsprache, glaubt, der Faden sei gerissen, während nur die runtergefallenen Maschen aufgehoben werden, kurz, es gibt gewaltige Rätsel auf, wenn du mit anhörst, was nicht für dich bestimmt ist. Ich musste die aufgeschnappten Fetzen hin- und herschieben, um das vertrackte Puzzle zusammenzusetzen, doch mein wacher Geist war darin geübt, die Zeichen aufzufangen, sie in eine logische Verbindung zu bringen. Ich hatte sofort erfahren, dass Vitalies Nachricht sie zutiefst erschüttert, ihnen buchstäblich *das Blut in den Adern* habe gefrieren lassen: War Vitalies *Nachricht* eine Mitteilung, ein Hilferuf, eine Ankündigung, eine Kriegserklärung? Sie hatten sich nicht lange beraten, bis sie zu dem Schluss kamen, in Anbetracht dieses

Ereignisses, ihres fortgeschrittenen Alters und der unerträglichen Ferne sei es unerlässlich, herbeizueilen, ihr Kloster zu verlassen, und, wenn es denn sein musste, statt sich bald im Mutterhaus zur Ruhe zu setzen, bei den Ardennes einzuziehen, wohin sie eine Verpflichtung von ganz anderem Kaliber rief. Dem Bistum ihren Abschied mitzuteilen und ihre Angelegenheiten zu regeln hatte ein paar Wochen gedauert, in denen sie einander alles Mögliche *ausmalten*, wie sie sagten, und nicht mehr aßen, nicht mehr schliefen, verrückt vor Sorge und Ungeduld: Victoire hatte einen schweren Fieberanfall und Séverine tragische Visionen. Jetzt brauchten sie Erklärungen, alle denkbaren Details und Fakten, nach denen auch ich großes Bedürfnis verspürte: Sie wurden mir serviert wie auf dem Silbertablett. Während Delphine und Gentil ihre Koffer hinauftrugen und ihr Zimmer vorbereiteten, während ich im Lehnsessel, als wäre das mein Platz, die in meinem Schoß eingeschlafene Anaïs wiegte, hatten sich die drei eilig an den Tisch gesetzt, um zu studieren, was Vitalie sogleich aus einer Schublade des großen Buffets holte – ich wusste nicht, dass sie sie dort verstaut hatte –, eine Brieftasche aus dickem Leder mit einer Eisenschnalle, die sie öffnete, um feierlich herauszuholen, was sie enthielt: ein hauchdünnes Blatt Papier mit einem Stempel, das die Tanten, nachdem sie ihre Brillen aufgesetzt hatten, unter der Lampe hastig zu lesen begannen.

Ich las es in aller Ruhe, sobald ich später Gelegenheit dazu hatte: Es war eine mit Feder auf Englisch und zwischen den Zeilen mit Bleistift auf Französisch geschriebene Vaterschaftserklärung, aufgesetzt am 3. Februar 1904 vor einem Richter MacCoy, *Attorney* von Dawson City in Klondike, Yukon, Kanada, von eben diesem abgezeichnet und von einem Zeugen Oewar oder Onear mit einem Kreuz unterschrieben, das alles mit einem Tintensiegel abgestempelt, das ein schmutziges Löschpapier oder das weggewischte Sägemehl unlesbar machten. Eine Erklärung, nach der Onayepa Anaïs, geboren am 31. Januar 1904 von einer verstorbenen *Eingeborenen*, von ihrem anwesenden und unterzeichnenden Vater François Arden – der Name war falsch geschrieben – als seine christliche Tochter anerkannt wurde. Dem Dokument beigefügt war ein auf Pappe geklebtes Foto von so schlechter Qualität, dass es bereits verblasste, auf dem eine im Schnee versunkene Blockhütte zu sehen war, vor der ein Mann, in der Fellkleidung eines Jägers im Hohen Norden und mit geflochtenen Schneeschuhen an den Füßen, sein Gesicht in das Objektiv hielt und ein mit Riemen zusammengeschnürtes Paket an die Brust drückte, das ein Baby enthielt. Ich muss Ihnen sagen, dass vor allem dieses Foto für mich eine Offenbarung war, als ich es später ausführlich betrachtete, denn diese im Schnee versunkene Blockhütte hatte ich schon in einer Glaskugel gesehen, irgendwo zwischen den tausend seltsamen Dingen im Haus, die ich unermüdlich betrachtete und die mir mit unsichtbaren Fäden verbunden schienen. Auf diesem Foto sah man kaum das Gesicht des bärtigen Mannes unter der Pelzkapuze, noch weniger das des Babys, ein durch Überbelichtung weißer Fleck, aber das Wunder war, dass die Tanten wie auch Vitalie in diesem Mann im Schnee François erkannten, ohne jeden Zweifel war er es, wie von seiner Hand auf die Rückseite geschrieben: *François Ardenne und seine Tochter*. Sie schworen, dass er es war. Überdies bestätigte es der Becher. Den sie mit gerührten kleinen Schluchzern betasteten und in alle Richtungen drehten, während sie mit den Fingerspitzen andächtig über die eingravierten, mit Bögen verzierten Initialen F. A. auf dem Becher strichen, den sie ihm bei seiner Geburt geschenkt hatten, den er als Kind zu seinem Lieblingsgefäß erkoren und dem er beim Spielen ein paar Beulen zugefügt hatte. Und den er, ergänzte Vitalie, als Erinnerung an seine Zuneigung zu ihnen ins Internat nach Besançon und später auch auf die Flucht mitgenommen hatte, ohne jeden Zweifel bezeugte und authentifizierte François mit diesem Talisman das Dokument und obendrein seine Identität.

Ich blieb so reglos wie ein Stück Holz, im Sessel versunken, von ihnen vergessen, geschützt durch die Rückenlehne und den Schatten, der sich in der Küche ausbreitete. Ich hatte meinen steifen Körper in seiner leeren Hülle verlassen und bewegte mich frei zwischen den rauchgeschwärzten Balken, schwebte zwischen ihren zusammengesteckten Köpfen, hörte sie das gestempelte Blatt wieder und wieder laut vorlesen, genau die Fragen stellen, die auch ich mir stellte, als ob nicht sie, sondern ich aus ihren Mündern spräche: Wo ist denn diese Stadt, was ist dieses Klondike, was tut François dort, vermummt wie ein Trapper, wohnt er in dieser Hütte, und wie ist er dorthin gelangt, so weit weg? Welches Abenteurerleben führt er, und welche Frau hat er genommen, ist er denn schon alt genug, um Vater eines Kindes zu sein, und was bedeutet dieser heidnische Name Onayepa, den er diesem Kind neben Anaïs bei der Taufe gegeben hat, kurz, was hat François dir gesagt? Warum ist er so schnell wieder fortgegangen und hat sein mutterloses Kind zurückgelassen, was sind seine Absichten, ist er nicht mehr so wütend wie damals? Hat er seinen Frieden mit uns gemacht, hat er verziehen, und so weiter und so weiter, alles gleichzeitig. Nun hörte ich Vitalie zum ersten Mal erzählen, was mir Delphine in aller Kürze berichtet hatte, nämlich dass sie weder François noch sonst irgendwen getroffen hatte an jenem Augustdonnerstag, an dem sie zu ihren Besuchen in den Ort gefahren war, dass sie bei ihrer Rückkehr zu ihrer größten Überraschung das Kind in dem Sessel in himmlischem Schlaf gefunden hatte. Da manchmal die Frau des Pächters am Nachmittag kam, um die Wäsche zum Waschen abzuholen oder Eier und Butter zu bringen, pflegte sie die Küchentür offen zu lassen, man musste sie nur aufdrücken, um hineinzugehen, was François gewiss getan hatte, doch das war ihr erst später klar geworden. Im ersten Augenblick hatte sie geglaubt, das Kleine sei eins von der Pächtersfrau, die noch in der Wäschekammer beschäftigt sei und es abgelegt habe, während sie die Wäsche sortierte, aber beim Anblick des Bechers, der ihr förmlich *ins Auge gesprungen* sei, sei sie fast in Ohnmacht gefallen vor Schreck, vor wilder Hoffnung, wie eine Wahnsinnige habe sie überall im Haus nach François gerufen, dann habe ein Unwohlsein sie gepackt, Arme und Beine hätten ihr den Dienst versagt, und sie habe Delphine und Gentil in alle Zimmer und Etagen geschickt, ihn zu suchen, den sie auf einem Bett im Schlaf wähnte. Die ganze Zeit war ihr das Herz in der Brust wie geschmolzenes Blei, und als sie endlich einsehen musste, dass niemand oben oder sonst irgendwo lag, dass das Haus leer war, habe eine entsetzliche Verzweiflung sie gepackt, aber ihr kennt mich ja, sagte sie. Ihr wisst ja, dass ich nie die Kaltblütigkeit verliere, also habe ich mich gefasst und endlich die Brieftasche untersucht, die Erklärung des Richters mit dem Foto gelesen, die alles aufklärte. Also vertraut er, er persönlich mir seine Tochter an, erkennt sie mir zu, schenkt sie mir, dachte ich unter Freudentränen. Von unserem Lärm geweckt, hatte das Kind zu schreien begonnen. Während Delphine und ich wetteiferten, wer am schnellsten bei ihm wäre, fügte ich mich in das Offensichtliche, dass François gekommen und schon wieder fortgegangen war. Er hatte weder gewartet noch versucht, mich zu finden, es war seine Absicht, mich weder zu sehen noch zu sprechen, in seinem unstillbaren Groll hatte er vielleicht sogar irgendwo unter den Bäumen verborgen mein Fortgehen abgewartet, aber wie hätte er wissen können, dass du genau an diesem Wochentag mit deinen Leuten fort wärest, widersprachen die Tanten. Wie groß war die Gefahr, die Pächtersfrau zu treffen oder irgendwen sonst, dem er sich hätte vorstellen und sein Kommen erklären müssen, hat denn wahrhaftig niemand ihn auf der Straße kommen oder gehen sehen? Wenn er zu Pferd gewesen wäre, hätte man ihn bemerkt, erst recht, wenn ein Unbekannter vorbeikommt, vor allem mit einem Kind beladen, und wenn er dich nicht sehen wollte, ist er noch verärgert, aber dann schenkt er dir seine Tochter, ohne andere Nachricht als dieses Dokument, am anderen Ende der Welt von einem Richter ausgestellt, dem unsere Sprache fremd ist? Hat er sie dir anvertraut, damit du sie großziehst oder um sie bald zurückzunehmen? Denn vielleicht ist er tatsächlich in die Gegend zurückgekommen und wartet ganz in der Nähe auf eine Gelegenheit. Wenn er eine Abschrift seiner Erklärung behalten hat, steht es ihm zu, sie zurückzufordern, wann immer es ihm beliebt, das ist eine hässliche Methode, es ist infam, sich wie ein Dieb ins eigene Haus zu schleichen und ohne ein Wort zu verschwinden, o mein Gott, was für ein grausamer Dämon, jammerte Séverine in ihr Taschentuch, sie erstickte vor Schluchzen, was für ein ruchloser Schurke, stimmte Victoire ein. Er wird nicht wiederkommen, um sie zu holen, sagte Vitalie und schnäuzte sich, kennt ihr ihn denn nicht, dass ihr euch vorstellt, er lege Wert darauf, sich mit einem mutterlosen Kind zu belasten? Er hat sich ihrer entledigt, um nach Belieben durch die Welt zu fahren. Er ist wie Fernand, wie sein Großvater Justin, sie alle besessen davon, über die Meere davonzufahren, ohne Sorge um die Ihren oder imstande zu den widerwärtigsten Verrücktheiten gegenüber ihren Kindern. So benehmen sich die Männer, sagte sie und dämpfte mit Mühe ihre vor Wut zitternde Stimme, dann fing sie sich: Ich sage euch, er ist weit weg von hier, zurück in Kanada oder auf anderen Erdteilen, so verstehe ich es. Ich glaube auch, dass er weniger undankbar ist, als ihr sagt, er hätte seine Tochter in irgendeinem Heim in der Neuen Welt abgeben, sie Leuten ohne Glauben und Moral überlassen oder sie am Straßenrand aussetzen können, ohne dass wir es je erfahren hätten. Stattdessen hat er die ganze lange Reise unternommen, um sie uns zu bringen, und vielleicht sogar, flüsterte sie, aber ich hörte es sehr gut, um seine Abreise gutzumachen, mir das Mittel an die Hand zu geben, zu erhalten, was ich von Thérèse und ihnen allen will, versteht ihr?

Diese Worte brachten die Tanten zum Schweigen, jede für sich brütete über dieser neuen Hypothese. Da ich den Namen Thérèse nie zuvor gehört hatte, blieb ich im Ungewissen. Er ist wohl schlecht dran, wenn er in einer Hütte lebt, sagte Séverine dann und betrachtete das Foto. Wer sagt euch, dass es sein Haus ist, dass er kein schöneres in der Stadt Dawson hat? In diesen Ländern jagt man wie hier, gibt es nicht auch in unseren Wäldern ähnliche Holzhütten für die Köhler? Überlegt euch lieber, dass er dieses Foto absichtlich so hat aufnehmen lassen, damit wir sie zusammen sehen, um zu bezeugen, dass er der Vater des Kindes in seinen Armen ist. Warum hat er, wenn die Mutter wahrhaftig eine Eingeborene war, wie es in der Erklärung steht, eine Heidin geheiratet und keine Christin, empörte sich Séverine. Dem hielt Victoire entgegen, dass sich diese Person, wiewohl eine Fremde, gewiss durch die Güte eines Missionars bekehrt hatte, damit ihre Tochter ordnungsgemäß getauft werde, denn François war gewiss kein großer Christ. Er war sogar ein wahrer Ungläubiger: Hatte Justin ihn nicht von frühester Kindheit an verdorben, indem er wider die Kirche, die Hostie und das Heilige Sakrament lästerte? Mein Vater hatte keinen Glauben, bestätigte Séverine: Der Geizhals hat mich nur wegen der Kostenfreiheit zu den Schwestern in Langres gegeben. Quäl dich nicht damit, das wieder aufzurühren, tröstete sie Victoire, er ist tot, möge seine Seele ruhen, aber können wir nicht diesem Richter schreiben, damit er uns Auskunft gibt? Seit neun Jahren haben wir nichts von François gehört, vielleicht sagt er uns etwas über seine Lebensumstände, darüber, ob er sich in dieser Provinz angemessen niedergelassen hat. Das habe ich schon getan, unterbrach sie Vitalie. Ich habe Gentil meinen Brief in Bouvier-les-Eaux einstecken lassen, denn der Postbeamte von Le Mauduit kann die Zunge nicht im Zaum halten, und ich will nicht, dass unsere Angelegenheiten nach außen dringen, aber hat mein Brief seinen Empfänger erreicht, wo ich doch das Siegel nicht entziffern konnte, um ihm eine vollständige Adresse zu entnehmen? Ich weiß nicht, ob diese Stadt groß oder klein ist, ob man dort einen Richter MacCoy kennt, und angenommen, er erreicht ihn, ob er mein schlechtes Englisch lesen und darauf antworten wird, was wissen wir über die Sitten jener Länder, ihre Regierungen und ihre Gebräuche. Sie ist ganz reizend, überhaupt nicht dunkel für die Tochter einer Rothaut, begeisterte sich Séverine und warf Anaïs feuchte Blick zu – ich verkroch mich sofort tief im Sessel, wo sie mich vergessen hatten, und tat, als würde ich vor dem glimmenden Feuer dösen –, sie hat helle Haut. Und die Nase von François in diesem Alter, das ist unbestreitbar. Die Nase meines Bruders, bestätigte Victoire. Sei still, sagte

Séverine, du bringst uns zum Weinen, und Vitalie begann prompt in ihre Hände zu schluchzen.

Ich hatte Madame Ardenne noch nie weinen sehen, ahnte nicht, dass sie es überhaupt konnte, so groß war die Kaltblütigkeit, derer sie sich brüstete und die sie bei jeder Gelegenheit an den Tag legte, wie damals, als sie erzählte, dass Fernand Anaïs beinahe erwürgt hätte. Bei diesem Anblick stürzten sich die erschütterten Tanten auf sie, drückten ihre Hände, tupften ihr die Schläfen mit dem Taschentuch ab, umarmten sie innig, warfen einander über ihren Kopf hinweg ratlose, tief gekränkte Blicke zu, Blicke des Einverständnisses, durch die mörderische Blitze zuckten. Ihre Augen sind nicht wie die von Kühen, dachte ich, sondern wie die von Schweinen. Ganz klein und grausam. Ich beglückwünschte mich, dass ich vor diesen Augen gerettet hatte, was die Brieftasche noch enthielt, und es gut versteckt war. Während der ganzen Szene waren Delphine und Gentil oben gewesen. Ich glaube, sie ahnten, dass Madame Ardenne und die Tanten in der Küche unter sich sein wollten, weshalb sie aus Diskretion ihren Beschäftigungen nachgingen und sie nicht störten, denn es war schon lange dunkel, als sie herunterkamen. Da waren Brieftasche und Foto in der Schublade ebenso verschwunden wie Vitalies Tränen, und die Tanten wärmten sich die Füße neben uns am Kamin. Was für eine wunderbare Harmonie, diese Gesellschaft von Falschtuerinnen, die sich den Anschein gaben, nichts wäre geschehen, und von Bediensteten, die Zeugen so vieler privater Dinge waren, die sie mit den Herrschaften verbanden, weshalb die einen wie die anderen verbargen, was sie voneinander wussten oder zu wissen glaubten und was ihr Herz und ihre Galle zum Kochen brachte, ohne dass etwas nach außen drang, so verschworen waren sie in den Mauern dieses verschlossenen

Hauses, das weit wilder war als die Blockhütte am Klondike, und ich fragte mich, wie es kam, dass diese Hütte mit ihrer Schneehaube auch in die Glaskugel eingeschlossen war, die ich zwischen François' alten Spielsachen, seinen Bauklötzen, seiner Rassel, seinem Aufziehkarussell und den bunt bemalten kleinen Bleisoldaten aus dem Kaiserreich gefunden hatte. Sie ist winzig, sie passt in eine Hand, und plötzlich steht vor ihrer Tür ein Mann in den Fellkleidern des Hohen Nordens, und wenn ich sie schüttele, wirbeln die Flocken und begraben ihn. Ich nahm mir vor, in einem Atlas aus der Bibliothek nachzusehen, wo Anaïs geboren war, wo sich diese Schneelandschaft befand, durch die man mit Schneeschuhen lief, herauszubekommen, was man dort tat außer Jagen, welche Tiere dort lebten, ob es dort einen Fluss wie die Flane und steile, nebelverhangene Berge gab, wie ich sie am Abend manchmal aus den Wolken auftauchen sah, wenn ich mich in einem engen Tal am Fuße stolzer Gipfel wähnte, eine unbekannte Region und doch dieselbe, oder vielmehr diese, wie sie in einer Zeitspalte war, sehr lange, bevor der erste Mensch erschien.

Was haben Sie vor ihren Augen gerettet, fragte ich Lottie viel später, mitten in der Nacht. Sie saß auf meiner Bettkante, aber sie antwortete nicht, es war wohl einer jener Zustände zwischen Wachen und Schlafen, wenn winzige tagsüber erlebte Dinge, eine Geste, ein Wort, ein Eindruck, die vom Fluss der Zeit fortgetragen worden und im Vergessen untergegangen sind, mit neuer Schärfe wieder ins Bewusstsein treten, sich mit der Klarheit der Träume vermischen, ebenso präzise oder von derselben Unschärfe verzerrt wie diese, und sich in ihnen auflösen wie Strudel im Wasser, dachte ich, wie die bald unruhige, bald träge Strömung der Flane, die unter der glatten, trügerischen Oberfläche an den Wasserpflanzen zerrt, dann tauchte ich wieder in den Strom des düsteren Schlafs ein, vergaß meine Frage. Am nächsten Tag fuhr ich zur Verabredung mit der Sekretärin, darauf bedacht, pünktlich am Rathaus zu sein, damit sie nicht glaubte, ich hätte sie versetzt, und mich vor geschlossenen Türen stehen ließ. Der Himmel hatte sich nach dem Durchzug des Regens aufgehellt, die goldenen Blätter flimmerten im leichten Wind in der Sonne, weshalb ich bedauerte, die Aufheiterung nicht zu einem Waldspaziergang nutzen zu können und vielleicht den kleinen Bahnhof und die Abkürzung zu finden, von denen Lottie mir erzählt hatte, zudem sah ich meinem Tag unter dem Dach, eingesperrt von der Sekretärin, recht lustlos entgegen und hoffte, dass es vielleicht nicht nötig wäre, zwei Tage dort zu verbringen, wie sie vorgeschlagen hatte. Auf den ersten Blick begriff ich, dass ich die Aufgabe unterschätzt hatte: Alle verpackten Akten waren in einer Ecke zu einer Wand aus Kartons aufgestapelt und warteten darauf, geöffnet und in die bereitstehenden Regale geräumt zu werden. Das neue Stockwerk roch muffig nach altem Papier und Staub, nach frischer Farbe, Teppichboden und Lasur oder Desinfektionsmittel, ich hätte gelüftet, wenn die Veluxfenster erreichbar gewesen wären, aber es gab keine Leiter, um hinaufzusteigen, ich musste mich damit abfinden und die stickige Luft ertragen. Die Sekretärin versicherte mir mit entsprechendem Gesichtsausdruck ihr Mitgefühl, dass ich mich an diese Arbeit machen müsse, wenn ich das heillose Durcheinander *wirklich* durchforschen wolle, sagte sie, aber da es in *mein Ressort* falle, zweifle sie nicht, dass ich besser damit zurande kommen werde als sie: Die Kisten, die mich nicht interessierten, solle ich bitte entsprechend den auf den Etiketten angegebenen Kategorien aufteilen, systematisch vereinen, was zusammengehöre, und dabei auf die zeitliche Reihenfolge achten. Hier die Einwohnerregister und die Volkszählungen, die Ratsbeschlüsse, die Rechnungen und die Gemeindekorrespondenz. Dort die Akten mit den Eigentumsurkunden, wir haben ein Depot der Urkundenrollen des früheren Notars, aber sie sind versiegelt. Hier die zehnjährigen topografischen Inventarlisten, die Steuer-, Kataster- und Personenstandsdokumente, die Wählerlisten, dort in der Ecke die älteren Dokumente wie die der Kirchgemeinde, das Verzeichnis der Staatswälder, die Berichte des Straßenbauamts und anderer Ämter, Sie werden das alles doch nicht etwa lesen? Legen Sie das, was Sie gern konsultieren möchten, auf den Tisch, und dann ließ sie mich dort, nicht unzufrieden, mir das Sortieren aufzuhalsen, das mich einen guten Teil des Vormittags kosten würde.

In meinem Fach habe ich oft Gelegenheit, Jahrbücher und Akten zurate zu ziehen, aber stets in Bibliotheken oder Aufbewahrungsorten, die sie bereits geordnet zur Verfügung stellen, vor einem solchen Wirrwarr hatte ich noch nie gestanden. Zudem waren beim hastigen Zusammenpacken auf der Baustelle sehr alte Dokumente neben neuere geraten, die den modernen Verwaltungsnormen gehorchten, sodass ich inmitten dieses Wusts einen Moment lang den Mut verlor. Dann machte ich mich an die Arbeit. Während ich Bündel und Akten aus den Kisten grub, sie von einem Ende des Raums ans andere trug und der Anweisung entsprechend einräumte, kam ich mir die ganze Zeit vor, als würde ich ein platt gedrücktes Gehirn erforschen und nach und nach wiederbeleben, indem ich die Ordnung wiederherstellte, es seinen natürlichen Funktionen zurückgeben, die darin bestehen, eine sinnvolle Chronik zu führen, Zusammenhang und Sinn der geologischen Schichten des Lebendigen zu bewahren, die Tod und Vergessen so schnell versteinern lassen. Nach und nach stieg meine Erregung, durch die schimmligen Umschläge aus Leder oder Leinenkarton, die rissig gewordenen Hüllen aus mit Gummiarabikum beschichtetem Packpapier und die mit Bändern verschließbaren Mappen, deren Ösen verrostet waren, zu einem organischen Inhalt vorzustoßen, der vibrierte von all den Existenzen, die über ein Jahrhundert des kollektiven Gedächtnisses prägten, zu einer noch von Gerüchten und Schreien, vom Röcheln der Liebe, des Begehrens und der Wut erfüllten fleischlichen Substanz voller menschlicher Träume und Absichten. Sogar in der buchhalterischen Abstraktion, in den Maßen der Landvermesser, den Volkszählungen, Rechnungen, Signaturen und Erhebungen der Kataster, den Geburts- und Sterbedaten kann man sie spüren. Trotz der kalten Statistik genügt ein wenig Vorstellungskraft, um jenes Gefühl wiederzuerwecken, das die strenge historische Wissenschaft den Archiven abspricht. Manche Dokumente aus der Zeit vor der Revolution waren sicher nie wieder aufgeschlagen worden, seit eine in Schönschrift geübte Hand sie abgefasst hatte. Spätere aus der Zeit des Konkordats, der Restauration oder des Kaiserreichs waren auch nie konsultiert worden, und ich musste der Versuchung widerstehen, mich auf den neuen, nach Synthetik riechenden Teppichboden zu setzen, um mir den erregenden Duft des alten Papiers in die Nase steigen zu lassen und mich darein zu vertiefen, ohne Hast dieses Depot von Erinnerungen an Personen durchzublättern, die vielleicht zufällig oder sporadisch im Gedächtnis der Alten von Le Mauduit weiterlebten – wenn sie nicht, wie Berthe, den Verstand verloren hatten. Das Erbe des Wirkens und der Mühen dieser fernen Vorfahren war noch im Grenzstein einer Wiese, einer Einfriedung, einem gepflanzten Baum oder einem altersschwachen Mauerstück fassbar, wie ich einige am Vortag auf meiner Wanderung durch den unteren Teil des Dorfs gesehen hatte. Diesen Gespenstern gehörte vielleicht ein in die Scheune verbanntes Werkzeug, ein Feldkoffer auf einem Speicher, ein Kupferbecken oder das alte Zinnbesteck hinten in einer Schublade, eine geeichte Balkenwaage, eine ehrwürdige Standuhr; wahrscheinlicher ein Grab auf dem Friedhof, in eine Grabplatte gravierte und allmählich von Flechten überwucherte Namen. Doch der Vormittag schritt voran, deshalb verzichtete ich darauf, mich darin zu vertiefen, und nahm mir vor, bis zwölf mit der groben Durchsicht fertig zu sein, um am Nachmittag die Akten vorzusortieren, die sich für die Forschungen meiner Studenten eigneten.

Die Sonne strahlte, als ich herunterkam und mir eine Pause gönnte, um wie am Vortag ein improvisiertes Sandwich zu essen und, warum nicht, auf ein Bier ins Barjo mit seinen Stammgästen zu gehen. Die Sekretärin unterbrach ihr Tippen, um mich zuvorkommend zu fragen, wie es mir in meinem Lager da oben ergehe, es sei eine Riesenentlastung für sie, sagte sie, dass ich die Fronarbeit übernahm und an ihrer Statt all diese Kisten öffnete, heute Abend würde endlich der Bürgermeister vorbeikommen, er ist neugierig, Sie kennenzulernen. Sei es, dass meine melancholischen Gedanken da oben mich dazu brachten oder die mit Lottie durchwachte Nacht mir Lust darauf gemacht hatte, jedenfalls führten mich meine Schritte, ohne dass ich recht darüber nachdachte, zum Friedhof, den ich oben an der Straße gesehen hatte, an deren Ecke der Laden von Madame Quenotte lag. Das war nicht gerade der geeignete Ort für ein Mittagessen, doch je näher ich in gespieltem Schlendern kam, desto stärker drängte es mich, das Grab der Ardennes zu suchen, zu sehen, wie die Familiengruft aussah, auch das Grab, das, wie Lottie sagte, Vitalie den Überresten der Ihren zugedacht hatte, die sonst verstreut mit den Armen unter der Erde liegen würden, und schließlich, um manch anderen Namen aus dem Dorf zu lesen. Familiennamen sind für sich allein schon lokale Erzählungen miteinander verwobener genealogischer Geheimnisse, wiedervereinter oder getrennter Nachkommenschaften, an Kreuzen oder Stelen aufgezählter Bündnisse, Namen von hier und anderswo, die das Gemisch jedes Gemeinwesens bilden, ein Gemeindestammbaum, der sich über die Parzellen der Toten verzweigt und den jedes Dorf pflegt, harkt und zu Allerheiligen mit Blumen schmückt oder aber dem Verfall überlässt, weil die Generationen weggegangen oder erloschen sind, vielleicht auch, weil der Kult um die Verstorbenen aus der Mode gekommen ist. Auf gewisse Art vervollständigt das meine kleine Inventur am Morgen, sagte ich mir, ist deren Verlängerung, eine andere Art, die Geschichte zu entziffern. Der Friedhof befand sich auf der Anhöhe am Ende des Dorfs, dahinter war kein Haus mehr zu sehen, nur noch Wiesen, auf denen Kühe weideten, und der Saum eines Waldes, der den Blick auf das versperrte, was hinter dem Plateau lag. Als ich mich umdrehte, sah ich das Dorf von oben, seine gestaffelten Schiefer- und Ziegeldächer, den Glockenturm und hinter dem Steilhang, der die Landschaft wie ein Spalt durchzog, die üppigen, von Wäldern bedeckten Hügel des Hinterlandes, sahnig und blau, das alles unter dem wolkenlosen Mittagshimmel und der im Zenit stehenden Sonne.

Der von einer Trockenmauer umschlossene Friedhof war menschenleer. Neben einer uralten Pumpe mit notdürftig geflicktem Schwengel stand eine zerbeulte Kanne zum allgemeinen Gebrauch, und hinter einem Bretterzaun lag der Abladeplatz für Pflanzenreste. Am Eingang stand ein großes, von einer niedrigen Buchsbaumhecke umgebenes Kreuz aus morosem Granit, von dort teilten eine Hauptallee und vier schmalere Wege die Grabreihen entsprechend der hygienischen Rationalität des Industriezeitalters, die die Friedhöfe *extra muros* verbannt und den Begräbnissen zwischen den Häusern der Lebenden ein Ende gesetzt hatte. Sicher hatte der Friedhof von Le Mauduit damals zu Häupten seiner Kirche gelegen, die alt genug war, um seitlich eine romanische Bogennische zu haben. Entsprechend der Konzession des Katasteramts teilte sich der heutige Platz, wie in fast jedem Dorf Frankreichs, in geräumige Karrees und von neogotischen Grabkapellen gesäumte Reihen, die gemauerten und verzierten vornehmen Gruften der reichsten Familien hoben sich von den bescheideneren Abteilungen mit engeren Durchgängen zwischen den Gräbern ab, wobei die abfallenden Terrassen die Konfiguration des Dorfs widerspiegelten, als wäre das kleine eingefriedete Grundstück dessen exakte, auf den Aufenthaltsort der Toten übertragene Replik. Bis hin zur Reproduktion des Armenviertels ganz unten an der Umfassungsmauer, ein wildes Durcheinander nackter Erdhügel oder aus Brettern zusammengenagelter Lauben neben Gräbern mit ärmlichen Kreuzen, manche aus rostigem Eisen und mit Kränzen, die von kleinen Blumen aus venezianischen Glasperlen geschmückt waren. Perlen wie die, die ich auf einem Friedhof in der Vendée gestohlen hatte, als ich vier oder fünf Jahre alt war, fiel mir plötzlich ein. Warum war ich damals in jener Gegend, aus der weder mein Vater noch meine Mutter stammten, warum hatten sie mich einen Sommer lang einem Paar anvertraut, das mir sehr alt vorkam, wie jeder Erwachsene Kindern erscheint, ich sah diese schweigsamen und langsamen Leute nie wieder, von denen ich nur noch den Anisgeruch des Kuchens, den die Frau buk, in Erinnerung behalten habe. Sie gingen jeden Tag auf den Friedhof, und solange sie dort gärtnerten, ließen sie mich zwischen den Gräbern spielen. Eines gefiel mir besonders wegen seiner kleinen Kapelle mit bunten Fenstern, in die ich hineingehen und wo ich mich auf die Altarstufe oder den wurmstichigen Betstuhl setzen konnte, um mit Kieselsteinen und Reisig Kaufmannsladen zu spielen. Es war eine Puppenstube in Lebensgröße, etwas altersschwach, ein wenig kalt und feucht, aber draußen war es sehr heiß; durch die Türöffnung beobachtete ich das Paar, das um eine Stele herum goss, harkte und jätete. Wenn sie in Gedanken versanken und sich dann umarmten, wusste ich, dass wir gleich gehen würden. Einmal sah die Frau auf dem Rückweg, dass ich etwas in der Tasche meines Kleides betastete, und bog mir die Finger auseinander. In meiner Faust befand sich eine Handvoll amethyst-, granat- und gagatfarbener Perlen, die ich vom dünnen Draht ihres kleinen Gewirks gezogen hatte, ich erinnere mich so genau daran, als hielte ich die schimmernden Glasperlen immer noch in der Hand, auch daran, dass ich ausgeschimpft wurde, es ist sehr böse, sagte sie, die Toten zu bestehlen, sie werden kommen und sie dir wegnehmen, wenn du sie ihnen nicht zurückbringst und sie um Verzeihung bittest. Dass wir auf den Friedhof zurückgekehrt sind, dass ich sie dahin zurückgetan habe, von wo ich sie genommen hatte, ist in einer jener Sackgassen des Gedächtnisses verschwunden, in denen wir manche Erinnerungen begraben, doch als mir beim Anblick des Kranzes in Le Mauduit diese Geschichte wieder einfiel, wusste ich, dass ich damals den Toten nicht vergeben hatte, mir die Glasperlen zu Unrecht wieder weggenommen zu haben, heute verwirrte es mich kaum, dass ich die Schuld umgekehrt hatte, so fest glaubte ich daran, dass, wie Lottie erklärte, unser Handel mit den Toten in beide Richtungen verläuft, dass sie uns genauso ausrauben, wie wir sie verraten, und dass wir ihnen unser Teil stehlen müssen, um sie zu überleben.

Sehr schnell fand ich das Grab der Ardennes, in der Abteilung gleich am Eingang, man konnte das schwülstige Bauwerk gar nicht verfehlen, genauso barock wie das von Justin entworfene Haus. Er muss auch dieses erbaut haben, diese Mischung von Ziegeln, Steinen und Stuckspitze, mit einer pagodenartigen Haube als Dach, und in die Stele hatte er in großartigen Lettern die Inschrift eingravieren lassen: *Hier ruht Joséphine meine schmerzlich vermisste Gattin*

(1830–1861). Sein Name stand gegenüber (1822–1892), darunter der seines Sohnes Fernand, *Er möge ruhen* (1852–1909). Und schließlich der von Vitalie, ohne Epitaph und Datum, für sie hatte niemand die Klammern der Jahre geöffnet und geschlossen, vor und nach denen nichts von den Menschen existiert zu haben scheint. Kein anderer Name stand dort, sei es, weil man darauf verzichtet hatte, den Stein ganz mit Inschriften zu bedecken, sei es, weil sie anderswo begraben waren. Ich suchte vergeblich einen François Ardenne, der zurückgekehrt wäre, um bei den Seinen zu sterben, und die Tanten Séverine und Victoire, die ich mir nur vereint in einem Zwillingsgrab vorstellen konnte. Vor allem hätte ich gern ein Grab mit dem Namen von Anaïs gefunden und so von ihrer Lebensdauer erfahren, die Lotties Erzählung in der Schwebe ließ, doch ich verbot mir von vornherein die Frage, was aus ihnen geworden und wie sie gestorben waren, weniger aus Scheu vor der Indiskretion, die sie mir kaum einflößte, eher, weil ich mich gewissermaßen der Autorität der Erzählung unterwarf, der sie in ihrer eigenen Ordnung folgte, indem sie die Zeit zurückging. Wenn ich ihrer schrägen Lektüre des Albums vertraute, musste ich zugeben, dass auch gut gepflegte Familiengräber uns täuschen und unter ihrer Grabplatte aus den toten Zeiten der Geschichte noch immer auf ihren Erzähler warten. Mein Aufenthalt würde mir wohl kaum Zeit lassen, die Auflösung zu erfahren, vielleicht war es ja wichtiger, ihrem Beginn näher zu kommen. Ich streifte noch eine Zeit lang durch die Alleen, las die üblichen Epitaphe, die verschiedenen unbekannten Namen, an einer Biegung fand ich das Grab der Quenottes, wo Bildnisse in verwaschenen Pastellfarben in den Zement gegipst waren, Emaillemedaillons mit Fotos, wie sie nach dem Ersten Weltkrieg in Mode gekommen waren, das eines sehr jungen lachenden Mannes mit Krawatte und einer nicht zu erkennenden Auszeichnung am Revers, vielleicht der Mann von Berthe, der als Krüppel von der Front zurückgekehrt war. Schließlich entdeckte ich an der Grenze zur Abteilung der Armen das Grab, das Vitalie für Lotties Mutter gekauft hatte. Sie war nicht so weit gegangen, diejenigen aufzählen zu lassen, die darin ruhten, die Inschrift auf dem einfachen liegenden Stein lautete schlicht *Familie Carmeaux*; die Platte, grün von Flechten und Moos, hätte einer gründlichen Reinigung bedurft. Bei einem letzten Rundgang stieß ich abseits, an der nördlichsten Mauer, auf ein kleines Denkmal aus weißem Stein mit einem unauffälligen Lothringerkreuz, dem eingravierten Datum 12. Oktober 1943 und einer Liste von sechs Namen *in memoriam*. Unter diesen erregte einer meine Aufmerksamkeit, als erinnerte er mich an jemand Vertrauten oder vor Kurzem Getroffenen, irritierend, weil er sich meinen Bemühungen entzog, ihn irgendwo einzuordnen. Dann fiel mir das Blatt wieder ein, auf das die Sekretärin ihre Telefonnummer gekritzelt hatte, falls ich es mir anders überlege, hatte sie gesagt, und ich fand es zerknittert in der Tiefe meiner Jackentasche. Marie-France Lantier hatte sie geschrieben, aber ich hatte in dem Moment kaum darauf geachtet. Derselbe Name wie der von Joël Lantier auf dem Denkmal, eher ein Verwandter als ein Namensvetter, da das Repertoire von Familien in ländlichen Gemeinden begrenzt ist. Die zufällig aufgedeckte Beziehung zu der Sekretärin ließ mich noch einmal mit mehr Pietät diese Namen lesen, die durch eine heldenhafte Aktion des Widerstands gegen den Nazibesatzer aus der Anonymität getreten waren: Daran ließ das Datum jenes Tages, der alle sechs im Tode vereint hatte, keinen Zweifel, ein so bedeutendes lokales Ereignis, dass man zu ihrem Gedenken ein Denkmal errichtete.

Ich sah, dass einer der Namen russisch oder polnisch klang und der Letzte auf der Liste nur einen Spitznamen hatte, oder die Abkürzung eines Namens, *Loco* war ohne weitere Erklärung, die ihn hätte identifizieren können, in den Stein graviert, und diese lapidare Abkürzung eines Lebens, die nur dessen Wahnsinn festhielt, machte mir das Herz schwer. Da es Zeit war, wieder zu meinen Ordnern zu gehen, lief ich schnellen Schrittes die Friedhofsstraße hinunter, sah im Vorbeigehen, dass Madame Quenotte einen Vorhang innen an der Ladentür zugezogen hatte, aber Lottie hatte mir diesmal keinen Auftrag mitgegeben, und ich nahm mir vor, wenn ich später Zeit hätte, noch einmal herzukommen und mich für die Bucheckern zu bedanken. Auch das Barjo war geschlossen, Pech für mein Bier.

Am Nachmittag war ich zu beschäftigt, um noch einmal an meine Entdeckungen auf dem Friedhof zu denken. Mein Plan war, vor dem Abend mit der Auswahl der Dokumente, die nähere Betrachtung lohnten, fertig zu werden und den morgigen Tag dafür zu reservieren, sie zu ordnen. Vor allem wollte ich mir noch genügend Zeit bewahren, um sozusagen zur Belohnung den Inhalt von zwei Kisten genauer durchzusehen, die mich neugierig gemacht hatten, die eine mit dem Etikett *Bulletins und Periodika*, weil Publikationen oft Tausende von kleinen Ereignissen und Informationen aus der örtlichen Chronik enthalten; der Inhalt der anderen mit dem lakonischen Titel *Zuschriften* war doppelt so umfangreich und das Klebeband, das sie verschloss, so rissig, dass es womöglich Jahrzehnte alt war. Während ich arbeitete, hörte ich das ständige Geklapper der Schreibmaschine, das Kommen und Gehen der Sekretärin im Erdgeschoss, einige Telefonanrufe, deren schriller Klang sich unter dem Dach noch verstärkte, und nach dem letzten kam Marie-

France herauf, um mir mitzuteilen, der Bürgermeister habe bestätigt, dass er in einer halben Stunde vorbeikommen würde. Ihre Dienstzeit sei beendet, und sie werde nach Hause gehen. Als sie sah, wie weit ich mit dem Sortieren und tadellosen Einräumen der Stapel gekommen war, pfiff sie anerkennend und lud mich in einer Aufwallung von Sympathie ein, unten einen Kaffee oder Tee mit ihr zu trinken, das haben Sie sich redlich verdient. Es ist bloß Pulverkaffee in Tütchen, entschuldigte sie sich, als sie die Kanne auf die elektrische Platte stellte, aber er wird uns etwas aufwärmen. Ich erfriere in diesem Kabuff, wenn ich mich nicht bewege, könnten Sie mir helfen und die Leiter festhalten? Sie wollte in der Eingangshalle das Porträt des Präsidenten der Republik aufhängen, das umgedreht an der Wand lehnte: Damit dieses Rathaus nach etwas aussieht und nicht wie ein Saustall, die Baustelle soll schnellstens verschwinden, schimpfte sie und wischte mit dem Ellbogen den Staub von François Mitterrand, der mit Montaignes *Essais* posierte. Ich erfüllte meinen Auftrag, während sie auf die Leiter stieg, und reichte ihr das gerahmte Foto, er sieht gut aus, fand sie, mit seinem Kreuz der Ehrenlegion. Ob aus dieser Bemerkung von oben herab Befriedigung oder Bitterkeit sprach, konnte ich nicht ausmachen.

Während wir das schale Gebräu tranken, das zumindest den Vorzug hatte, heiß zu sein, riskierte ich es, das Denkmal zu erwähnen, das ich zufällig auf dem Friedhof entdeckt hatte. Da ich bei ihr weniger achtsam war als bei Lottie, wenn ich etwas wissen wollte, fragte ich sie unvermittelt: War dieser Joël Lantier auf dem Denkmal jemand aus Ihrer Familie, und was ist im Oktober 1943 passiert? Sie sind also dort gewesen, wich sie aus, ohne mich anzusehen, was für eine Idee! Kennen Sie dort jemanden? Ich sagte ihr nicht, was ich dort suchte, ich behauptete, dass ich sehr gern Friedhöfe besuchte, das sind bewohnte Orte, auch wenn man dort niemanden kennt, auch wenn man dort nicht betet, Orte, wo man sich ausruhen oder sich ein wenig sammeln kann und Solidarität mit den Toten, mit der Vergangenheit empfindet, sehen Sie, so wie ich auf diese Erinnerung an Leute aus dem Dorf gestoßen bin, die mit dem Kenotaph geehrt wurden. Nicht alle waren von hier, fiel sie mir ins Wort, drei kamen von anderswo. Die sind im Massengrab gelandet. Damals konnte man keine Nachforschungen anstellen, und nach der Befreiung hat niemand nach ihnen gefragt. Wozu diese alten Geschichten ausgraben. Doch ich insistierte, jemand aus Ihrer Familie steht auf dem Denkmal, er trägt Ihren Namen. Den meines Mannes, sagte sie trocken. Joël war sein älterer Bruder. Wenn Sie's unbedingt wissen wollen: Er ist mit den anderen zusammen von der Miliz erschossen worden, zwanzig Kilometer von hier am Straßenrand. Was soll ich dazu sagen? Ich hab nichts davon gesehen. Die Mörder waren von hier, man trifft sie manchmal, denen geht's gut. Gehen Sie hin und fragen Sie sie. Sie trank ihren Tee in kleinen Schlucken und sah mich abweisend an, unterdrückte etwas, das ihr Kinn zittern und die müden Augen glänzen ließ. Sie lauerte auf ein Geräusch, wahrscheinlich die Ankunft des Bürgermeisters, der sie von unserem Tête-à-Tête befreien würde, obwohl ich bereits davon Abstand nahm, weiter in sie zu dringen, aber ich hatte den Eindruck, ihre Härte rühre eher daher, dass sie sich verbot, der Lust zu reden nachzugeben, als dass sie mir ihre Feindseligkeit demonstrieren wollte. Hinzu kam, dass die bedrohte Zeit unserer Zweisamkeit eine Vertraulichkeit unangebracht erscheinen ließ, die in der Hast, zu der die bevorstehende Ankunft des Bürgermeisters zwang, vielleicht ungelegen kam. Sie versteckte ihre Beklemmung, indem sie unsere Tassen im Waschbecken abspülte. Verzeihen Sie, sagte ich auf gut Glück und schämte mich der Platitude, man glaubt immer, es sind alte Geschichten, dabei sind sie frisch wie von gestern. Sie trocknete sich die Hände mit dem Handtuch ab, wieder und wieder. Reden Sie darüber nicht mit dem Bürgermeister. Sein Vater war dabei. Bei der Clique, meine ich. Er ist der Säuberung nach der Befreiung entgangen, aber er konnte nicht nach Le Mauduit zurück. Bei den Wahlen gibt's welche, die seinen Sohn dran erinnern, aber man ist kein Verbrecher wegen der Verbrechen seines Vaters, nicht wahr? Er ist Gaullist. Das ist praktisch. Haben Sie oben zugemacht? Nicht wegen Dieben, sondern wegen der Baustelle, der Staub schadet dem Teppichboden. Da kommt er, ich lasse Sie allein.

Lottie wollte, dass ich ihr haarklein von meinem Tag erzähle, zuerst vom Besuch des Bürgermeisters, sie habe dieses Individuum nie getroffen, brüstete sie sich, aber sie wisse, wer das sei. Er habe Plakate kleben lassen, sogar an ihr Tor, habe Flugblätter mit seiner Liste in ihren Briefkasten stecken lassen und angeboten, ältere Personen für die Wahl im Auto abzuholen. Er hat sogar Gendarmen geschickt, um zu fragen, ob ich nicht meine Vollmacht geben will. Da ich nicht mal in der Wählerliste stehe, können Sie sich denken, wie ich geschmeichelt war. Obwohl sie nicht gerade zu meinen Freunden gehören, habe ich die drei Gendarmen sogar empfangen, als sie ihre Runde machten. Ich habe sie auf ein Schwätzchen in den Gemüsegarten geführt, sie scharrten mit den Füßen vor Ungeduld, sich wieder aus dem Staub zu machen; und weil sie sich das nicht trauten, trampelten diese Ferkel auf meinen Beeten herum, hüten Sie sich vor Uniformen. Sobald die Männer eine tragen, halten sie sich für ihre Stiefel und ihre Tressen, für ihre Dienstwaffe. Die da trugen großkalibrige am Gürtel, es ist nicht angezeigt, mit ihnen zu tun zu haben, sagen Sie mir lieber, was der Bürgermeister Ihnen gesagt hat. Erlaubt er, dass Sie Ihre Nase in seine Papierchen stecken? Tatsächlich hatte ich mit diesem Monsieur Bertoux nur eine sehr banale Unterhaltung geführt. Da es keine andere Sitzgelegenheit gab als den Stuhl der Sekretärin, mussten wir am Eingang zwischen Leitern und Abdeckplanen stehen bleiben, er entschuldigte sich für die Unbequemlichkeit, die nicht lange anhalten würde, aber einstweilen haben wir diesen Saustall hier, dieses Chaos, korrigierte er sich, etwas verwirrt über seinen sprachlichen Ausrutscher vor einer Dorffremden. Er war grau meliert, mit dem rötlichen Teint und der lauten Stimme der Leute, die an der frischen Luft leben, trug mistverkrustete Stiefel und war in eine moltongefütterte Jägerjoppe gezwängt. Ich glaube, er war, wie Marie-France mir gesagt hatte, vor allem neugierig, wie ich aussah, oder eher, wie wohl eine Universitätslehrerin aussah, die sich in seine Gegend verirrt hatte, und wenn er träge die Bedingungen für sein Einverständnis wiederholte, die sie mir schon genannt hatte, so nur, um ein stockendes Gespräch aufrechtzuerhalten. Während er François Mitterrand, der wieder an seinem würdigen republikanischen Platz war, wenig liebenswürdige Blicke zuwarf, versicherte er mir, er sei im Grunde stolz, dass seine Gemeinde die studentische Jugend anziehe, die lokale Presse würde es sich nicht nehmen lassen, einen Artikel mit Fotos darüber zu machen, um den Empfang zu würdigen, den sein Rathaus ihnen bereiten werde, und gab mir freie Hand für alles bis auf die Papiere, die Marie-France mir genannt hatte. Ich hatte ihn mir ungehobelter vorgestellt, doch seine Umgangsformen waren höflich: Er hat mich in seinem Viehwagen bis hier zum Gutstor zurückgebracht. Er hat gesagt, wie sehr er die älteste Bewohnerin der Gemeinde schätzt, und lässt Sie grüßen, fügte ich hinzu, ohne meinen Spott zu verbergen, worauf Lottie antwortete, diese Ehre überlasse sie Berthe, und auf derartige Grüße könne das Land verzichten, wenn die Brut nicht ein Sieb statt eines Gedächtnisses hätte. Das Sortieren unter dem Dach beschrieb ich ihr in groben Zügen und verschob es auf später, ihr zu sagen, dass ich bis zum Friedhof gegangen war, aber sie wusste es schon.

Angesichts meiner Verblüffung erklärte sie, dass die Bäuerin es heute Nachmittag im Coop von einer Person gehört hatte, die am Vorabend gesehen hatte, wie ich bei Madame Quenotte eintrat, von der sie erfahren hatte, dass ich bei ihr wohne, das Dorf ist eine echte Nachrichtenzentrale. Man weiß schon, dass Sie eine wissenschaftliche Untersuchung durchführen, dass Sie hinter der Kirche Sandwichs essen und dass Sie im Barjo verkehren, zählte sie lachend auf, hat Ihnen das Grab der Ardennes gefallen? Ich habe geahnt, dass Sie es sich ansehen würden, nachdem ich Sie davor gewarnt hatte, mir alles aufs Wort zu glauben: Es ist gut, sich selbst davon zu überzeugen. Justin hat es zum Ruhm seiner Frau bauen lassen, es gibt kein zweites dieser Art, so wenig wie von seinem Haus. Wir haben auch Fernand dort hingebracht, sein Begräbnis war zwar nicht so pompös wie das seiner Mutter, aber doch erlesen. Hinter dem Priester und seinen Chorknaben ganz in Rot, die den Weihrauch und das Kirchenbanner trugen, kam unsere kleine Schar aus dem engsten Kreis, dann die Herren Doktoren aus Bouvier-les-Eaux, die ihn so reichlich elektrogeschockt hatten, ein paar als Statisten entsandte Offizielle, die Damen, die mit Vitalie verkehrten, unter großen Hüten von Mademoiselle Sorbet, die sich auch in Schale geworfen hatte, denn wir waren gute Kunden, und aus dem Dorf alles, was Beine hatte und bei keinem Leichenzug fehlte. Stellen Sie sich vor, da waren sogar zwei Männer, die am Vorabend im Hotel du Commerce Quartier genommen hatten und gleich danach am Bahnhof von Le Mauduit wieder in den Zug stiegen. Bei der Zeremonie waren sie die Sensation, angetan mit ihrer Kolonialuniform, behelmt, das Wehrgehänge quer über der blauen Tuchweste, in krapproten Hosen und mit einer Art Burnus über der Schulter. Als sie ihm in Habachtstellung die Ehre erwiesen, haben sie den Kindern Angst gemacht, um Anaïs gab es eine ganze Schar davon, die vier von Doktor Maître-Grand, der ein Vertrauter geworden war, die Kinder der Bauern und noch ein paar andere außer den Chorknaben. Vitalie war diesen Militärs gegenüber sehr reserviert, sie grüßte sie nur gezwungen, als sie den Friedhof verließ. Ihre Trauer berechtigte sie zur Kälte, aber man begriff, dass ihre Anwesenheit sie kränkte, oder jedenfalls diese Demonstration ohne ihre Zustimmung. Durch eine Indiskretion des Hoteliers erfuhr man im Dorf, dass sie extra aus Paris gekommen waren. Man schloss daraus, dass sich die Nachricht von Fernands Tod über die Grenzen unseres Kantons hinaus verbreitet und Sphären erreicht hatte, wo man es für notwendig erachtete, Emissäre zu schicken, das belebte alte Gerüchte über seine Heimkehr, denen zufolge er aus dubiosen Gründen kaltgestellt worden war, vielleicht wegen der ersten Anzeichen seines Wahnsinns, denn schließlich waren zwei Armeeoffiziere zu viel oder zu wenig für eine Delegation.

Wie auch immer, seine Beerdigung war ein schöner Tag. Trauer war angesagt, in der Kirche und im Dorf musste man eine gewisse Betrübnis zur Schau stellen, aber den Ardennes war nicht so zumute. Für sie war es eher eine Erleichterung, dass der Leidensweg des armen Fernand zu Ende war und damit auch die beschwerlichen Fahrten nach Bouvier-les-Eaux, denn der von Krampfadern geplagte Gentil konnte die Stute nicht mehr über so weite Strecken lenken, wir mussten frühmorgens den Zug nehmen und nach der Ankunft eine Kutsche mieten, die uns zur Heilanstalt brachte, und nachmittags durften wir den Zug nicht verpassen, sonst hieß es bis zum nächsten Tag warten und Geld für das Hotel ausgeben. Wir sind mit den Tanten viele Male hingefahren, suchten uns für den Weg zum Bahnhof Schönwettertage aus und machten dem Zugführer Zeichen mit dem Semaphor, damit er uns schon von Weitem sah. Regen, Nebel oder Schnee waren für diese Reisen nicht angezeigt, die alten Tanten hatten Mühe, in den Waggon zu klettern, und jammerten über die Holzbänke, kurz, es war eine richtige Expedition. Für mich war es zauberhaft. Denken Sie nur, ich war noch nie mit dem Zug irgendwohin gefahren, alles war neu für mich, vor allem jenes Gefühl, kaum war man eingestiegen, auf diesen aneinandergenieteten, sich endlos durch die Welt ziehenden Schienen ungehindert durch die Lande fahren zu können, sie an den Fenstern vorbeifliegen zu sehen, ohne dass man sich rührte, vom Geklapper der Achsen und den Stößen des Drehgestellrahmens gewiegt wie in Träumen von Maschinen. Mir gefiel der Tunnel vor der Ankunft, als führen wir in einen Stollen, an dessen Ende wir auf der anderen Seite der Erde herauskämen, doch es war nur die Station Bouvier-les-Eaux. Fernand empfing die Tanten auf die gleiche Art wie uns. Er behandelte sie vorsichtig, wie Fremde, trotz ihrer Avancen und Leckereien, sie brachten ihm Oblaten mit, die er als Kind geliebt habe, sagte Séverine, und die sie am Vorabend extra für ihn mit dem Eisen gebacken hatten, das ganze Haus roch dann nach Honigwaffeln, doch er kostete sie nicht einmal. Stattdessen aß sie Anaïs, die sich auf dem Rand eines Sessels ihr Imbiss-Eckchen eingerichtet hatte, während Fernand zwischen den Hortensien die Ankunft eines bedrohlichen Eindringlings verfolgte und immer wütendere *tralalas* ausstieß, bis die Pfleger ihn wegbrachten. Das entmutigte die Tanten und Vitalie nicht. Bis zum Schluss machten sie ihm ihre gutherzigen Besuche, gerührt von Indizien, die sie sich zu deuten bemühten, als gäbe er ihnen vom Grund des Wahnsinns, in den er sich geflüchtet hatte, Zeichen des Einverständnisses, ohne dass seine Gefängniswärter es merkten. Sein Tod machte Schluss mit unseren Reisen. Ich sehnte mich ein bisschen nach ihnen zurück, denn sie waren eine Abwechslung in unserem Alltag. Ich bin erst 1922 noch einmal nach Bouvier-les-Eaux gefahren, schauen Sie, was für ein sesshaftes Leben ich führte, wir sollten näher zum Kamin rücken. Es ist etwas frisch heute Abend, morgen wird es gefrieren, das sagt mir mein Hexenschuss besser voraus als ein Barometer. Machen Sie sich eine Wärmflasche, bevor Sie nach oben gehen, und legen Sie Kleinholz nach, damit wir ein großartiges Feuerchen haben.

Ich fügte mich in das, was in so kurzer Zeit zum Ritual zwischen uns geworden war, diese Plauderei am Feuer, erstaunt, dass ich es so schnell übernommen hatte, während ich mich sonst Gewohnheiten aus tiefstem Grund verweigerte. Sie anzunehmen beschränkte die Bewegungsfreiheit, eine Unabhängigkeit, die ich eifersüchtig hütete und die mir stets bedroht schien, weshalb ich bestrebt war, keine lästigen Verpflichtungen einzugehen, erst recht nicht die einer dauerhaften Verbindung. Ich verstand mich sehr gut darauf, die Kandidaten zu entmutigen, eine Beziehung scheitern zu lassen, sobald sich eine Anziehung, etwas wie Anhänglichkeit abzeichnete, solche Versuchungen lösten bei mir blanke Panik aus, verwandelten mein keimendes Gefühl in Abneigung, hielten jeden von mir fern, der mich hätte lieben können; Liebe oder auch nur Freundschaft entstehen zu lassen war so bedrohlich, dass ich eiligst einen Bruch herbeiführte und eine Leere schuf, um mich zu wappnen, gegen was für eine Gefahr eigentlich, dachte ich an jenem Abend, wie über eine andere Person, eine, die irgendwo in ihrer kleinen Pariser Wohnung geblieben war oder in einem anonymen Universitätshörsaal oder noch früher im Gymnasium, auf Provinzstraßen, am Rand eines Schwimmbeckens, auf der Rückbank eines Autos oder in der kleinen Kapelle auf einem Friedhof in der Vendée. Eine, die noch nicht nach Le Mauduit zurückgekehrt und Lottie begegnet war, deren Gegenwart mich mit großer Eindringlichkeit und Vertrautheit anzog, nicht wie ein Ersatz für die Großmutter, die ich nie hatte, sondern als ein zugleich naher und ferner Mensch, weniger ausgeschlossen als geschützt von ihrer Absonderlichkeit als allein lebende alte Frau, trotz ihres Alters meinesgleichen oder eher mein Double, das in einer Parallelwelt jünger wurde, während ich alterte, jede magnetisch zur anderen hingezogen, bis wir uns begegneten, beide aus derselben inneren Gegend hervorgegangen und mit einer Sprache, die ohne Übersetzung auskommt, wir konnten sie uns im Stillen sprechen hören, unter dem Geräusch unserer Stimmen hatte sie denselben undeutlichen Klang wie der leise Gesang der Flane, ich war sicher, dass wir füreinander bestimmt waren und uns durch irgendein übereinstimmendes Trachten schon kannten.

Vielleicht meinen Sie, mit meiner Chronik erzähle ich Ihnen die Lebensgeschichte von Privatiers in einem gottverlassenen Nest auf dem Land, spottete sie und zog fröstelnd die Pelerine über ihrer starken Brust zusammen, wobei sie an der Brosche hängen blieb, mit der ihr Kragen geschlossen war, die Kamee, die ich als Erstes gesehen hatte, als wir an der Mauerecke zusammengestoßen waren. Ich half ihr, sie herauszunesteln und wieder zu schließen, das ist ein altes Schmuckstück, warnte sie mich sofort. Geben Sie acht, die Spange ist zerbrechlich. Madame Ardenne sagte, die Putti seien pausbäckige Engelchen und stellten die Liebe dar, aber diese Spaßvögelchen seien eine genauso trügerische Legende wie die Nymphe auf dem Tintenfass, die Liebe sei weder unschuldig noch lustig, behauptete sie, trotzdem trug sie die Brosche. Ich hätte ihr aufs Wort geglaubt, wenn ich nicht so viel Ähnlichkeit mit Anaïs an ihr entdeckt hätte. Kein Foto vermittelt besser als diese Kamee eine Vorstellung davon, wie sie mit drei Jahren war, und auf einmal ist sie schon zehn, uns war, als wäre sie gerade erst zwei gewesen, als wäre sie gerade erst bei Madame Ardenne angekommen, ein an unserem Finger nuckelnder Säugling, die Zeit rast in dieser Küche, wie als wir sechzehn waren und sie vier und jeder Tag randvoll, so schnell und zugleich so langsam, dass er wie ein ganzes Leben erschien. Als wir von Fernands Beerdigung zurückkamen, waren viele Kinder bei Anaïs, sagte Lottie, denn Vitalie, die darauf achtete, dass sie die Gesellschaft von Gleichaltrigen hatte, versäumte keine Gelegenheit, sie mit den Kindern von Doktor Maître-Grand spielen zu lassen, ich hab Ihnen schon erzählt, was für ein Segen seine Ankunft im Dorf nach dem Tod des ignoranten alten Arztes war. Er hatte mit den Pasteurianern studiert und war als Gesundheitsoffizier auf Überseedampfern über die Meere gefahren, um mit Impfstoffen zu experimentieren, mit denen man damals anfing, epidemische Krankheiten zu behandeln. Er selbst hatte sich vom Fleckfieber geheilt, danach geschwächt auf Reisen verzichtet und sich der Prophylaxe verschrieben. So nannte er die Mission, die er hier auf dem Land erfüllte, das für ihn genauso bedürftig war wie viele Gegenden in der Ferne, er wollte die Segnungen der neuen Wissenschaft hierher bringen. Und er war so ansteckend in seinen Überzeugungen, dass die Tanten sich aus Verehrung in seinen Dienst stellten, sie gingen zweimal in der Woche ins Hospiz, um ihm kostenlos bei der Behandlung zu assistieren. Unser Doktor und seine Familie wohnten in einem der schönen Häuser an der Hauptstraße mit einem großen Garten dahinter, der sich in Terrassen an den Hügel schmiegte; dort hatte er seine Praxis, die nie leer wurde. Man sagt ja immer, die Bauern ließen sich erst im Angesicht des Todes behandeln, doch der Glücksfall, auch ohne Bezahlung behandelt zu werden, zog die Kranken an, denn er ließ sich seine Konsultationen nur von den Betuchten bezahlen und hatte sich auch schon durch einige Heilungen ausgezeichnet, unter anderem die von Berthe, aber lassen wir diese Pest beiseite. Doktor Maître-Grand war so zauberhaft, dass er allen den Kopf verdrehte. Von männlicher Stattlichkeit, sehr gepflegt, mit sorgfältig geschnittenem Bart, dunkelbraunen samtigen Augen, biegsam wie eine Ähre, wenn er kein Mann gewesen wäre, hätte man gesagt, eine Schönheit. Er war zärtlich zu den Kindern, zu seinen, die so schön waren wie er, und zu den Dorfkindern genauso, auch zu den ärmsten, er war hingebungsvoll und verstand sein Fach, kurz ein Bild von einem Mann, den man in der ganzen Umgebung schon bald verehrte. Er war anfangs täglich zu den Ardennes gekommen, als Anaïs vor Zorn krampfte, doch auch nachdem sie meinen magischen Finger adoptiert hatte, wurde er weiterhin konsultiert, weil Vitalie sich sehr darum sorgte, dass sie gesund war, gedieh und kräftig wurde, und im Lauf der Zeit begann er, zum Vergnügen als

Nachbar ins Gut zu kommen, und Vitalie besuchte umgekehrt sein Haus, wo seine Frau uns empfing, eine blonde Dame von solcher Anmut und Aufmerksamkeit, dass sie sicher in einer guten Familie erzogen worden war. Sie hatten drei Jungen und ein Mädchen in Anaïs' Alter, Pierre, Alain, Jacques und Marie, manchmal waren auch ihre Cousins aus Dijon da, ihr ganzes Haus atmete Lebensfreude.

Wie oft haben wir unter unserem Feigenbaum Vespern veranstaltet, im Winter Maskenfeste bei ihnen und Eselspartien, denn sie hatten einen Esel im Garten, auch einen Pfau, Turteltauben, Kanarienvögel im Käfig und frei laufende Kaninchen. Ich sah, dass der bürgerliche Stand viele Annehmlichkeiten verschafft, ich holte meine auf dem Hof der Mutter verlorene Zeit nach, denn ich war bei allen Spielen und Festen dabei, Anaïs ließ mich keinen Millimeter von ihrer Seite, schauen Sie, sie war mir ausgeliefert und ich ihr, in aller Freiheit. Was haben wir uns nicht alles für Streiche ausgedacht, Rätsel und Rebusse, kleine Abzählreime, die nur wir kannten, ich ließ sie die Zauber des Hauses entdecken, all die geheimnisvollen Gegenstände, deren Herkunft wir nicht kannten, doch am liebsten war ihr die Glaskugel. Nach diesem Spielzeug war sie verrückt. Sie flüsterte mir ins Ohr, wir sollten damit spielen, fasziniert ließ sie die kleine Blockhütte unter den wirbelnden Schneeflocken verschwinden und wartete ab, bis sie sich gelegt hatten, um die Kugel wieder und wieder zu schütteln, so ernst und still, dass man meinte, sie sei ganz in diesem magischen Strahlen aufgegangen. Wir spielten heimlich damit, weil ich spürte, dass diese von allen vergessene Kugel etwas barg, das nur wir erfahren durften, auch sie wusste das, als wäre ich zugleich ihre Hellseherin, ihre Schwester, ihre Amme, ihre Milch und ihr Honig. Ich war auch ihre Vorleserin, denn ich kannte zwar Geschichten, aber die hatte Mémé mir erzählt, und sie waren kaum passend für ein kleines Kind, obwohl ich sie in ihrem Alter gehört hatte, deshalb las ich ihr aus Büchern vor. Ich las sehr gut. Also hatte ich, als ich in der Schule Löcher in die Luft starrte, doch alles behalten, was ich brauchte, um ihre Vorleserin zu spielen, bald auch für die Tanten, aber dazu später.

In Justins Bibliothek gab es eine Menge Bücher, die er meines Wissens nie aufgeschlagen hat, Fernand ebenso wenig. Meiner Meinung nach hatten auch die Frauen sie nicht angehäuft, die leidende Joséphine so wenig wie Séverine, die mit zehn Jahren ins Pensionat zu den Nonnen geschickt worden war, auch nicht die viel später hinzugekommene Vitalie. Keine von ihnen hatte den Sinn dafür, diese gelehrten Werke zusammenzutragen, kommentierte Atlanten, Reiseberichte wie die von Monsieur de Lamartine über seine Reise in den Orient oder von Monsieur Caillé über die nach Timbuktu, Gedichte wie die *Odyssee* oder die *Eklogen*, Kriegschroniken der Antike, aber auch *Die Elenden*, *Die Träumereien des einsamen Spaziergängers*, landwirtschaftliche Handbücher, schlüpfrige Romane, Jules Vernes Abenteuer, die von Monsieur Doré illustrierten Märchen von Perrault, viele Gesetzbücher und naturwissenschaftliche Werke, etwa über das Leben der Bienen und die Konstruktion hydraulischer Apparate, *L'Homme et la Terre* in sechs Bänden von Elisée Reclus und vor allem seine *Histoire d'un ruisseau*, Almanache und eine ganze Sammlung von Kolportagen: Ich glaube, Justin hat seine Bibliothek en gros und kiloweise gekauft. Sie wurden beim Ausverkauf von Schlössern in der Region zusammen mit schönen Möbeln, Geschirr, Gemälden und Teppichen verscherbelt; ihm haben wohl die antiken Einbände gefallen und das noble Aussehen, das sie seinen Bücherschränken verleihen würden, wenn sie zur

Dekoration in die Regale eingeräumt wären, wie der Stuck, die Genueser Gesimsfriese und die Kapitelle seines Hauses. Da ich keinerlei Vorstellung davon hatte, woher sie kamen und was darin stand, holte ich sie mir auf gut Glück heraus, denn in Zeiten, als das Nuckeln an meinem Zeigefinger allmählich seine ergötzende Wirkung auf Anaïs verlor, stellte sich heraus, dass das Schnurren einer Lesung den Finger vorteilhaft ersetzte, dass sie es genoss, bäuchlings quer auf meinen Knien zu liegen und mich lesen zu hören. Sie saugte sozusagen an meiner Stimme, mit der gleichen Wollust wie an meinem Zeigefinger, und so verbrachten wir ganze Nachmittage und Abende mit diesem Zeitvertreib auf einem Sofa im großen Salon oder in der Kaminecke, im blauen Zimmer, unter dem Feigenbaum oder am Ufer der Flane, gleich welches von den Büchern aus der Bibliothek tat seine Wirkung. Vitalie sah darin ein ausgezeichnetes Mittel, Anaïs ruhigzustellen, deren übermütige Aktivität sie erschreckte, sie womöglich zum Schlafen zu bringen, was uns hie und da gelang. Meist ließ sie sich indes in einen trügerischen Halbschlaf sinken. Solange sie ihren Kuhblick auf irgendwelchen Kleinigkeiten, einem Büschel Stroh, Kieselsteinen oder dem Lauf des Wassers verweilen ließ, spürte ich, wie sich meinen Schenkeln, meinem Bauch Wellen des Vergnügens mitteilten, die sie durchliefen und mein Vergnügen am Lesen der Wörter verdoppelten, die sich im Strom der Zeilen zu langen Sätzen verketteten. Viele von ihnen waren mir unbekannt, umso mehr ihr, die noch so klein war, aber ich sprach sie so ruhig aus, als wären sie von der gleichen Art wie die anderen, fand immer mehr Geschmack daran, ihnen zu begegnen, und wenn sie wieder auftauchten, erfasste ich sie besser, wie Leute, die Sie häufig treffen, bis sie Sie schließlich bemerken und Sie höflich grüßen, denn Sie werden zu ihrer Bekannten. Hinzu kamen noch das Gewicht der Bände, ihre spezifische Masse in meinen Händen und ihr Geruch nach altem Papier. Allein der Anblick der bedruckten Seiten wirkte auf mich wie das Versprechen eines starken Likörs, der sich in mich ergoss, und ich dürstete danach, die Flüssigkeit zu kosten, mich daran zu berauschen, in meiner Kehle und meinem Mund klangen die Wörter, die Seiten, als lägen Steine am Grund eines schäumenden Stroms, der plätschert und wütend über glatte Felsbuckel schießt, zwischen Kiesel sickert, die ihn aufwühlen, und unter klangvollen Kaskaden in großen, schaumweißen Sprüngen herabstürzt, und das ging und ging, viele Stunden atemberaubender Lektüre.

Sie können mir glauben, bei all den Lauten verstand ich nicht viel von den Orten und Epochen, in die wir versetzt wurden, von den Leuten, um die es ging, oder von dem, was sie taten, doch unabhängig von unserem Willen bevölkerten sie uns mit Anwesenheiten, so sehr, dass sie bei vielen Gelegenheiten unvermittelt wieder auftauchten. Während ich Briochestückchen in Anaïs' mit Eigelb und Zucker verquirlte Milch schnitt, einen Krug vom Brunnen zurückbrachte oder mich morgens im Spiegel über meinem Waschbecken betrachtete, sah ich Oasen und auf Kamelen sitzende Nomaden im Takakat aus Bazinbaumwolle, einen Strand in der rosenfingrigen Morgenröte, blutende Gladiatoren unter dem Beifall der Arena und Kaiser, die den Daumen hoben, oder auch die Herbarien der Spaziergänge von Monsieur Rousseau, Küsse von Liebenden, in Liebe vergehend, auch Cosette mit ihrem viel zu schweren Eimer in Wäldern, die unseren so sehr glichen. Mein Kopf war benommen, wenn ich daran dachte, dass sich die Schöpfung um eine unsichtbare Welt vermehrte, diejenige vergangener Zeiten, vollgestopft mit unzähligen Gestalten, die kennenzulernen ein ganzes Leben nicht reichte, mit Bildern von Städten, die von Barbaren zerstört, im Wüstensand versunken oder vom Meer verschluckt worden waren, und Himmeln voll unbekannter Gestirne. Madame Ardenne ahnte nicht, was mit mir geschah, wenn sie mich brav meine Aufgaben erfüllen sah, welche Hölle und welches Paradies sie mir da eröffnete, ich hielt sie für völlig ungebildet, dass sie nicht einmal ahnte, was ihre Bibliothek war, und mich nicht schalt, weil ich die Bücher las. So musste ich mir meine Bildung ohne Lehrer oder Führer aneignen, auch Anaïs, die, obwohl sie noch klein war und weder lesen noch schreiben konnte, Szenen mit mir nachspielte, die uns beeindruckt hatten, etwa wie Tristan den Riesen Morholt niederstreckt, wie Jean Valjean den Karren anhebt, unter dem Fauchelevent begraben ist, oder Alexander von einem Hügel herab zu seinen Armeen spricht. Ich hatte eine Leidenschaft für die *Parallelbiografien*, ein Werk mit Porträts berühmter Persönlichkeiten, aus dem man erfährt, dass sich Ehre und Größe nicht so sehr in den aufsehenerregendsten Taten, in Belagerungen und Siegen, in den Tugenden oder Lastern der Menschen, ihrem Charakter und Geist offenbaren, sondern vielmehr in den kleinen Gesten des gewöhnlichen Lebens. Auch, dass zwischen zwei Wesen, die in Raum und Zeit alles zu trennen scheint, eine geheime Verbindung besteht, die sie zu großen Persönlichkeiten der Geschichte macht. So wie sie, sagte ich mir, führte ich irgendwo ein paralleles Leben zu dem, das mir in Le Mauduit nicht zu leben gelungen war, vielleicht war Anaïs ein Beispiel dafür, sie, die von so weit hergekommen war, hatte mich adoptiert, ohne mich zu kennen, hatte mich ausgesucht, damit ich sie liebte. Den Plutarch habe ich immer noch bei mir. Es gibt Bücher, die man ein Leben lang liest, weil sie, ohne dass wir es wissen, das Geheimnis unserer Seele enthalten, sagte Lottie an jemand anderen als mich gewandt; ich glaube nicht, dass sie mich vergessen hatte, wie ich da ihr gegenüber auf dem niedrigen Stuhl saß, sondern dass ich ihr im Gegenteil zuhören musste, damit diese Abwesenheit sie vernahm.

Indessen sagte sie, ihre Träumerei abkürzend, so haben mich denn auch die Tanten angestellt, ihnen vorzulesen, als ihr Sehvermögen nachließ und sie die Lupe brauchten, um die Buchstaben zu vergrößern. Die Bücher in der Bibliothek waren ihnen gleichgültig. Sie interessierten sich nur für ihr Gebetbuch, das sie auswendig kannten, für die *Legenda aurea*, mit der sie Anaïs vergraulten, und für das *Journal de Bourbonne*, das oft überholt war, wenn es bei uns ankam, da sie sich das Exemplar der letzten Woche vom Küster ausliehen und es ihm am Sonntag darauf zurückgaben. Ein vierseitiges Wochenblatt, gespickt mit Reklame zwischen den Lokalnachrichten und vermischten Meldungen, der Liste der neuen Telefonanschlüsse im Departement und der Berühmtheiten, die in den Badeorten abgestiegen waren. Als ich ihre Vorleserin wurde, lernte ich, dass sie das alberne Geschwafel, einschließlich des mit Nationalismus durchtränkten Leitartikels eines Pariser Advokaten, nur erduldeten, um sich am Ende dem Genuss des Fortsetzungsromans unten auf der ersten Seite hinzugeben, seichten, erbaulichen Liebesgeschichten wie die von Lucien Thomin. Mich machte es fassungslos, dass sie in solchen mit Bigotterien gewürzten Romanen schwelgten und gespannt auf die nächste Ausgabe mit der Fortsetzung warteten, die so vorhersehbar war, dass ich beim Vorlesen das Gähnen unterdrücken musste. Außer diesem Käseblatt hatte Vitalie wegen der Mode und der Ratschläge für den Haushalt *Femina* abonniert, außerdem *L'Illustration*. Es war ein Ereignis, wenn dieses Glanzpapier-Magazin voller Fotos und Artikel aus Paris eintraf, an dem ich mich weidete, weil ich spürte, dass es der Spiegel einer in unserem Dorf unbekannten Welt war, mit Berichten über wissenschaftliche Neuerungen, ferne Barbareien, Gipfeltreffen von Diplomaten, auch Plaudereien über Kunst und das exzentrische Leben von Varieté-Berühmtheiten. Ich las es ihnen im Lauf der Wochen Seite für Seite vor, unterbrochen von ihren Kommentaren, wenn ein Thema ihre Neugier erregte oder wenn wir zurückblättern mussten, um eine Nachricht besser zu verstehen, mit Muße ein Foto zu betrachten oder eine Korsettmarke oder ein Elixier für Migräne zu notieren. Nichts Unterhaltsameres als diese Lektüre von *L'Illustration*, bis zu dem Tag, als ich den Blitz einschlagen ließ.

Ich erinnere mich, dass es ein sehr sonniger Tag Anfang Juni war, einer der ersten, an dem wir die Gartenmöbel herausholen konnten, Gentil hatte sie unter dem Feigenbaum aufgestellt, geschützt vor dem noch lebhaften Wind. Vitalie stickte an ihrem Stickrahmen, die Tanten drehten kopfwackelnd Däumchen, Anaïs saß auf meinen Knien und spielte mit Bauklötzen, während ich den Bericht über eine Veranstaltung zu Ehren eines Ingenieurs vorlas, dessen Fabrik, ein Glanzstück der französischen Industrie, seinen fünfzigsten Geburtstag mit einem Bankett feierte, zu dem sich die ganze Prominenz versammelt hatte. Ich weiß nicht, in welchem Moment ich spürte, dass meine Lektüre nicht mehr das übliche Schnurren war, sondern eine Kriegsmaschine, die sich in rasendem Tempo in Bewegung gesetzt hatte. Die Daumen der Tanten drehten sich nicht mehr, Vitalies Nadel blieb in der Luft, nur Anaïs türmte weiter hübsch ihre Bauklötze aufeinander, und ich folgte mit dem Finger den Zeilen des Berichts über das prächtige Bankett in einem Ausflugslokal am Ufer der Marne, über das alle Zeitungen berichteten. Ausländische Journalisten hatten daran teilgenommen, ein Operntenor war eingeladen worden, Arien zu singen, überall in den Bäumen hingen an Schnüren Silberpapier und kleine blauweißrote Fähnchen, abends wurden für den Ball Lampions in allen Farben angezündet, es gab ein Feuerwerk, eine Blaskapelle der Kürassiere, offizielle Reden und schließlich ein Foto von den anwesenden Ministern mit ihren Damen, Repräsentanten der Eiffel-Gesellschaft und Benito Rizzoli selbst, dem Fabrikchef und würdigen Nachfolger des noblen Gründers Thibaut Rambert, in Begleitung seines jungen Sohnes Edmond, um dessen Schultern der Arm des stolzen Vaters lag. All das vorgetragen in dem gleichmäßigen Singsang, den ich für die Lektüren der Zeitschrift anschlug, bemüht, ihnen denselben Reiz zu verleihen wie den *Parallelbiografien*. Ich hob die Nase erst, als Vitalie ihren Stickrahmen fallen ließ, den Rattansessel umwarf und ins Haus stürzte und die verstörten Tanten ihr folgten, so schnell ihre alten Beine sie trugen. Verdutzt blieb ich regungslos am Tisch sitzen und betrachtete in dem großen Schweigen ungläubig die Seite, die ihre Flucht verursacht hatte. Anaïs hatte ihr Spiel unterbrochen und beobachtete die Unterseite der frischen Blätter des Feigenbaums mit jenem Blick, den sie manchmal hatte, sanft und starr, von so tiefem Schwarz, dass man meinen konnte, die Mysterien des Universums lägen darin. Ich ging mit ihr zum Ufer der Flane, unserem Lieblingsort, weil ich ahnte, dass das, was im Haus vor sich ging, nicht für unsere Augen und Ohren bestimmt war, zumindest für den Moment, denn ich hoffte sehr, dass Delphine, die das Geschirr spülte, mir später davon erzählen würde, wenigstens, wie sie sie in die Küche hatte stürzen sehen.

Als wir heimkamen, begegneten wir auf der Schwelle Doktor Maître-Grand. Er war zwischen zwei Krankenbesuchen auf einen Sprung vorbeigekommen, um im Namen seiner Frau einen Korb mit den ersten Kirschen abzugeben. Dieser Kirschbaum war ein Wunder von einem Baum, von schönem, gleichmäßigem Wuchs und voll dichtem Geäst, auf den die Kinder gern kletterten, denn ausnahmsweise gab es weit unten Äste, die praktisch waren zum Klettern, ich werde Ihnen gleich sagen, was für ein Drama sich dort abgespielt hat. Entweder, weil sie sich in Anwesenheit des Doktors zu äußerlicher Fassung zwangen, oder weil sie den Schlag in die Magengrube inzwischen verdaut hatten, zeigten sich Vitalie und die Tanten zuckersüß und freundlich lächelnd, man hätte nie gedacht, dass sie eine Stunde zuvor davongestoben waren wie schwarze Raben. Ich erfuhr schon bald mehr, denn das Thema brannte ihnen zu sehr auf der Zunge, als dass sie sich hätten zurückhalten können, vor uns darüber zu reden, wenn auch nur in Andeutungen; dieser gefeierte Industrielle, dieser Monsieur Rizzoli, der in *L'Illustration* geehrt wurde, war der Neffe von Victoire und Schwager von Vitalie, das heißt der Gatte ihrer Schwester, und das Jungchen, das auf dem offiziellen Foto unter dem väterlichen Arm fast erdrückt wurde, war also der direkte Neffe von Madame Ardenne. Von dieser Pariser Verwandtschaft war vor uns nie die Rede gewesen. Sie fiel uns am Stück auf den Kopf, ein ganzer, bisher verborgener Teil des Baums mit seinen plötzlich zum Leben erwachten Ästen, plötzlich aus einem parallelen Leben in der Dunkelheit aufgetaucht, wo sie versteckt gewesen waren. Da fiel mir der Name Thérèse wieder ein, der einmal ausgesprochen worden war, und dass Victoire ein oder zwei Mal im Jahr für eine Woche mit dem Zug nach Paris fuhr, ohne dass wir genau wussten, was sie dort tat. Ihre Abfahrt hinterließ ein Unbehagen, eine spürbare Spannung, die ich der Trennung der Unzertrennlichen zugeschrieben hatte, den Sorgen, die sich Séverine wegen dieser gefährlichen Reise machte, ihrer Hast, sie wieder bei sich zu haben. Jetzt machte ich diese unterschlagene, gerade durch meine Lektüre des Artikels aufgetauchte Familie dafür verantwortlich, von der Vitalie sich wegen irgendeines Bruchs fernhielt, die Victoire jedoch weiter von Zeit zu Zeit besuchte und von der sie wohl dies und das berichtete, das unter dem Busch gehalten wurde, zumindest in unserer Gegenwart.

Anaïs ist also nicht der einzige und letzte Spross der Ardenne-Linie durch die indianische Kopulation ihres verschwundenen Vaters, sagte ich mir. Sie hat andere Verwandte als ihre Großtante Séverine und Victoire, die alte Tante ihrer Großmutter, sie hat eine Großtante Thérèse, vielleicht noch weitere Verwandte, jedenfalls mindestens einen Onkel und einen Cousin Edmond, womöglich auch noch eine andere Großmutter als Vitalie, einen anderen Großvater als den verstorbenen Fernand, erregt über all die Heimlichtuerei dachte ich mir so viele weitere aus, wie ich wollte, aber ich hütete mich, ihr davon zu erzählen, ich hatte ihr nichts zu sagen, geknebelt vor allem durch das Schweigen, das Madame Ardenne zu diesem Thema wahrte, die nun jedoch trotz ihrer legendären Kaltblütigkeit und Zurückhaltung bei einer Nachricht von ihnen, die auf dem Umweg eines Berichts über ein mondänes Ereignis auf ihrem Gartentisch landete, völlig außer sich geraten war. Wie ich Ihnen schon angedeutet habe, interessierte ich mich brennend für die Dinge in diesem Haus. In den über vier Jahren, die ich dort schon in guter Freundschaft mit allen lebte, hatte ich es erforscht und immer besser begriffen, was es an Ungewöhnlichem enthielt, was in seinen Schränken und Schubladen verschlossen war, besonders in der des Küchenbuffets, wo die besagte Brieftasche lag. Ich nahm damals an, dass es irgendwo noch aufschlussreichere Familiendokumente gebe, beispielsweise die Heiratspapiere von Fernand und Vitalie, ein Testament oder eine Schenkung, aus denen ich zu erfahren hoffte, ob der Rambert des Doppelnamens der Fabrik Vitalies Mädchenname war, der ihres Vaters also, und der von Victoire, dessen Schwester, von der ich bis dahin nur den Vornamen kannte und den einer Sœur des Anges, den sie im Kloster angenommen hatte.

Vielleicht erscheint Ihnen diese Passion für die Genealogie einer Familie, die nichts mit mir zu tun hatte, übertrieben. Bedenken Sie, dass ich keine andere mehr hatte. Ich war durch Anaïs' Wahl hineingekommen, und wenn ich auch nicht wirklich als Verwandte behandelt wurde, teilte ich doch ihre Tage in nächster Nähe, und die Vertrautheit der Bediensteten mit der Herrschaft schafft schließlich wechselseitige Abhängigkeiten, Beziehungen beidseitiger Interessen, die sich zu einer Verbundenheit von ebenso krampfhafter Exklusivität entwickeln wie in natürlichen Familien. Der andere Grund ist, dass mich die Entstehung interessierte. Die Empfängnis und die Zeugung, der Anfang. Was die physischen Vorgänge angeht, hat mich meine Kindheit als Bauernmädchen ausreichend gelehrt, was es mit Männlein und Weiblein auf sich hat, mit ihren Windungen bei der Kopulation, den verschiedenen Arten, sich fortzupflanzen und niederzukommen, aber alles andere war ein riesiges Loch, groß wie die Schöpfung selbst. Wohl deshalb habe ich mich in Anaïs' Bauchnabel verliebt. Von Anfang an wusch ich sie, badete sie, puderte sie, verwöhnte sie mit Pflege – oh, was für ein appetitliches Kind sie war, ihr ganzer rundlicher kleiner Körper war zum Küssen, es war ein reines Vergnügen, die Rundungen ihrer Schultern, ihres Pos, ihre strammen Schenkel zu kneten und die winzigen Ballen unter ihren Füßchen, von so vollkommener Hautfarbe, dass man gar nicht aufhören konnte, in ihrem Anblick zu schwelgen, sie zu betasten und an ihr zu riechen, denn sie roch immer nach Acqua di Parma, dafür sorgte ich, aber nichts kam der Schönheit ihres Nabels gleich. Es gibt verrunzelte, enge und vorstehende. Der ihre war eine Mulde, ein ideales Oval, gesäumt von einer Art wimpernlosem, gepaspeltem Lidrand, immer offen für die Mandel ihres abdominalen Auges in seiner Mulde, die so schwarz war wie ihre schwarzen Augen. Dieser Nabel schaute mich an, wie man von dem eigenen nie angeschaut wird. Ich ergründete dieses Auge, das nicht nur ein vernähter Knoten ist, wie man glaubt, sondern das offene Ende der Nabelschnur, wo tausend Nervenfasern und Äderchen münden, die von der Leber, der Milz, den Nieren, dem Herzen und dem Gehirn ausgehen; im Geheimnis der Gebärmutter verwurzelt, ist er die Signatur eines anderen Körpers, der seinerseits an einen anderen, noch früheren erinnert und an noch weitere bis in unendliche Zeiten zurück, sie übertragen deren Säfte, die materiellen und immateriellen Flüssigkeiten, durch die wir zur Schöpfung gehören. Es kam noch hinzu, dass wir beide Waisen waren. Das ist ein beneidenswerter Zustand, glauben Sie mir! Er treibt dazu, sich zu nehmen, was einem nicht gehört, es mit dem unbestreitbaren Recht der Verlassenen zu vereinnahmen. Es liegt eine wilde Freude darin, sich eine Familie anzueignen, deren Stammbaum mit allen Ästen und Wurzeln nachzuzeichnen und daraus eine Geschichte zu modeln, sich Anfänge auszudenken, die einem fehlen. Mir mangelte es nicht an Mitteln, das zu tun, als ich in diese Familie geriet, die sich so brutal mit der meinen verschränkt hatte, denn erinnern Sie sich, ich wurde gekauft, ein Gegenstand, über den verbissen an einem Küchentisch verhandelt wurde. Bei solchem Handel wissen Verkäufer und Käufer nicht, was sie an Schulden und Forderungen riskieren, welche Zinsen weit über dem Marktüblichen liegen, und Madame Ardenne und die Mutter hatten denn auch geglaubt, sich ungestraft verständigen zu können. Ihr Tod durchs Gewehr war die erste Quittung dafür; genauso wie der Tod der alten Hündin, die doch eine gute Person war. Weitere Fälligkeitstermine sollten folgen.

Das alles sage ich Ihnen heute, aber damals rechnete ich nicht so. Damals war ich zufrieden, mit derselben Gier die Bücher der Bibliothek und die Episoden der Ardenne'schen Familiengeschichte zu verschlingen, die ich nach und nach entdeckte. In kurzer Zeit hatte ich genug erfahren, um immer mehr wissen zu wollen. Ich musste nur bei Gesprächen die Ohren spitzen wie Delphine, während wir mit unbeteiligter Miene unseren Verpflichtungen nachgingen. Ich hatte öfter als sie bei den Tanten und Vitalie zu tun, die in den Tagen nach dem Donnerschlag alle Nase lang flüsternd die Köpfe zusammensteckten, sich stritten, sich beschworen, seufzten, wenn François bei uns geblieben wäre, sagte Madame Ardenne immer wieder, wären die Dinge anders. Séverine: Warum hast du ihm so früh gesagt, wie es um ihn stand? Er war so jung, er hat nicht recht verstanden, was wir von ihm erwarteten. Vitalie: Er hat sehr gut verstanden, deshalb ist er geflohen. Séverine: Seine Nächte waren sicher nicht rosig, wenn er daran dachte. Victoire: Aber eines Tages musste er es doch erfahren. Vitalie: Es war an dem Abend, bevor er ins Internat zurückfuhr, ich hoffte, er würde darüber nachdenken, wenn er in Besançon allein wäre, und in besserer Stimmung zu uns zurückkehren. Von wegen, er hat die Segel und hinter uns ein Kreuz gesetzt. Wir kannten ihn sehr schlecht, dass wir gar nicht auf die Idee gekommen sind, er würde so weit weg gehen. Ein so willensstarkes, so *eigenes* Kind. Das war er, weil Justin ihn mit seinen Hölzern aufstachelte. Mit ihm im Wald fühlte er sich wohler, Fernand hat er nie geliebt, sagte Victoire. Séverine: Zu meiner Zeit war man nicht verpflichtet, seine Eltern zu lieben, und es ging einem deswegen nicht schlechter: Der Tod meiner Mutter hat mich kaltgelassen. Man stahl auch nicht das Kostgeld fürs Internat. Man nahm den Schleier, man verzichtete. Bist du fertig mit Räsonieren, sagte die eine. Die andere: Immerhin, wir haben Anaïs. Ja, aber sie wächst so langsam, und wir werden so schnell alt. Du kannst glücklich sein, sie hier zu haben, und die Erklärung, die bezeugt. Er ist nicht so undankbar, wenn er sie dir gebracht hat: Benito kann sie nicht anfechten. Bei diesem Namen erschauert Vitalie, sie hebt die Hände zu der Kamee. Ich sagte mir: Da haben wir's. Dieser Benito ist der Knoten der Affäre. Er paradiert auf Industriellenbanketten, und sie krümmt sich vor Schmerz, doch sie zahlt es ihm heim. Anaïs ist der Zankapfel, sie hegt und pflegt sie, um ihm wehzutun. Die Tanten sind da, um sie anzustacheln. Ich war starr vor Staunen. Ich musste mich zusammenreißen, damit sie nicht merkten, dass ich mich vor ihnen fürchtete und zugleich vor Freude erschauerte, in ihre Geheimnisse einzudringen. Mir entging kein einziges ihrer Worte, die ich im Lauf ihrer Tuscheleien blitzschnell miteinander verband, und am Ende war ich erschöpft. Wenn du dich rührst, bist du erledigt, sagte ich mir, sie jagen dich weg, Anaïs ist verloren und du auch. Ich hatte sehr unrecht, das zu befürchten. Sie waren Frauen, die sich Verbündete suchten, und ich gehörte schon zu ihrem Komplott um Anaïs, ich war schon die Todfeindin von Benito.

Wenig später vergaß ich diese Geschichte eine Zeit lang, denn es passierte ein Drama, dessen Folgen die Dinge sehr veränderten. Ich habe Ihnen schon gesagt, dass Anaïs mit den Kindern von Doktor Maître-Grand Freundschaft geschlossen hatte, mit der kleinen Marie, die so alt war wie sie, aber vor allem mit den Jungen, die größer waren, Pierre war mit seinen sechzehn Jahren schon ein junger Mann, Alain war fünfzehn und Jacques dreizehn. Wenn sie da waren, denn sie gingen in Dijon ins Gymnasium, brachten sie Marie den Steilhang hinunter zu den Ardennes und kamen auf die Wiese oder in den Obstgarten, um mit Anaïs alles Mögliche anzustellen, sie war verrückt nach brutalen Spielen und so furchtlos, dass Madame Ardenne sich Sorgen machte; sie hätte sich gewünscht, dass sie ein braves kleines Mädchen wäre, während es ihre starke Natur nach Purzelbäumen und Kletterpartien verlangte. Von denen kam sie mit glühenden Wangen, schwitzend, durstig und hungrig zurück, wie ein junges Tier, das sich verausgabt hat; von der Müdigkeit überwältigt, verlangte sie, dass wir ihr vorlasen. Unter den Jungen war ihr Jacques der liebste. Mit ihm raufte sie gern, forderte ihn zu Faustkämpfen heraus, in denen er sie gewinnen ließ, doch sie ärgerte sich darüber, denn sie war ehrgeizig, stolz auf ihre Kraft und schlug sich verbissen, als wäre es ernst und kein Spiel, aber er war so nett. Vernarrter in sie als in seine Schwester, auch zu den hitzigsten Spielen bereit, sie schwor nur auf ihn, forderte ihn, schmeichelte und tat ihm schön, um zu bekommen, was sie wollte, und er gab nach, als wäre sie sein Kommandant. Ich sah, dass sie ihn genauso gebieterisch adoptiert hatte wie einst mich, dass sie es verstand, ihre Leute auszunutzen, ich war eifersüchtig, aber mit meinen achtzehn Jahren konnte ich das einem Kind gegenüber nicht sein, ohne mich zu schämen, und ich versteckte es. Jedenfalls gingen wir, nachdem der Doktor die Kirschen gebracht hatte, am Sonntag darauf zum Pflücken in seinen Garten. Es war ein strahlender Junitag, in den Büschen sangen die Vögel aus voller Kehle, der Pfau, verärgert über die Konkurrenz, stieß seine albernen Schreie aus, die Kaninchen liefen herum, die mit Bändern geschmückten Mädchen schaukelten, die Gazeabdeckung der Kuchen auf dem Tisch flatterte im Wind, das Grammofon, das Madame Maître-Grand hatte in den Garten tragen lassen, spielte eine Barkarole, Sie werden sagen, solche idyllischen Szenen stammen aus dem kitschigen Postkalender. Doch das war das Bild an diesem Tag, in diesem Überschwang kündigte sich vielleicht schon an, dass es zwangsläufig zerstört würde. Jacques ist vom Kirschbaum gestürzt. Anaïs, die schon weiter oben war, forderte ihn heraus, sie einzuholen, und er ist abgerutscht. Es war ein schrecklicher Moment. Er wurde ins Hospiz gebracht, aber sein Vater wusste, wie wenig Hilfe er dort erhalten konnte. Erst zwei Tage später konnte er ihn ins Krankenhaus in Dijon bringen, eine Tortur auf den schlechten Straßen, das arme Kind hatte sich das Becken gebrochen. Um wieder gesund zu werden, brauchte er eine Schale, in der er monatelang regungslos liegen musste, was Jacques den ganzen Sommer 1910 und bis ins folgende Frühjahr erduldete. Habe ich Ihnen gesagt, dass Anaïs ihn geschubst hat? Es war die Geste einer Unschuldigen, die an nichts Böses denkt, könnte man meinen, und was ist für eine Sechsjährige schon böse, aber da ich mit erhobenem Kopf unter dem Baum stand, um die Kirschen in meiner Schürze aufzufangen, habe ich genau gesehen, dass sie seinen Griff mit einer schlauen Bewegung löste, sodass er rückwärts hinunterstürzte. Um Gewissensbisse zu haben, hätte sie überdies begreifen müssen, welche Gefahr ihm drohte, wenn er fiel, und schlimme Absichten gehabt haben. Doch sie konnte nicht übersehen, was für schreckliche Schmerzen er litt, als er verrenkt auf dem Boden lag, und wie verzweifelt wir waren, welche Aufregung im Garten herrschte, sie konnte die Schreie und Seufzer seiner Mutter und unsere nicht überhören, weil wir nicht imstande waren, seinen Schmerz zu lindern, und dann, als er aus dem Krankenhaus kam, was für Qualen er leiden musste, vom Oberkörper bis zu den Knöcheln in sein Gipsfutteral eingesperrt, so bleich und abgemagert. Doch sie ließ sich nichts anmerken, weit entfernt. Sie freute sich, ihn oft zu besuchen und ihm während seiner langen Rekonvaleszenz Gesellschaft zu leisten.

Wir gingen ins Dorf hinauf, und ich las ihm mit ihr vor, während sie ihm unzählige kleine Aufmerksamkeiten erwies, etwa ihn Löffel für Löffel geduldig mit seiner Crème brûlée fütterte, Oblaten zerbröselte, die sie mit Séverine buk, endlos sein Haar kämmte, ihm hübsche Kieselsteine schenkte, die sie ausgesucht hatte, um ihm zu gefallen, ihm Sträußchen von Herbstzeitlosen, Rapunzeln oder Flockenblumen brachte, die sie unterwegs pflückte, ihn mit Geplapper und naiven Rätseln unterhielt; man könnte sagen, dass dieser Unfall ihn in ihrer Macht hielt. Dass sie sich seiner so noch besser bemächtigte, er war wie ein großes zerbrochenes Spielzeug, das ihr ausgeliefert war. Sie machte ihm schöne Augen, wie ich ihr beigebracht hatte, als sie ganz klein war, es mit uns zu tun, als sie bat und bettelte, bis wir vor Liebe vergingen, denn schöne Augen machen heißt, mit den Pupillen betören, mit der glitzernden Feuchtigkeit des Auges, mit verhangenen Wimpern, die den Samt der Augen zur Geltung bringen, sie mit Tränenglanz füllen, bis zu jenem innerlichen Lächeln, das das Herz zusammenschnürt und wunschlos glücklich macht. So schaute Anaïs ihn an und auch mich, auf der Suche nach meiner Zustimmung zu einem stummen Gebet, was mich dahinschmelzen ließ vor Freude, die Komplizin ihres Glücks zu sein. Außer an dem Tag, als sie die Glaskugel mit der Blockhütte aus der Tasche zog und ihm schenkte, als sie für ihn den darin leuchtenden Schnee blitzen ließ. Sie hatte sich nicht mit mir beraten, auch ihre Absicht nicht angekündigt, als wäre diese Kugel nicht ein Geheimnis zwischen uns beiden, sondern ihr alleiniger Besitz, über den sie nach Gutdünken verfügen konnte. Dieser Verrat zerriss mir das Herz, aber ich ließ mir nichts anmerken, zu so viel Grausamkeit war sie fähig. Und er, der wissen musste, was die schlimme Ursache seines Sturzes war, trug es ihr nicht nach, sondern betete sie an. Statt die ganze Entfaltung von Zuneigung als Wiedergutmachung für ihre boshafte Regung zu nehmen, die ihn hatte stürzen lassen, oder als Zeichen der Reue, schien er ihr im Gegenteil dankbar für sein Leiden. Er hatte wohl recht: Aufgrund dieses Unfalls blieb er behindert. Seine Knochen waren schlecht zusammengewachsen, weil die Spezialisten inkompetent waren, unfähig, sagte der unglückliche, wütende Vater, und verdammten ihn zu Krücken, selbst als alles verheilt war, blieb ihm das Hinken. Es war herzzerreißend, diesen hübschen Jungen, der nie mehr rennen und klettern, keinen Sport mehr betreiben würde wie die Jungen seines Alters, für immer gehbehindert und an seinem Stock humpeln zu sehen, dazu verdammt, zu Hause in Korrespondenz mit einem Institut zu lernen, während seine Brüder in Paris studierten. Doch so überlebte er, als beide fielen, Pierre im Juli 1916 an der Somme, Alain im Mai 1917 im Dorf Soupir. Die Behinderung bewahrte Jacques vor dem Gemetzel des Krieges. Sie sehen, er hatte allen Grund, Anaïs nicht böse zu sein, und sie, ihre Geste nicht zu bereuen, als hätte sie, indem sie ihn stürzen ließ, einem höheren Plan gehorcht, ihn durch diese Verletzung vor noch größerem Unglück bewahrt und sich seine Liebe gesichert, wer kennt schon das Treiben des Schicksals, wer weiß, auf welchen Wegen es sich vollzieht und wie wir es in eine andere Richtung lenken, denn sehr viel später war er es, der ihr eröffnete, was aus ihrem Vater in seinem Exil in Klondike geworden war, zumindest was er ihr davon in seinen Briefen mitteilen wollte, aber es ist schon spät, und Sie müssen morgen die Papierchen unseres Bürgermeisters durchwühlen, machen wir uns Wärmflaschen und gehen schlafen, liebe Freundin.

Am nächsten Tag wartete an der Rathaustür ein Mann in blauer Latzhose auf mich, der sich als Ehemann von Marie-France vorstellte: Sie hat zu wenig geschlafen, um zur Arbeit zu kommen, erklärte er wütend, ich soll Ihnen den Schlüssel bringen. Sie lässt Ihnen ausrichten, wenn Sie sie brauchen, finden Sie sie bei uns zu Hause, und er nannte mir die Adresse oben im Dorf. Bevor ich ihm auch nur danken konnte, schwang er sich auf sein Motorrad, fuhr knatternd und blauen Rauch spuckend davon und ließ mich auf dem Gehsteig stehen, noch außer Atem, weil ich den Steilhang schnell hinaufmarschiert war, denn es war ziemlich frisch, in der Nacht hatte es gefroren, wie Lottie vorausgesehen hatte. Ich war aus der Fassung gebracht und zögerte einen Moment, hin- und hergerissen zwischen der Lust, ebenfalls wieder zu gehen, und der selbst auferlegten Pflicht, mit dem Sortieren fertig zu werden. Marie-France' Nichterscheinen bekümmerte mich mehr, als ich gedacht hätte. Ich würde ohne ihre Anwesenheit unten, ohne ihr Schreibmaschinengeklapper auskommen müssen, das mir am Vortag Gesellschaft geleistet hatte. Zu diesem Fehlen kam noch die Aussicht hinzu, den ganzen Tag in diesem verlassenen großen Gebäude eingesperrt zu sein, während es draußen schön war, die kraftvoll zurückgekehrte Sonne machte mir Lust auf einen Ausflug, zum Beispiel den Streifzug durch den Wald, auf den ich tags zuvor verzichtet hatte, um, wer weiß, die Abkürzung und den alten Bahnhof zu finden. Doch ich widerstand der Versuchung und ging wieder in meinen Verschlag, wo ich ziemlich schnell die Aufteilung erledigte, die ich vorhatte, sodass mir noch Zeit blieb, die beiseite gestellte Kiste der *Bulletins und Periodika* zu öffnen, um mich für meine Frustration zu entschädigen. Einen Gutteil des Vormittags sichtete ich diese Publikationen, die die Jahre 1910–1930 abdeckten, mehr oder weniger vollständige Sammlungen dessen, was für den Gebrauch einer Ortschaft gedruckt werden mag, die in der Summe eine lebendige Chronik des gesellschaftlichen Lebens, des Sozialverhaltens und der Aktivitäten innerhalb der Gemeinde lieferten. Etwa das Bulletin einer Gelehrtengesellschaft, zu der die Honoratioren, der Lehrer, der Notar, ein Amateurarchäologe und ein in die Philologie oder die Architektur vernarrter Vielschreiber Beiträge lieferten, dann das offen antisemitische Kirchenbulletin und ein kurzlebiges Wochenblatt der Gemeinde, das über die Verordnungen des Präfekten, die Vergrößerung der Mädchenschule, die Daten des Schulbeginns, die Reinigung der Straßengräben und des Brunnens und über die Schritte informierte, die zum Erhalt einer Kriegsrente nötig waren. Zweimal fand ich darin einen von Doktor Hector Maître-Grand gezeichneten Artikel über körperliche und häusliche Hygiene zur Prophylaxe gegen die Spanische Grippe und über die Behandlung der Krätze, und schließlich entdeckte ich zwischen diesen vergilbten Blättern eine ganze Reihe jungfräulicher Postkarten von vor dem Ersten Weltkrieg, Ansichten des Marktfleckens zu dieser Zeit, von einem Fotografen aus Montbard aufgenommen und mit seinem Namenszug geschmückt; sicher der unverkaufte Bestand eines Ladens im Dorf. Verkäufer alter Papiere bieten solche zu Sammlerstücken gewordenen Aufnahmen feil, auf denen vor der Schule, dem Lebensmittelladen oder an einer Straßenecke Einwohner posieren, die dem Fotografen unter seinem schwarzen Tuch bei der Arbeit zuschauen, damals jagte man sie nicht fort, um menschenleere Ansichten zu erhalten, diese Ästhetik hat sich erst später durchgesetzt. Wenn ich die Zeit dazu hätte, dachte ich, könnte ich diese Gesichter vielleicht mit der Lupe betrachten und von Lottie identifizieren lassen, um sie aus der Anonymität zu ziehen und diese Existenzen wieder ans Tageslicht zu bringen, die seit Jahrzehnten zwischen Papieren begraben waren, die ihren Alltag nachzeichneten. Solange sich noch ein Zeuge findet, der sie benennen kann, sind sie noch nicht zur Schar der Gespenster gestoßen, sagte ich mir, steckte einige Karten ein und nahm mir vor, sie am nächsten Tag wieder an ihren Platz zu legen; obgleich dieser harmlose kleine Diebstahl unbemerkt bleiben würde, sprach ich mich, schon als ich sie einsteckte, davon frei. Dann blieb nur noch die Kiste mit Zuschriften zu inventarisieren, doch ein leichter Hunger ließ mich das auf den Nachmittag verschieben, und als ich aus dem Coop kam, der inzwischen meine Hauptquelle war, packte mich das Bedürfnis, mich bei Marie-France nach ihrem Befinden zu erkundigen und vielleicht einen Kaffee mit ihr zu trinken. Ich hätte sie anrufen können, aber dann hätte ich ins Rathaus zurückgehen müssen, und der Wunsch, sie zu sehen, war stärker; wenn ich die Tür verschlossen fand, hatte ich eben Pech. Sie war es nicht. Marie-France öffnete mir sofort, als hätte sie auf mich gewartet, und ich dachte, dass die von ihrem Mann überbrachte Botschaft, zu ihr zu gehen, *wenn ich sie brauchte*, fast einer Einladung glich, so hätte ich sie auffassen sollen, ich brauchte sie und sie mich, das begriff ich, sobald ich ihr zerknittertes Gesicht und ihre verquollenen Lider sah, bei ihrer fiebrigen Begrüßung: Mit diesem Kopf konnte ich nicht zum Dienst, sagte sie, wenn ich weine, schwellen meine Augen sofort an wie pochierte Schnecken. Sie können sich was drauf einbilden, mir eine schöne Nacht verschafft zu haben. Und da dieser Vorwurf mich sprachlos machte, fügte sie hinzu, die alten Geschichten sind frisch wie von gestern, Sie hatten ganz recht damit, mir ist alles wieder hochgekommen, und als ich zu Hause war, konnte ich nichts essen, auch nicht ertragen, dass mein Mann fernsieht, als wär nichts. Wir haben uns gestritten, ich hab auf dem Sofa geschlafen, wenn man das so nennen kann. Schauen Sie, in welchem Zustand ich bin, weil ich wieder an Joël gedacht habe, so als könnte ich noch irgendwas tun.

Ihre Wohnung war bescheiden, ein Sammelsurium zusammengewürfelter Möbel aus den Fünfzigerjahren, die die »Wohnzimmerecke« mit dem unvermeidlichen Skaisofa und dem Fernseher, der auf einem niedrigen Tisch thronte, von einer Essecke abtrennnten, wo wahrscheinlich nur selten Mahlzeiten eingenommen wurden. Sie führte mich in die Küche, ganz aus beigem und grauem Resopal, und entschuldigte sich, dort könne sie sich am besten wieder aufmuntern, haben Sie schon Mittag gegessen? Ich hatte auf dem Herweg mein Sandwich und meine Banane verschlungen, und sie hatte keinen Hunger, also machte sie Kaffee. Ohne ihr Haargummi hingen ihre Haare herab, und ihr trostloses Gesicht verriet ihr Alter, doch ihr Körper war noch schlank und ihre Bewegungen flink, sie muss hübsch gewesen sein, dachte ich, zu der Zeit, als ihr Schwager im Wald starb. Dann kann ich Ihnen genauso gut mein Herz ausschütten, wenn Sie schon gekommen sind. Ich hab's gehofft, denn bei wem sonst hier sollte ich das wohl? Colas will nichts mehr von seinem Bruder hören, auch nichts von unserer Jugend, er ist fuchsteufelswild, dass ich gestern Abend drauf zurückgekommen bin, ich hab ihm nicht gesagt, dass Sie mich drauf gebracht haben, sonst hätte er Ihnen den Schlüssel nicht gebracht. Aber es liegt sowieso nicht so sehr an Ihnen, sondern an der Jahreszeit. Jedes Jahr, wenn das Oktoberdatum näher rückt, denk ich ständig dran, die Bäume, die gelb werden, der Morgennebel, der die Wälder verstopft, die ganze Frühherbststimmung macht mich unglücklich, als würde alles wieder anfangen. Als wär's noch möglich, die Zeit irgendwie umzukehren, den Geschehnissen, die sich verketten und zu ihrer Ermordung führen, zuvorzukommen, sodass ich mich anders verhalten und eingreifen könnte, um es zu verhindern. Ich weiß ja, was sie erwartet, und sie wissen es noch nicht, es ist, als ob ich ihre Vergangenheit vor mir herjage, aber der Film der Ereignisse läuft immer wieder ab, und ich kann ihn nicht anhalten. Ich quäle mich mit wenn hier und wenn da, um den Verlauf zu ändern, aber die Dinge geschehen trotzdem, Joël ist tot, und er stirbt jeden Oktober von Neuem.

Ihr Kaffee war sehr viel besser als der Tütchenkaffee im Rathaus, wir leerten die ganze Kanne, Tasse für Tasse, und der Ausflug und die Kiste mit den Zuschriften kümmerten mich nicht mehr, während ich ihr zuhörte, wie sie mir »ihr Herz ausschüttete«, zuweilen vertraut man sich einer Unbekannten wie mir leichter an als seinen Nächsten, für Fremde wird der abgenutzte Bericht wieder ganz frisch, denn ihr Ohr ist neu, und für sie beginnt die Geschichte erst. Die ihre fing mit einem Fußballspiel gegen eine andere Gemeinde an, zu dem ihre Freundinnen sie mitgeschleppt hatten, eine in der ganzen Schule bekannte Bande, darunter Colette, ein pfiffiges Mädchen, dessen Temperament alle verblüffte. Sie spielte alle möglichen Streiche, etwa mitten in der Nacht mit der Kirchenglocke Alarm läuten, ein Schwein mit Trester besoffen machen und es dann auf die Straße jagen, oder die Wäsche, die in einem Garten trocknete, mit der aus dem Nachbargarten mischen, sie rauchte gestohlene Zigaretten, stahl auch Lippenstift, den die Mädchen hinter Hecken herumgehen ließen und vor dem Heimgehen wieder abwischten. Sie war eine Anführerin, ihre Dreistigkeit brachte uns zum Lachen, sagte Marie-France, wir kümmerten uns nicht groß um die Besatzung. Allerdings waren in Le Mauduit auch nicht viele Deutsche, nur ein Trupp gutmütiger Opas, die im Hôtel du Commerce wohnten und außer der Beschlagnahmung von Reifen und Benzin die Bevölkerung in Ruhe ließen, solange sie genug Eier für ihre Omelettes, Zucker und vor allem Kirsch hatten. Ich hatte keine große Lust, zu diesem Fußballspiel in Lugnes zu gehen, vier Kilometer zu Fuß auf der Straße zu frieren, aber Colette war oft mit den Jungs aus diesem Dorf zusammen, sie kannte ziemlich viele in der Gegend, weil sie mit ihrer Tante im Lastwagen auf die Märkte fuhr. An einem Sonntag im März 1943 beschwatzte sie uns mitzukommen. Und da hab ich Joël kennengelernt. Er war Außenstürmer der gegnerischen Mannschaft, die unsere drei zu null schlug. Ich war fünfzehn und er zwanzig, an dem Tag haben wir uns verliebt. Ich bin auf seiner Fahrradstange zurückgefahren, während die anderen zu Fuß heimkehrten, Marie-France schnäuzte sich und schenkte uns Kaffee nach, ich schaff's nicht, wenn ich weiter so flenne. Die Schwärmerei hätte vielleicht nicht lang gedauert, was Romantisches ist wohl vor allem deshalb draus geworden, weil wir behindert wurden und uns vor den andren verstecken und heimlich treffen mussten. Sicher auch, weil die Mädchen eifersüchtig waren, vor allem Colette, das machte ihn für mich noch verführerischer, hast du dich hingegeben, hast du dich hingegeben, bedrängte sie mich immer wieder. Ich zog ein Gesicht, das sie in dem Glauben bestärkte, obwohl er gar nicht die Absicht hatte und ich auch nicht, nur Umarmungen und Küsse gab es im Frühling im Wald, ich wollte gar nichts anderes als seine Küsse, er war meine erste Liebe. Dann erhielt er die Aufforderung, zum Arbeitsdienst nach Deutschland zu gehen, auch die andren aus seiner Klasse, die wegen des Waffenstillstands und der Besatzung keinen Militärdienst geleistet hatten. Die Dienstverpflichtung traf jetzt die Bauern und die Arbeiter, bis dahin war es freiwillig gewesen. Er war wütend und weigerte sich zu fahren, ich schwöre Ihnen, er hatte nichts mit Politik am Hut oder mit dem Widerstand von Terroristen, von denen man damals hörte, dass sie mit ihren Anschlägen die Besatzer zur Weißglut trieben und dazu brachten, Unschuldige als Geiseln zu nehmen und zu erschießen, solche Gerüchte versetzten unsere Gegend in Angst und Schrecken. Joël pfiff auf die Boches, bis sie ihm die Freiheit nahmen. Ich will nicht weg von dir, erklärte er, ich werde nicht gehorchen. Andere, die auch gehen sollen, verstecken sich auf ihrem Hof oder bei Freunden, ich mach dasselbe. Aber sein Vater war nicht einverstanden, er befürchtete Scherereien wegen seines Ungehorsams. Er hatte die Schützengräben erlebt, war zwar heil davongekommen, aber verbittert wegen des Elends damals, jetzt war er froh, dass Frieden herrschte. Nicht dass er für Laval oder die anderen war, obwohl er als ehemaliger Poilu eine gewisse Neigung für Pétain hatte, aber es kam ihm nicht in den Sinn, ungehorsam zu sein und den Besatzer zu provozieren. Seinem Jüngsten auch nicht, doch Colas hatte ohnehin nichts zu sagen. Sie wären beinah handgreiflich geworden, um Joël zu überzeugen, der sich hartnäckig weigerte. Vielleicht war er verliebter, als ich dachte, oder er redete es sich ein, indem er das Hindernis zum Beweis machte. Ich glaub eher, dass unsere Liebelei für ihn ein Vorwand war, dass ihn in Wirklichkeit etwas Persönliches zu Auflehnung und Wut reizte, einfach die Tatsache, dass man ihm einen Befehl erteilt. Wie auch immer, er hat behauptet, er würde sich meinetwegen weigern. Als das Datum da war, ist er in den Wäldern verschwunden, wie er vorher beschlossen hatte, zusammen mit drei anderen aus der Gegend, die sich, jeder aus anderen Gründen, ebenfalls weigerten, nach Deutschland zu gehen.

Ein paar Wochen lang hörte ich nichts von ihm, dann hat er mir in einem Briefchen geschrieben, wo ich ihn finden kann. Ein Mädchen aus der Bande hat es mir gegeben, von ihrem Bruder, der die Verweigerer mit Kleidern und Lebensmitteln und vor allem Zigaretten versorgte, er ließ sie manchmal sogar in einer seiner abgelegenen Scheunen übernachten. Es war ein zärtlicher Brief, in dem er mir seine Liebe schwor und versprach, dass er mich nie verlassen wird und dass wir heiraten, wenn der Krieg vorbei ist. Monatelang haben wir uns heimlich in ehemaligen Köhlerhütten getroffen, die schwer zu erreichen waren, man musste schon aus der Gegend sein, um sie zu finden. Ich folgte seinen Anweisungen und passte genau auf, wenn ich Le Mauduit verließ, dass mir niemand folgt. Ich sah, was für ein schwieriges Leben er führt, besonders in diesem sehr heißen Sommer, und dass er nicht genug zu essen hat, aber ich war begeistert von dem heimlichen Abenteuer und bewunderte seinen Mut, sich aufzulehnen, mehr noch gegen seinen Vater als gegen die Deutschen; die Leute aus dem Dorf machten uns nicht so viel Angst. Wegen meiner schönen Augen, sagte ich mir, erträgt er es, wie ein Wilder zu leben, das wird bald vorbei sein. Dann erzählte er mir von den anderen, die zu ihnen gestoßen waren, gut trainierte Partisanen von anderswoher, die mehr Erfahrung darin hatten als sie, ein Lager zu organisieren und für was weiß ich zu üben, bald würden sie Waffen bekommen, und ich fragte mich nicht mal, wozu. Ich brannte nur darauf, dieses Lager zu sehen, das ich mir wie ein Ferienlager vorstellte, und mit ihm dort zu leben, ich war bereit, von zu Hause abzuhauen und in den Untergrund zu gehen, wie sie das nannten, aber sie wollten keine Mädchen. Dreimal hab ich ihnen mit dem Jungen, der sie versteckte, Lebensmittel gebracht, es gab nicht so viel Freiwillige, die dieses Risiko eingingen, doch mir kam es vor wie ein Spiel, wenn ich daran denke, wie ahnungslos ich war, ohne eine Vorstellung, wie gefährlich das war, was ich da tat ... So habe ich, immer einzeln, Joëls Freunde und die neuen Kameraden getroffen. Sie trugen Decknamen, die Partisanen hatten alle einen, um Verfolgung zu entgehen, wir haben erst in den Fünfzigerjahren nach ihren richtigen Namen gesucht, als ein Verein ehemaliger Widerstandskämpfer Nachforschungen anstellte, um ihnen Gerechtigkeit widerfahren zu lassen und ihnen ein Denkmal zu setzen. Einer ließ sich Godard nennen, aber an seinem starken Akzent merkte man, dass er Ausländer war; ein anderer Loco, ein Spanier vielleicht, aber er sprach gut Französisch, er alberte immer herum, als wäre der ganze Zirkus zum Lachen, und schließlich so was wie ein Student aus Paris, mit Brille, ziemlich schüchtern, gar nicht die Statur der anderen, und siehe da, mit dem war diesmal Colette zusammen, sie hing an seinem Hals und lachte, als sie mich einmal schwitzend und beladen wie ein Maultier am Ende unseres Zehn-Kilometer-Fußmarschs durch die Wälder kommen sah. Was hatte sie da zu suchen, während ich Joël nur heimlich sehen konnte und die anderen nur ausnahmsweise? Es schien ihr blendend zu gehen mit dieser Brillenschlange, und als sie mit ihnen wegging, gab sie mir mit spöttischen Grimassen zu verstehen, dass sie schlauer war als ich, die nicht mal wusste, wo genau das Lager meines Liebsten war. Ich hielt Joël fest: Warum durfte Colette dazugehören? Er schwor mir, das würde sie nicht, aber Luçon, wie er ihn nannte, sei in sie vernarrt und wollte sie so oft sehen wie wir uns, wahrscheinlich würde sie sich ihm hingeben. Sie gibt sich noch vielen anderen hin, jedem, der es will, erklärte er verächtlich, sie ist eine Schlampe.

Auf dem Rückweg regnete der Wald goldene Blätter in den langen Sonnenstrahlen, die durch das Geäst brachen, und während ich zwischen den Bäumen hinabging, hatte ich nicht die leiseste Ahnung, dass es das letzte Mal war. Ich wusste nicht mal, was die Miliz war, als wir erfuhren, dass sie sie im Morgengrauen erwischt hatten. Sie haben sie zuerst im Laster nach Auberive gebracht, dann am Rand der Landstraße erschossen, sie waren so entstellt, dass nur in Andeutungen über Einzelheiten gesprochen wurde, und ich konnte mit niemandem reden, keine Fragen stellen. Es war zu gefährlich geworden, sie gekannt und verpflegt zu haben, überall war die Rede von Razzien und standrechtlichen Erschießungen durch Milizionäre, die vor aller Augen in den Dörfern und Städten lebten, von Misshandlungen und Deportationen, ich glaube, ich bin auf einen Schlag erwachsen geworden und hab endlich begriffen, dass wir uns im Krieg befinden. Das Einzige, was ich sicher wusste, war, dass von denen, die sich da oben versteckt hatten, sechs tot waren und dass Joël zu ihnen gehörte, sein Vater hat seine Leiche abgeholt. Ich habe mich nicht getraut, zu seiner Beerdigung nach Lugnes zu gehen, ich hatte Angst, er würde sagen, dass sein Sohn durch meine Schuld tot ist, und mich aus Rache bei meinen Eltern oder gar bei der Miliz verraten, es gibt eine ganze Kiste mit anonymen Briefen im Rathaus. Als ich dort als Sekretärin angefangen hab, ich meine vor zwanzig Jahren, bin ich beim Aufräumen darauf gestoßen und hab diese Briefe gelesen bis zum Erbrechen. Ich hab vergeblich nach demjenigen gesucht, der sie denunziert und über ihr Lager informiert haben könnte – was für einen Horror hab ich da entdeckt. Manchmal, wenn ich einen Fürsorgeantrag ausgefüllt oder einen Auszug aus dem Geburtenregister für diesen oder jene getippt habe, sagte ich mir, diese ganz gewöhnliche Person ist der Lump, der eines Tages zur Feder gegriffen oder Buchstaben aus der Zeitung ausgeschnitten hat, um auf einem Blatt aus dem Schulheft oder einem Auftragsbuch oder auf schönem Briefpapier einen Nachbarn, einen Verwandten oder Freund wegen diesem oder jenem zu denunzieren. Diejenigen, deren Name genannt wird, wissen nicht alle, dass in dieser Kiste mit den Briefen der eine schlummert, der sie der Verhaftung oder dem Tod weihte, und dass sie nur gerettet wurden, weil jemand, der angewidert oder auch nur müde war, den Brief einfach ad acta gelegt hat. Unwillkürlich sehe ich unter dem Gesicht von jedem x-Beliebigen die hassenswerte Fresse des potenziellen Denunzianten, die sich dahinter verbirgt. Der Verdacht nagt mehr an einem als Säure, er zersetzt die Achtung vor sich selbst und vor anderen. Die Kiste ist eine Phosphorbombe. Eines Nachts werd ich noch ihren Inhalt in den Straßen verstreuen oder die Briefe in die Briefkästen stecken, damit ihnen der Dreck ihres netten kleinen Dorfs ins Gesicht springt. Besser wär's, sie zu verbrennen. Wozu solche Akten aufbewahren. Keine sehr appetitliche Arbeit, die Sie da machen, wenn Sie im Bodensatz der Zeit wühlen, um solche Schweinereien herauszuziehen. Die Vorstellung, dass es überall in Kellern und Speichern von Rathäusern und Präfekturen noch solches Zeug gibt, macht mich krank. Vierzig Jahre danach geht das nicht. Es wäre besser, dass ich's vergesse, wie Colas, behauptet er jedenfalls, wollen wir eine Runde drehen? Ich brauch frische Luft. Wir fuhren in ihrem Wagen durch die Gegend. Ich weiß nur, dass wir langsam fuhren, kilometerlang über Nebenstraßen durch karmesinrote und goldbraune Landschaften unter einem friedlich blauen Himmel, die offenen Fenster ließen frische Luft herein, sie musste durchatmen, ich wohl auch. Da ich keinerlei Anhaltspunkte in der Gegend hatte, wusste ich nicht, wo wir langkamen, jedenfalls fuhren wir durch kein Dorf und trafen keine lebende Seele, nur Kühe, die auf den Wiesen weideten, und einen Hasen, der aus dem Gebüsch sprang, und ich respektierte ihr Schweigen. Nach jeder Kurve war es dieselbe Landschaft herbstlicher Wälder, dann sagte sie: Es ist da.

Da war ein normaler Straßenrand, eine schmale Lichtung, niedriges Nadelholzgebüsch, das den dichten Hochwald von Eichen und Eschen säumte, zwischen denen ein paar Birken mit heller Rinde den violetten Schatten des Unterholzes durchbrachen, und als sie den Motor abstellte, herrschte Stille, die große Stille der Waldeinsamkeit. Dann drang plötzlich ein vielfältiger Lärm ans Trommelfell, der Wind in den Wipfeln, das Knarren der Äste, die wogten und schlugen, die Detonation von trockenem Kleinholz, die Laute ferner Tiere, die kreischten, brüllten und kleine Schluchzer gurrten, Marie-France war ausgestiegen und ging ein paar Schritte auf der Straße. Sie entfernte sich von mir, aber nicht weit, ich lehnte am Wagen und betrachtete den schmalen Streifen Gras, auf dem die Milizionäre die jungen Männer umgebracht hatten. Da war kein Grab, das man nur abbürsten müsste, um es zu pflegen, auch kein Denkmal für die Toten, auf dem man die von Unwettern verwischten Buchstaben nachzieht, auch kein Garten, den man gießt, harkt und jätet. Da füllt sich der Straßengraben, senkt sich die Böschung, werden die Gräser von Sommer zu Sommer fruchtbarer, wachsen die Bäume und treiben Wurzeln aus der Erde. Die Birke ist dicker geworden, ihr Stamm, einst ein biegsamer kleiner Besen, gleicht jetzt dem Oberkörper eines Kindes, die Eiche daneben streckte damals ihren niedrigen Ast, wie es ihr in den Sinn kam, inzwischen reckt er sich so weit, dass er in jeder Jahreszeit in der Sonne liegt, die im Winter so tief steht, dass sie die vereisten Wurzeln wärmt, auf ihrem Höchststand im Sommer formt sich das Eichenlaub zu einem strahlenden Gezweig, so träumte ich kurz an diesem Ort, der nichts von der Grausamkeit bewahrte, deren Schauplatz er gewesen war, sondern gleichsam ihre Legende wurde. Ein Ort ohne Spur noch Narbe, der sich in der Einsamkeit eines Waldfleckchens dennoch erinnert, dieser winzige Einschnitt in der Vegetation, der sich an allen Waldsäumen in der weiten Welt findet und trotz der unterschiedlichen Arten von Bäumen, Sträuchern und Gräsern überall gleich ist; so fern mir das Unbekannte der Welt in diesem Moment auch war, sicher war auch dort eine solche von Verbrechen verdüsterte Lichtung zu finden, deren mit menschlichem Blut vollgesogene Erde schwärzer und dichter ist als anderswo. Jahre, Jahrzehnte später hält die Erinnerung denselben Winterschlaf wie die verlorene Saat, weil es genügt, hier am Rand der schmalen Lichtung zu stehen, damit die Zeit den Schleier lüftet, mit dem sie die Stelle verhüllt, und sie unverändert in ihrer natürlichen Verlassenheit zeigt, und dann tritt trotz der Leichtigkeit der Luft, der Klarheit des Himmels und des Zitterns wilder Gräser jede

Form deutlich hervor und verlangt nach ihrer endgültigen Härte, ausgeglüht wie Vulkangestein, verletzt von Kratzern, Strichen und Kerben wie, aber ja, wie die Zeichnung im Büro meines Vaters, auf der die Kohlestriche ähnliche Schraffuren ins Papier geschnitten hatten und die bloß die ungeschickte Landschaftsskizze eines Amateurs war, zu unbegabt oder auch zu hastig, um seine immer wieder korrigierte Zeichnung zu meistern, wie ein verzweifelter Entwurf, übersät von Reuestrichen, die auch nicht die Lösung bringen und stattdessen zunichtemachen, was er sich davon versprach, so eine betrübliche, missglückte Landschaft hatte mein Vater in sein Büro gehängt, ich kann sie selbst in Gedanken nicht vor mir sehen, ohne sie mit seiner gebeugten Gestalt zu verbinden, als er sich von unserem Auto entfernte, vergeblich gegen den widrigen Wind des Lebens ankämpfend, der ihn zu verhängnisvollen Fehlern trieb, und mit meiner Mutter hinter der Windschutzscheibe, die Geh zum Teufel sagte, zu leise für mich, aber ich hörte es.

Ich gehe nicht auf den Friedhof, sagte Marie-France. Aber hierher komm ich manchmal. Jeden Oktober komm ich her. Ich sage Colas nichts, er würde sich ärgern. Er behauptet, man muss einen Schlussstrich ziehen, aber Sie wissen ja, dass es umgeknickte Ecken gibt, bei denen das Buch aufklappt, egal was man macht. Nicht dass ich immer noch in Joël verliebt bin, vielleicht war ich das nie, nur in die junge Liebe, die er mir eingeflößt hat, ich war so naiv, es ist so lang her. Später war ich in Colas verliebt, wirklich. Wir hatten solche Lust zu leben. Er warf Joël nichts vor, nicht wie sein Vater, der ihn einen Hitzkopf schimpfte, einen Dummkopf, der den Helden gespielt hatte, sein Kummer verkleidete sich als Zorn. Helden, darauf kamen sie gar nicht. Sie hatten nur entschieden, Nein zu sagen. Was waren ihre Gründe, wussten sie überhaupt, dass sie ihr Leben aufs Spiel setzten, bloß indem sie sich versteckten? Das harte Leben, irgendwo herumkraxeln, in den Wäldern ein Lager improvisieren, das war ihnen lieber als zu gehorchen, mehr war's nicht. Dabei waren es zu der Zeit nicht so viele. Und die sie gefoltert haben, das waren keine SS-Männer, sondern Franzosen, Familienväter aus der Gegend, kleine Angestellte, Bauern, Händler, ein Haufen Deklassierte, Abschaum, der es genoss, völlig straflos zu verfolgen und zu terrorisieren. Einige sind ohne Prozess hingerichtet worden, das war nicht schön anzusehen. Andere wurden verurteilt und dann amnestiert. Wie Vater Bertoux, der dachte, er ist billig davongekommen, dann hat er begriffen, dass er nicht alt wird, wenn er in Le Mauduit bleibt. Er war vielleicht einer von denen, die ihnen die Augen und die Hoden ausgerissen, mit dem Kolben die Zähne und den Schädel eingeschlagen haben, manche gehen noch durch unsere Straßen. Man trifft sie auf Märkten, sie leben weiter unter uns; es ist nicht mehr so warm, Zeit zurückzukehren, Colas wird bald heimkommen. Seit unser Sohn eine Autowerkstatt in Sedan übernommen hat, sind nur noch wir beide zu Hause. Er ist Vorarbeiter im Sägewerk, der Boden gab nicht mehr genug her, um davon zu leben. Als sein Vater 1954 gestorben ist, hat er den Hof in Lugnes an Leute verkauft, die ihr Ferienhaus draus gemacht haben. Jetzt genießen sie dort ihre Rente. Wenn Sie wollen, machen wir den Umweg, ich zeige es Ihnen im Vorbeifahren, sie haben ihn gut renoviert. Ich hoffe, Sie sind mir nicht böse, dass ich Sie dahin gebracht habe. Ich hätte nie gedacht, dass ich irgendwann mit jemandem da hinfahre. Mit Ihnen hat es mir gutgetan. Jetzt werde ich dort nicht mehr so allein sein. Ich nutzte aus, dass sie vom Fahren in Anspruch genommen war und mich nicht ansehen konnte, und fragte, kennen Sie Luçon, und um ihrer Antwort zuvorzukommen, sagte ich ganz schnell: Das ist eine kleine Stadt in der Vendée, ich glaube, dort habe ich als Kind einmal die Sommerferien verbracht.

Es war zu spät, um wieder ins Rathaus zu gehen, und ich gab Marie-France die Schlüssel zurück. Ohnehin wurde mir schlecht bei dem Gedanken, mich wieder da oben einzusperren und die Kiste mit den Briefen aufzumachen, jetzt, da ich wusste, was sie enthielt. Marie-France setzte mich vor dem Dorf an der Einmündung der Straße zu den Ardennes ab, ich hatte behauptet, ich müsse laufen. Bevor ich ausstieg, nahm sie, ohne mich anzusehen, meine Hand und drückte sie sehr fest, als wollte sie durch diesen stummen Gefühlsausbruch Dankbarkeit ausdrücken oder mich ermutigen, oder aber, um mich über einen Schmerz hinwegzutrösten, den sie mir unberechtigterweise zugefügt hatte. Und tatsächlich spürte ich, als ich mich schnell entfernte, dass sie, indem sie mir ihr Herz ausgeschüttet hatte, das meine gefüllt hatte, dessen Gewicht mich nun den Steilhang hinabriss. Seit Langem hatte ich dieses sehr körperliche Gefühl eines *schweren Herzens* nicht mehr empfunden, eines Herzens voller Tränen, das die Brust wie ein Schraubstock zusammenpresst und die Gurgel zuschnürt, mit namenloser Müdigkeit niederdrückt. Ich lief weiter in der Hoffnung, dass die Waldeinsamkeit meine Verzweiflung besänftigte, aber der dunkelnde Himmel zwischen den Wipfeln, das Nahen der Dämmerung, das die Tiefen beängstigend machte, und die ergreifende Melancholie des Herbstes verstärkten sie vielmehr, und plötzlich rannte ich von der Straße. Ich taumelte ein paar Schritte durchs Unterholz, lehnte mich gegen einen Baum, und sofort schüttelten mich Krämpfe, deren Heftigkeit mich in die Knie zwang.

Ich überließ mich ihnen rückhaltlos, ließ mit einer Art düsterer Wollust die Tränenfluten mir den Atem nehmen, den geöffneten Schlauch sich entleeren, voller Groll auf Marie-France, doch schon im Wissen, dass sie nichts für diesen Schmerzausbruch konnte, dass ihr Bericht mich zwar erschüttert hatte, aber nicht der Ursprung des Kummers war, der mich niederwarf und so lange unterdrückt gewesen war, dass er mich wieder zum Kind machte, zum Kleinkind, das noch keine Worte hat, dessen einzige Sprache Lachen, Schreien und Tränen sind. Wie gut es tut, sich so auszuweinen, sagte ich mir beim Anblick der gleichgültigen Natur um mich her, froh, keinen Zeugen zu haben, der den Kummer mit mir teilte oder vor dessen Übermaß erschrak, froh, ja, eine Art Glück, diese wilde Einsamkeit, die einen wieder zu sich bringt und zum Denken zwingt; und dass Luçon in der Vendée mir allmählich wieder in den Sinn kam, war kein Zufall, es war das, was ich suchte, als ich nach Le Mauduit zurückkehrte, indem ich dem abschüssigen Weg folgte, der meinen Vater fortgerissen hatte, ich neige zu diesen abschüssigen Landschaften, ihren von Kohlelinien zerhackten Säumen, zu schmerzlich scheiternden Leben, die zum Exil verdammen.

Als meine Tränen erschöpft waren und ich meine Kleider etwas geordnet hatte, machte ich mich, von der Überfülle an Gefühlen entlastet, wieder auf den Weg und fand Linderung im Hauch der Abendluft. Ich konnte wieder vorwärts gehen, beenden, was ich unter dem Vorwand in Angriff genommen hatte, die Arbeit meiner Studenten vorzubereiten, worum ich mich auch kümmern würde, doch nun wusste ich, dass ich diesen falschen Grund vorgeschoben hatte, um wieder in meine Fußstapfen von damals zu treten, als ob es genügte, an den Ort zurückzukehren, wo man einmal war, um besser zu verstehen, was man versäumt hatte; der polnische Passant wusste, dass man nichts versäumt, dass alles im Gehen geschrieben wird, dass man in seinem Herzen das unerbittliche Gewicht des Kummers mitnimmt und Erkenntnis daraus zieht bis zum Ende der Tage. Ich fand Lottie im Garten, wo sie ein Beet harkte, wenn man in meinem Alter nicht mehr tut, was man noch tun kann, kann man den Laden gleich dichtmachen, sagte sie statt guten Abend. Glauben Sie nicht, dass ich mich überanstrenge: Ich halte mich fit. Bei der Arbeit ist mir heiß geworden, und mein Hexenschuss ist weg, vielleicht hat mein Brennnesselumschlag dabei geholfen. Sie kommen früh zurück, sind Sie fertig mit Ihrer Forschung?

Ich erzählte ihr nichts von meinem Tag, aber als wir das Gemüse für die abendliche Suppe klein schnitten, beobachtete sie mich verstohlen und riet mir schließlich, mich vor dem Abendessen auszuruhen. Gehen Sie heute früh schlafen, ich werde mein Feuer allein bewachen. Keine Angst, ich bin's gewohnt. Ich protestierte, es sei nur ein kleiner Anfall von Melancholie, ich hätte es vielmehr eilig, ihr meine Beute zu zeigen, die Postkarten, die ich mir im Rathaus ausgeliehen hatte, und so ging sie zuerst eine Flasche selbst gemachten Nusswein holen, dieser Wundertrank wird Sie wieder auf die Beine bringen. Ich verordne ihn mir von Zeit zu Zeit, sagte sie und goss mir ein Glas ein; sie ließ ihr Gemüse goldbraun werden, dann löschte sie es mit etwas Brühe ab, lassen wir's köcheln. Sie setzte sich an den Tisch, zog das Gestänge der Lampe herunter, um die Fotos anzuschauen, hielt ihre Brillengläser darüber wie eine Lupe, ich hätte nicht gedacht, dass es noch welche gibt, staunte sie. Wie sahen wir damals als Schulkinder bloß aus, wie liefen wir rum: Schauen Sie sich unsere Kittel an, unsere Galoschen, und die da barfuß;

mit der Zeit wurde die Hornhaut wie eine Sohle. Ich bin nicht drauf, falls Sie das erwartet haben. Ich bin nicht fotografiert worden, bevor ich zu den Ardennes kam. Die wenigsten hatten einen eigenen Apparat, da musste man reich sein. Das einzige Foto, das ich je von meinen Eltern gesehen habe, hatte mein Vater von einem Wanderfotografen machen lassen und der Mutter zur Verlobung geschenkt. Die zogen damals durch die Dörfer, es war jedes Mal ein Ereignis, und es kostete. Einen Monat Arbeit mindestens. Dreißig Klafter Kohlenholz, wenn Sie die Einheit meiner Mémé nehmen. Die Leute kauften lieber diese viel billigeren Postkarten im Lebensmittelladen, nicht um sie zu verschicken, sie hatten kaum jemanden, dem sie schreiben konnten, nur um sich darauf anzuschauen. Für viele war es das erste Mal. Erkennen Sie jemanden, fragte ich. Alle, sagte sie lachend, ich kannte fast alle und jede. Ihren Namen, ihren Spitznamen, ihre Geschichte, die der Elenden ist immer dieselbe, ihre Menge verliert sich im Nebel der Zeit, wie Monsieur Hugo sagt. Wenn niemand ihre Chronik aufschreibt, geraten sie in Vergessenheit, als hätten sie nie existiert, um das zu verstehen, liest man besser seinen Roman.

Die hier, schauen Sie, diese Alte, das ist Armise, die Cousine von Delphine. Sie waren *auf den Tod verfeindet*. Sie hatten geschworen, nie mehr ein Wort miteinander zu reden, man wusste nicht wann und warum, eins der Gelübde, die man an einem Tag der Wut bei allen Heiligen ablegt. Armise mit ihrem frechen Mundwerk, ein Sakristei-Tratschweib, fiel es schwer, sich an das Versprechen zu halten, *Wort halten* war ein großes Opfer, doch es kam nicht infrage, nachzugeben. So verbrachte sie ihr Leben stumm gegenüber ihrer Cousine. Als Delphine an einer Embolie starb, sie ist plötzlich der Länge lang auf den Küchenboden gestürzt, fragte sich Madame

Ardenne, wen benachrichtigen. Man darf in solchen Fällen nicht *fehlgehen*. Zu wissen, wem in der Verwandtschaft, welchen Bekannten man es mitteilen muss, wer gekränkt wäre, übergangen zu werden, ist eine heikle Angelegenheit. Sie entschloss sich, Armise wie zufällig durch eine Nachbarin informieren zu lassen. Das war angesichts der Langlebigkeit ihres Zerwürfnisses das Beste. Man hatte damit gerechnet, dass Armise nicht bei Delphine Totenwache halten würde, aber sicher nicht damit, dass sie herausgeputzt in der Kirche erscheinen würde. Obwohl steif vor Arthritis, folgte sie dem Sarg bis zum Friedhof, und so zeigte sich, dass sie tatsächlich verfeindet war auf den Tod. Der Tod musste vorbeikommen, um sie von ihrem Versprechen zu entbinden, das war ihr großer Tag. Auch mir hat Delphines Tod aus der Bredouille geholfen, entfuhr es Lottie unvermittelt, und sie stieß die Postkarten weg. Sie setzte ihre Brille wieder auf und starrte aus ihren großen Eulenaugen plötzlich vor sich hin, als durchbohrte sie ein unsichtbares Ziel in der Leere. Dann ging sie ihre Gemüsebrühe umrühren, länger als nötig, und ich schwieg. Wenn sie nicht diesen Ton angeschlagen hätte, wäre mir ihre Bemerkung gar nicht aufgefallen, eine von denen, die man nebenbei macht, folgenlos, und selbst in diesem Ton hätte sie sie unbemerkt zurückziehen und wie üblich abschweifen, den Satz in einem Erzählstrom *ertränken* können, den ich genauso wenig unterbrochen hätte wie an den anderen Abenden, aber sie prallte gegen diese Klippe und verlor den Boden unter den Füßen. Zum ersten Mal, seit ich ihr begegnet war, machte diese Frau mir Angst. Dann begriff ich, dass ich in Wirklichkeit Angst um sie hatte, dass sie in Gefahr war, nicht ich, weil in diesen Worten ein Geständnis lag, eine Versuchung zu gestehen, die ihren Pferderücken und das ganze Gerüst ihres Körpers niederbeugte.

Ich kam nicht auf die Idee, eine Ablenkung anzubieten, indem ich das Thema wechselte oder mein Glas umkippte, wie sie es bei dem polnischen Passanten mit der Suppe gemacht hatte. Statt sie zu schonen, war ich feige, vielleicht reizte mich diese Bresche mehr, als mich die Gefahr für sie schreckte, doch schon hatte sie sich umgedreht und stand mir voller Aufrichtigkeit gegenüber. Vor meinen Augen verwandelte sie sich in das alte kleine Mädchen oder die junge Greisin, die sie seit ihrer Kindheit war, wie mich ihre Erscheinung am Abend unserer Begegnung an der Mauerecke hatte ahnen lassen, sie hatte also den Mumm, *die Gangart zu wechseln* und sich in einer Aufwallung von Stolz zu befehlen, die Initiative zu ergreifen, statt zuzulassen, dass das Hindernis sie ins Straucheln brachte: Ihr Tod hat mir aus der Bredouille geholfen, sagte sie, weil es so keinen Zeugen mehr gab für das, was wir zusammen getan hatten. Das Schlimmste ist, dass ich niemals wissen werde, warum sie es mit mir getan hat oder ich mit ihr, wir waren an diesem Tag nur zufällig allein, aber es gibt keinen Zufall, nur einen längst aufgestellten Plan, der zu den Taten führt, die wir begehen, um ihn zu erfüllen, oder wir entscheiden uns, nach unserem eigenen Urteil als Geschöpfe einzugreifen, und trennen so gut wie möglich die Spreu vom Weizen. Ich spreche mich weder frei noch bitte ich um Vergebung, wir haben eigenhändig einen Mann getötet. Das ist weder gut noch schlecht, und es ist auch egal, denn es ist geschehen. Wenn ich es heute Abend Ihnen sage, dann weil Sie *im rechten Augenblick* hereingeschneit sind, just als ich Sie erwartete. Ich bin zu alt, um mich davor zu fürchten, dass irgendjemand über ein Verbrechen urteilt, das ich mir aufgeladen habe, es ist mein Schmerz, und ich trage ihn, es ist nicht Ihrer, und nichts zwingt Sie, mir zuzuhören, aber dann gehen Sie, und kehren Sie nicht wieder um, ich bitte Sie.

All dies mit tonloser Stimme hingeworfen, fast ohne Luft zu holen, und entweder weil alles, was dieser Tag mir an heftigen Erregungen gebracht hatte, sich in dieser letzten auflöste, oder weil die Beichte, in dieser friedlichen Küche in einem verlorenen Winkel auf dem Land abgelegt, wo der harmlose Geruch der köchelnden Suppe in der Luft lag, die unwirkliche Gestalt eines grausamen Märchens annahm, wie man es sich in schlaflosen Nächten erzählt, empfing ich sie in einer Art Betäubung, so als hätte ich ihr Kommen geahnt und wäre darauf vorbereitet. Schon als ich auf der Zufahrt vor der unglaublichen Fassade des Ardenne'schen Hauses ankam, hatte ich begriffen, dass dieser sonderbare Ort eine düstere Stimmung einschloss, dass die Nähe der Flane und der in unheilvolle Nebel gehüllten schlechten Böden etwas Unruhiges und Instabiles ausströmte, solche Häuser erhalten ihren Charakter von ihrem Grund, sagte Lottie, sie infizieren die Leute, die darin wohnen, daher waren die ersten Besitzer auch so schwierige Personen, verstörte, scheue Träumer, die von allen möglichen Rückschlägen zerrüttet wurden. Ich hatte den Hang, denen zuzuhören, die ich traf, seit ich nach Le Mauduit gekommen war, und entgegen meiner natürlichen Neigung, Kontakte zu meiden, stürzte ich mich hinein, aus so ferner Zeit, wie ich kam, brauchte ich es, dass sich Herzen in meines entluden, dass sie sich mir öffneten, wie man die Arme öffnet, und weiß man denn, ist man erst umarmt, umschlungen, was für eine Liebesfalle über uns zuschnappt, weil wir hoffen, beim anderen zu finden, was er geben und nehmen kann, bei diesem Handel weiß man nicht, welche Schulden und Forderungen man riskiert, welchen Preis man blindlings im Voraus zahlt, und ich warf mich verzweifelt in Lotties Arme. Sie umschlang mich mit ihren starken Armen und drückte mich in diese Wiege. Ich vergrub mein Gesicht darin, küsste ihre breiten weichen Wangen, worauf ich schon bei ihrem ersten Anblick Lust gehabt hatte, stieß dabei gegen ihre steile Nase, ihre Brillengläser, hinter denen sich ihre großen blinzelnden Augen verschleierten, und wieder von dem furchtbaren Kummer im Wald gepackt, schwankte ich mit ihr, was für einen Totentanz tanzten wir in der dunkler werdenden Küche, wenn uns jemand so umklammert überrascht hätte, hätte er uns für zwei Schiffbrüchige gehalten. Das waren wir, aneinandergebunden, um nicht im dunklen Fluss des Wassers unterzugehen, um gegen die Strömung anzukommen und irgendein Treibgut zum Anklammern zu finden, und ich weiß noch, dass sie es war, die unsere Umklammerung löste und als Erste wieder Fuß fasste. Solange jemand einem sein Ohr leiht, sagte sie, ist man nicht verloren. Es gibt nicht viele, die das wirklich wagen, denn indem man das tut, gibt man mehr von sich selbst als der, der sich anvertraut, wenn Sie bereit sind, mir zuzuhören, riskieren Sie mehr als ich, wie wir uns, wenn wir Bücher aufschlagen und sie lesen, ihrer Güte oder Grausamkeit anvertrauen, trinken wir noch von diesem Nusswein, liebe Freundin, wir haben es nötig.

In dieser Nacht haben wir es mit ihrem Wundertrank übertrieben, auch mit dem Burgunder, den sie öffnete, weil wir uns beide mit etwas anderem als unseren Qualen betäuben mussten: Auf Ihr Wohl, sagte sie und stieß energisch ihr Glas gegen meins. Darauf trinke ich genauso wie auf meines, denn bei Ihrem Anblick bezweifle ich stark, dass Sie zu uns gekommen sind, weil Sie Lust hatten, Herbstzeitlose zu pflücken. Auch den polnischen Passanten habe ich nicht nach seinen Motiven gefragt, er sprach gern von seinen Wanderungen, aber sein Schweigen über das Wesentliche war so beredt wie Ihres, und so ist er mit seinem Geheimnis wieder davongegangen. Immerhin hat er mich zu der einzigen Reise meines Lebens inspiriert, die es wert war, der einzigen richtigen Reise, die ich nicht auf Veranlassung von anderen, sondern aus eigenem Antrieb unternommen habe: Stellen Sie sich vor, ich bin zur Quelle der Flane gegangen, nach der er sich erkundigt hatte und über die ich nichts wusste. Das hatte mich geärgert. So spät in meinem Leben war das eine Frage, die ich mir nicht gestellt hatte. Gott weiß, dass ich auf viele gestoßen bin und manche gelöst habe, aber diese nicht. Sie nagte an mir. Sobald er weg war, nahm ich mir vor, selbst nachschauen zu gehen. Es war noch die gute Jahreszeit, das Wetter geeignet, aber sosehr ich Karten liebte, von unserem Gebiet hatte ich keine. Wozu auch, wenn man die Gegend kennt wie seine Westentasche, zumindest glaubt man das, aber eine Karte hätte mir doch geholfen. Sie im Tabakladen zu bestellen hätte bedeutet, das Volk zu alarmieren: Was will denn die alte Lottie mit ihrer Michelin-Karte; noch schlimmer, wenn ich eine für Wanderer bestellt hätte. Ich beschloss also, allein zurechtzukommen und es mir einfach zu machen: Wenn ich an unserem Ufer aufbrach und flussaufwärts ging, würde ich schließlich auf die Quelle stoßen. Über den Daumen gepeilt käme ich wohl an einem Tag hin und zurück, selbst wenn es spät wurde. Zu dieser Schätzung kam ich, weil ich mir dachte, dass ein Fluss wie dieser, vier oder fünf Meter breit unter unserer Brücke, nicht von sehr weit her kommen konnte, sagen wir höchstens zwanzig Kilometer, und da wahrscheinlich kleine Zuflüsse unterwegs ihn verbreiterten, war die Quelle vielleicht noch näher. Trotzdem habe ich mich gut ausgerüstet. Schwere Schaftstiefel, Regenjacke, Segeltuchrucksack; nicht so groß wie der meines Polen, aber ich ging ja auch nicht von Polen nach Conques. Auch eine gute Wolljacke, den Kompass von Fernand, seinen Feldstecher und eine Brotzeit nahm ich mit. Ich schloss das Haus ab und brach auf, als noch kaum der Morgen graute. Wenn die Landschaft sich allmählich erhellt, hängen noch Sterne im Nebel, und die noch wässrigen Farben sind so blass, dass es aussieht wie am Anfang der Welt, durch diesen Traum geht man wie der erste Mensch, der dort eindringt. Ich war sehr zufrieden mit meiner einsamen Expedition. Damals hatte ich noch kräftige Beine, weder Hexenschuss noch Atemnot, Laufen machte mir keine Angst. Ich begann unten an der Wiese. Unter den Pappeln, durch Drosselbeersträucher und Schilf war es nicht schwer, dem Ufer zu folgen, der schmale Pfad ist ausgetreten, weil viele dorthin kommen, um Flusskrebse oder Frösche zu fangen. Später führt er unter dem Dach des Waldes um das Sumpfgebiet herum und verliert sich tief in dem immer enger werdenden kleinen Tal, dorthin wagten sich nur Jäger vor. Während ich stromaufwärts ging, schien das Wasser mich zu verspotten, geh nur, geh nur, schien es zu höhnen, als es die Neigung hinabfloh und das Gras unter seinem ständigen Strömen niederdrückte, du wirst bald sehen, wer stärker ist. Ich hörte seine Drohung im Rauschen der Flut, aber ich beglückwünschte mich, vom Tagesanbruch aufgeheitert, frei zu meinem Ziel zu gehen. Nicht neugierig auf die Felder, Haine oder Höfe, die ich undeutlich durch das Laub hindurch erkannte, hielt ich die Richtung, die ich nicht verlieren wollte. Denn zwei oder drei Mal, als ich über kleine Brücken wie die unsere zum anderen Ufer wechselte, um mir einen schwer gangbaren Weg zu ersparen, hatte ich mich zu weit entfernt und war gezwungen, durch taubedecktes Dickicht und stachliges Gebüsch zurückzugehen, um wieder ans Wasser zu kommen. Ich beschloss, das Ufer nicht mehr zu verlassen, gleich welche Hindernisse auftauchten. Es gab keinen Pfad oder sonst etwas mehr, nur das Ufer konnte mich leiten.

Mitten am Vormittag war ich weit weg von allem, es ging langsam bergauf, und ich drang in ein Waldgebiet ein, wo die Sonnenstrahlen Kolonnaden von Bäumen und dichtes Laub entzündeten und die Flane in ihrem engen Bett dampfte. Sie galoppierte schnurstracks zwischen felsigen oder mit großen Kieseln bedeckten Böschungen hindurch, schäumend, perlend und sehr viel tüchtiger als bei uns schoss sie mit aller Kraft dahin. Ich kletterte auf glatte, mit grünem, schleimigem Moos überzogene Felsen, stieg vorsichtig, um nicht auszurutschen, über Wurzeln, wenn du auf die Nase fällst, sagte ich mir, sitzt du in der Tinte. Ich redete laut mit mir selbst, um mir Gesellschaft zu leisten. Oben blies ein heftiger Wind und riss Flechten von den Ästen, die wie silberner Regen herabfielen, hier unten überdeckte das Brausen des Wassers alles mit seinem Lärm, und das Echo trug es fort in die waldigen Tiefen. Wenn ich einmal Glöckchen hörte, habe ich mich sicher getäuscht, denn ich hatte die von Menschen und Vieh bewohnten Gegenden verlassen. Bestenfalls standen dort verfallene Hütten, solche, wie Mémés Vater sie in seiner Waldarbeiterzeit im letzten Jahrhundert gebaut hatte, aber ich war nicht auf einer familiären Pilgerreise, ich wollte zur Quelle des Flusses. Gegen Mittag sah ich eine Aufhellung im dunklen Hochwald und gelangte schließlich auf eine große Lichtung, die träge unter dem mit Wölkchen bedeckten Himmel lag, ein alter Einschnitt, der sich wildwüchsig wieder aufgeforstet hatte.

Ich setzte mich an eine junge Buche, in deren Schatten ich die Schuhe auszog. Während ich meine heißen Füße ins kalte, fast eisige Wasser stellte, verzehrte ich meinen Proviant. Ich war gierig auf Brot und Wurst, kräftige Nahrung. Als ich meine Feldflasche mit Zichorie austrank, sagte ich mir: So schmal wie die Flane hier ist, hast du über die Hälfte hinter dir. Aber mittags ist es schon zu spät, um auf demselben Weg zurückzukehren. Heute Abend findest du eine Straße, es gibt dort sicher eine, wir sind hier schließlich nicht in der Pampa. Ich machte mir Mut. Allerdings beunruhigte mich, dass sich jenseits der Lichtung wieder Wald ankündigte, und zwar sehr dichter, bläulicher, und er zog sich einen nicht ganz geheueren Steilhang hinauf, in dem nackte Felsflächen weiß wie Knochen glänzten. Sobald ich dieses letzte Hindernis überwunden habe, sagte ich mir, bin ich da. Tatsächlich habe ich mich etwas verirrt. Nicht, dass ich die Flane verloren hätte, die ihren Schottertrichter hinabstürzte, aber ich hatte die Himmelsrichtung verloren, weil Fernands Kompass den Norden nicht mehr anzeigte, die Nadel spielte auf ihrer Scheibe verrückt, ich hatte nur noch die Sonne, um mich zu orientieren, doch sie verschleierte sich, der Himmel wurde bleiern. Bis ich die Schlucht in vielen Windungen hinaufgeklettert war, hatte ich völlig die Zeit vergessen. Es war eine heikle Stelle, eine Ausbuchtung am Steilhang, die einen Engpass schuf, durch den die Fluten pissend und spritzend verschwanden, ich schaute nur auf meine Füße, um nicht auszurutschen, zwängte sie einen nach dem anderen in die Spalten der Wand, zog mich an Aststümpfen zwischen Felskanten hoch, klammerte mich fest, blieb stecken, mühte mich deftig fluchend, auf den Gipfel zu kommen, den ich endlich erreichte. Schwitzend, atemlos, völlig erschöpft von der Kletterei ließ ich mich einen Moment niedersinken, nicht zu lange, denn meine Uhr sagte, dass es bald vier war. Mit großen Schritten machte ich mich an eine lange Steigung, die die Flane in leichtem Trott herabfloss, sich heiter und verspielt durch die Farne windend, als wüsste sie nicht, welche Purzelbäume sie bald schlagen würde, ich erkannte sie nicht wieder. Sie war nicht dieselbe wie bei uns unten, ihr milchiges Grün glitzerte wie bei einer unruhigen Schlange voller leuchtender Schuppen, und sie mochte es nicht, dass ich ihr auf der Suche nach ihrem Schwanz gegen den Strich folgte, ich spürte ihre spöttische Bissigkeit. Zweimal zögerte ich, weil, wie ich mir vorgestellt hatte, kleine Wasserläufe einmündeten, die ungestüm von einem Hang herabflossen, der sich jetzt zu meiner Linken erhob. Sie stürzten sich in großem Bogen hinein und ließen die Flut anschwellen, doch wenn ich meine Flane in rasender Geschwindigkeit aus ihrer Höhe strömen sah, war sie die Meisterin, kein Zweifel. Das Gras wurde zu Filz. Auf diesem verführerischen Teppich ging es sich sehr sanft, es war jetzt ganz leicht, an dem Bach in seinem rötlichen Graben entlangzugehen, aber ich lief dennoch vorsichtig. Zwischen den Bäumen schien etwas näher zu kommen, spürte ich die undurchsichtige Präsenz einer Wand, die diesmal unüberwindlich wäre, fürchtete ich. Ein ganz neuer Lärm kam von dort, man konnte meinen, das erstickte Gebell eines Tiers, zischend und rau, das unmäßige Gurgeln einer Kolik. Ich konnte tatsächlich nicht weiter, ein Fels versperrte mir den Weg, ein Fels, der ein Teppich aus Wasser war, großartig vor dem Schwarz der seitlich wachsenden Bäume. Der Wasserfall höhlte an seinem Fuß ein brodelndes Becken aus, das über die Ufer trat, in breiter Rinne abfloss und sich entleerte, das Wasser floh, floh in den Hang. Ich brach mir fast das Genick, um diese Wand aus Wasser zu betrachten, das überall rieselte, regnete und in silbernen Fäden auf Zwergfarn, Moos, weinende Gräser spritzte und aus einer so hoch gelegenen Vertiefung quoll, dass sie unerreichbar war. Daraus strömte all das lärmende Wasser, da war die Quelle der Flane, dort entsprang sie, das war ihr Anfang.

Ich hätte mich gleich umdrehen und durch den lichter werdenden Wald abkürzen können, hin zu irgendeinem Tal, durch das ein Weg führte, aber etwas hielt mich zurück. Vor allem die Schönheit des Schauspiels in seiner Einsamkeit. Sicher haben es nur wenige überhaupt je genossen. Die Quellen großer Flüsse werden in Geografiebüchern verzeichnet, man macht Touristen mit Wegweisern auf sie aufmerksam, manchmal gibt es dort Bänke fürs Picknick, aber wer kümmert sich um die tausend kleinen Flüsse und Bäche? Doch ich war nicht für nichts und wieder nichts den ganzen Tag gekraxelt und hatte Wasserfälle überquert. Ich wollte Klarheit über dieses Loch da oben, außerhalb meiner Reichweite, ich nahm meinen Feldstecher. Es war schwierig, die Stelle zu finden, auf die ich ihn richten sollte. Ich musste zurücktreten, um die ganze Fläche des Felsens zu überschauen, ein Stück weiter störte mich Geäst, doch schließlich gelang es mir, die Öffnung zu sehen, die mir mit bloßem Auge als kleine Verengung erschienen war, und ich war gepackt. Vielleicht verzerrte die Vergrößerung oder der Winkel sie, oder meine Augen täuschten mich, aber dieser Abfluss sah aus wie dicke, rissige Lippen, geschürzt vom Druck des Wassers, grün, bronzen glänzend und ganz moosbehaart, zwischen denen die schwarze Tiefe des Spalts zu ahnen war, und ich kann die Bestürzung nicht ausdrücken, die mich ergriff. Als wäre ich fest mit diesem gierigen Loch verbunden. Ich konnte es nur mit einem riesigen Nabel vergleichen, dessen klaffende Öffnung niemand vernäht hatte, immer noch verletzt und zitternd über seinen Eingeweiden, der mich einsaugte wie ein auf seinen dunklen Abgrund gerichtetes Auge, und wenn das ein Wiederauftauchen war, wie es manchmal passiert, in welchem Grundwasser, in welchem früheren Schlund nahm das Wasser seinen Anfang, und aus welcher Tiefe kam wiederum dieses. Ich riss die Augen so weit auf, dass mein Blick sich trübte. Auch wenn ich wusste, dass sich die Welt durch ein Fernglas in unbekannte Maßstäbe verzerrt, die faszinieren, bezaubern oder ängstigen, war ich sicher, dass diese Verzerrung mir die wahre Natur der Quelle zeigte, dass sie in Wirklichkeit weder Beginn noch Anfang war, sondern ein Durchgang in die Nacht der Zeit, in ihr verbirgt sich der Ursprung, und man kann sie zurückgehen, immer weiter zurückgehen, ohne je an das Geheimnis zu rühren. Glauben Sie mir, diese Empfindung schien mir sehr alt, unendlich alt, als hätte ich meine heutige Haut abgelegt und steckte in der eines Jägers aus den Höhlen der Vergangenheit, eines Geschöpfes mit sich erst entwickelndem Gehirn, bestürzt angesichts des Mysteriums, ich gehörte zu dieser Spezies aus den Anfängen des Menschen. Plötzlich fühlte ich mich so schwach, so müde und zerschlagen, dass ich eine Stelle suchte, an der ich mich hinlegen und ausruhen konnte, bevor ich mich auf den Rückweg machte. Nicht weit entfernt befand sich seitlich, geschützt unter einem Felsen, eine Nische mit trockenem Laub, mild wie die Streu eines Tieres. Dort legte ich mich mit angezogenen Beinen hin, in meine Wolljacke und den Regenumhang gehüllt, meinen Rucksack unter dem Kopf. Ich war so erschöpft und benommen von dem ständigen Rieseln, dass ich, vom Wind dort oben gewiegt, bald in animalischen Schlaf sank; wie der polnische Passant schlief ich unter freiem Himmel. Ich bin erst in der Morgendämmerung wieder aufgewacht, starr vor

Feuchtigkeit, gerädert, ausgehungert, und stürzte so schnell den Abhang hinunter, dass ich mir fast das Genick brach, lief quer durch den Wald, bis ich, wie es sich gehörte, auf eine kleine Straße stieß, wo ein Bauer mich auf seinen Karren lud: Ziemlich früh im Jahr fürs Pilzesuchen, spottete er. Ich war ganz kleinlaut wegen meiner Eskapade. Le Mauduit war fünfundzwanzig Kilometer entfernt. Für den Heimweg brauchte ich den ganzen Tag, mit knurrendem Magen, denn meine Wurst und mein Brot waren schlecht bemessen für eine derartige Tour, und ich hatte keinen Sou eingesteckt, um den Bus zu bezahlen.

Glauben Sie, dass ich Sie mit meinen Geschichten von der Quelle ablenke, um nicht von meinem Verbrechen zu erzählen? Wir haben uns nicht sehr weit entfernt, wir sind im Gegenteil nähergekommen, weil es bei Menschen dasselbe ist, es gibt keinen Anfang. Ich habe mir den Kopf zermartert, wie es kam, dass Delphine und ich einen Mann getötet haben, und allerlei Erklärungen, Gründe, Entschuldigungen gefunden, indem ich in ihrer Geschichte zurückging, soweit ich sie kannte, und in meiner, aber wusste ich dann mehr darüber, nichts hat mir die Frage beantwortet. Es ist im Frühjahr 1911 passiert, am 4. März, wenn Sie ein Datum wollen. Es zählt für niemanden, nur für mich, seit Delphine kurz darauf mit ihrer Embolie der Länge nach steif auf den Boden gefallen ist, ohne dass ihr Zeit für Gewissensbisse oder eine reuige Beichte blieb, um Absolution für die Todsünde zu erhalten, die sie mit ins Grab genommen hat. So hat sie mir aus der Bredouille geholfen, denn wenn zwei ein Geheimnis miteinander teilen, besonders ein derartiges, garantiert nichts, dass der andere so lange *Wort halten* kann, wie Armise es getan hat. Du wirst zu seiner Geisel, du fürchtest dich vor ihm, er hat Angst dir, ihr belauert euch mit gegenseitigem Argwohn, es ist schrecklich, mit solcher Unruhe an jemanden gebunden zu sein, der nichts für dich ist, nur dein Komplize und Zeuge; zwangsläufig dein Richter und potenzieller Verräter. Ich träumte davon, sie mit einem Zauberschlag stumm oder gelähmt oder zur Mumie zu machen und auszulöschen, sie sollte verschwinden, es war ein Wunsch wie der, dass die Mutter stirbt. Ich wünschte es, und es geschah, und nun ging auch dieser Wunsch in Erfüllung. Vielleicht habe ich auf diese Art auch Delphine umgebracht. Wenn sie mir dasselbe gewünscht hat, so war ihr Wunsch nicht stark genug. Vielleicht war sie schwächer als ich oder besser oder schlechter gerüstet, dabei hat sie den ersten Schlag geführt.

An diesem Märztag war Vitalie mit Anaïs zu Jacques gefahren, der auf Krücken zu hinken begann, die Tanten machten Verbände im Hospiz, Gentil wartete im Café Gilain auf sie und spielte Belote. Ich war nicht mit ihnen ins Dorf gegangen, weil ich meine Tage hatte und Krämpfe, die mir die Beine wegzogen. Allein in der Küche, hätschelte ich mich im Lehnsessel mit einer Wärmflasche auf dem Bauch. Der Mann kam herein, ich erkannte ihn sofort. Er war eines Tages, als ich auf dem Hackklotz an der Ecke des Schuppens saß, auf unserem Weg vorbeigekommen. Das war viele Jahre her, aber sein zerfetztes Ohr konnte man nicht vergessen. Damals hatte er ausgesehen wie jemand, der vorwärts geht, gut ausstaffiert mit Nagelschuhen und einem pelzgefütterten Mantel. Jetzt sah er nicht mehr so gut aus, eher wie ein Wegelagerer, in hässlichen Lumpen, ohne Reisesack oder sonst was, und mit dem abgezehrten Gesicht eines Mannes, der in äußerster Bedrängnis nach Nahrung sucht. Aber ich wusste, dass er nicht kam, um Brot zu erbetteln. Ich will Madame Ardenne sprechen, sagte er schroff, geh und hol sie, und ich erwiderte: Was wollen Sie von ihr, worum geht es, kommt man so zu Leuten ins Haus, wir geben keine Almosen, gehen Sie wieder, oder ich rufe unsere Leute, gehen Sie schon, und so weiter, um davon abzulenken, was ich gerade erfuhr, was ich sofort begriff: Er verlangte nicht nach seiner Mutter, dieser Mann war nicht François. Ich war aufgestanden und zitterte an allen Gliedern. Dieser Wiedergänger erschreckte mich mit seinem Erscheinen, und das durfte ich ihm nicht zeigen, ich musste Zeit gewinnen. In solchen Fällen hat man eine armselige Hoffnung, vergeblich beschwört man die Minute, die Sekunde, die alles ungeschehen macht. Ich konnte ihn nur mit meinen Protesten betäuben, um ihn am Reden zu hindern, lauter sprechen als er, auf die Gefahr hin, dass Delphine, die im oberen Stock mit Aufräumen beschäftigt war, uns hörte, aber ich war schon sicher, dass ich ihn nicht vertreiben würde. Er würde sich niederlassen, auf Vitalies Rückkehr warten und die Katastrophe auslösen, ich spürte sie kommen wie ein sich ankündigendes Erdbeben. Ist Ihnen das schon mal passiert, dass sich der Boden unter Ihren Füßen auftut, buchstäblich versinkt und Sie ins Leere fallen, ohne sich an irgendeiner Unebenheit festklammern zu können, ich wäre in Ohnmacht gefallen, hätte er mich nicht mit einer Raubvogelklaue am Handgelenk gepackt, wo ist Anaïs, ich will sie, knurrte er, sein Wolfsgesicht dicht an meinem. Das hätte er nicht tun sollen. Er hat mich aufgeweckt. Plötzlich war ich war nur noch eiskalte Intelligenz und berechnete blitzschnell, wie lange es her war, seit ich ihm damals gefolgt war, als er zum ersten Mal hier eintrat, und gesehen hatte, wie er Anaïs in Madame Ardennes Ohrensessel und die Brieftasche und den silbernen Trinkbecher auf den Tisch gelegt hatte. Er war es, der im Auftrag von François das Kind gebracht hatte, der Dieb, der Übeltäter, der kam, um sie zurückzuholen und wegzubringen. Plötzlich stand Delphine in der Tür. Und ich, gerissen, wie man es nur in verzweifelten Situationen wird, sagte: Madame Ardenne, hier ist jemand, der Sie sucht, er will Ihnen Anaïs wieder wegnehmen. Bevor sie irgendetwas sagte, bevor er den Mund aufmachte. Ich weiß nicht, was in Delphines Kopf vorging, ob ihre Verblüffung, dass ich sie als Madame Ardenne vorstellte, größer war als die, diesen Unbekannten zu entdecken, der wie der Hausherr in der Küche stand, oder ob sie trotz ihrer sprichwörtlichen Dummheit meine Warnung hörte und instinktiv die riesige Gefahr begriff, in der wir schwebten, was sie verstand oder nur spürte. Sekundenschnell erfasste sie wie ich, dass unser ganzes Glück und der Frieden dieses Hauses und andere, noch dunklere Dinge von diesem Dämon untergraben wurden, und ließ sich auf einen Stuhl fallen. Vielleicht hatten ihre Beine auch einfach vor Überraschung nachgegeben. Oder sie gebrauchte, schon von meinem Täuschungsmanöver, seiner Notwendigkeit und Dringlichkeit überzeugt, wie ich eine List, um Zeit zu gewinnen, und ich bewundere immer noch, wie sie die Sprachlose spielte. Unwichtig, ob sie es war oder nur vorgab, sie war eine perfekte Madame Ardenne, die perplex versuchte, gute Figur zu machen angesichts dieses Individuums, das ohne ihre Erlaubnis ihr gegenüber Platz nahm, mit einem plötzlich so müden Gesicht, dass ich wieder Hoffnung schöpfte.

Die Hoffnung schöpfte ich aus der Tatsache, dass sich die Beziehung vorübergehend umgekehrt hatte, seit er wie ein Eigentümer in unsere Küche getreten war. Ohne sein Wissen hatten wir jetzt den Trumpf, zu zweit gegen ihn zu stehen. Dass meine Verbündete nicht sehr sicher war, wusste er nicht. Er hielt mich für die unbedeutende Magd, die ich war, und sie für die Mutter von François. Sie hatte ungefähr das Alter und trug an diesem Tag ein gutes, wenn auch bescheidenes und sehr sauberes Kleid, zum Glück hatte sie ihre Schürze irgendwo oben auf einem Stuhl gelassen, und diese nachlässige Geste wirkte ohne unser Wissen zu unseren Gunsten. Stellen Sie sich vor, sie wäre als Schmutzfink erschienen! Kleider machen Leute, das lernte ich an diesem Tag. Ich komme nicht als Feind, erklärte er, aber seine Miene sagte das Gegenteil, geben Sie mir zu trinken. Ich beeilte mich, ihm Wein einzuschenken, ein ganzes Glas voll. Er trank es aus, breitete auf dem Tisch ein fettiges Blatt Papier aus, strich es mit der Handfläche glatt und sagte in einem Atemzug: Das ist die Schuldanerkenntnis Ihres Sohnes dafür, dass ich das Kind zu Ihnen bringe, das er das Seine nennt, aber das ist es nicht. Sie ist meins, und er hat mir das Geld nicht bezahlt, das er mir dafür versprochen hat, ich warte seit über fünf Jahren auf seine Geldanweisung, heute will ich Genugtuung: Bezahlen Sie seine Schuld, oder ich nehme mit, was mir gehört. Und Delphine: Ich verstehe nicht. Wer sind Sie, fragte sie so würdevoll, dass ich sie in die höchsten Himmel pries. Diese ruhige Haltung, ohne Tränen und Geschrei, flößte ihm Vertrauen ein, so vernünftigen Personen, die offenbar bereit waren, seine Gründe zu hören, und ihn weder verjagten noch bedrohten, wollte er gern Auskunft geben. Wenn Sie mich anhören, werden Sie verstehen, dass ich Gerechtigkeit verlange, nur Gerechtigkeit, sagte er. So hörten Delphine und ich ihn an und erfuhren, was wir nicht erfahren durften, was niemand außer uns je erfuhr, sie hat es mit unter die Erde genommen, und ich vertraue es Ihnen an, Sie werden es hüten.

Er sagte, er sei arm und ohne Familie aus Saulieu weggegangen und über Landstraßen im Norden gezogen, habe auf Feldern und Schiffswerften an der Küste gearbeitet, zuerst Le Havre, dann Saint-Nazaire, dann Nantes, wo er sich nach Kanada einschiffte, da es dort angeblich Ländereien und Vieh gab, die man sich aneignen konnte, dort habe er dann gehört, dass es in Yukon Gold gebe und man leicht reich werden könne. Sein Leidensweg durch die Ebenen sei zu lang, um ihn wiederzugeben, aber endlich dort, war es eine noch schlimmere Hölle, die Wildnis am Klondike zu durchforschen, das Klima und die Bestialität der Menschen dort kann man sich nicht vorstellen, sagte er. Ich habe Monsieur Arden, wie er sich nannte, in einem Sägewerk getroffen, wo ich mich verdingt hatte, er nahm mich als Führer, weil ich mich in der Gegend inzwischen gut auskannte. Das hatte ich ihm stolz erzählt, und ich glaube, er fand es lustig, dass ich Franzose war und wie er weit weg von zu Hause. Er sprach gut Englisch, ich nicht; die Sprache der Indianer verstand ich besser. Statt sich mit der Goldsuche kaputt zu machen, handelte er mit Holz, das gebraucht wurde, um die Minen abzustützen und die Rampen zum Waschen zu bauen, ein einträgliches Geschäft. Lange bevor die Goldsucher nach und nach zu anderen Orten weiterzogen, hatte er sich auf Streben und Schwellen für die Eisenbahnlinien spezialisiert, die jetzt überall gebaut wurden. Ihr Sohn war noch jung, aber trotzdem durchtrieben und hart im Geschäft, ein schlauer Fuchs, dem man bei Holzarten und Zuschnitt nichts vormachen konnte. Er bezahlte schlecht, aber seine rechte Hand zu sein war mein Glück, denn ich bin fast krepiert vor Hunger in dieser Stadt, falls man diesen Schlupfwinkel für Wüstlinge, Lumpen und Schakale so nennen kann. Der einzige Trost meines grässlichen Lebens war ein armes Mädchen, das ich kennenlernte, fast noch ein Kind und unschuldig, sie sagte, sie ist die Tochter des Stammeskönigs.

Sie hatte mich gern, und wir lebten zusammen, aber allein in meiner Blockhütte, mittellos und ohne Hilfe, ist sie bei der Geburt gestorben und hat mir die Kleine hinterlassen, die ohne Amme und Pflege auch zugrunde gegangen wäre. Ich wünschte es ihr in meiner Verzweiflung, was kann schon ein Mann allein mit dieser Bürde. Ich dachte daran, sie jemandem zu geben, aber wem, es gab nur Kanaillen und Saufbrüder in meiner Umgebung, und ich hatte Skrupel, weil ich wusste, dass man in den Elendsvierteln an Hunger, Typhus oder Diphtherie krepiert, sogar im neuen Saint Mary's Hospital, ich hatte nur noch im Kopf, wegzukommen aus dieser Hölle, in der ich zu meinem Unglück gelandet war, und mit Geld, das ich irgendwie auftreiben würde, nach Hause zurückzukehren. Dafür brauchte ich Unterstützung. Also bin ich zu meinem Chef gegangen, dem Einzigen, der mir helfen konnte, und habe ihn darum gebeten.

Es war am Tag nach einem Sturm, der die ganze Welt unter sich begrub, ein so eisiger weißer Februartag, dass man die Hunde nicht an die Schlitten schirrte und die Maultiere schlachtete, um die Hunde zu füttern, in dieser großen Kälte bin ich in Schneeschuhen zu seinem Büro gegangen, die in ein Bärenfell gemummelte Kleine am Leib. Er wärmte sich am Ofen und rauchte eine Zigarre. Als ich ihm sagte, dass ich nach Hause will, zog er sofort ein finsteres Gesicht, dann hörte er mich an, ich bat ihn, wohltätige Leute für die Kleine zu finden, die sie vielleicht adoptieren würden, weil ich sie doch nicht mitnehmen konnte, der Rückweg war schon für einen Mann allein sehr lang und gefährlich, dann bat ich ihn noch, mir Geld zu leihen. Da ich ihm kein Pfand geben konnte, hoffte ich, dass er aus Solidarität mit der Heimat einwilligt, Saulieu ist nicht weit weg von Langres, hielt ich ihm vor Augen, aber er hörte nicht zu. Er zog an seiner Zigarre. Er dachte nach. Plötzlich schälte er die Kleine aus ihrem Pelz, hielt sie am ausgestreckten Arm vor sich hin unter die Lampe, betrachtete, wie sie strampelte, mit größerer Begierde als eine Goldader, er war so erfreut, dass ich schon glaubte, er wäre anständig und würde zustimmen, hast du sie eintragen lassen, erkundigte er sich auf einmal, und ich darauf: nein. In diesem Land von Rohlingen dachte keiner an Formalitäten: Kinder kamen auf die Welt, und noch mehr starben. Großartig, großartig, sagte er, von einem Husten geschüttelt, der tief aus seiner Brust kam; das war seine Art zu lachen, bevor er gegen einen Spitzbuben einen Wutanfall bekam und ihm den Hals umdrehte. Doch er wurde nicht wütend, er wurde sanft und schlug mir Folgendes vor: Da ich entschlossen war, heimzukehren, bestärkte er mich darin, er würde sogar die Eisenbahn nach Vancouver, das Schiff in Halifax und meine sonstigen Kosten bezahlen, ich sollte wohlbehalten ankommen. Seine Bedingung war, dass ich das Baby zu seiner Mutter in Frankreich bringe. Überglücklich, ein Kind von ihrem Sohn zu erben, würde sie es großziehen, dazu müsste er es für das Seine erklären. Das würde er tun, sagte er, um mir zu ersparen, es einfach auszusetzen, was mir dann auf dem Gewissen liegen würde, und so wäre der Kleinen eine gute Erziehung sicher. Ich konnte es nicht glauben, so verblüfft war ich von seinen verrückten Ränken, da sicherte er mir noch zu, er würde mir, wenn ich die Bedingungen erfüllt hätte, zwei Jahresgehälter anweisen, sobald ich ihm die Bestätigung dafür schickte, dass ich die Kleine zu seiner Mutter, Madame Ardenne, gebracht hatte, die sie mir unverzüglich ausstellen würde. Und wenn nicht, sollte ich zum Beweis, dass ich dort war, irgendeine Sache aus dem Haus mitgehen lassen, er würde sie schon als etwas aus ihrem Besitz identifizieren. Falls es nicht läuft wie vorgesehen, kannst du es dir immer noch anders überlegen, passt dir der Deal, One Ear – so nannten sie mich wegen meinem vom Dynamit weggesprengten Ohr –, du kannst einschlagen oder es lassen. Ich habe eingewilligt, hatte ich denn in meiner Bedrängnis eine Wahl. Am nächsten Tag gingen wir zum Richter, ich bezeugte seine Erklärung. Die, die Sie haben, Madame Ardenne, die ich in seinem Namen auf diesen Tisch gelegt habe, mit seinem Becher, den er mir als Beglaubigung mitgegeben hatte, dem Foto vor meiner Hütte und dem Brief, den er vor meinen Augen versiegelt hat. Zum Glück war Ihre Tür an dem Tag offen und das Haus leer, da musste ich nicht lange verhandeln und konnte wieder den Zug an dem kleinen Bahnhof im Wald nehmen, den er mir beschrieben hatte, auch die Abkürzung, damit keiner mich sieht mit dem Kind, das ich zur befugten Person bringen sollte, ich habe alles gemacht, wie es vereinbart war. Ich hab ihm das Schildpattetui geschickt, das ich im Salon hatte mitgehen lassen, dann habe ich gewartet und gewartet, aber er hat seine Schuld nie bezahlt, die da geschrieben steht, sehen Sie da die Unterschrift dieses ehrlosen Mannes.

Wir hatten ihm zugehört, ohne ihn zu unterbrechen, ohne einen Blick zu wechseln. Ich glaube, Delphine staunte ebenso wie ich. Zugleich lauerten wir auf ein Geräusch draußen, denn die Zeit verging, und wir wussten, dass wir unseren Betrug nicht mehr lange aufrechterhalten konnten. Er leerte inzwischen Glas um Glas, ohne irgendetwas um sich herum zu sehen, suchte uns, durch den Wein befeuert, von seiner Geschichte zu überzeugen, aber das war gar nicht nötig. Sie passte zu gut zu der Brieftasche und dem Becher, und er begriff nicht, auf was für ein Gelände er sich vorwagte, gefährlicher als alle verschneiten Gebirge am Klondike, deren hohe Gipfel ich auf einer Karte gesehen hatte, die tief eingeschnittenen Täler und die schroffen, von Nebeln gemaserten Bergmassive, eine unbekannte Gegend, die ich dennoch in einem Spalt der Zeit erblickt hatte, wenn die Wolken die Landschaften von anderswoher wie Luftspiegelungen mit sich bringen. Auch ihn erkannte ich als eines der Gespenster der Vergangenheit, die zu sein verlangen und sich boshaft in unsere Gegenwart einmischen, geben Sie mir mein Geld, oder ich nehme die Kleine mit, grollte er, das steht mir zu. Sonst bringe ich Ihre dreckigen Ardenne-Geschäfte vor den hiesigen Richter. Ich bin arm, und ein Reicher hat mich bestohlen, man kauft die Elenden nur, um sie zu betrügen. Wenn das so ist, überleg ich es mir anders, wie er mir gesagt hat: Mein Geld, oder ich schlag zu. Und er schlug mit beiden Fäusten auf den Tisch, der erzitterte. Was uns beide zugleich vor Schreck aufspringen ließ. Ich zählte nicht, aber Delphine packte er am Kragen, und entweder, weil sie sich inzwischen wirklich für Madame Ardenne hielt oder weil sie aus ihrer Apathie erwachte und die Sache persönlich nahm, versetzte sie, die gewöhnlich so schlaff war, ihm einen heftigen Stoß, der ihn, vielleicht half auch der Wein, ins Wanken brachte. Als er sich, wütend über die Abfuhr oder aus Ärger, so lange geredet zu haben, um am Ende seine Glaubwürdigkeit zunichtezumachen, auf sie stürzte und sie schlagen wollte, warf sie ihm die Weinflasche ins Gesicht, mit solcher Wucht, dass der Knochen krachte. Oder vielleicht war ich es, die ihm mit dem Tintenfass in der Faust die bronzene Nymphe über den Schädel zog. Wieso nur war das Tintenfass in meiner Reichweite, obwohl der Salon so weit weg war, dass ich den Arm unmöglich bis dahin ausstrecken konnte, aber doch so nah, dass ich es gepackt hatte, so schnell, dass der Mann nun zu unseren Füßen lag wie ein totes Tier? Wir haben uns nicht einmal beraten, es eilte, unsere Angst vor ihm und vor uns selbst war zu groß, um Platz für Kalkül zu lassen, und ich wusste, dass so ein Eingreifen nicht wiedergutzumachen ist, dass es zu spät war, es rückgängig zu machen, wir haben ihn rausgetragen, es wurde schon dunkel. Er wog nicht viel, oder die Angst verdoppelte unsere Kräfte, ohne zu überlegen, liefen wir zur Flane, kippten seinen Körper über das Mäuerchen im Schilf, vielleicht war er nicht ganz tot, aber wir mussten es zu Ende bringen, wir haben ihn ins Wasser geworfen und zugeschaut, wie er davontrieb und schnell in der Flane unterging, die floss und floss, mit solch bereitwilliger Sanftmut, dass wir uns freigesprochen fühlten.

Später hab ich wieder und wieder an diese Szene gedacht, sie verlangsamt, in die Länge gezogen, um ihren Ablauf genau zu sehen, aber die Zeit eignet sich nicht zur Überprüfung, sie zieht sich immer zu ihrer ursprünglichen Schnelligkeit zusammen, als hätte eine Maschine jede Geste für uns geregelt, mit infernalischer Geschwindigkeit und Genauigkeit jede Sekunde abgezählt, damit das wunderbare Räderwerk des Plans in Gang kam, dessen Ausführende wir waren, und das sage ich nicht, um uns für unser Verbrechen zu begnadigen, es ist unsere Schuld, aber seine Gründe gehen über unseren Verstand. Denn was hatten wir für ein Interesse, uns zu Rächerinnen zu machen, zum Instrument eines vor langer Zeit ohne uns angezettelten Komplotts, wie kam es, dass wir an diesem bestimmten Tag dort sein mussten, um diese Aufgabe zu erfüllen, die uns niemand auftrug, nur wir selbst, indem wir der betäubenden Notwendigkeit des Augenblicks gehorchten. Es war höchste Zeit, denn als wir hastig aus der Dunkelheit zurückkehrten, in dem Moment, als wir in die Küche traten, stiegen Vitalie und die Tanten aus dem Karren, Gentil hob Anaïs in ihrem Kaninchenfellmantel auf den Kies, sie war sehr froh über ihren Nachmittag mit Jacques und die Kette aus Pfauenfedern, die er ihr gebastelt hatte. Ich hielt sie mit Umarmungen und Küssen auf, um Delphine Zeit zu lassen, die Scherben der Flasche aufzuheben, das schmutzige Glas verschwinden zu lassen, das fettige Blatt einzustecken, das noch auf dem Tisch lag und das bronzene Tintenfass zu wegzubringen, wie sich all das durch Zauberhand zu unserem Vorteil fügte! Als sich die Küche mit dem Trubel ihrer Rückkehr erfüllte, spürten wir, dass die richtige Ordnung wiederhergestellt und Anaïs gerettet war. Es gab nur einen Riss in dieser schönen Ordnung. Auf den Fliesen war ein roter Fleck, ein breiter Streifen, den Madame Ardenne sofort sah: Du verlierst Blut, meine Tochter, achte mehr auf dich. Sie flüsterte wegen Anaïs, die nichts von solchen Frauengeschichten hören sollte, und ich tat, als hätte ich den Tadel verdient, der uns aus der Patsche half, und warf mich auf die Knie, um die Fliesen zu schrubben, bis der Fleck verschwunden war. Da wurde mir klar, dass ich, seit der Mann hereingekommen war, keine Bauchschmerzen mehr hatte, nichts mehr von den Krämpfen spürte, die mir den Leib zersägten, meine Blutung war auf einen Schlag versiegt, danach hatte ich monatelang keine Periode mehr. Seitdem vermeide ich sorgfältig, auf diese Stelle der Fliesen zu treten, ich sehe immer noch die Blutspur, nichts löscht sie aus. An dieser Stelle, da, sagte Lottie und deutete mit dem Finger irgendwohin zu unseren Füßen, aber es war zu dunkel, als dass ich sah, was sie von der Phantomspur sah, über die ich schlafwandlerisch hinwegging, so viele andere Zeichen in diesem Haus waren nur für sie lesbar, und sie beschwor ihre Gegenwart, um mich für ihre Geschichte zu gewinnen.

Von diesem Tag an gingen die Dinge wieder ihren normalen Gang, sagte sie, niemand musste mehr eingreifen. Das war erholsam. Ich beschäftigte mich mit meinen üblichen Obliegenheiten, die so gleichförmig und alltäglich waren, dass nichts mehr passieren konnte. Ich erledigte sie voller Eifer, weil ich glaubte, dass der unschuldige tägliche Trott, in dem wir uns um Kinkerlitzchen kümmerten, das Schicksal besänftigen, unsere Ruhe es einschläfern würde. Wenn ich einfach so tat, als wäre nichts, würde es aufhören, die Ardennes im Auge zu behalten, sagte ich mir. Es würde sich nicht mehr für uns interessieren, es würde sich nicht mehr um uns kümmern, es würde anderswohin schauen und sein Auge auf andere werfen. Doch noch einige Zeit zitterte ich, wenn ich den Tanten das *Journal de Bourbonne* vorlas, auf die Nachricht zu stoßen, man hätte in der Flane einen Ertrunkenen gefunden. Sie waren begierig auf makabre Nachrichten wie Morde, Zugunglücke oder Autounfälle, auf blutüberströmte Tote und Verletzte, die man aus rauchenden Trümmern zog; sie würden mich sicher die Nachricht noch einmal lesen lassen. Ich befürchtete vor allem, dass der Leichnam an einer Wurzel oder einem Brückenbogen hängen geblieben war, dass ein Fischer ihn noch intakt an einer Schließklappe herausgezogen hatte und dass er anhand seines Namens identifiziert würde, denn in unserer Hast, ihn loszuwerden, hatten wir nicht daran gedacht, seine Taschen zu durchsuchen, vielleicht befand sich ein kompromittierendes Dokument darin. Ich beruhigte mich damit, dass im Wasser die Tinte verwischt, Papier sich auflöst und das Fleisch von den Knochen verschwindet, weil sich daran Fische, Kaulquappen und das fleischfressende winzige Getier laben, das sich im Schlamm tummelt. Je mehr Tage vergingen, desto größer war die Chance, dass er unkenntlich war. Und zudem war dieser Mann, wie er sagte, arm und ohne Familie, von weiter weg, aus Saulieu, keiner würde sein Verschwinden bemerken, wenn er überhaupt dorthin zurückgekehrt war und jemanden besucht hatte. Oder er war auf dem Weg zu den Ardennes gesehen worden, dann würden die Gendarmen sich erkundigen kommen. In diesem Fall wäre es leicht zu leugnen, dass wir ein derartiges Individuum kannten, es gab keinerlei Spur, dass er hier gewesen war, und Madame Ardenne würde es herablassend bestätigen. Überdies hätte sich jemand wie er, der die Gegend nicht kannte, ans Ufer der Flane verirren, bei Einbruch der Dunkelheit im Schilf ausrutschen und ganz von selbst ins Wasser fallen können, die Strömung hätte ihn mitgerissen und sein Schädel wäre flussabwärts gegen einen Brückenbogen geschlagen, solche Unfälle passieren. Allerdings konnte er seine Angelegenheit auch jemandem anvertraut, im Suff mit einer Goldader geprahlt haben, um reichen Säcken Geld aus der Tasche zu ziehen, oder er konnte sich über seine geraubte Tochter ausgelassen haben, wer weiß, wo er sich seit seiner Rückkehr herumgetrieben, welchen Übeltäter oder Kumpan von derselben Sorte er getroffen hatte, der vielleicht in der Umgebung auf der Lauer lag. Bei diesen Vorstellungen gefror mir das Blut in den Adern, während ich mechanisch die Zeitungsspalten weiter vorlas. Nicht mehr so lebendig wie die *Parallelbiografien*, die Tanten beklagten sich, ich nähme den Nachrichten die Würze, du hast den Kopf woanders, Lottie, beschwerten sie sich. Besorgt warf mir Delphine heimliche Blicke zu, sie wusste, wo ich ihn hatte.

Dann wieder dachte ich an das Leben dieses armen Mannes voller Elend, ohne Zuflucht und Unterstützung, seiner unglücklichen Existenz überlassen, ein Waisenkind wie ich, auf immer fernere Straßen und bis jenseits der Meere geworfen, welchen Mut hatte er gebraucht, um den Traum vom Reichtum zu verfolgen, der den Armen verboten ist, und genug Vertrauen in seinen guten Stern zu haben, um den feindseligen Gegenden zu trotzen. Dann erinnerte ich mich an die Beschreibung seiner Leiden in den Minen am Yukon, sein vom Dynamit abgerissenes Ohr, wie er von Schurken ausgebeutet wurde und mühselig schuftend seine Selbstachtung verlor. Ich sah ihn auf Schneeschuhen mit der Kleinen am Leib durch die Eiseskälte des Februars stapfen, er muss gutherzig gewesen sein, sagte ich mir, tief drinnen die Milch der menschlichen Güte gehabt haben und das Bedürfnis nach Sanftmut, Gerechtigkeit und Liebe, das er eine Weile mit der Tochter des Königs der Wälder stillte, der kleinen Indianerin, die er vor den Wüstlingen gerettet hatte, die verlorene Frauen wie Hündinnen behandeln. Ich erstickte meine Tränen, tief unter meiner Bettdecke vergraben. Ich stöhnte vor Mitleid mit ihr, die bei der Geburt unter Qualen und Schmerzen starb, und mit dem verzweifelten armen Teufel, der bei François Ardenne Hilfe suchte und mit einem falschen Versprechen hereingelegt wurde, so gutgläubig, dass er dessen bösen Plan Stück für Stück ausführte. Wie er wackeren Schritts auf dem Weg an unserem Zaun vorbeigekommen war, schnurstracks auf sein Ziel zuging von so weit her, und den Vertrag getreulich erfüllte. Ich sah ihn zärtlich die Kleine mit winzigen Brotstückchen füttern, die er in die Milch aus seiner Flasche getaucht hatte, und ihr leise ins Ohr flüstern. Er hatte viel aushalten müssen auf der langen Reise im Waggon des Großen Westens und dann wochenlang an Bord des Dampfschiffs mit einem Säugling, der weint und ständig Pflege braucht. Doch trotz all der Drangsal, hin- und hergeworfen wie ein Reisigbündel, war sie mollig, gesund, voller Falten und Grübchen, er hatte sie gut beschützt. Und wie herzzerreißend muss es für ihn gewesen sein, sie in dem Ohrensessel zurückzulassen, die

Allee zurückzugehen, ohne sich umzudrehen, und sich damit zu trösten, dass sie ein besseres Los haben würde als er. Im Licht des Mondes, das durchs Fenster hereinflutete, richtete ich mich dann im Bett auf und empörte mich, dass er sie nur so verwöhnt hatte, weil er dafür mit Geld rechnete, dass sie so viel wert war wie der versprochene Zaster, den er für einen aus dem Haus gestohlenen Gegenstand erhalten würde. Er vergaß nicht, ihn einzustecken, als Beweis für seine Schandtat, und hastete durch den Wald, um seinen Zug zu nehmen, den er im Näherkommen schon pfeifen hörte. Er hob den Arm, um ihn anzuhalten, so wie es ihm jemand aus dieser Gegend in seinem Büro voll Zigarrenrauch erklärt hatte. Es war gut, dass er angeschmiert, reingelegt, bestraft wurde für seine Gier, die Grausamkeit gegen sein Kind, das er schließlich verließ, wie er schon vorgehabt hatte, seit es geboren war, seit die sterbende Mutter es zur Welt gebracht hatte. Ich lief im blauen Zimmer auf und ab, im Hemd, mit eisigen Füßen, und klapperte mit den Zähnen vor Wut auf François Ardenne, diesen Betrüger, dem man über den Zuschnitt nichts vormachen konnte und der mit sardonischem Husten lachte, bevor er Spitzbuben den Hals umdrehte. Ich sah ihn genau vor mir, wie er während des Schneetreibens dicht bei dem glühenden Ofen hinter seinem Holzhändler-Schreibtisch lauerte, wie er den Elenden musterte, der ihn um Geld anbettelte, schon berechnete, wie aus ihm Profit zu schlagen war, schon Anaïs zur Lampe trug, sie am gestreckten Arm hielt und gierig zusah, wie sie strampelte, ein wahrer Schatz, diese Kleine, sie war mehr wert als eine Goldader. Wenn seine Mutter nur glaubte, das Kind sei von ihrem Sohn, würde sie es adoptieren, und sie würde so erfreut sein, es dafür zu halten, dass sie nicht daran zweifeln würde. Sie würde nicht ausposaunen, wie sie es geerbt hatte, vorausgesetzt, sie bekam die Vaterschaftserklärung, das kostbare, von Richter MacCoy unterschriebene Dokument, mit der er das Kind vor dem Gesetz in Dawson zu Anaïs Ardenne gemacht hatte, um es eines Tages schwenken zu können. Ihr Sohn zweifelte nicht daran. Der Plan, den ihm der dumme One Ear auf einem Silbertablett servierte, entriss ihm das bekannte bronchiale Gelächter, und es war nicht viel, was er dafür investieren musste, wenn er die Reise bezahlte und ihm zwei Jahresgehälter versprach, im Wissen, dass er das Versprechen nie halten würde, damit der andere, voll Groll, Kummer und Kränkung, es sich eines Tages *anders überlegte*, wie er ihm riet, forderte, was ihm zustand, und so das Glück seiner Mutter zerstörte. Dieses grinsende Gespenst entsetzte mich.

Sehen Sie, obwohl ich mich quälte, dachte ich nach. Mein Kopf war nicht gerade geschult, um Theorien aufzustellen, aber ich hatte einen Sinn für praktische Überlegungen, der genauso gut ist wie jede gelehrte Algebra und Geometrie. Er hat seine eigene Logik, die der Beobachtung folgt. Ich blieb stundenlang stumpf sitzen, sodass die Brut mich für schwachsinnig hielt. Ich sah so aus, ja, doch mein hellwacher Geist nahm Informationen, Bilder, Visionen, die Gefühle auslösen und sie mit der Überlegung zusammenfügen, nie besser auf als in diesen Momenten. Das Lesen hatte meinen Geschmack daran noch verstärkt, denn ich beobachtete, dass andere, unendlich viel Klügere als ich, es auch so hielten, sie sahen Dinge in einer Parallelwelt, neben der unseren, unsichtbar für unsere Augen, aber nicht fürs Denken. Ich stellte mir One Ears Geschichte, die sich in unbekannten Gegenden unter unbekannten Menschen abspielte, aus allen möglichen Blickwinkeln vor, unter der Lupe, durchs Fernglas, ich durchsuchte ihre dunkelsten Ecken, die kleinen Details wie das Ganze. So sah ich jetzt, dass die bedeutungslose Glaskugel, die lange vergessen zwischen François' Spielzeug ganz unten in einem Schließkorb gelegen hatte, ein Zeichen war, das alle verstanden außer mir, die sie herausgezogen hatte, um Anaïs mit den magischen Flocken zu bezaubern, und ich dachte immer, dass François, von diesem Schneetraum angezogen, so weit fortgegangen war, und dass One Ears Blockhütte, vor der er für das Foto posierte, schon in Miniatur in dieser Kugel enthalten war, die das einsame Kind in dem großen Haus der Ardennes schüttelte, und dass diese Hütte sein Fluchtpunkt und seine Bestimmung war. Häuser sind eine Geschichte, die man aus ihrer Aufteilung und den Gegenständen darin lesen kann, wenn man den Blick auf ihre Zeichen konzentriert. Das zu tun ist manchmal sehr gefährlich, es kann dazu führen, dass man einen Mann erschlägt. Es kann auch das reine Glück schenken, Wesen zu lieben, die uns als das Ihre erwählen, auf unsere eigene Gefahr. Ich wachte eifersüchtig darüber wie über ein unverdientes Gut, das ich mit Zähnen und Klauen verteidigen musste, gleich um welchen Preis. Vielleicht hatte Delphine, die wie ich beobachtete und hörte, demselben Gefühl gehorcht, dass sich etwas Schreckliches um Anaïs zusammenbraute, dass Vitalie und die Tanten sie nur deshalb so anbeteten, weil sie sie für ihre eigenen Zwecke brauchten, und dass wir sie mit dem Durchkreuzen von François' Plan nur vor One Ears Klauen gerettet hatten, um sie desto besser den ihren auszuliefern. Dann ist sie gestorben. Ohne Vorwarnung einfach abgetreten. Das erleichterte mir die Bürde, das Geheimnis des Verbrechens mit ihr zu teilen, aber jetzt musste ich allein Wache halten vor der nächsten Gefahr, ohne zu wissen, woher sie kommen würde, denn die Gespenster der Vergangenheit sind nicht weniger bedrohlich als die der Zukunft, sie kommen aus schwer erkennbaren Vorhöllen, und es ist sehr schwierig, sie zu bannen, sagte Lottie und fixierte mit ihren durch die Gläser vergrößerten Augen einen Punkt in der dunklen Küche, wie Fernand, der in den Hortensienbüschen einen erschreckenden Wiedergänger auf sich zukommen sah.

Delphine musste ersetzt werden. Auch wenn Gentil die gröbsten Arbeiten erledigte, Holz holte, Kamine reinigte, Toiletteneimer leerte, außer dem Gemüsegarten auch den Garten pflegte, beschnitt, harkte, trockenes Laub verbrannte und sich um die Stute kümmerte, war doch sie allein für die schwere Aufgabe zuständig gewesen, für Vorräte zu sorgen, zu kochen und die Zimmer sauber zu halten; die Wäsche holte die Bäuerin mit der Schubkarre und brachte sie trocken zurück, aber sie musste noch gebügelt und gemangelt, eingeräumt und geflickt werden, zudem mussten Kupfer und das Silber blank poliert werden, das kaum benutzt wurde, aber anlief, mussten Staub gewischt und die Teppiche geklopft werden. Die Ankunft der Tanten hatte ihre Arbeit noch vermehrt, ohne zusätzliche Bezahlung. Diese langsame, schlaffe Frau hatte das alles flott erledigt, Domestiken sind Arbeitstiere. Bis dahin hatte ich es leicht gehabt, ich war freigestellt und ausschließlich für die Bedienung von Anaïs da, doch sie wurde größer, zu Beginn des Schuljahrs würde sie mit Marie in die Schule im Dorf gehen, Madame Ardenne übernahm die Einstellung des Doktors, für den die öffentliche Schule alle Vorzüge hatte. Du hast deine gute Zeit gehabt, sagte ich mir, Schluss mit deinem magischen Finger und dem Vorlesen. Durch das Anaïs lesen gelernt hatte, ohne dass es irgendjemand merkte, nur ich, die sie anleitete: Als Victoire eines Tages ihren Kalender betrachtete, hatte Anaïs auf ihrem Schoß plötzlich die Tage und die Heiligen der Woche vorgelesen, Ostern, Himmelfahrt, Pfingsten und die Sommersonnenwende, sie artikulierte jedes schwierige Wort mit ihrer Flötenstimme zur großen Bewunderung aller, aber niemand zollte mir dafür Anerkennung. Nur sie machte mir über den Kalender hinweg schöne Augen, ließ zwischen den Wimpern ihr samtiges Schwarz durchblitzen, um mir für ihre hübsche Komödie zu danken. Und ich, obwohl ungeschickt mit Wörtern, lernte mit ihr unzählige. Dazu motivierte mich auch Madame Ardenne, die nur ein einziges hatte, das sie auf alles und jedes anwendete: unsagbar. Das ist *unsagbar*, sagte sie, wenn sie mit halb geschlossenen Augen eine Sauce kostete oder einen Stoff betastete, Rosenstöcke bewunderte, eine Hutfeder oder das schöne Wetter, als wäre es besonders vornehm zu sagen, dass man nichts sagen konnte. Was mir als krasse Faulheit erschien oder, schlimmer noch, als Verachtung für die Beschaffenheit der Dinge. Aber ich mühte mich vergeblich, das treffende Wort fehlte mir. Deshalb stürzte ich mich wütend aufs Wörterbuch. Ich klaubte mir ganze Listen von Wörtern daraus, um sie bei Gelegenheit über ein Gefühl oder eine Empfindung zu stülpen, oft gegen den gesunden Menschenverstand, aber welches Vergnügen schöpfte ich daraus.

Wie auch immer, mit achtzehn war ich nicht mehr das kleine Mädchen, das Madame Ardenne der Mutter entführt hatte. Der Vertrag lautete, dass ich bis zur Volljährigkeit ihr Mündel war und als Gegenleistung in ihren Diensten stand, also musste ich einstweilen meine Rolle ausfüllen. Indes wurde schnell klar, dass ich Delphines Arbeit nicht allein schaffen konnte, doch für diesen Einwand brauchte es Gentil. Der Alte, auf den ich kaum achtete, übernahm meine Verteidigung, er protestierte, ein so junges Mädchen könne nicht die ganze Last eines großen Haushalts tragen, und Madame

Ardenne hörte mehr auf ihn, als ich dachte. Ich dankte ihm mit kleinen Aufmerksamkeiten, half ihm, seine Krampfadern zu wickeln, brachte ihm seine Grenadine in den Garten, bereitete ihm seine Zichorie und seinen Rahm zu, beides fand er auf seinem Platz am Tisch, bevor irgendjemand aufgestanden war. Und so entdeckte ich, als ich ihm näherkam, dass er hinter seinem mürrischen Aussehen ein braver Mann war, und schwor, dass er seinen Spitznamen wirklich verdiente, aber nein, sagte er, Gentil sei wirklich sein Name oder vielmehr der seiner Mutter. Auch er hatte harte Zeiten durchgemacht und diente, seit er acht war. Er erzählte mir kleine Geschichten aus seiner Kindheit, von den Stellungen, die er hatte, bevor er sich bei den Ardennes verdingte. Er kam aus der Drôme und war der Bastard einer Dienstmagd. Sie hatte ihn in meinem Alter von ihrem Herrn, einem Gerichtsvollzieher, bekommen. Wenigstens gibt es in diesem Haus keinen Mann, der dich besteigt, sagte er, bewahr deine Blume für jemand anders als den Hausherrn, find dir einen Liebsten, der aus denselben Verhältnissen kommt wie du. Er brachte mich zum Lachen mit seinen Ratschlägen, hatte ich etwa im Sinn, jemanden zum Anbändeln zu suchen? Mich bedrängte vielmehr, dass Anaïs mich vernachlässigte. Schon schwor sie nur noch auf Jacques, schmeichelte sich bei Madame Maître-Grand ein, bald würde sie in die Schule gehen, ich litt Qualen vor Angst, sie würde mich verlassen, schlimmere als bei einem untreuen Verehrer. Zumal ich mit einem Verbrechen dafür bezahlt hatte, dass ich sie liebte, und wenn die Tage auch so sanft dahinzufließen schienen wie die Flane in ihrem Bett, spürte ich, dass sich nichts geändert hate, dass die Tanten und Vitalie immer noch ihre Idee im Hinterkopf hatten. Auch ich hatte die meine, aber bis Madame Ardenne ihre Perle fand, musste ich den Haushalt führen, ich schuftete von morgens bis abends und plagte mich mit tausend Aufgaben. Das verschaffte mir den unvergleichlichen Vorteil, freien Zugang zu Schränken, Kommoden und Schubladen zu haben, ohne dass irgendjemand etwas daran aussetzen konnte. Ich war auf der Suche nach Informationen über diese Geschichte mit den Rambert-Rizzolis von der Fabrik, dieser Pariser Familie, mit der Vitalie sich überworfen hatte und bei deren bloßem Namen in einer Zeitung sie außer sich geriet.

Ich machte meinen Fund an einem Aprilnachmittag, als Gentil losgefahren war, um die Kinder der Maître-Grands zu einem Vesper im Sonnenschein abzuholen, das wir zur Feier des ersten Ausflugs von Jacques veranstalteten. Die kleine Gesellschaft machte einen Spaziergang durch den blühenden Obstgarten, und hinten strickten die Tanten Fersen. Ich nutzte die Gelegenheit, dass ich oben allein war und die Wäsche einräumte, um heimlich ins Zimmer von Madame Ardenne zu schlüpfen. Bis zu Delphines Tod gab es selten eine Gelegenheit, es allein zu betreten, gar ihren Schreibtisch anzurühren, ein imposantes Möbelstück voller Schubladen, das ich mit dem Federbesen abstaubte, wobei ich alles, was darauf herumstand, Tintenfass, Schreibunterlage, Löschwiege, einige aufrecht stehende Ordner, kaum bewegte, aber was zu sehen ist, ist nicht sehr interessant, schätzte ich. Das Kostbarste in einem Haus wird in Schubladen aufbewahrt, Rechnungen, Haushaltsbuch, Korrespondenz, Eigentumstitel und Bankobligationen, Familiendokumente. Ich war geübt, Schubladen blitzschnell aufzuziehen und mit dem Auge den Inhalt zu erkunden, um vielleicht später zurückzukommen und ihn gründlicher zu inspizieren, wenn es sich lohnte; diese hatte ich noch nicht anschauen können. Durch das halb offene Fenster hörte ich Rufe und Gelächter, das perlende von Anaïs, die grobe Stimme von Gentil und das Geplapper der Damen, ich musste schnell machen. Eine dicke Hummel summte an meinen Schläfen, meine Wangen brannten vor Eile, die Bündel durchzublättern, manche Umschläge wurden von Seidenbändern zusammengehalten, die ich nicht aufzumachen wagte, andere Papiere lagen lose oder in Mappen aus feinem Leder geordnet, das alles systematisch sortiert; schließlich stieß ich auf das, was ich suchte: die Heiratsurkunde von Fernand Auguste Ardenne, Sohn von … etc. etc., und Vitalie Françoise Louise, geborene Rambert, Vater Thibaut Rambert, Mutter Sidonie etc. etc., ohne Vertrag, ausgestellt am 8. März 1880 im Rathaus von Auxerre im Departement Yonne. Der spätere Vertrag war 1883 bei einem Notar in Langres ausgefertigt. Ich hatte nicht genug Zeit, um ihn genau zu lesen, wohl aber die Geburtsurkunde von François: Mutter Vitalie Françoise Louise Rambert, Vater *unbekannt*, am 30. November 1879 im Hospital von Auxerre, ihrem Wohnort, das Blatt zitterte in meinen fiebrigen Fingern. Also ist François so wenig Fernands Sohn wie Anaïs François' Tochter, wiederholte ich für mich, um mir diese Ungeheuerlichkeit einzuprägen. Wenn er nicht von ihm ist, von wem dann? Fix wie ein Schnüffler hab ich alles wieder an seinen Platz gelegt. Unter meinen Füßen wankte der Boden, wölbten sich die Wände, die Steppdecke: Am Fuß des Betts blickte mich ein Mädchen aus großen Kuhaugen an. Das war nur ich in der Spiegeltür des Schranks, doch ich zuckte erschrocken zurück. In meiner Hast stieß ich gegen den Schreibtisch, und ein Album fiel herunter, eher ein Ordner, dessen Seiten sich über den Teppich verteilten. Während ich sie hastig aufsammelte, las ich, was mir unsortiert in die Augen sprang, die von der Eile getrübt waren, zusammengeheftete gedruckte Artikel, Militärakten, Berichte unter dem Briefkopf von Spitälern, es war die ganze Akte von Fernands Wahnsinn, begriff ich, aber ich hatte keine Zeit, mehr davon zu lesen, denn die Gesellschaft kam zurück. Unter dem Fenster hörte ich Anaïs rufen, Lottie, Lottie, ich will dich! Der gebieterische Ruf wirkte auf mich wie ein Gegengift. Ich rannte die Treppe hinunter, noch betäubt von meinen Entdeckungen stürzte ich zu ihr, und wenn ich mich vor meiner kleinen Königin auf die Knie warf, dann ebenso, um sie zu küssen vor Liebe, wie um die große Verwirrung über meine Entdeckungen zu verbergen.

Dann habe ich sehr ordentlich die Flans und Kompotte serviert, die ich auf dem Gartentisch bereitgestellt hatte, die Limonade für die Kinder und den Tee für die Erwachsenen, die Sonne tauchte die Haut in ein flaumiges Bad, um uns her rauschten tausend zarte Blätter, die Kühe waren an den Zaun gekommen, und ich lachte vor Glück. Zumal Anaïs mich mit Zärtlichkeiten verwöhnte, du warst nicht mit mir im Obstgarten, du Böse, liebkoste sie mich mit Vorwürfen, Großmutter, ich will nicht mehr, dass Lottie an der Wäsche arbeitet, sie gehört mir. Aber ja, mein Schatz, sagte Vitalie und bauschte ihre Schnecken auf – ich liebte es, ihre Zöpfe über den Ohren einzurollen, ihre Augen waren so dunkel, dass sie blau wirkten –, ich habe einen Ersatz für unsere arme Delphine gefunden, teilte sie leise Madame Maître-Grand mit. So erfuhr ich, dass die Neue bald kommen würde. Mit leichtem Herzen verteilte ich Seife und Strohhalme an die Kinder, sie liefen hinter den bunten Blasen her, die der Wind davontrug, auch die größeren machten mit, sogar Jacques an seinem Stock, Seifenblasen entzücken immer, es war ein herrlicher Tag für alle, und für mich erst! Glückskind, gratulierte ich mir, Anaïs hat dich wieder aufgenommen, und du hast auf einen Schlag viel mehr erfahren, als du gehofft hattest. Das ist Munition für morgen, wisse sie zu nutzen. Ich verstärkte meine Verteidigungsanlagen. Und Sie, was hätten Sie an meiner Stelle getan?

Trunken vor Müdigkeit nach diesem langen Tag, vom Burgunder und von ihrer Stimme, hatte ich ihr unter der Lampe zugehört, denn an diesem Tag waren wir nach dem Mahl, statt über das Feuer zu wachen, lange am Tisch sitzen geblieben, die Postkarten ausgebreitet vor uns. In dem vom Dunkel der Küche umgebenen Lichtkegel vermischten sich die Ansichten des Dorfs und der zusammengelaufenen Leute mit den Szenen, die Lottie heraufbeschwor, wurden zu Bühnenbild und Chor ihres Berichts. Manche dieser Kinder, dachte ich, haben vielleicht mit Anaïs und Marie die Schulbank gedrückt, der Doktor hat sie behandelt, manche haben Delphine beim Einkaufen gesehen, sie haben von Fernands Wahnsinn und der massakrierten Kuh gehört und vom Unfall am Kirschbaum, sie haben den genesenen Jacques auf seinen Stock gestützt vorbeigehen sehen, das sind ihre Zeitgenossen. Zunächst verschwommen auf den sepiafarbenen Fotos, nahmen diese Statisten die Dichte und Präsenz von Persönlichkeiten an, verlangten danach, die Protagonisten der Geschichte zu sein. Ich konnte ihrem eindringlichen, brennenden Blick nicht widerstehen, der sich durch den Schleier der Zeit auf mich richtete, und Lottie erzählte von ihrem Ausflug zur Quelle der Flane und wie sie den Mann mit dem vom Dynamit abgerissenen Ohr umbrachte und sich die Blätter über den Teppich verbreiteten, wie die Denunziationsbriefe in den nächtlichen Straßen des Dorfs, und aus großer Ferne stürzten die verschneiten Landschaften am Klondike auf mich ein, und der kurzatmige Zug durch den Großen Westen Kanadas und das Kielwasser des Dampfschiffs auf dem Ozean, der stolze Industrielle beim Bankett unter den Lampions, der unauslöschliche Blutfleck auf den Fliesen und der Flug der Seifenblasen in der Frühlingssonne, der des trockenen Laubs an einem Waldrand, an dem gefolterte junge Männer lagen, ein Ertrunkener im Uferschlamm, die erschossene alte Hündin, ein grinsender Geschäftsmann im Zigarrenrauch, die nackte Nymphe auf dem Tintenfass, der polnische Passant, der sich auf Nimmerwiedersehen entfernte, die Tanten, die eine veraltete Zeitung lasen, und mein Vater, der gegen den widrigen Wind des Lebens ankämpfte, seine geschwollene Hand auf der Theke des Hôtel du Commerce und seine missratene Zeichnung voller Schraffuren und Striche, sie alle waren Zeugen dieses wahnwitzigen Wirbels, meines Kummers und meiner Müdigkeit, was hätte ich an Ihrer Stelle getan, Lottie? Wie hätte ich wie Sie diesen Bildern, Visionen, Empfindungen und Gefühlen, diesen Begierden und Albträumen, all diesen bedrängenden Gespenstern Leben einhauchen können, die sich in meines einfügten und darauf antworteten, wie hätte ich wie Sie in der Parallelwelt zu ihnen stoßen können, wo sie, unseren Augen, nicht aber dem Denken unsichtbar, nach Sein verlangen, und wie hätte ich an Ihrer Stelle ihre Geschichte erzählt?

Es war Samstag, ich würde am nächsten Tag wieder fahren, wenn ich Marie-France nicht wiedersah, musste ich sie zumindest anrufen, und ich nahm mir vor, es an diesem Tag noch zu tun, denn ich hatte ein schlechtes Gewissen, sie nach unserer Rückkehr so feige verlassen zu haben, vor ihrem Kummer und meinem geflohen zu sein. Ich wollte ihr sagen, dass wir uns bald wiedersehen würden, sicher im Februar oder März, wenn meine Studenten kämen und im Rathaus arbeiteten, ihr danken, dass sie ihren Einfluss auf den Bürgermeister genutzt hatte, sicher hatte sie ein gutes Wort für mich eingelegt, da er sich später mir gegenüber so liebenswürdig verhielt. Falls es das war, was er bewusst oder unbewusst befürchtete, ich hatte die Kiste mit den Briefen nicht aufgemacht. Statt sie aufzubewahren, sollte man sie vielleicht besser verbrennen, wovon Marie-France träumte, aber es zu tun ist nicht so leicht wie davon zu reden. Man müsste einen nach dem anderen ins Feuer werfen, zusammengepresstes Papier brennt schlecht, und das ließe Zeit, die guten und die schlechten Gründe abzuwägen, die man hat, sie zu vernichten. Man müsste Groll oder Schuldgefühle beiseitelassen, sagte ich mir, die unsere Erinnerung behindern und umsonst mit Reue quälen, aber wie soll man den Weizen von der Spreu trennen, was zu können Lottie für sich in Anspruch nahm, wie entscheiden, welche Erinnerungen gut sind und welche nicht, sie lassen sich nicht so leicht zerreißen und verbrennen. Lottie hatte das fettige Blatt, das One Ear auf dem Tisch hatte liegen lassen, zwar ins Feuer geworfen, zugesehen, wie es schwarz wurde und sich zusammenzog, und seine Asche in der Feuerstelle zerbröselt, doch ihre Erinnerung hatte es nicht getilgt. Genauso wenig die an den Mann mit dem gespaltenen Schädel, auch nicht die an das verrauchte Büro und eine Hand, die die Schuldanerkenntnis schrieb, mit der ihr Autor seine späte Rache für eine nicht wiedergutzumachende Kränkung unterzeichnete, die ihm in noch weiter zurückliegender Zeit zugefügt worden war. Das Papier war verschwunden, aber letzten Endes siegen die Wörter über das Vergessen. Und erst die, die fortbestehen, sobald sie geschrieben sind, die, deren Tinte in Kisten oder Schubladen verblasst und die darauf warten, von Augen gelesen zu werden, für die sie nicht bestimmt waren – in welcher Gefahr sind wir, wenn wir sie entdecken? Manchmal sind sie eine Phosphorbombe, sagte Marie-France.

Bist du an dem Ordner auf dem Schreibtisch in meinem Zimmer gewesen, hatte Madame Ardenne Lottie gefragt. Das war am Tag nach dem Vesper, wir waren allein im oberen Stock, da Vitalie mich gebeten hatte, ihr beim Vorbereiten von Delphines Dachkammer zu helfen, das Bett zu verschieben, die Matratze umzudrehen, ein paar Kleinigkeiten in der Rumpelkammer abzustellen. Damit die neue Köchin sich nicht wie bei einer Toten fühlt, behauptete sie. So viel Rücksicht bei ihr wunderte mich, sagte Lottie, später dachte ich, dass sie das Tête-à-tête nur herbeigeführt hatte, um ohne Umschweife diese Frage zu stellen. Doch ich war wachsam genug, um mich nicht zu verraten. Mir war klar, dass Leugnen mich ins Verderben stürzen würde, und so antwortete ich ihr offenherzig mit Ja, denn Aufrichtigkeit hat, wie man sagt, einen Klang, der sie von der Lüge unterscheidet. Ja, ich habe ihn aus Versehen beim Staubwischen runtergestoßen, die Blätter haben sich über den Teppich verbreitet, und ich habe alles an seinen Platz zurückgetan, so gut ich konnte, du hast also gelesen, was er enthielt, sagte sie. Das war keine Frage, sondern eine Feststellung, so bestimmt, dass nicht auszumachen war, ob sie erleichtert war über die Unschuld meines Fehlers und mein einfaches Geständnis oder ob sie, da es geschehen und nicht mehr rückgängig zu machen war, das letzte Zögern überwand. Ich habe die Papiere fallen lassen, aber nichts gelesen, protestierte ich, nur das, was mir beim Aufsammeln ungewollt in die Augen sprang, und, den Vorteil meiner Offenherzigkeit nutzend, riskierte ich zuzugeben: Ich glaube, sie betreffen die Krankheit von Monsieur Ardenne, wegen der er in Bouvier-les-Eaux behandelt wurde. Sehr gut, seufzte sie, diesmal resigniert, setz dich, Lottie. Ich halte dich für eine vernünftige Person, hör mir jetzt zu. Sie setzte sich neben mich auf die Matratze, und in der leeren Dachkammer, die von einem schrägen Sonnenstrahl durch die Gaube erhellt wurde, zog sie mich ins Vertrauen. Ich weiß noch, dass ich, während ich ihr zuhörte, der leuchtenden Sonnennadel zusah, die sich streckte wie einst auf dem Boden des Klassenzimmers, nach und nach jede Diele erreichte, bis sie mein Knie berührte: Obwohl du kaum gebildet bist, bist du ein sehr besonnenes, findiges und aufgewecktes Mädchen, sagte sie und sprach die Wörter laut und deutlich aus, wie um sie mir einzuprägen. Du hast die seltene Fähigkeit, zu beobachten und zu schweigen, zu urteilen und aus gutem Grund zu handeln. Vor allem könnte Anaïs ohne dich nicht auskommen. Sie hat dich auserwählt, um ihr die Wohltat deiner Person zu erweisen, deiner ganzen Person, es ist so selten im Leben, der bedingungslosen Liebe eines Wesens zu begegnen, das in allem auf das eigene antwortet. Ich sehe, wie absolut sie dich braucht und du sie. Ich sehe die Auswirkungen, deshalb bin ich nicht eifersüchtig. Sonst hätte ich dich nicht von deiner Mutter gekauft, dich ihr abgehandelt und dich dem Hof entrissen, wo du verkümmertest, dich auch nicht aus der Werkstatt von Mademoiselle Sorbet geholt, die dir eine schöne Zukunft versprach. Und ich hätte keine Anordnungen getroffen, um deine Interessen zu schützen.

Ich traute dieser Einleitung nicht, die nach Geschäft schmeckte. Obwohl gekränkt, dass sie mich die ganze Zeit, seit ich bei ihr war, so genau wahrgenommen hatte, ohne es zu zeigen, blieb ich ungerührt und starrte präventiv Löcher in die Luft. Lass sie kommen, sagte ich mir, spiel die Person, die sie beschreibt, da sie so zufrieden mit ihr ist, schauen wir, was sie sich von ihr verspricht. Ich hebe diese Papiere aus Schwäche auf, sagte sie, und du siehst, dass ich sie so schlecht verstecke, dass sie dir zufällig unter die Augen kommen können, vielleicht ist es Zeit, sie loszuwerden, aber dass du beim Staubwischen über sie gestolpert bist, ist eine große Erleichterung für mich: Es ist mir wichtig, dass du weißt, welchen Einfluss Fernand auf mein Leben hatte und welche Konsequenzen das für Anaïs hat. Du hast ihn kennengelernt, als er ohne Hoffnung auf Genesung in dieser Heilanstalt lebte, durch Chemie und Elektroschocks vor sich selbst geschützt, aber auch vor der drohenden Verfolgung – weil er eine Kuh mit der Machete zerstückelt hat, sagte ich unbesonnen. Tante Victoire hat es mir erzählt, fügte ich eilig hinzu, aber dass ich über das Massaker Bescheid wusste, störte Vitalie nicht: Diese unsinnige Tat hat ihn eher vor schlimmeren Qualen gerettet, ich war sehr erleichtert über diese Entwicklung. Ich bin fertig, ich bin fertig, wiederholte der an den Brunnen gefesselte arme Mann. Sie verstummte so lange, dass ich befürchtete, sie würde es dabei belassen. Er war nicht so verrückt, wie er sich den Anschein gab, wagte ich mich im Brustton der Überzeugung vor, ich glaube eher, dass er Angst hatte. Eine schreckliche Angst, die er hinter seinem Getue verbarg, damit man ihn in seinem schönen Militäranzug in Ruhe ließ. Vitalie schaute mich an wie zum ersten Mal, durchforschte meine Züge, meine ganze Person mit träumerischem Ernst. Ich hatte den Eindruck, dass ihre eisblauen Augen durch mich hindurchsahen, oder vielmehr durch eine andere, die ich ohne mein Wissen war, du hast recht, murmelte sie, er hatte Angst. Furchtbare Angst vor der Kuh ebenso wie vor sich selbst, weit mehr als vor den Anklagen, mit denen man ihn verfolgte. Bevor ich diese Akte verbrenne, wo alles versammelt ist, was meinen armen

Fernand betrifft, wirst du sie lesen, vielleicht habe ich sie nur deshalb bis heute aufgehoben, damit jemand wie du sie kennt und begreift, was für ein unglücklicher Mann er war.

Wenn ich es gewagt hätte, hätte ich Madame Ardenne über den Nacken gestrichen, um sie zu ermutigen, wie es Mademoiselle Sorbet bei uns getan hatte, ich begnügte mich damit, geduldig zu nicken. Wenn du Séverine und Victoire zuhörst, werden sie dir das Porträt des schwächlichen, von seiner Mutter verwaisten Kindes oder des großherzigen Ehemanns zeichnen, das sie sich gern machen, die eine, weil sie seine Schwester ist, die ihn innig liebte, die andere, meine Tante, weil sie erreicht hatte, dass er mich heiratete. Beide biegen sich seine Persönlichkeit ein wenig zurecht. Nicht aus Falschheit, sondern um sich zu rechtfertigen, es geht um ihre Gelassenheit und ihr gutes Gewissen, lassen wir sie für ihn beten, es ist zu spät, ihre Meinung zu ändern, und warum soll man sie in ihrem Alter betrüben. Das Alter ist der Grund, der mich dazu veranlasst, mich dir zu eröffnen. Vor allem das meine, das zwar weniger fortgeschritten ist, mich aber beunruhigt. Der Grund dafür ist Delphines Tod. Sie ist so schnell gestorben, vor unseren Augen, von einem Augenblick zum anderen, gerade noch lebendig und dann wie vom Blitz auf die Fliesen gefällt, dass ich seitdem ständig denke, mir könnte dasselbe passieren, in deinem Alter denkt man nicht daran. Ich denke daran, unterbrach ich sie, dann schwieg ich. Ich würde nicht hingehen und ihr vom Tod meines Bruders Jules erzählen, auch nicht von dem des Vaters oder Mémés oder dem der Mutter, den man nicht hatte kommen sehen, und erst recht nicht vom Tod One Ears, der sicher nicht damit gerechnet hat, so schnell dahinzuscheiden, ich würde ihr nicht erklären, dass es ein Gesetz der Natur ist, sich zu verkörpern und dann früher oder später an krankem Magen, einem Gewehrschuss, durch Aufschlag auf eine Pflugschar oder durch die bronzene Nymphe auf einem Tintenfass zu sterben. Es ist gut, dass du daran denkst, gab sie zu, sichtlich ohne mich ernst zu nehmen. Was mich angeht, fürchte ich nicht so sehr den Tod als das schreckliche Schicksal, das Anaïs erwartet, wenn ich plötzlich verschwinde oder auch nur meine Fähigkeiten verliere. Deshalb musst du Bescheid wissen. Dir, habe ich beschlossen, vertraue ich ihren Schutz an, du sollst sie, wenn sie fünfzehn ist, über ihre Situation unterrichten, falls ich nicht mehr da bin, um es zu tun. Fünfzehn! Der Umschlag, auf dem Umschlag steht auch diese Zahl, sagte ich mir, ich habe Ihnen noch nicht von dem Umschlag erzählt, doch, doch, Lottie, Sie haben an unseren Abenden davon gesprochen. Ich weiß noch, dass Sie sich beglückwünschten, ihn *gerettet zu haben vor den Augen* der Tanten und Vitalies, ich habe eine Nacht lang davon geträumt im blauen Zimmer, ohne dass Sie auf meine Frage antworteten, und Sie haben die Worte von One Ear wiederholt, der den Inhalt der Brieftasche aufzählte, die er auf den Tisch gelegt hatte: die Vaterschaftserklärung, das Foto und der versiegelte Brief, sagten Sie. Ich habe es behalten, obwohl ich döste, da Sie mich eingeladen hatten, mich in der einschläfernden Hitze der Glut gehen zu lassen, es störe Sie nicht, versicherten Sie mir, dass ich Ihnen schlummernd zuhörte, und Sie hatten recht, Schlafen verhindert das Hören nicht, vielleicht schärft es das Gehör sogar für Untertöne der Stimme, die im Wachen unbemerkt bleiben, hebt kleine Unebenheiten im Fluss der Erzählung hervor, die aufhorchen lassen, was ist also mit diesem Umschlag? Oh, ich komme noch dazu, aber bevor Sie fahren, brauche ich Ihr Versprechen, dass Sie ihn vernichten werden. Ich habe mich mein ganzes Leben lang nicht dazu entschließen können, heute ist es mir unmöglich geworden, das ist der Grund, warum ich Sie erwartet habe, Sie, die zur richtigen Zeit gekommen sind, um mich zu hören und zu tun, was ich nicht tun konnte. Sie werden lesen, was auf dem Umschlag steht: *Anaïs Ardenne, die ich meine Tochter nenne, wird ihn im Alter von fünfzehn Jahren lesen.* Vitalie konnte diese Bestimmung nicht kennen, nur ich hatte sie gelesen, aber auch sie wollte Anaïs in diesem Alter etwas weitergeben. Was haben sie denn mit dem fünfzehnten Geburtstag meines Lämmchens, meines Täubchens, was wollen sie von diesem Schatz, der wertvoller ist als eine Goldader am Klondike, Madame Ardenne machte mir Angst mit ihrem Geständnis. Ich beobachtete, wie die Sonnennadel auf dem Boden der Dachkammer sich weiterdrehte, wenn sie meine Knie erreicht, was wird dann aus mir? Bis dahin widmete ich mich meiner Taube aus freien Stücken, aus meinem entschlossenen Willen zu lieben. Wir hatten uns adoptiert, es war ein exklusiver Pakt zwischen uns, aber nachdem andere mir die Verantwortung für ihr Geschick übertragen hatten, war nicht mehr die Rede davon, vor arglosem Glück zu gurren. Vor allem hatte ich nicht mehr das Recht, nach Belieben zu sterben. Fortan musste ich die Bosheiten des Schicksals, seine schlimmen Absichten durchkreuzen und mich davor hüten, an krankem Magen oder einem Schlag oder Sturz zu sterben, ich musste die Gespenster der Zukunft kommen sehen und sie ablenken, bevor sie ihr nur eins ihrer königlichen Haare krümmten, ich hätte fliehen sollen. Ich bin geblieben. Vielleicht bin ich nur eine so kräftige Alte geworden, die nicht sterben darf, weil ich an diesem Tag Vitalie zugehört habe, die mir die Verantwortung für Anaïs übertrug. Ich habe sie schon sehr lange nicht mehr, sie sind alle unter der Erde, und ich werde das auch bald sein, aber es ist, als müsste ich wieder und wieder

Wälle, Befestigungsmauern errichten und schlaflos an meiner Zinne Wache halten, jede Nacht höre ich das Haus beben, stöhnen und krachen, dieses große Gebäude umschließt sie alle, die Wiedergänger, hören Sie, wie der Gesang der Flane ihre Stimmen mitführt, sie fließt immer noch aus der Quelle, die ich durch mein Fernglas sah, niemand vernäht diesen Nabel, offen wie ein Auge in der Finsternis.

Als ich die Akte von Fernand Ardenne endlich las, waren fast zwei Jahre seit dem Abend vergangen, an dem Lottie sie mir gegeben hatte: Vitalie hat sie nicht vernichtet, wie sie vorhatte, sie hat sie mir anvertraut; behalten Sie sie zur Erinnerung, es ist ein lehrreicher Einblick in die Geschichte, Sie werden sehen. Ich hatte endlich die erhoffte Stelle erhalten, aber meine Ankunft in Vancouver wurde durch das verzögerte Eintreffen meiner eigentlich recht bescheidenen Habseligkeiten beeinträchtigt, die Auslieferung dauerte mehrere Wochen, hinzu kamen absurde Scherereien mit dem Zoll, teils meiner Nachlässigkeit, teils der Unwilligkeit der Beamten geschuldet, sodass ich in Vancouver zunächst in einem kleinen Hotel nahe dem Campus logieren musste, bevor ich das Apartment beziehen konnte, das mir dort vorläufig zugeteilt worden war. Die Suche nach einer Wohnung in der Stadt verschob ich aufs Frühjahr. Es dauerte also eine gewisse Zeit, ehe ich wirklich ankommen, meine Kisten auspacken, Regale für die Bücher aufstellen und in riesigen Einkaufszentren, in denen ich mich verlief, besorgen konnte, was mir noch fehlte. Währenddessen bereitete ich meine Lehrveranstaltungen mit dem Eifer einer Anfängerin vor, voller Panik bei der Vorstellung, meine neuen Studenten würden schnell erkennen, dass ich keine Ahnung hatte, und schlussfolgern, ich sei aufgrund eines Irrtums oder, schlimmer noch, durch Beziehungen hier gelandet. Ich lief von Amt zu Amt, um den ganzen Verwaltungskram für die Sozialversicherung und so weiter zu erledigen, und als wäre das nicht genug, machte ich, sobald ich ein paar Stunden freihatte, lange Märsche durch die Stadt, deren weit entferntes Zentrum mich zu anstrengenden Touren zwang. Es gab noch nicht die Verbindung mit dem SkyTrain wie heute, aber ich wollte Vancouver, wo ich fortan leben würde, so schnell wie möglich kennenlernen, mit dem Hafengelände und den Stadtvierteln vertraut werden, mir die Stadt mit jener von der Unruhe diktierten Hast aneignen und von ihr aufgenommen werden.

Aus dieser Zeit der Eingewöhnung erinnere ich mich verworren an Aufregung und Fieber; echtes Fieber, das mich schließlich niederstreckte. Sicher bezahlte ich so für das schwierige letzte Jahr, in dem ich auf meinen Spuren zurückgegangen war, was man laut dem polnischen Passanten niemals tun sollte, für meine Sorge, diese Stelle nicht zu bekommen, noch bleiben und wer weiß wie lange warten zu müssen, ehe ich endlich abfahren, so weit fort wie möglich fliehen und etwas anderes anfangen, vergessen könnte. Das ist noch kein richtiger Burn-out, meinte der Arzt, aber Sie sind nahe dran. Ein somatisches, gutartiges Fieber, urteilte er nach verschiedenen Untersuchungen. Zehn Tage zitterte ich mitten im Indian Summer unter meinem Federbett, die flammenden Ahornbäume und Birken auf dem Campus der Simon-Fraser-Universität und der jeden Tag kobaltblau strahlende Himmel vor meinem Fenster verhießen mir eine unerreichbare Welt, zu der meine Wattebeine und das Herzrasen bei der kleinsten Bewegung mir den Zutritt verwehrten. Immerhin verschafften mir diese zehn Tage erzwungenen Eingesperrtseins die Gelegenheit, mich mit Pearl aus dem Nachbarapartment anzufreunden, einer für ein Semester eingeladenen australischen Ethnologin, die sich meiner erbarmte, mich mit Essen und Zeitungen versorgte und aufmunterte. Wie ich hatte sie sich anfangs schwergetan, das ist die Initiation, sagte sie lachend, aber sobald ich meine Quarantäne beendet hätte, würde ich sehen, wie angenehm es sich auf dem Campus lebte, wie *amazing* die Leute dort waren. Während ich mit ihr plauderte und Mineralwasser trank, ahnte ich nicht, dass ich durch sie Abel Maître-Grand kennenlernen würde. So weit ich auch geflohen war, ich hatte Le Mauduit nicht verlassen, Lotties lange Geschichte ging weiter, oder vielmehr setzte ich sie nun fort.

In der Genesungszeit räumte ich mein Apartment fertig ein, und dabei fand ich in der Tiefe einer Kiste den Ordner über Fernand Ardenne. Bei all dem, was mich im Jahr vor meiner Abreise gequält hatte, war er in Vergessenheit geraten beziehungsweise hatte ich ihn ungelesen in eine Ecke verbannt, zu vieles war damals wichtiger. Aber ich hatte ihn weder verloren noch vernichtet, nichts, was von Lottie kam, hätte dieses Schicksal erlebt, und da lag er nun ganz unten in der Kiste, zwischen alten Uni-Mitschriften, von denen ich mich nicht trennen konnte und die ich mit nach Vancouver genommen hatte. Vitalie hatte darin alle Dokumente über das Abenteuer gesammelt, das Fernands Karriere beendet und ihn gezwungen hatte, sich zu den Ardennes zurückzuziehen, wo er sich in sein Zimmer verkroch und auf ein Urteil des Militärgerichts wartete, am Fußende des Betts seinen Feldkoffer und die Waffen, die er den ganzen Tag putzte, bis er im Wahnsinn versank, doch der, sagte Lottie, ist nur das kleinere Übel, durch das man die abscheuliche Angst verdeckt: Erkennen Sie sie auf den Fotos des schmächtigen Jungen und auf dem aus Marseille, wo er in schöner Uniform posiert? Familienalben sind sehr verführerisch, aber hüten Sie sich vor diesem Buch, es kommt aus keiner Quelle und weist auch nicht in die richtige Richtung, warnte sie mich, Sie können dieser Tage allein darin blättern und vielleicht die Geschichte darin nach Ihrem Bauchgefühl noch einmal durchgehen. Ich besaß keins von den Fotos aus dem Album, das Lottie eines Abends für mich aufgeschlagen hatte, aber sie waren nicht mehr nötig, um mich begreifen zu lassen, wie Fernand Ardenne zwischen Garnisonen und Afrikaexpeditionen ein Ebenholzschlächter geworden war.

Vitalie hatte mit peinlicher Sorgfalt Fernands Karriere vom jungen Offiziersanwärter 1871 bis zur letzten Einschiffung des Unterleutnants in Marseille im Juni 1896 zusammengetragen, seine Soldbücher, Marschbefehle und Erwähnungen, vor allem aber ein belastendes Pressedossier über Faschoda, die ruchlose Niederlage von Faschoda im Dezember 1898, als Frankreich die Kongo-Nil-Mission opferte und Major Marchand mit einer Handvoll Offiziere, Unteroffiziere und Senegalschützen die französische Fahne, die seit Juli über der Stadt geweht hatte, einholen und, Gipfel der Schande, den eroberten Platz den Briten überlassen musste. Ich überflog die Artikel, die diese heute mehr oder weniger vergessene Episode niederträchtiger Diplomatie nachzeichneten, und nahm mir vor, darauf zurückzukommen, denn ich stieß auf seltsame Blätter wie die Titelseite des *Petit Journal*, auf dem Rotkäppchen von einer Wolfsgroßmutter mit preußischer Pickelhaube verschlungen wird: Gegen Bismarck verbündeten sich die Franzosen lieber mit dem *perfiden Albion*, selbst um den Preis einer Kapitulation, aber was hat Fernand mit der Geschichte zu tun, fragte ich mich ungeduldig. Und welches Bedürfnis trieb Vitalie dazu, diesen ganzen Haufen zusammenzutragen, die unzähligen

Ausschreitungen der Nationen nachzuzeichnen, die sich das riesige Territorium Ostafrikas streitig machten, und Namen und ganze Artikel rot anzustreichen? Dann begriff ich, dass sie Stück für Stück ihre persönlichen Ermittlungen anstellte, aus denen hervorging, dass Fernand in diesem unheilvollen Kolonialabenteuer nur der gemarterte Spielball gewesen war. Sein Reisetagebuch, beredter als das ganze Pressedossier, beschrieb den langsamen Vormarsch der Marchand-Expedition, die in Loango aufgebrochen war, ihre gefährliche Durchquerung des Tropenwaldes, die Repressalien und Massaker an feindlichen Stämmen, die Desertion zwangsverpflichteter Träger, die irrwitzige Durchquerung der Savannen, der Sümpfe von Bahr el-Ghazal mit dem in seine Einzelteile zerlegten Dampfschiff *Faidherbe* – das alles unter dem roten Staub des Harmattan-Windes, dann des Monsuns, unter sintflutartigem Regen und Gewitter, ohne Transportmittel und ohne medizinische Versorgung, obwohl ein junger Arzt die Expedition begleitete. Auf Karten, die sie aus dem Atlas gerissen hatte, zeichnete Vitalie mit gestrichelten Linien die lückenhaft beschriebene Route nach. Ein paar kurze Briefe von Fernand erwähnten Krankheiten, an Durst oder Fieber Gestorbene, die Delirien mancher vom Gewaltmarsch durch diese Hölle erschöpfter Kameraden; ihm gehe es gut, behauptete er. Dasselbe hoffe er für sie, er werde bald zurückkommen. Zwei Jahre fern von zu Hause, in denen Vitalie nur diese wenigen Briefe erhalten hatte, bis er völlig verstört zurückkehrte, doch kein Wort über seinen Leidensweg und die Schmach von Faschoda verlor, bevor er ein letztes Mal wieder aufbrach, aber was war in diesem Jahr 1899 geschehen, in diesen letzten sechs Monaten des Feldzugs, über die sich der Ordner ausschwieg. Stattdessen kurze Zeitungsausschnitte über einen Skandal, empörte

Zwischenrufe in der Abgeordnetenkammer, eine laufende Untersuchung über Gräueltaten im Tschad, begangen von irregeleiteten, womöglich gar dem Wahnsinn verfallenen Offizieren, Fälle von unter Arrest gestellten Militärs, aber nichts deutete darauf hin, dass Fernand zu der teuflischen Truppe Voulet-Chanoine gehört hatte und an dem blutigen Unternehmen von 1899 beteiligt war. Wahrscheinlich hatte er gar nicht dabei sein müssen, um auch selbst auszupeitschen, bis sich die Haut löste, aufzuschlitzen, zu foltern, menschliche Eingeweide als Girlanden an Sträucher zu hängen, Frauen und Kinder zu pfählen, die Zeltlager mit abgeschlagenen Köpfen aufzuheitern und abends im Biwak aus ausgehöhlten Schädeln, den Trophäen der Troupiers, zu trinken. Seine Jahre in den Afrikamissionen hatten ausgereicht, um ihn mit dem bestialischen Horror in Berührung zu bringen, dem Grauen, dem Grauen. Diese Seiten warfen ein neues Licht auf das, was mir Lottie von der schwarzen Kuh erzählt hatte, die er mit einem Strick an den Hörnern von der Weide geholt hatte, um sie vor seinem Haus mit der Machete, der beängstigenden, tagelang geschliffenen Klinge zu zerstückeln. Sie werden sehen, das ist ein lehrreicher Einblick in die Geschichte, sagte sie, als sie mir den Ordner übergab, und ich dachte wieder an Fernand, in seiner blutigen Uniform an den Brunnen gefesselt, dem seine Gattin sanft ins Ohr flüsterte, während er mit Kleinkinderstimme immer wieder sagte: Ich bin fertig, ich bin fertig.

Als ich so inmitten der vielen Papiere auf dem Boden saß, durchlebte ich einen Moment absoluter Verzweiflung. Wie konnte ich von einer so alten, aus dem letzten Jahrhundert ausgegrabenen Geschichte, die mich nicht im Geringsten betraf, derart erschüttert sein? Dann sah ich das Eckchen blauen Himmels vor meinem Fenster, ungerührt, ohne irgendwelche Präsenzen, ich empfand die Stille und meine Einsamkeit in diesem unpersönlichen Apartment, eine freiwillige Emigrantin in diesem Land, das anders war als alles, was ich bisher gekannt hatte, und vor allem für immer von Lottie getrennt, von dem Herbst, als wir fast zusammengestoßen waren, ihre Wangen mit Glyzinienblättern betupft, ihre Gartenschere schwenkend, wandern Sie? Die Leere, die plötzlich herzzerreißende Sehnsucht, die Atemlosigkeit des Kummers, der auch von der kleinen Brosche nicht gemildert wurde, die ich immer trage, als Anhänger, weil die Nadel abgebrochen ist, das ist ein altes Schmuckstück, die bekommen Sie als Weihnachtsgeschenk, sie ist zerbrechlich, passen Sie gut darauf auf, aber kann das pausbäckige, lachende Gesicht des Engels der Liebe Sie mir wiedergeben, ach, was täte ich an Ihrer Stelle, Lottie, was täte ich, statt zu weinen, was werde ich mit diesen verstreuten Blättern tun? Nach Ihrem Vorbild würde ich mir nichts vormachen lassen. Ich würde versuchen zu begreifen, wo die Quelle für Fernands Wahnsinn lag, würde die Geschichte herausfinden, auf welchen Wegen aus dem sensiblen Jungen, wie ihn seine Schwester Séverine beschrieb, der seinen Milchreis in der Küche der Ardennes erbrach, als der Leichnam seiner Mutter nebenan auf dem Tisch lag, ein breitschultriger, durch die Militärschulen an Disziplin gewöhnter junger Mann hat werden können, der durch Garnisonen und Expeditionen in Afrika in die Fußstapfen seines Vaters trat, der einst als Tropenholz-Händler durch den Fernen Osten gereist und in Le Mauduit gestrandet war, um dort zum Ruhm der Familie auf schlechtem Grund sein extravagantes Haus zu bauen. Schadeten schon die giftigen Nebel der Flane seinem jungen Gehirn oder eher die toxischen Träume Justins, der aus der Tuchmacherwerkstatt seines Vaters geflohen war, um an den Grenzen einer kaum bekannten Welt seinen Machthunger zu stillen; waren es die Miasmen und Alkoholdünste der tropischen Verzweiflung, mit denen er durch das Blut seiner Mutter infiziert war, der Tochter eines Kolonialverwalters, die schon auf der Veranda eines Bungalows am Ufer des Gelben Flusses dahingewelkt war, oder die begangenen Gräuel, die sein Gehirn zerfraßen, seine Männlichkeit kastrierten und ihn in den Wahnsinn trieben, und wieder hörte ich Lotties Stimme, undeutlich wie der Gesang der Flane, mir von dem Tag erzählen, als Vitalie dem jungen Mädchen, das neben ihr auf der nackten Matratze in der Dachkammer saß, unverblümt von der Schwäche des Gatten berichtete, während die Sonnennadel ihren Knien gefährlich nahe kam.

So hatte Madame Ardenne ihr Geständnis begonnen, ohne sich mit Vorreden aufzuhalten: Fernand ist nicht der Vater von François, du bist zu jung, um so etwas zu wissen, sagen wir, er konnte sich nicht auf natürliche Art paaren. Es kommt auch vor, dass ein Stier oder ein Hengst das nicht kann, dachte Lottie, ich habe oft gesehen, wie man ihm hilft, einzudringen, aber sie hätte sich gehütet, einzuwenden, dass man das mit bestimmten Handgriffen oder geeigneten Instrumenten genauso bei Menschen tun könnte. Mit seiner Impotenz war er genau der Mann, den ich brauchte, sagte Vitalie. Nachdem sie das ausgesprochen hatte, verlor sich ihr eisiger Blick durch die Dachluke, hinter der es nur Blau gab, ein gleichgültiges, flaches Blau, dann holte sie tief Luft: Ich muss auf die Zeit zurückkommen, als meine Tante Victoire mich in Auxerre aufnahm und ich das Kind eines verhassten Vaters trug. Hör gut zu: Dass ich schwanger war, war sein Werk. Einen ganzen Tag lang wollte ich sterben, lief verzweifelt durch die Menschenmenge auf den Straßen, keinen von denen, die mich im Vorbeigehen anstoßen, interessiert es, ob ich lebe oder sterbe, überlegte ich mir, noch weniger den Ruchlosen, der schuld ist an meinem Unglück. Als ich auf dem Père-Lachaise an einem Grab saß, kam es mir unsinnig vor, seinetwegen mein Leben zu opfern. Ich suchte die Gesellschaft der Toten, aber unter den hohen Bäumen des Friedhofs herrschten Frieden und Stille, Katzen leckten sich in der Sonne, und ich würde starr und kalt, von Würmern zerfressen, unter der Grabplatte liegen! Ich lachte unter Tränen. Weißt du, Lottie, ich kam mir vor wie die jämmerliche Heldin eines Groschenromans; missbraucht und gedemütigt, verführt und im Stich gelassen, schluchzte ich, während ich eine rote Katze kraulte, die auf meinem Schoß schnurrte. Diese Katze stärkte mich mit ihrer animalischen Wärme, vielleicht hat sie mir das Leben gerettet. An jenem Abend nahm ich den letzten Zug nach Auxerre. Am Morgen stieg ich in der unbekannten Stadt aus, todmüde nach der schlaflosen Nacht; ich musste gar nichts vortäuschen, um meine Tante in Aufregung zu versetzen. Voller Entsetzen ließ sie in ihrer Krankenstation alles stehen und liegen, um mich zu trösten. Ich konnte mir keine bessere Hilfe erträumen als diese gute Tante, eine eifrige, vor Barmherzigkeit triefende Kirchgängerin, ständig in der Kapelle, glaubte ich. Ich wusste nicht, was sie dazu getrieben hatte, sich in Schleier und Flügelhaube eingepackt der von Männern beherrschten Welt zu entziehen, ich kannte sie ja kaum. Sie besuchte uns zu Weihnachten und Ostern, immer in ihren Psalter vertieft und den Rosenkranz betend. Sie hegte jedoch gegen ihren Bruder einen Groll aus Jugendtagen, den ich in jenen kleinen Szenen bemerkt haben muss, die meist nur den Kindern auffallen, sonst niemandem. Offenkundig duldete er ihre unwillkommene Anwesenheit nur, überschüttete sie mit Höflichkeiten, fürchtete sie jedoch, vermied jedes Gespräch unter vier Augen und verbarg kaum seine Erleichterung, wenn sie wieder abreiste; meiner Mutter ging es ebenso, aber da sie sich in allem nach ihm richtete, war es nicht so einfach, ihre Gefühle zu erkennen. Wie dem auch sei, jedenfalls suchte ich instinktiv gerade bei meiner Tante Victoire Hilfe und vor allem eine Zuflucht, denn ich war fast ohne Geld losgefahren und hatte nur dabei, was ich auf dem Leib trug. Niemals wieder würde ich nach Hause zurückkehren, schwor ich mir, und ich habe bis heute Wort gehalten. Es war ein schönes Haus im Osten von Paris, sicher macht es noch heute etwas her. Unser Großvater Rambert, ein Fabrikant von Nägeln und Schrauben, hatte seine Werkstatt im Hinterhof, die Arbeiter gingen durch die Toreinfahrt, den ganzen Tag dröhnten die Pressen, schlugen Hämmer auf den Amboss, zischte Wasser auf dem rot glühenden Eisen, fuhren Wagen aus und ein, deren Gepolter durch das auf dem Pflaster ausgebreitete Stroh kaum gedämpft wurde; diese Zeit ist meine einzige glückliche Kindheitserinnerung. Sein Sohn, der eine bessere Ausbildung erhalten hatte, lehnte die alten Methoden ab und übernahm das Geschäft nur unter der Bedingung, allein das Sagen zu haben, denn damals begann der Aufschwung der neuen Metallindustrie. Er baute eine Fabrik am Canal de l'Ourcq, in diesem Jahr ist es fünfzig Jahre her. Was für ein leuchtendes Beispiel des Erfolgs war er nach außen! Seine Töchter hatten Kindermädchen und Privatlehrer, elegante Kleider, fuhren in den Ferien an die Küste der Normandie, seine Gattin herrschte über das Personal, ging zur Messe und zu ihren Armen, in allem angepasst, den Regeln des Lebens unterworfen, das sie an der Seite ihres Gatten zu führen hatte, der die Ehe unter demselben Blickwinkel der Zweckdienlichkeit betrachtete wie seine sonstigen Interessen. Ich wüsste nicht, was ihn an dieser Vorzeigegattin angezogen haben könnte außer ihrer Mitgift, er wurde Witwer, ohne zu trauern, und als ich fünfzehn war, erlebte ich, was für ein Ungeheuer er war. Ach Lottie, sei niemals das Püppchen von irgendwem, beschwor sie mich und riss ihre schrecklichen blauen Augen auf, was für ein Glück hast du, Waise zu sein. Und sie presste meine Hände, packte mich an den Armen – doch ich, die von niemandem liebkost worden war als von der Hündin, blieb eiskalt bei dieser Umklammerung.

Meine Tante, redete sie weiter, war außer sich, als sie von meinem Schicksal hörte, wie ich, als ich erfuhr, wie ähnlich ihres gewesen war, und wir schworen einander auf Knien, uns zu rächen. Sie traf ihre Vorkehrungen, nahm mich in ihrer Zelle unter dem Dach des Krankenhauses auf, gab bei der Superiorin vor, ihre elternlose Nichte bedürfe ihres Schutzes. Die hieß mich Wäsche zusammenlegen, Scharpie zupfen, in Küche und Wäscherei helfen, lauter Dinge, die ich noch nie im Leben getan hatte. Meine Tante überließ mir ihr Bett und schlief auf dem Boden, und wenn ich in meinen Albträumen weinte, kühlte sie mir das Gesicht. Abends aßen wir mit ihrer Nachbarin, die sie Séverine nannte, wenn wir unter uns waren. Nachdem wir sie eingeweiht hatten, bestätigte sie alles, was Victoire über das laszive Wesen der Männer, ihre Ruchlosigkeit, ihre Lüsternheit sagte, beide überschütteten mich mit Ratschlägen und beschworen mich, nicht die Hoffnung zu verlieren. So entdeckte ich, was die beiden verband, so unterschiedlicher Herkunft sie waren, du hast gesehen, wie ähnlich sie sich geworden sind, wie sie miteinander verschmolzen sind, als wären sie von Geburt an Schwestern. Sie flehten mich an, nicht aufzugeben, Geduld, Geduld, sagten sie, die Zeit arbeitet für dich, aber ich wusste, woran sie arbeitete, und ließ, niedergeschlagen, dass es mich erwischt hatte, Woche um Woche verstreichen, doch schließlich musste ich meinen Zustand offenbaren. Damals wie heute war es eine Schmach, das Schlimmste, was uns Frauen geschehen kann. Keine Gottheit schützt uns, glaub nicht an solche Lügen. Nur die Frauen erleiden das, Lottie, gehöre niemals einem Mann an. Hör nicht auf seine honigsüßen Worte, wehr dich gegen ihn, er will dich nur für sein Vergnügen, dich missbrauchen, um seine tierische Lust zu befriedigen. Ich eigne mich vielleicht für solche guten Ratschläge, sagte ich mir. Gentil gibt mir den gleichen, aber er legt mehr Honig hinein, weil er mich lieber hat. Inzwischen sprach Vitalie weiter. Stell dir meine Scham, meine Verzweiflung vor, doch sie, die mich liebten, waren über diese Nachricht zwar entsetzt, aber voller Mitgefühl und gütig, oh, es reicht!, rief sie gereizt, warum erzähle ich dir dieses dumme Zeug? Sie waren voller Empörung und ich voller Abscheu, mich ekelte vor dem widerwärtigen mir eingepfropften Ungeziefer. Ich hätte es aus mir herausreißen, mit den Nägeln zerfetzen mögen, dieses Missgeschick. Aber mein Bauch schwoll an, was konnte ich anderes tun, als es zu ertragen. François ist nicht im Jubel über die Ankunft Gottes auf Erden geboren, nicht begleitet vom O du fröhliche, o du selige, das wir zu Weihnachten einfältig singen mussten. Unter Gift und Galle habe ich den Parasiten ausgestoßen, den stechenden Schmerz, der mich zerriss, ertrug ich leicht in dem Gedanken, meine Eingeweide endlich von ihm zu befreien. Ich hätte mir gewünscht, er hätte sich mit der Nabelschnur erdrosselt, wäre von meinen Wehen erstickt worden, man hätte ihn mir aus den Augen geschafft und es wäre keine Rede mehr von ihm. So viele Neugeborene wurden im Krankenhaus abgegeben, die Schwestern unterhielten ein

Waisenhaus, ich hätte ihn dazugeworfen, hätten mich Séverine und Victoire nicht zur Vernunft gebracht: Sieh den Kleinen als deine Chance, nicht als Ergebnis arglistiger Täuschung, beschworen sie mich. Stille ihn, damit er groß und stark wird, er ist dein Bürge für die Zukunft, ihm wird das Erbe zustehen, wenn du es nicht in deinem Namen einforderst. Du wirst zu gleichen Teilen mit deiner Schwester die Fabrik erben, es wäre doch der Gipfel, sollten mein Bruder oder sein Schwiegersohn Rizzoli dir deinen Anteil streitig machen, sagte Victoire. Dir steht die Hälfte des Besitzes zu, den er zu Unrecht für seinen hält, weil er Thérèse geheiratet hat. Wir werden ihn daran erinnern, wenn wir es für angezeigt halten. Ich hatte keine Ahnung vom Erbrecht, seinen Zwängen und Vorteilen, doch sie, wenngleich zurückgezogen von der Welt, wussten genau Bescheid über die Rechte des in der Versenkung verschwundenen Erben, der zum Fälligkeitsdatum den ihm zustehenden Anteil einfordert. Dein Vater, sagte Séverine, wird erleben, dass er dich, nachdem er dich missbraucht hat, nicht auch noch enterben kann. Er hat es vorgezogen, seine Jüngste seinem Partner überlassen, eine schöne Hochzeit, Rambert & Rizzoli. Das war eher ein *Verkauf*, wenn nicht gar eine Versteigerung. Lass sie nur immer reicher werden, es ist dein künftiges Vermögen, das sie anhäufen, und das deines Sohnes, der es an deiner Stelle einfordern wird. Überleg nur, Vitalie, François ist das perfekte Werkzeug deiner Rache – sie hatten ihn nach meinem zweiten Vornamen François getauft, damit klar wäre, dass er mir gehört.

Es ist wirklich seltsam, wenn ich daran zurückdenke, plötzlich habe ich angefangen, das Neugeborene, das ich am Vortag noch verabscheut hatte, zärtlich zu lieben! Wie kann es sein, dass sich ein so niedriges Gefühl in sein Gegenteil verkehrt? Glaub mir, Lottie, ich habe François mit meinem ganzen mütterlichen Herzen angenommen, die Freude schwellte meine Brust, ganz und gar, so hoffte ich, würde er sich mit dem Gift füllen, das er an meinem Brunnen trank. Diese Abart der Liebe ist nicht selten, sie kann sogar zu ungetrübtem Glück führen. Am Ende liebte ich ihn wirklich, er wurde mein Daseinsgrund. Du musst ihn großziehen, erklärte mir Victoire immer wieder. Für den Moment hast du nichts als deine Augen zum Weinen, du kannst mit deinen zehn Fingern nichts anfangen, und du hast keinen Sou. Also kannst du nicht ledig bleiben, suchen wir dir eine Partie: Die findet man in solchen Fällen durch eine Anzeige oder eine Vermittlerin, wenn man nicht allzu anspruchsvoll ist. Das widerstrebte mir so sehr, dass Séverine einen anderen Plan aus dem Ärmel zog. Unter ihrer weißen Flügelhaube brütete sie die ideale Lösung aus: Ihr Soldaten-Bruder war mit fast dreißig immer noch nicht verheiratet. Er suchte auch nicht, war zu sehr von seinem Dienst in der Ferne beansprucht. Sie beide waren also Erben ohne Nachkommen, denn ihr Vater Justin war gebrechlich geworden, und seine Haushälterin, Madame Fortin, kam auch in die Jahre, und was sollte aus dem Gut der Ardennes werden, wenn niemand darüber herrschte: Séverine machte sich anheischig, Fernand dazu zu bringen, mich zu heiraten. Selbst wenn wir ihn dadurch gewinnen müssen, dass wir dich als junge Witwe mit einem Waisenkind ausgeben, sagte sie. Jeden Tag sterben Menschen ohne Familie hier im Asyl, wir suchen dir einen Verstorbenen und machen dich zu seiner Witwe. Ihre Papiere gehen durch unsere Hände, bestätigte Victoire, niemand wird etwas einzuwenden haben. Das lässt sich rasch hinkritzeln, versicherte Séverine. Ich könnte schwören, dass sie es zuvor schon getan hatten. Sie liebten Intrigen, kümmerten sich kaum um Verbote, ja, wurden geradezu angelockt von der Auflehnung gegen die allgemeinen Gesetze, wir müssen uns zur Wehr setzen, sonst macht uns das Dasein zu Betrogenen, sagten sie ganz offen. Untereinander redeten sie ungeschminkt, unflätig wie Marktweiber und zart wie Menschenfresserinnen. Ich war ihnen schon ausgeliefert, aber was wäre ohne sie aus mir geworden, Lottie?

Das fragte ich mich auch. Nicht dass ich viel Mitgefühl für Vitalie empfand, denn ich hatte selbst erlebt, wie rücksichtslos sie ihren Plan vorangetrieben hatte, mich zu kaufen, aber es verlockte mich doch, mir eine ganz andere Geschichte vorzustellen. Es braucht so wenig, damit sie in eine andere Richtung geht. Es reicht, dass man auf dem Friedhof abbiegt, der roten Katze zu einem anderen Grab folgt, wo sich eine Trauernde, die vielleicht eine Gesellschafterin braucht, unseren großen Kummer zu Herzen nimmt, und wir werden ihr Schützling. Oder wir verpassen den letzten Zug nach Auxerre. Wir stehen im Bahnhof herum und machen eine Bekanntschaft, ein wenig tugendhaftes Mädchen stellt uns ihrer Zuhälterin vor, die das Kind wegmachen lässt, gut gebaut, wie wir sind, haben wir eine Zukunft, und schon stehen wir am Quai eines Hafens, schaukelt das Schiff in den Orient davon, so viel Interessantes wäre geschehen ohne die Tanten, aber Vitalie ließ mir keine Zeit, mich meinen Fantasien hinzugeben. Wenn Fernand auf Heimaturlaub war, redete sie weiter, wohnte er immer in demselben bescheidenen Hotel und verbrachte die Nachmittage im Krankenhaus mit seiner Schwester, seit Jahren hielten sie es so. Worüber sprachen wohl die beiden seit der Kindheit getrennten Menschen, warum brauchten sie einander, wie fügten sich ihre so unterschiedlichen Leben zusammen, er mit seinem Marschgepäck überall auf der Welt, sie sesshaft auf ihre barmherzigen Dienste beschränkt, was für eine seltsame Zuneigung. Séverines Plan war, zuerst ein *ernsthaftes* Vier-Augen-Gespräch mit Fernand zu führen, um ihn weich zu klopfen, wie sie sagte. Er wird auf mich hören, er ist ein braver Junge. Sie brachte uns zusammen. Wir gingen langsam die Parkwege entlang, während die Tanten uns von einer Bank aus beaufsichtigten und ihre Rosenkränze beteten. Unter seinem martialischen Äußeren verbarg sich ein sanfter und schüchterner Mann, übertrieben respektvoll, ein schlechter Plauderer, weil in Gedanken immer woanders, verloren in seinen Wüsten, weit weg von uns, das gefiel mir an ihm. Doch ich schämte mich der Intrige der Tanten. Nach zehn Tagen müßiger Spaziergänge und fader Gespräche gestand ich ihm unverhofft: Ich bin keine Witwe, wie Ihre Schwester behauptet, mein Sohn ist ein Kind der Sünde. Er überlegte und starrte lange auf die Buchsbaumsträucher hinunter, dann antwortete er: Ich bin Ihnen dankbar, dass Sie so aufrichtig sind, ich will es auch sein, man gewinnt nichts, wenn man betrügt. Mit Verlaub, Sie müssen wissen, dass ich nicht entsprechend ausgestattet bin, um eine Frau zu nehmen. Das ist eine Anomalie der Natur, die meine Schwester Ihnen verheimlicht hat, da sie mein Glück will. Für das Ihre müssen Sie selbst entscheiden, ob Sie mich so akzeptieren, wie ich bin. Ohnehin werde ich meist abwesend sein, ich werde Sie also in Ruhe lassen. Ich für meinen Teil hätte ein Heim, in das ich zurückkehren kann, wenn ich den Dienst beende. So haben wir uns einander offenbart, so haben wir uns geeinigt. Mein armer Fernand war der gute Ehemann, der zu sein er sich verpflichtete, und der beste Ersatzvater, der er für meinen Sohn sein konnte. Jetzt hör mir gut zu, Lottie, da ist etwas sehr Wichtiges, was du verstehen musst: Mit dem Ehevertrag hat mir Fernand seinen ganzen Anteil am Besitz der Ardennes übertragen, der andere Teil gehört Séverine, aber das ist so, als würde er auch mir gehören. Du hältst mich für sehr reich, spottete Vitalie und kniff böse eine Falte in einen Zipfel ihres Kleides. Ihr halbes Lächeln erschreckte mich, ich starrte so gut ich konnte in die Luft, um mir nichts anmerken zu lassen, aber du sollst wissen, dass das Gut nichts einbringt: Wir leben von Justins Rente, die jämmerlich ist. Aber das ist uns egal. Jedenfalls haben wir es so gewollt, dass nichts von den Ardennes an meinen Sohn geht. Damit François einzig und allein auf mein Rambert-Erbe hoffen kann und es zum Fälligkeitstermin an meiner Stelle einfordert, verstehst du? Das war unser Plan, doch er ist gescheitert. Als François fünfzehn war, habe ich ihm die Wahrheit gesagt, doch statt mir zu Willen zu sein, war er verletzt und hat sich auf die feigste Art und Weise gedrückt. Das habe ich ihm sehr übel genommen, zumal ich den Gendarmen das Geld zurückzahlen musste, das er im Internat gestohlen hatte. Aber dann hat er mir seine Tochter anvertraut, als Entschädigung für meinen Kummer. Nichts konnte mir größere Freude bereiten als dieses unverhoffte Geschenk. Und er hat ihr seine Vaterschaftserklärung mitgegeben, was beweist, dass er, so fern und so verärgert er auch sein mag, meinen Plan billigt: Anaïs wird das Erbe an seiner Stelle einfordern, verstehst du, Lottie? Die Tanten wiederholen immer wieder, wenn ich sterbe oder den Verstand verliere, muss Anaïs wissen, dass sie hier nichts besitzt, nur ihren Anteil an der Fabrik. In all diesen Jahren hat Victoire regelmäßig den Notar in Paris aufgesucht, den ich dir nennen werde, er weiß über Anaïs' Ansprüche Bescheid und wacht darüber bis zu ihrer Mündigkeit, aber ich möchte, hör gut zu, ich möchte, dass sie mich, wenn sie fünfzehn ist, an François' Stelle rächt. Fünfzehn Jahre ist das Alter der

Vernunft, in dem man sein Joch abwirft. Versprich es mir, Lottie, schwöre mir beim Haupt deiner Mutter, dass du meinen Willen ausführen wirst.

Ich dachte: Was für eine Harpyie! Ich hatte in einem Buch aus der Bibliothek gelesen, dass diese Gottheiten schneller als der Wind sind und die Leiber zerfetzen, bedrängen und quälen und alles mit ihrem Kot ungenießbar machen. Ein höllischer Schauder packte mich. Als François in diesem angeblichen Alter der *Vernunft* erfahren hatte, welches Schicksal ihm seine fanatische Mutter zudachte, hatte er vernünftigerweise lieber Geld im Internat gestohlen und sich davongemacht, so weit er konnte. Anaïs wird dasselbe tun, wenn ich ihr die Absichten ihrer Großmutter erkläre. Oder wenn sie mit fünfzehn den an sie adressierten Brief des Zigarrenrauchers liest. Fünfzehn! Was geschah dieser Besessenen, als sie fünfzehn war, dass sie sich so auf diese Zahl fixiert und jeden damit terrorisiert, der sich ihr nähert? Ihre Verrücktheit steht der von Fernand in nichts nach. Wenn sie nicht ebenfalls eine Kuh massakriert, wird sie ganz plötzlich sterben wie Delphine, aber sogar noch starr und kalt unter der Grabplatte, zerfressen von den Würmern würde sie ihr Gift gegen Benito und ihren gottlosen Vater versprühen. Diese Art zu hassen faszinierte mich, sie war von einer grandiosen Schönheit, die mir Bewunderung abnötigte. In dem Moment, da die Sonnennadel mein Knie berührte, fasste ich den Entschluss, Ja zu sagen, Ja zu allem. Ich versenkte den Blick in ihre Kristallaugen und versprach es, ohne zu blinzeln. Zugleich schwor ich innerlich beim Haupt meiner Mutter, es auf meine Art zu tun. Je nachdem, ob ich es für angebracht hielt, einzugreifen oder alles laufen zu lassen. Wahrlich amüsant, wie diese drei Verschwörerinnen über das Schicksal verfügten, als wäre es ihr Nachbar. Sie hielten sich für sehr schlau, aber das Schicksal lacht nur über so ein Apothekerkalkül. Es schert sich nicht um notarielle Verträge, die Fallstricke von Adoption und Erbfolge, um Briefumschläge, die für fünfzehn Jahre versiegelt bleiben. Wenn es auftaucht, dann als harmloser Reisender am Weg. Dann darf man nicht lange fackeln, man muss es überholen, ihm gut zusammengekauert auflauern, zum Beispiel in den Johannisbeersträuchern, damit es uns nicht sieht und sich nicht auf uns stürzt, es vorbeigehen lassen und dann zum rechten Zeitpunkt handeln.

Mit einem einzigen Blick hatte ich diesen Umschlag in der Brieftasche abgewogen und für weit gefährlicher befunden als den Rest. Es erschien mir bedeutsam, dass er in Schönschrift und mit guter Tinte beschrieben war: Festgesetzt auf fünfzehn Jahre später, von wegen Liebesbrief. Aus der Tatsache, dass er versiegelt war, sprachen seine Bösartigkeit und, so meinte ich, eine verblüffende Naivität. Ist doch zusammengeklebtes Papier letztendlich eine schwache Abwehr. Der Erstbeste erliegt seiner Lust und öffnet es mit dem Fingernagel. Dieser Brief war eine große Versuchung. Wenn nicht gar eben das vorgesehen war. Dass er demjenigen, der ihn vor der Frist öffnete, sein Vitriol in die Augen spritzte. Mir verbrannte er schon die Finger. Hinter dem Rücken des Reisenden, kaum hatte er sich abgewandt, habe ich ihn stibitzt. Ihn heimlich, still und leise in Sicherheit gebracht. Niemand außer mir weiß von seiner Existenz. Der verfluchte One Ear, der den eifrigen Boten gespielt hat, ist nicht mehr auf der Welt, um mich zu verraten. Bleibt François. Er ist ein Gespenst, sagte ich mir, ein gemeiner Schatten der Vergangenheit. Wenn er eines Tages zurückkehrt, um durchs Haus zu spuken und das Ergebnis seiner schönen List zu bewundern, kriegt er es mit mir zu tun. Meine Liebe macht mich zu einer Falle, der er nicht ausweichen kann. Ich war jung, ich hatte keine Ahnung. Trotzdem machte mir Madame Ardenne schöne Scherereien mit ihrer Geschichte vom verführten und im Stich gelassenen Püppchen, von der arrangierten Ehe und der Verschwörung, statt ihres Sohns Anaïs für ihre späte Rache zu nutzen. Sie zwang mich, stärker zu sein als sie. Und sie zu besiegen oder auszutricksen. So oder so, ich musste mich zur Wehr setzen, noch mehr als die Tanten. Um mich auf Trab zu bringen, drehte ich die Matratze um und klopfte mit den Armen den Staub heraus, kujonierte die Möbel und das ganze Tralala, das ganze Tralala, fluchte ich, als ich an Fernand dachte, der Vitalie zuhörte und dabei auf die Hortensien starrte, als würde François hervorspringen, wusste der arme Teufel, wer diese Mutter und ihr Sohn eigentlich waren? Als ich, noch ganz aus dem Häuschen über diese Enthüllungen, nach unten in die Küche kam, warf ich einen flüchtigen Blick auf mein Versteck. Nicht nur, dass der Brief existierte, niemand würde ihn dort suchen. Wenn ich sterbe, bin ich beruhigt. Und wenn ich nicht sterbe, bin ich es auch. Ich mahnte mich zur Geduld, hielt mir die lange Zeit vor Augen, dann ist sie verflogen. Sie verfliegt auf diesen Seiten wie im Leben, wo alles in Hast und großer Langsamkeit geschieht. Wie seltsam, wenn man die Jahre zählt, da sitzen wir heute Abend, Sie und ich, hier unter der Lampe, kleben an ihrem Licht wie geblendete Insekten, sagte sie, und was für ein Schatten um uns herum, wer sind wir auf dieser Bühne? Mit einer Bewegung, als raffte sie eine Garbe zum Schneiden zusammen, fegte Lottie die auf dem Tisch verteilten Postkarten zusammen, bringen Sie sie dahin zurück, wo Sie sie gefunden haben, mögen sie ein weiteres Jahrhundert schweigen, dann werden sie vielleicht wenig Schmeichelhaftes über uns alle erzählen.

Vielleicht in jener Nacht oder viel später, als ich sie Ende Dezember wieder besuchte, erzählte mir Lottie die Fortsetzung ihrer Geschichte. Ich erinnere mich an eine neue Dringlichkeit, einen gefährdeten Bericht, dass es plötzlich sehr kalt war, eine Kälte, die weder Feuerchen noch Nusswein wärmten, es kommt mir vor, als schrumpfte ich in dieser Küche zum Zwerg wie der Däumling unter dem Schemel seines Vaters, als er hört, was er nicht hören sollte, und sie wäre riesig, ihre breite Gestalt unter den seltsam niedrigen Balken deckte mich liebevoll mit ihrem Schatten zu, es kommt mir vor, als trieben wir durch das große nächtliche Haus, getragen von der wilden Brandung der Zeit, hervorgeschossen aus einer klaffenden Quelle wie ein Auge ohne Lid und unumkehrbar einer Ozeanmündung entgegenströmend, als warteten in den Schilfufern gestrandete Leichen darauf, vom Hochwasser fortgetragen zu werden, der verbreiterte Strom vermischt sie, zerrt an ihnen und treibt sie auseinander, ertrunkene Gespenster in seiner zugleich reglosen und stetig fließenden Flucht. Wenn die Zeit Ufer hat wie die Flane, kann man dort stehen bleiben und die Geschichte vorbeiziehen, sie vom Rand der Parallelwelt aus dahinströmen sehen, ohne dass sie uns mitreißt und ins Verderben stürzt.

Daran dachte ich in Vancouver, als ich, auf der Erde zwischen meinen halb ausgepackten Kisten sitzend, endlich Vitalies afrikanischen Ordner öffnete, der das ganze Jahr nach meinem letzten Besuch in Le Mauduit liegen geblieben war. Nun kam mir der Herbsttag, an dem ich bei den Ardennes angekommen war, um dort für ein paar Tage bei einer alten Dame mit unberechenbaren Launen Unterkunft zu finden, sehr fern vor. Fern unsere langen Abende in der Küche und meine Nächte im blauen Zimmer, doch durch eine Umkehr der Zeit, mit der Plötzlichkeit des nervösen Aufschäumens der scheinbar so glatten Flane, wurde ich erneut hineingestürzt, durch einen jähen Schlenker wieder in die Erzählung geworfen, mit der Lottie mein Gedächtnis angefüllt hatte. Aber jetzt, wo sie nicht mehr da war, um mich mit ihrer Stimme zu führen, geriet ich auf Abwege, überschwemmt von derselben Wehmut, wie sie einen am Ende eines Buchs packt, wenn sich mit der begrenzten Zahl der bleibenden Seiten ankündigt, dass wir es bald schließen müssen, von der Welt verlassen werden, die es mit sich gebracht hat und von der wir noch gefangen sind, aber schon gewarnt, dass wir bald auf die Menschen und Orte, auf ihr fiktives Dasein verzichten müssen, Lesen ist Trauer, sagte ich mir, die Trauer um das, was wir in unserer Fantasie waren; aber nein. Von dieser Erfahrung vergisst man nichts, geht nichts verloren, im passenden Moment kommt die Erinnerung zurück und ordnet sich neu, ich musste also *umziehen*, musste in eine neue Welt aufgebrochen sein, um auf den vergessenen afrikanischen Ordner zu stoßen und mich sogleich wieder in das Buch zu vertiefen, das Lottie für mich war, die selbst wusste, wie sehr die Bücher, die sie bei den Ardennes gelesen hatte, ihr Universum mit unzähligen Präsenzen bevölkerten, ebenso real wie das Leben. Bis in mein kaum eingerichtetes Apartment hörte ich das Gemurmel von deren Geschichten, die mit ihrer eigenen vermischt waren. Ich brauchte nur danach zu greifen, sie mir anzueignen, wie sie es mir vormachte, indem sie bei ihren Erfindungen alle Register zog; glauben Sie mir nicht aufs Wort, spottete sie, aber ich glaubte ihr.

Auch bei dem Märchen, das sie um Anaïs' Geburt erfand. Vielleicht hatten ihre Lektüren in der Bibliothek oder die Glaskugel mit der verschneiten Hütte sie zu einer Geschichte inspiriert, die ihrem kindlichen Verständnis entsprach, sie auf den Glauben an Märchen zurückgreifen lassen, die so klug, gütig und grausam sind, die Dinge zu verkleiden, um besser zu belehren. Auf diesem Umweg hatte sie die Antwort gefunden, als Anaïs ihr eines Tages rundheraus die Frage stellte. Sicher hatte die Kleine mit der Zeit selbst festgestellt, dass es nicht überall so war wie bei den Ardennes. Beim Doktor hatte sie das Beispiel von Kindern mit Vater und Mutter vor Augen, die anstelle von Großmutter und alten Tanten ihr Leben lenkten, ein Paar junger Eltern, deren Fehlen bei ihr eine Anomalie war; zudem hatte Madame Maître-Grand sie mit mütterlicher Zuneigung umgeben, um diesen offenbaren Mangel auszugleichen. Aber trotz des vorsichtigen Schweigens der Erwachsenen und so unwissend, wie die Kleinsten über Zeugung sind, stellt sich ihnen doch sehr früh die brennendste Frage: Woher kommen die Kinder? Durch welchen Zauber bin ich geboren, was ist mein Ursprung, und was ist dieses lidlose offene Auge in meinem Nabel: Wer ist meine Mutter, wo ist mein Vater, fragte sie mich, als wir eines Tages an der Flane saßen und Gräser flochten. Seit der gesegneten Zeit, da sie an meinem Finger saugte und ich sie wiegte, gingen wir oft am Ufer spazieren. Der Gesang des Wassers, das Spiel von Sonne und Schatten auf den Strudeln faszinierte sie. Ich zeigte ihr die Tierchen der Schöpfung in ihrer erstaunlichen Vielfalt, die Libellen mit ihren schillernden Flügeln, deren Puppen unter den Schilfblättern, die Bremsen, die Bienen, die fliegenfressenden Wasserläufer mit den riesigen Beinen, die Ameisen und die scheuen Wühlmäuse zwischen den Wurzeln, und wie man einen Frosch fängt, seine pochende samtweiche Kehle, seine Schwimmhäute, dann die zitternden Kaulquappen, auch den schwebenden Flug eines Bussards, der plötzlich auf seine unsichtbare Beute in den Stoppeln niedergeht, und die Wolken, die riesigen Wolken, die wie Schneelawinen ganz oben vom Himmel herabstürzen. In den Wolken suchten wir die Form von Kaninchen, fratzenziehenden Zwergen und komischen Riesen, davon bekam sie nie genug; und plötzlich stellte sie mir die Frage. Ich weiß nicht, ob sie sie schon vorher gewälzt hatte oder ob sie aus einer plötzlichen Eingebung kam. Wenn sie mich das fragt, dachte ich, hat sie noch nicht Vitalie oder die alten Ziegen gefragt, oder wenn sie sich getraut hat, hat die Antwort sie nicht befriedigt, ich war im siebten Himmel, dass sie an meine Quelle kam. Dein Vater ist ein tapferer Mann, sagte ich, er ist fortgegangen, um in einem fernen Land mit schroffen Bergen und nebligen Tälern reich zu werden, er kennt die Namen aller Bäume aus den Urwäldern. Als er an einem verschneiten Wintertag auf der Jagd war, traf er die Tochter eines Indianerkönigs, so schön, dass die Vögel verstummten, wenn sie vorüberging, er verliebte sich bis über beide Ohren in sie und entführte sie, um sie zu heiraten. Zur Strafe hat ein grausamer Geist sie bei deiner Geburt sterben lassen, aber bevor sie starb, taufte sie dich Onayepa, in ihrer Sprache heißt das Winterprinzessin. Dein Vater blieb unter dem Bann des bösen Geistes, aber er hat dich zu deiner Großmutter geschickt, damit sie dich großzieht. Jenseits der Meere trägst du den Namen Onayepa, das ist ein Geheimnis, das du niemandem verraten darfst.

An ihrem langen Schweigen merkte ich, dass sie meine Fabel als solche aufnahm, dass sie die Lüge wie die Wahrheit darin erfasste, dass sie sich dieser Täuschung mit der Unschuld und der Durchtriebenheit von Kindern hingab, die besser als alle anderen wissen, dass der Kunstgriff der Fiktion kein Betrug, sondern eine segensreiche Finte ist, sich zu maskieren, um das Leben auszuprobieren. Woher weißt du das, fragte sie mich. Mein Finger hat es mir gesagt, als ich ihn einmal in mein Ohr gesteckt habe. Also habe ich keine Mutter mehr, ich bin ein Waisenkind wie du, freute sie sich; ich vertraute darauf, dass sie einen Vorteil darin sah, diese Rolle zu spielen. Du hast noch deinen Vater, auch wenn er ein Gefangener des Waldgeists ist, erinnerte ich sie. Frag dein Ohr, wie es um ihn steht, Lottie! Ich schüttelte meinen Finger und zog dabei Grimassen, um sie zum Lachen zu bringen, oh, oh, ich höre überhaupt nichts, die Flane macht zu viel Lärm mit ihrem Lied. Als wir zurückgingen, blieb sie im Gemüsegarten stehen: Warum befreit meine Großmutter ihren Sohn nicht aus der Verzauberung? Solche Hexenmacht hat Vitalie nicht. Sie ist eine einfache gute Frau, die die Eier in ihrem Korb und die Münzen in ihrer Börse zählt. Die braucht sie, um dir Haarbänder zu kaufen und deine Eiermilch zum Frühstück zu machen. Wir sprachen nicht mehr darüber, aber sie vergaß unser Gespräch nicht. Wenn sie von der Schule oder einem Ausflug zurück in den Garten kam, sagte sie mir ganz heimlich ihren Indianernamen ins Ohr, und ich wusste nicht, ob ich sie damit gegen die Gespenster der Zukunft wappnete oder diese anlockte, welchen Weg diese improvisierte Geschichte in ihr und in mir ging, denn die Fiktionen sind keine harmlose Sache. Durchs Ohr ins Herz gedrungen, härten sie ab oder quälen mit ihrem Rätsel, was sind wir nur für Zauberlehrlinge, dass wir sie der Welt hinzufügen.

Am letzten Morgen meines Aufenthalts in Le Mauduit war Lottie in jener düsteren Stimmung, die ihr den Ruf eingebracht hatte, vor dem mich Marie-France gewarnt hatte. Ich war vor Tagesanbruch aufgewacht und früher als sonst nach unten gekommen, aber ihre Schale trocknete schon neben der Spüle, ihre Pelerine hing nicht an der Garderobe, so wusste ich, dass sie noch früher ausgegangen war, sicher war sie im Gemüse- oder im Obstgarten, wie am ersten Morgen, oder am Ufer der Flane. Ich fand sie jedoch nirgends bei meinem kleinen Rundgang in der Morgendämmerung; fröstelnd im feuchten Gras, mehr und mehr vom Gedanken an diesen Ort erfüllt, den ich verlassen würde, und bereits voller Bedauern, ihn zu wenig angeschaut zu haben, suchte ich seinen Anblick in einer Erinnerung festzuhalten, die die eines letzten Mals war. In diesem Moment hüllte sich das Haus der Ardennes in grauen Nebel, aus der halb entlaubten Glyzinie ergoss sich die Feuchtigkeit der Nacht. Der braune Stein glänzte in kaltem Schweiß, der auch Schiefer und Ziegel dunkel färbte, wie mit dem Kohlestift die Türen und Fenster mit ihren beschlagenen Scheiben hervorhob, ein so melancholischer Anblick, dass ich schnell hineinging, um mir Kaffee zu kochen. Während er durchlief, packte mich die Neugier, das Haus zu besichtigen, die Gelegenheit zu nutzen, dort einmal allein zu sein. Wenn Lottie so früh am Morgen aufbrach, bot sie mir die Gelegenheit dazu, und schließlich hatte sie nie gesagt, ich dürfe es nicht, hatte mir vielmehr die obere Etage überlassen, ohne nach dem ersten Abend noch einmal hinaufzukommen. Trotzdem hatte ich mir nicht erlaubt, die zahlreichen Türen der Schlafzimmer oder Kammern zu öffnen, im Erdgeschoss durch die Zimmerflucht zu streifen oder zum Beispiel Schubladen zu öffnen; plötzlich packte mich die Versuchung. Ich begann mit dem Comté-Buffet, in dem einst die Brieftasche, das Foto und die Vaterschaftserklärung gelegen hatten, wenngleich ich vorab schon wusste, dass sie dort nicht mehr waren. Alte Korken, alte Schlüssel, Lupe, Konservenglasdeckel, Flaschenöffner, einzelne Knöpfe, ein Faltblatt vom letzten Wahlkampf, auf der Rückseite eine Aufstellung der Ausgaben, eine mit dem Bleistift geschriebene Einkaufsliste, Rabattcoupons vom Coop, banale Zeugnisse häuslichen Lebens, aber schon allein, dass ich hier einbrach und den Krimskrams der alten Frau entdeckte, erfüllte mich mit Gewissensbissen. Ich schloss die Schublade wieder, verzichtete bereits auf meine Durchsuchung, bei der ich ohnehin nichts von dem finden würde, was ich erwartete: den Zustand des Hauses in jenen alten Zeiten, als es von den Figuren der Geschichte bewohnt war, von Vitalie und den alten Tanten, Fernand, Delphine und Gentil, der jungen Lottie und der kleinen Anaïs, den Kindern des Doktors und anderen, mir unbekannten Schatten. Trotz allem lockte mich, während ich in mein Brot biss, ein verstohlener Blick in Richtung Diele zu den vorderen Zimmern, durch deren hohe, vorhanglose Fenster das blaue Licht der Morgendämmerung strömte. Ich konnte doch wenigstens hindurchspazieren, ein letztes Mal die Museumsordnung bewundern, ohne etwas anzufassen, nahm ich mir vor, und so stieß ich auf das bronzene Tintenfass. Nackt unter dem an ihrem grazilen Körper klebenden Schleier streckte die Quellnymphe ihre Arme mit verschlungenen Händen in einem sinnlichen Hüftschwung in die Höhe, der ihre Lenden bog und ihre Brüste vorwölbte und die körperlichen Freuden verhieß, die Vitalie so unverblümt anprangerte. Es stand auf einem Deckchen aus kostbarer Alençon-Spitze, deren Bögen und Girlanden mit Perlen verziert waren. Es musste zum letzten Mal vor einer Ewigkeit gestärkt worden sein, doch so vergilbt es auch war, diente sein Blumennetz der Nymphe doch als Schrein, sie wirkte dadurch umso majestätischer, liebkost vom Licht dieses Herbstmorgens, der unzähligen Morgen der dahingegangenen Jahre glich, und mich packte das Entsetzen, als ich mich erst mit Verzögerung erinnerte, dass diese entzückenden Hände den Schädel eines Mannes zertrümmert hatten und mit seinem Blut befleckt waren. So gut die Bronze auch gereinigt und poliert war und später die Patina es verfärbt hatte, sah ich doch den roten Schatten, und da tauchte Lottie auf.

So mürrisch, dass ich mit meinem Brot in der Hand die Fassung verlor und mir vorkam wie auf frischer Tat ertappt. Sie trug einen großen Korb mit Pilzen und Beeren, den sie auf den erstbesten Sessel stellte, um ungeduldig ihre Pelerine auszuziehen. Während sie ihre schlammbeschmierten Schuhe auf den Dielen abklopfte, sah sie mich unfreundlich an: Wenn Sie morgen fahren, sind Sie schon weg, da können Sie genauso gut sofort aufbrechen, und starren Sie nicht so begeistert diese dämliche Nymphe an, die Waffe meines Verbrechens, ich habe den Schwachkopf One Ear nicht getötet, ich hätte mich geschickter anstellen sollen, die dusslige Delphine auch. Mit diesen Worten machte sie auf dem Absatz kehrt und goss sich eine große Schale meines Kaffees ein, wobei sie mit der Kanne anstieß. Ich hab genug von den Leuten, die vorbeikommen und wieder gehen, sagte sie, für ihre Postkarten kann ich mir nichts kaufen. Schicken Sie mir keine, ich verbiete es Ihnen. Ich komme im Februar oder März wieder, sagte ich schüchtern, und wenn ich darf, würde ich dann gern bei Ihnen wohnen. Glauben Sie vielleicht, ich habe nichts anderes zu tun, als auf Sie zu warten, unterbrach sie mich. Das macht fünfzig Franc für Schlafen und Essen, jetzt gehen Sie zum Teufel. Es war unsere erste Auseinandersetzung. Ich war fassungslos, gepackt von der kindlichen Panik der *Szenen*, die sich meine Eltern machten, die in den Grenzen der kleinen Wohnung, die schrecklich dehnbar geworden war, ständig voreinander wegliefen, zwischen ihnen hin- und hergerissen, war ich gelähmt und verzweifelte daran, sie wieder zusammenzubringen, zu versöhnen. Sicher kommt es daher, dass jeder Abschied in Zwietracht mich die Flucht ergreifen oder klein beigeben lässt, um ihn lieber zu beenden, als mich ihm zu stellen, wie oft schon habe ich für meine Feigheit bezahlt, meine Schwäche verflucht. Doch für einmal wagte ich aufzumucken. Entschlossen goss ich mir den Rest Kaffee ein und setzte mich ihr gegenüber an den Tisch: Ist Ihre Angst, verlassen zu werden, so groß wie meine, dass Sie, um es zu verhindern, die Erste, die Sie mag, lieber hinauswerfen? Ich kenne diesen Schmerz. Wie Sie bin ich durchaus imstande, vor Tagesanbruch in die Pilze zu gehen, um ihn mir zuzufügen. Ich sehe Sie durch den Wald laufen, in dem kräftigen Schritt, mit dem Sie der Flane flussauf folgten, und beschließen, mich zum Teufel zu schicken, falls ich mich nicht schnell genug aus dem Staub mache. Genau jetzt will der Teufel, dass ich am Montag vor meinen Studenten stehen muss. Ich gebe einen Kurs über die Veränderungen des ländlichen Raums zwischen den Weltkriegen, auf den ersten Blick ist das kein sehr lustiges Thema, aber die Humangeografie ist mein Fach, es hat mich hierhergeführt, wo ich Sie getroffen habe. Seitdem Sie angefangen haben zu erzählen und ich, Ihnen zuzuhören, kann ich Sie nicht mehr verlassen, egal, wo ich hingehe, unsere Seelen haben einen Pakt geschlossen, wir haben etwas begonnen, ich mache noch einen Kaffee, und Sie sagen mir, warum dieser Schwachkopf One Ear nicht unter dem Schlag des Tintenfasses gestorben ist.

Aha, sagte sie, und ihre Augen hinter den dicken Gläsern lachten, ich durchschaue Sie mit Ihrem Pakt, aber er gefällt mir. Von Seele zu Seele können wir uns verstehen. Meistens bin ich ziemlich allein, um meine eigene Seele zu unterhalten. Deshalb höre ich die Symphonien im Radio, die Musik schenkt mir die größte Freude, mit allen Höhen und Tiefen, man nimmt die Gesellschaft, die man hat. Heute begnüge ich mich mit dem Ball der Fagotte, Violinen und Hörner, der kleinen Blockflöte, aber das war nicht immer so. Ich brauchte auch körperliche Liebe, stellen Sie sich vor, nur leider war ich nicht der Typ zu gefallen, erst recht nicht, geliebt zu werden. Das Alter mildert es ein wenig, aber mit meiner großen Nase, der Pferdekruppe und dem debilen Gesichtsausdruck war ich nie sehr anziehend. Dabei hatte ich einen Heißhunger auf etwas Glück. Selbst wenn ich es fesseln, ihm auf meinem Hackklotz das Fell abziehen, seine Süße und Grausamkeit ausbluten lassen musste: Was hatte irgendeine bei den Carmeaux geborene Lottie, deren Flügel an den Boden genagelt waren, schon zu verlieren? Nichts zu verlieren zu haben macht sehr boshaft. Schließlich habe ich es bekommen, ich hatte es mit Haut und Haar, glauben Sie mir. Sie hatte den Inhalt des Korbes auf den Tisch gekippt. Daraus stieg der dunkle Geruch von Humus und Farnkraut auf, dessen Sporen im Unterholz in der Erde gären. Ich war zu wütend, um Satanspilze zu suchen, ich habe nur Kleinzeug gesammelt, Täublinge, Reizker, Pfifferlinge, trällerte sie plötzlich sehr fröhlich. Man kann sich leicht irren, aber machen Sie sich keine Sorgen, ich kenne mich aus, wir werden uns nicht vergiften. Während sie mit einem Handtuchzipfel die Erde von den Pilzen putzte, setzte ich frischen Kaffee auf, die aufgehende Sonne drang durch den Nebel, ihre gedämpften Strahlen erfüllten die Küche, unsere schnelle Versöhnung versetzte mich in gute Laune. Ich beschloss, diesen letzten Tag ihr zu widmen, statt aufs Geratewohl herumzuwandern, wie ich mir vorgenommen hatte. So haben wir diese Stunden verbracht, die in meiner Erinnerung extrem langsam vergehen und zugleich das Konzentrat unserer so kurzen Begegnung sind, während die Sonne über den alten Feigenbaum zieht und die herbstlichen Ulmen der Allee, die roten Baumkronen hinter der Wiese und die späten Blüten der letzten Rosen neben dem Kiesweg die Atmosphäre mit Schatten und verblassenden Farbnuancen erfüllen. Dieses Bild, das ich aus meinem Fenster bei Nacht wie bei Tag viele Male allzu kurz betrachtet hatte, hinterlässt in mir das Gefühl einer Ewigkeit, außerhalb von mir verzaubert das nachlassende Herbstlicht diese Landschaft für immer, wie auf alten Stichen, die Reisende nach Hause mitbringen und an die Wand hängen, wo sie vergilben; durch das trübe Moiré der Glasscheibe sind sie ein geöffnetes Fenster in der Wand der Zeit, und immer höre ich Lottie in dieser Kulisse verblichener Farben von ihrem Glück bei den Ardennes sprechen. Es packen und zerstückeln wie eine Beute, sagte sie, das hat mich Anaïs gelehrt, dieser Dämon wusste, wie man genießt. Das bewies sie mir an dem Tag, als sie ein Auge auf mich warf, sich meinen Finger und meine ganze Person aneignete, als wäre ich das Werkzeug ihrer Wollust. Von ihrer frühesten Kindheit an bis zum Erwachsenenalter habe ich sie wachsen und groß werden, an Macht zulegen, in jener animalischen Kraft strahlen sehen, die sie aus allen schöpfte, indem sie aus jedem die Substanz zog, die sie brauchte, um den Preis des Unglücks, das sie verbreitete. Ich habe sie Ihnen nicht beschrieben, und auf Fotos ist kaum zu erkennen, welche Anziehungskraft von ihr ausging, die im Laufe der Jahre erschreckend wurde. Vollkommene Schönheit hat etwas Ungeheuerliches. Es waren nicht so sehr ihr dunkler Teint, ihre mandelförmigen Augen, so schwarz, dass man die Pupillen nicht erkannte, sie saugten dich förmlich in ihre undurchsichtige Schwärze, nicht so sehr das Strahlen ihres schmeichelnden Lächelns und ihre kindliche Art zu verführen oder zu bestechen, sondern ihre ganze fröhliche und bezaubernde Person, so betörend, dass alle, die mit ihr verkehrten, am Ende vergaßen, dass sie in ihrem Besitz waren. Sie sahen die Folgen nur, wenn ein Neuankömmling überwältigt wurde und der Liebe zu ihr verfiel, von einem Blitz getroffen, der ihn zu Asche machte. So erging es Jacques Maître-Grand, dem nur die Flucht blieb, um sich ihrer Herrschaft zu entziehen. So erging es Edmond Rizzoli, als er im Jahr 1920 eines Tages bei den Ardennes auftauchte. Aber wissen Sie, deren Schicksal interessierte mich nicht, ich servierte sie ihr sozusagen lebendig auf dem Silbertablett, damit sie sich daran sättigte, meine kleine Menschenfresserin.

An das folgende Jahr erinnere ich mich nur mit Widerwillen und Unbehagen. Das Projekt für meine Studenten war plötzlich gestrichen worden, ich war zu enttäuscht, um ein neues auf die Beine zu stellen. Ich fuhr auf Sicht, ließ Monate verstreichen, ohne eine Entscheidung zu treffen, verschob es trotz meines schlechten Gewissens, Lottie im Stich zu lassen, immer wieder, nach Le Mauduit zurückzukehren, hatte zwischen freudlosen Phasen Anfälle von Euphorie, in denen ich mir alle möglichen Arbeiten auflud, die ich wieder aufgab, weil ich sicher war, dass sie scheitern würden; nur meine Dissertation musste ich endlich zu Ende bringen, wie mein Institutsdirektor verlangte. Er zwang mich dazu, indem er seine Unterstützung für meine Bewerbung um eine Auslandsstelle davon abhängig machte, er behauptete, ich trödelte nur herum, um in dieser unsicheren Lage zu verharren, ja genösse die vertane Zeit geradezu, um mich davon zu überzeugen, dass ich nichts anderes verdiente als dieses Leben in Wartestellung; solche schleichenden Formen nehme eine Depression manchmal an, ohne wirklich sichtbar zu werden, lieber verharre man darin, als den Schmerz zu empfinden. Luçon war mir wieder eingefallen. Luçon hatte mich eines Abends in meinem Treppenhaus überfallen, als das Licht plötzlich ausging. Ich stolperte und rutschte ein gutes Dutzend Stufen auf dem Hintern hinunter. Du bist auf Sicht gefahren, um besser vor dir selbst zu fliehen, sagte Abel, und bist schließlich wirklich auf die Schnauze gefallen. Nichts gebrochen, nicht einmal Angst, aber ich saß vollkommen niedergeschlagen auf der letzen Stufe, entrüstet über den Sturz, seine empörende Gewalt und mein schmerzendes Steißbein. Die Hand tat mir weh, die kleinen Glasperlen fielen mir wieder ein. Ich spürte sie in meiner schmerzenden Handfläche kleben, mir wurde übel beim Gedanken an diesen Friedhof in der Vendée, eine leere Sekunde, Schwindel, und der Name sprang mich an, heftiger als ein Schlag. Luçon traf mich wie ein langes Zickzack der Angst, das von sehr weit her kam und dessen Ziel ich war. Kaum hatte Marie-France diesen Namen ausgesprochen, ein einziges Mal hatte genügt, hatte ich die Kiefer darüber zusammengepresst, um ihn zum Schweigen zu bringen, zu verschlucken, zu vergessen, aber er war auf meiner Zunge kleben geblieben wie ein altes Bonbon voller Tränen. Zum Glück gab es keine Zeugen meines lächerlichen Sturzes. Ich sammelte meine Schlüssel, meine verstreuten Papiere, meine Schuhe ein und zog mich, auf die Zeitschaltung fluchend, zu meiner Wohnung hoch. Ich wusste schon, dass ich nach Luçon fahren würde, ich war schon wieder dort.

Es fiel mir nicht schwer, dieses Provinzstädtchen auf der Karte zu finden, das keinerlei Erinnerungen weckte. Ich kannte die Vendée nicht, diese Region in Frankreichs Mittelwesten, eine von Flurhecken und Sümpfen geprägte Landschaft, die sich auf den Atlantik, seine Strände und Austernparks öffnet, nichts zog mich dorthin, einzig die jähe Traumanwandlung, die mich auf dem Friedhof in Le Mauduit jenen anonymen anderen hatte wiedersehen lassen, wo ich venezianische Glasperlen, die ich von einem Kranz gestohlen hatte, in meiner Tasche versteckte. Abgeschreckt von der Zugfahrt mit Umsteigen in Roche-sur-Yon, hatte ich mich entschieden, übers Wochenende mit dem Auto hinzufahren, ich fahre nicht ungern allein, wenn das Ziel sich lohnt. Das war in diesem Fall so ungewiss, dass ich die Entscheidung auf der ganzen Fahrt zehn Mal umstieß und mir schwor, die Autobahn bei der nächsten Ausfahrt zu verlassen. Einen Friedhof zu finden ist kein Hexenwerk, sprach ich mir Mut zu, selbst wenn es in einer so kleinen Stadt vielleicht mehrere gibt, doch unter allen Gräbern genau das finden zu wollen, wo ich einst gespielt hatte, war ein absurder Einfall. Ich erinnerte mich nicht an das Äußere der kleinen Kapelle, nur an die stickige Luft drinnen, an den süßlichen Modergeruch, das durchs Fenster hereinfallende Licht und dass ich durch den Spalt der halb geschlossenen schweren Tür ein anderes Grab sah, an dem andächtig ein altes Paar stand. Einer so vagen Erinnerung zu vertrauen verhieß ein Fiasko. Mein Pech, beschloss ich, wenn ich es nicht finde, werde ich trotzdem nicht umsonst gekommen sein: Dann mache ich einen Ausflug zur Küste der Vendée, wo ich noch nie war. Ich kam an einem Junitag im Stadtzentrum an und ließ mir den Weg zum Friedhof zeigen, östlich vom Bahnhof, nicht weit von den Gleisen, sagte man mir, schneller als erwartet war ich in dem Viertel, das einst wohl noch ganz ländlich gewesen, doch mit seinen niedrigen Häusern und den gekalkten Mäuerchen jetzt mehr oder weniger eingemeindet war. Ich parkte weiter weg, um noch ein Stück zu laufen, in der schwachen Hoffnung, die leichte Erregung des Déjà-vu zu spüren, das unterschwellig wahrgenommene Zeichen auslösen; vergeblich. Nichts erregte mich an dieser platanenbestandenen Kreuzung, die verlassen in der Mittagsstille lag, auch nicht am Eingang angesichts des vor mir liegenden Gräberfelds, das so vielen anderen glich, und da ich keinerlei Hinweis hatte, um einen eventuellen Wächter zu fragen, der im Übrigen auch nicht da war, irrte ich durch die Alleen. Auf jedem Friedhof dieser Welt wäre ich diese verirrte Passantin auf der Suche nach sich selbst gewesen, und meine Ratlosigkeit wurde noch verstärkt, weil vom Atlantik prächtige Wolken heranzogen.

Marie-France gegenüber hatte ich behauptet, dass ich sehr gern Friedhöfe besuche, was auch stimmt, aber es war nicht genau der Grund, der mich dorthin zog, sondern der Schwindel über die in der Stille der Nekropolen erstarrte Zeit, die beruhigende Nähe der Toten, das Gefühl, dass ich zu ihnen gehöre und nichts ihr Reich von dem der Lebenden trennt, dass man in einer ständigen Gegenwart aus dem einen ins andere und wieder zurück gehen kann. An diesem Tag war ich weit davon entfernt, diesen Frieden zu spüren, ich suchte verbissen ein Grab, weniger seinen Standort als einen Blickwinkel, genau den, den mir damals die schmale Türöffnung auf den sonnigen Friedhof draußen geboten hatte. In gewisser Weise den Blickwinkel des Todes auf die Welt der Lebenden, der mir als Kind geschenkt worden war. Dieser Platz in der Dunkelheit hatte nicht die beängstigende Kälte von Gruften gehabt, sondern die organische Milde eines gastlichen Ortes, von dem aus ich in einer Bresche der Zeit Zugang zu einer Szene hatte, von der mein künftiges Leben abhing. Meine Beklemmung wuchs, während ich unter der Mittagssonne den Friedhof in allen Richtungen durchstreifte. Als ich noch einmal durch schon erforschte Gevierte ging, erkannte ich, vielleicht weil das schattenlose Licht dem meiner Erinnerung glich, auf den ersten Blick, dass ich bei der unauffindbaren Stelle angelangt war. Es war ein Schock, als ich, einen Schritt nach links und leicht aus der Sichtachse zurücktretend, genau den Blickwinkel wie damals hatte; das

Grab, wo ich hatte spielen dürfen, war also kein Phantasma, sondern Realität.

Es war jetzt halb zerfallen, sein verrostetes Gitter schützte den Zugang zu der efeuüberwucherten neogotischen Kapelle nicht mehr, ihre halb aus den Angeln hängende Tür öffnete sich vor den Trümmern des kleinen Altars, und ich brauchte nicht erst hineinzugehen, um gegenüber die Stele zu sehen, vor der die beiden unbekannten Alten geweint hatten. Sie war genauso verlassen, Scherben von irdenen Blumentöpfen lagen um sie verstreut, vom Moos besiedelt, das auch den Stein bedeckte. Das Kreuz zu Häupten des Grabs widerstand dem Verfall, nur ein Name war darin eingraviert, *Félix Rodin, 1928–1950 FEFEO, gestorben für Frankeich in Cao Bang*. Unter dem Stein ruhte also ein junger Freiwilliger der Französischen Expeditionsstreitkräfte im Fernen Osten, mit zweiundzwanzig Jahren in Indochina gestorben, dessen einst liebevoll gepflegtes Grab heute sich selbst überlassen war, entweder weil diese Leute es immer seltener und dann gar nicht mehr besucht hatten oder weil auch sie gestorben waren. *Gestern Straßburg, morgen Saigon* stand nach der Befreiung auf dem Rekrutierungsplakat für den kolonialen Rückeroberungskrieg, und so viele junge Freiwillige waren auf der Route coloniale 4 gestorben, der Blutigen Straße, wie sie bereits vor dem Massaker von Dien Bien Phu hieß. Sie hatten als Jugendliche die Besatzung unversehrt überstanden und waren gerade alt genug, um im Kampf gegen die Viet-minh sterben zu gehen, ihre *Kriegspflicht* zu erfüllen, wie de Gaulle im befreiten Paris verkündete; zwanzig Jahre später demonstrierte ich als Studentin gegen die Napalm-Bomben auf das ehemalige Französisch-Indochina. »Nixon, Mörder, raus aus Vietnam«, skandierten wir Sternenbanner schwenkend auf dem Boulevard Beaumarchais; heute ging der Krieg dort oder anderswo weiter, aber jetzt, in diesem Augenblick zählte nur Rodin.

Anhand meines damaligen Alters, ich muss etwa vier oder fünf gewesen sein, rechnete ich schnell aus, wie alt mein Vater damals gewesen war. Älter als dieser Félix Rodin, aber er konnte mit ihm befreundet gewesen sein, ihn jedenfalls in seiner Jugend gekannt haben, sonst hätte er mich nicht diesen Leuten anvertraut, die sein Grab pflegten; er oder meine Mutter, sagte ich mir. Vielleicht war sie es, die Familie oder Freunde in Luçon hatte. Da mein Vater tot war, müsste meine Mutter wissen, wer dieses Paar war, das jeden Tag auf den Friedhof ging, um des Sohnes zu gedenken. Vielleicht konnte sie die Szene vervollständigen, die ich vom Totenreich aus gesehen hatte, und ich würde verstehen, warum mein Vater in den Wäldern von Le Mauduit, wo er sich mit den Verweigerern versteckte, diesen Decknamen angenommen hatte und warum er nicht auf dem Denkmal stand, das zur Erinnerung an die von der Miliz ermordeten jungen Leute errichtet worden war. Die Fragen stürzten auf mich ein, rissen mich mit in ihrem Strom, und um nicht darin unterzugehen, kämpfte ich dagegen an und redete mir, nicht ganz aufrichtig, ein, dass ich von der Stadtverwaltung oder der Friedhofsdirektion durchaus Informationen über diese Familie Rodin, vielleicht sogar eine Adresse erhalten konnte. Diese Leute müssen lang genug in der Stadt gewohnt haben, um eine Grabstelle zu erwerben und ihren Sohn oder Enkel dort zu begraben, als sein Leichnam repatriiert und seiner Familie übergeben worden war, in einem jener plombierten Armeesärge, die man nicht mehr öffnen kann, um ein letztes Mal das geliebte Gesicht zu betrachten – vielleicht ist es ja besser, nicht die Erinnerung an die Entstellung zu bewahren. Doch selbst wenn ich auf diesem relativ leichten Umweg über die Verwaltung Informationen erhalten und womöglich Verwandte oder Bekannte, die in Luçon oder Umgebung wohnten, befragen konnte, trat diese Möglichkeit vor der viel drängenderen zurück, meine Mutter zu fragen, trotz meiner Angst, sie nach Jahren vielleicht nicht eines endgültigen Bruchs, aber der Entfremdung, was auf dasselbe hinauslief, wieder zu besuchen.

Die Aussicht erschreckte mich, aber an diesem Punkt hatte ich keine andere Wahl. Da meine Angst wuchs, suchte ich nach einer Ablenkung, bevor ich zurückfuhr, und flüchtete mich mit einer Tüte Frites in die Alleen des Jardin Dumaine. Jeder Besucher Luçons stößt im Herzen der Altstadt unweigerlich auf diesen Park, den Hyacinthe Dumaine einst zusammen mit seinem Wohnhaus, dem heutigen Rathaus, der Stadt vermacht hat. Dieser Arzt, Anhänger der Aufklärung und Wohltäter der ganzen Region, legte die Sümpfe trocken, indem er ein Entwässerungssystem entwarf, regte den Bau der Kanalschleusen an und half den Armen, wie der am Eingang erhältlichen Broschüre für Touristen zu entnehmen war, die auch einen Plan des Parks mit seiner Allee hundertjähriger, zu Pyramiden geschnittener Eibenhecken enthielt und die seltenen Baumarten darin aufzählte, Ginkgos, Zedern, Magnolien. Zu dieser Stunde waren nur wenige Spaziergänger dort, und denen, die ich sah, wich ich aus. Ohne mich weiter über die Geschichte zu informieren, schlenderte ich an den Blumenbeeten vorbei, beruhigte mich allmählich und blieb vor dem mit Kunstschmiedearbeiten überladenen Musikpavillon und vor den beiden gusseisernen Najaden inmitten des Teichs stehen. Sie hielten das Becken hoch, aus dem die Fontäne sprudelte, und zu ihren Füßen umschlangen sich ganz von grünen Algen und Moos bedeckte lachende Putti, die mich wie ein geflüstertes Losungswort an Lotties Korallenbrosche und in deren Gefolge an all die Gespenster der Ardennes erinnerten, die ich in Le Mauduit kennengelernt und die mich nach Luçon geführt hatten, wohin ich nicht hätte zurückkehren sollen. Die Unregelmäßigkeit der Landschaft verwischte deren immaterielle Gegenwart, machte sie zu einer unscharfen Momentaufnahme, blätterte die Zeit auf, zerstreute sie und sammelte sie wieder, an diesem grünen Fleck konnte ich mit träumerischer Sanftheit an sie alle denken und an mich, die ich jetzt mit ihrer Geschichte verbunden war, und als ich dann zu der Grotte mit falschem Muschelwerk und Kaskaden kam, schlich sich langsam das Gefühl ein, einst in diesem Englischen Garten mit Doktor Dumaines geliebten romantischen Chinoiserien spazieren geführt worden zu sein. Wie durch bemaltes Glas konnte ich mich dort als Kind sehen, Spur einer Kindheit im verschleierten Sommerlicht, Botin eines Dramas, das dort seinen Anfang nahm und das ich beim bloßen Namen Luçon geahnt hatte, als Marie-France den von Colette umarmten Brillenträger so nannte, als sie ihn zuletzt im Wald gesehen hatte.

Meine Fahrt nach Nîmes schob ich monatelang auf, nach all den Jahren wurde ein Besuch bei meiner Mutter zu einem Ereignis. Wir wechselten nur gelegentlich Neujahrskarten oder telefonierten, in letzter Zeit war es meist Filipo, der antwortete oder anrief. Obwohl ich ihren Lebensgefährten kaum kannte, hatte ich ein entspannteres Verhältnis zu ihm als zu ihr, er war immer gut gelaunt, eine demonstrative Fröhlichkeit, die vielleicht nur oberflächlich war, aber den Umgang erleichterte, bei den wenigen Gelegenheiten, zu denen ich ihn getroffen hatte, schien er jeder Schwierigkeit mit praktischer Vernunft zu begegnen. Seit er in Rente war, half er als gelernter Maurer Nachbarn aus der Klemme oder beschäftigte sich mit der Leidenschaft des Bastlers, der danach strebt, eine Anlage weiter und weiter zu perfektionieren, mit nie endenden Renovierungen in seinem Haus und dem Gärtchen. Wie kein anderer war er imstande, unauffindbare Teile bei Alteisenhändlern aufzutreiben, er war stets über die neuesten technischen Finessen informiert, kannte sich in Heimwerkermärkten aus und erteilte seine Ratschläge mit genießerischer Freizügigkeit; zudem war er ein ausgezeichneter Koch. Ich erhoffte mir nichts von ihm außer der etwas feigen Zufriedenheit, dass er und meine Mutter eine problemlose Beziehung führten. Dass sie einen Mann wie ihn an sich hatte binden können, grenzte an ein Wunder, oder der Teil von ihr, der das verdiente, war mir unbekannt, jedenfalls war die Frau, die meine Mutter gewesen war, in ihrem neuen Leben eine andere geworden. Ich musste einen Vorwand finden, zu ihnen zu fahren, den natürlichsten, den ich finden konnte, und vor allem nicht vorher schon den Grund meines Besuchs erklären, sonst würde ich eine nur allzu vorhersehbare Reaktion bei ihr auslösen, denn alles, was mit meinem Vater zu tun hatte, reizte sie maßlos, und dass er tot war, änderte nichts daran.

Der Sommer verging, bis ich den Vorwand fand, dass ich endlich meine Dissertation verteidigt hatte. Ich war nicht sicher, dass sie darüber in Begeisterung ausbrachen, aber es war ein gutes Alibi, um hinzufahren, ein kleiner Umweg auf dem Weg nach Montpellier, gab ich vor, eine sehr gute Idee, rief er, das wird Pupuce beflügeln, so nannte er meine Mutter. Dass er ihr diesen Kosenamen gab und sie darüber im siebten Himmel war, verblüffte und erheiterte mich jedes Mal. Was das Beflügeln anging, brauchte es Filipos Optimismus, um daran zu glauben, meine sehr sporadische Anwesenheit erregte bei ihr nichts dergleichen, nur Genervtheit und Ungeduld und bei mir nur Verlegenheit. Unsere Zweisamkeit nach der Trennung von meinem Vater war von chronischen Krisen geprägt, ich war keine unkomplizierte Jugendliche; unkompliziert war zwischen uns gar nichts gewesen. Als sie ihre Versetzung nach Nîmes erreicht hatte, in den Hauptsitz der Reinigungsmittel-Firma, bei der sie angestellt war, hatte ich es vorgezogen, in Paris zu bleiben und mein Studium fortzusetzen, ihrer Meinung zum Trotz, ich müsse schnellstens »mein Brot verdienen«, wie sie sagte, das heißt aufhören, ihr auf der Tasche zu liegen. Worum ich mich auch sehr bemühte; sobald ich mein Abi hatte, dessen hervorragendes Ergebnis sie kaum rührte, arbeitete ich als Aufsicht an der Schule, dann hatte ich einen Hilfsjob in der Universitätsbibliothek, bevor ich ein Doktorandenstipendium bekam, und später unterrichtete ich an einer Provinzuniversität. Ohne ihr deshalb böse zu sein, wusste ich, dass ich von ihr nichts zu erwarten hatte, sie war überfordert von ihrem Leben als geschiedene Sekretärin. Alles überforderte sie, bis Filipo sie in Pupuce verwandelte und ihr ein Traumleben in seinem Haus in den Hügeln über Nîmes schenkte. Er hatte am Rand der Straße nach Uzès inmitten des Heidelands ein bescheidenes Haus aus den Fünfzigerjahren hergerichtet, ocker und rosa verputzt und mit Pergolen und Veranden an allen vier Seiten ausgestattet, was die geringe Wohnfläche des mit Bougainvilleen bewachsenen Hauses verdoppelte, zu dem auch ein Gärtchen mit Lorbeer-, Aloe- und Agavengewächsen, ein Steingarten mit kleinen Fettpflanzen und zahllose Töpfe mit Setzlingen gehörten und ganz hinten ein Schuppen, wo er seine Werkzeugsets und Einzelteile aufbewahrte, das Ganze auf den Namen *Trautes Heim* getauft, der in einer von

Filipo gebastelten Keramiktafel am Giebel stand. Dort waren sie anscheinend glücklich.

Die zwei oder drei Mal, die ich zu Besuch gekommen war, hatte ich den Bus nach Uzès genommen, der auf Verlangen an dem Weg hält, der zum Trauten Heim führt, aber diesmal hatte Filipo darauf bestanden, mich mit seinem alten Kastenwagen, auf dessen Ladefläche das Material für eine ganze Baustelle zu stehen schien, am Bahnhof abzuholen. In Latzhose, dickem Pulli und Pelzmütze lehnte er am Kotflügel und rauchte, an diesem Novemberabend war der Himmel wolkenlos, aber der Mistral war eisig. Er zog mich mit meinem dünnen Schülerinnenblouson auf, du tätest gut daran, dir von deiner Mutter eine Daunenjacke auszuleihen. Ich leih mir gar nichts von ihr, nahm ich mir insgeheim vor, lieber erfriere ich, außerdem fahre ich morgen Abend wieder. Ich erfuhr schon bald, warum er mir die Höflichkeit erwies, mich abzuholen: Deine Mutter ist seit einiger Zeit etwas wirr im Kopf, sie verwechselt ein bisschen die Sachen, verlegt eine Menge, und an manchen Tagen weiß sie nicht mehr, wo wir sind. Ich hab dir nicht davon erzählt, weil der Doktor sagt, dass das ab einem gewissen Alter häufig vorkommt. Vielleicht erkennt sie dich nicht gleich. Dabei ist sie kerngesund, du wirst schon sehen, keine Sorge, keine Sorge, versicherte er und trommelte aufs Lenkrad. Ich war dennoch besorgt, die von seinem unverwüstlichen Optimismus heruntergespielte Information erschreckte mich: Er hatte es immerhin für gut befunden, zum Bahnhof zu kommen, um mich zu vorzuwarnen, keine Sorge, alles sehr gut. Tatsächlich sah sie gesund aus, sonnengebräunt, platinblond gefärbt und mit frischer Dauerwelle, wie üblich sorgfältig geschminkt, Mascara, Eyeliner, Blush, rosa lackierte Fingernägel, in einem rosa Mohair-Wickelkleid, all ihren rosa Talmischmuck an den Fingern, um den Hals und an den Ohren, sie begrüßte mich zuerst mit Madame, betrachtete mich eine Viertelstunde lang mit sichtlichem Misstrauen und ließ Filipo immer wieder erklären, wer ich war, ohne ihre Feindseligkeit abzulegen. Ausnahmsweise, sagte ich mir, kann sie ihre Abneigung gegen meine Person einmal unverhohlen zeigen, dann schien sie plötzlich ihre Höflichkeitsreflexe wiederzufinden, mein Liebling, sagte sie, so eine Freude, dich zu sehen, heute Abend gibt's eine gute Lammkeule. Kaninchen mit Oliven, entschuldigte Filipo sie, die Keule gab's letzten Sonntag.

Sie brachten mich jedes Mal in ihrem winzigen Gästezimmer unter, das nach Norden auf die Vorläufer der Cevennen hinaus lag, zu dieser Winterstunde war der Horizont von dem schon dunklen Hang versperrt, hie und da blinkten Lichter von in der Heide verstreuten Häusern. Ich öffnete das Fenster und ließ den eisigen Luftstrom herein, ich erstickte in dem mit Paneelen verkleideten kleinen Raum, den ein elektrischer Heizkörper übermäßig erhitzte, aber vor allem verschlug mir die Mitteilung mit Verspätung den Atem, ich hätte es ahnen können, seit nur noch Filipo am Telefon war. Vielleicht zog er es vor zu leugnen, statt Alarm zu schlagen, vielleicht hatte er auch recht, dem Doktor zu glauben, dass diese Anzeichen harmlos waren. Immerhin hatte meine Mutter mich viele Minuten lang nicht erkannt. Danach möglicherweise auch nicht, aber sie hatte so getan als ob, listig wie Menschen mit einer mentalen Störung, die es noch schaffen, ihre Umgebung – und sich selbst – zu täuschen, indem sie die Spuren verwischen. Ich war vor allem verstört, dass es mich so wenig verstört hatte, als meine Mutter mich wie eine Fremde behandelte. Ihr versagendes Gedächtnis machte gewissermaßen Schluss mit der mühsamen Verstellung, die unsere Beziehung verzerrte, und erlaubte ihr endlich zu zeigen, wie fremd ihre Tochter ihr immer gewesen war. Sie ist nie aufrichtiger zu mir gewesen, sagte ich mir, es ist überhaupt nicht grausam, wenn sie es unter diesen Umständen ist, es schmerzt mich nicht für sie, auch nicht für mich, ich bin im Gegenteil fast erleichtert. Dennoch bedauerte ich ihren Zustand, dessen Schweregrad mir nicht klar war, aber mehr für ihren Lebensgefährten als für mich, die ich morgen weit weg sein würde. Das betrifft mich nicht, verteidigte ich mich. Sie hat sich so wenig um mich gekümmert, dass ich ihr nichts schulde, wenn überhaupt, dann nur wegen der Konventionen, die die Gesellschaft Kindern auferlegt, wegen der minimalen finanziellen Beistandspflicht. Der würde ich auch nachkommen, wenn es notwendig wäre, aber auch das eher, um Filipo zu helfen, als aus töchterlichen Gefühlen. Sie in diesem Zustand zu befragen wie vorgesehen war undenkbar, ich beschloss, mein Verhalten an ihm auszurichten, die Zeichen der Verwirrung wie Filipo zu übergehen, bis ich abfuhr, mein Besuch war ein Irrtum, ein weiterer in diesem Jahr.

Als ich wieder zu ihnen ging, war er am Herd beschäftigt, und sie deckte den Tisch, legte mit gezierter Sorgfalt das Besteck verkehrt hin, pferchte es zwischen Teller und Glas, nicht so, Pupuce, rief er, ohne sich umzudrehen, aber nicht schlimm, wir werden schon zurechtkommen. Du hast eine Frisur wie eine Vogelscheuche, sagte sie mit ihrem liebenswürdigsten Lächeln, wo kommst du denn her? Sie hat ihre Prüfung geschafft, rief Filipo, das feiern wir. Um meine Mutter nicht zu kränken, die sich über mein Studium ärgerte, verzichtete ich darauf zu erklären, wie man den Doktortitel erhielt, und dann auch noch anzukündigen, dass ich damit gute Aussichten hatte, ins Ausland zu gehen. Sie vermieden vorsichtig alles, was mit meinem Berufs- und Privatleben zu tun hatte, und ich vermied es, mich nach ihrem zu erkundigen, wir hatten es uns zum Prinzip gemacht, uns gegenseitig Unannehmlichkeiten zu ersparen, indem wir unsere Gespräche auf die alltäglichen Banalitäten beschränkten. So erfuhr ich von der baldigen Erweiterung der Kanalisation, dass die Hitze im vorigen Sommer die Gartenpflanzen verschont hatte, in dieser relativen Höhe leide man weniger darunter als in der Stadt, wo viele ältere Personen ins Krankenhaus gekommen seien, und dass die Eröffnung des Supermarkts in der Nähe den Wocheneinkauf erleichterte. Den ganzen Abend gab sich Filipo gutmütig alle Mühe, das Gespräch abwechslungsreich und das Abendessen heiter zu gestalten, indem er wie nebenbei einigen Entgleisungen zuvorkam, die unsere Harmonie bedrohten. Doch sobald sie am Tisch saß, zeigte meine Mutter kaum noch Ausfälle, als ob das eingeschliffene Ritual ihr als Leitfeuer diente, diese ein Leben lang wiederholten Gesten trainieren schließlich Verhaltensreflexe, die die Existenz erleichtern, sagte ich mir, als ich sie beobachtete, wie sie sich mir gegenüber mit einem Serviettenzipfel geziert die geschminkten Lippen abtupfte, ihr Besteck auf dem Teller kreuzte, was sie schon immer für die korrekte Art gehalten hatte, den Rosé in ihrem Glas mit Expertenmiene betrachtete, bevor sie davon trank, und mir kokett wie ein kleines Mädchen zuzwinkerte, als Filipo sein Junggesellen-Einweckglas auf den Tisch stellte. Dieses Jahr gab es rote Früchte im Überfluss, und er machte mit Grappa, dem Rebenschnaps seiner Cousins aus Spoleto, Kompott daraus. Die kamen nach Marseille, um ihr Öl zu verkaufen, und fuhren manchmal weiter bis zum Trauten Heim, sie waren im August da, du magst sie gern, oder, Pupuce? Meine Mutter fixierte mich gereizt, was für eine

Schlamperei, diese Familie, räum das in die Kommode, befahl sie mir und schürzte die Lippen zu dem Schmollmund, den ich an ihr kannte, deine Klamotten, deine Bücher meine ich – bei wem war ich mit vier oder fünf in den Ferien in Luçon, fragte ich aus heiterem Himmel. Mit hochgezogenen Brauen, übertrieben wie eine alte Tragödin, durchforschte sie die Wand gegenüber in angestrengtem Nachdenken, was komisch gewirkt hätte, wenn es nicht Ausdruck echter Verwirrung gewesen wäre. Dein Vater weiß das besser als ich, sagte sie schließlich in gleichmütigem Ton; ich hätte geschworen, dass sie da im Vollbesitz ihrer Geisteskräfte war. Er ist nicht mehr da, um es mir zu sagen, nur du kannst dich noch daran erinnern, bohrte ich weiter, während Filipo meine Hand tätschelte, um mich zum Schweigen zu bringen. Und seine Dorfmatratze, hast du ihn nach der gefragt, zischte sie, zog mit ihren lackierten Fingernägeln eine eingemachte Kirsche aus ihrem Schälchen und leckte sich die Fingerspitzen ab, während sie mich böse anstarrte, gut, ich mach einen Kaffee, polterte Filipo. Willst du einen *ristretto* oder einen verlängerten? Kaffeemaschinen waren im Géant Casino runtergesetzt, wir werden unsere zur Feier deines Diploms einweihen, hörst du diesen gottverdammten Mistral? Er würde uns die Ziegel vom Dach reißen, wenn ich nicht Steine draufgelegt hätte, oder, Pupuce?

Als wir uns gute Nacht sagten, flüsterte er in dem kleinen Flur, in den er mir unter dem Vorwand gefolgt war, mir eine zusätzliche Decke zu geben: Besser, du fragst mich statt sie. Nicht, dass sie unwillig ist, aber die Vergangenheit war nicht gut, das regt sie nur auf. Was willst du wissen, kann ich dir vielleicht helfen? Ich spürte in der Dunkelheit seinen Kummer und seine Tapferkeit, er wusste viel besser über die gefährdete Gesundheit meiner Mutter Bescheid, als er zeigte, und bemühte sich, den Anschein ihres gewohnten Lebens aufrechtzuerhalten, sie vor sich selbst und den anderen zu schützen, vor den Nachbarn wahrscheinlich, den Cousins aus Umbrien diesen Sommer und an diesem Abend vor mir. Wir werden das morgen sehen, versprach er, aber lass sie in Ruhe, Tilou. Mit meiner Decke im Arm floh ich in mein Zimmer. Als die Tür zu war, verschwammen die funkelnden Sterne vor dem Fenster plötzlich unter Tränen. Tilou wäre ihm nicht heute Abend so spontan eingefallen, wenn es ihm nicht vertraut wäre, es war keine kürzliche, dem verwirrten Geist meiner Mutter verdankte Entdeckung, doch mir gegenüber hat keiner von beiden diesen Namen je benutzt, nur unter sich, wenn ich nicht da war, sagte ich mir, hängt sie noch daran oder nennt sie mich dann aus reiner Gewohnheit so? Ich war wütend wie über einen Missbrauch, außerstande, die lächerliche Traurigkeit über diesen Spitznamen zu unterbinden, der mir genauso verhasst war wie das Affentheater unserer Beziehung, unter dem Deckmantel ihres kaputten Gedächtnisses stülpte sie mir weiter dieses Tilou über, das einen ganzen Schwall Kindheit freisetzte, ich wehrte mich dagegen, aber in einem Spalt der Zeit war ich immer noch das kleine Mädchen, das zwischen den Gräbern auf dem Friedhof in Luçon spielte und zwischen denen in Le Mauduit die Spur seines Vaters suchte.

Der nächste Tag verging so schnell, dass ich mich kaum an die paar zähen Stunden vor meiner Abfahrt erinnnere, nur dass Filipo schon im Morgengrauen auf war und Zement mischte, um ein Mäuerchen im Garten zu reparieren, dass meine Mutter bis mittags im Morgenmantel blieb, mit Lockenwicklern auf dem Kopf und einer grünlichen Feuchtigkeitsmaske im Gesicht auf einem Liegestuhl in der Sonne lag und dass der Mistral die Bougainvilleen der Pergola über unseren Köpfen zerzauste, ohne uns zu stören. Als wäre es das Selbstverständlichste auf der Welt, erfüllte ich ihre Bitte, ihr die Nägel an Händen und Füßen zu machen, ohne dass mir klar war, ob meine Gefälligkeit sie freute oder ob sie mich für eine namenlose Maniküre hielt, die ihr durch ein Wunder, das ihr ganz natürlich vorkam, ins Haus geschneit war, sie sprach mich zuerst mit Madame an, aber ich sah genau, dass sie damit vorsichtig etwas testete, das ihr bei sich selbst verdächtig vorkam. Ich bin es, Tilou, sagte ich so nett ich konnte, um ebenfalls etwas zu testen, indem ich diese höchst gefährliche Angel auswarf, doch obwohl sie weder Überraschung noch Ärger zeigte, benutzte sie diesen Namen kein einziges Mal, wechselte nur vom Sie zum Du, was zeigte, dass sie sich aus reiner Höflichkeit der Situation anpasste, und begegnete mit unverfrorenem Blick – spöttischem, sagte ich mir böse – dem meinen: Sie weiß genau, wer ich bin, aber tut so, als wüsste sie es nicht. Im nächsten Augenblick hätte ich diese Unbekannte mit der Gurkenmaske, deren glasige Augen sich verloren auf ihr inneres Chaos gerichtet hatten, in höchster Verwirrung um Vergebung anflehen mögen. Ich blies auf den Nagellack und wäre am liebsten sofort weggelaufen; wir werden den Tisch draußen decken, posaunte Filipo, mitten im Winter kann man das bloß hier.

Nach dem Mittagessen drängte er sie zu einer Siesta, die offensichtlich zu ihren Gewohnheiten gehörte, also, wonach suchst du hier, fragte er, als er wiederkam, übergangslos. Ich hatte nicht vorgehabt, mit ihm über meine Kindheitsgeschichten zu reden. Angesichts seiner Nettigkeit steckte ich in der Zwickmühle, schützte eine zufällige Erinnerung vor, die mich nicht loslasse, und entschuldigte mich für meinen ungelegenen Besuch. Er unterbrach mich und erklärte, es tue ihm leid, mir nicht helfen zu können, er wisse nichts oder sehr wenig über das Leben meiner Mutter, bevor sie sich begegnet waren. Er hatte in ihrer Firma etwas repariert, sagte er, sie war eine schöne Frau, und er war Witwer und kinderlos, sie hätten sich gut verstanden. Über die Vergangenheit hätten sie kaum gesprochen. Was soll ich dir erzählen, dass sie mit deinem Vater nicht glücklich war? So was kommt vor, und man fängt was Neues an. Luçon sagte ihm nichts, er hatte nie davon gehört. Jedenfalls stammt Pupuce nicht von dort, wenn es das ist, was du wissen willst. Sie ist in der Gegend von Nizza geboren, das ist ganz woanders. Familie hat sie nur dort gehabt, deshalb war sie froh, wieder im Süden in der Sonne zu leben, sie hat nicht gezögert, als ihre Stelle nach Nîmes verlegt wurde. Wenn du in den Ferien in der Vendée warst, kam das eher von deinem Vater, du wirst mir doch nicht sagen, du weißt nicht mal, wo er herkommt. Doch, ich wusste, dass er in Tours geboren war, das hatte mir meine Mutter am Telefon gesagt, als ich für die Uni Formulare ausfüllen musste, in denen unter anderem nach den Eltern gefragt wurde. Auch ihren Geburtsort in einem Dorf in der Nähe von Nizza hatte ich irgendwo in ein Notizbuch geschrieben, vielleicht hatte ich diese Daten noch für einen Pass gebraucht; aber ich erinnere mich nicht, dass dafür ein Auszug aus dem Geburtsregister oder eine Originalurkunde gefordert wurde, mein Personalausweis genügte, und den hat meine Mutter in meinem Namen erhalten, weil ich minderjährig war, sagte ich zu Filipo, ich hatte wahrscheinlich noch nie eine Personenstandsurkunde meiner Eltern in den Händen. Wenn es das ist, was du brauchst, kein Problem, sagte er und ging das Familienbuch meiner Mutter holen, legte es auf den Gartentisch und ließ mich taktvoll mit dem Dokument allein, er müsse dringend eine Kamelie hochbinden, die der Wind umgelegt hatte, behauptete er.

Von dem absurden Gefühl einer verwerflichen Tat zurückgehalten, schlug ich das im Namen der französischen Republik ausgestellte und mit dem Pariser Stadtwappen geschmückte schmale graue Büchlein mit abgestoßenen Ecken und zweifelhaften Flecken auf dem Leinenumschlag nicht sofort auf. Es gehörte meiner Mutter, und ihr verwirrter Geist machte es noch schwerwiegender, wenn ich es mir ohne ihre Erlaubnis ansah. Dass Filipo es mir netterweise erlaubte, änderte nichts an meiner Scham, es zu tun, während sie schlief, als wäre sie im Wachzustand imstande gewesen, zuzustimmen oder mir zu verzeihen, dass ich es hinter ihrem Rücken getan hatte. Es war so demütigend, dass mich die Wut packte, auf sie und auf meinen Vater, dass sie mir gar nichts von ihrem gemeinsamen Leben erzählt hatten, sodass mir Informationen über so elementare Dinge wie ihren Personenstand wie der Bruch eines Geheimnisses vorkamen. Aus Gleichgültigkeit oder Nachlässigkeit hatten beide es nie für nötig gehalten, mir diese Informationen zu geben, in ihrer Hast sich zu trennen, einen Strich unter ihr früheres Leben zu ziehen, doch schnell wendete ich die Wut gegen mich selbst, es war mein Fehler, dass ich nicht schon früher eine Gelegenheit gefunden hatte zu fragen, nicht einmal das ganz natürliche Bedürfnis danach verspürt hatte. Sie hatten sie mir ja weder verheimlicht noch verweigert, hatten nur vergessen, sie weiterzugeben, und ich hatte mich nicht danach erkundigt, aus Solidarität mit ihnen geglaubt, sie gingen mich nichts an; aufgrund welcher Verfehlung oder Angst hatte ich es unterlassen zu verlangen, was mir zustand, als wäre es ein Verbrechen, sodass ich in diesem Moment unter der kalten Wintersonne, ins Kindesalter zurückversetzt, zögerte, unser Familienbuch aufzuschlagen. Doch ich erfuhr auf der lakonischen ersten Seite nichts Außergewöhnliches, nur ihre Heirat am 20. Dezember 1945 im Rathaus des 9. Arrondissements in Paris, er Vertreter, sie ohne Beruf. Zu diesem Zeitpunkt waren ihre jeweiligen Eltern tot; die meiner Mutter unter den Bomben, glaubte ich zu wissen, und es war ein bisschen spät, mir darüber Sicherheit zu verschaffen. Tatsächlich hatte ich keine Großeltern gehabt, in meiner Kindheit war nie von ihnen die Rede gewesen. Die beiden jungen Leute heirateten kurz nach der Befreiung und starteten mit wenig Geld und ohne Unterstützung allein ins Leben, wahrscheinlich deshalb schirmten sie sich in ihrer in der unsicheren Nachkriegszeit geschlossenen Ehe ab. Auf der folgenden Seite waren ihre Scheidung 1958 und der Tod meines Vaters 1965 verzeichnet, auf der gegenüberliegenden Seite meine Geburt als einziges Kind. Zwischen den letzten Seiten entdeckte ich ein zweimal gefaltetes Blatt mit dem Zertifikat des Kriegskreuzes, das posthum meinem 1918 verschollenen Großvater väterlicherseits verliehen worden war, was seinen Sohn zur Kriegswaise machte, wie ich vor dem Denkmal in Le Mauduit wegen seiner sarkastischen Bemerkung über die Glorifizierung der auf dem Feld der Ehre Gefallenen geahnt hatte; vielleicht wusste ich es auch schon und hatte es in jene Zonen der Amnesie verdrängt, die solche Kenntnisse bewahren, ohne dass wir es wissen. Doch mein Vater hatte den Beleg für diesen Tand zum Preis eines Lebens getreulich aufbewahrt. Vorsichtig löste ich ein durch den Druck des Büchleins fast daran festklebendes dünnes Bündel verblassten Durchschlagpapiers ab, ein Auszug aus dem Kriegswaisenregister von 1925 mit dem Namen meines Vaters. Gemäß dem Urteil eines Gerichts in Tours waren mit feiner Feder laufende Nummer, Name, Geschlecht, Geburtsdatum und -ort angegeben, und zuletzt: gesetzlicher Vertreter: keiner. Dann das mit roten Anstreichungen versehene Duplikat einer Auflistung der Orte, in denen mein Vater gelebt hatte, ein Jahr im Präventorium von Batz (Loire-Atlantique), dann sechs Monate bei Kaufleuten in Niort (Deux-Sèvres), dann bei Gemüsegärtnern und bis zur Volljährigkeit bei Monsieur und Madame Rodin, Lehrer in Luçon; mitunterzeichnet von den betroffenen Parteien, Stempel des ONAC. Also hatte er auch seine Mutter früh verloren und gehörte zu den unzähligen Waisen, deren Vormundschaft das Nationale Amt für Kriegsveteranen und -waisen übernahm, das sie in Familien unterbrachte, die dafür bezahlt wurden, sie großzuziehen, von einer Familie zur anderen geschubste Kinder, die mehr oder weniger gut, oft sehr schlecht behandelt, geschlagen und missbraucht wurden. Ein kurzes, anonymes Dokument in violetter Schreibmaschinenschrift empfahl, das Kind bei Betreuern unterzubringen, die imstande seien, seinen »widerspenstigen Charakter, mangelhafte Leistung und Neigung zur Frechheit« besser zu unterdrücken. Nur allzu oft verfassen Behörden solche lapidaren Verurteilungen, die das Elend des Kindes nur im Hinblick auf Unterdrückung betrachten. In der maßlosen Gleichgültigkeit einer ganzen Gesellschaft landeten viele dieser Minderjährigen in Besserungsanstalten, genauer gesagt Kinderzuchthäusern, wie Genet sie beschreibt. Mir drängte sich eine Gestalt auf, die ich besser kenne, die des kleinen Antoine Doinel, dessen Streiche ihn zum verfolgten Verbrecher machen, hinter dem nach und nach jede Tür zufällt. Obwohl es eine andere Epoche war, zeichnet Truffauts Film ein ganzes Stück der unbekannten Kindheit meines Vaters nach, und der Blick im letzten Bild, als das entflohene und am Meer angelangte Kind verzweifelt in die Leere des Kinosaals schaut, schien mir jetzt der Blick meines unbekannten Vaters, ich klappte das Familienbuch zu.

Ich wusste zwar, dass ich mit diesen kümmerlichen Dokumenten seinen Lebensweg rekonstruieren konnte, doch von maßlosem Widerwillen gepackt, verzichtete ich jetzt schon darauf. Ich hatte genug erfahren, und das auch noch alles auf einmal, um mir denken zu können, dass er die Lehrer in Luçon wohl in nicht so schlechter Erinnerung gehabt hatte, wenn er ihnen einen Sommer lang seine kleine Tochter anvertraute, vielleicht um das Paar ihrer Trauer zu entreißen oder die durch die Besatzung unterbrochene Beziehung zu ihnen wieder aufzunehmen; jedenfalls war ihm die Erinnerung an diese Zeit seines Lebens lieb, denn als er im Untergrund einen Decknamen brauchte, wählte er den Namen jener Stadt in der Vendée, der seine Identität als verlorenes Kind widerspiegelte. Als ich mich auf dem Bahnhofsvorplatz von Filipo verabschiedete, gab ich ihm den sehr verspäteten Rat, meine Mutter von einem Spezialisten untersuchen zu lassen, der vielleicht zu einer sichereren Diagnose käme, aber ich bereute es sofort: Die Krankheit heißt Leben, sagte er zum Abschied, legte mir freundschaftlich die Hand auf die Schulter und schob mich entschieden auf die Eingangshalle und die nächtlichen Gleise zu.

Als ich meine Mutter besuchte, war fast ein Jahr seit jenem Dezembertag vergangen, der mich früher als gedacht wieder zu Lottie führte: Marie-France hatte mich angerufen, sie wollte mich wissen lassen, dass die alte Dame sich schlecht von einem Sturz in ihrem Gemüsegarten erholte. Sie habe es nicht geschafft, sich allein hochzurappeln, und stundenlang dagelegen. Glücklicherweise habe die Bäuerin ihr die Milch schon an diesem Abend statt wie üblich am nächsten Morgen gebracht, sonst wäre sie die ganze Nacht in dem eisigen Regen in ihren Beeten liegen geblieben. Sagen Sie ihr nicht, dass ich Sie informiert habe, sie würde sich aufregen. Nichts Schlimmes, beruhigte mich Marie-France, nur Prellungen, bloß hat sie sich eine böse Bronchitis eingefangen und geht nicht mehr aus dem Haus. Ich weiß, dass Sie im März für Ihre Forschung wiederkommen, aber bis dahin ist's noch lang. In ihrem Alter weiß man nie, also wenn Sie in der Nähe sind – nächste Woche komme ich auf einen Sprung vorbei, versprach ich, von der Nachricht alarmiert. Da die Ferien am Jahresende bevorstanden, konnte ich nach meinem letzten Kurs einfach statt nach Paris bis zu den Ardennes weiterfahren; deshalb nahm ich nicht wie sonst den Zug, sondern das Auto zur Universität. Im Grunde kam mir die Gelegenheit, Lottie wiederzusehen, in meiner bedrückten Stimmung um diese Jahreszeit gut zupass. Der Gedanke an die Festivitäten ist mir so unangenehm wie vielen

Leuten, die allein sind oder die Euphorie bei diesen Anlässen unerträglich finden. Ich hatte vorgehabt, die vierzehn Tage in meiner Wohnung zu verbringen und mit der Überarbeitung meiner Dissertation voranzukommen, sie vielleicht sogar zu beenden; der kleine Umweg über Le Mauduit war eine Möglichkeit, vor diesem Fleißprogramm zu fliehen, und diesmal brach ich mein Prinzip und suchte in den Läden der kleinen Universitätsstadt nach Leckereien für Lottie. Obwohl ich über das strenge Klima auf der Hochebene von Langres zu dieser Jahreszeit Bescheid wusste, fuhr ich unvorsichtigerweise ohne Winterreifen und Schneeketten los. Im Tal fiel Regen, der sofort gefror, weiter oben wurden Graupel daraus, die den Asphalt übersäten und gegen meine Windschutzscheibe peitschten. Bei Einbruch der Dunkelheit auf den Straßen, in dieser kahlen, vom Winter geschwärzten, in finstere, eisige Nebel gehüllten Landschaft, die ich in der Lichtschneise meiner Scheinwerfer sah, verfluchte ich meine leichtsinnige Entscheidung. Zumal ich mich, da ich ja so tun sollte, als wüsste ich nichts von ihrem Missgeschick, nicht angekündigt hatte, auf die Gefahr hin, dass ich vor verschlossener Tür stand, weil Lottie inzwischen im Krankenhaus war. Als ich Le Mauduit erreichte, schneite es richtig, wirbelnd legten sich große weiße Laken über die kleine, kaum noch befahrbare Straße durch den Wald zum Gut hinab, seit mittags hatte sie offensichtlich niemand mehr benutzt. Mit Mühe schaffte ich es in die Zufahrt, unter einem Bogen toter Äste, die ihre Schneelast in ganzen Placken abwarfen, gerieten meine Räder ins Rutschen; schließlich fand ich die Stelle wieder, wo ich im Herbst geparkt hatte, ohne dass ich in der Dunkelheit irgendwas von Justins extravaganter Fassade sehen konnte. Nachdem ich durch den wadenhohen Schnee ums Haus gestapft war, sah ich erleichtert, dass in der Küche Licht brannte, und klopfte ans Fenster, bevor ich eintrat. Lottie im Lehnsessel reckte übertrieben den Hals, um zu sehen, wer zu dieser Stunde und bei diesem Wetter bei ihr einbrach, dann erkannte sie mich und lehnte sich entrüstet in ihre Kissen zurück: Die Herberge ist geschlossen, rief sie, kein Schlafen, kein Essen. Bei diesem Wetter werden Sie mich schon nicht rausschmeißen, ich hab Verpflegung mitgebracht, mein Kofferraum ist voll. Wie geht es Ihnen, Lottie? Machen Sie die Tür zu, bevor wir zu Eis werden. Sie hätten mich fast geärgert, herrje herrje, grummelte sie und verbarg schlecht ein Lächeln, das Balsam für meine Seele war, nachdem ich mit einem Blick die für Kranke typische Unordnung in der Küche gesehen hatte, dann fasste sie mich an den Händen, die sind ja tiefgekühlt, welcher Wind bringt Sie her? Winterwind, Winterwind trug mich her geschwind, sagte ich, Schneeballschlacht und Neues Jahr; und alles Gute, Omama, ergänzte sie. Sie, die nie Großmutter gewesen war, und ich, die ich keine gehabt hatte, konnten getrost über dieses Liedchen lachen. Sie stemmte sich unter Grimassen aus dem Sessel hoch: Wenn Sie irgendwo erwartet werden, haben Sie sich verrechnet, wir sitzen in der Falle, meine Hübsche. Wir kriegen Schnee bis über die Ohren, versprach sie, ich brauch keinen Wetterbericht, um das vorherzusagen.

Tatsächlich konnten wir zwei Tage lang nicht die Nase rausstrecken, wir waren auf dem Grund des Tals unter den stetig fallenden Watteflocken vergraben, die so dicht waren, dass wir aus dem Küchenfenster keine drei Meter weit sahen. Im ganzen Haus war es viel zu kalt, um im blauen Zimmer zu schlafen oder im feuchten und eisigen großen Salon. Ich stellte in der Küche ein Feldbett auf, das sie mich oben hatte holen lassen, das von Fernand, sagte sie. Das Segeltuch ist schimmlig, aber es hält noch, auch das Gestell aus Eisen, das war gutes Material im Feld, gelobt sei, was hart macht. In ihrem Schlafzimmer begnügte sie sich mit einer sehr spartanischen Spiritusheizung. So haben wir unsere letzten Tage verbracht, eingesperrt in dem einzigen Raum, wo das große Feuer im Kamin und die Wärme des holzbeheizten Küchenherds eine erträgliche Temperatur verbreiteten und meine Einkäufe Lotties frugalen Speiseplan und die bei diesem Schnee unmögliche Coop-Lieferung ersetzten. Ich hatte Foie gras und allerlei Eingemachtes, Trüffelwürstchen, kandierte Maronen, Sauerkirschen und Wein aus der Champagne und von der Mosel, zudem Médoc-Likör mitgebracht, wir werden die Belagerung durchhalten, sagte sie angesichts dieser Berge von Lebensmitteln lachend. In Wirklichkeit hatte sie kaum Appetit, fiel mir schon am ersten Abend auf. Auch dass bei der geringsten Anstrengung der Husten sie fast erstickte. Die ganze Chemie ist reine Scharlatanerie, schimpfte sie und deutete auf die Batterie von Medikamenten auf dem Buffet, der gute Doktor Maître-Grand ist nicht mehr da, um meine Bronchitis zu kurieren. Ich hab sie mir in der Zugluft geholt. Jetzt schickt der Bürgermeister mir alle zwei Tage eine Schwester vom Pflegedienst, morgen wird sie ganz bestimmt nicht hier runterkommen und mir um den Bart gehen. Ich zeigte nicht, dass ich von ihrem Sturz im Gemüsegarten gehört hatte, und sie legte keinen Wert darauf, ihn zu erwähnen. Doch dieser aus den tiefsten Bronchien kommende raue Husten erschreckte mich sehr, ich glaubte nicht, dass der Pflegedienst ausreichte, sie hätte zur Untersuchung ins Krankenhaus gemusst, aber angesichts ihrer Einstellung verbot es sich, auch nur die Möglichkeit anzudeuten, ich wusste, dass sie das Gut niemals verlassen würde. Es ist erschütternd, zum Verzweifeln, wenn man sieht, wie ein geliebter Mensch immer schwächer wird, wie Alter oder Krankheit seine Lebenskraft untergraben. Es ist ganz natürlich, sagte sie, dass wir uns verkörpern und früher oder später an krankem Magen, durch Aufprall auf eine Pflugschar, durch die bronzene Nymphe auf einem Tintenfass oder durch eine Embolie sterben, aber dieses heimtückische Früher oder später ist eine quälende Vorstellung. Doch diese Frau in ihrer hochmütigen Einsamkeit, mit ihrem unbeugsamen Stolz flößte kein Mitgefühl ein, sie verabscheute es, es würde sie kränken wie eine Beleidigung. Zwar streifte mich die Idee, sie mit Gewalt ins Krankenhaus zu bringen, solange noch Zeit war, und vielleicht hätte sie es sich an diesem äußersten Punkt ihres Lebens von mir als Einziger gefallen lassen, doch dass ich es unterließ, war sicher das Liebevollste, was ich für sie tun konnte und ihr schuldig war, sagte ich zu Abel, Liebe kann sich auch in Unterlassung ausdrücken.

An jenem Abend standen wir, unsere Gläser in der Hand, auf der Terrasse seines Wohnblocks mit den Kollegen zusammen, die das Gemeinschaftsleben auf dem Campus verlängerten und sich mit jener von den Amerikanern übernommenen, so angenehmen wie oberflächlichen Geselligkeit die Zeit vertrieben, indem sie sich gegenseitig auf einen Drink oder zu einem improvisierten, mehr oder weniger feuchtfröhlichen Abendessen einluden. Pearl hatte mich in ihren Kreis eingeführt, der ständig wuchs, mehrere Leute hatten mir schon Hilfe angeboten, *downtown* eine Wohnung zu finden, aber ich hatte es nicht eilig, schon wieder umzuziehen, und genoss lieber mein Apartment neben den Studentenwohnheimen, solange ich es nutzen durfte, allerdings brauchte ich viel Zeit, um in die Stadt zu kommen. Trotzdem wollte ich diese Einladungen nicht ausschlagen, durch die ich alle möglichen pittoresken Wohnungseinrichtungen und ihre pittoresken Bewohner kennenlernte, eine Menge Unbekannter, die ich später an der Universität wiedersah, ohne sie gleich einordnen zu können; um mögliche Fauxpas zu vermeiden, grüßte ich einfach jeden. Das zog mich, wie Pearl geplant hatte, binnen Kurzem und ganz im Gegensatz zu meinem sonstigen Einzelgängerdasein in ein kurzweiliges und ziemlich euphorisches gesellschaftliches Leben hinein. An einem der ersten Abende bei einem Kollegen im Harbour Center hatte ich Abel kennengelernt, der als Nachbar vorbeikam: Er wohnte im selben Block in der Nähe des Campus an der West Hastings Street und unterrichtete im Wechsel dort und in Burnaby. Da er zur französischsprachigen Minderheit gehörte, fiel mir die Unterhaltung mit ihm leichter als auf Englisch, das ich in der ersten Zeit noch nicht fließend sprach. Obwohl von dem kanadischen Akzent geprägt, an den mich meine Studenten der *French cultural studies* allmählich gewöhnten, klang sein Französisch in vielen sprachlichen Eigenheiten eher europäisch. Er habe lange in Belgien gelebt, erzählte er mir. Seine Frau stammte aus Brüssel, und seine beiden Töchter waren nach dem Tod ihrer Mutter dorthin zurückgekehrt, ein Infarkt, ergänzte er und legte den Zeigefinger auf sein Herz, eine emphatische Bewegung, die unangemessen komisch wirkte. Ich sehe meinen ersten Enkel nicht oft, ich bin nicht sehr begabt als Vater, als Großvater auch nicht, und du, hast du Kinder, fragte er mich. Ich hatte mich noch nicht daran gewöhnt, dass man sich hier in Nordamerika unbekümmert über private Dinge unterhielt und direkte Fragen stellte, Abels unvermittelte Frage drängte mich in die Defensive, ich zog mich zurück in mein Schneckenhaus. Er spürte wohl meine Verlegenheit, denn er war so taktvoll, das Thema zu wechseln, und zeigte sich im weiteren Gespräch so amüsant, dass ich meine Vorsicht vergaß. Seine provokante Art verbarg Ernst und eine Neugier – die eines späten Jugendlichen, wie ich fand –, mit der er hingebungsvoll und geduldig den Angebereien des erstbesten Schwätzers lauschte. Ein Spaßvogel, sagte Pearl, *a funny guy*. Da an solchen Abenden nur Vor- oder Spitznamen genannt wurden, blieb es auch bei uns dabei, und ich lernte ihn erst ein paar Tage später richtig kennen.

Als ich durch eine Abteilung der Naturwissenschaftlichen Fakultät lief, die ziemlich weit von meiner entfernt lag, kam er gerade aus einem Büro, sprach mich an und lud mich mit freimütiger Herzlichkeit zum Mittagessen in der Cafeteria ein. Betäubt vom Stimmengewirr der Studenten, die in der Mittagspause nach draußen eilten, starrte ich, während er seine Tür abschloss, auf das Namensschild neben dem Büro und las fassungslos, Tausende Kilometer von dem Ort entfernt, wo ich ihn so oft gehört hatte, den Namen Maître-Grand: Ist dir der Leibhaftige erschienen, fragte er belustigt. Meine Verwirrung wuchs, weil er zunächst annahm, die Namensgleichheit mit dem bekannten Pionier der indianischen Ethnologie habe mich eingeschüchtert, und als ich gekränkt protestierte, scherzte er: Da hab ich ja Glück, es kommt nicht oft vor, dass man mich für mich selbst hält. Der Name, den er trug, sei für ihn der übliche Klotz am Bein der Nachkommen von Berühmtheiten; sein Erbgut habe aus ihm nicht das Genie gemacht, dessen sein Vater sich rühmen konnte. Da dieser jedoch nicht mehr auf der Welt sei, um das zu bedauern, könne er ganz ungestraft seine bescheidene Laufbahn als Statistiker fortsetzen. Während wir uns einen Weg durch das Gedränge bahnten, versäumte ich es, immer noch aufgeregt, das Missverständnis zu klären, der Ort war wenig geeignet dafür. Ich weiß nicht mehr, wann, vielleicht in der Schlange vor der Selbstbedienung oder später, als wir vor unseren riesigen Salaten saßen, ich ihm schließlich gestand, dass ich vor allem aufgewühlt war, weil ich seinen Vater gut zu kennen glaubte, da ich unter Umständen und durch einen Menschen, den er sich nicht vorstellen könne, viel von dessen Kindheit in Frankreich gehört hatte. Jetzt hätte ich über seine Überraschung lachen können, aber ich war viel zu verblüfft, dem Sohn von Jacques Maître-Grand begegnet zu sein, ohne ihn gesucht zu haben, dass sich durch diesen Zufall unversehens der Faden, den Lotties Fortgang zerrissen hatte, wieder aufnehmen ließ und dass mich, nach der kürzlich beendeten Lektüre der Akte über Fernand den Afrikaner, die entschwundene Zeit der Ardennes in Gestalt seiner Person einholte, der vielleicht einzigen, die eine Fortsetzung liefern konnte. Um ein Haar hätten wir uns verpasst, spottete er, überrascht von meiner Aufregung, neugierig auf ihren Grund und erstaunt, dass eine Frau meiner Generation und meines Fachs sich für die Kindheit seines Alten interessierte. Wir blieben beide noch auf der Hut, aber von nun an war er nicht mehr nur der amüsante Gesprächspartner auf Universitätsabenden und ich die neue Kollegin, die gerade im Fachbereich *French studies* angekommen war, wir hielten beide ein Stück Geschichte in den Händen, das dem anderen zwar unbekannt, doch durch vergangene Ereignisse mit ihm verbunden und zugleich in unserem eigenen Leben verwurzelt war; wir hatten bereits entschieden, uns nicht mehr zu verlassen.

Abel hatte am Nachmittag keine Lehrveranstaltung, ich auch nicht, wir redeten vor den Resten unserer Salate in der Cafeteria, später auf den Wegen des Campus unter den Ahornbäumen, und endeten, als wir des Spazierengehens überdrüssig waren und der Abend hereinbrach, in der Bibliothek, wo er mir mit flapsiger Blasiertheit die vielen Werke von Jacques Maître-Grand zeigte, die der Wissenschaft zum Vorteil gereichten. So eilig wir uns jetzt einander öffnen wollten, schweifte unser Gespräch in diesen Stunden doch immer wieder ab, führten durch Assoziationen ausgelöste Schlenker zu längeren Exkursen; da wir nicht wussten, was sich da andeutete, tasteten wir uns vorsichtig voran, doch mir scheint, dass die Geschichte, die wir begannen, unsere Stimmen in Einklang brachte, wie Musiker ihre Instrumente vor dem Konzert auf den Kammerton stimmen; wichtiger als unsere Worte war die Aufmerksamkeit für eine Modulation der Stimme in einem Satz und für die Pausen, die jeder machte und die uns an den abweichenden Gedanken des anderen hängen und nach einem Blick, einem Ausdruck oder einer helfenden Geste suchen ließen. Ich erinnere mich an sein wandelbares Gesicht, die erstaunliche Jugend seiner Stirn unter dem grau melierten Bürstenschnitt, durch den er mit gespreizten Fingern fuhr, an seine Art, eine Braue hochzuziehen, während er mir zuhörte, an das Grübchen in seiner rechten Wange, das bei dem halben Lächeln erschien, mit dem sich Schüchterne verteidigen, alles in seiner Physiognomie, was ich bis dahin nicht bemerkt hatte, zeigte sich in der Nähe, denn obwohl unsere Einsamkeit unter den Bäumen es nicht erforderte, waren wir einander doch zum Berühren nah, als könnte unser Gespräch nur geflüstert werden. Es kam sicher nicht oft vor, dass er aus diesem Blickwinkel von seinem berühmten Vater hörte und zugeben musste, dass er ihn so wenig kannte, das hatte er wohl nie gegenüber einem Dritten getan, vermutete ich. Es schien ihm jedoch eine zwiespältige Befriedigung zu bereiten, so spät und so zufällig die Jugend eines Vaters zu entdecken, mit dem er sich nicht versöhnt hatte; oder es war die schalkhafte Befriedigung, unseren Austausch weit über die Zeit hinaus in die Länge zu ziehen, mich absichtlich zurückzuhalten, um zu sehen, wie weit mein Interesse ging, mit ihm zusammen zu sein. Ich erinnerte mich nur allzu gut an die Art, wie er an anderen Abenden höflich die Reden von Aufdringlichen ertragen hatte, und machte mir nichts vor, egal, sollte er sich doch über mich lustig machen. Ich war zu sehr darauf bedacht zu verstehen, was uns zur unerwarteten Rückkehr in eine Epoche führte, die weder der eine noch die andere erlebt hatte und die uns nur durch den Bericht inzwischen Verstorbener berührte; diese Abwesenden hätten uns nie zusammengeführt, sagte ich, es sei denn durch eine außergewöhnliche Laune des Zufalls. Unser Zusammenstoß ist durchaus nicht ungewöhnlich, behauptete er. Die kleine Universitätswelt bewegt sich in einem geschlossenen System an ihren bevorzugten Orten, da oder dort hättest du irgendwann einen von denen getroffen, die das *Kleine-Welt-Phänomen* statistisch verbindet: Über weniger als sechs Glieder sind wir alle durch kurze soziale Ketten verbunden, die nichts mit Zufall zu tun haben, du und ich mehr als alle anderen, sollte man meinen. Wenn du nicht an die Simon Fraser berufen worden wärst, hätte sich trotzdem früher oder später eine Gelegenheit ergeben, weil du an mich gedacht hast, ohne mich zu kennen, und ich dich erwartet habe, ohne von deiner Existenz zu wissen, scherzte er. Unsere Freundin Pearl, die sich am meisten für die Arbeiten meines Vaters interessiert, hätte dir bei einem Kolloquium in Sidney, an dem du in einem anderen Leben hättest teilnehmen müssen, von mir erzählen können, oder ich hätte endlich beschlossen, das verfallene Haus der Familie abzustoßen, das keine meiner Töchter erben will, und dich im

Rathaus von Le Mauduit getroffen, wer weiß? Als wir die Bibliothek verließen, hob sich das große Quadrat der Universität mit seinen hohen, erleuchteten Fensterflächen von der zunehmenden Dunkelheit des Campus ab, der Himmel wurde undurchsichtig, und vom Pazifik her ballten sich abenteuerliche Wolken zusammen, weiß wie ein nordischer Fjord, atemberaubenden Eisschollen gleich, wie wir sie am Ende des folgenden Sommers am Rande Alaskas in der Yukon-Provinz sahen, wohin uns die Spuren von François Ardenne führten, denen Jacques Maître-Grand in den Zwanzigerjahren gefolgt war. Diese Wolken hatte ich, daran erinnerte ich mich deutlich, am Abend meiner Ankunft bei Lottie gesehen, so unwahrscheinlich es auch wirkte, denn sie begleiteten jetzt den Oktoberabend in Vancouver, an dem ich Abel kennenlernte; mehr als die sechs Glieder bringen diese Wolken diejenigen zusammen, die sie anschauen. Ich hütete mich, diese Reflexion Abel mitzuteilen, er hätte sich schön über mich lustig gemacht.

In den folgenden Wochen häuften sich die Gelegenheiten zu Begegnungen. Die improvisierten Abendrunden in der Stadt hatten den Vorteil, dass die Begegnungen zufällig wirkten und unsere Beziehung wie Präliminarien eines riskanten Spiels erschien, bei denen die Partner einander beobachten, aber einem ernsthaften Schlagabtausch ausweichen. Wann immer wir aufeinandertrafen, ließen wir uns zwar von den anderen Gästen in belanglose Plaudereien verwickeln, doch am Ende sonderten wir uns ab, um den Faden unseres Gesprächs da wieder aufzunehmen, wo wir es unterbrochen hatten, und Stück für Stück an der ungewöhnlichen Verbindung zu weben, in die uns die unvollendete Geschichte der Ardennes stürzte. An einem der letzten Abende des Altweibersommers auf der Terrasse seines Wohnblocks, wo das grandiose Panorama von Vancouver die Bucht unter einem überseeischen Spätsommerhimmel ausbreitete und der Herbst gelbe und rote Inseln zwischen den mineralischen Vorsprüngen der Hochhäuser und den im Abendrot strahlenden Bergen entzündete, erzählte mir Abel von seiner Tante Marie.

Als alle weg waren, holte er zwischen den Büchern seiner Bibliothek etwas hervor, das, senkrecht zwischen den anderen stehend, wie der Rücken eines abgenutzten Werkes aussah. Tatsächlich war es eine flache Blechdose mit einer gemalten Szene auf dem rostigen und stellenweise zerkratzten Deckel, eins dieser kitschigen Bilder, mit denen Zuckerbäcker früher die Verpackung schmückten; hier ein Kinderpicknick unter einem Obstbaum im Garten. Das ist ein Vermächtnis, das mir meine Tante einige Zeit nach dem Tod ihres Bruders übergeben hat, sagte Abel und reichte mir die Biskuitdose, darin würde ich etwas finden, hat sie gesagt, was mir helfen könne, ihn, wenn ich ihn schon nicht liebte, wenigstens besser zu verstehen, oder was zumindest eine Episode seiner Jugend erhellen würde. Obwohl ich sein einziger Sohn war, der Einzige, den das etwas anging, ärgerte mich ihre Absicht, so gern ich meine Tante auch habe. Sie hat zwar kaum je etwas über ihre französische Jugend erzählt, aber der Schatten meiner beiden gefallenen Onkel stand zwischen ihr und meinem Vater, zumal er nie ein Wort über die Brüder verlor. Wie du inzwischen mitbekommen hast, verstanden er und ich uns gelinde gesagt nicht gut. Meine erste Regung war, mich dieser Reliquie zu entledigen, aber ich hatte irgendwie Skrupel und habe sie dann doch behalten, allerdings so lange vermieden, hineinzusehen, dass ich, als ich es Jahre später tat, nicht mehr wagte, mit ihr über meine Gefühle zu sprechen oder ihr zu schreiben. Vielleicht hat sie inzwischen vergessen, dass sie mir diese Briefe gegeben hat, oder sie hat vermutet, dass sie mich nicht interessierten. Oder sie hat gedacht, irgendwann würde jemand nach Vancouver kommen, um sie mit mir zu öffnen. Willst du sie lesen? Oder ist es dir zu spät für diese Art *performance*, persiflierte er sich selbst, dann bringe ich dich sofort mit dem Auto zur Fraser zurück. Ich hörte sein spöttisches Angebot kaum, meine Kehle war plötzlich wie zugeschnürt, weil ich diese Dose in den Händen hielt, die, wie ich wusste, von Lottie kam, als reichte sie sie mir eigenhändig über den Tod hinweg. Ich wusste, dass Jacques' Briefe bei ihr gelandet waren, wähnte sie aber für immer verloren, und nun konnte ich sie plötzlich lesen, bloß weil sie sich eines fernen Tags in diesem Jahrhundert diese Dose für ihre Aufbewahrung ausgesucht hatte, gerade diese unter all den anderen Schachteln für Hüte, Schuhe, Konfekt oder Nähzeug, die ein Haus zur Aufbewahrung seines Treibguts beherbergt, jene Überbleibsel, sagte sie, die die Toten in der scheinbaren Unordnung einer Flucht hinterlassen, aber so mächtig die Zeit bei der Tilgung unserer Spuren auch sein mag, erinnern uns doch ihre vor Abnutzung und Patina verblassten Zeichen ständig an sie. So sei dieser Blechdeckel mit den verblassten, rostzerfressenen Farben, der einen Sommergarten darstellt, durch den Kinder rennen, mit einem Baum voller Früchte, der einem vom Wind bewegten Tischtuch Schatten spendet, für mich ein ins Ohr geflüsterter Gruß von Lottie, der an den schrecklichen Sturz des Schreibers dieser Briefe erinnere, sagte ich zu Abel; diese Szene ist mir erzählt worden, aber es ist, als wäre es gestern gewesen und als wäre es eine persönliche Erinnerung. So verbrachte ich, während er im Wohnzimmer die Spuren des Abends beseitigte und später auf dem Sofa einschlief, einen Teil der Nacht damit, die letzte Flasche Sancerre zu leeren und die Briefe zu lesen, die sein Vater an Anaïs Ardenne geschrieben hatte. Liebe kann sich auch in Unterlassung ausdrücken, denn die über mehrere Jahre hinweg geschriebenen Briefe sprachen nie davon. Jacques Maître-Grand schrieb der jungen Frau den Roman ihres verschwundenen Vaters, als setzte er das Märchen fort, mit dem Lottie sie als kleines Mädchen geködert hatte. Diese Fiktion, spottete Abel, ist die schönste Liebeserklärung, die er ihr machen konnte, oder aber das grausamste Mittel, sie für die ihm verweigerte Liebe zu bestrafen.

In der Nacht, als ich Jacques' Briefe las, hatte ich das traumartige Gefühl, das Schneetreiben der Zeit zu durchqueren, in eine Verdichtung der Geschichte geschleudert zu sein, die nach und nach, durch Lichthöfe und Aufhellungen, Ereignisse und Gegenstände aus der Tiefe der Vergangenheit befreite und heraufbeschwor, und Lotties Bericht an jenem letzten Herbstmorgen fiel mir wieder ein, als sie von ihrem Marsch durch den Wald zurückkam, wo sie Beeren und Pilze gesammelt hatte, und mich beinahe hinauswarf, um den Abschiedsschmerz zu verkürzen. Manchmal erspart man sich einen Schmerz, indem man sich einen anderen seiner Wahl zufügt, und so schnell wir uns auch versöhnten, verlieh die durch meine bevorstehende Abreise geprägte Zeit, die wir noch miteinander verbrachten, ihrem Bericht den Ton jener hastigen Epiloge, die eine Geschichte niemals abschließen. Der Krieg, sagte sie, der Krieg hat alles beschleunigt, die Kriegserklärung mitten in der Erntezeit, in Le Mauduit wie überall läuteten den ganzen Nachmittag die Sturmglocken. Gentil, obwohl steif vor Arthritis, war ins Dorf geeilt und berichtete uns von dem Chaos vor dem Rathaus, von den vor Entsetzen gelähmten Menschen auf dem Kirchenvorplatz und im Café Gilain, von Streitereien mit den von ihrem Geltungsdrang berauschten Kriegslüsternen; sie haben ihre Illusionen bald verloren. Nach dieser ersten Zeit, in der plötzlich die Männer und die für die Armee beschlagnahmten Pferde aus dem Dorf verschwanden, schien sich das Leben nicht groß zu ändern, das schreckliche Getöse an der Front gelangte nicht bis zu uns. Wenn ich daran denke, war es schon seltsam, diese Sommerstille, in der die Stoppeln glühen, die Früchte reifen und die Kühe weiden, ohne dass sich der Himmel auftut. Anaïs las den Tanten die Artikel aus den Zeitungen vor, die wir noch erhielten, leierte mit ihrer Flötenstimme die Lügen der Offiziere und der Journalisten in *L'Illustration* herunter. Erst im Oktober kamen die ersten düsteren Meldungen. Einer war verletzt, ein anderer gefangen genommen, vermisst oder tot: Bis zum Jahresende waren fünf von denen gefallen, die gemeinsam hier aufgebrochen waren. Wir hatten niemanden, um dessen Leben wir fürchten mussten, aber die älteren Söhne des Doktors waren alt genug, um bald eingezogen zu werden, wenn der Krieg dauern sollte, und er dauerte, trotz der Siegesmeldungen jeden Morgen. Madame Maître-Grand kam mit Marie zu den Ardennes, um Trost zu suchen, was haben Sie für ein Glück, dass Ihr Sohn weit weg ist, sagte sie zu Vitalie, sonst wäre er zwangsweise in diese schrecklichen Kämpfe geschickt worden. Das Hospital von Dijon ist voll von Amputierten, Hector wurde verpflichtet, dort im Zwei-Wochen-Rhythmus dem Mangel an Chirurgen abzuhelfen. Keiner von uns betonte, dass wenigstens Jacques nicht gehen würde, als wäre es ungehörig, sich über die Behinderung zu freuen, die ihn davon befreite, während so viele andere Gesunde in das Gemetzel geschickt wurden. Im Herbst darauf, 1915, begann er sein Studium in Paris, das ihn von Le Mauduit entfernte; das war das schlimmste Unglück, das die Ardennes inmitten der allgemeinen Verzweiflung traf.

An dem Tag, als er es ankündigte, herrschte eine Gluthitze. Gewaltige, lautlose Blitze durchzogen das bleierne Violett des wolkenverhangenen Himmels, aus der Erde schien flüssiges Licht zu quellen, so intensiv, dass alles in unwirkliches Schwefelgelb getaucht war. Gentil räumte eilig die Gartenstühle weg, ich war dabei, die Fensterläden festzumachen, als das erste Grollen zu vernehmen war. Anaïs und Jacques waren unter dem Feigenbaum geblieben und saßen auf dem Brunnenrand, er redete sanft auf sie ein und hielt ihre kindlichen Hände. Aus dem Küchenfenster sah ich, dass sie plötzlich aufstand und flehend vor ihm auf die Knie fiel, und als er sie bei den Schultern fasste, um sie hochzuziehen, und sie wohl zur Vernunft zu bringen suchte, stürzte sie sich auf ihn wie eine Bestie. So klein sie auch war mit ihren elf Jahren, schwankte er unter ihren Schlägen. Jacques war damals bereits ein junger Mann, gebildet und doppelt so alt wie sie, doch er unterhielt sich mit ihr über sein Studium, die Gesellschaft und ernste Dinge, als wäre sie in seinem Alter, behandelte sie als Vertraute, war in einer Zuneigung mit ihr verbunden, die alle für brüderlich hielten. Niemand außer mir hatte gesehen, welche Leidenschaft er schürte oder sie von ihm verlangte, an die er sie zum Spaß oder aufgrund eines Pakts zwischen ihnen glauben ließ. An diesem Tag zeigte sich, wie unvernünftig das war. Im nächsten Augenblick lief sie davon. Während wir alle durch den Garten rannten, im Obstgarten suchten, ihren Namen riefen, ließ der Tornado aus brennender Luft unsere Röcke wehen, elektrisierte unsere Haare, riss die Blätter in Büscheln von den Bäumen, dann brach das Gewitter los. Ein so gewaltiger Regenguss, dass wir uns nach drinnen flüchten mussten, nur Jacques suchte weiter nach ihr, wer weiß wo, unter dem Lärm des Donners und den Blitzen. Sie müssen wissen, dass wir inzwischen bei der dritten Köchin seit Delphines Tod angekommen waren, diese hieß Ada, sie begriff nichts von der Flucht des Kindes, sah uns am Fenster kleben wie Fliegen, die Tanten, Vitalie und mich, Gentil machte uns von der Schwelle des Stalls mit den Armen verzweifelt Zeichen. Überall spritzte das niedergehende Wasser so dicht auf den Kies, dass es uns die Sicht nahm. Bestimmt fünf Minuten lang wütete ein Orkan, stark genug, um uns aus der Welt zu schleudern. Dann ließ der Einschlag des Blitzes uns alle erstarren. Der unglaubliche Knall erklärte uns persönlich den Krieg. Viel stärker als der in der Ferne erschütterte dieser das Haus und seine Bewohner bis in die Grundfesten: Beim ersten Frost schmolz Séverine am Durchfall innerhalb von drei Tagen dahin, nur noch die vertrocknete Hülle blieb von ihr übrig. Dann hatte Vitalie ihren Schlaganfall, der sie weder umbrachte noch ihr den Verstand raubte, wie sie befürchtet hatte, sie jedoch verstummen ließ und von Kopf bis Fuß lähmte; ihre Tante Victoire schließlich verlor das bisschen Verstand, das ihr noch geblieben war. Seither habe ich das Gut geführt. Ich war dreiundzwanzig, alles ruhte auf meinen Schultern. Aber um Ihnen von jenem Tag zu Ende zu erzählen: Wir warteten unter tausend Ängsten eine Ewigkeit, dass sich das Gewitter verzog, das immer wieder umkehrte und sich erneut auf das Tal stürzte, dann sahen wir unter den Strömen dieser Sintflut Jacques angehumpelt kommen, der Unglückliche hatte seinen Stock verloren und stützte sich auf Anaïs, beide waren patschnass, als kämen sie geradewegs aus der Flane, sage ich Ihnen, und sie, triefend und triumphierend, trug ihn fast auf ihrer Schulter. Draußen war alles verwüstet. Viele umgestürzte Bäume, ein Teppich aus abgerissenen Ästen, abgedeckte Dächer, auch der Glockenturm war beschädigt, die Trostlosigkeit aufgeweichter Erde, verlorener Ernten, die Flane war angestiegen und hatte sogar den Gemüsegarten überschwemmt. Später haben wir erfahren, dass er sie sofort gefunden hatte, weil er ahnte, wo sie sich versteckte: im Schilf, bereit, sich in den Fluss zu werfen, können Sie sich das vorstellen? Die Schelmin ließ lachend die Zähne blitzen, aber ihr trotziger Blick strafte sie Lügen. Jacques jedenfalls glaubte ihr oder tat so und erklärte ihr, da sie ihm den äußersten Beweis ihrer Liebe gegeben habe, könne sie ihn nun gehen lassen. Diesem Argument musste sie sich beugen und ihren Schmerz geduldig ertragen. Seitdem lauerte sie jeden Morgen am Ende der Ulmenallee auf den Briefträger, sie spielte die Gleichgültige, aber ich glaube, dass sie seither über ihrem verletzten Stolz brütete.

Während der folgenden Jahre schickte er ihr aus Paris zuverlässig Bücher, Tand und Schnickschnack mit zärtlichen Briefen, und wenn er zurückkam, hatte er nichts Eiligeres zu tun, als ihr seine Aufwartung zu machen, und wer hätte daran Anstoß genommen? Jeder, sogar die auf Patriotismus dressierten Schulkinder, hatte nur den Krieg im Kopf, in dem zuerst Pierre, dann Alain starb wie so viele aus dem Dorf, siebenundzwanzig stehen auf dem Denkmal. Ohne diejenigen mitzuzählen, die nie heimgekehrt sind, *vermisst*, sagte man den Familien, die endlos auf sie warteten, auch nach dem Waffenstillstand noch, und diejenigen, die mit vom Gas verbrannten Lungen, unheilbaren Wunden oder amputierten Gliedern, wie der Sohn der Quenottes, ständig weiterstarben. Da sehen Sie, in welcher Schlächterei Anaïs aufgewachsen ist, doch das steigerte ihre Lebensfreude. Aus der Verpuppung des Krieges ging sie süchtig nach Schönheit hervor, das Grauen war über sie hinweggegangen und hatte ihre Häutung vollendet. Vom Temperament her neigte sie weder zum Lernen noch zur Disziplin, die Schule langweilte sie, dort lachte man nicht genug. Sie verließ sie nach dem Abschluss der Grundschule, obwohl der Doktor darauf drängte, sie wie Marie in Dijon für die Oberschule anzumelden, doch wenn wir ihr überhaupt je etwas zu sagen gehabt hatten, jetzt nicht mehr. Schon lange entschied sie alles, wie es ihr passte, und wer von uns sollte sie auch drängen, weiter zu lernen? Die ungebildeten alten Schachteln hatten andere Pläne für ihre Zukunft, und ich war ein Bauernkind, den Kopf voll mit einer ungeordneten Bibliothek, die ich in ihren stopfte; abgesehen von den Grundkenntnissen aus der Schule hatte sie nur die Bildung aus unseren Büchern. Wenn die kleine Marie zu den Ardennes kam, trug sie zwar Schwarz aus Trauer um ihre beiden Brüder, zeigte aber nichts von ihrem Kummer und stellte sich auf ihre Freundin ein, die so ansteckend war mit ihrer Fröhlichkeit, ihren Küsschen und Zärtlichkeiten; dieses Ungeheuer unterwarf uns mit einer verschwenderischen Fülle von höllischem Glück. Man musste nur sehen, wie sie ihre Großmutter verwöhnte, die im Wohnzimmer lag – wo wir aus Bequemlichkeit ihr Bett aufgestellt hatten –, wie sie ihr mit dem Fläschchen ihre Brühe zu trinken gab, sie anlächelte, als wenn nichts wäre, sie liebkoste und ihr alberne Liedchen vorsang, während Vitalie, deren ganzer Körper schlaff war wie ein Sack Mehl, nur mit ihren eisblauen Augen rollen konnte, wild von rechts nach links, und Blicke schleuderte, die einem den Atem nahmen. Ich wusste genau, warum sie sie rollte, geknebelt wie sie war, eingemauert in ihrem Zorn, niedergeschmettert, dass ihr Erbe ihr entging, dass ihre Intrige scheiterte, wütend, dass ihre gespaltene Zunge nur Blasen statt Befehle hervorbrachte: Wir befanden uns im Schicksalsjahr des fünfzehnten Geburtstags.

Als Jacques 1919 von seinem Aufenthalt in Chicago – sein Studium hatte ihn zur Erforschung der Sprachen und Gebräuche von Völkern geführt – in das abgeschiedene Reich der Ardennes zurückkehrte, sah er, welche Rose während seiner Abwesenheit in unserem Garten gewachsen war. Er nutzte jede Gelegenheit, um nach Le Mauduit zu kommen und seine untröstlichen Eltern zu trösten. Tatsächlich zog es ihn zu Anaïs. Hatte er sich an jenem Gewitterabend der Elfjährigen versprochen, hatte sie ihm seinen Schwur entrissen, oder fand er keine andere zum Lieben? Oder hoffte er, bei ihr Vergebung dafür zu finden, dass er seine Brüder überlebt hatte? Sie trafen sich unterhalb des Steilhangs am Kreuz, und wir verschlossen die Augen. Glauben Sie etwa, dass ich ihnen hinterherlief und die Anstandsdame spielte, wo Ada und ich zwei hinfällige Greisinnen und all die Sorgen um die Verwaltung des Gutes am Hals hatten? Als Gentil mithilfe des Doktors im Altenheim und die Stute schon lange im Schlachthof war, stellte ich einen Gehilfen aus Le Mauduit ein, aber es blieb noch mehr als genug Arbeit für uns: im Haus, im Gemüse- und im Obstgarten und für mich die Abrechnung. Durch Vermittlung des Doktors war mir die Verwaltung übertragen worden, da ich nun volljährig war, zweimal im Jahr kam ein Gemeindebeamter und führte meine Bücher. Auf den Sou genau habe ich mit Kapital und Zinsen von Justins Vermögen, Fernands Militärrente für seine Witwe und den Ersparnissen der Tanten gehaushaltet. Alles Geld dieser Leute, mit denen mich nichts verband, ging durch meine Hände. In dieser Zeit brachte Anaïs, aller Zügel ledig, ihre Romanze mit Hochdruck voran. Mit einer Unverfrorenheit, einem Stolz! Fast so, als wäre die Welt zu klein für sie. Wie kommt es, dass die Männer verrückt sind nach solchen Geschöpfen? Ein oder zwei Mal kam sie bei Einbruch der Dunkelheit nicht zurück, voller Sorge ging ich ihr entgegen und fand die beiden unter dem nachdenklichen Blick des Christus am Kreuz, der ernstlich zu rosten begann, in Umarmungen, die zum Erröten waren. Jacques, trotz seines Hinkens von männlicher Verführungskraft und umgeben von der Aura seiner gelehrten Studien, und sie, ein fünfzehnjähriges Lämmchen, zur Frau gewandelt mit gerundetem Busen, dem hübsch gewölbten Hintern eines Rehkitzes und den Schenkeln einer Gazelle, na prima!, dachte ich, verheiraten wir sie. Das ist der Lauf der Dinge. Er wird sie uns rauben, sie werden sich in der weiten Welt tummeln, in die schon Justin und Fernand gezogen sind, auch François, da verdüsterten sich meine Gedanken. Irgendwann dieser Tage öffne ich den Umschlag und sehe nach, was drinsteht. Dann wieder befahl ich mir: Erzähl ihr von ihrem Rambert-Erbe, sie soll wissen, dass sie hier keine Mitgift hat. Aber ich hatte mir beim Kopf meiner Mutter geschworen, dass ich es nicht tun würde. Dann wieder fiel mir ein, dass uns das Schicksal hübsch in Ruhe ließ, dass es seine Blicke auf andere warf oder zu erschöpft war, weil es mit Kanonen und Mörsern gespielt und die Massengräber des Kriegs mit menschlichem Fleisch gefüllt hatte, bis die Familien Blut weinten. Im Dorf traf man nur Krüppel, Einbeinige und Einarmige. Es hat alles, was es sich wünscht, reizen wir es nicht, lassen wir es schlafen. Von Seiten Vitalies, die es mir lebendig mumifiziert und geknebelt hatte, hatte ich meinen Frieden, sie konnte mich noch so viel mit ihren Gespensteraugen durchbohren. Scher dich zum Teufel, sagte ich ihr mit einem Lächeln, während ich sie auf ihrem Nachtstuhl festband. Bei Victoire hingegen hätte ich mich vorsehen sollen. Ihr Verstand drehte durch. Sie wähnte sich noch in den Zeiten, da wir Fernand in Bouvier-les-Eaux besuchten, hielt ihm Vorträge über François, er müsse diese Kanaille, dieses Dreckstück zur Räson bringen, Rosenkränze von Beschimpfungen. Die Kraftausdrücke kamen wie selbstverständlich aus ihrem Mund, ich schalt sie, sich vor Anaïs zusammenzunehmen. Séverine fehlte ihr entsetzlich. Wenn sie mit ihr sprach, brauchte ich meinen ganzen Verstand, mich nicht umzudrehen, um ein Haar hätte ich sie auf der Schwelle stehen oder unter dem Feigenbaum Däumchen drehen sehen. Ich erfuhr erst später, viel zu spät, dass Victoire ihrem angeheirateten Neffen, dem Ingenieur Rizzoli, einen Brief geschrieben hatte, dessen Tenor so absurd war, dass er seinen Sohn zu uns schickte.

Zu dieser Zeit nahmen die Vertrauten, die uns besuchen kamen, die Abkürzung den Steilhang hinab und durch die Ulmenallee, nur beim ungewöhnlichen Anlass eines Besuches durch den Vordereingang ließen wir das Tor an der Straße geöffnet. Der Sohn Rizzoli fand also das Gitter verschlossen, als er auf seinem Motorrad ankam. Stellen Sie sich vor: eine Blériot B20 Tourisme. Ich hatte genug Zeit, das Chrom und die Marke zu bewundern, all die Jahre, die es im Stall in der Box unserer alten Stute auf seinem Ständer verrostet ist. Ohne lange zu überlegen, hat er sein Motorrad in den Graben gelegt und ist trotz des Schildes *Zutritt verboten* über die Mauer gesprungen. Ada und ich waren dabei, Minzeblätter abzuzupfen und auf Tüchern im Gras zum Trocknen auszubreiten, als neben dem Haus eine von Straßenstaub bedeckte Gestalt in gefütterter Lederjacke auftauchte, mit Wachstuchstulpen und Mütze in Schottenmuster, auf der eine Brille mit riesigen Gläsern saß. Wir hatten uns noch nicht von der Überraschung erholt, als er schon die Handschuhe auszog und mit ausgestreckter Hand näherkam: Wohnt hier Madame Victoire Rambert? Mein Vater schickt mich zu ihr: Ich bin Edmond Rizzoli, ihr Großneffe. Sein Händedruck wirkte auf mich wie ein elektrischer Schlag. Erst mal einstecken, reklamiert wird später, sagte ich mir, denn das war tatsächlich der Junge von dem Zeitungsfoto, nur doppelt so groß, als er da mit gespreizten Beinen wie ein Eigentümer zwischen unserer Ernte für den Wintertee stand, der mit seinem pfeffrigen Geruch zum Niesen reizte. Sie wohnt hier, sagte ich, was wollen Sie von ihr? Mit zusammengekniffenen Augen musterte er die Umgebung, das Blumenbeet in unserem Garten, unseren Brunnen, unsere Fassade, die Weide unserer Kühe und den Glockenturm, der weit oben zwischen den Bäumen hervorlugte, und während er rundum blickte und sich mit einem Minzeblatt die Nase kitzelte, sagte er mit halbherzigem Lächeln: Erklärungen. Für die schien er sich allerdings kein Quäntchen zu interessieren, bezaubert von der Stille und der Ruhe unseres Stückchens Land, nachdem er sechs Stunden lang ohne Halt Staub gefressen habe, sagte er, mir hingegen war seine Ankunft hier durchaus nicht egal. Ich hatte nichts getan, um das Schicksal zu reizen, alles lief ganz ruhig, wir glitten durch die fünfzehn Jahre wie Mäusespeck durch die Kehle; es geht um eine Nachricht, die sie meinem Vater geschickt hat, sagte er. Zweiter Stromschlag mitten ins Herz. Er ist sehr beschäftigt. Wenn du nach Chaumont fährst, mach den Umweg, hat er mich gebeten, tu mir den kleinen Gefallen. Ich komme also nicht auf eigenen Wunsch, entschuldigen Sie die unangekündigte Störung, ich würde gern schnell weiterfahren, wo ist Victoire? Sie macht ihren Mittagsschlaf, wir möchten sie nicht gern wecken. Mit Verlaub, Madame, wer sind Sie? Wir sind Lottie, die Verwalterin, das ist Ada, die Magd. Ich fügte zu seiner Orientierung hinzu: Soviel ich weiß, ist Ihre Tante Vitalie nicht über diese *Nachricht* informiert. In ihrem Zustand ersparen wir ihr alle Unannehmlichkeiten. Meine Tante, sagen Sie? Die Schwester Ihrer Mutter, wenn ich mich nicht irre. Diese Person lebt also ebenfalls hier, erkundigte er sich und rieb sich diesmal gleich eine ganze Handvoll Minze unter die Nase. Das Gut gehört ihr, Ihre Großtante Victoire ist ihr Gast. Das ist sehr misslich, wissen Sie, sagte er. Sollte ich wissen, dass es das ist, fragte ich mich. Ich seufzte, um mir den Anschein zu geben, aber ich stand wie auf Kohlen, weil Ada uns zuhörte. Da sie nicht mehr als bei allem anderen verstand, worum es ging, war das kein Problem, beschloss ich. Ich schickte sie nachsehen, ob Vitalie sie brauche, und ganz vorsichtig die Tante vorzubereiten: Erschreck sie nicht, sag ihr, dass man nach ihr fragt.

Dann blieb ich allein mit diesem Menschen, der, nachdem er seine Fliegerkluft abgelegt hatte, seine natürliche Gestalt offenbarte, athletisch schlank und muskulös unter seinem Pullover, in Schottenmuster wie die Socken, mit gelblich gebräunter Haut, die ihn wie einen Asiaten aussehen ließ, ebenso wie seine von der Reflexion des Tageslichts geblendeten oder noch von der Fahrt auf seiner Maschine ständig zusammengekniffenen Augen; eine lange Locke fiel ihm in die Stirn, als er sich auf den Brunnenrand stützte und darüberbeugte, als erwartete er aus der Tiefe eine Antwort. Er war sehr gepflegt, perfekt rasiert, hatte jedoch irgendetwas Gehemmtes, eine leichte Verlegenheit, Herablassung oder Überdruss. Kein Wunder, dachte ich, sein Vater schickt ihn an seiner Stelle; das ist ein ganz Mutiger. Dieser junge Mann hat sicher irgendwas in der Hinterhand, was ich nicht weiß. Ich verfluchte die Tante, dass sie hinter meinem Rücken gehandelt hatte. Wen hat sie den Brief einstecken lassen, wo sie doch nicht mehr ins Dorf geht? Unser Gehilfe ist ihr Briefträger, das wird er mir büßen, schwor ich mir. Trotz allem schnürte mir die Angst die Kehle zu, ich sah meine mühsam aufgestellten Schachfiguren über den Haufen geworfen. Jahrelang baut man etwas auf, und dann kommt plötzlich ein chinesischer Motorradfahrer und Minzeliebhaber angesaust. Ich weiß nicht, was Madame Victoire geschrieben hat, wagte ich mich vor, aber da sie ein wenig den Verstand verliert, fürchte ich, dass ihr alles durcheinandergeraten ist. Vielleicht kann daher ich Ihnen die Erklärungen geben, um die Ihr Vater bittet, säuselte ich mit ausdrucksloser Stimme. Wenn er ihnen solche Bedeutung beimisst, warum kommt er nicht selbst, statt sich um seine Geschäfte zu kümmern? Ich hätte mir fast die Zunge abgebissen wegen meiner Unverschämtheit, vielleicht hatte ich die falsche Karte ausgespielt und das Spiel wegen eines Worts zu viel verloren, aber er meinte schulterzuckend: Das finde ich auch. Von seiner Schwägerin Vitalie hat mir mein Vater gerade erst erzählt, können Sie sich das vorstellen? Er scheint nicht zu wissen, dass sie hier mit der alten Tante lebt, die ich vielleicht zwei oder drei Mal gesehen habe, diese Geschichten gehen mir auf die Nerven. Wissen Sie, ich muss unbedingt heute Abend in Chaumont sein: Grüßen Sie sie von mir. Aber bevor ich losfahre, würde ich gern etwas frisches Wasser aus diesem Brunnen trinken, sagte er und griff schon nach dem Pumpschwengel, da schoss Anaïs wie eine Kanonenkugel heran.

Sie kam die Allee entlanggerannt, mit nackten Beinen unter ihren fliegenden Röcken. Dazu müssen Sie wissen, dass man die Kleider in jenem Jahr kurz und mit tiefer Taille trug, Mademoiselle Sorbet ließ sich Pariser Schnittmuster kommen und fügte Abnäher und Bänder nach eigenem Geschmack hinzu. Keuchend, mit glühenden Wangen, funkelnden Augen, lachendem Mund hätte man sie am liebsten mit Haut und Haar verschlungen, mit beiden Armen in der Erregung ihres Laufs festgehalten und sich an ihrem Körper berauscht wie an einem starken Schnaps. Ihre Erscheinung traf ihn wie ein Schlag. Sie haben der Landschaft noch gefehlt, sagte er galant, und ich sah, dass er ihren Glutaugen, ihren Nymphenbrüstchen und ihrem Minzeduft bereits verfallen war, auch sie hatte nichts Eiligeres zu tun, als sich das Mäulchen mit den Blättern vollzustopfen, während sie ihn unter ihrem Pony hervor ansah, denn Sie müssen auch noch wissen, dass sie sich die Haare selbst abgeschnitten hatte, um die Varieté-Künstlerinnen aus den Zeitschriften nachzuahmen. Vielleicht auch aus Trotz oder um Jacques aufzuheitern, aber ihr Haar war dicht und widerspenstig, deshalb bauschte sich ihre Frisur und entblößte ihre vom Rennen purpurroten Ohrläppchen, so leuchtend und einladend wie Kirschen. Empört ließ ich die beiden dort stehen. Zumindest gab ich mich empört. Ich muss zugeben, ich hatte das Geheimnis all die Jahre hindurch oft genug hin- und hergewendet, weshalb ich jetzt innerhalb einer Sekunde meine Figuren alle neu verteilte, doch nun auf großer Fläche. Das war nicht mehr die Zeit von Pferdegespannen und geschnürten Korsetts, als gekränkte Püppchen noch in Wallungen gerieten, es war die Zeit von Flugzeugen, U-Booten und Telefonen, von Aufzügen und Kinos, deshalb war das Komplott des teuflischen Trios ziemlich altmodisch: Ich habe mich für diesen Chinesen entschieden, den uns das Schicksal auf einem Motorrad schickte. Nicht weil ich vernünftig kalkulierte: Ich war einfach geblendet von dem, was ich gerade gesehen hatte. Dieses Gespenst aus der Zukunft war mir noch nicht erschienen, ich hatte es nicht beschworen, und nun reichte es Anaïs frisches Wasser. Sie trank ihm schon aus den Händen! Jetzt musste sie sich nicht mehr auf eine falsche Vaterschaftserklärung berufen, die sie zur Anspruchsberechtigten eines Industrievermögens machte, das angeblich einer angeblich verführten und im Stich gelassenen Großmutter geraubt worden war, die versuchte, ihr Rachegelüst aus einem anderen Jahrhundert zu befriedigen. Nun konnte sie alle Fallstricke zerreißen und ich den vergifteten Umschlag verbrennen. Ich hätte vor stummer Freude durch die Küche tanzen mögen, als ich sie Ellbogen an Ellbogen über den Brunnen gebeugt sah, lasen sie ihr Schicksal in den Hexenkreisen auf seinem Grund? Wenn sie ihm so schöne Augen macht wie mir, ist der Rizzoli-Sohn bald gar gekocht, dachte ich, fasziniert von ihrem Anblick, in der Küchentür.

Viel garer, als Sie sich vorstellen: verkohlt. Zehn Jahre später am Ende eines Stricks. Bis dahin erlebte er Glück, ein Übermaß an Glück, so viel, dass man um Gnade fleht. Eines, das einen mit Zangen foltert, auf dem Rost verbrennt, zerreißt, zerfetzt. Einstweilen gurrte mein Täubchen vor seiner Nase. Es gibt nichts Lüsterneres, nichts Grausameres als dieses Federvieh, schlimmer als Raubvögel in der Maske von Fasanen. Als sie in die Küche kamen, nannten sie sich schon Cousin und Cousine. Der Motorradfahrer fuhr nicht mehr fort, Chaumont war ihm vergangen. In der nächsten Viertelstunde wurde es etwas komplizierter. Victoire, höchst verärgert, verlangte nach dem Vater und sprach kein Wort mit dessen Boten. Bei Vitalie machte ich mir das Vergnügen, ihr persönlich den Sohn ihrer Schwester Thérèse vorzustellen, der zufällig in der Gegend sei und ihr guten Tag sagen wolle. Großmama, das ist mein Großcousin Edmond, brüstete sich Anaïs. Nicht übertreiben, fand ich und schob meine Küken in die Küche, denn Großmama, mit hervorquellenden Augen, hätte einen zweiten Schlaganfall bekommen, hätte ihr Ada nicht ein paar Mal auf die Wangen geklopft.

Wir verbrachten einen netten Abend an diesem Tisch hier. Ich hatte eine Kalbsbrustspitze mit jungen Karotten auf dem Feuer, außerdem Erdbeeren und Johannisbeeren mit geschlagener Sahne von unseren Kühen, dazu einen im Brunnen gekühlten Wein aus dem Jura. Der Cousin erwies sich als großer Plauderer, Anaïs hing an seinen Lippen, ich war begierig, die verdeckten Seiten einer Geschichte aufzublättern, die vielleicht diejenige ergänzen würde, die ich seit fünfzehn Jahren las. Der Motorradfahrer kam geradewegs aus Annam und Tonkin. Dort hatte er die Kriegsjahre verbracht, fern des mondänen Alltags in den Schützengräben, wo er Lebensart hätte lernen sollen, hatte auf Baustellen für Eisenbahnstrecken und Straßen gearbeitet, mit denen Frankreich in seiner zivilisatorischen Mission Indochina ausstattete; weil dieser Sohn gleich dem Vater ein brillanter, für den Straßen- und Eisenbahnbau ausgebildeter junger Mann war, der das Familienunternehmen übernehmen sollte, wurde er, kaum von der Hochschule geformt, losgeschickt, um sich zwischen Berggipfeln und Abgründen im wattigen Nebel, im Regen und in der Schwüle der Wälder an der chinesischen Grenze zu stählen. Und weil schließlich Benito Rizzoli als Gesellschafter der Société des Batignolles, die sich mit Industrieunternehmen und Banken wie der Société Schneider, der Banque d'Indochine und dem Comptoir national d'escompte für die Expansion nach Fernost interessierte, tonnenweise Bolzen und Nieten für die Metallbrücken nach dem Vorbild Eiffels lieferte, für die er ein Spezialist sei, rühmte sich Edmond. Der Krieg hatte die Aktivität in den Kolonien gebremst, aber laut dem Vater, der jeder Festtafel vorsaß, diente sein Sohn so den Interessen Frankreichs und vor allem seinen eigenen besser, als wenn er gekämpft hätte. Das Unternehmen Rambert-Rizzoli hat ordentlich davon profitiert, dass es sich an den Kriegsanstrengungen und jetzt am Wiederaufbau auf den Ruinen beteiligte; ich weiß nicht, zu welchem Preis mein Vater erreicht hat, dass ich als Resident nach Indochina beordert werde. Vielleicht hat sein guter Freund Eugène Étienne von der Kolonialpartei eingegriffen, diese Leute haben einen langen Arm. Als er das sagte, schickte er ein selbstgefälliges Lächeln zu den Kupferböden der Kessel, die hinten an der Küchenwand hingen. Obwohl wir kein Wort von diesen politischen Finessen verstanden, sagte ich mir, ich bin keine Lerche, die sich in seinem Spiegel fangen lässt. Mein Rebhühnchen spiegelt sich darin, aber sie versteht wie ich keinen Pieps, sie ist nur mit seinen schönen Augen beschäftigt, in einem sehr zarten Lakritzton, jetzt, wo er sie unter der Lampe richtig öffnete. Er schilderte eifrig seine langen, aufreibenden Monate in Baustellenunterkünften, bloß unterbrochen von kurzen Erholungsaufenthalten im Hotel in der Rue Paul-Bert gegenüber dem Stadttheater von Hanoi, wo nur Varieté-Revuen liefen, weil die Opernsänger in Europa beschäftigt waren. Und er erzählte von dem birmanischen Fleischer, der ihn von einem Abszess am Zahn befreit hatte, von dem Ungeziefer auf den Märkten, den Kakerlaken, den streunenden Hunden, dem alles unter sich begrabenden Regen, den Damen, die von ihren Absinth trinkenden Gatten weniger abgestoßen waren als von den Geckos, die einen in den Wahnsinn treiben. In guter Erinnerung hatte er die Abende in Gesellschaft des chinesischen Fotografen, der auf Bestellung die offiziellen Fotos von den Fortschritten der Baustelle machte, oft aber verschleierte der allgegenwärtige gelbe Nebel die Sicht, wenn der stolze Gouverneur Sarraut und seine Sicherheitsleute posieren sollten, oder die energischen Inspektoren, die sich fern ihrer Büros in Hanoi die Stiefel schmutzig machten, um die ausgehungerten Boys und die zerlumpten Todgeweihten anzubrüllen, die mit infizierten Wunden oder vor

Erschöpfung am Wegrand zusammensanken, wer weiß, wie der vietnamesische Übersetzer ihnen den Ausspruch von Marschall Lyautey in Marokko übersetzte: »Wenn ich hier zerstöre, dann um neues Leben zu schaffen; wenn ich ein Lager niederbrenne, dann um morgen einen Markt zu eröffnen oder eine Lokomotive hindurchfahren zu lassen.« In Erwartung der Segnungen der Zivilisation, es gab weder Arzt noch Krankenstation, hatten wir wenigstens Moskitonetze, Reisschnaps, so viel wir wollten, und sogar Opium-Kügelchen, die der Koch besorgte – das Opium versetzte Anaïs in Begeisterung. Ich war mit dem Materialtransport beauftragt und von jeder geistigen oder kulturellen Aktivität ausgeschlossen, schwatzte er weiter. Nur ein paar Teekannen und Parfumtöpfchen habe ich aus diesem schönen Land unseres Reichs als Erinnerung mitgebracht, ich werde sie Ihnen mit dem größten Vergnügen schenken. Aber ich will Sie nicht langweilen, liebe Cousine.

Die liebe Cousine hätte dem Vortrag dieses Filous die ganze Nacht zugehört, vor allem, als er anfing, ihr zwischen Erdbeeren und Johannisbeeren seine pittoreske Familie zu präsentieren. Zum Dessert servierte er ihr einen Onkel Benito, den verdienstvollen Sohn eines italienischen Arbeiters, der bei Panhard & Levassor Holzmaschinen gefertigt hatte, aus eigener Kraft Ingenieur und durch die einträgliche Hochzeit mit einer Rambert-Tochter zum Ritter der neuen Industrie geworden war, heute von seiner innig geliebten Gattin Thérèse verwitwet, die sich in einem obskuren Jugendstreit mit ihrer älteren Schwester überworfen hatte; diese sei aus den Gesprächen und dem Familienalbum verbannt worden, weshalb es für ihn eine göttliche Überraschung sei, eine Tante Vitalie und eine Großtante Victoire zu entdecken. Deren schicksalhafter Brief hatte ihn mit dem Auftrag hierherkatapultiert herauszufinden, was sie ihrem Bruder, der seit einem Jahrzehnt tot und begraben war, so vehement vorwarf oder von ihm verlangte. Unser gemeinsamer Vorfahr ist ein großer Verbrecher, liebe Großcousine, dass er uns all die Jahre voneinander getrennt hat. Von diesem Bösewicht kommt offenbar alles Übel, was weiß man hier darüber? Er gab mir zu sehr an mit seinen Geschäften in Tonkin und seiner Verwandtschaft, um mich noch länger zu amüsieren: Darüber wissen wir nichts, entgegnete ich. Madame Victoire fantasiert, Großmutter ist gelähmt. Hier sind wir auf dem Gut der Ardennes, dem Besitz des verstorbenen Fernand Ardenne, ihr Gemahl und Großvater von Anaïs. Und Vater von François, Ihrem Cousin, der in den Wäldern Kanadas reich wird, fügte Anaïs hinzu. Ich bin seine Tochter und die einer Indianerin, die mich Onayepa getauft hat, was in ihrer Sprache Winterprinzessin heißt. Das hat mir Lottie erzählt, ergänzte sie verschmitzt und klatschte in die Händchen: Wie schön das Leben doch ist, dass es uns zusammengebracht hat, lieber Edmond. Liebe Anaïs, was für ein Glück, dass ich Sie heute kennenlerne! Und sie bezauberten einander mit wenig geistreichen Blicken. Wir existierten ebenso wenig wie die Mücken unter der Lampe, verblüfft erlebten wir das Wunder einer entstehenden Liebe, der schicksalhaften Triebfeder von Romanen. Nachdem ich so viel davon gelesen hatte, beobachtete ich staunend ihre Zauberwirkung. Allerdings hielt ich diese Leidenschaft nicht für ein Werk des Heiligen Geistes oder von Amors Pfeil. Ich wusste, dass der Brunnen der Liebe trotz der lasziven, in ihre Schleier gehüllten Nymphen aus keiner Quelle sprudelt, dass der Lauf der Ereignisse lang, sehr lang ist, der Liebende ganz allmählich zu dem Punkt stürzen lässt, an dem sie aufeinanderstoßen, wie der Lauf der Sterne, der sie auf ihrer Umlaufbahn in den fernsten Konstellationen nach einem genauen Plan, der unser Verständnis übersteigt, aufeinanderprallen lässt.

Es ist spät, liebe Freundin, die Zeit vergeht so schnell, dass wir schon am Abend dieses Tages wie an dem des Jahrhunderts sind, was ist aus dieser Liebe auf den ersten Blick geworden? Edmond blieb. Er zog ins blaue Zimmer, fester am Haken als ein Hecht. Er fuhr knatternd nach Chaumont, wohl um die Schwester eines Kameraden aus Tonkin zu besuchen, die ihm versprochen war. Dann hörte die Verlobte nie mehr von dem Flatterhaften. Jacques wiederum ertappte Cousin und Cousine unter dem Kreuz, wo sie Lippe an Lippe plauderten. Niemand als diese drei, bis auf eine Eidechse oder einen zusammengerollten Igel vielleicht, war Zeuge dieser tragischen Szene, aber braucht man viel Fantasie, um sie sich auszumalen? Ich erschauere, wenn ich daran denke. Können Sie sich vorstellen, dass Anaïs nur verärgert war, weil Jacques zum Kreuz kam, ohne dass sie ihn hinbestellt hatte? Bitte schön, sagte ich mir, die erste Folge deiner Umverteilung der Schachfiguren, der Verlierer zahlt einen hohen Preis. Es tat mir sehr leid für Jacques, aber er hatte auch seine Zeit gehabt, nicht wahr, und ich wollte Anaïs' Glück, ihr echtes Ardenne-Glück. Tatsache ist, dass Jacques, der Abgewiesene, wenige Tage später Le Mauduit verließ, er machte sich aus dem Staub und tröstete sich in weiter Ferne bei den Völkern der Neuen Welt über die Untreue seiner Kindheitsliebe hinweg; doch er blieb loyal, eifrig, von bewundernswerter Beständigkeit. Er schrieb ihr unzählige Briefe. Mit denen Anaïs die Eifersucht ihres lieben Gatten anstachelte. Jacques behauptete nämlich, die Spur ihres in den kanadischen Wäldern gefangenen Vaters gefunden zu haben, und erzählte ihr von dessen heldenhaften Abenteuern, ließ sie besser als ich glauben, sie seien wahr, und hielt sie damit in Atem, sie gierte nach der nächsten Folge, so funktionieren die Fortsetzungsromane. Ich glaube, das war seine Rache, aber das ist jetzt weit, so weit weg, irreparabel für immer.

Deswegen hielt ich es für richtig, Marie die Briefe ihres Bruders zu geben, als die Grenzen einige Zeit nach der Befreiung wieder offen waren und sie aus Montreal kam, um ihren Vater zu begraben; ihre Mutter hatte sich schon lange ins Grab geweint, wir waren nicht viele auf dem Friedhof in jenem Sommer 1940. Ich hätte die zarte kleine Marie nicht wiedererkannt in der sportlichen Person in Jeans, die amerikanische Zigaretten rauchte, wenn sie mich nicht sofort nach früher gefragt hätte, nach Gentil, den Tanten und Vitalie. Über Anaïs kein Wort. Ich habe ein- oder zweimal versucht, das Gespräch auf sie zu bringen, aber Marie lenkte jedes Mal ab. Dabei hätte ich ihr schöne Sachen erzählen können über die Millionen, die sich in Luft aufgelöst hatten, und was daraus erwachsen war, aber das wollte sie nicht wissen. Sie besuchte den Ort ihrer Kindheit mit dem vorsichtigen Schritt, in den man verfällt, wenn man keinen Grashalm, keine Ameise zertreten will. Ich folgte ihr ohne ein Wort überallhin, wo sie nachdenklich herumlief. Durch ihre Augen erschienen so viele unbekümmerte Szenen vor den meinen, unter den Ulmen, am Brunnen, im Obstgarten. In der hallenden Stille waren wir von den fröhlichen Rufen von damals umgeben, von schallendem Lachen, den Stimmen, die aus dem Gewebe leichter Schatten drangen, und von Kindern, die uns mit dem Moschus ihrer feuchten Haut salbten, wenn sie sich in unsere Arme warfen. Ich sah im rötlichen Licht der Abenddämmerung ihre vor unschuldiger Freude strahlenden Gesichter, Pierre, Alain und Jacques,

Anaïs und sie, Marie, die Kleinste, weinend wegen einer Verbrennung an Brennnesseln, die ich mit saurem Apfelsaft behandelte, sah, wie sie Versteck spielten und Blinde Kuh, wie die Seifenblasen davonflogen. Das alles ruhte tief in uns wie in der Tiefe des dunklen Wassers der Flane, wo unser Rundgang endete. Über den Pappeln schob der Abend dicke weiße Wolken mit goldenem Saum zusammen, wir waren an der Uferböschung stehen geblieben und lauschten dem gedämpften Gesang, sahen den Fluss glatt wie Öl dahinfließen, durch einen Zeitspalt in die unveränderliche Gegenwart von damals zurückversetzt, als wir uns in die Zukunft träumten, in der wir uns jetzt befanden, damals ahnten wir bereits, was an einem solchen Abend aus uns werden würde. Dieses Gefühl war so stark, dass sie nach meiner Hand griff, wie um uns zu wecken: Wir werden alle hier glücklich gewesen sein, wir werden es gewesen sein, nicht wahr, Lottie? Ihr Bruder war zu sehr von seiner Behinderung beeinträchtigt, um die Reise zu unternehmen, ohnehin sah sie ihn kaum. Er widmete seine ganze Zeit der Arbeit, monoman, besessen, misanthropisch, was für einen Ethnologen die Höhe ist. Er ist unerträglich, sagte sie lachend. Seine Frau hatte genug davon und hat ihn für einen erholsameren Tierarzt aus Toronto verlassen. Marie war Hebamme geworden und lebte in Montreal, wo sie ab und zu ihren Neffen sah: Er war nach der Trennung zunächst bei Jacques an der Westküste geblieben, dann hatte er es sich anders überlegt, Vater und Sohn verstanden sich nicht gut. Sie selbst hatte durchaus *Anwärter* gehabt, wie sie sagte, aber keiner hatte sie überzeugt, ihr Leben mit ihm zu teilen, sie hatte keine verwandte Seele gefunden, haben wir eine, Lottie, eine nach Liebe verlangende Zwillingsseele, die nach unserer sucht? Ich habe nichts Besseres gefunden, als die Kinder anderer zur Welt zu bringen. Ich hoffe, sie werden Frieden haben, wenigstens Frieden, wenn schon nicht Glück. Bevor sie fuhr, übergab ich ihr Jacques' Briefe. Und er, hat er wohl die von Anaïs aufbewahrt, fragte ich, und ihr Blick verlor sich am Waldrand, der den Abend in Schatten tauchte, dieser Dämon, sagte sie nachdenklich, ohne dass ich erkennen konnte, ob sie dieses so nüchtern ausgesprochene Wort an mich oder an ihre Kindheitsfreundin richtete, aber in beiden Fällen war ich einverstanden, viel mehr, als sie ahnte.

Dämon, das habe ich wie Marie gedacht und schon lange vor ihr. Anaïs lebte in ihrem Waisenkind-Traum, das war ihr Privatbesitz, ihre Insel, ihr Fantasiereich, wehe dem, der es ihr streitig machte, und ich verteidigte es wie sie mit Zähnen und Klauen. Ich habe meinen Anteil an diesem Übel, in dem ich mein Glück fand, denn bei Waisen glauben wir, sie hätten ein Recht auf bedingungslose Liebe, an ihnen verausgabt sich unser leidenschaftlicher Wunsch, die nicht wiedergutzumachende Kränkung des Todes wiedergutzumachen, und der noch ärgere, sie uns anzueignen und zu besitzen, weil nichts in der Welt sie schützt. Doch wer, sie oder wir, war eher bestochen, und wer bestach? Das verwöhnte und verdorbene Kind oder wir, die wir es aus unterschiedlichen Gründen verdarben, ihm aus Ergebenheit, aus weichlicher Begehrlichkeit einimpften, dass es allein jenen Anspruch auf Freude hatte, der unverwundbar macht. Alle, die sich ihr näherten, haben sich an ihr verbrannt. Ihre alten Adoptivmütter ebenso wie One Ear und vielleicht François, als er sie am ausgestreckten Arm unter die Lampe hob, ihr vom Kirschbaum gestürzter Kindheitsfreund Jacques und ihr Cousin Edmond, der sie mit dem kleinen Finger zu pflücken und ganz für sich zu haben meinte, doch sie gehörte niemandem, nur sich selbst. Nur sich selbst gab sie sich, noch schöner und größer geworden durch alle, die sie grausam verschlungen hatte, fröhlich, voll erblüht und strahlend vor unverschämter Vitalität und ungetrübter Frische, die Sonne und Mond ihr neideten. Doch sie hatte einen Schwachpunkt. Nur ich kannte ihn, da ich sie an der Ferse gehalten hatte wie Achills Mutter, die Nymphe, die den Sohn, um ihn unverwundbar zu machen, in den Styx taucht, der die Welt der Toten von der der Lebenden trennt. Ich hatte Anaïs in meine fantastische Erzählung getaucht, tief hinein in das Kindermärchen ihrer Ursprünge, dem zufolge sie die Tochter eines in den Wäldern gefangenen Helden und einer indianischen Schönheit war, was sie zur Winterprinzessin krönte, so war sie den Rachegeistern entrissen. Das verzaubert von Geburt an und macht durch ewige Kindheit unbesiegbar, aber nur, wenn sich der gespielte Glaube daran mit dem der anderen vereint, die ihn nicht entkräften dürfen, weil sonst ihr ganzes Theater zusammenbricht. Ich weiß nicht, welchen Feind Anaïs mehr hätte fürchten müssen, Edmond, der das Märchen zerstörte, oder Jacques, der es durch seine brieflichen Fiktionen stützte, den, der die Wahrheit wollte, oder den, der die Fabel konservierte. Das war ihre geheime Schwäche, aber auch wenn sie sie erahnt hatten, konnten weder der eine noch der andere sie besiegen. Sich in ihrem Königreich zu halten war ihr Leben, ja die Triebfeder ihres Daseins, auch um den Preis der Schmerzen, die sie anderen zufügte. Erbarmen mit ihr, mit mir. Erbarmen mit ihrem wilden Glück und mit meinem Verbrechen, dessen Quelle gewesen zu sein.

Welchen Grad an Schmerz kann einer erdulden, wenn er ihn benennt, ohne ihn an dem eines anderen messen zu können? Wie groß war der Schmerz von Jacques, dank einem Sturz gezwungen, seine dahingemetzelten Brüder zu überleben, der Schmerz von Edmond, krank davon, dem väterlichen Ehrgeiz und der unersättlichen Begierde seiner Frau nicht zu genügen, oder der Schmerz der missbrauchten Vitalie? Zwischen den Lügen, die man sich oder anderen erzählt, den Verstellungen und dürftigen Listen, dem Schwindelgefühl an einem inneren Abgrund, dem Schmerz des Ebenholzschlächters Fernand, dem Schmerz Benitos, der auf dem Höhepunkt seiner Herrschaft von einem schlecht befestigten Gerüst in den Tod stürzte, oder dem Schmerz alter Nonnen, die von Vätern oder Brüdern ins Kloster verbannt worden waren; die einen wie die anderen tief verletzt von Missverständnissen, Verrat, einem obskuren Mangel an Größe infolge eines angeborenen Defekts oder durch feige Kapitulation, zerfressen von der Schmach eines geplatzten Traums; und was ist mit dem Schmerz der Mutter, die in ihrer Qual erst die Hündin und dann sich selbst umbrachte, mit der unsühnbaren Kränkung François', der als Schachfigur zwischen zwei Abwesenden hin- und hergeschoben wurde, die ihm beide kein Vater waren; ein Tropfen für Tropfen, Tag für Tag quälender Schmerz oder der stechende eines Augenblicks. Jedem sein Königreich oder sein Gefängnis, ohne zu unterscheiden, was ihn im unflätigen Gelächter einer verbrechensgesättigten Welt verdammt oder heiligt, ob er ängstlich in seinem Winkel im Tal verkrochen ist oder überstürzt flieht, um die erstickende Luft gegen die Weiten des Anderswo einzutauschen; daher so selten mit heiterem Vertrauen, frischem Glauben und der Freude an einer Begabung oder der Güte von Liebe gesegnet; so sah ich sie alle und verzieh ihnen beinah, dass sie bloß von gemeiner Knechtschaft gequälte Kreaturen waren; außer Anaïs, diesem Dämon.

Mir fällt eine Szene mit der Fünf- oder Sechsjährigen wieder ein, als wir eines Morgens in der Küche waren und sie, ohne dass es ihr irgendjemand vorgemacht hätte, mit schelmischem Finger ihr Mieder herunterzog, um den nackten Busen zu zeigen, den sie nicht hatte, ihn vorstreckte, übertrieben die Hüften schwenkte, die sie nicht hatte, hin- und herwackelnd ihren Rock bauschte und turtelte; tiefernst, ohne eine Spur von Lachen in ihren schwarzen Augen, begutachtete sie ihre Wirkung. Die kopfwackelnden Tanten bewunderten sie mit ekstatischem Lächeln auf den frommen Gesichtern, Delphine klatschte selig, nur Gentil, der am Tisch saß, drohte ihr, indem er die Peitsche ins Leere schlug, sie wich spöttisch aus, durchtriebenes kleines Luder, brummte er. Vom Lärm angelockt, erschien Vitalie auf der Schwelle, billigte nachsichtig die Possen der Kleinen und schubste schließlich den puterroten Alten in die Diele, drehte sich noch einmal um, man solle denn doch aufhören mit dem Spektakel. Und er schrie von draußen: Diese kleine Dirne, der Apfel fällt nicht weit vom Stamm, ihr seid doch alle gleich, er nahm das Gewehr aus dem Ständer im Salon – dass es geladen war, hätte seit Fernands Internierung keiner geglaubt –, und der Schuss ließ uns erstarren. Nur Madame Ardenne nicht, die ihm mit ihrer gewohnten Ruhe das Gewehr aus den Händen nahm. Verzweifelt brach er in Tränen aus, bat um Verzeihung, aber er hatte die Decke beschädigt, ein großes Stück Putz war abgeplatzt, der Gips rieselte ihm auf die Schultern. Der Ärmste hatte auf nichts gezielt, nur in den Himmel. Er lief in den Pferdestall, um seinen Kummer zu verbergen, während in der Küche unsere kleine Wachtel ihr Geturtel und kokettes Augenzwinkern fortsetzte, ich betrachtete sie in ihrer Selbstgefälligkeit und sagte mir: Dämon. Zu mir oder zu ihr sagte ich dieses in meinem tiefsten Inneren so klar ausgesprochene Wort, das Marie am Abend ihres Besuchs wiederholte, so viele Jahre später.

Noch eine weitere Szene vermittelt ein Bild von ihr: 1922 traf sie ihren Vater in Bouvier-les-Eaux. Damals hatte sie gerade ihren Cousin Rizzoli geheiratet. Ihre Hochzeit war wegen Vitalie verschoben worden, die wir eines Morgens stocksteif und eiskalt gefunden hatten, mit so stark hervorgequollenen Augen, dass man sie ihr nicht schließen konnte und ein Gazetuch darüberlegte, doch selbst da hindurch schien sie noch ihren mörderischen Zorn zu bohren. Im selben Winter erlosch die hochbetagte Victoire, denken Sie nur, sie war über achtzig und nicht mehr bei Sinnen. Dann kam der tödliche Unfall von Benito Rizzoli, er stürzte vor den Augen der Offiziellen, die die Baustelle seiner im Umbau begriffenen Fabrik besichtigten und hinter ihm hinaufgeklettert waren, von der höchsten Etage des Gerüsts. Diese Tode folgten aufeinander wie Dominosteine, aber sie trübten ihr Glück keineswegs. Dabei veränderten sie die Situation von Grund auf, sie untergruben schon die Zukunft, wie unter unseren Schritten vergrabene Minen die Explosion vorbereiten. Von einem Tag auf den anderen wurde Edmond an die Spitze des Industrie-Imperiums katapultiert, das ihm versprochen war. Über ein solches Vermögen zu verfügen hätte ihn in den Himmel erheben müssen, doch seine dürftige Erfahrung mit dem Meccano-Metallbaukasten der Brücken in Tonkin hatte ihn in keinerlei Hinsicht darauf vorbereitet. Manche Erbschaft erschreckt durch ihr Übermaß. Sie zwingt dazu, sich selbst daran zu messen, offenbart die mangelnde Erfahrung, die unzureichenden Fähigkeiten und die schwache Willenskraft, den Mangel an Intelligenz oder Leidenschaft, mehr noch, sie bringt den Erben auf, weil sie ihn vor ihm selbst demaskiert, eine ätzende Kränkung. Zunächst zeigte er keine Anzeichen, doch zutiefst getroffen von dieser Offenbarung traf er jähe Entscheidungen, übertrug in seiner Hast, sich zurückzuziehen, irgendwelchen Geschäftsleuten, Treuhändern und Bankiers die lästige Pflicht, das seit drei Generationen aufgebaute Erbe zu verkaufen. Aus Ignoranz oder Nachlässigkeit ließ er sie dann das Kapital in zweifelhafte Anleihen und Skandalgeschäfte stecken, hinzu kam der Börsenkrach an der Wall Street: Anfang der Dreißigerjahre hatten sich seine Millionen in Luft aufgelöst, er war ruiniert.

So endete die rächende Übernahme des Erbes, die sich Vitalie und die Tanten sehnlichst gewünscht hatten, auf schrägen wie unvorhergesehenen Wegen im Bankrott: Statt der Goldgrube, die ihr zukommen sollte, sackte Anaïs eine Pleite ein. Das schien mir ein hübscher Fußtritt des Schicksals, dem es zuweilen nicht an Spitzbüberei mangelt. Das war das eine. Zum anderen wurde die Hochzeit erschwert, denn eine Eheschließung ist nicht unkompliziert. Der Bürgermeister von Le Mauduit stellte so wenig wie irgendein anderer ohne entsprechende Dokumente eine Personenstandsurkunde aus, zumal Anaïs minderjährig war und die Einwilligung der verstorbenen Vitalie, ihres Vormunds, fehlte. Das war der Anfang von Edmonds Problemen, als er die Situation entwirren wollte, wie er sagte, und nach *Erklärungen* über sein Täubchen suchte. Das hieß, das schöne Märchen von den Wäldern infrage zu stellen. Der Pariser Notar, den Victoire hofiert hatte, damit er über Anaïs' Interessen wache, wurde zurate gezogen und wandte ein, dass die Vaterschaft, für die es vorbehaltlich einer Prüfung durch einen Experten keinen anderen Beweis gebe als das anfechtbare, von einem ausländischen Richter abgestempelte Papier, gemäß einer rechtlichen Klausel eine »Todeserklärung« erforderlich mache, die nicht vorliege, daher gelte in diesem Fall die gesetzliche Frist von dreißig Jahren, bis die Erbfolge geregelt werden könne. Mangels dieser Erklärung wurde die Erbfolgeregelung ausgesetzt, bis entweder der Vater als Anspruchsberechtigter auftauchte oder ein formeller Beweis für seinen Tod vorlag. Man kann eine Generation nicht überspringen wie einen Mühlestein, scherzte der Notar. Und man befördert einen Abwesenden nicht ohne eine gewisse Vorsicht *ad patres.* Im Fall der im Krieg Vermissten gibt es viele Erbschaftsstreitigkeiten, sagte er, dafür wird es ein Gesetz geben, doch Ihr Vater war kein Soldat unter unserer Fahne. Wenn Sie ihn heute für vermisst erklären, beerben Sie ihn in dreißig Jahren. Bis dahin steht Ihnen als mutmaßlicher Empfängerin der Nießbrauch zu.

Anaïs blieb ungerührt, schlug alle Ratschläge in den Wind, weigerte sich, irgendetwas zu erklären, und kehrte zu den Ardennes zurück, um ihre Eheschließung vorzubereiten, der der Notar als ihr rechtlicher Vormund trotz ihrer Jugend zustimmte. Wegen der Trauer war die Hochzeit sehr schlicht, das Hochzeitskleid die letzte Anfertigung von Mademoiselle Sorbet, mit deren Geschäft es bergab ging; ihre Kundschaft kleidete sich bereits in Prêt-à-porter. Wie in der Kirche waren wir auch am Tisch, den ich im Grünen gedeckt hatte, nur wenige. Zählen Sie nach: der Bürgermeister, seine Gattin und seine drei Töchter als Brautjungfern, der Pfarrer, zwei einstige Kommilitonen Edmonds, die verblüfft waren, die Trauzeugen spielen zu sollen, Mademoiselle Sorbet und schließlich Ada und ich, die servierten. Der Doktor kam nicht, ebenso wenig wie Marie und seine Frau, ihr Kummer über den Tod ihrer Söhne war zu groß, um sich über Anaïs' Glück zu freuen, und sie verziehen ihr Jacques' Abreise nicht. Im Album werden Sie das einzige Foto sehen, das inmitten der glühenden Rosen an diesem Frühlingstag gemacht wurde, die beiden in der Glorie ihrer Hochzeit, unter einem Himmel voll fliegender Schwalben, eine Seltenheit, die nur als Schnappschuss gelingt. Sie kindlich in einem Satinkleid mit sehr tiefer Taille, weißen Strümpfen und Riemenschuhen, einen Topfhut aus besticktem Netzgewebe auf dem kurzen Haar, ihr dunkler Blick unter dem Pony hervor zu ihrem schneidigen Cousin erhoben. Der war mit Feuereifer dabei, mit seinen noch nicht verschleuderten Millionen spornstreichs das Gut herauszuputzen. Für viel Geld ließ er es mit elektrischer Beleuchtung, einer elektrischen Pumpe für Leitungswasser im Haus, modernen Bädern mit Wassererhitzern und Abwasserrohren ausstatten, die Dächer reparieren, den Anstrich erneuern, modernste Tapeten kleben, lauter Dinge, die wir seither nicht verändert haben, Sie können ihre Qualität noch bewundern. Die Arbeiten dauerten ein Jahr, überall waren Gräben und Gerüste. Zudem importierte er seinen Hispano-Suiza, ausgewählte Alkoholika und Orientteppiche, zu Anaïs' Unterhaltung ein paar Pferde mit dem dazugehörigen Pferdeknecht – der nicht mit Gentils Kammer zufrieden war und eine private Wohnung im Haus verlangte – und zwei Pariser Zofen, die ich nur mit größter Mühe überzeugen konnte, Ada zur Hand zu gehen, es war ihnen egal, wenn ich sie schalt. Diese Spatzenhirne verbrachten ihre Zeit damit, Fortsetzungsromane, Mode- und Kinojournale zu lesen und sich die Nägel zu lackieren: Sie langweilten sich zu Tode auf dem Gut, wohin Anaïs nach zwei Probewochen in dem alten Pariser Haus der Ramberts, an das Edmond sie zu gewöhnen gehofft hatte, zurückkehrte: ein Grab, ein hässliches und trauriges graues Haus voll scheußlicher Empire-Möbel, nach Naphthalin stinkender

Teppiche, die einen ganz trübsinnig machen, und auf den Straßen überall grässliche Denkmäler, oh, wie hast du mir gefehlt, meine liebe gute angebetete Lottie. Tatsächlich stieß die große Villa sie ab, sie träumte nur von den Weiten der Wildnis, wie hätte Edmond das erraten sollen? Doch bei der Gelegenheit lernte sie seine Amme kennen, die alte Léone, die er sehr gern hatte und die auf seine Einladung hin den folgenden Sommer bei den Ardennes verbrachte, bevor sie sich in die heimatliche Touraine zurückzog. Von ihr erhielt ich überraschende Informationen, aber es ist spät, meine Liebe, hacken Sie die Petersilie und den Knoblauch klein, während ich unsere sautierten Pilze mit kleinen Speckstreifen zubereite, unsere letzte Mahlzeit soll köstlich sein. Später werden Sie sehen, dass von diesem Abend die Erinnerung an unser Rissolée bleiben wird, der Gaumen hütet die Erinnerungen, in einem einzigen wiedergefundenen Geschmack lässt er alles wieder vor uns auferstehen.

Diese Léone hätte ich gern zu meiner Gevatterin gemacht, sagte Lottie, wir waren uns so einig in der Art, zu handeln, zu denken und uns das Leben zu würzen. Mit keiner unserer Köchinnen hatte ich so viel Freude wie mit dieser Frau, sie war eine hervorragende Zuckerbäckerin, die umwerfende Honigkuchen servierte, eine sehr gute Beobachterin und ausgezeichnete Erzählerin, das gehört zusammen, und was für ein Mundwerk sie hatte! Wir waren ein fabelhaftes Gespann, mir tat das Herz weh, als sie abreiste. Ich hab ihr so sehr nachgetrauert. Sie hat mir viel über das Leben dort zu der Zeit erzählt, als wir unseren Finger Anaïs zum Nuckeln gaben, und von viel früher, das Spektakel der Familien ist sehr lehrreich für uns Bedienstete. Ihnen die Chronik der Rambert-Rizzolis wiederzugeben würde die ganze Nacht kosten, ich will Ihnen nur die andere Version von der Flucht der verführten und im Stich gelassenen Vitalie berichten. Léone war ganz jung von den Ramberts als Küchenmagd eingestellt worden, sie kochte die Suppe für die Arbeiter, die in der Fabrik hinten im Hof geblieben waren, und servierte sie ihnen draußen, im Winter bei Wind und Regen, im Sommer in praller Sonne; einen von ihnen, der ihr schöntat, heiratete sie. Er war Schweißer und Trinker, biss im Delirium ins Gras und ließ sie mit einer Kleinen auf dem Arm zurück, die sie ihrer Mutter in der Touraine anvertraute. So wurde die Köchin zur Amme für Edmond, eine unverhoffte Beförderung in ihrer Lage. Dank ihrer hervorragenden Milch überlebte das Kind, denn vor ihm waren zwei andere tot geboren, ein Zeichen, dass auch er bald sterben würde. Doch es wurde um jeden Preis ein Erbe für die Fabriken gebraucht, Vater Rambert und sein Schwiegersohn verfolgten Thérèses Schwangerschaften so besorgt wie ihr Bankkonto, aber jedesmal ging es schief, die Ärmste war kein gutes Karnickel. Als diesmal das Kind endlich Zeichen gab, dass es doch lieber leben wollte, war alles eitel Jubel und Stolz, den man zur Schau stellte wie Banner vor den Fenstern, nichts war zu teuer für diesen Spätgeborenen. Doch dafür sollte er gleich die verlorene Zeit aufholen: Als er fünf war, nahm sein Vater ihn mit auf die Baustellen und redete, als er zehn war, nur über geplante Höhenmaße, Ausdehnungsangaben und Metallschutzgitter mit ihm. Benito wünschte, sein Sohn wäre schon zwanzig. Das Ergebnis war, dass er gar nicht erwachsen wurde. So hoch er auch auf die Gerüste kletterte, es war nie genug: Mit all seinen Hilfestellungen flößte sein Vater ihm nur einen gottverdammten Schwindel ein. Sie werden sehen, dass mein Edmond unter seinem steifen Äußeren ein trauriger kleiner Junge ist, sagte Léone. Als seine Mutter starb, war ich die Einzige, die ihm die

Zärtlichkeit schenkte, die er vermisste. Ich will mich ja nicht rühmen, aber sein Traum war, ein Leben lang an meinen Zitzen zu hängen und vor meinen Kuchen zu sitzen. Er wollte nicht lernen, nicht führen, nicht befehlen, auch nicht in die weite Welt hinaus. Sein Vater musste ihn mit Tritten in den Hintern zu den Anamiten befördern. Den ganzen Krieg lang hab ich mich nach ihm gesehnt, obgleich ich froh war, dass er deshalb nicht Soldat wurde: Da hätte er sicher Mittel und Wege gefunden, sich ruhmreich zum Krüppel machen oder töten zu lassen, bloß um seinem Vater zu imponieren. Benito war kein schlechter Mann, aber nur einen Sohn zu haben, macht unvernünftig. Was Ihre Vitalie angeht, mit Verlaub, die habe ich kaum gekannt, aber gut genug, um zu glauben, dass sie gut daran tat wegzulaufen. Die Undankbare verabscheute ihren Vater, als wäre er ihr Feind, während er nach dem Tod seiner Frau nur ihre Gesellschaft suchte, sich mit ihr einschloss, um sie zu verhätscheln, sie *sein Püppchen* nannte, doch sie vergalt es ihm mit Verdruss und Unfolgsamkeit, sodass er ihr mit dem Kloster drohte, wohin er einst seine eigene Schwester geschickt hatte, von der sie wohl ihren schrecklichen Charakter hatte. Aber das weiß ich nur vom Hörensagen. Den Rest habe ich selbst erlebt. Sobald ihr Vater den neuen Ingenieur eingestellt hatte, war sie in ihn vernarrt und eifersüchtig, weil er ihrer Schwester den Hof machte, einer sanften, gelassenen Person, die sehr viel hübscher war als sie. Dass Thérèse alles an Schönheit mitbekommen hatte, war ungerecht, aber wer will über diese Zuteilungen richten? Schließlich machte sie ihrem Vater eine hässliche Szene. Man brauchte nicht an der Tür zu horchen, in der Küche hörte ich sie schreien, weinen, protestieren, verstand, dass sie als die Ältere, Bevorrechtigte den Ingenieur zum Gatten verlangte, sonst würde sie einen fürchterlichen Skandal machen. Ich glaube, sie sind sogar handgreiflich geworden. Aus dem Salon verjagt, schrie sie noch auf der Treppe, dass sie als sein Püppchen für immer besudelt sei. War Thérèse dabei, fragte ich, denn diese Szene beeindruckte mich sehr. Sie war an diesem Abend mit ihrem Verlobten im Theater; am nächsten Tag floh Vitalie wie eine Diebin. Das ist das richtige Wort, denn sie hatte eine Schublade geleert. Ich weiß nicht, wie hoch die Summe war, aber sie war beträchtlich. Doch niemand reichte Klage ein oder versuchte zu erfahren, was aus ihr geworden war, so groß war die Erleichterung nach diesem Krach und ihren Unschicklichkeiten. Was Sie mir von Verführung und Im-Stich-gelassen-Werden erzählt haben, passt nicht zu dem, was ich beobachtet habe. Monsieur Rizzoli hatte sicher ein Interesse, auf diesem Weg ins Haus zu kommen, aber er war wirklich verliebt in Mademoiselle Thérèse. Später hat man gesehen, wie sehr er sie liebte, als sie, erschöpft von ihren unglücklichen Schwangerschaften, neurasthenisch wurde und sich obendrein einen Leberschaden wegen verdorbener Muscheln zuzog. Die nicht ich gekocht hatte, verteidigte sich Léone. Sie hatten sonntags in einem Ausflugslokal in Nanterre gegessen, sie hat ein Gericht aus Austern, Venusmuscheln und Wellhornschnecken schlecht vertragen, die in der Hitze übergegangen waren, was für ein Wahnsinn auch, mitten im August! Man darf nur in den Monaten auf -r Muscheln essen. Sie wurde auf Diät gesetzt, nur noch magere Bouillon, Artischocken, Zwieback und gekochte Äpfel, man empfahl ihr Vichywasser, aber nichts half, und als er sie eingehen sah, weinte und weinte er nur noch. Nie hätte er Vitalie den Hof gemacht. Er war ein keuscher Mann, in Industrieangelegenheiten durchtrieben, aber in Herzensangelegenheiten zartfühlend. Meiner Meinung nach hat sich

Vitalie, wütend, dass er sie nicht vorzog, aus Trotz in Fernand verliebt. Dieses Frauenzimmer war zu jeder Rache imstande, das kann ich Ihnen sagen. Hat sie Thérèse nicht eine hübsche Brosche gestohlen, die Benito von seiner neapolitanischen Mutter geerbt und ihr geschenkt hatte? Friede ihrer Seele. Jedenfalls war sie neidisch. Wir sind ganz zufrieden, dass wir den Luxus solcher Leidenschaften und Überspanntheiten nicht haben, lachte sie. Aber unter uns: Sie zu erzählen ist ein großes Vergnügen.

Léones fantastische Version machte mich nachdenklich. Sie widersprach der, die Madame Ardenne mir in der Dachkammer aufgetischt hatte, als wir auf der Matratze saßen und der Sonnenstrahl weiterwanderte. Ich war dumm, dass ich sie geschluckt und den falschen Schwur geleistet hatte, ihr treu zu bleiben, den sie von mir verlangte. Von dem Verbrechen, das sie ihrem Vater vorwarf, hatte ich kein Wort zu glauben gewagt, weil man bei der bloßen Vorstellung erschauerte. Aber das Porträt einer Besessenen, die ihre zurückgewiesene Leidenschaft herauskeifte, passte nicht zu der unbeugsamen, kalten Frau, die ich kannte, ich spürte in diesen Worten etwas Falsches, ohne zu verstehen, woran es lag. Auch gefiel mir nicht, dass Léone Madame Ardennne die Schönheit absprach, die mir an ihr aufgefallen war. All das verwirrte mich. Ich lotete die Macht der Lüge aus oder vielmehr unsere Fähigkeit, uns Tatsachen und Charaktere nach Belieben zurechtzubiegen, nur zu hören und zu sehen, was uns gefällt, Geschehnisse so zu verkleiden oder zu entstellen, dass wir uns selbst täuschen; wir sind so überzeugt von unserem guten Glauben, dass wir sie aufrichtig für wahr halten, mehr als die Realität; aber was ist die Realität für unsere Sinne und Gefühle? Wie auch immer, Léone war schon abgereist, als bei uns ein Brief aus der Anstalt für Geisteskranke in Bouvier-les-Eaux an die Adresse von »Messieurs oder Mesdames Ardenne« eintraf.

Die Ärzte fragten an, ob ein Mitglied dieser Familie wohl die Güte hätte, eine Aussage oder Meinung zum schwierigen Fall eines Patienten abzugeben. Der Betreffende, erklärten sie, habe kürzlich wiederholt einen Namen genannt, und sie hätten nach mehr oder weniger ähnlich klingenden Namen in der Gegend gesucht, davon gebe es fünf. Doch Anaïs war viel zu beschäftigt mit Reitstunden, Motorrad-Ausflügen, bei denen Edmond sie mit der Geschwindigkeit berauschte, einem Flug im Aerodrom in Dijon, den er ihr schenkte, und den Abenden in den Casinos der Umgebung. Um ihr eine Freude zu machen, sie zu verführen, fielen ihm nur kostspielige Geschenke ein, er überraschte sie mit Perlen und Pelzen oder mit der kleinen Pathé-Kamera, mit der sie eine Weile spielte. Kurz, sie ließ den Brief liegen. Dann beschloss sie an einem langweiligen Tag, auf der Stelle nach Bouvier-les-Eaux zu fahren. Sie nahm mich mit, aus einer Laune heraus, glaubte ich. Es gab allerdings kaum eine, die nicht ein Ziel verfolgte, und diesmal muss sie einer Vorahnung gehorcht haben, die sich dann bestätigte.

Edmond fuhr uns im Wagen hin. Ich war seit der Zeit Fernands nicht mehr in dieser Stadt gewesen, Sie können sich vorstellen, wie viel Wasser seither unter unserer Brücke durchgeflossen ist. Die Landschaft hatte sich sehr verändert, die Straßen waren breiter, asphaltiert und von Kilometersteinen gesäumt, die Dörfer bunt vor Plakaten und Reklametafeln. So viele Tankstellen und Reparaturwerkstätten, Stromkabel zwischen Masten und rote Traktoren auf den Feldern, die nach Benzin stanken – ich hatte Mühe, unsere Landschaft von früher wiederzuerkennen. Zudem zog sie schnell an den Fenstern des Wagens vorbei, der in Höchstgeschwindigkeit dahinschoss. Wir beide als auserwählte Persönlichkeiten in die Ledersitze geschmiegt, von einem perfekten Fahrer an seinem Armaturenbrett aus Ulmenholz chauffiert, was für eine Eleganz! Und was für eine Sensation war der Hispano-Suiza in den Straßen der Stadt! In den Schaufenstern sah ich Reflexe unseres Chroms vorbeiflitzen, stolz auf unser Gefährt, berauscht von der Geschwindigkeit, denn wir fuhren kaum eine halbe Stunde bis zu der Anstalt, während wir früher drei Stunden gebraucht hatten. Wie die Welt schrumpft, dachte ich, wie klein sie wird und wie bedeutungslos wir angesichts dieser Metamorphosen sind.

Doch auch wenn die Welt sich veränderte, schien mir, als wir durchs Tor waren, beim Anblick des Gebäudes und des Parks, ich wäre wieder zwölf, so unverändert waren die schwarz-weiß gefliesten Gänge, das weiß gekleidete Personal und die Stille. Wir mussten uns ziemlich lange gedulden, ich zeigte Anaïs hinten im Flur das Rondell, in dem wir einst ihren Großvater getroffen hatten, und erzählte ihr, wie sie ihn mit ihrer kleinen Faust aufs Kinn geboxt hatte, was Edmond erheiterte. Dann wurden wir in einem geräumigen Büro von Professor Dieulefit empfangen, der mir mit seinem langen seidigen Haar um den kahlen Schädel und den mageren, fast durchsichtigen Händen wie eine wandelnde Mumie vorkam. Mit Grabesstimme und klapperndem Gebiss dankte er zunächst Madame Rizzoli, geborene Ardenne, dass sie die Güte habe, zu ihm zu kommen. Hätte sie ihren Besuch angemeldet, hätte er sie nicht so lange warten lassen müssen, wofür er sich entschuldigte, wobei er mit dem silbernen Brieföffner gegen eine kleine Kristallkugel stieß, es klang wie die Standuhr von Mademoiselle Sorbet. Er müsse zuerst erklären, dass die Anstalt zu einer Spezialeinrichtung für *Kriegstraumatisierte* geworden sei, sagte er, *ding*. Hier landeten Personen, die in dem Konflikt zum Teil schwer verletzt worden seien, an besonderen Folgen litten und nach und nach aus Einrichtungen fortgeschickt worden seien, die ihnen nicht helfen konnten. Dank dieser Konzentration entwickeln wir hier eine interessante Klassifikation dieser Fälle, rühmte er sich. Ich werde Ihnen das betrübliche Schauspiel unserer Krankenzimmer ersparen, aber Sie müssen wissen, dass wir hier einen einzigartigen Katalog von Störungen infolge erlittener Strapazen haben. Wir beobachten nervöse Trancezustände von Gliedern, bis hin zur Paralyse infolge von Zerrungen, oder auch Zittern, intermittierende Krämpfe und *ding ding*, die Kristallkugel. Oder auch Erstarrung, Prostration. *Ding*. Logorrhöe oder im Gegenteil Aphasie; Schlaflosigkeit oder chronische Somnolenz, *ding ding*, Anorexie oder Bulimie, und dann Halluzinationen, Verfolgungswahn; manche sind gefährlich, *ding*, andere vollkommen harmlos. Diese Störungen befallen schwache, moralisch defiziente oder ohnedies zurückgebliebene Subjekte, die nicht ertragen haben, was unsere mutigen Soldaten heldenhaft durchstanden. Viele Simulanten versuchten sich so *ding ding ding ding* ihrer Pflicht zu entziehen, aber vier Jahre nach dem Waffenstillstand sind die Patienten hier echte Fälle, sehr lehrreich für die Wissenschaft. Wir wenden bei ihnen unsere besten experimentellen Techniken an. Zum Beispiel den Elektromagneten, der ganz vorsichtig stecken gebliebene Metallsplitter aus dem Gehirn, *ding*, den Augen, *ding*, den lebenswichtigen Organen zieht, die Ursache für geistige Störungen sind. Dann Elektroschocks, eiskalte Bäder und Ganzkörperwickel, um heilende Erschütterungen auszulösen. Manchmal auch mechanische Physiotherapie und schließlich der Dialog, wenn er möglich ist. Damit beschäftigt sich ein junger Neurologe, der in Wien studiert hat.

Er versucht es mit einer neuen Theorie, der ich angesichts der wenig überzeugenden Resultate sehr reserviert gegenüberstehe. Die meisten haben den Verstand verloren, oder sie leiden an Hypermnesie, wie mein Kollege die Schübe unglaublicher Erinnerungen nennt. Es ist nicht ausgeschlossen, dass nicht abbaubare Toxine des Kampfgases, durch die Sinushöhlen eingedrungen, einen zerebralen Einfluss haben. Kurz, ich gebe Ihnen diesen Überblick, um den fraglichen Fall abzugrenzen. Unsere Patienten werden meist von ihren Familien zu uns gebracht, außer ein paar wenigen, die keine oder keine mehr haben, und zwei ganz Entstellte, deren Anblick der Umgebung zuwider ist. Dennoch erheben viele Angehörige von Vermissten Anspruch auf sie, so wie diejenigen, die Rodez belagern und sich den Unbekannten aneignen wollen, der das Gedächtnis verloren hat; alle erkennen in ihm einen der Ihren, doch der Zweifel bleibt, und mein vorsichtiger Kollege verschiebt die Entscheidung. Manchmal könnte man meinen, das Gedächtnis der normalen Leute funktionierte nicht besser als das der Gestörten. Unser Gedächtnisloser ist etwas anderes, kein Kriegsfall. Er wurde 1917 zu uns gebracht, einer von denen, die damals aus einem zerbombten Asyl in der Nähe von Bar-le-Duc evakuiert wurden, wo er ohne Behandlung seit Jahren dahinvegetierte. Soweit wir es rekonstruieren konnten, da die Unterlagen des Asyls verbrannt waren, soll er einst verstört und ohne Papiere auf der Straße aufgegriffen worden sein, wahrscheinlich ein Landstreicher, der einer Schlägerei oder einem Unfall zum Opfer gefallen war. Da seine Symptome denen gleichen, die wir behandeln, haben wir ihn zur Beobachtung behalten. Der Fall ist sehr interessant, denn er redet ständig ungereimtes Zeug. Das heißt, er stößt eine begrenzte, zusammenhanglose Litanei von Buchstabenfolgen ohne jede Semantik aus, häufig Neologismen. Außerordentlich seltsam. Doch mein prominenter Kollege, der ihm oft zuhört – ich bewundere seine Geduld –, meint beobachtet zu haben, dass er, vielleicht aus der Tiefe seines zerstörten Gedächtnisses, das Gehirn ist ja unergründlich, zwanghaft eine bestimmte Buchstabenfolge wiederholt: arden, ardane oder radène, aredène, wer weiß. Wir haben an das Departement Ardennen gedacht oder an eine Örtlichkeit, eine bestimmte Stelle oder, was ein deutlicherer Anhaltspunkt wäre, einen Familiennamen. Er hatte dann die Idee, zwischen Besançon, Bar-le-Duc und Dijon nachzuforschen, ob ein Familienname im Klang dieser obsessiven Vokabel entsprechen könnte. Daher gehören Sie, Madame, Monsieur, zu denen, bei denen wir vorgefühlt haben. Gibt es in Ihrer Familie vielleicht eine Person, von der Sie keine Nachricht mehr haben? *Ding*. Einen Vermissten? *Ding*.

Bei jedem *ding* des Brieföffners zuckte ich zusammen. Zwischen Anaïs und Edmond, die ihm gegenübersaßen, sah ich von dem weißhaaarigen Schreckgespenst im Gegenlicht nur das Haar, das um den mit Inseln und Archipelen von Altersflecken übersäten Schädel herumtollte, und in der Mulde des Kinns sein klapperndes Gebiss: Die ganze Zeit, während er redete, dachte ich, es ist François. François ist zurückgekehrt. Das Gespenst aus der Vergangenheit, das auf der Lauer lag wie ein Wolf mit schwefelgelben Augen, der im Gebüsch verborgen seinen nach Zigarre stinkenden Atem ausstieß, es ist hier. Sie sind sehr gütig, sich so viel Mühe zu geben, Ihre Anfrage rührt uns, aber mein Vater ist kein Vermisster, er ist abwesend, sagte Anaïs sanft. Er hält sich seit langer Zeit in Kanada auf, wir suchen niemanden. Perfekt, perfekt, rief die Mumie aus, ich freue mich für Sie, *ding*. Erst da sah ich, dass die Kugel, die er anstieß, ein Schädel aus Kristall mit glitzernden Augenhöhlen war. Anaïs stand schon auf, um sich zu verabschieden, wobei sie über ihr Perlencollier streichend die Mondäne spielte, doch plötzlich sagte Edmond, der sich ebenfalls erhob: Da wir schon hergekommen sind, könnten wir uns diese Person doch ansehen, um ganz sicherzugehen? Ich meine, um endgültig jeden Zweifel zu beseitigen. Welchen Zweifel – in Anaïs' Stimme lag keinerlei Honig mehr –, welchen Zweifel willst du beseitigen? Den von Professor Dieulefit, sagte er gleichmütig, dann ist alles klar. Ist es das denn nicht, mein Freund? Er hätte ihrem sehr schwarzen, grollenden Blick begegnen sollen, der plötzlich durchdringend war wie der unserer Kühe. Das hätte er tun sollen, doch der Professor hatte ihn schon am Arm gepackt und zog ihn mit, sichtlich erfreut, seinen seltsamen Fall vorzuführen: Ich warne Sie, das Subjekt ist in schlechtem Zustand, es gibt Anzeichen von Auszehrung, wahrscheinlich tuberkulös. Ich ging hinter ihnen her durch die Flure mit dem Gefühl, auf die Folterbank zu steigen. Anaïs, ihren Unmut zurückhaltend, ging wie ein Automat, aufrecht von Kopf bis Fuß, ich sah die vor Wut angespannte kleine Rinne in ihrem Nacken. Der unvorsichtige Edmond ging voran und hörte dem geschwätzigen Trauma-Spezialisten zu, der ihm das Arsenal seiner elektrischen Apparate erklärte.

In der kleinen Zelle, die wir zu viert betraten, gab es nur eine an die Wand gemauerte Bank, und auf der saß One Ear. Ich erkannte ihn sofort und erstarrte vor Schreck. Ich hätte ohnmächtig werden sollen. Aber es ist mir noch nie gelungen, das Bewusstsein zu verlieren, wissen Sie. Ich konnte Schweißausbrüche haben, am ganzen Leib zittern, alles um mich herum schaukeln sehen oder mit versagenden Beinen auf einen Stuhl sinken, aber ich bin nie in Ohnmacht gefallen wie die Romanheldinnen. Dabei ist es in manchen Situationen sehr hilfreich, sich abzumelden. Ein paar Sekunden später hob der Wiedergänger den abgezehrten Kopf und musterte uns. Ich kann es nicht besser beschreiben, es glich dem von den Toten auferstandenen Lazarus, dieses fast durchsichtige, hohläugige Skelett, nackt unter dem langen grauen Hemd, die Haut von aschfahlen Flecken überzogen, zahnlos und sabbernd, oh, ein schrecklicher Anblick! Beachten Sie die starke Vertiefung an der Schläfe, sagte der Spezialist. Ein beträchtlicher Schlag dürfte den Knochen eingedrückt haben, der dann in diesem Zustand verheilt ist. Kein Zweifel, dass der Frontallappen geschädigt wurde. Diese Hirnregion betrifft das Gedächtnis, mein junger Kollege vermutet, dass die Sprachstörung daher rührt: Ardenne, Ardenne sang er ihm versuchsweise ins Ohr. In sein taugliches Ohr. Das andere war ihm vom Dynamit abgerissen worden, das wusste ich nur zu gut, oh, gehen wir, stöhnte ich innerlich, Gnade, verlassen wir dieses Grab, Erbarmen, rettet mich! Ardenne, Ardenne, spuckte One Ear, heftig nickend, und sein scheeler Blick durchbohrte mein Gehirn, da kam die Ablenkung von Anaïs. Sie kippte ganz plötzlich um. Es gelang ihr als große Künstlerin, ihren ganzen biegsamen Körper hinsinken zu lassen, den zurückgebogenen Nacken zwischen den Armen ihres verzweifelten Gatten; die erschrockene Mumie rief um Hilfe. Während diese auf sich warten ließ, kam die Ohnmächtige wieder zu Bewusstsein und warf sich dem Schwachsinnigen zu Füßen, umschlang leidenschaftlich seine Knie: Das ist mein Vater, er ist es, schluchzte sie – ohne Tränen, stellte ich fest, aber manchmal schluchzt man trocken –, oh, mein Vater, mein armes liebes Väterchen, in welchem Zustand Sie sind! Wir glaubten, sie hätte den Verstand verloren. Aber das hatte sie keineswegs. Heftig, pathetisch erklärte sie der Mumie und ihrem Mann, die vor Staunen die Augen rollten: Ein Grizzly hat ihm das Ohr abgerissen. Es wäre komisch gewesen, wenn mir zum Lachen gewesen wäre. Dieser furchtlose Jäger hat mit den Trappern Bären, Wölfe und Luchse verfolgt, wir wissen genau, dass er so sein Ohr verloren hat. Seine Verletzung kann uns nicht täuschen, nicht wahr Lottie? Lottie, sag ihnen, dass mein Vater durch einen Tatzenschlag sein Ohr verloren hat, als er in den Wäldern in Far West auf der Jagd war. Auf einmal richteten sich alle Blicke auf mich, aber wissen Sie, so erschrocken ich war, hatte ich mich doch schon wieder gefangen. Ich antwortete absolut ehrlich: Wir wissen, dass sein Ohr abgerissen wurde. Wir bestätigen, dass dies der echte Vater von Anaïs Ardenne ist. Wir haben ihn zweimal bei uns gesehen, fügte ich hinzu, berauscht von meiner irrwitzigen Unverforenheit. Diesmal glitzerten echte Tränen an ihren Wimpern, wie damals, als wir uns so herzerweichend schöne Augen machten, oh mein gutes Lottielein, musst erst du es ihnen sagen, damit sie mir endlich glauben!

Stellen Sie sich vor, sie schluckten ihre dicke Lüge. Ich habe mit keinem Wort gelogen. Ich habe bloß die ganze, reine Wahrheit gesagt, so wie sie war. Doch sie, die flehte, dass ich ihr recht gab, musste glauben, dass ich, wie immer willig, genau das sagte, was sie von mir erwartete, um ihre Komödie zu stützen. Keineswegs. Ich war einfach fasziniert von ihrer *Erfindungsgabe.* Die brauchte man nicht zehnmal am Wetzstein zu schärfen. Ihr fiel ohne langes Überlegen immer das Passende ein. Brauchte es nicht Genie, um am Rand des Abgrunds zu improvisieren, die Situation kaltblütig abzuschätzen und sie durch einen virtuosen Überraschungscoup zu ihrem Vorteil zu wenden, indem sie das fehlende Ohr zum Beweis nahm? So machte sie aus dem Sterbenden, zu dem man sie gegen ihren Willen gezogen hatte, ihren durch die Vorsehung wiedergefundenen Vater. Ich war die Einzige, die dieses Wunder bestaunte, durch das dieser Wiedergänger die Vermissten-Klausel obsolet machte, die dreißigjährige Frist übersprang, verstehen Sie, und da er in nicht allzu ferner Zeit sterben würde, war es ein gutes Geschäft, dass sie nach der Erbfolge die rechtmäßige Erbin der Ardennes sein würde. Das sollte sich als großes Glück herausstellen, als Edmond bankrott ging. Doch es bedurfte noch einiger unangenehmer Prozeduren, bis ihre Aussage anerkannt wurde. Sogar Fotos sollten wir vorweisen. Wir hatten nur Kinderfotos von François, Sie können sich denken, wie ähnlich die waren. Das entscheidende Beweisstück war schließlich das Foto aus der Brieftasche, mit der Hütte, dem Schnee, den Schneeschuhen und der unbestreitbaren Angabe darunter: *François Ardenne und seine Tochter*. Der Zigarrenraucher hatte mit Sicherheit nicht vorhergesehen, dass mit seinem trickreichen Foto derart betrogen würde. Während der Wartezeit bis zur formellen Anerkennung verstarb One Ear, wie es sich gehörte. Mein Täubchen ging nicht so weit, ihn in der Familiengruft beizusetzen, François Ardenne wurde in aller Stille in Bouvier-les-Eaux begraben, es gab eine Todesanzeige in der örtlichen Presse, um die Öffentlichkeit zu informieren, wenn Sie dorthin fahren, können Sie sein Grab sehen. Wie auch immer, Anaïs trug, wie es sich gehörte, ein schwarzes Band am Revers zum Zeichen der Trauer, die sie vor allem um ihren schönen Kindertraum empfand, der durch diese Entwicklung geplatzt war.

Denn von diesem Tag an begann der unvorsichtige Edmond sie mit Fragen zu quälen. Er, der es so eilig gehabt hatte zu heiraten und der sich deshalb wenig um die Vorbehalte des Notars gekümmert hatte, war nach wie vor verblüfft über das exzentrische Wiedersehen. Die schicksalhafte Wendung widersprach seinem gesunden Menschenverstand, die romanhafte Entwicklung wollte dem Anhänger von Logik und Mechanik nicht in den Kopf. In der großen Leere seiner Ferien von der Industrie, dem ländlichen Müßiggang ausgeliefert, versuchte der Unglückliche verbissen, das Rätsel dieses Vaters zu lösen, der so lange abwesend und plötzlich wiederaufgetaucht oder vielmehr so lange – aufgrund welchen Unfalls? – auf den Straßen seiner Amnesie herumgeirrt war, ohne dass irgendjemand von den Ardennes sich wegen seines Schweigens Sorgen gemacht hätte. Er verlangte *Erklärungen*. Anaïs, von der sie gefordert wurden, begehrte auf: Was das Herausfischen von Abwesenden angehe – herausfischen, sagte sie –, hätten die Rambert & Rizzolis sich etwa aufgeregt, als Vitalie verschwand, hatten sie viel nach ihr gesucht? Wer interessierte sich für ihr Schicksal, bevor Tante Victoire ihren Beschwerdebrief geschickt hatte? Es gibt starke Charaktere, die ihre Existenz wählen, statt sie zu ertragen, sie kappen die Taue unwiderruflich. Der Apfel fällt nicht weit vom Stamm: Wie die Mutter, so der Sohn, lachte sie ihm ins Gesicht; oder sie schmollte. Gedrängt, sich zu rechtfertigen, wälzte sie die Verantwortung auf mich ab: Ich war ein Säugling, woran soll ich mich denn erinnern, frag doch Lottie, sagte sie. Und ich spürte die Gefahr und behauptete, ich hätte Wind davon bekommen, dass es einen unverständlichen Streit zwischen François und seiner Mutter gegeben und er sich mit Fernand überworfen habe, auch von seinen Eskapaden im Internat, dem Diebstahl des Kostgeldes und seiner Flucht aus Besançon, ich schwenkte den eingedellten Trinkbecher und strickte weiter an der Fabel einer rebellischen Jugend; das gab ihm etwas Stoff zum Nachdenken, aber nichts Handfestes. Aber du sagst doch, du hast ihn wiederkommen sehen, was hat er da erklärt, und wer ist diese Indianerin, seine Frau, hat er seitdem geschrieben, hat er über eine Rückkehr gesprochen? Ich hielt mich strikt an meine Wahrheit, dass ich ihn einst zweimal gesehen hatte und dass eins seiner Ohren abgerissen war. Um mehr zu erfahren, hätte man Madame Ardenne und die Tanten fragen müssen. Reden wir Bediensteten etwa über Familienangelegenheiten? Anaïs jubelte insgeheim über diese geschickten Antworten.

Hart bedrängt und zurechtgestutzt, um es Edmonds Ungeduld anzupassen, litt das Märchen allerdings stark unter der Kontroverse. Anaïs verzieh Edmond nicht, dass er davon gesprochen hatte, den Zweifel *endgültig* zu beseitigen, wie er es Professor Dieulefit gegenüber ausgedrückt hatte. Wie ein Gift, das ihr ins Ohr geträufelt worden war, fachte dieses *endgültig* ihren Groll an, und sie quälte ihn unaufhörlich, vergalt es ihm, indem sie ihn kalt behandelte und ihm dann wieder schöntat, ihn mit Jacques' Briefen verhöhnte, aus denen sie, ohne sie ihn lesen zu lassen, Argumente für das Abenteuer in den Wäldern bezog: Ihr lieber Freund glaubte wenigstens daran, statt an ihnen zu zweifeln. Was Edmonds Eifersucht auf diesen fernen Rivalen schürte, der sich damals allzu schnell geschlagen gegeben hatte, als er sie beide eng umschlungen unter dem Kreuz überrascht hatte. Sie fand eine neue Lust an diesem grausamen Spiel, die sehr viel lebhafter war als die sinnliche Lust, die keineswegs befriedigt wurde. Man brauchte nicht ins Schlafzimmer zu gehen, um zu ahnen, dass der junge Ehemann nicht der feurige Liebhaber aus den Romanen war. Wie man zur Befriedigung gelangt, muss man lange lernen, und zudem kannte die von Geburt an Unersättliche dieses Gefühl gar nicht. Was außer meinem magischen Finger hat sie je selig gemacht? Ihr erstes Kind brachte sie zu Hause zur Welt wie man einen Brief zur Post bringt. Ich, die ich schon viele Niederkünfte unter Krämpfen gesehen hatte, war völlig verblüfft. Ich hatte ihren runden Bauch so geliebt, diese vollkommene Kugel mit dem vorspringenden, anbetungswürdigen Bauchnabel, und die Entbindung gefürchtet. Diese so leichte Niederkunft erfüllte mich mit Melancholie für ihre Mutter, die allein in der Blockhütte geboren hatte, während sie als Prinzessin in gestickten Laken ohne große Anstrengung niederkam – wird sie dem Kindchen einen magischen Namen geben, fragte ich mich. Von wegen. Sie spielte eine Weile mit dem Baby, steckte gern die Nase in sein köstliches Fleisch, gesättigt vom animalischen Wohlgefühl ihrer Milchfülle, dann wurde sie seiner müde und mietete eine Amme, die es von seinem hohen Stuhl fallen ließ. Weinte nicht sehr, als sie es zu Grabe trug. Das zweite amüsierte sie schon weniger. Es schrie. Mit sechs Monaten erstickte es. Ihre kurzen Leben waren nur ein bedeutungsloser Zwischenfall, gerade so, als läge es in der Natur dieser kleinen Wesen, aufs Leben zu verzichten, sich auf den Zehenspitzen zurückzuziehen, aufzugeben, während ihre verrückten Erzeuger in den Abgrund rasten. Er war damit beschäftigt, seinen Ruin zu vollenden, entließ die Zofen und den Pferdeknecht, stieß Pferde, Autos, Aktien und Obligationen ab, verkaufte das Haus in Paris an den Meistbietenden, behielt nur das Motorrad im Pferdestall; sie war ganze Tage lang mit ihrer beschäftigungslosen Person beschäftigt, betrachtete das Debakel mit verächtlichem Lächeln und probte vor ihrem Spiegel die Miene der beleidigten Diva. Ich sah, wie sich innerhalb weniger Jahre ihre grausame Metamorphose vollzog, sie einst unerschrocken, fröhlich, bezaubernd, er ein träger, millonenschwerer Lausejunge, beide auserkoren, sich in gegenseitigem, zerstörerischem Einverständnis zugrundezurichten. Eine gestörte Triebfeder verwandelte ihre Liebe in die negative Leidenschaft der Verwüstung, sie überboten sich gegenseitig und stürzten sich aneinandergekettet in die Katastrophe. Auf solchen Gipfel getrieben, grenzt die Freude der Verzweiflung an Glück. Da sind wir, sagte ich mir. Da haben wir wieder das reine Glück der Ardennes. Die Quintessenz von Glück, die dieses Haus verströmt, seit seine ersten Bewohner es auf schlechtem Grund am Ufer der Flane gebaut haben; seine Mauern und Fundamente infizieren mit ihren schlammigen Ausdünstungen diejenigen, die es beherbergt, ihre Nerven, ihre Leber, ihr Herz, ihre Seele wird krank davon; gut Freund mit Rückschlägen und widrigen Umständen, die solche Häuser durch ihren Untergrund anziehen, sind sie wie ein treibendes Floß, das ein böser Traum davonträgt, das ist das verfluchte Glück der Ardennes.

An dem Tag, als Edmond am Balken über seiner aufgebockten Blériot B20 Tourisme hing, verspielte Anaïs ihre letzten von ihm geschenkten Juwelen im Casino von Evian-les-Bains, wo sie sich in eine Zufallsbekanntschaft vernarrte, einen bolschewistischen Paria, der sich in der Schweiz versteckte, wie ich später erfuhr, aber es hätte genauso gut sonst wer sein können. Dieses ewige Kind brauchte Abenteuer im Übermaß, sie erlebte mit ihm mehr als erhofft und verließ uns wie einen abgelutschten Brotkanten. Kurz, sie war nicht mehr da, um ihn vom Balken zu schneiden und bei seinen Eltern zu beerdigen, wie er testamentarisch verfügt hatte. Er hatte nichts anderes mehr zu testieren als diesen schlichten Wunsch. Wie die Zeitungen berichteten, war es eine schöne Beerdigung, die ganze Prominenz seiner Pariser Plünderer war auf dem Friedhof Père-Lachaise versammelt;

nehmen Sie noch von den Pilzen. Lassen Sie sich den Appetit nicht verderben. Mir verdirbt es ihn ja auch nicht. Ich brauchte einen guten Magen, um all das Ungenießbare zu verdauen. Einschließlich meines Verbrechens, dass ich One Ear die Schläfe eingeschlagen habe mit der Bronzenymphe, die Sie vorhin betrachtet haben, als wäre sie das Horn des Teufels. Ich habe sie tausendmal genauso angeschaut. Jedesmal, wenn ich vorbeiging, krampfte sich mir der Magen zusammen, ich sah wieder, wie Delphine und ich zur Flane liefen und ihn hineinwarfen, wie die Strömung ihn davontrug, bis er in den Strudeln versank, während um mich herum die dichte Dunkelheit wogte wie blutige Laken auf einem großen Wäscheständer. Was mir den Magen umdrehte, waren nicht so sehr Gewissensbisse. Gewissensbisse sind die Verdauungsstörungen von Feiglingen, die sich die Wunde blutig beißen, um sich daran zu weiden. Was getan ist, ist getan, ob gut oder schlecht. Wir sind unsere Taten, ich bin diese. Schluck's! Wann immer ich danach das Tintenfass, die kleinen Brüste, den kleinen Hintern der Nymphe polierte, kicherte ich fröhlich. Oh, sagte ich mir, sie haben dich schön reingelegt. Wie stark sie sind, dass sie dich in ihre Machenschaften verwickelt haben, und solche Künstler im Lügen, immer auf Böses aus, auf Verrat und Rache, seit Generationen schmoren sie im eigenen Saft, und du, zurückgebliebene Lottie, fällst in den Topf, schmorst mit ihnen, und kochst mit ihnen aus vollem Herzen in ihrem Süppchen. Dann sagte ich mir: Du gehörst dazu. Du bist von derselben Art. Auch wenn du bei den Carmeaux geboren bist, du gehörst zu den Ardennes. An der fernsten Quelle meiner Erinnerungen, in den Johannisbeersträuchern lauernd, hätschle ich bereits meine in die Mäander der Flane geschmiegte Wiege aus Laub und Dächern, sie zieht mich an, sie ist mein Eigentum.

Seit die zweiköpfige Kreatur vorbeigegangen ist, rannte ich darauf zu, so schnell ich konnte. An jenem Tag war es mir gegeben, den Umschlag zu verstecken, dann an jenem anderen, One Ear zu töten, damit er an einem weiteren wiederauftaucht. Damit Jahre später Anaïs durch ihre schamlose Lüge eine Wahrheit aufdeckt, die sie selbst nicht kannte. Es ist das Mindeste, was diesem Wiedergänger gebührt, dass er unter einem Grabstein mit dem eingravierten Namen François Ardenne ruht. Ich erzähle Ihnen die Geschichte von all dem, aber glauben Sie mir nicht alles aufs Wort, ich bin nur die Vortragende.

Allerdings, wenn es ein Zeugnis dafür braucht, dass ich nicht alles erfunden habe, der versiegelte Umschlag ist immer noch da. So hüte ich das Haus. Ich bleibe da. Wo in aller Welt sollte ich sonst wohnen? Hier ist mein verbriefter Platz. Kein Nachkomme fordert ihn zurück. Ich ahnte schon, dass Anaïs, nachdem sie ihrer Wege gegangen war, ebenso wenig zurückkommen würde wie ihr Vater. Anscheinend ist sie Ende der Dreißigerjahre gestorben. Sie ist nicht alt geworden, was? Die Nachricht hat uns einige Zeit nach der Befreiung erreicht, durch eine Überläuferin, die behauptete, sie gekannt zu haben, als sie in der Nähe eines Lagers in Magadan unter Hausarrest stand und ein Kind bei sich hatte. Ein Verein, der Zeugnisse sammelte, schrieb hierher, an die Adresse der Familie Ardenne. Ich habe die Nachricht mit dem Vermerk *Empfänger unbekannt* zurückgehen lassen, was nur halb gelogen war. Vorausgesetzt, die Nachricht von ihrer Verbannung stimmte, welche Verirrung hatte sie so weit weg von unserem Tal geführt, wie war sie in diese Tundra mit den vom Nordwind gekrümmten Ebereschen und Zwergbirken gelangt, in diese Winterhölle, wo der wilde Säbelzahntiger und der Eisbär umherstreifen und die menschliche Bestialität herrscht. Wenn die verschneite Dunkelheit dieser Gegenden derjenigen gleicht, in der sie als Waldprinzessin geboren wurde, hat sie womöglich geglaubt, endlich ihren Traum zu erreichen, als sie ihrem geliebten Paria folgte, der sie dann also zum Schabernack in ihren Hafen führte. Ein schlimmeres Los als das, was der böse Geist des Märchens ihr zugedacht hatte, sagte Lottie lachend und rieb sich die Hände vor dem Feuer, was für eine historische Verwechslung! Dann drehte sie sich zu mir um: Ich glaube, dieser Schluss brüskiert Sie. Vielleicht sind Sie enttäuscht, dass meine große Liebe zu Anaïs so umstandslos zu Ende war, aber bedenken Sie, dass ich sie seit nun fünfzig Jahren überlebe, ohne dass sie mir fehlt und ohne Trauer, weil sie uns verlassen hat. Sie ist verfault von ihrem Baum gefallen, während ich auf meinem geblieben bin, ein alter, überreifer Apfel und immer noch im Lot, und es hat mir viel Spaß gemacht, dass sie mich durch die für mich passende Tür in dieses Haus gebracht hat. Anais hat mir mehr als genug gegeben. Was schert mich da, welche Laune sie dazu trieb, diesen oder jenen zu erwählen, Jacques, Edmond oder den Bolschewiken, und dass sie daran starb, jeder sucht sich aus, was ihm passt, und bei all den furchtbaren Toden, den Millionen Toten der Schlachtfelder und der Asche dieses mörderischen Jahrhunderts, bei all den unter Atomwinden Verstrahlten in ihren Gruben, was gilt ihr Tod dort auf einem Bettgestell in einer Blockhütte gleich der ihrer Mutter, und wenn ihr Kind wirklich existierte, wenn es sie trotz Kälte, Verfolgung und Hunger überlebt hat, ist es besser, dass es nie von uns erfahren hat, jetzt, da die Ardennes erloschen sind. Sind sie es wirklich für Sie, die zur *rechten Zeit* gekommen ist, um mir zuzuhören? Letzten Endes gewinnt meine Erzählung, selbst in den Wind geschrieben, doch jetzt genießen wir die Mispeln und die Preiselbeeren, die ich heute morgen gepflückt habe. Es ist selten, dass man sie zusammen isst, denn die einen sind beim ersten Frost reif, die anderen sind die letzten Früchte des Sommers. Ich zuckere sie nicht, um ihrer natürlichen Würze zu schmeicheln, doch wenn mein Rohrzucker Sie lockt, nehmen Sie ruhig. Den braunen Zucker lässt sich Madame Quenotte von ihrem Sohn, einem Fernfahrer, aus Belgien mitbringen wie auch andere vorzügliche Waren, die Sie im Coop sicher nicht finden werden.

Als ich Lottie drei Monate später mit meinen Festtagseinkäufen besuchte, hatte sie keine solchen Köstlichkeiten mehr; auch ihren Schwung hatte sie verloren. Ihre einst so flinken Bewegungen waren verlangsamt, als wäre sie besiegt, eine kindliche Weichheit hatte ihre Züge geglättet und verbarg ihre Müdigkeit, sie holte nur sparsam Luft, um ihren aus den Bronchien pfeifenden Atem zu schonen; ihr verschwommener Blick hinter den großen Brillengläsern blieb am Feuer hängen, von dem kleine Funken aufstoben, die zischenden Säfte des Holzes umnebelten ihre Röcke. Sie traute sich nicht mehr, Holz aus dem Schuppen zu holen, und sparte an dem Vorrat, den ihr der Pächter ab und zu ins Haus brachte. Tief in den Sessel verkrochen, den Hintern in ihre Kissen gezwängt, behielt sie ihre beiden Lebensquellen im Blick, auf der einen Seite den Kamin mit seinem Ruß und seiner Asche, auf der anderen, wenn sie sich den Hals verrenkte, das vom niedrigen Fenster eingerahmte Eckchen Winterlandschaft mit dem alten, verlassenen Brunnen und dem Anfang der Ulmenallee, darüber die kahlen Bäume am Steilhang und ganz oben den durchbrochenen Kirchturm. Von diesem Posten herrschte sie über ihr Drinnen und Draußen, zumindest über diesen melancholisch stimmenden Überrest, auf den sich ihr Reich seit dem Sturz im Garten beschränkte. Dort ließ sie sich bei Tagesanbruch nieder und fachte die schwache Glut an, während ich mein improvisiertes Bett wegräumte und die Mühle für unseren Kaffee drehte. Sie ließ mich das Frühstück zubereiten und dann unsere Schalen waschen, aber machen Sie es auf meine Art, schimpfte sie aus ihrem Sessel, mit dem Lappen, nicht mit dem Scheuerschwamm, der zerkratzt das Porzellan, dann setzt sich das Tannin fest. Ich gehorchte, und es tat mir in der Seele weh, dass sie mir erlaubte, an ihrer Stelle die kleinen Arbeiten zu erledigen, die bisher ihr eifersüchtig gehütetes Vorrecht gewesen waren. Das afrikanische Feldbett ist nicht sehr bequem, maulte sie zur Entschuldigung, aber es gibt gewiss ein härteres Lager, mein polnischer Passant hätte es schön weich gefunden im Vergleich zu dem, was er erlebt hat, von der schrecklichsten Sorte. Stellen Sie sich vor, ich glaube, ich habe ihn irgendwann in der Zeitung erkannt, die mir die Pächterin bringt. Er ist auf dem Foto von einem Prozess, der gerade stattfindet, gegen einen lange gejagten Naziverbrecher, haben Sie davon gehört? Die Seite liegt in der Schublade, zusammengefaltet unter der kleinen Valda-Pastillen-Dose, in der ich mein Kleingeld sammle. Da, in der letzten Reihe, zwischen den vielen Leuten: Er wendet den Kopf ab und verschwindet schon aus dem Foto, wie auf dem Rückzug, aber ich bin sicher, dass er es ist. Ich bin ganz sicher, sagte sie und hielt das Foto dicht vor ihre dicken Gläser. Obwohl ich das auf grobem Papier schlecht abgedruckte Bild, obendrein die schlechte Wiedergabe einer Fernsehaufnahme, mit größter Bereitschaft durchsuchte, zweifelte ich, dass irgendwer imstande wäre, irgendwen in dieser Gestalt zu identifizieren, deren Profil sich in Farblosigkeit, Körnung und Druckerschwärze verlor, aber um nichts in der Welt hätte ich Lotties Überzeugung widersprochen. Nicht, weil ich sie mit der Gewissheit verschonen wollte, dass sie sich etwas einbildete, sondern weil sie mir beigebracht hatte, dass die Schärfe unserer Augen zuweilen versagt, dass sie aber, durch die List von Kurzsichtigkeit oder Träumerei abgelenkt, manchmal hellsichtiger werden und Wirklichkeiten erreichen, die der Augenschein ihnen vorenthält. Wenn sie auf diesem unmöglichen Bild denjenigen entdeckte, der eines Abends ihr erster Gast gewesen war und sie mit seinen Fragen auf die Idee gebracht hatte, zur Quelle hinaufzusteigen, vertraute ich auf die Verwirrung ihrer Gefühle oder deren große Hellsicht, die ihn in diesem Papiergespenst erkannte. Er ging nicht aufs Geratewohl vor sich hin, sagte sie, er suchte jemanden in den Ländern der Welt, die er zu Fuß durchquerte, ohne je umzukehren. Wenn er ihn am Ende gefunden hat, umso besser. Oder umso schlimmer, denn wohin wird er jetzt gehen, nachdem er ihn bis dahin verfolgt hatte, wohin er ihn verfolgen musste?

So angegriffen sie auch war und trotz der drei Monate, die seit meiner Abreise vergangen waren, schien es, als setzte sie unser Gespräch da fort, wo wir es unterbrochen hatten; aber vielleicht war eher ich, da ich es während meiner Abwesenheit ständig fortgesetzt hatte, kaum bei ihr angekommen, wieder vom Lauf ihrer Gedanken gefangen, deren seltsames Prinzip mir inzwischen vertraut war, das die Episoden stets auf Umwegen verband und zwischen toten und umkehrbaren Zeiten hin und herging, und vielleicht musste ich selbst an die ewige Rückkehr des Passanten glauben, der sich entfernt, ohne jemals mit denen abzuschließen, die er verlässt. Es ist nicht gerade warm in dieser Küche, verkündete ich, wir machen uns ein ordentliches Feuerchen. Da kaum noch Holz da war, beschloss ich, welches aus dem Schuppen zu holen, was Lottie ohne Zaudern akzeptierte: Ziehen Sie meine Gummistiefel über Ihre Stiefelchen, sagte sie, sonst sind sie hin, und nehmen Sie den Rechen, um den

Schnee wegzuharken, mit der Schaufel ist es zu anstrengend. Kaum geübt in solcher Arbeit, die ich später in Vancouver erlernte, bahnte ich mir schließlich nicht ohne Mühe einen Weg durch den Schnee, der mir stellenweise bis zur Hüfte reichte. Kein Gemüsegarten, kein Brunnen, keine Sträucher ringsum, kein Zaun um die Weide, nur das erstarrte Wogen weißer Wellen, alles war unter der aufgetürmten Watte verschwunden, bläulich gefärbt durch die tief hängende Wolke, die die schwarzen Kronen der Ulmen in weißlichen Nebel hüllte. Die eisige Luft bedeckte das Tal mit so dichter Stille, dass mich das kleinste Knacken eines Zweigs oder das Krächzen einer unsichtbaren Krähe, beides erschreckend deutlich, zusammenzucken ließ. Ich ging vier oder fünf Mal hin und her, damit Lottie genug Holz hätte; beim letzten Mal blieb ich vor dem Pferdestall stehen. Schon vorher hatte ich nach dem großen, abweisenden Tor geschielt, dessen halb aus den Angeln hängende rissige Flügel durch eine quer darüber genagelte, gleichfalls schneebedeckte Holzschindel und zusätzlich durch eine rostige, an großen Nägeln hängende Kette verschlossen waren. Diese Hindernisse schützten das Tor so schlecht, dass es beim ersten Stoß nachgab und pudrigen Schnee auf mich niedergehen ließ, der vom wilden Wein an der Fassade fiel. Doch der Flügel widerstand meinem Druck, blockiert von einem unergründlichen Haufen Lumpen und alter Gerätschaften, deshalb warf ich nur durch den Spalt einen Blick in den Raum, der durch ein Loch im Dach von blassem Tageslicht erhellt wurde, offenbar war seit Ewigkeiten niemand mehr drinnen gewesen. Oben sah ich eine Tenne, von der Fetzen verfaulten Strohs herabhingen, darunter ein Durcheinander von Korbsesseln voller Vogelmist und Schimmel, das Wrack eines mit grünspanbedecktem Leder gepolsterten Karrens, dessen Deichsel mit Spinnennetzen voller Ungeziefer verziert waren, ehemalige Pferdeboxen mit Bretterwänden und zerfallenen Futterkrippen und zwischen all dem das auf der Seite liegende Gerippe des Motorrads, wie es, dachte ich, im Straßengraben gelegen hatte, bevor Edmond an einem Frühlingstag über die Mauer kletterte, schon damals lag die Maschine so da, beendete ihre Fahrt wie ein erschöpftes Tier. Schneller als mein Gedanke suchte mein Blick senkrecht darüber den Balken, an den er seinen Strick geknüpft hatte. Mit der widerwärtigen Genauigkeit eines Traums erschien mir sein in der Ruine schaukelnder Leichnam, bei diesem Anblick floh ich und ließ das Tor offen. Ich sah wohl recht blass aus mit meiner Last auf den Armen, was Lottie nicht entging, der Schnee steht Ihrem Teint nicht, warf sie mir vor, machen wir schnell unser Feuerchen an, um uns das Herz zu erwärmen, kommen Sie her, stellen Sie Ihre Füße dicht neben meine. Bis es taut, sind Sie meine Gefangene, frohlockte sie unverhohlen.

Während des Tages, den wir vor dem Kamin verbrachten, störten uns weder die Pächterin noch die Coop-Lieferanten oder die Krankenschwester, die durch das Wetter verhindert waren, nur Lotties näselndes Radio berichtete unter seiner Plastikhaube von starkem Schneefall, den die Wettervorhersage nicht erwartet hatte, von stecken gebliebenen Autos, gerissenen Stromleitungen, Maßnahmen der Präfektur, um die blockierten Straßen freizuräumen, abgelegene Bauernhöfe zu versorgen und das Leitungsnetz im Departement zu reparieren. Bei uns dauerte der Stromausfall nur ein paar Stunden, plötzlich war die Küche so dunkel, als wäre schon am Morgen die Nacht hereingebrochen, was mir Gelegenheit gab, die Petroleumlampe anzuzünden, die mir Lottie einst am Abend meiner Ankunft mitgegeben hatte. Nach ihren Anweisungen regulierte ich mit dem Rädchen die Höhe des Dochts in seinem gezahnten Messingring und justierte die Flamme, die flackerte, nach oben im Glaskolben dünner wurde und ein feines, spiralförmiges Rauchbändchen ausstieß; anders als am ersten Abend, als ich nichts von ihrer Schönheit gesehen hatte, verliebte ich mich nun in ihr wachendes Licht, das nur notdürftig Gesichter und Hände erleuchtet und das Halbdunkel ringsum träumen lässt, in ihre Leuchtkugel, die Schattenspiele auf die Balken wirft. Während das elektrische Licht die Formen deutlich macht, löscht dieses sie aus, im Einklang mit der Dunkelheit macht es unsere Augen mit dem vertraut, was es mit anrührendem Zittern berührt, und mir fiel Lotties spöttische Bemerkung wieder ein, als sie das Licht im Salon eingeschaltet hatte. Der knisternde Glühfaden in der Birne verbreitet ein rohes, seelenloses Licht, während die glänzende, bauchige Petroleumlampe durchaus eine Seele hat, ihre zuckende gelbe Flamme mit dem blauen Herzen. Von diesem dunklen Tag am Jahresende bleibt mir die Erinnerung an einen Lichthof, der Lotties altes Gesicht und ihre Hände zart wie ein Pinselstrich umgab, an den Zauber dieser lebendigen Quelle, die ihre Züge wechselvoll gestaltete, als erleuchtete sie ihre innere Landschaft. So hatte ich in meiner Kindheit das Gesicht meines Vaters gesehen, ebenso ins Licht des Radioapparates gehüllt, wenn er rittlings auf seinem Stuhl saß, die Arme auf der Lehne verschränkt und das Ohr an das goldene Gitter gepresst, aus dem leise die Stimmen von anderswo drangen. Wenn er auf der Suche nach dem Sender den Knopf drehte, nahm die Intensität der kleinen Lampe zu oder ab, blinkte, bevor sie sich stabilisierte, und veränderte seinen in besorgter Aufmerksamkeit angespannten Gesichtsausdruck, sein Blick verlor sich im Leeren, als hörte er etwas von dort, ohne das Halbdunkel um uns herum zu sehen, in dem Ungeheuer und böse Gnome lauerten, vor denen ich ihn gern gewarnt hätte, um mit ihm für immer durch den Lichthof des Lämpchens geschützt zu bleiben. Diese seltene glückliche Erinnerung, die ich an meinen Vater habe, mischt sich mit der an den letzten mit Lottie verbrachten Abend, wir beide, umzingelt von Kälte und Schnee, vor den Flammen des Kamins und der Petroleumlampe, in einem Licht, wie es ein in der Weite der Wälder verlorener Wanderer von einer Anhöhe herab im stürmischen Wogen der Nacht erkennt oder vom Kurs abgekommene Piloten beim Überfliegen der Wüste, wo das schwache Glühen von Beduinenfeuern ihnen zeigt, dass in der Welt ihrer Einsamkeit jemand über die Wärme und das Licht wacht; so schwach dieses menschliche Fanal gegen den Ansturm der Naturelemente auch sein mag, hier, am Kreuzungspunkt aller Kräfte des Universums widersteht doch dieses Licht, dessen Dasein tröstet, als Inbegriff der einfachsten und mächtigsten Freude.

Als das Licht wieder anging, verletzte seine Schroffheit unsere Augen, weshalb wir uns einig waren, es sofort wieder auszuschalten. Draußen war es inzwischen dunkel, eine trübe, von Wolken schiefergrau gefärbte Nacht versperrte den Blick durch die Fenster, und während wir träge Leberpastete aufstrichen und auf der Glut Crépinettes grillten, plauderten wir leise. Das Flüstern schonte Lotties Kurzatmigkeit, es passte zu dem abgeschlossenen, von unhörbaren Echos erfüllten Raum, wie ein Bienenstock auch mit leeren Waben noch weitersummt; unter diesen Wellen mit geringen Amplituden wisperte ein fließendes Rauschen seinen Gesang, unsere Stimmen überdeckten es oder ließen sich von seinem Basso continuo tragen, hören Sie die Flane, sagte sie beiläufig, als wir einen Moment schwiegen, das ist das nie verstummende Summen aus ihrer Kehle. Es steigert sich bis zum Röcheln, verhallt aber nie, mein Leben lang habe ich ihre Stimme gehört und weiß immer noch nicht, was aus ihrer Geschichte von hundert mal hunderttausend Jahren Flussleben sie ewig wiederholt, immer dasselbe Unvorstellbare und stets wieder Neue, aber sagen Sie mal, haben Sie vielleicht Antennen, um zu erraten, dass ich Sie herbeigewünscht habe, wo ich doch schon so lange niemanden mehr erwarte, und dass Sie mich Champagner trinken lassen, bis ich beschwipst bin? Das war ich nur einmal, in einer Winternacht 1944, das war vielleicht ein Besäufnis! Sie wissen ja, dass ich die Küchentür nie zumache. Alle anderen schon, aber diese nicht. Solange ich drin bin, will ich, dass das Draußen hereinkann, aber in jener Nacht bekam ich Gäste serviert, die ich nicht eingeladen hatte. Gegen zwei Uhr morgens wurde ich von Geräuschen geweckt. Nicht von denen, auf die ich in meinen schlaflosen Nächten lausche, ich kenne alle Geräusche dieses Hauses wie die meines Körpers, es war etwas Tierisches, das Kratzen von Fell, das Trommeln von Hufen, ich werde doch wohl kein Wildschwein in der Küche haben, sagte ich mir, das ist schließlich nicht die Jahreszeit, in der die Brunft sie so verrückt macht, dass sie sich zu den Menschen wagen. Ich steige aus dem Bett, drücke mir mit einer Hand den Stuhl vor den Bauch wie ein Schild – stellen Sie sich vor, einen Korbstuhl mit zarten Beinchen –, in der anderen halte ich meinen Bettwärmer. Er zog schwer an meinem Arm, aber damals war ich kräftig. In diesem Aufzug bin ich mit kriegerischem Schritt den dunklen Flur entlanggegangen und habe die Tür aufgestoßen, die Sie da sehen, in Erwartung irgendeiner Bestie, die meine Küche verwüstete. Von wegen! Es waren Männer. Drei standen, einer war im Sessel zusammengesunken, soweit ich es im Licht ihrer Sturmlampe sah, alle drei brutal, zottelig, schwarzbärtig und nachtschwarz, in nassen Kleidern, weshalb ich sie für Mörder hielt. Ihr Staunen war ebenso groß wie meins, als sie mich mit meinem Stuhl und meiner Bettpfanne bewaffnet auf der Schwelle auftauchen sahen; sogleich richtete einer unter seiner Kapuzenmütze das Gewehr auf mich. Auch diesmal bin ich nicht in Ohnmacht gefallen, ich war eher verblüfft als verängstigt. Weniger als sie jedenfalls, die mich auf einen Stuhl warfen, mir den Lauf an die Kehle drückten und mich ausfragten: Wer ist noch im Haus, wie viele, wer schläft oben? Niemand, sagte ich, es ist niemand da außer mir, und ich bin niemand. Es gibt nur Lebensmittelmarken hier, kein Geld, ich dachte an die Räuber von einst, die die Füße der Bauern angekokelt haben. Zwei gingen das Obergeschoss zusammentreiben und stießen sich überall, vergessen Sie nicht, dass es dunkelste Nacht war. Am Ende kamen sie natürlich unverrichteter Dinge zurück. Der mit der Kapuze hatte immer noch auf mich angelegt: Verbandskasten, sagte er, Watte, Alkohol, Binden. Da habe ich mir gesagt, das sind Anarchisten auf der Flucht, sie sind in größerer Gefahr als du. Macht erst mal den Fensterladen zu, empfahl ich ihnen, und die Tür: Sonst sieht jemand draußen eure Sturmlampe und kreuzt hier auf. So ruhig, dass sie gehorchten. Mein Nachthemd zwang sie dazu. Dann kümmern wir uns um die Krankenpflege, ordnete ich an. Ich fühlte mich nicht wohl in meiner Haut wegen dieser Kriegsgeschichten, ich habe zwar keine Ahnung von Politik, aber ich sehe, was für eine Sauerei das ist. Es ist wie bei der Cholera, die Männer strömen in die Kasernen, legen Helme und Rüstungen an, Maschinen stellen die Granaten her, die von Banken finanziert werden, das endet in Gemetzel, Bränden, Leichenhallen und Massengräbern, Wunden und verzweifeltem Geschrei; eine Kolik geht vorbei, dann kommt die nächste: Sehen Sie sie, wie sie ihre Eingeweide wie Girlanden über den Armen schwenken und im Mondlicht des nächsten Krieges ihre Gigue tanzen, das macht mich wahnsinnig, aber was kann ich machen, ich, Kreatur?

Diesen da habe ich Velpeau-Binden und Jodtinktur gegeben – ihrem Verletzten war die Schulter bis auf den Knochen aufgerissen –, dazu Äther zur Betäubung, davon hat er auf die Kacheln gekotzt; dann ein Omelett aus zwölf Eiern, meine Wochenration. Die Vielfraße leerten meinen Topf mit Rillettes und gleich noch mein Johannisbeergelee, meinen Rhabarber. Mit echtem Rohrzucker gekocht, die letzten Gläser, die ich sorgsam aufhob, da es nur noch Saccharin gab. Das waren Kinder mit rosigem Teint und weißen Händen, zum Heulen jung mit ihren drei Schnurrbarthaaren. Ich sah, dass diese Fantasten an die Zukunft glaubten, ihre zarten, jungen Herzen bebten vor Hoffnung auf eine andere Welt als die zum Schämen abscheuliche unsrige. Auch wenn sie sich als raue Kämpfer gaben, brauchten sie eine Stärkung. Ich auch. Während ihr Verwundeter schlief, tranken wir Wein und dann Cognac aus dem Vorrat von Edmond, eine sehr seltene Korbflasche; ich glaube, eine ist sogar noch im Keller. Machen wir sie auf, meine Schöne, damit ich beschwipst werde wie an jenem Morgen, als sie in der Dämmerung aufgebrochen sind. Obwohl ich nicht gerade verführerisch bin, haben sie mich auf die Wangen geküsst wie ihre Verlobte, ich sah durchs Fenster in der niedrigen Tür, wie sie ihren Verletzten stützend davonzogen. Unter den Ulmen hing dichter Nebel, der Waldsaum wurde hell, so verschwanden sie. Ich glaube, dass sie den Wanderweg lange kannten, bevor das Fremdenverkehrsamt ihn zum Sommerspazierweg erklärte. Bei solchen Unschuldigen fiel es mir nicht schwer, tapfer zu sein. Sie werden es nicht glauben, aber das war meine einzige Heldentat als Terroristin wider Willen und mein einziges Besäufnis, aber was für eins! Ich war so betrunken, trunken von trauriger, so himmeltrauriger Freude, dass ich mich auf dem Boden wälzte und Tränen herausbrüllte. Dann wurden wir *befreit*. Neben den GIs mit ihren Jeeps gab es plötzlich eine Menge Helden im Land, sie kamen aus allen Löchern. Diese Widerstandskämpfer der letzten Stunde haben sich darangemacht, die Brut zu säubern. Eine Menge Zeit ist vergangen, ein Jahr nach dem anderen, aber ich erinnere mich immer noch an mein Besäufnis mit diesen Kindern, und im Herzen lache ich mit ihnen. Ah, wie gern ich Sie habe, dass Sie wie der Weihnachtsmann gekommen sind, um mir das Geschenk Ihres Besuchs zu machen. Da, nehmen Sie dafür diese Brosche, das ist mein Neujahrsgeschenk.

Ihre Finger zitterten nicht, als sie die Kamee von ihrer Bluse nestelte, obwohl wir nach dem Champagner noch Cognac getrunken hatten, den letzten Cognac von Edmond, mit Wachs versiegelt, von 1892. Holen Sie die Kristallgläser aus Ungarn, unten im Geschirrschrank, Séverine hat sie Fernand zur Hochzeit geschenkt. Wir werden einen neunzigjährigen Nektar verkosten, höchste Zeit, ihn niederzumachen, sagte Lottie und ließ den bernsteinfarbenen Inhalt ihres Glases im Gelb der Flammen funkeln. Überlegen Sie nur, im Jahr meiner Geburt, während meine Mutter auf dem verlausten Carmeaux-Hof niederkam, haben ihn die Weinbauern der Charente in Eichenfässer gefüllt, nur damit wir ihn heute Abend trinken. Eiche aus dem Wald von Tronçais, wohlgemerkt. Kerzengerade und natürlich ausgeästet, edle Gewächse, die Druiden verehrten sie einst wegen ihrer unverwüstlichen Haltbarkeit. Wissen Sie, dass dieser wunderbare Eichenwald, einst gepflanzt, um die Bootsbauer der Marine zu versorgen, von den Herren der Eisenhütten fast völlig verwüstet wurde, weil diese Vandalen daraus Holzkohle machten? Justin hätte sicher viel Geld aus diesen Bäumen geholt, wie hier aus unseren. Ich habe die Geschichte dieses Waldes, den Colbert für den König pflanzte, in einem Buch aus der Bibliothek gelesen, das vom Leben des großen Architekten uneinnehmbarer Festungen erzählt. Dieser Visionär, der sich allerdings keine Schiffe ohne Masten vorstellen konnte, wollte Frankreich bis ins Jahr 2000 gutes Holz für die Marine garantieren! Vielleicht erleben Sie dieses Jahr noch, ich nicht. Mein Jahrhundert ist vorbei, daran kann ich ablesen, dass meine Tage gezählt sind. Wenn die Bibliothek ein Richtmaß für mein Leben ist, bin ich bald fertig damit, all ihre Bücher gelesen und wiedergelesen zu haben, bis zum letzten Schmöker, bis zu den Orakeln des Almanachs. Die Atlanten sind abgenutzt, voller Eselsohren, so oft schlage ich die Karten der Ozeane und Kontinente auf, um eine Welt zu erfassen, die mir immer unbekannt bleiben wird, weil ich mich nie von hier wegbewegt habe. Ich kann die Romane noch so oft wiederlesen, sie enden alle auf dieselbe Art, die allerdings nicht ihre Vollendung ist, auch die Wissenschaft schafft es nicht, unsere Geheimnisse zu erhellen, sie verdunkelt sie eher. Es wird Zeit, die letzte Seite dieses seltsamen Buchs umzublättern, das sie alle in ihrer zufälligen Zusammenstellung bilden, die kein Verstand bewusst aus den unzähligen, die es gibt, vereint hat, und doch hat ihr Zusammentreffen mich ausgewählt und mit ihren Stimmen verfolgt, darunter die der *Parallelbiografien*, die auf meinem Nachttisch liegen, vielleicht habe ich deswegen ohne Angst die Besucher empfangen, die auftauchten, Gespenster oder Lebende, angezogen vom Haus der Ardennes wie Doppelgänger oder Brüder von meiner Art, und Sie, die Letzte, die diese Brosche als Erinnerung an mich aufbewahren wird, ich schenke sie Ihnen. Obwohl sie mir nicht gehört, müssen Sie wissen. Ich habe sie von Vitalies Hals genommen, ohne ihre Erlaubnis. Es wäre doch sehr schade gewesen, wenn ein so schönes Schmuckstück mit ihr ins Grab gegangen wäre, echt historisch und neapolitanisch, gegeben und gestohlen und weitergereicht von Hand zu Hand, dieses lachende, lügnerische Kind erzählt viele Geschichten. Ich gebe sie an Sie weiter, damit Sie nach Lust und Laune eine Fortsetzung erfinden, und jetzt hören Sie gut zu.

Sie werden tun, was ich nur ein einziges Mal getan habe, ich habe mir verboten, es erneut zu tun, und selbst wenn ich wollte, verlangt das eine jugendliche Akrobatik, zu der ich nicht mehr imstande bin. Bitte stellen Sie den Stuhl dorthin, neben den Kamin. Steigen Sie drauf. Passen Sie auf, dass er nicht wackelt und dass Ihnen nicht schwindlig wird, nach allem, was wir getrunken haben. Fallen Sie bloß nicht, sonst sitzen wir ganz schön in der Tinte! Sie sind kleiner als ich, aber doch so groß, wie ich mit zwölf Jahren war, und der Kamin ist nicht sehr hoch. Sehen Sie den zweiten Balken? Er ist in den Eckstein der Kamineinfassung eingefügt. Neben dem Knoten, dem großen Auge da, hat das Holz einen Riss, er ist mit Strohlehm zugeschmiert. Der andere darunter ist tief ausgehöhlt, der, ja. Stecken Sie die Hand in den Spalt, sie ist nicht breiter als meine damals. Spüren Sie den Umschlag? Er ist dünn, passen Sie auf. Greifen Sie ihn mit zwei Fingern, schön vorsichtig, dann kommt er raus. Der Spalt ist voll mit achtzig Jahren Ruß, Staub, Vogeldreck und Asche, voll mit Vergessen, spüren Sie ihn? Ich spürte ihn, die samtige Fläche des dünnen Papiers, konserviert in der Wärme von Holz und Kaminstein, von unzähligen, winters wie sommers entzündeten Feuern, seit ein Kind ihn zu Beginn des Jahrhunderts dort versteckt hatte. Ich spürte ihn, fast lebendig an meinen

Fingerspitzen, zart wie eine Spinnwebe, und als ich so auf dem Stuhl stand, drehte sich mir der Kopf, aber weniger von der Trunkenheit als von dem Gefühl, dass ich die Gegenwart einer Anderen in einer parallelen Zeit besetzte, wo ich mit ihr lebte, geben Sie mir endlich den Umschlag, geben Sie ihn mir. Aus meinen Fingern in Lotties ging die Reliquie aus farblosem Papier – dieses verblasste Grau-grün-gelb gibt es gar nicht –, ein so leichtes Papier, dass man seine materielle Existenz zu träumen gemeint hätte, wäre nicht mit schwacher Tinte, die ein Lufthauch ausgelöscht hätte, noch der Schriftzug darauf lesbar gewesen, *Anaïs Ardenne, die ich meine Tochter nenne, wird ihn mit fünfzehn Jahren öffnen*. Ich hatte kaum Zeit, das zweideutige *nenne*, zwischen Bezeugung und Behauptung, und das zweischneidige Futur zwischen Wunsch und Befehl zu ermessen, vielleicht entzifferte ich diesen Satz auch nur, weil ich ihn früher gehört hatte, weshalb ich immer noch zweifle, ob ich ihn wirklich über Lotties Schulter hinweg gelesen habe. Sie hatte den Umschlag auf ihren Schoß gelegt und sammelte sich schweigend. Sie ließ die Hand darüber schweben, hielt, so dachte ich, die so lange aufgeschobene Bewegung zurück, ihn endlich zu öffnen, plötzlich schwankte sie ein wenig, und ich glaubte, sie sei eingenickt, aber sie beugte sich etwas vor, der Umschlag glitt, besser gesagt flatterte davon, angezogen von den Flammen wie die Nachtfalter, ohne sich niederzulassen, entzündete sich im Flug und zerfiel sogleich zu Asche. Wie ungeschickt, murmelte Lottie, sie versuchte gar nicht, sich zu verstellen, und starrte auf den Punkt im Feuer, wo das Gespenst des Briefs in Rauch aufgegangen war. So sei es, sagte sie, gießen Sie mir noch einen Schluck Cognac ein.

Oh, trauern Sie dem Brief nicht nach, er hat seinen Empfänger erreicht. Haben Sie gesehen, wie fröhlich er sich in sein Element gestürzt hat? Er ist von Anfang an darauf zugeflogen. Was sollte er, falls seine Tinte nicht unlesbar geworden ist, anderes verkünden als düstere Vorzeichen oder Prophezeiungen, die dort ewig geruht haben und nie eingetreten sind? Was er vorhersagte, existiert ebenso wenig wie sein durch den Schornstein entwichener, vom pfeifenden Winterwind zerstreuter Rauch, und was die Geschichte angeht, ist es denn wichtig zu wissen, ob sie dadurch, dass ich die Botschaft versteckt habe, verbogen oder berichtigt worden ist? Aus einem kindlichen Impuls habe ich sie für alle unlesbar gemacht, zu Recht oder zu Unrecht. Hören wir auf, dem Schicksal anzulasten, was unser Werk ist, die Quadratwurzel eines Ereignisses ist die Tat, diese oder ihr Gegenteil, die wir in unserer augenblicklichen Intuition ausführen, die nicht zufällig ist, sondern einem Urteil folgt, denn wir sind, mehr als wir wollen, mit Augen und Ohren ausgestattet und mit Verstand; auch wenn wir weder Anfang noch Ende kennen. So schreiben wir die Geschichte. Was also soll heute dieser Brief? Sein Geheimnis ist schal. Der Zeitpunkt ist längst verstrichen, das Siegel zerbröselt und die in diesem Brief verborgenen Machenschaften ebenfalls, ob Köder oder Versprechen, Lüge oder Wahrheit, Güte oder Bosheit, die dem fünfzehnjährigen Kind bestimmt waren, das heute nicht mehr ist. Oder er galt einem anderen, der nichts Eiligeres tun würde, als ihn unrechtmäßig zu öffnen. Einem fast analphabetischen Briefträger, der mit einem Kreuz unterschreibt, aber er hätte ihn sich vorlesen lassen können; oder einer verfluchten Mutter für ihr schreckliches Geständnis in eben diesem fünfzehnten Jahr, dass ein Vater keiner war, dass ein anderer, ohne Beweis Beschuldigter, es zu sein, dafür bestraft werden müsse; oder auch den siamesischen Tanten, die sich wie böse Feen über die Wiege beugen; wer noch hätte ihn abfangen können? Ich natürlich. Vor allem ich, die nicht seine Empfängerin war, aber die auf ihrem Hackklotz auf ein Zeichen aus der Parallelwelt wartete, um die Botschaft zu beschlagnahmen und den Boten zu töten. Wenn Sie nicht gerade rechtzeitig gekommen wären, um ihn an meiner Stelle zu vernichten, hätte ich diese Welt nicht in Frieden verlassen können, denn so mächtig die Zeit auch unsere Spuren verwischt, bleiben doch Überreste zurück, die wir auszulöschen vergessen und deren Geheimnis unsere Ruhe bedroht.

Sehen Sie sich an, was die Bewohner dieses Hauses an Möbeln, Dingen, Utensilien als Überbleibsel ihres toten Lebens zurückließen, diese unzähligen abgewetzten, mit Patina bedeckten Spuren, deren Identität, Funktion und Bestimmung verloren wäre, würde ich nicht heute Ihren Blick auf ihr Geheimnis lenken, die Bronzenymphe wie das Fotoalbum, der Schlüssel einer nie verschlossenen Tür, die kleine Pathé-Kamera, der Lederhandschuh, das Gewehr, der verbeulte Silberbecher, die Teekannen und Parfumtöpfchen aus Hanoi, der leere Stuhl, die vergilbten, mit Initialen vergessener Namen bestickten Laken, das Feldbett und die afrikanische Machete, das angeschlagene Geschirr und die Kristallgläser, aus denen wir heute Abend trinken, die von so vielen Schritten ausgetretenen, mit dem unauslöschlichen Blut unserer Verbrechen bedeckten Fliesen dieser Küche und die von unseren Fingern befleckten alten Bücher in der Bibliothek, dann die Brieftasche aus Yukon, die verblassten Seiten von Urkunden, das Fernglas, die Rassel, die Brosche; jedes hier und da vergessene Treibgut, in der scheinbaren Unordnung einer Flucht verstreut, ist mein Eigentum. Zwischen diesen Gegenständen bewegen sich Wellen, die sie miteinander durch ebenso unsichtbare wie logische Fäden verbinden, sie durchziehen die Luft, die wir atmen, mit einem Gewebe, das unwägbarer ist als die Spinnweben, aber fester als der Stoff der lebendigen Gegenwart, sie komponieren den Text, in dem sich die Geschichte der Gespenster lesen lässt, aus dem ich die Reste picke, um sie Ihnen zu erzählen. In der Ruhelosigkeit des Todes lauschen sie meiner lästerlichen Lektüre, gerührt und darauf erpicht, noch einmal Gestalt anzunehmen, während ich weiter ihr Schattenvolk ausfrage und quäle, ich wohne schon so lange in diesem verdunkelten Theater, dass ich sein Regisseur und sein Kulissenschieber bin, es ist mein Werk. Wer wird über mich richten, dass ich zugleich sie alle und ich selbst bin, wir sind, das Kind, das Mémé sterben sieht und mit ihr stirbt, seither tot auf ihrer Bettstatt, wir sind unser Bruder Jules mit der gegen den Pflug geschlagenen Stirn und unsere erschossene Mutter mit dem Hund, Vitalie mit den hervorquellenden Augen, die lebendig zerlegte Kuh, wir hängen untröstlich am Balken im Pferdestall, wiegen die Dämonin, die uns an unserem Finger nuckelnd das Glück lehrte, flechten ihre Zöpfe, lachen ihr Lachen, schubsen mit ihr Jacques vom Kirschbaum und sterben mit seinen verstümmelten Brüdern, fallen um wie ein Brett mit Delphine, klüngeln mit den Schwestern, diesen lieben Menschen, die unter dem Feigenbaum plaudern, hören Sie sie? Sie alle sprechen in mir ihre tote Sprache, und selbst die, die meinten, von hier wegzukommen, bleiben mit all ihren Ardennefasern mit mir verbunden, François der Zigarrenraucher und Fernand der Ebenholzschlächter und Jacques der Indianer, ich bin mit ihnen in den unbekannten Ländern im Weltatlas, über denen blutige Wolken hängen. Sie sind mir ausgeliefert, alle, so viele sie sind, meinem Willen unterworfen, ich rufe sie in der Aufführung meiner Erinnerung, ziehe in den von meiner Hand gemalten Kulissen die Fäden ihrer steifen Glieder, und als Lottie mit einer hitzigen Bewegung die leere Dunkelheit vor sich zu packen versuchte, nahm ich ihre alte Hand in meine, schloss sie darin ein, komprimierte das ungewisse Einst zur einzig möglichen Zeit unseres Jetzt, und sie zog die Hand zurück, als hätte sie sich verbrannt, wie, sind Sie immer noch da?, fragte sie erstaunt und richtete jäh ihren Blick auf mich. Da sah ich durch die plötzlich durchsichtigen Gläser ihre Augen, sah zum ersten Mal deren vollkommene Farbe, eine Farbe, die nicht existiert, die jeden verblassten Herbst und jeden verblassten Frühling, alle vergangenen Wolken miteinander mischt.

Ich bin immer noch da, sagte ich, ich höre Ihnen ganz aufmerksam zu. Ich glaube Ihnen nicht aufs Wort, auch wenn ich brav an Ihren Lippen hänge. Ich höre Ihnen zu wie beim Lesen, wenn man taub wird für den Satz, der weitergeht, und in Gedanken abdriftet, sodass man manchmal den Faden verliert, um ihn später wieder aufzunehmen, den inneren Abschweifungen folgt oder den Zusammenhängen zwischen diesem und jenem Detail, das irrelevant scheint, flüchtigen Zeitlichkeiten, in denen ich besser, als Sie glauben, erfasse, was Sie hier und da von der künftigen Vergangenheit verschweigen, die niemals eintreten wird, wenn ich nicht je nach meiner Laune eingreife, wozu Sie mich einladen, also erfinde ich oder, genauer gesagt, ergänze ich Ihren Bericht, der durch Auslassung oder Überfrachtung vieles im Ungewissen lässt. Ich verstehe, dass Sie mir durch diese Leerstellen Platz lassen, um nach Belieben weiterzudenken, hier und da Ihr Schweigen auszufüllen, eine Episode oder eine Person so zu korrigieren, wie ich sie gern interpretieren würde. So wird mir zum Beispiel bewusst, welchen Schmerz Vitalie dieser leidenschaftliche Hass ein Leben lang bereitet, bis ihre toten Augen unter der Gaze hervorquellen. Sie, die so nachsichtig war für Fernands Wahnsinn, verzeiht ihm das Hinschlachten der Kuh nur, weil sie eine ähnliche Verheerung kennt, die aus François den unmöglichen Rächer des ihr angetanen Unrechts macht, den widerwärtigen Deserteur und bequemen Schuft der Geschichte, wie sie sie sich erzählt. Dass Vitalie es als Kind ertragen konnte, das *Püppchen* ihres Vaters zu sein, ist so entsetzlich zu hören, dass Sie Léone nicht ausfragten oder mir verschweigen, was sie von sich aus erzählt hat, verbreitete Léone doch lieber die Version derer, die sie zur Amme befördert hatten, und verurteilte mit ihnen die unverschämte Person. Sie geben auch nicht wieder, was sich die Tanten mit verdeckten Worten oder in aller Klarheit in ihren Zwiegesprächen erzählten, immer wieder überrascht, wenn Sie sich an Winterabenden lange an der Spüle zu schaffen machten, die Wäsche einräumten, mit den Kindern neben dem Brunnen Seifenblasen pusteten; oder unter der Lampe, als die beiden, aus Auxerre kommend, angeblich an Anaïs' Nase eine Ähnlichkeit entdecken, die zum Heulen ist. Während Sie auf der Matratze in der Dachkammer sitzen und die Sonnennadel beobachten, wollen Sie lieber nicht wissen, dass Victoire in ihrer Jugend von ihrem Bruder womöglich das gleiche Schicksal erlitten hat wie ihre Nichte, und glauben, dass die Tanten in Auxerre nur den Ingenieur verabscheuten. Sie wissen, warum Vitalie Sie vor der trügerischen Quellnymphe und den lügnerischen Putti warnt. Delphine, Léone und Sie, Statisten des Theaters, die hinter der Bühne immer entdecken, was die Schauspieler unter ihrer Maske verbergen, verschweigen, was zu hören einen anwidert. Auch Gentil weiß es, der aus Ekel in die Luft schießt. Wenn dieses schreckliche Geheimnis die Quelle der Geschichte vergiftet, hofften Sie vielleicht, das Böse mit Ihrem Märchen von den Wäldern zu bannen, das die schmutzige Wirklichkeit verherrlicht, während Sie Ihren magischen Finger dem kleinen Dämon zum Saugen gaben, um seine Kindheit wiedergutzumachen und die Ihre, die Ihnen die Mutter geraubt hat, als sie ihre Flöhe suchte; statt die Bedrückte zu trösten, starrten Sie wie eine Zurückgebliebene mit offenem Mund in die Luft, um die Bosheit der Brut zu täuschen. Sie sind nicht freigesprochen von Ihrem Verbrechen, und ich, die Erste oder die Letzte, der Sie es anvertrauen, bin es ebenso wenig, weil ich Ihnen zugehört habe und deshalb genötigt bin, es zu verschweigen oder weiterzusagen. Vielleicht habe ich nichts gesagt. Das alles ging ohne Worte zwischen uns hin und her, denn ich glaube, wir waren am Feuer eingeschlafen, während wir über die Asche wachten, sie in ihrem Ohrensessel, ich auf dem niedrigen Stuhl, an ihre alten Knie gelehnt, oder aber ich träumte, dass wir schliefen, während wir weiter plauderten, die ganze lange Winternacht hindurch, von der ich wusste, dass es die letzte war; und weniger, weil ihr Tod bevorzustehen schien – so nah auch die Zeichen sein mögen, man verleugnet oder bannt sie –, als weil der Brief verbrannt war oder weil ich glaubte, ich hätte ihn in unserem geträumten Schlaf verbrennen sehen, sagte mir etwas, dass es zu spät war, noch einmal zu den Ardennes zurückzukehren, wie eine unmögliche Zukunft, die schon der Vergangenheit angehört, und in einer Raffung der Zeit war mir, als käme ich in diesem Augenblick um die Ecke und stieße mit der Stirn gegen Lotties Bluse, und bevor ich ihr Gesicht entdeckte, hätte sie schon die Kamee gelöst, die mein erster Anblick von ihr gewesen war, hätte sie mir gereicht, und ich ginge davon, ohne mich umzudrehen.

Ich war nicht wie vorgesehen im März mit meinen Studenten wiedergekommen. Marie-France hatte mir telefonisch mitgeteilt, dass das Projekt wegen einer Katastrophe im Rathaus nicht stattfinden könne. Es hatte einen Brand gegeben, der zwar schnell gelöscht werden konnte, doch die Schäden waren erheblich. Wahrscheinlich hatte das Feuer schon einige Tage geschwelt, bevor es ausbrach, ausgelöst offenbar durch einen Kurzschluss in der gerade erst verlegten Stromleitung, stellen Sie sich vor! Schuld waren wohl die Handwerker: Im Winter hatte schon wieder ein neues Subunternehmen das vorige abgelöst, das nahm einfach kein Ende. Mir war schon am Tag davor ein komischer Geruch aufgefallen, das habe ich sogar dem Bürgermeister gesagt, aber es roch nicht verbrannt, eher nach Abwasser, als wären irgendwelche Rohre verstopft. Tatsächlich war's Vogeldreck, aufgeschwemmter Kot, der sich langsam zersetzte, sogar das Dichtungspapier unter den Ziegeln war verfault. Unglaublich, dass sie die Schweinerei nicht beseitigt haben, bevor die Stromleitungen verlegt wurden. Die Feuchtigkeit, die sich unter den Planen aufgestaut hatte, hat verhindert, dass es lichterloh brennt, aber sie hat das Feuer auch nicht gelöscht, und irgendwann war das Treppenhaus voll mit giftigem Qualm. Die Feuerwehrleute haben alles überschwemmt. Sie haben nach Herzenslust rumgespritzt und mit der Pumpe und ihren Schläuchen schlimmere Schäden angerichtet als das Feuer. Ihr Projekt fällt also buchstäblich ins Wasser: Die ganzen Kisten da oben sind nass geworden. Ich kann nicht sagen, wie stark sie beschädigt sind, wegen Einsturzgefahr ist es verboten, hochzugehen. Ein Versicherungsmensch war da, aber der Bürgermeister will noch ein Gegengutachten einholen. Einstweilen kann ich bis zum Sankt-Nimmerleins-Tag in meinem Kabuff dahinvegetieren, die Baustelle bleibt ja. Aber Sie verschieben es doch nur aufs nächste Jahr, sorgte sie sich, bis dahin ist alles trocken und das Rathaus instandgesetzt. Dem Bürgermeister liegt viel dran, er findet Ihre Idee sehr interessant, weil so die Gemeinde aufgewertet wird. Und ich würde mich freuen, Sie wiederzusehen. Sie schien mich unbedingt überzeugen zu wollen, dass das Projekt nur aufgeschoben war, deshalb wollte ich ihr den Glauben daran nicht nehmen und verschwieg meine eigene Enttäuschung. Es ärgerte mich, dass mein Projekt geplatzt war, aber vor allem, weil ich so keinen Vorwand hatte, bald nach Le Mauduit zurückzukehren, und deshalb selbst die Initiative ergreifen musste, um Lottie zu besuchen; auf meine Postkarte, die ich ihr im Februar trotz ihres Verbots geschickt hatte, kam keine Antwort. Da ich wusste, dass sie nicht gerne schrieb, beunruhigte mich weniger ihr Schweigen als ihre Gesundheit, doch sie wachte so eifersüchtig über ihre Unabhängigkeit, dass sie sich über meine Sorge nur lustig machen würde, sagte ich mir, außerdem gibt's ja die Bauern in der Nachbarschaft und die Coop-Lieferanten, Madame Quenotte und die Krankenschwester, sie werden schon auf sie aufpassen. Ich fahre später auf einen Sprung zu ihr, nahm ich mir vor. Doch tatsächlich steckte ich in einer jener Phasen der Niedergeschlagenheit, die mich in diesem Jahr begleiteten, ich »prokrastinierte«, diagnostizierte mein Arzt und stopfte mich mit Vitaminen voll. Ich hatte gerade so viel Energie, dass ich recht und schlecht meine Kurse halten konnte, die Monate vergingen in der raschen Langsamkeit toter Zeiten, die wenig Erinnerungen hinterlassen, höchstens kaum einzuordnende Bruchstücke, an einen Film, von dem man nicht weiß, ob man ihn in den letzten Tagen oder vor sechs Monaten gesehen hat, an Gesichter, Dinge oder Ideen, denen man gestern oder vor langer Zeit begegnet ist. Dazu gehörten auch meine beiden Besuche auf dem Gut der Ardennes, zugleich äußerst gegenwärtig und in unbestimmte Zeiten verdrängt, an die mich meine wechselnden Stimmungen manchmal erinnerten, wie an ein irgendwann gelesenes Buch, nach dem man nicht lange sucht, weil man weiß, dass es irgendwo eingeräumt ist und wartet. Nur das Datum meiner Fahrt nach Luçon, die ich ständig aufgeschoben hatte und im Juni endlich machte, weiß ich noch genau, und dass ich zu Beginn des Winters, kurz nachdem ich meine Dissertation verteidigt hatte, nach Nîmes gefahren war, wo ich meine Mutter und Filipo in ihrem Haus in der Heide besucht hatte.

Gleich zu Anfang des folgenden Jahres, als ich von einem Kolloquium in Galway zurückkehrte, fand ich eine Nachricht von Marie-France auf meinem Anrufbeantworter. Kurz bevor ich fortgefahren war, hatte ich endlich die positive Antwort des Ministeriums auf mein Gesuch um eine Stelle in Vancouver erhalten, ich freute mich sehr über die sehnsüchtig erwartete Nachricht, sodass ich, um sie zu feiern, meinen Aufenthalt in Irland verlängerte, wo ich als Studentin einen Sommer lang mit Freunden gezeltet hatte, die wie ich begeisterte Leser des Werks von Synge waren. Jung und naiv, wie wir waren, glaubten wir, dass wir seinen Figuren in der Heidelandschaft begegnen würden und dass das Wesen der

Landschaft, die Luft, die ein Schriftsteller geatmet hat, atmosphärisch seinen Geist, seine Seele und seine Kunst übertrüge. Tatsächlich hatte ich vor allem geflirtet, und Synge war in der Versenkung verschwunden. Dieser Flirt war eine zärtliche Erinnerung; die sind selten bei den ersten Erfahrungen mit der Liebe. Ich war dorthin zurückgekehrt, um die Atmosphäre dieser glücklichen Tage zu atmen, doch meine Verstimmung blieb, als machte ich aufgrund eines Missverständnisses diese Reise anstelle von jemand anderem; am Ende entdeckte ich Synge wieder. An meinem Ankunftstag in Killarney wurde in einem Theater *Ein Held der westlichen Welt* aufgeführt, und das Stück entschädigte mich für den hartnäckigen Regen und Nebel, die mich auf meiner kleinen Pilgerfahrt außerhalb der Saison begleitet hatten. Ich erfuhr also mit Verspätung, dass Lottie nicht mehr da war. Ich teile es Ihnen mit, sagte Marie-France, weil sie keine Familie hatte und Sie die Letzte sind, die sie bei sich aufgenommen hat. Wenn Sie dieser Tage herkommen wollen: Das Zimmer unseres Sohnes ist frei. Ich rief sofort an, aber ich erreichte nur ihren immer noch nicht sehr liebenswürdigen Mann, der mir mitteilte, seine Frau betreue ein paar Tage eine Schulklasse während der Skiferien im Jura. Wenn sie mir vorgeschlagen habe, bei ihnen zu übernachten, bitte sehr, aber ich solle an einem Wochenende kommen, am besten schon am nächsten, denn er habe vor, das Zimmer zu renovieren, und das werde Wochen dauern. Auf meine Frage nach Lottie behauptete er, darüber nichts sagen zu können, ich müsse auf Marie-France warten, die aber auch nicht viel mehr wisse. Also in Ordnung, nächstes Wochenende? In Ordnung, sagte ich, ohne nachzudenken, noch geschockt von der Neuigkeit, die eigentlich keine war. Ich versuchte mich gegen den Ansturm von Gewissensbissen wegen meiner Leichtfertigkeit, meiner Undankbarkeit zu verteidigen, dass ich ein ganzes Jahr hatte verstreichen lassen, ohne von mir hören zu lassen, als hätte Lottie die Ewigkeit vor sich. Das hatte sie ja auch, lange bevor sie starb. Ewig alt, so wie ich sie kennengelernt hatte, gehörte sie schon zur irrealen Zeit der Menschen, mit denen sie ihre Erzählung bevölkerte, diese Geschichte ohne Anfang und Ende machte sie ungreifbar, als würde man vom Ufer aus dem Fließen der Flane zuschauen, sagte ich mir, aber kann man sich auch am Ufer der Zeit in einer Parallelwelt aufhalten, auf die die Tage, die Jahre, die Jahrhunderte keinen Einfluss haben? Lottie ist tot, sagte ich laut, um mich davon zu überzeugen, mit der Schreckensvorstellung, dass ich es auch war, ohne dass das irgendetwas änderte, dann überwältigte mich die Erinnerung an jenen Tag meiner Kindheit, als ich mich in die Kirche von Le Mauduit verirrt hatte und bei der Betrachtung der Märtyrer auf den lichtdurchfluteten Fenstern das Gefühl hatte, meine ewig jungen Eltern seien schon tot und ich auch, tot in der Wirklichkeit außerhalb der Zeit.

Am folgenden Wochenende fuhr ich nach Le Mauduit, da Marie-France mir, wieder auf meinem Anrufbeantworter, versichert hatte, sie freue sich, mich zu empfangen. Ich fuhr los, all die Erledigungen im Kopf, die mein Umzug ins Ausland erforderlich machte, den ganzen Papierkram in solchen Fällen, doch die Vorfreude auf meine Abreise nach Vancouver in einigen Monaten machte mir die Mühen leicht. In diesen ersten Januartagen war es sehr kalt, ohne dass diesmal Schnee drohte, die klare Sonne vergoldete das blasse Ocker der nackten Erde, dann die Bronze der gefrorenen Wälder auf den Hügeln und darüber das strahlende Blau des wolkenlosen Himmels. In meiner Euphorie hörte ich auf der Fahrt Chansons von Dichtern aus Québec, Leclerc,

Vigneault, Charlebois, *Mon pays c'est l'hiver, Moi les souliers, Le P'tit Bonheur, Quand les hommes vivront d'amour*, mein Rekorder schluckte eine Kassette nach der anderen, und ich sang mit, es war mir egal, wenn das sentimental war, ich war allein in meinem Auto, beim Hören ihrer Klagelieder revidierte ich mein Urteil: Die Atmosphäre, die Künstler atmen, überträgt sich durchaus auf ihre Gedichte, sagte ich mir. Ihre Melodien versetzten mich schon zu ihnen, so intensiv, dass mir die Gegend, durch die ich fuhr, fremd wurde, als wäre ich ihr fremd geworden und sähe sie zum ersten Mal, plötzlich empfänglich für ihren undefinierbaren, doch prägnanten Charakter als *französische* Landschaft, irgendetwas Heimisches, das mich auf einmal mit Wehmut erfüllte; oder es war eher der Vorgeschmack davon, was ich eines Tages im Land des Winters vielleicht empfinden würde. Sobald ich ins Dorf kam, verwandelte sich der Eindruck des ersten Mals in die Erinnerung an den Herbst, als ich auf der Suche nach dem Rathaus langsam die Hauptstraße hinabgefahren war, die Flucht ihrer ungleichmäßig hohen Häuser, das ehemalige Hôtel du Commerce mit seinem Stufengiebel, die Silhouette der Kirche, ihren durchbrochenen Glockenturm und ihre Uhr, die immer dieselbe Stunde zeigte, entdeckt hatte und an aufgegebenen, in Wohnungen verwandelten Geschäften vorbeigefahren war, deren verhüllte Schaufenster Prozessionen von Gipsfiguren und kümmerlichen Pflanzen zur Schau stellten. Doch dieses erste Mal hatte nur ein älteres davor wiederbelebt, das mich wieder hierhergebracht hatte, damit ich endlich in meine damaligen Fußstapfen trat und verstand, was an jenem Spätsommertag in meiner Kindheit geschehen war, als mein Vater meine Mutter zwang, hier haltzumachen. Jenes allererste Mal fiel mir als Letztes wieder ein, als wäre es neu, nicht wie eine Erinnerung, sondern wie das Vorzeichen einer unmittelbaren Zukunft, sie erfüllte mich mit einer diffusen Angst, die ich vertrieb; da stand ich vor dem Haus von Marie-France.

Sie muss nach meinem Auto Ausschau gehalten haben, denn sie kam sofort heraus und zeigte auf den Platz neben ihrem eigenen im Hof, vor einer mit Plastikplane abgedeckten Palette Holz, das sind die Bretter fürs Parkett und die Latten, mit denen Colas das Zimmer täfeln will. Er hat sie mit Rabatt aus dem Sägewerk bekommen, sagte sie. Als ich ausstieg, umarmten wir uns wie alte Freundinnen. Sie sah nicht mehr so gehetzt aus wie an dem Abend, als wir uns an der Straßenecke verabschiedet hatten, ihr neuer, sehr kurzer Haarschnitt ließ ihr gebräuntes Gesicht frei, ihre Nase schälte sich ein wenig vom Sonnenbrand, ich freute mich, wie gut sie aussah in ihrer türkisen Daunenjacke und Jeans, die in nietenverzierten Stiefeletten steckten. Als ich ihr dazu gratulierte, lachte sie: Wenn Sie wüssten, wie gut mir die Zeit im Jura getan hat. Es fehlten Betreuer für die Kleinen, nur wenige Eltern waren verfügbar, nicht einmal Arbeitslose sind bereit, sich um die Kinder andrer Leute zu kümmern, aber für die Zehnjährigen ist ein Erwachsener pro fünf Kinder Vorschrift, und der Bürgermeister hat mich überredet und mir versprochen, dass er's mir nicht als Urlaub anrechnet. Es war auch keiner, ich hatte vergessen, was für eine Arbeit sie einem in dem Alter machen. Die Lehrer sind wirklich hingebungsvoll, sag ich Ihnen, die Betreuer auch, bei dieser Rasselbande, die nie stillhält. Ich war noch nie in den Winterferien gewesen, ich hab's ausgenutzt. Beim Langlauf war ich gar nicht schlecht. Hier ist Ihr Zimmer, das von unserem Sohn Jeannot. Er kommt sehr selten heim, aber er mault, dass sein Vater es umbaut. Wir werden es doch nicht bis zum Ende der Zeiten zum Museum machen, Kinder sind wirklich unglaublich. Solange Sie Ihre Sachen einräumen, mach ich uns einen Kaffee.

Ihr Heimwerker-Ehemann hatte schon die Küche getäfelt und neue, rustikale Holzschränke mit integrierter Heizplatte und Backofen wie in der Fernsehwerbung eingebaut. So schick diese Chalet-Täfelung auch war, sehnte ich mich doch nach dem tristen grau-beigen Resopal zurück oder vielmehr nach der Küche, in der sie sich mir vor über einem Jahr anvertraut hatte, als wir zusammen die Kaffeekanne leerten, bevor wir aufbrachen, um den Waldsaum zu suchen, an dem Joël gestorben war. Ich vertrieb dieses Bild, indem ich schnell sagte, ich habe Ihnen Schokolade mitgebracht, noch eine Weihnachtsleckerei, und ein Buch über die Geschichte der Waldbewirtschaftung und der Hüttenwerke in der Region. Das war doch nicht nötig, protestierte sie, doch sie freute sich, dass ich an sie gedacht hatte. Sie hatte extra für mich einen Topfkuchen mit Zitrone gebacken. Erzählen Sie, wühlen Sie immer noch mit Ihren Studenten in Archiven? Unsere sind tatsächlich flöten gegangen. Ich habe so viel ich konnte mit Wäscheklammern zum Trocknen aufgehängt, aber man hätte eine Turnhalle gebraucht, um alles auszubreiten, ich hatte nicht genug Platz. Inzwischen ist der Rest verschimmelt, alles ist zusammengepappt, und wozu soll man auch das alles retten: Im Departementarchiv gibt's Durchschläge von allem, was wichtig ist. Was die Kiste mit den Zuschriften angeht, die ich verbrennen wollte, sie sind ertränkt. Genauso gut, sagte sie achselzuckend. Also werden Sie nicht mehr wiederkommen, um da oben zu arbeiten, und als ich ihr von meiner bevorstehenden Abreise für eine Stelle in der Ferne erzählte, sagte sie, Sie haben ganz recht, das zu nutzen, solang Sie jung sind. Ich hätte dasselbe machen sollen, als ich die Einstellungsprüfung bei der Post bestanden hatte, aber ich sollte für zwei Jahre nach Toulouse, und Colas wollte nicht weg, er hatte gerade erst den Hof seines Vaters verkauft und das Haus hier gekauft. Also hab ich verzichtet. Dann hat Monsieur Bertoux mir die Stelle im Rathaus gegeben. Da bin ich immer noch. Schicksal. Ich bin nicht unglücklich, aber manchmal frag ich mich, was für ein Leben ich hätte haben können statt diesem. Es ist gut, dass Sie gekommen sind, bevor Sie so weit wegfahren. Wer weiß, es ist vielleicht das letzte Mal, jetzt, wo Lottie Carmeaux nicht mehr da ist. Sie haben sich gut mit ihr verstanden, nicht? Ein komischer Mensch, diese Alte. Selten, dass jemand Gnade vor ihren Augen fand. Eine Einzelgängerin, ein Original. Stellen Sie sich vor, wir haben kein einziges Foto von ihr gefunden, um es in die Zeitung zu setzen. Ihre Nachbarin, die Bäuerin, und Madame Quenotte haben sie recht und schlecht beschrieben, aber das genügt nicht für eine Untersuchung. Was für eine Untersuchung? Ich riss die Augen so weit auf, dass sie auch ihre aufriss: Aber es gibt doch immer eine, wenn Leute verschwinden. Lottie ist also nicht tot, stotterte ich. Verstimmt über das Missverständnis protestierte sie: Aber ich habe Ihnen doch gesagt, dass sie nicht mehr da ist. Verschwunden, pffft. Da ich sprachlos blieb, gab sie zu: Ich hätte es genauer ausdrücken sollen, aber ich dachte, dass Sie gleich zurückrufen, und hab mich kurz gefasst, dann bin ich ins Skilager gefahren, und dort hat Colas mich angerufen und mir gesagt, dass Sie kommen, woraus ich geschlossen habe, dass Sie lieber die Reise machen. Er hat Ihnen also nichts gesagt? Es war ein Missverständnis, mein Fehler, entschuldigte ich mich, ich habe es nicht verstanden, ich dachte, sie ist wirklich tot. Das ist sie jetzt sicher, seufzte Marie-France, seit über drei Wochen ist sie nicht mehr aufgetaucht, und man hat sie nicht gefunden, trotz Suche, trotz Anzeige in der Zeitung und Aushängen in den Läden. Schlagen Sie sich nicht an die Brust, was hätten Sie tun können? Aber die ganze Gegend stand deshalb Kopf. Acht Tage lang parkten ständig die Kastenwagen der Gendarmerie vor dem Rathaus, dann kam ein Staatsanwalt, der Bürgermeister hat sich ein Bein ausgerissen, um mitzusuchen, sogar die Jäger haben sich angeschlossen. Sie kennen die Gegend in- und auswendig, aber bei dem dichten Nebel und der Eiseskälte war es nicht leicht; dann kamen die Weihnachtsfeiertage, und alle sind nach Hause gegangen. Es wurde zu einer kleinen Meldung auf den Innenseiten, und da sie keine Familie hat, die auf die Suche gedrängt hätte, ist es dabei geblieben. Mir war nicht klar, dass Sie ihr so verbunden waren, dass Sie jetzt so außer sich sind. Ich dachte: Sie nimmt es als Vorwand, wieder mal vorbeizukommen, es ist immer schön, sich wiederzusehen, möchten Sie ein Gläschen Kirsch auf den Schreck? Ich wollte gern einen Kirsch oder sonst etwas, aber sie sollte mir erzählen, was geschehen war.

Ganz einfach: Eines Morgens, als die Bäuerin ihr die Milch brachte, hat sie Mademoiselle Carmeaux nicht gefunden. Weil die arme Alte im Jahr zuvor in ihrem Gemüsegarten gestürzt war, nahm sie an, dass ihr wieder so was passiert ist. Sie hat zuerst drinnen nach ihr gerufen, ist durchs ganze Haus gelaufen, dann hat sie ihren Mann dazugeholt und sie haben die Umgebung abgesucht, weit würde sie nicht sein, so schwach wie sie war. Den Nebel konnte man mit dem Messer schneiden, wie gesagt: Durch diese Wand haben sie sich gearbeitet und immer gerufen, um sich in dem vernachlässigten Garten nicht zu verlieren, der Gemüsegarten war voll mit totem Geäst und altem Gebüsch, eine richtige Wildnis, das Eis hat geknirscht wie zerstoßenes Glas. Sie waren im Pferdestall und den verfallenen Nebengebäuden, aber nichts, niemand. Nach einer Weile kriegten sie Angst vor der Stille, vielleicht lag sie in einem Winkel, konnte nicht rufen oder war bewusstlos; da haben sie das Rathaus alarmiert. Ich wollte grad Feierabend machen und hab in Langres angerufen. Monsieur Bertoux war in der Reparaturwerkstatt wegen seinen Landmaschinen, er hatte keine Lust, sofort zurückzukommen, weil sich irgendwer bestimmt grundlos aufregte. Er hat mir gesagt, ich soll die Gendarmerie erst stören, wenn es wirklich nötig ist, zuerst soll ich nachschauen, was los ist. Als ich zum Ardenne-Gut kam, war es schon Mittag. Selbst mit den Scheinwerfern konnte man keine drei Meter weit sehen in diesem Erbsenbrei. Das Ungewöhnliche war, sagte Marie-France, dass alles normal war, aber nichts passte. Erstens stand ihre Tür offen. Sie schließt nie ab, sagte die Bäuerin, aber in dieser Kälte hätte sie sie bestimmt nicht offen stehen lassen. Dann hing ihre Pelerine achtlos über der Rückenlehne ihres Stuhls, und ihre Gummistiefel für den Garten standen vor dem Feuerbock. Und auf dem Tisch das Zichoriesäckchen säuberlich mit dem Gummiband verschlossen, der Marmeladentopf offen und die Brotscheibe angebissen. Zwischen Brotkrumen ihre halb volle Schale mit dem Kaffeelöffel drin. Hinten im Haus klapperte eine Tür im Luftzug, es war die zu ihrem Schlafzimmer. Dort war das Bett noch ungemacht, ihr Kleid, ihre Baumwollhaube und ihre Wollstrümpfe lagen auf dem Sessel. Sie muss im Nachthemd gefrühstückt haben, mit der Pelerine um die Schultern, dann ist sie plötzlich rausgegangen, vielleicht war da ein Geräusch oder ein Gedanke, irgendwas, was sie draußen vergessen hatte, so eilig, dass sie alles stehen und liegen gelassen hat, um nachzusehen oder zu suchen, ohne sich auch nur etwas überzuziehen, das beweist, dass sie nicht weit weg wollte. Und sie wollte gleich wiederkommen: Sie hat den Dreifuß über die Glut gestellt, um ihr Pökelfleisch mit Linsen darauf zu köcheln. Die Linsen hatte sie wohl am Abend zuvor verlesen, denn sie standen zum Einweichen in einer Schüssel auf dem Tisch. Das ist der Bäuerin als Erstes aufgefallen, noch vor der Kaffeeschale und der Brotscheibe, denn sie hatte ihr am Vorabend zusammen mit dem Schulterstück vom Fleischer ein Pfund Linsen von Madame Quenotte vorbeigebracht. Grüne Puy-Linsen, sie nahm nur die. Das war unerklärlich. Auch für die beiden Gendarmen, als sie endlich kamen, später kam der Kommandant. In solchen Fällen wird man ganz schnell zum Zeugen. Wir mussten erklären, dass wir nichts angerührt haben. Dass alles so war, wie wir es gefunden hatten, auch, was wir über ihre Gewohnheiten wussten. Ich nicht viel, die Bäuerin etwas mehr. Dass sie die Küche nicht mehr verließ, ein wenig in den Garten ging, wenn überhaupt: In dieser Jahreszeit gibt's dort nichts zu tun. Außerdem baute sie nichts mehr an. Sie sind noch mal überall gewesen, wo die Bauern sie am Morgen gesucht hatten, aber ab drei Uhr nachmittags war es fast dunkel. Da sie barfuß, im Nachthemd und ohne ihre Pelerine wahrscheinlich irgendwo in diesem eisigen Nebel gestürzt war, gab es kaum Hoffnung, dass sie noch lebte.

Am nächsten Tag haben sie im alten Brunnen nachgeschaut. Dann wurde die Suche auf die Umgebung ausgeweitet, mit Mannschaften und Spürhunden. Sie haben nichts gefunden. Nur ein Moped, das jemand im Sommer vor dem Barjo gestohlen und in der Nähe des ehemaligen Bahnhofs ausgeschlachtet ins Gebüsch geworfen hatte. Dann erzählten gute Seelen, dass sie manchmal Wandrer beherbergt, ohne sie anzumelden, ein Verstoß gegen die Meldepflicht; letztes Jahr hätte sie eine Auswärtige bei sich wohnen lassen. Ich hab gesagt, das ist Tratsch, sie hat Sie als Freundin aufgenommen. Monsieur Bertoux hat sich persönlich für Sie verbürgt, er schätzt Sie wegen der Forschung über die Gemeinde, Sie hätten sicher nichts mit diesem zufälligen Verschwinden zu tun. Man soll die Dinge nicht komplizierter machen, als sie sind, meinte er, nichts weist darauf hin, dass es sich um einen Herumtreiber oder Mörder handelte, viel eher um das verwirrte Gehirn einer armen Alten, die sich bestimmt nicht weit weg von ihrem Heim verirrt hatte, wie die Herrschaften, die aus dem Altersheim weglaufen und die man im Dorf wieder aufliest, aber die Flane, sagte ich, haben sie daran gedacht? Sie kann in den Fluss gefallen sein. Natürlich haben sie dran gedacht: Zwei oder drei Tage später ist ein Taucher gekommen. Wenn sie ertrunken wär, hätte er sie rausgefischt. An der Stelle ist die Flane nicht sehr tief, aber die Strömung ist stark, ihr Körper kann weiter flussabwärts getrieben sein. Jedenfalls ist nichts gemeldet worden, und niemand hat sie irgendwo gesehen, trotz der Aushänge und der Zeitungsmeldung. Der Bürgermeister sollte Auskünfte über Mademoiselle Carmeaux geben, grad bevor ich weggefahren bin. Ich weiß nicht, wie es damit steht, aber da war er ziemlich in Verlegenheit, wegen den zerstörten Unterlagen. Die Gendarmen wollten wissen, ob das Gut ihr gehört, mit welchem Recht sie dort wohnt, wie viel Steuern sie bezahlt, ob sie Einkünfte hat, eine Altersrente oder Vermögensrenten und so weiter und so weiter. Hier weiß man nur, dass sie ihr ganzes Leben auf dem Gut verbracht hat und schon seit ewigen Zeiten keine Familie mehr hat. Von den Carmeaux kennt man nur das Grab auf dem Friedhof. Sie haben die Papiere im Haus mitgenommen und das Haus dann versiegelt. Die Ermittlung wird Zeit brauchen, wenn sie nicht im Sand verläuft, denn eine Uralte mehr oder weniger, um die sich kein Nachkomme mehr kümmert, wird die

Ermittlungen nicht antreiben. Aber ist schon komisch, so zu enden und keine andere Spur zu hinterlassen als ein angebissenes Brot und eingeweichte Linsen. Wie von Zauberhand, pffft!

Lotties unerklärliches Verschwinden betrübte mich nicht, sondern erfüllte mich geradezu mit Frieden, ja vollkommener Befriedigung, als läge es in der Natur der Dinge. Der logische Schluss ihrer Existenz, sagte ich mir, der genau zu ihr passte. So verstörend es für die Vernunft ist und auch für die Gesetzeshüter, mir erschien es als die natürlichste Lösung, vielmehr die natürlichste Folge. Am Morgen aller Morgen hat das angebissene Brot und die Zichorie in der Schale, die Schale selbst, ihr zartes, tanninbeflecktes Keramiknetz einen neuen Geschmack, und der Kaffeelöffel, die verstreuten Krümel, die eingeweichten Linsen und das Pökelfleisch, ihre Gummistiefel, ihre bereitliegenden Kleider und die in der Feuerstelle schwelende Glut haben die radikale Jugend eines Ereignisses. Etwas Frisches, Entstehendes ruft wie ein Signal aus der Parallelwelt, es ist immer noch möglich einzugreifen, noch einmal zu improvisieren, nach dem eigenen Urteil den Lauf der Erzählung zu ändern und nicht an ihr Ende, sondern ihren Anfang zu gelangen. Von da an öffnet sich die Tür nach draußen, auf hundert mal hunderttausend Jahre Säume und Nebel, abgeschossene Sonnenpfeile, auf unvorstellbar ferne Weiten, Archipele, Inseln, Kontinente und Wolkenkaskaden, Sterne in unbekannten Gestirnen, prophezeit von der Spur einer Vogelkralle im Schnee, von der flockigen Blüte eines Schilfgrases, vom Deckflügel einer Libelle oder dem Körnchen einer Johannisbeertraube, so wie sie sich in Träumen und Büchern offenbaren, deutlicher als in der Wirklichkeit; und da geht sie, eine barfüßige Wanderin ohne Angst oder Bedauern, geradewegs zur Quelle, nicht der Flane, zu der der polnische Passant sie weist, sondern zu ihrer eigenen, unergründlichen Quelle.

Dumm ist bloß, sagte Marie-France, während wir den Tisch deckten, dass in dem verschlossenen Haus alles verschimmeln und verfaulen wird, dass bald Nager aufkreuzen, Ratten und Fledermäuse, Würmer und Insekten das Holz zerfressen, es wird schnell zur Ruine. Dabei war es ein schönes Haus. Obwohl überladen, könnte es noch gefallen. Wenn es keine Erben gibt und wenn zu viele Ansprüche, zu viele Schulden darauf lasten, wird der Staat oder die Gemeinde es versteigern, um sich schadlos zu halten, aber ob das einen Käufer findet? Es heißt, dort habe sich einer erhängt. Sein Gespenst und das von Lottie sind Nachbarn, die keiner haben will. Glauben Sie daran, an Gespenster? In diesem Moment kam Colas in einer lammfellgefütterten Jacke und mit Motorradhelm herein, ganz durchgefroren, das Gesicht fleckig von der Kälte. Er fährt mit dem Motorrad zum Sägewerk, bei diesem Wetter, wir sind nicht mehr jung genug, um auf solchen Maschinen zu fahren, warf sie ihm vor, als wäre das ein gut eingespieltes Streitthema zwischen ihnen; aber du steigst noch auf Skier, scherzte er, schon auf der Treppe, um unter die Dusche zu gehen. Mir erschien er freundlicher als beim ersten Mal, vor allem, weil er jetzt zugewandt war. Er versprach mir ein schönes Zimmer, wenn ich wiederkäme, und erklärte mir seine Pläne mit der gleichen Begeisterung wie Filipo die seinen. Weil ich die Leidenschaft der Heimwerker stets bewundere, die ihr Vergnügen auf diese Weise verdoppeln, war ich ein gutes Publikum, dann hörte ich zu, wie er ein Loblied auf Präsident Mitterrand sang: Wir haben die neununddreißig Stunden bekommen, die Rente mit sechzig und die fünfte Woche bezahlten Urlaub, nur das zählt für mich. Und alles andere, die Verstaatlichungen, die Dezentralisierung, da warten wir mal ab. Nur das mit der Todesstrafe! Ich hab diesen Badinter im Fernsehen gehört, er redet gut, aber Mörder verdienen es doch, an die Wand mit ihnen und eine Kugel in den Wanst, machst du uns einen Kräutertee, Francette? Es gibt nichts Besseres, um gut zu schlafen.

Mein Gehirn war im Ruhezustand, benommen von der Wärme und ihrem guten Empfang, erst als ich im Bett lag, überwältigte mich der Kummer über Lotties Tod. Ich hatte nicht mehr das Herz, ihr Verschwinden zu idealisieren, wie von Zauberhand, pffft, da war nur noch die Angst, wenn ich mir vorstellte, wie sie in den eisigen Tiefen der Flane ruhte, ein großes Treibgut auf den klebrigen Weiden des Schlicks; oder wie sie sich allein durch den winterlichen, vom Nebel durchzogenen Wald entfernte, unter dem Krachen, den unartikulierten Schreien der Tiere weiterlief, bis ihre Kräfte erschöpft waren, starr von der allmählich bis auf die Knochen gedrungenen Kälte, die alle Abwehrkräfte lähmt, die Vitalfunktionen verlangsamt und das Hirn betäubt; Unterkühlung euphorisiert, sagt man, die letzten Qualen lösen sich in einem ekstatischen Delirium auf, aber das tröstete mich nicht. So fern aller Augen den eigenen Tod zu sterben liegt nicht im Instinkt der Menschen, sondern der Tiere, die sich für den Todeskampf eine Zuflucht suchen, um sich vor Raubtieren und Aasfressern zu schützen, ich hoffe, Sie haben eine gefunden, flehte ich, die natürliche Streu, die barmherzige Nische, die Ihre starren Glieder umhüllt, ein für Ihre Größe passendes Felsloch wie das, in dem Sie sich an der Quelle der Flane zusammengekauert haben, eine tiefe, sanfte Höhlung wie ein Bauchnabel, um Ihren Körper darin zu verbergen, um zu ruhen und in Frieden zu verlöschen; selbst wenn um Sie herum Wesen mit fratzenhaften Gesichtern hocken, die auf Ihren letzten Atemzug lauern, schlimmer als die, die das Schwarz erzeugt, das Schwarz der Finsternis um Sie herum.

Sehen Sie ihn sich an, da ist er schon an der Arbeit, scherzte Marie-France am nächsten Morgen, eine bleiche Sonne schien durchs Küchenfenster, das auf den Hof hinausging, wo Colas die Holzpaletten auspackte; vom Kirchturm erscholl kraftvoll das Glockenspiel. Diesen Sonntag ist Le Mauduit mit der Messe dran: Unser Priester deckt ganz allein acht Gemeinden ab, erklärte sie. Es fehlt an Berufenen und an Gläubigen, die in die Kirche gehen. Außer zur Hochzeit, letztes Jahr nur eine – die Leute heiraten auch nicht mehr –, und zu Beerdigungen. Gerade übermorgen gibt es eine: die Schwiegermutter von Madame Quenotte, wissen Sie, wen ich meine? Sie und Lottie waren die Ältesten in Le Mauduit, sie sind fast zur selben Zeit gegangen. Sie waren das lebendige Gedächtnis des Dorfs, wie man so schön sagt. Aber wer interessiert sich für das, was die Alten erzählen könnten? Bei der Totenmesse wird der Priester auch ein Gebet für Mademoiselle Carmeaux sprechen, weil sie ja nicht mal eine richtige Beerdigung hatte. Ich frage mich, ob sie das gefreut hätte, sie hat ja nie einen Fuß in die Kirche gesetzt. Madame Quenotte sagt, dass die beiden lange vor dem Krieg 14/18 Schulkameradinnen waren und sogar zusammen eine Schneiderlehre gemacht haben. Das Verschwinden von Mademoiselle Carmeaux hat ihre Schwiegermutter so getroffen, dass sie nichts mehr gegessen hat. Sie hat sich ganz plötzlich sterben lassen. Ihre beste Feindin fehlte ihr, sie hatte ihren *Grund zu leben* verloren, dachte ich heiter, als ich mich an die auf ihren orthopädischen Krücken tanzende Berthe erinnerte, wie sie sich im Lebensmittelladen umdrehte und ihrer alten Rivalin das Gift der Bucheckern wünschte. Wollen Sie zu den Ardennes runter, bevor Sie wieder fahren?, fragte Marie-France unerwartet. Nutzen wir das bisschen Sonne aus. Es wird nicht andauern, die Wettervorhersage kündigt Regen an. Ich hatte vorgehabt, den Umweg zu machen, wenn ich Le Mauduit verließ, ich wäre lieber allein gewesen mit meiner Angst und meinem Kummer, aber ich wollte sie nicht enttäuschen. Zudem schlüpfte sie schon in ihre Stiefeletten: Gehen wir zu Fuß, beschloss sie, so tun wir was für unsere Gesundheit.

Wir durchquerten rasch das menschenleere Dorf, die wenigen, die sich so früh rauswagten, waren schon in der Messe. Bis auf den offenen Tabakladen mit seiner leuchtenden Möhre erinnerten mich die aneinandergereihten Fassaden an die Verlassenheit am Tag meiner Ankunft: Mittags ist hier keine Menschenseele zu sehen, bestätigte sie mir. Bis zum Abend kleben alle vor dem Sonntagsfernsehen, was soll man sonst auch tun in unserem verlassenen Nest. Erst als wir am Denkmal für die Toten vorbeikamen, fand meine unbestimmte Angst schließlich ihr Ziel. Heftig wie ein Schlag auf den Solarplexus fiel mir wieder der wahre Grund ein, warum ich Colas' Einladung so schnell angenommen hatte. In Ordnung? hatte er mich gedrängt, und ich hatte Ja gesagt, ich komme, nicht wegen seiner kleinen Erpressung mit der bevorstehenden Renovierung, auch nicht so sehr wegen Lottie, deren Schicksal da schon entschieden war, jedenfalls war es viel zu spät, um ihr irgendwie beizustehen; sondern weil ich vor Kurzem erfahren hatte, dass meine Abreise ins Ausland kein Traum mehr war, dem ich vergeblich nachjagte, sondern ein nahes und sicheres Datum, weshalb ich es nicht länger aufschieben konnte, nach Le Mauduit zurückzukehren, um Marie-France zu sehen; sie und niemand anderen.

Diesen Grund hatte ich so gut verdrängt, dass ich, um mich daran zu erinnern, an der Witwe und dem Waisenkind vorbeigehen musste, die den entwaffneten Soldaten auf dem Denkmal umarmten.

Wenn sie mich nicht an diesem Morgen mitgeschleppt hätte oder wenn wir im Auto die Straße entlanggefahren wären, statt zu Fuß den Steilhang bis zur Gabelung hinunterzugehen, sagte ich zu Abel, hätte ich sie vielleicht verlassen, ohne ihr die Frage zu stellen, wegen der ich eigentlich hier war. Selbst als ich, vor ihrem Haus angekommen, von der dumpfen Angst gepackt wurde, wieder da zu sein, habe ich mein Unbehagen lieber der Erinnerung an das erste Mal zugeschrieben als der Ahnung, was ich hier wirklich suchte, und die brennende Frage verjagt, deretwegen ich in diesem Jahr in die Vendée, dann nach Nîmes gefahren war und die mich auch in Irland nicht losgelassen hatte, auf dieser Reise, die ich anstelle eines anderen gemacht hatte, wie mir dann vorkam. Mein Vater war ein Waisenkind dieses Kriegs, sagte ich zu Marie-France. Das habe ich erst kürzlich erfahren, nachdem ich es lange nicht gewusst hatte, man fragt sich so spät nach den Seinen. Wegen meiner erstickten Stimme schaute sie überrascht zu mir, dann auf das Denkmal: Da ich es jeden Tag sehe, beachte ich es nicht mal mehr, bekannte sie. Es ist traurig, wenn man an alle denkt, die draufstehen, und niemand ist mehr da, der die Namen liest. Die von Pierre und Alain Maître-Grand sind eingraviert, sagte ich mir, wer wird sich an sie und ihren Vater erinnern, der zu Beginn des Jahrhunderts der gute Doktor des Dorfs war?

Wir kamen schon an den Hecken der menschenleeren Gärten vorbei, auf dem abschüssigen Weg, der sich bis zum Kreuz schlängelt, vor dem sie einen Moment stehen blieb, der Bürgermeister muss sich endlich entschließen, es einzuzementieren oder es schlicht abzureißen, urteilte sie. Demnächst stürzt es noch auf einen Wanderer, letzten Sommer sind einige vorbeigekommen und haben es gemeldet. Die letzten Überreste unseres Landes sind dabei zu verschwinden, spottete Marie-France. Ich sah zu dem abgezehrten Gesicht auf, das nach all der Zeit immer noch abgezehrt war, aber nicht schlimmer als damals, als hätten die Unbilden des Wetters sein zweideutiges Lächeln ein für alle Mal gefurcht. So muss der Gemarterte Jacques und Anaïs zugeschaut haben, als sie sich umarmten, während die Armeen an den Grenzen aufmarschierten; damals waren das Dröhnen und Röhren der Schlachtfelder an dieser friedlichen Weggabelung nicht zu hören, keiner dachte daran, dass man eines Tages im Dorf ein Denkmal für die Toten errichten müsste, für das jeder Einwohner nach seinem Vermögen spendete, erklärte Marie-France. Um die im Kampf gefallenen jungen Männer Frankreichs zu ehren, ist es richtig und nobel, das schönste Modell aus dem Katalog zu bestellen: Diese Erklärung des damaligen Bürgermeisters habe ich in unseren durchnässten Akten gefunden, mit der Rechnung und dem Namen des Bildhauers, sagte sie; aber, dachte ich mir, es ist nicht Sache des armen Kerls von Bronzesoldat, sich an unserer Statt zu erinnern, ebenso wenig, wie sich der Christus des Kreuzes, den die Gemetzel der Menschen steinern lassen, an die Stelle erinnern muss, wo einst die Buben standen, ausgeschickt, um Justins Baustelle zu beobachten, und von wo aus Lottie mit hungrigen Augen die Dächer des Guts betrachtete, und wo der Mann mit dem zerfetzten Ohr und dem Kind auf dem Rücken vorbeiging, ohne sich zu irren, und wo Anaïs und ihr Cousin, Lippe an Lippe ertappt, den Krüppel zum Pionier der nordamerikanisch-indianischen Ethnologie machten; dort blieb auch der polnische Passant stehen und dachte an die Stiche seiner Großmutter, bevor er im blauen Zimmer logierte, und ich als Kind, als ich außer Atem auf meiner Flucht vor den Elendshütten des alten Viertels an dieser Gabelung ankam.

Von dort erblickten wir über die Wipfel der vom Winter entlaubten Bäume hinweg oder durch ihr Geäst hindurch die große Wiese weiter unten, eine gepflügte Fläche kupferfarbener Schollen bis hin zu den überfluteten Ufern der Flane, die sich zwischen den Pappeln hindurchschlängelte, unter der blassen Sonne glänzte ihr Band wie eine Schlange mit silbernen Schuppen. Jenseits der Parzellen und Hügel schmückten sich die dunklen Wälder da, wo das nächtliche Eis noch nicht geschmolzen war, mit einem weißen Saum, Nebel füllte die Tiefe des Tals mit Watte, ebnete die Nuancen ein, bis das Bild bläulich wurde, und da hörte ich die Landschaft singen. Ich erkannte die saubere Luft in diesem ländlichen Winkel wieder, wo man im Sommer den leisesten Windhauch spürt, der sich im Bett der Flane verfängt und, wenn der Hitzedunst die Stoppelfelder wellt, winzige Strohhalme bis zum Glockenturm trägt und den man im Winter mit tiefer Stimme durchs tote Geäst schnalzen und pfeifen hört. Es ist ein dunkles Gesumm, das der Horizont als Echo zurückwirft, das sich mit seinem zögernden Refrain kreuzt wie ein Kanon, in diesem abgelegenen Winkel zögert alles, die langsam ansteigenden Hügel, die sich ausweitende Schlucht, die bei jeder Windung in Schlamm und Gras verwischten Ufer der Flane, selbst die Straßen sind sich nicht sicher, zweifeln an einer Gabelung, wo sie sich in Wege, in unvollendete Pfade verwandeln, wie ein mit träger Hand gezeichneter Landschaftsentwurf, nur der Felsen fällt unter dem Glockenturm senkrecht ab, eine deutliche Kerbe, wo sich der Steilhang eingeschnitten hat, dort irgendwo ist

Lottie, sagte ich mir. Nicht ihre sterbliche Hülle, sondern ihre ewige Seele, sie allein verkörpert diesen unveränderten Winkel, er verändert sich und alles wandelt sich, aber bleibt, ah!, atmen Sie tief ein, wie gut es tut zu laufen, sagte Marie-France und streckte sich.

Wir folgten der Flanke des Abhangs bis zum Beginn der Allee, dort deutete sie auf die alte Brücke: Die müsste auch repariert werden, alles wegen den Wanderern – diese Touristen kosten uns ein Heidengeld, ohne groß was einzubringen. Es stimmt schon, dass Lottie illegal welche aufnahm, sagte sie lachend und zog mich in die Ulmenallee, deren Gewölbe sich unter dem Nebel senkte. Oben noch so leicht, war er dichter geworden und hüllte das Anwesen in die bräunliche Verschwommenheit alter Fotos, der feuchte Dunst schien von ihm aufzusteigen, als wäre es sein eigener Atem, und verströmte den Modergeruch durchnässter Böden und Sümpfe, dann tauchte das Haus auf, feucht in einem ungesunden Schweißausbruch, der die Steine glänzen ließ. Mit seinen geschlossenen Fensterläden und dem Laubhaufen, der sich vor der Tür angesammelt hatte, erinnerte es an die verlassenen Häuser, die man im Vorbeifahren abends auf einer kleinen Lichtung zwischen den Bäumen am Ende eines nicht beschilderten Weges erkennt, man fährt weiter, doch im Augenwinkel bleibt der fast übernatürliche Anblick eines Ziegel- und Schieferdachs, gealterter Mauern, eines Taubenschlags im Brombeergebüsch, der überwucherten Stufen einer hufeisenförmigen Treppe, man ist schon weit fort, und er ist immer noch da wie ein Blick ins Nichts. Wir machten einen raschen Rundgang in dem Gefühl, diesen abgeschiedenen Ort zu entweihen, behindert durch die gefrorenen hohen Gräser gingen wir dennoch bis zur zerfallenen Umfassungsmauer, bis zu dem mit einer Kette verschlossenen Portal, das Schild *Betreten verboten* war endgültig im Gebüsch verschwunden; der zugewachsene Eingang zum Obstgarten entmutigte uns. Zu beiden Seiten bot sich die Fassade in schamloser Verlassenheit den Blicken dar, auf der einen Seite die fantastische Justins, auf der anderen die des ehemaligen Bauernhofs und der Nebengebäude, beide mit einem winterlichen Aussatz überzogen, der schaudern machte. Abgeschreckt von den unheilverkündenden Siegeln ging ich nicht weiter, warf einen letzten Blick auf das Fenster des blauen Zimmers, aus dem ich so oft bei Tag oder Nacht den wechselnden Anblick des Grundstücks genossen und dem Murmeln der Flane gelauscht hatte, mit beklommenem Herzen drängte ich Marie-France, diesen Grabesort zu verlassen.

Wir kehrten schweigend um, jede für sich mit den Gedanken bei dem, was wir gesehen hatten, und als wir wieder zum Kreuz kamen, schlug sie mir vor, statt sofort zurück weiter hinauf zum Haus der Carmeaux zu gehen: Keine zweihundert Meter, haben Sie es nie gesehen? Hinter der unvermeidlichen Thujahecke thronte ein schmuckes kleines Bauernhaus, wie Immobilienmakler sie wegen ihres authentisch regionalen Charakters anpreisen, mit noblem Sichtstein, patinierten neuen Türen, einem Pflanzenzuchtspalier, das sich unter dem Dach hinzog, und einem mit Steinplatten belegten Weg zu einem vorgefertigten kleinen Anbau für Auto und Rasenmäher, all das fest verschlossen. Die Besitzer kommen in den Ferien her, manchmal auch am Wochenende, erzählte Marie-France, sehn Sie mal, was die aus der Bruchbude gemacht haben. Wenn man sich überlegt, wie die Bauern damals gelebt haben, finsterstes Elend. Heute werden daraus schöne Zweitwohnungen. Beim Kauf kosten sie einen Pappenstiel. Teuer ist dann die Renovierung. Colas bereut es bitter, dass er den Hof von Vater Lantier für *peanuts* hergegeben hat. Wir hätten ihn nach und nach in Schuss bringen können, aber damals hat uns der Mut gefehlt, da gab es zu viele schlimme Erinnerungen, haben Sie Luçon noch mal gesehen, fragte ich oder vielmehr hörte ich mich mit gleichgültiger Stimme sagen, so emotionslos, dass sie mir wie die einer anderen erschien. Weder den Moment noch die Stelle hatte ich mir ausgesucht. Vielmehr hatten die verschleierte Atmosphäre, die Stille und der verlassene Weg zwischen den Brombeerhecken, der ins Nirgendwo führte, mich ausgewählt, in dem Moment, als ich am wenigsten daran dachte, gar nicht auf mich achtete, gefangen von der Vision der kleinen Lottie auf ihrem Hackklotz an der Ecke einer eingebildeten Scheune, von der Erinnerung an eine Szene außerhalb der Zeit, in einem Abgrund der Zeit, wo alles möglich ist, noch latent, aber möglich, fragte ich plötzlich aus dem Stegreif: Ist Luçon noch mal bei Ihnen gewesen, und vielleicht weil sie gerade empfänglich war oder weil die Frage ihr als natürliche Fortsetzung ihrer Gedanken erschien, nickte Marie-France langsam, ohne die Augen von dem Weg abzuwenden, der sich in den Wäldern verlor, er ist zurückgekommen, sagte sie. Er hätte es besser gelassen. Kennen Sie Luçon, fragte sie mit Verspätung und bedachte mich mit einem aufmerksamen Blick, bei dem sich mir die Kehle zuschnürte. Das ist der Name einer kleinen Stadt in der Vendée, ich war letztes Jahr dort. Es ist auch der Name des Mannes, der das Versteck von Joël verraten hat, nicht wahr? Fröstelnd die Arme um sich schlingend murmelte sie, so einfach ist es nicht, kommen Sie, uns wird kalt.

Dann erzählte sie mir, während wir langsam den Steilhang hinaufgingen, von dem Spätsommertag, als Luçon plötzlich wieder aufgetaucht war, man fragte sich, woher. Wie sich herausstellte, kam er von dem Hof in Lugnes. Dort war er auf die neuen Besitzer gestoßen, die dabei waren, zusammen mit den Handwerkern die Renovierung voranzubringen, weil das Ende ihres Urlaubs näher rückte. Der Betonmischer lief, der Zement konnte nicht warten, sie hatten keine Zeit, sich mit ihm zu unterhalten, aber er ließ nicht ab. Er hielt sie für Familienmitglieder und verlangte mit dem Bauern zu sprechen, der früher dort gewohnt hatte. Auf sein Drängen hatten sie ihm schließlich mitgeteilt, dass sie den Hof nach dessen Tod übernommen hatten, der Sohn habe ihn verkauft, doch der Besucher bohrte weiter, flehte geradezu. Um ihn loszuwerden, war ihnen nichts Besseres eingefallen, als ihn für weitere Informationen zum Verkäufer zu schicken. Als er hörte, dass der in Le Mauduit wohnte, rief er, von dort komme ich doch gerade, mit einem gezwungenen und so unpassenden Gelächter, dass sie ihre Unvorsichtigkeit bereuten. Sie haben sich später dafür entschuldigt, weil dieser Mann ihnen etwas wirr im Kopf vorkam, wie sie sagten; ihnen zufolge hatte er wohl getrunken. So ist er bei uns aufgekreuzt. Es war Samstag. An dem Tag war es so heiß, dass Colas Jeannots Bitten nachgegeben und ihn zur Flane begleitet hatte, wo er mit seinen Kumpeln schwimmen wollte. Ich hatte alles offen gelassen, um etwas Luft zu bekommen, saß also allein an meiner Nähmaschine und nähte Vorhänge, als plötzlich jemand in der Tür zum Hof stand. Ich hatte eine Weile nicht mehr aufgesehen, vielleicht stand er schon länger da und schaute mir zu. Er hat mir einen mächtigen Schreck eingejagt, als er da so reglos stand. Ich sah ihn nicht gut im Gegenlicht, aber er hat mich mit den Augen verschlungen wie ein Irrer. Sind Sie das, Marie-France, hat er schließlich gefragt, und ich bin aus allen Wolken gefallen, weil ich ihn nirgendwo einordnen konnte. Er mich schon, da er mich mit meinem Namen ansprach. Offensichtlich erschreckte ihn das. Genauso wie mich, aber aus anderen Gründen. Dann wurde er mutiger und kam rein. Luçon, hat er gesagt, erinnern Sie sich an Luçon? Ich dachte, mir bleibt das Herz stehen. Namen sind schon unglaublich, denn sobald ich ihn hörte, habe ich ihn erkannt. Habe ich gewusst, dass er das wirklich war, keine Halluzination. Manchmal hab ich welche. Dann ist Joël da, lebendig, seine Wärme, sein Geruch nach Gras und Leder, sein Schweiß, der Geruch seiner Zigarette. Ich seh die Sonne in seinen braunen Augen funkeln, seh seine Ohrmuschel unter dem Haar. Er ist weder entstellt noch gealtert, nichts an ihm ist beschädigt, sogar seine Stimme höre ich, ich spüre seinen Atem auf meiner Haut. Ich bin sicher, dass es Gespenster gibt, wissen Sie. Dass sie uns besuchen können, oder eher, dass wir sie besuchen, dass irgendetwas in unserem Geist uns befähigt, sie zu berühren, ihren Atem zu atmen, ihr Herz in unserem schlagen zu lassen, ihre Tränen zu weinen. Das ist kein Traum und keine Illusion, es ist ein deutliches Gefühl. Doch der da auf der Türschwelle war furchtbar aus Fleisch und Blut. Er hatte an den Schläfen ein paar Haare verloren und am Bauch zugenommen, und er trug eine andere Brille, aber es war sicher die Brillenschlange, die ich drei oder vier Mal bei Joël gesehen hatte, ich konnte ihn nicht vergessen. Ich hab keinen von ihnen vergessen. Entschuldigen Sie, sagte er, ich muss mich hinsetzen. Er ist auf den erstbesten Stuhl gefallen, schlotternd, so käseweiß, dass ich dachte, er kippt gleich um. Ich war an meiner Maschine sitzen geblieben, meine Beine waren auch gummiweich. Mir hat der Reflex gefehlt, ihn sofort wegzuschicken, mich zu weigern, ihn anzuhören. Er sah nicht aggressiv aus, im Gegenteil, eher hilflos, er schwitzte vor Angst. Mit einer nervösen Bewegung hat er die Brille mit seiner Krawatte abgetrocknet und irgendwelche Entschuldigungen gestammelt, Erklärungen wegen dem Hof in Lugnes, dass er zufällig da vorbeigekommen ist und sich wieder erinnert hat, aber nein, hat er sich korrigiert, ich war mit Absicht da. Absichtlich hätte er den Umweg gemacht, weil er es nicht mehr aushalten konnte. Er wollte Joëls Vater schreiben. Tausendmal hat er den Brief angefangen, um alles zu erklären, er hat's nicht geschafft. Seit dieser Zeit, dieser Zeit, seit all den Jahren, wiederholte er, war er besessen davon. Man glaubt, es genügt, dass man sich am Schlafittchen packt, sich zur Ordnung ruft, doch um die Eiterbeule aufzustechen, die Eiterbeule aufzustechen, wiederholte er, musste ich jemanden sehen; ich hörte ihm kaum zu. Mir brannte der Kopf, weil alles von damals wieder hochgestiegen ist und ich Angst hatte, dass Colas mit dem Kleinen auftaucht. Was hatte ich mit seiner Eiterbeule zu schaffen, mit seinem Drecksbrief, mit seiner Reue. Wie so oft siegte die Wut. Ich sprang vom Stuhl und prügelte auf ihn ein. Wenn mir die Schere in die Hände gefallen wäre, ich glaube, ich hätte ihn damit durchbohrt. Meine Schläge taten weh, aber er wehrte sich nicht, er hielt nur die Hände vor seine Brille und ließ sich verprügeln. Wie ein Rotzbengel, dem eine Tracht Dresche Erleichterung verschafft. Diese vierzigjährige Heulsuse, dieser Schlappschwanz widerte mich an, ich hab aufgehört. Ich verstehe, ich verstehe Sie, hat er zwischen seinen Fingern gemurmelt, aber ich hab sie nicht denunziert, es war mein Fehler, aber ich war es nicht, Marie-France, Dreckskerl, hab ich geschrien, Dreckskerl, ich war es nicht, hat er gestammelt, Verzeihung und so weiter, bis wir uns beide beruhigten. Plötzlich Stille. Das Schlagen hatte mich erschöpft, meine Knöchel waren aufgeschürft. Seine auch. Wir saßen eine Weile da, haben uns wirklich angesehen, um ganz zu verdauen, was an

Wut, Hass, Ekel und Erwartung zwischen uns war, unsere Augen haben sich ineinander gebohrt, darin waren Verachtung und Kummer, Sie haben sich nicht verändert, sagte er nach einer Weile.

Komischerweise hab ich's ihm nicht übel genommen. Es war kein Kompliment, eher Bedauern, zum Sterben traurig. Ich spürte, dass er mich dort in den Wäldern sah, das junge Ding, das ich damals war, und ich fing an, ihn auch als die Brillenschlange, den hilflosen Jungen zu sehen; so waren sie alle, schlecht genährt, gehetzt und trotzdem fröhlich und unbekümmert um das, was passieren würde. Lantier war von allen mein bester Kamerad, ich hatte gehofft, ich treffe seinen Vater oder seinen Bruder. Ich habe nicht geahnt, dass ich auf Sie stoße. Sind Sie aber, ist auch besser für Sie, sagte ich. Das ist mein Glück, oh, was für ein Glück ich habe, dass Sie es sind und niemand anderes, Sie sind die Einzige, die Einzige, die mir vielleicht glauben wird, dass ich nichts dafürkonnte. Aber nein, er konnte etwas dafür, und das musste er jemandem erzählen. Bitte, hören Sie mich an, er heulte seine Brille voll, die Tränen sprudelten, er zog den Rotz hoch, so jämmerlich, dass ich sagte: Dann beeilen Sie sich, Colas wird bald kommen, und der schmeißt Sie hochkantig raus. Erinnern Sie sich an Colette, fängt er an. Und ob ich mich an sie erinnerte! Ich hätt ihn fast noch mal geohrfeigt. Ich war verliebt in sie, stammelte er. Als wenn ich das nicht wüsste. Als hätte ich das letzte Treffen im Wald vergessen, als sie sich damit spreizte, dass sie seine Freundin war, und mich verspottete, weil ich mit den Sachen wieder runtermusste, während sie, dank der Brillenschlange, bei ihnen blieb, obwohl sie erklärt hatten, dass sie sich nicht mit Mädchen belasten wollen. Ich war neidisch auf sie, ich habe sie gehasst, als ich sie zusammen weggehen sah. Aber so war es gar nicht, sagt Luçon. Unterwegs war Godard stehen geblieben und hatte ihr verboten, weiter mitzukommen. Auch die anderen waren dafür, bloß er nicht, er war bis über beide Ohren verliebt. Die zwei oder drei Mal, die sie dort aufgekreuzt war, hatten gereicht, dass er sich in sie vergaffte, sie war so fröhlich, so pfiffig und so hübsch; als er sah, dass dieses Porträt mich aufregte, hat er es mit einer Handbewegung weggewischt wie eine Fliege. Und mit seiner Jugend argumentiert, dass sie dort oben überhaupt nichts hatten, mitten in der Pampa, isoliert und unerfahren, man könnte sich nicht vorstellen, wie sehr ihnen Gesellschaft gefehlt hat, zum Reden vor allem, und welchen Heißhunger auf Gefühle sie hatten. Er wusste ja kaum, wo er morgen sein würde, wusste nicht mal, wo sie wohnte, nur ihren Vornamen, und hatte Angst, dass er sie nie wiedersieht, und da hat sie ihn plötzlich umarmt, sich an ihn rangeschmissen. Diese Nutte, Sie waren nicht anspruchsvoll, habe ich ihn verspottet. Ja, das war ich nicht, sagte er so ergeben, so jammervoll, dass ich meinen Ärger runtergeschluckt habe. Als die anderen sie wegschickten, habe ich behauptet, ich würde sie nur ein Stückchen begleiten und später wieder zu ihnen stoßen, fuhr er wie zu sich selbst fort. Godard ärgerte sich darüber. Er war so was wie unser Chef, die Entscheidungen traf er. Er war Tscheche, glaube ich, Kommunist wie Loco, ein Flüchtling aus Aragonien, beide irgendwelche Abweichler, ich kenn mich mit Politik nicht aus. Ehrlich gesagt, war sie mir egal. Ich hatte nur eines im Kopf: nicht in den Krieg! In keinen, niemals. Ich hatte noch nicht begriffen, dass ich schon mittendrin bin, bloß weil ich mich verstecke. Was zeigt, wie dumm ich war. Obwohl ich ihre Überzeugungen nicht teilte, die Jungs von hier auch nicht unbedingt, haben wir ihre Methoden nachgeahmt, so gut es ging. Zum Beispiel haben wir uns nichts Persönliches anvertraut, untereinander unsere echten Namen nicht verraten, falls wir verhaftet würden, sagten sie. Das passte zwar für die, die von auswärts kamen, aber Lantier und seine Kumpel haben ihre Namen behalten, das war alles eher improvisiert. Trotzdem, unser gemeinsames Los hat uns zusammengeschweißt, wir waren fair. Nur an dem Tag wollte ich einen Moment mit Colette allein sein, um nichts in der Welt hätte ich darauf verzichtet. Sie waren dagegen, aber ich blieb dabei und ging mit ihr. Ich habe die anderen an dieser Wegbiegung verlassen, getrieben vom widrigen Wind des Lebens. Sie kannte sich aus in den Wäldern, wir liefen durch Farn den Hang hinunter, der Herbst war so schön. Ich brannte darauf, sie zu besitzen, mich in ihr zu spüren, das Leben zu spüren, er konnte kaum noch reden, schnäuzte sich in die Finger. Du hast gut daran getan, dich für mich zu entscheiden, statt mit ihnen zu gehen, sagte sie spöttisch. Das hat mich geärgert, aber ich habe gelacht, um ihr zu gefallen. In einer alten Köhlerhütte hat sie mit mir geschlafen. Wie mit vielen anderen, entgegnete ich so böse ich konnte, aber er hat mich gar nicht gehört, starrte stumpfsinnig ins Leere. Die Stunden vergingen, murmelte er, es ist furchtbar, daran zu denken, ich konnte mich nicht losreißen. Zehnmal wollte ich weg, aber ich war feige, gierig auf die Lust, und sie hat mich zurückgehalten, bleib, bleib noch, Idiot, dein Glück, dass du heute Nacht bei mir bist. Dann kam die Morgendämmerung, und auf einmal hat sie gesagt, wir müssen uns trennen. Als ich allein war, wusste ich nicht wohin, diese Wälder sehen doch überall gleich aus, ich weiß nicht, wie lange ich auf gut Glück herumgekraxelt bin, ohne einen Anhaltspunkt, dann hat mich eine Vorahnung gepackt, eine schreckliche Angst. Noch bevor ich zum Lager kam, wusste ich, dass etwas Schlimmes passiert war. Bis heute sehe ich unseren Winkel in den Felsen vor mir, das ausgetretene Feuer, die geplünderten Sachen, und alle waren verschwunden. Ich dachte, ich werde verrückt. Diese Grausamkeit, die tödliche Stille, das Zwielicht der Morgendämmerung und mein Fehler, das Entsetzen über meinen Fehler. Keine Sekunde habe ich geglaubt, dass sie weitergegangen sind, ohne auf mich zu warten, alles hier sagte mir, dass sie mitten im Schlaf überrascht worden waren, ach, was tun, wo Hilfe holen, ich kannte niemanden, weder hier noch anderswo, hatte weder eine Waffe noch Karten oder Adressen, weder Freunde noch irgendwelche Kontakte. Das war mein absoluter Untergang, ich wusste, dass es zu spät war für alles, für immer zu spät, mein ganzes Leben zu spät, egal wofür. Ich müsste bei ihnen sein und bin doch am Leben, zum Leben verdammt, ich bin meinem abschüssigen Weg gefolgt, aber ich habe sie nicht verraten. Sie haben es geglaubt, und sie sind in diesem Glauben gestorben, stöhnte er, halten Sie den Mund, hab ich ihn angeschrien, es reicht. Seine Bettgeschichte in der Hütte, seine Zerknirschung, sein Gejammer ekelten mich an. Angewidert habe ich ihn rausgejagt, aber auf der Schwelle bettelte er, noch einen Moment, einen Moment, ich bitte Sie, ich habe so oft über diese Nacht nachgedacht. Ich weiß nicht mehr, ob ich mich daran erinnere oder ob ich sie erfinde, das ist meine Qual für immer, nichts wird mich davon erlösen, aber Sie kannten doch das Mädchen! Wusste sie, was passieren würde? Warum hat sie mich dann gerettet, obwohl ich nichts für sie war, warum nur mich? Sie hat Sie wohl gemocht, hab ich ihm hingespuckt. Sie sind am Leben, worüber beklagen Sie sich? Hauen Sie ab, brüllte ich. So laut, dass er abgehauen ist. Dann starrte ich auf den leeren Türrahmen, ich zitterte am ganzen Leib. Ich heulte wie ein Schlosshund auf meinem

Stuhl, vor Wut auf ihn, auf mich, gedemütigt, dass ich ihm zugehört hatte. Was musste dieser Versager mich quälen. Meine Gefühle waren ihm egal, er hat nur daran gedacht, sich alles von der Seele zu reden, sein dreckiges Gewissen zu erleichtern, dann hörte ich Colas und Jeannot ganz fröhlich von ihrem Bad heimkommen. Ich weiß nicht, wie ich es geschafft hab, vor ihnen zu verbergen, was in der Küche geschehen war, ich hab wie eine Wahnsinnige meine Maschine getreten, der Abend sank herab und meine Wut mit ihm. Plötzlich fühlte ich mich unendlich schwach, hatte ich unendliches Mitleid mit ihm. Nicht direkt mit ihm. Mit uns allen, mit unserer gestohlenen Jugend, der betrogenen Liebe, wegen dem Übel, das unerbittlich in den Menschen steckt, der Kerl hat mich krank gemacht, sagte Marie-France. Am nächsten Tag brannte meine Haut am ganzen Körper, Nesselfieber, ich hab mich bis aufs Blut gekratzt. Der Arzt meinte, ich wär gegen irgendwas allergisch. Allergie, von wegen! Als uns später die neuen Besitzer von dem Besuch in Lugnes erzählten, tat ich so, als wüsste ich nichts. Ich hab Colas nie gesagt, dass er da war, es hätte ihn genauso krank gemacht wie mich. Komisch, sagte sie, was hat mich geritten, dass ich Ihnen das alles heute Morgen erzähle?

Das kommt wohl wegen des alten Hofs von Lottie Carmeaux, brach ich mein langes Schweigen. Meine Stimme war dünn, so unsicher wie der Nebel, durch den wir im langsamen Rhythmus unserer Gedanken liefen. Dieses Haus hat Sie an Ihres in Lugnes erinnert, an die Reue, dass Sie es damals verkauft haben, statt es zu renovieren, wie das der Carmeaux, aber damals hätten Sie nicht den Mut dazu gehabt, sagten Sie, deshalb ist mir diese Geschichte aus der Zeit der Besatzung wieder eingefallen, die Ihnen das Herz schwer macht. Ich habe den Waldsaum wieder vor mir gesehen, den

Sie mir gezeigt haben, die Stelle, wo die Partisanen ermordet worden sind, und so bin ich auf die Frage nach Luçon gekommen, der auf dem Denkmal fehlt, bei dem Ihre Erzählung stehen geblieben war, das ist mir lange nachgegangen. Als ich auf den Spuren der Ardennes den Friedhof in Le Mauduit besucht habe, ist mir nämlich ein völlig vergessener Friedhof in meiner Kindheit wieder eingefallen, wo ich mit Perlen spielte, die ich von einem Kranz gestohlen und in meiner Tasche versteckt hatte. Ich bin letztes Jahr dorthin gefahren, um das Grab eines Unbekannten zu suchen, der vielleicht ein Teil der Antwort ist, Namen sind seltsam, Sie haben recht. Ich kannte Luçon nicht, weder die Stadt noch den Mann dieses Namens, aber als ich die eine sah, bin ich vielleicht dem anderen begegnet. Ich glaube, dass er einen Grund hatte, in den Wäldern statt des eigenen diesen Namen anzunehmen, seine wahre Identität gerade dahinter zu verbergen. Die Glasperlen, die in meiner Tasche klacken und an meinen Fingern kleben, sind die gleiche Art von Verschmelzung wie sein Deckname Luçon, und auch wenn Erinnerungen ebenso wie Träume Basteleien sind, die unser Geist mit dem fabriziert, was an Unpassendem und Zufälligem an ihm vorbeizieht, glaube ich immer noch, dass das Konstrukt an sich alles andere als zufällig ist und wir zu Recht darauf aufbauen. Sie sind eine merkwürdige Person, sagte Marie-France. Mit Ihnen sieht man die Dinge anders. Schon als Sie ankamen, um in unseren Akten zu forschen, hab ich mir gesagt: Die werde ich zu Mademoiselle Carmeaux schicken. Die Idee, dass Sie vom selben Schlag sind wie sie. Ein Eindruck. Ein Konstrukt, witzelte sie und stieß mich mit dem Ellbogen in die Rippen, alles, bloß kein Zufall. Haben Sie Lust auf einen kleinen Kaffee im Barjo? Das Bistro hatte gerade aufgemacht, da es elf schlug, der unausgeschlafene

Wirt zog ohne große Überzeugung die Plastikstühle nach draußen; die Kaffeemaschine ist noch nicht an, brummte er, jetzt ist eher Apero-Zeit, ein Picon?, schlug er vor. *Pourquoi Picon, parce que c'est bon*, erwiderte Marie-France und zwinkerte mir zu, mit diesem dümmlichen Werbespruch aus den Sechzigerjahren spielte sie wohl darauf an, dass wir zur selben Generation gehörten, solche Verbindungen werden durch Slogans und Schlager geknüpft, atmosphärische Leitpfosten; gehen wir rein, beschloss sie, auf der Terrasse ist es zu frisch.

Während ich den für meinen Geschmack sehr bitteren Aperitif trank, ging mein Blick zwischen den Paravents hindurch zu dem großen Saal in unwandelbarer Dunkelheit mit seinem Billardtisch, seinen Spiegeln und seinen matten Kugeln, eine aus der Zeit gefallene Kulisse voller Vorzeichen, so sah also das Café Gilain aus, dachte ich, während ich langsam aus der Erschlaffung auftauchte, in der ich Marie-France zugehört hatte, und erfasste erst im Nachhinein, dass irgendwo in die Landschaft ein Meteor eingeschlagen war und einen gähnenden Krater ausgehöhlt hatte. Die Schockwellen gelangten noch nicht bis zu mir, draußen schien alles normal, die gelblichen Fassaden in der blassen Sonne, die endlich den Morgennebel durchbrach, die Klarheit der Dachkanten wie Stufen am Hang, die friedliche Straße mit dem Brunnen und dem Denkmal für die Toten, das blaubeerfarbene Granulat des Straßenbelags mit glänzenden Pfützen, die stellenweise vereist waren; unter dieser trügerischen Wahrnehmung stieg eine andere auf, die bei mir ein Kribbeln auslöste. Wie wenn man sich aus einer unbequemen Stellung löst und die Blutzirkulation wieder einsetzt, das eingeschlafene Glied aufwacht und kribbelt, bis es wehtut, aber ich spürte nicht den Schmerz, nur dass er drohte. Etwas Abgetrenntes, der Abstand, der ein Geschehen von der Erinnerung daran trennt, der tote Punkt des Gedächtnisses, bevor es sie nachträglich in ihrer Ganzheit erfasst, aber was ist die Ganzheit einer Erinnerung, wenn nicht eine Erfindung der Vergangenheit und mehr noch der Worte. Die von Marie-France verschmolzen für mich zu einem Gesumm, ebenso einschläfernd wie der Nebel, der unseren Spaziergang eingehüllt hatte. Unsere bevorstehende Trennung ließ mich wieder Fuß fassen. Dieser Luçon, was ist dann aus ihm geworden, fragte ich und trank einen Schluck Picon, um das Zittern in meiner Stimme zu unterdrücken und harmlos zu wirken, damit sie möglichst weitererzählte und ich mich nicht durch Insistieren verriet, was hat er getan, als er damals allein war?

Sie zögerte, die Nase im Glas, zwischen Zweifel und Verlegenheit, erwog meine Frage schweigend, was weiß ich, seufzte sie schließlich. Wenn er's mir gesagt hat, hab ich's vergessen. Tatsächlich hab ich die Hälfte nicht mitbekommen. Er quasselte sehr schnell, zwischendurch heulte er, ich war außer mir, ich wollte nur noch, dass er abhaut. Die Vorstellung, dass er Colette gebumst hat, während die anderen in den Tod gingen, machte mich rasend. Heute noch verabscheue ich ihn. Sie finden mich sicher ziemlich erbarmungslos, sagte sie zerstreut und strich mit den Fingernägeln über den Tresenrand, dann holte sie Luft: Letzten Endes bin ich ungerecht. Alles spricht dafür, dass der arme Kerl ehrlich war, wahrscheinlich ist alles so gewesen, wie er gesagt hat. Wie er dann klargekommen ist, weiß ich nicht. Aber bei Colette weiß ich's. Sie war ein richtiges Luder, wissen Sie. Ein Heißsporn, eine Idiotin, wenn man nach Entschuldigungen für sie sucht. Warum findet man immer welche für den Abschaum? Sie verheimlichte nicht mal, dass sie mit den Scheißkerlen von der Miliz rummachte. Noch als die Alliierten näher kamen, feierte sie, stolzierte mit ihnen durch die Cafés in Langres und Chaumont, Geld hatte sie genug. Nach der Befreiung wurde sie geschoren wie die anderen Mädchen dieser Sorte. Auf einem Lastwagen durch die Straßen gefahren und mit Kuhfladen beworfen. Wäre dieser Luçon damals zum Beichten gekommen, statt Trübsal zu blasen, hätte sie bekommen, was sie verdiente, und wäre nicht mit drei Monaten Gefängnis davongekommen. Wer kannte das Versteck in den Wäldern besser als sie? Der Gedanke ging mir im Kopf rum, dass nur sie die Jungs hatte reinlegen können. Sie war dazu imstande. Um sich vor dieser Clique großzutun, ihnen Treuebeweise zu liefern. Aus reiner Bosheit. Um sich an wer weiß wem zu rächen. An Joël, an mir vielleicht, wegen meiner echten Liebe, auf die sie neidisch war. An diesen Jungen, die sie verachteten. Was geht im Hirn von so einem Mädchen vor? Aus Übermut, um sich über den guten Streich zu amüsieren, hat sie sich die Brillenschlange ausgesucht, diesen armen Dummkopf, dem die Zunge raushing vor Begierde. Hören Sie sich das genau an: Sie hat gesagt, bleib noch, Idiot, dein Glück, dass du heute Nacht bei mir bist. Du bist heute Nacht besser bei mir als bei denen. Das konnte er nicht erfinden. Er hat nicht mal gemerkt, was er mir da sagte, die schlimme Bedeutung, die sie in diese Worte legte. Einerseits war es gut, dass er zu mir gekommen ist und mir seine Geschichte erzählt hat: So hatte ich die Bestätigung, dass sie wusste, was dort oben passierte, verstehen Sie? Für Luçon hat es nichts geändert, er muss sich für den Rest seines Lebens mit Gewissensbissen gequält haben. Bloß weil er dieses Mädchen gebumst hatte. Was für eine Dummheit, wenn man sich das überlegt. Es ist zum Kotzen, sagte sie unter dem Geknatter der Mopeds, die vor dem Barjo aufkreuzten. Ihre letzten Worte verloren sich in dem Konzert der Motoren und zwischen den stinkenden Abgasen, in dem fröhlichen Gebrumm, das den Jungen, die zum Kickertisch stürmten, ein Gespräch ersetzte. Ich muss gehen, erklärte Marie-France mit einem missbilligenden Flunsch, von dem ich nicht wusste, ob er den Krachmachern galt, die unser Gespräch abkürzten, ihr selbst wegen ihres letzten Geständnisses oder mir, weil ich es am Ende gegen ihren Willen erhalten hatte. Wenn Sie irgendwann wiederkommen, werden Sie in einem ganz neuen Zimmer schlafen, warf sie mir mit spöttischer Lässigkeit hin, ein plötzlicher Stimmungswechsel, der mir unter diesen Umständen willkommen war. Wir wussten beide, dass wir uns nicht so bald wiedersehen würden, noch wahrscheinlicher nie, doch was uns insgeheim einander nähergebracht hatte, das flüchtige Band konnte erhalten bleiben, ein abgetrennter Teil von mir, von ihr, blieb hier oder entfernte sich, egal, wir sind so viele Personen zugleich, vermutlich reale, womöglich erfundene, multiple Versionen, projiziert in die der anderen, denen wir begegnen, was wird aus diesen intimen, in den Spannen verlorener Zeiten verstreuten Fragmenten unserer selbst, das irritiert mich. Draußen stolperte sie am Rand des Gehsteigs. Und während sie wie in Zeitlupe in ein Lachen ausbrach, in dem Verzweiflung oder leichte Hysterie mitzuklingen schien, klammerte sie sich an mich. Ich hielt sie fest, länger als nötig, eine halbe Sekunde zu lang schauten wir uns aus nächster Nähe an, fast Wange an Wange; dann haben wir uns getrennt.

Der Bote weiß nicht, was er übermittelt, und so merkte Luçon ebenso wenig, was Colettes Worte bedeuteten, wie Marie-France, was sie mit seinen sagte, die sie mir wiederholte, denn eine Tatsache oder Szene aus der Vergangenheit berichten, selbst aus der jüngsten, ist wie einen Traum erzählen, man lässt Einzelheiten aus, verfälscht oder entstellt schamhaft andere, fügt weitere hinzu, und so wird das Original in einer neuen Fülle rekonstruiert, werden die Sackgassen und Annäherungen ausgespart, doch wie groß auch der Anteil an Offenheit oder Unaufrichtigkeit sein mag, selbst getrübt von Gefühlen, Widerwillen oder Erinnerungslücken, blitzt doch aus den falschen Worten zuweilen wie ein Goldklumpen im Schlamm das richtige, das aus Unachtsamkeit genau wiederholte Wort auf, nicht nur wahrscheinlich, sondern authentisch, das Wort, das wahr klingt, *widriger Wind des Lebens*, hatte sie gesagt. Jeder übernimmt in seinen üblichen Wortschatz solche Wendungen, die schließlich sein Wesen, seine Geschichte prägen, für das aufmerksame Ohr sind sie ein Wiedererkennungszeichen; diesen Ausdruck von Luçon hätte Marie-France nicht erfinden können. Sie wiederholte ihn, ohne zu wissen, was er bedeutete, übermittelte ihn mir absichtslos, aber exakt, und ich hörte ihn, als würde das Geisterwort meines toten Vaters über die Jahre hinweggetragen. Und jetzt hörte ich ihn, ich sah ihn, wie er in ihrer Küche in Le Mauduit an jenem Spätsommertag damals diese Worte aussprach, die er auch bei uns benutzte. Woher hatte mein Vater diese Wendung, aus einem Buch, einem Gedicht aus der Schule? Oder irgendwo gehört, in einem Film, einem Hörspiel im Radio, einem Lied? Sie klang nach seinem dürftigen Stil, doch ob er sie nun übernommen oder selbst gebildet hatte, sie war zu seiner geworden, die ideale Antwort, in der sich die Verlassenheit des von einem Heim zur nächsten Pflegefamilie geschubsten Waisenkindes spiegelte, die Kränkungen einer orientierungslosen Jugend, eines verlorenen Hundes, fügte ich in Gedanken hinzu, um das Maß vollzumachen, das Pech, immer gegen den Wind zu kämpfen, unfähig, sich ihm entgegenzustellen oder aber gegen die Zeit, und sich durch nicht wiedergutzumachende Abwesenheit aus der Verantwortung zu stehlen, eine bittere Zufriedenheit in der Kapitulation zu finden. Er interessiere sich nicht für Politik, das sei ihm zu hoch, sagte er mit einer entsprechenden Handbewegung. Das Pech seines Daseins braute sich in geheimen Sphären zusammen; halsstarrige Chefs, feindselige Verwaltungen, Schwarzmarkt, faule Geschäfte, und von meiner unzufriedenen Mutter erntete er nur Enttäuschung, Verachtung und Niederlagen, immer blies ihm *der widrige Wind des Lebens* ins Gesicht. Weil ich es so oft gehört hatte, war ich davon so durchdrungen, dass ich ihn immer in diesem Bild sah, auch als ich durch die Windschutzscheibe beobachtete, wie er sich vorgebeugt gegen den widrigen Wind stemmte und die Jackenschöße umklammernd davonging. Wie gut ich ihn sehe. Ich sehe ihn oder ich erfinde ihn, wie er an jenem Tag zum Hotel ging, sich selbst auferlegte, an den Ort des Verbrechens zurückzukehren, des nicht wiedergutzumachenden Verbrechens, das darin bestand, dass er ein einziges Mal sich selbst, die Jugend seines Begehrens der Pflicht vorgezogen und im Wald die falsche Richtung eingeschlagen hatte und wegen *fehlender Anwesenheit* mit dem Leben davongekommen war. Das ist dein Glück, kicherte Colette. Geh zum Teufel, fluchte meine Mutter.

Nun starrte ich wieder durch eine Windschutzscheibe, die Arme über dem Lenkrad verschränkt, auf das Stück Straße, an deren Rand ich angehalten hatte, eingeholt von der Schockwelle und zu durcheinander, um weiterzufahren, in einer Kurve mitten auf dem Land, die so sehr unzähligen anderen glich, dass es im Nirgendwo war, aber ich hatte mich nicht verirrt. Im Gegenteil, ich wusste genau, wo in meiner gegenwärtigen Katastrophe und in meinem Leben ich war, haargenau in dieser Realität, die im schweren grauen Licht wie Blei auf mir lag. Dort endete mein Lauf durch die alten Viertel des Dorfs, mein Herumirren, zu dem mich die kindliche Ahnung getrieben hatte, auf die Spuren meines Vaters als Kind zu treffen, ihm zu begegnen und das Geheimnis seiner abwesenden Seele zu sehen, das war bereits ein Nirgendwo, die Erfindung eines Ortes, an dem er nie gewesen war, aber ich hatte mich nicht geirrt, als ich sein gekränktes Gespenst streifte, *widriger Wind des Lebens*, flüsterte ich, diese vier Worte fassten das Übel zusammen, das ihn bis in seine letzten Tage in einem Vorortkrankenhaus zerfraß wie die Metastasen des Krebses. Doch von seinen klaffenden Lippen gleich einer Quelle des Schattens vernahm ich nichts, was den unlösbaren Rebus erhellt und den Misserfolg, den besiegten Glauben, das Scheitern, den Schiffbruch eines Daseins erklärt hätte, was für eine Clownerie das alles, wenn man es sich recht überlegt. Ein Auto, das mir aus der Kurve entgegenkam, blendete empört auf.

Ich parkte sehr schlecht am Rand dieser Landstraße, der schlechteste Ort, um Bilanz zu ziehen, wie wenn man mitten in einem Unwetter völlig die Orientierung verloren hat; tatsächlich der ideale Ort, die Vollendung meines eigenen Umherirrens in den letzten beiden Jahren, nicht doch, sagte Abel. Du bist nicht umhergeirrt, als du nach Le Mauduit zurückgekehrt bist, vorgeblich um den Wandel des französischen ländlichen Raums in den Dreißigerjahren zu erforschen, du bist nicht umsonst in diesem Ort gelandet, an dem du mit der Bleistiftspitze auf der Karte hängen geblieben bist, und im Haus der Ardennes, um Lottie und dann Marie-France zuzuhören, die dich dort erwarteten, und während du ihnen zuhörtest, hast du endlich dir selbst zugehört, dir, die du so tust, als wärest du eine andere, und vor allem, als ob du dich nicht kennen würdest. Das Erstaunliche war, dass ich sein Paradox hinnehmen konnte, ohne dagegen aufzubegehren, ich, die so tat, als würde ich mich nicht wiedererkennen, in die Waagerechte gekippt unter der schwindelerregenden Fläche der Decke – die frische Farbe gebrauchen könnte, registrierte ich –, die Nase in der Höhle seines von lustigen Sommersprossen bedeckten Halses vergraben und auf sein seltsam geformtes Ohr schielend, die faszinierende Komplexität der Muschel glich dem verschlungenen Motiv der Kaschmirdecke, die übrigens, wenn ich mich nicht täusche, das Sofa bedeckte, aber im Moment schielte ich auf die Palmen, die Blütenblätter des indischen Flechtwerks, sehr erotisch-psychedelisch, fiel mir auf, und zugleich auf die Seide seiner gebräunten Wange daneben, etwas zerknautscht – Alter, Übermaß an Sonne und Gin, entschuldigte ich –, die raue Morgenwange, kratzig wie Schmirgelpapier, wie Sand, korrigierte ich mich, erstaunt über meine Duldsamkeit, denn ich hasse – schätze nur mäßig – die Ausschlag verursachende Reibung des Haarbalgs beim Kontakt mit einem männlichen Kinn, das sich jedoch so köstlich an die Wölbung meiner schweißnassen Stirn schmiegte, eine Art Wärmehaube, die die Vibration der Rachenmembran, das Plätschern in Glottis, Zäpfchen und Adamsapfel übertrug, aber ich lauschte nur zerstreut auf seine Diagnose meines mutmaßlichen Umherirrens in diesem unendlich fernen Ort, fast unsichtbar auf der Weltkarte unter der Bleistiftspitze, denn ich war unerklärlicherweise wahrhaftig in größter emotionaler Verwirrung.

Anatomischer, korrigierte ich mich und versuchte im Geist die verlorene Einheit meiner Körperteile, Hüften, Taille, Gliedmaßen und Gelenke, zusammenzufügen, die mit seinen größeren und deshalb meine kraftvoll umschließenden vermischt waren, nach der Sequenz, in der wir unziemlich kopuliert hatten, miteinander geschlafen, verbesserte ich mit schläfrigem Wohlwollen, das hatte mit den Briefen an Anaïs begonnen, erinnerte ich mich. Mit der alten Biskuitdose und dem Frühlingsgarten auf dem Deckel, offenbar ein rostiges Picknick unter dem Kirschbaum, oder viel später in der Nacht, als er plötzlich aufwachte und mich verdutzt und gähnend fragte: Was machst du da? Am anderen Ende des Zimmers verdarb ich mir die Augen mit der Lektüre der Briefe von Jacques Maître-Grand. Ich saß unter dem Schirm einer hübschen Tiffany-Lampe aus lachsfarbenem und anisgrünem Glas, die er auch von seinem Tantchen Marie hatte, wie er mir später erzählte, aber in diesem Moment sah er auf die Uhr, zehn vor fünf, verkündete er wie ein skandalöses astronomisches Ereignis.

Sosehr ich mich bemühe, ich erinnere mich nicht, dass er im Slalom zwischen den Möbeln durchs Wohnzimmer gelaufen ist, den vom Halbdunkel geweiteten Raum durchquert hat, doch schon stand er in dem anis-lachsfarbenen Lichtkreis, halb bekleidet, etwas schwankend vor Müdigkeit, verwirrend vor Ungewissheit, fiebernd oder unglücklich, aber verwirrt, oder ich war das von meiner Lektüre, so sehr, dass ich gerührt war, verträumt und gerührt, als er die Hand auf meine Stirn legte, um die Temperatur zu fühlen. Ich hatte wohl Fieber, denn er zog sie zurück, als hätte er sich verbrannt, aber mit einer langsameren, zarten, verträumten Liebkosung tat er es wieder, streichelte mit einer um den Finger gewickelten Strähne meinen Nacken, meine Nase und mein Kinn, aber da waren wir schon sehr nah beieinander, fast umschlungen, Lippen an Lippen, oh, nasse

Nymphe, Göttin auf ihrer Jakobsmuschel, die über den göttlichen Schaum surft, vorwärtsgepustet von den pausbäckig lachenden Putti, verführt und hingegeben, seiner Taille, seinen Armen, seinen Männerlenden hingegeben, Gott, wie gut hat es die Schöpfung für die Geschöpfe eingerichtet, ergötzte ich mich und tat, als wäre ich eine andere. Eine, die den freundlichen, animalischen Hautkontakt nicht flieht, die Lust, nannte ich es kühn in einer Regung, die mir ganz und gar nicht ähnlich sah, auch nicht, dass ich meine Nase so schwelgerisch an den Kiefer dieses schlecht rasierten Kanadiers in der Mitte des Lebens drücke, dass es mir ein so erschauerndes Vergnügen bereitet, diese vollkommene Zufriedenheit, ich selbst zu sein, zumindest im Augenblick.

In diesem Augenblick konnte ich mir nicht vorstellen, dass wir jemals wiederholen würden, was wir eben mit so viel Talent getan hatten. Es muss bestimmte Verbindungen von Uhrzeit – zehn vor fünf –, Jahreszeit, Längengrad, Stoffwechseldisposition, Psyche und Magnetismus geben, gewürzt mit einem ordentlichen Schuss Sancerre oder der nächtlichen Lektüre verworrener Briefe, um ein solches Phänomen auszulösen, um die hübsche Schwierigkeit der Verrenkungen zu überwinden, die Kleidung loszuwerden, aufzuknöpfen, Knoten zu lösen, nach dem Reißverschlusszipper zu tasten, am Hemd, am Pullover, an der Strumpfhose, dem Slip zu ziehen, die Strümpfe nicht zu vergessen, diese Pantomime hatte mich so oft zu einem Eiswürfel erstarren lassen, dass ich kaum fassen konnte, mit welch heiterer Schnelligkeit, in welch magischem Fluss wir das triviale Hindernis des Ausziehens überwanden. Niemals würden wir diese elegante Leichtigkeit, diese Anmut wiederfinden, warnte mich mein Pessimismus, gestützt auf die prüde, von meiner unerbittlichen Mutter eingeimpfte Zurückhaltung.

Was hat sie hier zu suchen, empörte ich mich. Recht bedacht, gar nichts. So wenig wie mein armer Vater, der in der Waldhütte seine erbärmliche Nummer schiebt, meine anzüglichen Ex-Kollegen, meine kurzzeitigen Liebhaber, auch die frigide, eiskalte Vitalie mit den hervorquellenden Augen nicht. Trotzdem waren sie alle da und sahen mir zu, wie ich mich auf dem Sofa mit geblümtem Kaschmir wälzte und schon die Trauer vorwegnahm, weil sich dieser Augenblick nicht wiederholen würde. Wegen widrigen Winds, flüsterte mein Vater. Aber da rechnete ich nicht mit Abel, der verwirrend selbstlos und mit der leidenschaftlichen, sanften Neugier eines Entomologen auf eine seltene Art die Besonderheiten meiner Figur und meiner Seele erforschte und dem es gelang, nicht eine Beziehung nur für einen Tag, sondern auf Dauer aufzubauen, Tag für Tag fortgeführt, ohne sich von meiner atavistischen Widerborstigkeit entwaffnen zu lassen, denn der sexuelle Sport ist zwar eine der angenehmsten, akrobatischsten und spielerischsten, jauchzendsten, erschöpfendsten Übungen, aber nur ein, ein einziger Bestandteil der emotionalen, der menschlichen Beziehung, der Bestandsaufnahme der unergründlichen und unzähligen, tausendfach gebrochenen Facetten einer Person, die so tut, als hielte sie sich für eine andere, als würde sie sich vor allem nicht kennen. Ich wiederum machte mich daran, ihn aus Blickwinkeln zu erkunden, aus denen er sich selbst noch nie gesehen hatte, was dazu führte, dass wir unsere Forschung weit über die Woche und sogar über den Winter hinweg fortsetzten, wider alles Erwarten hatte unsere, wie soll ich es nennen, unsere *Liaison* Bestand. Dieses Wort hat etwas Aufschiebendes, vorsichtig Widerrufbares, es hatte in meinen Augen vor allem den Vorzug, abwägen zu können, was sich aus unserem unvermuteten Geturtel auf dem Sofa in seinem

Wohnzimmer ergeben würde, mehrere Lenze später wagte ich noch immer nicht Liebe zu nennen, was uns dazu brachte, zusammenzuwohnen, dann in den Hafen der Ehe einzulaufen und schließlich beide einen Posten in Auckland zu bekommen und nach Neuseeland zu ziehen. Noch dreißig Jahre später verwirrt mich diese emotionale Wendung.

Vorerst plauderten wir leise, während wir auf dem Fußboden lagen, dessen unter den Möbeln abgeplatzter Lack einem Hochgebirgsgletscher glich, bis zu der weit entfernten, noch brennenden Tiffany-Lampe. Die Morgendämmerung begann die große, hohe Fensterfront in Lavendel- und andere Blütenfarbtöne zu tauchen, eine Probe der himmlischen Unendlichkeit, in der die letzten Sterne erloschen, aber wir achteten nicht darauf. Schön warm, umschlungen im Moschusgeruch, dem sublimierten Narkotikum unserer innersten Säfte, setzten wir das Gespräch dort fort, wo wir es am Vorabend unterbrochen hatten, als Abel, nachdem der letzte beschwipste Gast gegangen war, die Biskuitdose aus dem Bücherregal geholt hatte. Ich frage mich, ich frage mich noch heute, welche Rolle die Geschichte der Ardennes bei unserer Begegnung gespielt hat, bot sie schlicht den Anlass dafür, dass die Pheromone einer reuigen Post-Achtundsechzigerin und eines ernüchterten Witwers sich magnetisch anzogen, oder war sie die geheimnisvolle Kupplerin unserer Existenzen durch numinose Anziehung, die eine durch Raum und Zeit langsam zum anderen getrieben, durch den Zauber einer Geschichte, die nicht tausendundeine Nacht braucht, nur ein paar fiebernde Stunden, um uns gegenseitig zu fesseln, um uns an der wunderbaren Kreuzung der Wege, die die Weltkarten durchziehen, von den Pisten Afrikas, Tonkins oder Yukons bis zu dem Pfad, der den Steilhang hinab zur Ulmenallee und zur Flane führt, und dem, der sich am Ufer entlang bis zu ihrer Quelle in den geheimsten Wäldern von Langres schlängelt, aufeinanderprallen zu lassen. In diesem undurchdringlichen, mit keinem GPS auffindbaren Buschwald verirrt, hätten wir uns sicher nie getroffen. Abel, rational, behauptet, doch. Er neckt mich mit seinen sechs Gliedern, die durch die algorithmische Berechnung von Regelkreisen in allen Bereichen ständig präzisiert werden. Ich zweifle weiterhin an seiner Theorie der ethnisch-sozialen Statistik kompatibler Einheiten. Ich finde sie enttäuschend, prosaisch; ehrlich gesagt gefährlich. Ich glaube lieber, dass es improvisierter ist, dass das Milieu, in dem wir uns entwickeln, Gelegenheiten für unvermutete poetische Interventionen bereithält, die mit Vernunft nicht zu erklären sind, dass wir eine angeborene Fähigkeit zur übernatürlichen Koordinierung besitzen. Das ist einer unserer Reibungspunkte, denn die Liebesbeziehung erweist sich zum Glück als ebenso konfliktreich wie symbiotisch.

Wie dem auch sei, was den Weg angeht, so folgten wir dem von Jacques Maître-Grand, von dem Abel sagte, er habe sich zweifellos nur aus Enttäuschung über die rüde Zurückweisung eines kleinen Biests der Ethnografie der Indianer gewidmet, woran eine Berufung so hängt. Wie jedes Kind hatte Abel erst spät erkannt, was für eine geschätzte, aber auch umstrittene Kapazität sein Vater war. Er hatte eher die Erinnerung an einen Erwachsenen in wechselnden Stimmungen, wortkarg, fast kindisch, genervt vom Familienalltag, den kleinen materiellen Problemen, die das Leben unnötig belasten, ein Hemd auswählen, Auto fahren, einen Scheck ausfüllen oder den Kühlschrank erneuern; nicht, dass es seine Fähigkeiten überstieg, doch es verletzte seine Prinzipien, die allerdings sehr verschwommen blieben. Überdies diente ihm seine Behinderung als hervorragender Vorwand, um sich Pflichten zu entziehen. Wenn er da war, schloss er sich, sobald er aufgestanden war, mit seinen Zigaretten und seinem Bourbon ein und tauchte den ganzen Tag nicht mehr auf, völlig gleichgültig gegen das Leben, das meine Mutter und ich außerhalb seiner Sphäre führten; sie in ihrem Institut für Logopädie, ich in der Schule oder im Garten, wo ich allen möglichen Unsinn machte. Selbst im Sommer in unserem Bungalow in Halfmoon Bay verbarrikadierte er sich in seinem Anbau, einem kleinen, zu einem Arbeitszimmer umgebauten Werkzeugschuppen, und schaukelte stundenlang in seinem Stuhl, ohne die Nase vor die Tür zu stecken. Er vollzog seltsame Waschungen im Meer, aber ich glaube, ich habe ihn nie einen Kopfsprung machen oder sich dem Nichtstun hingeben sehen. Meine Mutter war versessen aufs Fischen, wir waren zu zweit ganze Tage im Kanu unterwegs, doch er ließ sich nur durch den Duft des gegrillten Fangs aus seiner Klause locken. Sobald wir in Halfmoon Bay ankamen, ernährte er sich nur noch von Fisch, Muscheln und einer Mischung aus Körnern, Kräutern, Beeren, Pilzen und Wurzeln, die er für seinen persönlichen Verzehr sammelte. Das alles vor dem Hintergrund chronischer Wut. Sein Schweigen glich dem Vorspiel einer lange ausgebrüteten Explosion, die von der kleinsten unerwarteten Nichtigkeit ausgelöst wurde; gerade fällt mir ein Erlebnis ein, es muss Mitte der Vierzigerjahre gewesen sein, gleich nach dem Krieg.

Jeden Sommer kamen Kollegen meines Vaters zu uns nach Halfmoon Bay, um in dieser Einöde eine Woche lang im Freien zu beraten, nachlässig gekleidet, in Shorts und barfuß, es war seltsam, sie mit dem Rücken zur Natur, den Vögeln in der Bucht und der Brandung am Strand stundenlang debattieren zu sehen. An die meisten erinnere ich mich nicht, nur an einen sehr netten Kollegen, Erwin, ich habe erst viel später rekonstruiert, dass es Goffman war, der große Soziologe. Während er mit den anderen diskutierte, reparierte er den Riemen einer meiner Sandalen, was meinen Vater schon eine ganze Weile in Rage brachte, aber er hielt sich zurück. Meine Mutter sonnte sich ein Stück entfernt im Bikini auf einem Felsen und rauchte eine Zigarette; ich langweilte mich und wartete, dass sie mit mir in unserer Bucht schwimmen ging. An diesem Tag trug sie einen Sonnenhut, eine Art abgeschnittener Kegel mit ziemlich abstrakten Motiven, einem Vogelkopf mit riesigem Auge, glaube ich; der Bungalow war voll mit solchen Sachen, Körben, roten Holzschachteln, großen, seltsamen Pflöcken und Werkzeugen, die überall herumlagen. Aus Spaß, um sie zu provozieren, nahm ich ihr den Hut weg, sie rannte mir lachend hinterher. Ich warf ihn ihr wie eine Frisbeescheibe zu, sie warf ihn zurück, aber da stürzte sich plötzlich mein Vater auf uns. Er schlug mir mit seinem Stock auf die Waden und konfiszierte den Hut meiner Mutter; das alles ohne ein Wort, vor der kleinen Gruppe der erstarrten Diskutanten. Ich dachte, er sei wütend auf uns, weil wir sein Kolloquium gestört hatten. Dann gingen wir baden, ich ärgerte mich über diese öffentliche Maßregelung, ich war vielleicht zwölf oder dreizehn, hatte mich aber wenigstens für seine Gleichgültigkeit gerächt, indem ich ihn zum Explodieren gebracht hatte; am meisten demütigte mich, dass sich meine Mutter ohne Widerspruch hatte bestrafen lassen wie ein Kind. Ich war wütend auf sie und hasste meinen Vater, doch als sie meine Verzweiflung, meine Tränen sah, entschuldigte sie ihn und sagte, der Fehler liege bei ihr. Dieser Hut ist ein Flechtwerk der Haida, erklärte sie mir, eins der unzähligen Dinge, die dein Vater als Geschenk von seinen Freunden, den Indianern aus der Bucht weiter nördlich, bekommen hat. Er lässt sie im Haus herumliegen, weil er ihren Adel als rituelle oder Alltagsobjekte bewahren will, statt sie zu Museums-Kuriositäten zu machen: Wir haben das Recht, sie zu benutzen, wenn wir ihre Funktion respektieren, wenn wir sie in unser Leben integrieren, aber wenn wir sie schlecht behandeln, wie wir es dummerweise mit dem Hut getan haben, beschädigen wir ihre Würde. Diese Kopfbedeckung ist kein Spielzeug, sie schützt vor dem König Sonne und der Königin Regen, weißt du, sie ist so kunstvoll aus Zedernfasern geflochten, dass sie wasserdicht ist. Wir haben den Hut schwer gekränkt, verstehst du, sagte sie mit einem angedeuteten Lächeln, von dem ich nicht wusste, ob es Einverständnis mit meinem Vater ausdrückte oder nachsichtigen Spott für seine Kindereien.

So war er, der berühmte Maître-Grand: ein sektiererischer Hüter unverständlicher Codes, die man erraten und befolgen sollte, ohne dass er sich die Mühe machte, sie zu übersetzen. Er hatte sein Prinzip des »teilnehmenden Beobachters« so weit getrieben, dass ein Teil von ihm nie zu uns, das heißt in unsere Gesellschaft zurückgekehrt war. Er lebte sein Leben woanders, tauchte nur ab und zu auf, um vor seinen Freunden und Studenten zu theoretisieren, zu predigen und seine Bücher zu verfassen, aber wie ein vor langer Zeit verlassener anderer, dem er diese Rolle aus reiner Höflichkeit zugestand. Nicht direkt eine Persönlichkeitsspaltung, keineswegs schizophren. Ein bisschen so, als lebte er simultan in parallelen Zeiten, aus denen er sich selbst beobachtete, von der jeweils anderen Seite aus streng belauerte. Ich stelle mir vor, dass es eine anstrengende intellektuelle Gymnastik sein muss, eine solche geistige Konzentration aufzubringen, dass wir, seine Frau, sein Sohn, auch seine

Schwester und die meisten anderen Menschen, ihn nur störten, lästige Parasiten, die sein Blickfeld versperrten. Da es nun mal so war, habe ich mich auch, als ich größer wurde, abgemüht, immer neue Dummheiten zu machen, den Kasper zu spielen und mir Prügel zu holen, ich habe es sogar geschafft, mir in Halfmoon Bay beim Holzhacken die Hand zu spalten. Wir waren am Ende der Welt, meine Mutter ist mit mir ins Krankenhaus gerast, das Auto war voll Blut. Ich wusste nicht, was ich mir noch ausdenken konnte, um mich interessant zu machen. Seine Frau hat ganz nüchtern aufgegeben, ich, sein Sohn, blieb hartnäckig. Ich machte es zu einer persönlichen Angelegenheit. Zwei Jahre habe ich durchgehalten, im Alltag mir selbst überlassen, in gewisser Hinsicht war das eine gute Lehre. Meistens war er bei seinen Indianern oder an der McGill, wohin er Everett Hughes gefolgt war, und an der Columbia. Wenn er zurückkam, fand er ein unglaubliches Chaos vor, das Haus von meinen Kumpels besetzt, die Bullen vor der Tür, weil wir ständig etwas anstellten. Geldstrafen, Vorladungen, Beschwerden der Schule wegen Schulschwänzen, meine Unverschämtheit und meine schlechten Noten, alles, was nötig war, damit er sich mit mir beschäftigte, dachte ich; reine Zeitverschwendung. Als ich schließlich wegen Randale in einem Pub verhaftet wurde, hat er keinen Finger gerührt. Er hat nur meine Mutter angerufen, damit sie mich mit ihrem Anwalt aus der Zelle holt. Ich glaube, das war das einzige Mal, dass sie sich angeschrien haben, jedenfalls in meinem Beisein. Wenigstens das hatte ich erreicht. Meine Zukunft war schnell geregelt, sie nahm mich wieder zu sich und ihrem neuen Mann, einem Tierarzt, ohne mich nach meiner Meinung zu fragen. Auch meinen Vater nicht, der war schon zu seinen Grübeleien in seinem Arbeitszimmer zurückgekehrt. Ich verlor ihn aus den Augen.

Nicht ganz. Manchmal kam er uns zu Weihnachten mit Tante Marie besuchen. Sie schleppte ihn nach Toronto. Weil er dem Tierarzt nicht begegnen wollte, trafen wir uns im Restaurant, einem sehr schicken Lokal voller Aquarien mit seltenen Fischen in der obersten Etage eines Gebäudes, von dem man auf die Stadt, den Nebel, den Schnee hinabschaute. Er stocherte auf dem Teller herum, ließ sich schließlich herab, etwas gegrilltes Gemüse zu essen, sonst nichts, und holte Getreidekörner aus der Tasche, die er knabberte, während er in einem Heft Notizen machte. Meine Mutter und meine Tante schwatzten, sie mochten sich sehr; ich schmollte. Oder ich äffte ihn nach, um ihn zu provozieren: Ich tat, als würde ich auf der Speisekarte auch Notizen machen, oder leerte sein Glas vor seinen Augen. Er trank nur Bourbon, zu allem, war aber nie betrunken. Ich hingegen sofort, weshalb ich noch vor dem Ende der Mahlzeit unausstehlich wurde, das war ein Theater, lachte Abel. Man sucht sich seinen Vater nicht aus. Er hat sich mich auch nicht ausgesucht. Ich habe es nicht geschafft, der Sohn oder der Vater zu sein, der ich hätte sein sollen, zu welcher Vaterschaft sind wir schon imstande? Er war über vierzig, als er meine Mutter kennenlernte, eine seiner Studentinnen an der McGill, wo er die erste Stelle hatte. Sie muss ihn wirklich belagert haben, um geheiratet zu werden, oder ich war schon unterwegs. Ich glaube, er hat mich aus Zerstreutheit gezeugt, während er sich die idealen Strategien ausdachte, um sich einer Ethnie anzuschließen und ihre Wahrnehmung der Welt zu erfassen. Er hat sich wohl in der Andersartigkeit meiner Mutter verloren, seinen Samen aus Achtlosigkeit herausgelassen, während er über das Spruchband aus indianischem Stoff meditierte, das immer über seinem Schreibtisch hing und auf das er selbst in Schönschrift geschrieben hatte: *Die Grenzen meiner Sprache bedeuten die Grenzen meiner Welt, Wittgenstein (1918).* Diese Lehre konnte ihn schon ein bisschen von dem zufälligen Koitus ablenken, bei dem er sich fortpflanzte. Ein einziges Mal, wohlgemerkt. Dabei war meine Mutter eine sehr schöne Frau, eine Art Marilyn ohne die Depression. Üppig, sinnlich, außerdem gebildet, von origineller Eleganz, von Grund auf fröhlich, glaubst du, er hätte das bemerkt?

Das Geheimnis, über das ich nicht nachdachte, war seine Jugend, was er vorher gewesen war, wer ihn dazu gebracht hat, dieser griesgrämige Trottel zu werden. Erst nach seinem Tod bekam ich einen Überblick durch die Todesanzeigen, die unzähligen, völlig aseptischen Nachrufe, die man in Universitäten und Presse zusammenschustert. Seine Studienzeit wurde darin nur kurz gestreift, aber es gab genügend Hinweise, damit rekonstruierte ich seinen Weg von Paris, wo er Philosophie und dann mit den Schülern von Meillet Philologie, die homerische orale Tradition und orientalische Sprachen studierte, bis nach Chicago zu Franz Boas. Was war das wohl für ein Spleen? Wer hat ihn darauf gebracht, wo er doch außer Griechisch und Latein nur Deutsch gelernt hatte. Im selben Jahr muss er mit Englisch angefangen haben, er lernte Sprachen mit unglaublicher Leichtigkeit. Eine ganze Reihe seiner Kollegen, die aus Litauen, der Ukraine oder Polen kamen, mussten wie er ganz schnell die Sprache lernen. Er verschwand für den kurzen Zeitraum eines Semesters nach Frankreich – da spielte sich zweifellos die Szene zwischen Cousin und Cousine ab, die er unter dem Kreuz ertappte –, setzte dann sein Studium in Chicago bei Thomas und Znaniecki fort, der 1914 aus Warschau gekommen war. Thomas wurde wegen einer obskuren Ehebruchsgeschichte vom FBI verhaftet, die seiner Karriere sehr geschadet hat. Trotzdem haben die beiden ihr großes Werk publiziert. *The*

Polish peasant in Europe and America war die Bibel meines Vaters. Seinen Biografen zufolge hat er beschlossen, ihre empirische Methode auf die Indigenen im Großen Westen Kanadas zu übertragen, so entwickelte er seine *Autonome Logik der Feldforschung*. Sich auf den anderen einzulassen, sich Lebensweise, Sprache, Glauben, Herz und Seele von ihm anzueignen und dabei die Zurückhaltung des Beobachters zu wahren, das ist der Gipfel der Doppelzüngigkeit. Natürlich muss das jeder Ethnologe können, aber das Ergebnis ist in meinen Augen, dass er gelernt hat, der größte Heuchler seiner Art zu sein, wenn er es nicht schon war. Ein Asozialer, ein absoluter Außenseiter. Siehst du ihn durch diese riesige Region kraxeln, allein zu den Indigenen gehen? Die *First Nations*, wie sie unsere späten Reuigen neuerdings nennen, die für Ursprünge schwärmen. Mein Vater war kein Träumer, er hat nie die Religion eines Naturzustands gepredigt. Dass er ein ganzes Jahrzehnt lang weg war, hatte einen ganz anderen Grund. Um seine experimentelle Methode zu testen, präsentierte ihm Chicago auf dem Silbertablett den unglaublichen Melting Pot der europäischen Einwanderer und der Saisonarbeiter aus Südamerika, dieses grandiose soziale Labor, das seine Kollegen nutzten, um zu verstehen, wie das an einen neuen Ort versetzte Subjekt widersteht und sich seinem neuen Umfeld anpasst, sich durch Dekonstruktion seiner selbst und Rekonstruktion als ein anderer Mensch neu erfindet, kurzum die Akkulturation, die mein Vater sein Leben lang studiert hat und die seit diesen Jahren und dann in der Nachkriegszeit unsere illustren Gäste in Halfmoon Bay beschäftigte. Später hätte er mit unserer Familie ein ideales Terrain für den Ethnolinguisten haben können: Meine Mutter stammt von schottischen Einwanderern ab, die über drei Generationen mit großem Fleiß sesshaft geworden sind und sich durch ihre Großmutter mit den Algonkins mischten. Doch sich für unsere Alterität zu interessieren war er nicht imstande. Er zog ihr die Indianer am Athabasca River, die Songhees, dann die Saanich und die Haidas vor, aber warum ist er gleich nach seiner Ankunft dorthin gerast, direkt nach Alberta in British Columbia? Vor allem an den Yukon. Dort hat er angefangen, für einen Behinderten wie ihn das unzugänglichste Terrain. Was suchte er dort so dringend? Ich wusste nicht, dass die Antwort in der Biskuitdose lag.

Meine Tante Marie hat sie nach dem Krieg nach Montreal gebracht, aber ich kann die Reise nicht datieren, bei der sie den Nachlass meiner Großeltern regelte, auch nicht die letzten Male, die ich meinen Vater getroffen hatte. Er ist nicht hingefahren, angeblich wegen seiner Hüftschmerzen, die ihn aber keineswegs daran gehindert haben, sein Leben lang herumzureisen. Er hatte einfach einen Schlussstrich gezogen. Er war nie mehr in Frankreich, zu keinem einzigen Kolloquium, sprach nie von seinen Eltern oder seinen Brüdern. Ich frage mich, ob mein Tantchen bei diesen anstrengenden Weihnachtsessen im Restaurant in Toronto die Briefe schon hatte oder noch nicht. Sie muss sie gelesen haben, denn sie sah darin etwas, das mir helfen könnte, ihn besser zu verstehen, wenn schon nicht zu lieben, wie sie sagte. Aber dort, im Restaurant, hatte sie die Briefe da schon mitgebracht, wusste sie, was darin stand? Wenn ja, hat sie meinem Vater bestimmt nichts davon gesagt, da bin ich ganz sicher. Sogar bei seiner Schwester, vor allem bei ihr, dem einzigen Menschen, den er wirklich liebte, wäre er wütend geworden, wenn er erfahren hätte, dass sie sie besaß. Aber warum hat sie mir die Briefe nicht zu seinen Lebzeiten gegeben, wenn sie mich doch mit ihm versöhnen oder ihn mir zumindest weniger abstoßend machen wollte? Sie hielt mich wohl für zu jung. Dachte, dass ich nichts davon begreifen oder darin etwas finden würde, um ihn zu verspotten, da ich mitten in der Pubertät steckte. Sie wusste von meinen Provokationen, unserem Konflikt und schließlich dem Bruch. Angesichts unserer Beziehung wusste sie wohl, dass ich ihm erst begegnen konnte, wenn er tot war, und nur über den Umweg der Lektüre. Nicht seiner wissenschaftlichen Werke, die ich irgendwann mit der abgekühlten Distanz meiner dreißig Jahre überflogen habe, sondern der Lektüre seiner ersten Schriften als junger Mann, die kein Exeget je kennenlernen wird. In gewisser Weise das Vorwort zu seinem Werk aus einer Zeit, als er noch nichts von seiner Arbeit festgehalten hat. Ein Bericht der Lehrjahre, wenn man so will, aber so verrückt, dass ich bei der ersten Lektüre nichts verstanden habe. Ich nahm es meinem armen Tantchen übel, dass sie mich an meine schwierige Adoleszenz erinnerte, indem sie mir post mortem dieses Pensum auferlegte, es widerstrebte mir, ins Innenleben meines Vaters einzudringen. Aus Zuneigung zu ihr habe ich das Geschenk trotzdem aufbewahrt, aber wohlweislich außerhalb meines Blickfelds. Und da fällst plötzlich du vom Himmel, pickst mich auf der Schwelle meines Büros auf, in einer Abteilung, in der du wohlgemerkt nichts zu suchen hast, und nimmst mich einen ganzen Nachmittag mit deiner haarsträubenden Geschichte der Ardennes in Beschlag. Also habe ich, als ich an dem Abend nach Hause kam, deinetwegen die Biskuitdose wieder aufgemacht und die Nacht damit verbracht, die Briefe, die seit Jahren darin schliefen, wieder zu lesen, wirklich zu lesen. Es sieht ganz so aus, als hätten sie auf dich gewartet, sagte er, während er nachdenklich mein Ohrläppchen streichelte. Als hätte mein Vater dich gebraucht, um sich endlich zu gestatten, meine Tür zu öffnen. Er war nie bei mir, weder in Vancouver noch in meinen sonstigen Wohnungen, ich habe ihn allerdings auch nicht eingeladen. Er hat meine Frau und meine Töchter nicht kennengelernt, ich habe keinen persönlichen Gegenstand von ihm, nicht mal einen Haida-Hut oder eine Kalebasse, auch kein einziges seiner wissenschaftlichen Werke, die stehen sehr gut da, wo sie sind, in der Bibliothek. Abgesehen von seinen Briefen erinnert hier nichts an ihn. Aber die Gespenster sind so frech, ihre immaterielle Substanz noch in die kleinste Sache zu schmuggeln, die ihnen einmal gehört hat; wenn man eine davon nur berührt, tauchen sie auf und setzen sich fest.

Neulich Abend hatte ich nach einer Weile plötzlich das Gefühl, in meinem Wohnzimmer nicht mehr allein zu sein. Ich saß wie du da hinten unter der Tiffany-Lampe, mit einer Flasche Gin, um durchzuhalten, als ich merkte, dass mein Vater da war, in einem Sessel versunken, wie ich ihn so oft in seinem Arbeitszimmer oder auf dem Schaukelstuhl in Halfmoon Bay hatte grübeln sehen. In der Dunkelheit, in der er saß, erkannte ich das Gewicht seiner Gegenwart, eine Dichte, die Wärmewellen ausstrahlte, und wenngleich es mir absurd hätte vorkommen müssen, war ich gar nicht überrascht, dass er hierher versetzt war, so real wie in manchen Träumen. Auch nicht verwirrt, dass dieser Besucher nicht der magere, von der Behinderung verbogene Greis war, den ich zuletzt gesehen hatte, sondern wie ein jüngerer Bruder, den ich in einem anderen Leben hätte haben können. Ich fühlte mich so viel älter, erwachsener als er, wusste über alles Bescheid, was ihm zustoßen würde, während er es noch nicht ahnte. Ich hätte sein Vater sein können, er mein Sohn, und ich war ihm eine ganze Zeit voraus, oder ich hatte seinen Tod geträumt, während er als junger Mann gerade anfing zu leben, zu denken. So seltsam es klingen mag, die Umkehrung unserer Generationen kam mir völlig normal vor. Ich hörte seinen Atem. Oder vielmehr übernahm meiner seinen Rhythmus, unterwarf sich seinem im Tempo seiner Sätze, zuweilen ohne Punkt und Komma, in unregelmäßiger Syntax verlängert bis zur Atemlosigkeit oder hechelnd und knapp; oft in einer friedlicheren Schwingung, deren Amplitude ich folgte wie einem organischen Strom, der durch meine Kehle rann und die Partitur artikulierte, die jeder geschriebene Text prägt, wenn er dem Kern eines Gedankens zu folgen vermag. Vielleicht ist das die wahre Lektüre, wenn die Sprache des anderen so sehr zu unserer geworden ist, dass sie von uns Besitz ergreift; so wie die der Schamanen, die mein Vater studierte, deren Geist springt und deren Mund schäumt, wenn die Trance sie in Kontakt mit den durch die Nacht schweifenden toten Seelen bringt, zu denen sie die Seelen der Lebenden geleiten. Einen intimeren Einblick in diesen Unbekannten, der mich sein ganzes Leben lang abgewiesen hatte, konnte ich nicht erhalten, war es das, was Tante Marie wollte?

Doch während ich seine Briefe las, fühlte ich mich wie ein Einwanderer, der in einem Ostseehafen das Schiff bestiegen hat und verstört auf dem Quai der neuen Welt steht, über die er alles wird lernen müssen; diese Welt war mein junger Vater, und ich verstand ihn nicht. Wie konnte dieser nüchterne Intellektuelle, dafür bekannt, sich sehr ernst zu nehmen, so kindisch sein, einen derart abgedroschenen Abenteuerroman zu verfassen? Du hast es gesehen, er klaut bei Jack London wie bei Emerson und Thoreau, preist die Tugenden der rauen Einsamkeit, die Begegnung mit dem Tier und den Naturelementen, den Rhythmus der Jahreszeiten und den Urwald, die primitive, mit eigenen Händen gebaute

Hütte. Was für einen sentimentalen Schwachsinn hat er da ausgekotzt? Obendrein spickt er den Humbug mit melodramatischen Ereignissen. Der treue Indianerhäuptling, der seine Tochter beweint, die vom Grizzlyjäger entführt wurde, was für ein Kitsch! Gib zu, das ist lächerlich, oder? Sein Gauner von Pelzhändler, seine Saloon-Sängerinnen, seine Glücksritter-Pechvögel, alles Szenen und Personen, die direkt aus dem Chaplin-Film geklaut sind, dachte ich: die verschneite Kulisse von *Goldrausch*, der Blizzard, die Kolonne der Goldsucher beim Sturm auf den Gipfel, die Hunger-Halluzinationen. Meine Güte, in seinem Gemälde fehlt nur noch das Riesenhuhn.

Bis auf das Huhn ist es exakt das, unterbrach ich Abel, drehte mich auf dem psychedelischen Kaschmir um und setzte mich zwischen seine Schenkel, umschlang seine Taille mit den Beinen, drückte die Fersen in seinem Rücken zusammen und hielt ihn Auge in Auge gefangen, um ihm zu beweisen, dass sein Vater keineswegs wirr redete, sondern mit Recht dasselbe suchte wie Chaplin in seinem Film: Der besteht nur aus Studioaufnahmen, bis auf ein paar Bilder, die er in dreitausend Metern Höhe mitten im Winter in der Sierra Nevada dreht. Er lässt einen Weg bahnen, um sein Filmmaterial hochzubringen, engagiert Bergsteiger, die Stufen ins Eis schlagen, stellt Hunderte wahllos zusammengesuchte Arbeitslose, Vagabunden und Penner ein, alles Klone seines genialen *Little Tramp*. Er filmt sie, wie sie den Chilkoot Pass besteigen, so, wie die Berichterstatter und die Fotos jener Zeit die Masse der Goldsucher beschreiben, die ihr gewaltiges Gepäck, die Schlitten und schweren Werkzeuge für den Bergbau hochschleppen. Seine Statisten spielen so echt, als würden sie mit Nuggets für ihre Rolle bezahlt werden. Was für eine absurde Ausgabe für drei Filmszenen.

Aber der Film braucht diese realistischen Bilder, damit die Fiktion wirkt, oder aber der Traum wirkt auf die Wirklichkeit. Jacques macht es genauso, als er seine Briefe an Anaïs schreibt. Auch wenn es so gut wie sicher ist, dass er in den Zwanzigerjahren weit entfernt von allen Kinos unterwegs war und den Film gewiss nicht gesehen, auch *Ruf der Wildnis* nicht gelesen hat, was im Übrigen nicht seine Art von Lektüre war, hat er doch die materiellen Überreste des Goldgräberepos vor Augen, hört die Legenden, ein guter Stoff, um als Hintergrund für seine Rekonstruktion zu dienen, seinen Bericht mit Fakten und wahren Einzelheiten zu untermauern. Dein Vater ist zu intelligent, zu gut mit der Gegend vertraut, um sich Illusionen über das zu machen, was er erzählt. Mit seinem folkloristischen Casting übertreibt er ein bisschen, aus Ironie oder aufrichtiger Idealisierung, aber vergessen wir nicht, dass er diese Seiten für eine einzige Person verfasst. Er zeichnet seiner Leserin bewusst das geeignete Bild, um sie zu verführen und zu packen; um sie zu erobern. Anaïs' Begeisterung liefert sie ihm aus, mehr als die Umarmung, die sie ihm verweigert hat. Zweifellos mischt er Spott, wenn nicht gar Bosheit hinein, wenn er ihren Vater heroisiert und das Märchen ihrer Herkunft fortschreibt, das uns kindisch vorkommt, nicht aber der Empfängerin. Um ihm Konsistenz und vor allem Glaubhaftigkeit zu geben, bastelt er Fantasie und Beobachtungen so zusammen, dass sich der toxische, der wunderbare Kindertraum fortsetzt, der sie Winterprinzessin taufte. Und zu dem kleinen Dämon machte, dem von allen vergötterten Wesen, das ihn vom Kirschbaum geschubst und ohne Erbarmen abgewiesen hat. Ist sie, die von Lottie mit Romanen gefüttert wurde, auf ihn hereingefallen, als sie seine Briefe las, oder tat sie nur so, um ihren Ehemann eifersüchtig zu machen, der ständig

Erklärungen forderte. Hat sie zwischen den Zeilen die verliebten und räuberischen Absichten gelesen, die Jacques hineinlegte, indem er ihren Glauben bestärkte? Sein Bericht ist eine Kriegsmaschine, eine teuflische Liebesmaschine.

Und Liebe brauchte er, um nach seiner Rückkehr nach Chicago, statt eine ruhige Karriere zu machen, schnurstracks in die Yukon-Provinz weiterzureisen, den Kontinent auf den Spuren eines vermeintlichen François Ardenne zu durchqueren. Er brauchte Leidenschaft, und was für eine, um, durch die Schuld von dessen angeblicher Tochter verkrüppelt, die Gegend am Klondike zu erreichen und das Gebiet des sagenhaften zigarrenrauchenden Vaters zu durchstreifen, die Wirklichkeit zu entdecken, die wahre Wirklichkeit jenes Großen Nordens und der Stadt der Goldsucher, die er ihr in malerisch zerschlissener Verkleidung ausmalt, aber zugleich zum Gegenstand seiner *autonomen Logik der Feldforschung* macht. Und genau dort beginnt er sein Werk als Ethnologe, er gründet es auf die empirische Beobachtung. Dort beginnt er sich in den anderen zu verwandeln, in den, dem er begegnet, den Indigenen, er selbst ein Mutant, dort fängt es an, dass er dessen Sprache spricht, die Realien mit dessen Vokabeln bezeichnet und dessen Träume träumt, bis er schließlich dessen Wahrnehmung übernimmt. Hätte Anaïs ihn nicht dorthin getrieben, indem sie ihn so grausam zurückwies, wäre er nicht der große Goldsucher der menschlichen Alterität geworden, der immer weiter zog und schließlich zu dem unzugänglichen Mann wurde, der die Indianer über seine wissenschaftlichen Ziele täuschte; der vor allem sich selbst über seine unheilbare Jugendwunde täuschte. Körperlich verletzt durch die bösartige Bewegung der reizenden Anaïs, mehr noch seelisch, durch sie vor dem Schicksal bewahrt worden zu sein, das seine Brüder 14/18 an der

Front erwartete; sein fürchterliches Schweigen über die beiden entspricht seinem Schmerz, und welch hartnäckiger Groll, welch ungestillter Zorn gegen das hübsche Kind der Ardennes. Diese unheilbare Liebeskrankheit machte aus ihm den hassenswerten Vater und den großen Spezialisten der indianischen Kultur.

Während du geschlafen hast und ich gelesen habe, sah ich nicht wie du deinen jungen Vater in einem Sessel sitzen. Die von Lottie ideal gezeichnete Gestalt des Heranwachsenden ist mir zu präsent, als dass dein Gespenst mit meinem rivalisieren würde, aber ich hatte das erschütternde Gefühl, die Geburt eines Gedankens mitzuerleben, die geistige Verpuppung sich glätten und das alte Kind sich ihrer entledigen und in ein neues Wesen verwandeln zu sehen; in diesen Briefen ist jenes Ungeheuer der Metamorphosen am Werk, das uns ständig hervorbringt. Es verleiht ihnen ihre faszinierende Energie, ein wahres Potlatch der Fantasie, oh, wie gern hätte ich deinen Vater in eurem Bungalow in Halfmoon Bay kennengelernt! Dem so Schweigsamen bei seinen fiebernden Reden zugehört und ganz sanft, mit unsichtbarer Hand, so leicht, dass er geglaubt hätte, es sei der Wind, seine Stirn, sein Haar gestreichelt. Sagte ich, während ich Abels Stirn, sein Haar streichelte, die grau melierte Bürste, die nach unserem innigen Nahkampf zu Berge stand, während ich seinen Nacken streichelte, dessen Feuchte auf seiner Haut perlte, während der Tag den Himmel mit hinreißenden Wolken japanisierte, Vergissmeinnicht, Veilchen, der Tag kommt, ein neuer Tag, murmelte Abel an meinem Mund. Denn noch besser als von Mund zu Ohr vermittelt man die Berichte von Zunge zu Zunge, von einer Zunge zur anderen werden sie durch die Liebe getragen.

Wir brachen im Sommer des nächsten Jahres zu unserer Expedition auf, wie Abel gleich an diesem Morgen beschlossen hatte. Während wir an der sonnigen Fensterfront unser erstes Frühstück miteinander teilten, plante er zwischen Milchtüte, Pancakes und Ahornsirup bereits die Route. Denn dieser rationale Geist verschiebt seine Reisepläne nicht wie ich oder hält sich mit Hindernissen auf. Er malt die virtuelle Karte zwischen die Krümel, zeigt mit der Messerspitze die Lage Alaskas und des Yukons, an den wir fahren würden, zeichnet zwischen Kaffeekanne und Orangensaft unseren Weg auf den Spuren seines Vaters und François Ardennes, und schon sind wir da, wie schnell die Zeit auf diesen Seiten vergeht, den Seiten von Jacques' sechzig Jahre alten Briefen und denen der Gegenwart, die wir umblättern, ohne zu wissen, was darauf geschrieben wird, eines Abends landete unser Flugzeug in Dawson City am Ufer des Klondike.

Inzwischen hatte Abel viel nachgeforscht, denn dieser logische Geist begnügt sich nicht wie ich mit Träumereien, er nimmt die Wirklichkeit in die Hand. Angefangen mit der, von der Jacques' für Anaïs bestimmte Erzählung berichtet, denn meine Chaplin-Demonstration hatte ihn davon überzeugt, dass es in der Biskuitdose außer dem Riesenhuhn und einigen Relikten der Fantasie authentische Hinweise und Informationen, unter dem romanhaften Überbau echte Nuggets gab, die er als guter Schatzsucher-Leser schon ausgraben würde. Kurzum, sagte er, nehmen wir meinen Alten für ein Mal ernst, wenn er's gerade nicht zu sein meint, glauben wir dem großen Versteckspieler aufs Wort, folgen wir ihm buchstabengetreu. Für diese intensive Lektüre war es hinderlich, dass ich auf dem Burnaby Campus wohnte, vor allem abends, wenn wir sie mit Frivolitäten ungebührlich verlängerten, und Abel erklärte mir, es wäre praktischer, wenn ich mir eine Ecke bei ihm in der West Hastings Street einrichtete. Nur provisorisch, sagte er scheinheilig, du musst ja nicht unbedingt dein Apartment aufgeben. Am Ende verließ ich es tatsächlich, wie er kalkuliert hatte, weil meine Freundin und Nachbarin Pearl nach Sydney zurückgekehrt war, behauptete ich schamlos unaufrichtig. Der Spediteur, von Staus in den illuminierten Straßen und von Schneeverwehungen aufgehalten, brachte meine wenigen Sachen erst spätabends, als in diesen Breiten die Dezembernacht längst hereingebrochen war, sodass wir den Weihnachtsabend zwischen Kisten verbrachten, auf denen Kerzen standen, ein rührender Weihnachtsbaum, während wir endlos Chansonniers aus Québec hörten und, Gipfel der Albernheit, glücklich waren über das *am Rand eines Grabens aufgelesene kleine Glück*.

Mein plötzlicher Umzug von der Höhe des Campus hinunter in die Stadt, kaum ein paar Meilen Luftlinie entfernt, war vielleicht so entscheidend wie Lotties Verpflanzung vom Hof der Carmeaux ins Gut der Ardennes, eine Reise, die ihr, wie sie sagte, das andere Ende der Welt entdeckte oder ein unvermutetes Double der Welt, aus dem sie nicht mehr herausgekommen war. Ich wurde das Gefühl nicht los, in Überschallgeschwindigkeit eine innere Entfernung überwunden zu haben, die viel größer war als die zwischen Paris und Vancouver, spürte einen Schwindel, eine Angst, die von der Unwirklichkeit meiner Entführung oder meiner blitzartigen Kapitulation verstärkt wurde: Ich, die ich bis dahin nie riskiert hatte, mit jemandem vom anderen Geschlecht zusammenzuwohnen, meinen Alltag, mein Duschgel und meinen Morgenkaffee, vielleicht sogar meine Zahnbürste zu teilen, hatte mich noch nie so wohlgefühlt wie *in diesen Armen*, den Armen von jemandem der Art, die nicht meine war, der Art Abels jedenfalls. Dessen Männliches mit meinem Weiblichen zusammenpasste; alle unsere Höhlen und Buckel, unsere Pik- und Herztrümpfe, unsere Launen und unsere gegensätzlichen Temperamente waren merkwürdigerweise vereinbar, ohne Ausnahme; ich erkannte die Frau nicht wieder, die zu sein ich in meinem Winterschlaf in jenem Dezember offenbar vorgegeben hatte. Ich hatte wohl meinen Stoffwechsel verlangsamt, war in eine animalische Starre verfallen, um mich in eine andere zu verwandeln. Keinerlei Erinnerung mehr an jene Zeit. Weder an meine Wege zur Universität noch an meine plötzlich von der Ängstlichkeit der Anfängerin befreiten Kurse, auch nicht an meine Einkäufe im Marketplace oder meine Wanderungen durch die Stadt, die ich mir aneignen wollte und die mich aufnehmen sollte, und an die Abende mit den Kollegen, die immer gern bereit waren, Nachbarn zu besuchen und bis zu unmöglichen Zeiten zu bechern; ich war ganz erfüllt von dem, was da entstand, das mich immer von Neuem glücklich machte und erschreckte, weil es stark genug war, um sich in den vier Wänden der Wohnung oben auszubreiten, wo ich stundenlang hypnotisiert dem Schnee zusah, der vor den großen Fensterscheiben fiel.

Ein Tag, zehn Tage, wochenlang Schneenebel, der so tief hing, dass Hochhäuser, Wolkenkratzer, Antennen, sogar die Fenster des Hauses gegenüber unsichtbar wurden, nicht einmal mehr der Schatten von Mauern, Straßen, keine Stadt mehr, nur noch die dichte weiße, gegen die Scheibe geschleuderte Gaze, so heftige Schwaden von Flugasche, dass die gepeitschten Augen schläfrig wurden, der Schnee mal in Placken, mal verstreut, seine Schwärme zu Millionen versprühend, weder nah noch fern, weder oben noch unten in der umgekippten Welt, wenn die beängstigenden, in alle Richtungen wirbelnden Flockenwolken überhaupt eine Welt waren. Selbst bei meinem letzten Besuch, in der Küche der Ardennes, als der Schnee die Schlucht bedeckte, hatte ich nicht so viel davon fallen sehen. Dort waren noch Wiesen und die Lichtung, Gartenhecken, die sich schwarz in der Watte abzeichneten, und der Saum der Ulmen, ihre reifüberpuderte nasse Rinde, die Buckel der verhüllten Sträucher zu erkennen gewesen, während hier, sobald die vier Wände von Abels Wohnzimmer sich auflösten, eine erschöpfende, endlose, leuchtende Fülle herrschte, bald erhellt, bald verdunkelt durch die Hand irgendeines Riesen, der die Glaskugel schüttelte, in der ich vor mich hin dämmerte. Es schneit draußen und drinnen, um mich herum im Zimmer, auf die kleine Tiffany-Lampe, auf die Blockhütte, denn ich bin im leuchtenden Zentrum der riesigen Kugel, oder vielmehr in einer riesigen Kinderhand, die sie schüttelt, in der von François, der im großen Haus der Ardennes ganz allein ist, in der Hand der herumschnüffelnden Lottie, die sie aus dem Spielzeugkorb zieht, in der Hand von Anaïs, die verzaubert ist von dem Geschenk, in der Hand von Jacques in seinem Gipsbett, dem sie sie als Liebespfand schenkt; wie sie warte ich fasziniert, dass sich der magische Schnee legt, dass aus dem Flockenwirbel das Miniaturdach der Blockhütte auftaucht, so klein und verloren und dennoch von so übermächtiger Schönheit, ihr verheißungsvolles, reines Bild am Rand des Traums. Diese unsichere, von grober Menschenhand gebaute Zuflucht, mit der die Einwanderer ihr Vordringen quer über den nordamerikanischen Kontinent markieren, aus denselben groben Rundhölzern erbaut wie ihre einstigen russischen und skandinavischen Isbas und die armseligen Höfe in Europa, die sie für unbekannte neue Territorien verlassen haben, deren Grenzen sie immer weiter in die Wildnis vorschieben, diese in die Sphäre des nordischen Winters gepresste Zuflucht aus schlecht zugeschnittenem, schlecht befestigtem Holz, die in der Tiefe der Wälder ein elementares Leben schützt, diese Wände mit dem verschneiten Dach, das ist vielleicht das Inbild der imaginären Kindheit, die jeder verschüttet in sich trägt, und der Zauber muss von Hand zu Hand weitergegeben werden, um zum Aufbruch zu ihrer Fata Morgana zu verlocken. Dieselbe Hütte schwankt bei Chaplin grotesk über dem Rand des Abgrunds und taucht auf dem von François geschickten Foto verschwommen am verschneiten Klondike auf, sagte ich mir, in Lotties Märchen und im Bericht von One Ear wurde Anaïs darin geboren, von dort kommt sie, und dort trifft Jacques sie in seinem lebenslangen Drang, vielleicht stirbt sie in einer ähnlichen; hat er diese Glaskugel, die durch die ganze Geschichte geistert und die er von ihr erhalten hat, als er in sie verliebt war, nicht mitgenommen, als er Le Mauduit für immer verlassen hat, fragte ich Abel, bestürmte ihn trotz seines Unwillens mit Fragen: Hast du sie nicht bei deinem Vater gesehen, unter den tausend Dingen, mit denen er sein Haus vollstopfte?

Ich hab sie zerbrochen, gab er schließlich widerwillig zu, ohne sich über meine Aufregung zu ärgern. Ich nehme an, dass er sie mir gegeben hat. Ich war vier oder fünf, und wie allen Kindern machte es mir Spaß, die Schneeflocken zu schütteln. Vielleicht spürte ich, dass auch ihm das gefiel, das war selten bei ihm; ich glaube, es war das einzige Spiel, das wir zusammen spielten. Keine Ahnung, was passiert ist. Sie ist runtergefallen, mir aus den Händen geglitten, und nein, ich habe es nicht absichtlich gemacht, wenn du das meinst. Damit entschuldigen sich Kinder in solchen Fällen, aber ich bin keines mehr, und warum hätte ich das mit Absicht machen sollen. Ich suchte noch keinen Streit mit ihm, muss ich mich denn um jeden Preis rechtfertigen? Ehrlich gesagt glaube ich, dass tatsächlich er sie losgelassen hat. Ich will nicht sagen, dass er sie geworfen hat, aber es war nicht weit entfernt davon. Er schaute zu, wie die Kugel die Stufen hinunterhüpfte, wie sie in Zeitlupe auf die Fliesen fiel und in einem betäubenden Schneewirbel auseinanderbrach. Jedenfalls hat er nicht bedauert, dass sie kaputt war. Oder ich habe es vergessen. Traurig war eher ich, erschrocken über diese Explosion und sehr enttäuscht, dass nur eine Wasserpfütze davon übrig blieb. Kurz, kein Grund, eine Geschichte daraus zu machen. Nichts weist darauf hin, dass diese alte Glaskugel von den Ardennes kam, wenn sie je existiert hat. Dieses Spielzeug gibt es doch überall: Es kann genauso gut eine neue Kugel gewesen sein, die mir Tantchen Marie geschenkt hatte. Sie hat mich gern überrascht, mit Miniaturlokomotiven, Dinky Toys, einem Kaleidoskop, das habe ich übrigens noch. Wie auch immer, mein Vater machte kein Aufheben von dieser Kugel, so ein Fetischist war er nicht. Der Haida-Hut war ihm nicht egal. Der Hut hat nichts damit zu tun. Im Gegenteil, von der Hütte bis zu den Totems hängt alles zusammen. Unser kleiner Streit bestätigte, falls das nötig war, dass unsere Pik- und Herz-Trümpfe nicht so ideal miteinander vereinbar waren: Abel zerbrach die Kugel ohne Bedauern und schrieb sie ab, ich dagegen glaubte felsenfest an die poetisch-romantischen Drangsale der kleinen Hütte unter Glas. Ihre Existenz hing nur an ungewissem Hörensagen, an den Worten so vieler Gespenster, aber ich glaubte ihnen aufs Wort, und selbst in den Wind geschrieben, sagte Lottie, am Ende gewinnt die Erzählung.

Also ja, Abel, ich konnte es mir vorstellen, es war nur eine Vorstellung, aber felsenfest überzeugt sah ich Jacques Maître-Grand zum Yukon aufbrechen. Wie ich deinen Vater als jungen Mann auch allein durch das riesige Gebiet hinken sehe, immer weiter nach Nordwesten, wo der Wald nach ihm ruft, manchen Tag hin- und hergeschüttelt in einem Waggon der Canadian-Pacific-Line, deren Schienen am verstaubten Horizont der Ebene abbiegen, ich sehe ihn am Bahnhof einer erst skizzenhaften Stadt mit unbefestigten Straßen aussteigen, Autos sind noch rar, rar auch die Tankstellen an den schlechten, vom Regen ausgewaschenen Landstraßen, dann Spurrinnen von Karren und schließlich gar nichts mehr, nur noch ein kaum vorhandener Pfad, an dessen Biegung eines Abends die Blockhütte einer armen eingewanderten Bauernfamilie auftaucht, mit vielleicht drei von Maul- und Klauenseuche befallenen Schweinen, die ausgemergelte Kuh zieht einen archaischen Karren über den steinigen Acker, zerlumpte, barfüßige Kinder sehen zu, wie er die Hand über die Augen legt und sich den Hügel hinauf entfernt; jetzt strebt er zu Pferd oder auf einem Maultiergespann dem Schirm des unwegsamen Waldes zu, mit seiner rudimentären Ausrüstung: Lebensmittelvorräte, seine Hefte, sein Fernglas und vielleicht eine Karte; bei Stößen quälen ihn die alten Verletzungen. Und was für ein Schuhwerk, aus Stoff oder Fell! Bewaffnet? Das ist er wahrscheinlich, Menschen und Tiere sind ihm aus Notwendigkeit oder Profitgier feindlich. Vor allem die Trapper, die Gauner, die diese Wüsten der Menschlichkeit heimsuchen, grausame Räuber, stets bereit zu betrügen und ohne Vorwarnung zu schießen; gefährlicher als die verdrängten, verfolgten, oft miteinander verfeindeten Nomadenstämme, die durch Verträge mit hinterhältigen Zusätzen ihres Landes beraubt werden, und er, der so wenig an die Prüfungen der Einsamkeit und der Natur gewöhnte Städter, der polaren Kälte und den sengenden Sommern ausgesetzt, geht auf einen anderen zu, dessen Sprache und Sitten er nicht kennt, sein Feuer aus Wurzeln und trockenen Kräutern raucht zwischen Steinen, glüht unter dem Wind, der die Flammen niederdrückt. Purpurne Lamellen am Himmel zerreißen den Abend, aber jetzt sind seine Augen an die Dunkelheit wie an das grelle Tageslicht gewöhnt, sein Trommelfell an die Geräusche, die namenlosen Schreie, seine gegerbte Haut an die Kratzer und sein Magen an verdorbene Nahrung, was für Gedanken wälzt er, die Ellbogen auf die Knie gestützt? Wenn er die Hände zum Feuer ausstreckt, sieht er aus wie eine in ihre Decke gewickelte alte Frau, aber er ist jung. Er ist dreißig Jahre alt und hat nichts zu verlieren als sein Leben, aber alles zu gewinnen, wenn er immer weiter vordringt, und von einer Anhöhe herab sehe ich im stürmischen Wogen der Nacht wie der in den Wäldern verirrte Wanderer oder der vom Kurs abgekommene Pilot in der Wüste beim Überfliegen der Beduinenfeuer das sanfte rote Signal der Glut schwächer werden und wieder aufflammen.

Die in der Erinnerung wieder zusammengesetzte Vergangenheit wird durch die erfundenen Vergangenheiten in den Erzählungen von Abwesenden oder Toten behindert, durch deren trügerisches Gedächtnis verfälscht, überhöht oder verraten, wie auch durch unser Gedächtnis, das durch deren Prisma verformt ist und immer noch unter dem Einfluss ihrer Stimmen oder Aufzeichnungen steht; ich weiß nicht, was für eine Reise wir auf der Suche nach diesen hartnäckigen Gespenstern unternahmen. Oder auf der Suche nach uns selbst, verliebt in ihr Geheimnis, jedenfalls in das, was wir ihnen unterstellten. Voller Sehnsucht nach etwas, das vielleicht nie existiert hat, suchen wir ihre Gegenwart, als hinge unsere Zukunft von ihrer Vergangenheit ab, durchqueren die Zeitschichten, die geträumte Zeit der Fiktionen, die die Geschichte manchmal besser wiedergibt als der Historiker, die ungewisse Zeit von Orten, die die Landschaft oft besser beschreibt als der Geograf, und das war zunächst einmal Dawson City.

Eine so bescheidene Siedlung am Zusammenfluss von Yukon und Klondike, dass sie, kaum waren wir über einen Flügel kippend darüber hinweggeflogen, schon wieder zwischen niedrigen kahlen Bergen verschwand, die der Sonnenuntergang aprikosenfarben tönte wie eine alte Postkarte, ganz in der Ferne der Fries der Gletscher, der sofort wieder hinter dem Horizont verschwand, und schließlich in niedriger Höhe ein unwahrscheinliches Chaos von riesigen Raupen, die sich um das Tal ringelten. Bei der Landung sahen wir die Landebahn zwischen Lärchen am Ufer des Klondike, statt eines Kontrollturms eine mit Hohlblocksteinen befestigte Baracke, flankiert von zwei Wasserflugzeugen zur Inspektion und einigen Pick-ups, die auf die wenigen Passagiere unseres Inlandflugs warteten; darunter der Landrover, den der Vermieter hier wie abgemacht für uns abgestellt hatte, mit Schlüssel und Papieren, die gut sichtbar auf dem Sitz lagen. In diesem Land gab es anscheinend keine Diebe, oder dieses Wrack reizte sie nicht, doch Abel urteilte zufrieden, das sei ein guter Wagen für die schlechten Straßen hier, inspizierte das verbeulte Geländefahrzeug mit dem einfachen Armaturenbrett und trat prüfend gegen die verdreckten dicken Reifen; plötzlich standen wir mit unserem Gepäck allein auf diesem Parkplatz im Nirgendwo. Tatsächlich war die Straße, die nach Westen in die Stadt führte, leer, fünfzehn Kilometer zwischen Zwergerlen und schütteren Kiefern, die von der Dämmerung mit goldenen Zweigen ziseliert wurden, keine Spur mehr von dem riesigen Raupennest. Der Abend in seiner anfänglichen Neuheit war mir seltsam vertraut, die schrägen Strommasten, die sich in Kurven paarweise stützten, mit ihrer Isolatorenkette und den leuchtenden Kabeln, die rudimentäre Markierung der Landstraße, das rostige Blech der Straßenschilder, und entweder, weil wir nach dem stundenlangen Flug wieder auf dem Boden waren, oder, weil sich das Tal in die endlose Dämmerung des Nordens hüllte, hatte ich den sonderbaren Eindruck eines Zeitsprungs, keiner räumlichen Entfernung, wir fuhren auf dieser Straße am Ende der Welt, und im Westen ging nicht der Tag zur Neige, sondern durch eine magische Umkehrung graute vor uns der Morgen einer wiedergefundenen Zeit. Wir fuhren auf eine Vergangenheit zu, die Abel in den letzten Monaten erforscht hatte, von dem Prinzip ausgehend, dass sich im Wirrwarr der Jahre nichts wirklich verliert, ein Fädchen führt zu einem anderen, stärkeren, man muss nur geschickt sein, um es nicht zu verlieren.

Bei der Durchsicht der Angaben über Jacques Maître-Grand hatte er die Jahre seines Aufenthalts in der Yukon-Provinz eingekreist, in Bibliotheken die Dokumente, Chroniken und den Fotobestand aus dieser Periode zurate gezogen und vor allem ein Buch verschlungen, das er endlich von einem Antiquar aus New Brunswick erhalten hatte, *The Klondike Stampede* von Tappan Adney aus dem Jahr 1900, die seit Langem vergriffene Reportage eines Journalisten, Ethnologen und Fotografen, der 1897 vom *Harper's Weekly* ausgeschickt worden war, um die Goldsucher auf ihrer schrecklichen Reise zu begleiten. Das war die Quelle meines Vaters, das Zeugnis aus erster Hand über diese Region in der damaligen Zeit, er muss es gekannt haben. Darauf beharrte Abel. Ich sah ihn Hefte mit Notizen füllen, telefonieren, Briefe tippen, ohne mich einzumischen; es geht um seinen Vater, sagte ich mir. Wie bei meinem ist diese Suche nicht leicht, lassen wir Abel die Umwege machen, die er für richtig hält, ich habe meine gemacht, die mir niemand hätte diktieren können, und auch wenn ich anscheinend der Grund dafür bin, dass Jacques Maître-Grand sich zu seinem Sohn gesetzt hat, ziehen wir uns auf Zehenspitzen zurück und lassen die beiden allein. Doch ich hatte mich im Vater geirrt, Abel suchte den von Anaïs. Was auf dasselbe rausläuft, erklärte er mir, es gibt imaginäre Abstammungen, die bedeutsamer sind als autorisierte Biografien.

Nachdem er einen Kollegen, der mit dem Experten für die nordwestlichen Territorien befreundet war, und einen auf Bevölkerung und Immigration spezialisierten Doktoranden um Rat gefragt und in den staatlichen Archiven des Bundes und der Kommunen Verwaltungsdokumente über Bergbau, Industrie, Banken, Eisenbahnen und Staatsforste verglichen hatte, stieß er dank seiner Hartnäckigkeit und mit Glück schließlich auf einen Mann namens Frank Arden, der nach der staatlichen Volkszählung von 1901, übereinstimmend mit der Polizeistatistik über die Herkunft und Nationalität der Einwanderer in dieser Periode, 1899 eingebürgert worden war. Gemäß dem Handelsregister wiederum war dieser in Dawson City wohnhafte Holzhändler exklusiver Lieferant von Schwellen und Holz für Brücken und Tunnel der New Railway Society of Whitehorse, bis diese ihm 1912 alle Sägewerke und Forstkonzessionen im Dreieck von Dawson,

Stewart und Keno abkaufte, ebenso die vom Lake Ethel; danach verschwand der Holzhändler offenbar. Ein Profil, ein Name und Daten, die mit dem Papier des Richters MacCoy übereinstimmen, das One Ear auf der Ecke des Tischs in der Küche der Ardennes hinterlassen hatte – wenn das nicht er ist, ist es sein Bruder, sagte Abel.

Dieser Bruder oder Doppelgänger heiratete im Oktober 1904 die Besitzerin des Hotels Good Fellow. Sie besaß auch Sägewerke und war wahrscheinlich seine geschäftliche Konkurrentin; eine gewisse Billie Weasel, die aus Carcross stammte, zu Beginn des Goldrauschs im März 1896 nach Dawson gekommen war – eine der wenigen Frauen, die ihr Glück allein versuchten – und im Juni in ihrem Zelt Nr. 9 in Rabbit Creek zwischen zwei Goldpfannen einen Sohn gebar; sie musste nicht den Chilcoot Pass erklimmen, war aber sicher eine der Hartgesottenen, die zur Legende werden. Vielleicht stand sie auch mit dem Gesetz auf Kriegsfuß, glaubt man dem Vorwurf der Bigamie, den die Tugendliga oder Neider gegen sie erhoben, die sich über die sehr einträgliche Verbindung von zwei Potentaten der Stadt ärgerten. Das vermutete jedenfalls die *Daily News of Dawson* vom 8. Januar 1905 in ihrem Bericht über die Gerichtsverhandlung, die in Erwartung weitergehender Informationen vertagt wurde. Denn an diesem Tag beschäftigte ein weit sensationelleres Ereignis Dawson, die Titelseite der Zeitung berichtete vom Drama der Nuggets, die am 19. Dezember die Stadt verlassen hatten, um den Titelverteidigern, den furchterregenden Silver Seven aus Ottawa, den Eishockey-Cup streitig zu machen. Sie waren mit Schlitten durch Blizzards und Schneestürme nach Whitehorse gefahren, wo sie die Fähre nach Skagway um zwei Stunden verpasst hatten. Würden sie rechtzeitig nach Vancouver gelangen, um die Canadian

Pacific Line zu erreichen, zum entscheidenden Spiel am 13. Januar in Ottawa ankommen und als Sieger die kleinste Stadt der Geschichte, die je die unschlagbaren Champions besiegt hatte, mit Ruhm bedecken? Das Foto der stolzen, dick eingemummelten Nuggets, die vor ihrer Abfahrt vor einer Scheune posierten, füllte die Titelseite, aber Abel, der die Lokalpresse kiloweise durchforstete, entging die kurze Notiz auf der letzten Seite nicht, die die Existenz der reichen Honoratiorengattin bestätigte, die der üblen Nachrede ausgesetzt war. Gemäß dem Personenstandsregister war sie 1935 gestorben, und ihr im Zelt Nr. 9 geborener Sohn Matt Weasel war in den 1970er-Jahren noch immer Inhaber ihrer Pension, die auf den Namen Pretty Billie's Cabin umgetauft worden war. Zum Glück existierte sie noch, und Abel hatte dort ein Zimmer für unseren Aufenthalt reserviert.

Die Pension war unter den spärlichen Häusern an der Front Street, der Hauptstraße aus gestampfter Erde, leicht zu finden; sehr zweifelhaft, dass es in dem zu dieser späten Stunde fast menschenleeren Kaff noch weitere gab. Die zur Hälfte verschlossenen oder verlassenen Häuser imitierten die rustikale Bauweise der Pioniere, in der allmählich einbrechenden Nacht hingen kümmerliche Lampen aus dem Gewirr der von Dach zu Dach gespannten Stromleitungen herab, die alles im Schatten ließen, was hinter der Kulisse aus falschen Fassaden eines Obergeschosses lag, die zum Teil frisch gestrichen worden waren, bevor der polare Winter die sommerliche Farbpalette abbeizte, den Stolz noch des kleinsten kanadischen, auch US-amerikanischen Weilers. Mit ihrem erhöhten Gehsteig aus Planken, dem hölzernen Giebel und den Schindelwänden machte Pretty Billie's Cabin keine Ausnahme; das Palace Grand Theater daneben, offensichtlich geschlossen oder ganz aufgegeben, war das schönste Gebäude an der King's Street. Hier hatten die Goldsucher, die zu Zehntausenden das Watt der Tagish-Fischer überschwemmten, große Pläne gehabt, bevor sie drei Jahre später den Ort wieder verlassen hatten. Blitzschnell waren Banken und Goldkontore aus dem Boden oder vielmehr aus der als Straße dienenden Kloake gestampft worden, es gab eine Post, ein Gericht, Bordelle, Spielhöllen und Saloons, Drugstores, Hufschmiede, Badeanstalten und Wäschereien, Barbiere-Dentisten, sogar Fotostudios und ein Gefängnis, ein Saint Mary's Hospital, ein Sankt-Annen-Kloster und zahlreiche Hotels, in dieser primitiven Gegend eine wahre Fata Morgana von Stadt, bevölkert von vierzigtausend Einwanderern, die bis hierher gekommen waren, kilometerweit Blockhütten und anarchische Zelte, wir sind bei François Ardenne, schwor Abel, als er vor der Pension parkte. Er hat zwangsläufig bei seiner Konkurrentin Billie Weasel gewohnt, mindestens während des Ehe-Deals, bevor er mit dem gemachten Vermögen verschwand, stell dir vor, wir begegnen einem ihrer Nachkommen!

Leider nein. Der Chef war kein Weasel der direkten Linie, sondern ein dicker, großer Joe Lafontaine mit der Statur eines Holzfällers und grünen Augen; Wimpern, Augenbrauen, Bart und Haar waren rot bis in die Spitzen, obendrein war er frankophon, eine Menge Leute aus Québec leben hier, erklärte er uns. Er hatte es sattgehabt, Pick-ups und Motorschlitten zu reparieren, immer alles voller Schmierfett, und vor fünfzehn Jahren dem alten Matt das Hotel abgekauft. Sonst wollte keiner diese großkotzige, heruntergekommene Bude, eine der ältesten in der Stadt, rechnen Sie nach, sie wird bald hundert. Solche Antiquitäten sind malerisch anzusehen, die Touristen fotografieren sie ständig, aber die meisten sind kaputt, sie neigen sich auf die Seite und stürzen ein, weil sie keine Fundamente haben: Versuchen Sie mal, im Permafrost welche zu graben! Im Sommer höhlten die Jungs den Boden ein bisschen aus, gerade tief genug, um einen Sockel aus Bohlen einzulassen, der noch dazu genau rechtwinklig und ganz waagerecht sein musste, um das Gewicht des Aufbaus auszuhalten, die Tonnen von Holz für Wände und Dach und die dicken Schindeln, höchstens ein Stockwerk. Das darüber ist Trompe-l'œil aus dünnen Brettern, das Gelände ist nicht günstig für Hochhäuser, grinste er. Der alte Matt hatte seit Jahrzehnten nichts instandgesetzt, aber das Gebäude war solide, guter Sockel, alles gute Oregon-Kiefer, Mutter Weasel verstand ihr Geschäft. Keiner weiß, wie ihr Hotel den häufigen Bränden entgangen ist, den schlimmsten hatte 1899 eine umgestoßene Lampe entzündet, keine Wasserpumpe, die Feuerwehrleute streikten, der Fluss war zugefroren, die Stadt ganz aus Holz und Zeltplanen stand in Flammen, der schwarze Rauch erstickte das Tal, eine Katastrophe, von der Matt immer noch jedem erzählte, der es hören wollte. Am Ende hatte Joe ein ausgezeichnetes Geschäft gemacht; für wenig Geld, denn der Alte hatte kaum noch Gäste. Die Angestellten der Bear Creek Mining Company wohnten damals in der Nähe der Bagger, sie kamen nur auf Spritztouren herunter, um zu bechern; die restliche Bevölkerung ist schnell gezählt: Höchstens siebenhundert leben wirklich hier. Die Touristen halten das Geschäft am Laufen, gerade zieht es sie wieder her: Unsere heutige Goldader ist die Klondike-Legende. Wenn ein Tourist hierherkommt, erwartet er fünf Dinge: Sauberkeit, Komfort, Authentizität, Atmosphäre und Souvenirs zum Mitnehmen, zählte Joe an den Fingern ab. Ist das hier nicht sauber und authentisch?

Das war es. *Saloon*-Atmosphäre, an der lackierten Wandtäfelung, die Colas neidisch gemacht hätte, hingen ein

Elchschädel mit seinem großen Geweih, ein fürchterlicher präparierter Bärenkopf, unzählige Biberfelle und mit Ziegenlederriemen geschnürte Schneeschuhe, alles echt, versicherte Joe. Doch der Clou seines folkloristischen Dekors war ein Pianola, ein original Scott Votey, funktionstüchtig, rühmte er es und tätschelte ihm die Flanke wie einem Vollblüter. Die sechs ebenerdigen Zimmer waren eher im universellen Stil der Motels eingerichtet, unseres ging auf den Parkplatz hinaus. François Ardenne muss es hier gefallen haben, scherzte ich in meine Schrankdusche gezwängt. Ich wusste nicht, ob das Abels sorgenvolle Stirn glättete, der sich in seine Hefte vertiefte. Dann kosteten wir auf Einladung unseres liebenswürdigen Wirts authentisches aufgetautes Elchsteak, dazu echte Coca-Cola und typische Crêpes Suzette, für die Atmosphäre sorgten Ragtime-Klänge vom Pianola, *The Entertainer*, wennschon, dennschon. Am Ende spendierte uns Joe ein Glas Yukon Jack, dann noch eins, als er zwanglos mit uns und der Flasche zusammensaß. Dieser Tage ist hier nicht viel los, das Festival of Home County Music & Arts in Whitehorse macht uns alle Gäste abspenstig. Die Touristen kommen nächste Woche, um ihre Tour auf dem Dempster Highway zum Fort McPherson zu machen, jetzt ist die einzige Zeit im Jahr für eine coole Spritztour in den Großen Norden, wollen Sie da auch hin? Nein, sagte Abel, wir sind geschäftlich hier, danach fahren wir in den Süden. Geschäfte interessierten Joe, er kannte alle und jeden: Siebenhundert Leute sind schnell abgezählt. Ich ließ sie mit dem Yukon Jack allein und ging ins Bett.

Die Matratze war sehr *clean*, das Zimmer sehr komfortabel, aber bei dem Stimmengewirr und der hartnäckigen Pianola-Musik, dem Gelächter der Freudenmädchen und der glücklichen Goldgräber konnte ich nicht schlafen, die sind nicht hungrig und frieren nicht, die zünden sich ihre Zigarre gleich am vor Spektakel, Champagner und Rüschen glühenden Ofen an, ich hörte das Gemurmel der Menge im ehemaligen Good-Fellow-Hotel, ließ den Leidensweg der Hunde, Maultiere, Trunkenbolde und Säufer, der zerlumpten und räudigen Gnome auf der schlammverstopften oder verschneiten Straße auferstehen, bevor die Nacht sie verschlang; unter dem unmenschlichen Flügel der subarktischen Nacht entfernten sich Zigarren, Spiegel, Pianolas, Lämpchen, Fassaden-Kulissen und Dächer der zwergenhaften Stadt, die in der gigantischen Weite der Wälder unterging, die wir überflogen hatten, immer wieder unterbrochen von Seen und öligen Flüssen, die sich wie ein nächtlicher Teerstrom dahinschlängelten, widerlicher Honig- und Bitterorangegeschmack, dieser verdammte Whisky hat mindestens fünfzig Prozent. Joe hat uns doch nicht etwa den folkloristischen marinierten Zeh zum Nuckeln unten ins Glas geklebt, sagte ich mir, den legendären erfrorenen Zeh des Minenarbeiters, von Wundbrand bedroht, mit dem Küchenmesser abgeschnitten und in Alkohol mumifiziert im Zelt Nr. 9 zwischen Goldpfannen, Schubkarren und verrosteten Pumpen, Gestank, steif gefrorenen Lumpen; was für ein tödlicher Blizzard pfeift über den steinigen Grund und die Sturzbäche zwischen den Rampen zum Auswaschen, den Aquädukten und ihren Gerüsten, den Seilwinden und Laufrollen. Kein Baum mehr zu sehen in den von Holzmagnaten verwüsteten Wäldern, alles ist abgeholzt, also wird weiter entfernt gefällt, im Dreieck zwischen Stewart, Keno und Ethel Lake, das sind einträglichere Konzessionen als die, die der scheue Goldsucher auf seinen Namen eintragen lässt, sobald er seine Pfähle eingerammt hat, denn Holz für

Schindeln, Bretter und Rundhölzer wird immer gesägt – berechnet man hier die Sters in Klaftern und Kohlenholz, wie Lotties Mémé? Astronomische Mengen von Holz müssen geliefert werden, damit das Feuer, sogar mitten im Sommer, den Permafrost in den Minen zum Schmelzen bringt, damit die Dampfkessel und Öfen laufen, um Frachtkähne, Häuser, Hütten und Gehsteige, Wehre, Rampen, Sockel für Brücken und Strommasten zu bauen, auch für Eisenbahnschwellen, denn gerade werden die ersten Gleise durchs Gebirge verlegt. Dort betätigen sich die Zwangsarbeiter, die keinen einzigen Goldsplitter gefunden haben, sie sprengen den Fels für den Bau von Tunneln und Viadukten, erschießen die erschöpften Pferde, die ihre ausgemergelten Hunde hungrig verschlingen, nur Hunde ziehen die Baumstämme, die Schlitten, Karren, Loren in den Minen und die Männer mit den erfrorenen Zehen und Gliedern, voller Schrecken vor schwammigem, faulendem Zahnfleisch, dem *black leg* des Skorbut, das faulige Bein wird mit der Axt abgehackt und ernährt die hungrigen Wölfe und Grizzlys, ein Königreich für einen Apfel, ein Ei, zwanzig Gramm Butter. Meine ganze Habe, meine Splitter, meinen Goldstaub dafür, dass ich der Ruhr, dem Typhus entgehe, die von den Kloaken unter freiem Himmel verbreitet werden, zu denen die von metallhaltigen Abfällen und Exkrementen verseuchten Gewässer geworden sind; der Pestilenz von Stechmücken und Fliegen im Sommer, dem Heulen des Winterwinds, wenn alles weiß ist, ein Weiß, das einen bis ins Mark gefrieren und das Hirn und das Herz in seinem zarten Brustkorb erstarren lässt; der da hustet und spuckt, Lungenentzündung und Tuberkulose, der Hunger lässt ihn ein Riesenhuhn auf gefiederten Klauen sehen, Fieber, Delirium; nichts davon hatte ich in Jacques' Briefen gelesen. Aber was ist Lesen anderes, als alle anderen Lektüren, alle gesehenen oder ausgedachten Bilder und die Wiedergänger unserer Gedanken, unserer Träume darin aufzunehmen; mein Traum zeichnete sich in dieser Nacht aufrecht am Fußende meines Betts ab. Vor dem Hintergrund dunkler, schneewattierter Wälder, fern aller von Menschenhand gebahnten Wege, kommt der in einen langen Mantel und eine Pelzmütze gekleidete Mann. Er lauscht dem Ruf des Waldes, seines Reichs, bohrt seinen Wolfsblick in das undurchdringliche Dickicht, dort beginnt das große Unbekannte der Wildheit. Doch eigentlich erschien auf dem Bildschirm meiner schlaflosen Nacht vielmehr das Etikett der Flasche Yukon Jack, auf die Ausmaße des Zimmers vergrößert. Seine Gravur mit dem rußigen Strich flößte mir alkoholische Visionen ein und erinnerte mich plötzlich an die Radierung von William Blake, *Der Reisende hastet in die Abenddämmerung*, schrieb der Dichter darunter, und jener Mann, schon auf dem Weg ins Abenteuer, nach vorn geneigt im Schwung seines Aufbruchs, gleicht so sehr dem polnischen Passanten, der, nachdem er im blauen Zimmer geschlafen hat, Lottie verlässt und sich schon durch die Ulmenallee entfernt, ohne sich umzudrehen; waren auch Justin und Fernand, die sich im Gegenlicht der Sonne Afrikas abzeichneten, auch François, der am Saum der großen Wälder am Klondike umherstreifte, solche Gestalten wie diese gefährlichen, mysteriösen Wanderer, die Buchseiten durchmessen, durch Geschichten und Träume zu den Pforten des Paradieses oder der Hölle ziehen, die auf sie warten, während sie auf eigene Gefahr und oft um den Preis des Wahnsinns jene Abenteuerfiktion schreiben, die so viele Leben beflügelt, das grausame und faszinierende Märchen an der Quelle jeder Existenz?

Nach dem Tête-à-Tête mit Joe liefen Abels Geschäfte ziemlich gut. Er hatte geplant, dass wir ein wenig durch den Ort streiften und die Atmosphäre schnupperten, wie es sich für Besucher gehört. Das mussten wir unbedingt, denn wenn Jacques in den Zwanzigerjahren durch Dawson gekommen war, wie sein Briefroman vermuten ließ, war die Stadt damals in fast genau dem Zustand, in dem wir sie vorfanden – ein gottverlassenes Nest mitten im Nirgendwo, ähnlich den von der Karte verschwundenen Phantomstädten im Großen Westen – und in den sie zurückgefallen war, nachdem der wahnwitzige Rausch das Tal verwüstet und die hinterlassene riesige Müllhalde seiner Orgie dem Zerfall, der Fäulnis und dem Rost ausgeliefert hatte. Nur die Legende konnte von dem verblüffenden Erdbeben berichten, wie jede Legende gestützt auf reale Fakten, die Stigmata, die klaffenden Wunden der Landschaft, noch verschlimmert durch die rasche Industrialisierung der Förderung, für die 1923 die Yukon Consolidated Gold Corporation das Monopol erhielt, die die letzten Hungerleider von ihren enteigneten Claims vertrieb. Ein Zustand, den Jacques Maître-Grand nur beobachten und mit dem Bericht von Tappan Adney bei dessen Ankunft vergleichen konnte, eine echte dokumentarische Fundgrube, dieses Buch, Abel blieb dabei. Sein Vater, der so viel Wert auf Oralität legte, konnte nur noch den verbliebenen ersten Zeugen des Goldrauschs zuhören, die die Quelle der Legende waren. Von denen hab ich in meiner Kindheit so einige gekannt, sagte Joe, von diesen Alten, die in der Frühlingssonne unter den Wollgrasflocken unsinniges Zeug schwatzten, die waren aus härterem Holz geschnitzt als die alten Baracken hier. Unter sich nannten sie sich *sourdoughs* wegen des Sauerteigs, den sich die Goldsucher auf die Nase pappten, damit sie ihnen nicht abfror, und wir bogen uns vor Lachen über ihre *jokes*. Wir Bengel schnüffelten in den aufgebrochenen Häusern herum, sprangen auf die kaputten Eisenbetten und schossen mit der Zwille auf die Stuckdecken, bastelten Raumschiffe aus Retorten, der kaputten alten Druckerpresse und all den unbekannten Werkzeugen, die im hohen Gras lagen, wir spielten Verstecken zwischen Drehtrommeln, zerbeulten Heizkesseln und verschlammten Schiffswracks, das war vielleicht ein Abenteuerspielplatz, unsere Mütter ließen uns dort nach Herzenslust herumtoben. Meine war aus Trois-Rivières gekommen, um hier als Bedienung zu arbeiten. Ihr Mann hatte sie zu viel schikaniert: Sie ist ihm weggelaufen. Dann gefiel es ihr hier, mir auch, sehen Sie. Also, was Ihre Geschäfte angeht, sind Sie hier auf den *fucking good guy* gestoßen: Wenn der alte Matt noch am Leben ist, finden Sie ihn in Whitehorse bei seiner einzigen Verwandten, einer Urgroßcousine mütterlicherseits, die hat ihn überredet, mir seine Ruine zu verkaufen, und sich um den Papierkram gekümmert; der Yukon Jack hat Joe gesprächig gemacht, sagte Abel. Er hatte den Alten besser zugehört, als er behauptet: Unter anderem habe ich das beste Nugget vom Klondike aufgelesen: On'yëpa ist ein spezifischer Name des Stamms der Hän. Genauer der Hän hwëch'in, was in ihrer Sprache »Volk des Flusses« bedeutet. Oh, gähnte ich, wie viel Uhr ist denn? Die richtige Zeit, um das niederträchtige Gebräu zu saufen: drei Uhr morgens.

Auf jeden Fall war ich, obwohl schlaftrunken, ganz Ohr und erfuhr, dass Tr'ochëk, das Dorf der Hän auf dem Deer Creek, wie man befand, zu nah an der expandierenden Stadt und zudem auf einem Gebiet lag, auf das die Goldgräber scharf waren, weshalb der Chef der berittenen Polizei es schonungslos räumen und die Bewohner an den Rand eines unbewohnbaren Sumpfgebiets verjagen ließ, wo der Stamm, da die verseuchten Abwasser der Stadt durch das Reservat flossen, von einer Diphtherie- und Typhusepidemie dezimiert wurde; um 1900 waren höchstens noch dreißig Hän übrig. Aber jetzt pass auf: Joe verbürgt sich dafür, dass die Hän nicht mit den Weißen verkehren. Anders als die Tlingits und die Tagish oder die Kluane, die den Weißen in der Region seit Langem als Träger und Führer dienen, manchmal heiraten Weiße sogar deren Frauen, einige prostituieren sich in den Elendsvierteln der Stadt – eher dort als in den Luxustanzlokalen, Diskriminierung verpflichtet. Die Hän hingegen, das hat Joe von den *sourdoughs*, mischen sich nie und auf keine Art mit den Einwanderern. In Dawson kann man für Gold alles kaufen, nur diese unbestechlichen Indianer nicht, die kein Interesse an Besitz haben. Sie bleiben wild, stolz und unnahbar und unterwerfen sich nicht, bis sich die letzten Überlebenden nach der Auflösung ihres Reservats flussabwärts ins weit entfernte Alaska zurückziehen. Also, auch wenn es bedenklich ist, auf der Grundlage eines Phantomdokuments Vermutungen anzustellen, riskiere ich's, sagte Abel, in der Stimmung für nächtliche Spekulationen: Wenn wir der Urkunde des Attorney trauen oder vielmehr dem, was dir Lottie darüber erzählt hat – aber diesen Namen konnte sie nicht erfinden –, kam Onayepa also tatsächlich aus diesem Stamm. Eine entscheidende Information, das letzte Puzzleteil, das deutlich macht, was bei dem Richter geschah und welche Rolle dort jeder spielte, damit diese merkwürdige Vereinbarung zustande kam. Die Mutter wurde in der Anonymität einer *Eingeborenen* belassen, ein Begriff, den ein Richter damals für eine Paria ganz selbstverständlich verwendete. Und es ist wenig wahrscheinlich, dass der Zigarrenraucher selbst verlangte, sie sollte in dem Dokument genannt werden, was hätte ihm diese Erwähnung genützt? Der Einzige, der ein Interesse daran haben konnte, war der dritte Anwesende, One Ear, der bei dieser Erklärung zugegen und auf den Rang eines Zeugen herabgestuft war. Ich sehe darin das größte, ins Auge springende Willenszeichen dieses ungebildeten Burschen, der mit einem Kreuz signierte, ausgehandelt als schwache Gegenleistung für den grausamen Deal, der seine Vaterschaft auslöscht. Ein Kuhhandel in der ungleichen Kräfteverteilung zwischen ihm und seinem Chef, aber so setzt er durch, dass seine jammervolle Geschichte nicht ganz und gar getilgt wird. Denn nur er kann erreichen, dass zumindest sein Kind, wenn schon nicht die Mutter, genannt wird, wie es sich gebührt und nach seinem Willen, mit dem Namen Onayepa, sogar noch vor dem christlichen Anaïs; eine Anomalie, die die Tanten unweigerlich neugierig machte. Angesichts der juristischen Fragwürdigkeit seiner Urkunde kann man verstehen, dass Richter MacCoy, falls er Vitalies Brief je bekommen hat, sich hütete, darauf zu antworten.

In meinen Augen ergibt sich aus all dem, dass One Ear, indem er Ardenne und dem Richter, ihnen zum Trotz, den indianischen Namen seiner Tochter diktiert, den Stamm der Mutter identifiziert und dieser Frau und ihrem Volk die Würde der Existenz verleiht. Er sah darin vielleicht nur ein armseliges Zugeständnis, das er aus Treue zum Wunsch einer Toten, als fromme Pflicht ihr und sich selbst gegenüber durchgesetzt hatte, doch was er erreichte, beweist uns, dass ein Fremder mit einer Hän-Frau zusammenleben und ein Kind mit ihr haben konnte. Freund Joe zufolge eine bemerkenswerte Ausnahme. Aber hat One Ear, wie Lottie erzählte, nicht gesagt, dass er mit den Indianern verkehrt hatte – auf eine Art, die mein Vater vielleicht nicht missbilligt hätte –, zumindest so vertraut mit ihnen war, dass er ihre

Sprache ein wenig verstand, besser als das Englische, hat er doch behauptet; gut genug jedenfalls, um in der Gegend als Scout zu dienen. Das verleiht dieser Figur Vorzüge, die die düstere Geschichte der Ardennes ihm kaum zuschreibt: Womöglich war der arme Kerl nicht so dumm, wie es scheint, und zu jener Zeit einer der sehr wenigen am Klondike, die mit einem feindseligen Stamm in Kontakt treten, das Zutrauen eines Mädchens aus diesem Stamm gewinnen, es trotz der Verzweiflung und Erniedrigung seines Elends lieben und von ihm geliebt werden konnte, wie soll man je ergründen, was diese Wesen verband. Aber was ist Liebe bei den Hän, hätte mein Vater sich gefragt, in welcher Sprache drückt sie sich aus; die Frage gilt auch für One Ear, den Deklassierten aus dem Morvan.

Jedenfalls knüpft eine kleine Hän ihr Schicksal an das dieses Mannes, für ihn bricht sie das unbeugsame Gesetz ihres Volks, verrät ihren Vater und verlässt die Ihren, und so ist sie die wahre Heldin dieses Märchens der Wälder: Das ist der großartige Entwurf, die außergewöhnliche Geschichte, die größer ist als ihre Protagonisten und sie über sich hinauswachsen lässt, sodass sie das Märchen verdienen, das Lottie erfindet, indem sie intuitiv die Fäden verbindet und miteinander verflicht und zur Krönung das Kind zur Erbin eines sagenhaften Königreichs macht. Lottie lässt sich von der erbärmlichen Blockhütte im Schnee und von der Inszenierung des eingemummelten Betrügers nicht täuschen; unter dem trügerischen Realismus des Fotos errät sie ein Signal aus der Parallelwelt. Weil sie eine wilde Leserin, eine Seitendurchmesserin und Traumwandrerin ist, weiß sie um die unbeschränkte Macht der Fiktionen, die fruchtbarer als die Realität auf das Leben der Menschen einwirken. Noch außergewöhnlicher ist, dass aus dem, was zweifellos als schmutzige, niederträchtige Intrige hier in dem abgelegenen Winkel des kanadischen Großen Westens, zwischen windigen, nichtswürdigen, von Kummer und Elend, Gier und Rache verdorbenen Individuen, Musterexemplaren rohesten Menschseins begann und von diesem Ort, der nirgendwohin zu führen scheint, auf einem Männerrücken Kontinent und Ozean überquert, von einem Ende der Welt ans andere, vom Tal des Klondike ins Tal der Flane gelangt, ein Herkunftsmärchen von krimineller Schönheit entspringt. Mein Vater, der es als Kind hörte, muss erkannt haben, dass er damals an das menschliche Mysterium gerührt hat, dass das, was ihn an seiner kleinen Nachbarin bei den Ardennes in Bann schlug, weit über die Geschichte des hinreißenden Waisenkinds hinausging und dass durch sie der Ruf des Waldes an ihn erging, der anspruchsvolle Übersetzer der Alterität zu werden, der Erforscher der fremden Sprache, in der die Menschen zueinander sprechen. Das Märchen der Ardennes ist der schlafende Samen seiner wissenschaftlichen Arbeit, und er macht sich auf den Weg, um es wieder in seine heimatliche Erde zu pflanzen; und unter all den unreinen Gründen, die ihn zu seinem hemmungslosen Schundroman inspirierten, war ein höherer vielleicht, dass er seine Dankesschuld abtrug. Wenn er das nicht verstanden hätte, hätte er nicht in seinen Briefen als erwachsener Mann, so weit fort er auch gefahren war, das Zwiegespräch mit der Quelle seiner ganzen Existenz fortgesetzt.

Mein Vater ist nicht vor ihr geflohen, er ist sein ganzes Leben lang zu ihr zurückgekehrt, sagte Abel, mit den Füßen auf der Ablage des Geländewagens, gleichgültig gegen die bewaldeten Serpentinen im Glanz der sommerlichen Blüte, gegen die Wollgrasbommel und den rosigen Teppich der Weidenröschen unter den schwarzen Fichten, die vergoldeten Lärchen und Birken unter dem von kleinen, von See zu See fliegenden Wasserflugzeugen durchzogenen bewölkten Himmel. Wir fuhren auf dem Klondike Highway gen Süden nach Whitehorse, fünfhundert Kilometer durch dieselbe ungezähmte Landschaft, bald hoch über Canyons mit schäumenden Stromschnellen, bald schnurgerade auf der in weiter Ferne von verblüffenden schneebedeckten Gipfeln unter dem blauen Himmmel gesäumten Hochebene. Die angebliche Autobahn war eine miserable Landstraße voller Schlammlöcher, mit abgesunkenen, unregelmäßigen Straßenrändern; der Winter erodiert und zerfurcht, kein Straßenbelag hält ihm stand. Wir begegneten nur wenigen Fahrzeugen, oft riesigen, bunt bemalten Trucks mit drohendem Kühlergrill, also konzentrierte ich mich aufs Fahren, auf Brems- und Gaspedal, die knirschende Schaltung, während ich den Ergebnissen des feuchtfröhlichen Palavers mit Joe Lafontaine zuhörte und darüber nachdachte, wie recht Abel damit hatte, dass die Suche nach einem Vater bedeutet, einen anderen zu finden, dass die imaginären Abstammungen viel tiefer wurzeln als die Stammbäume im Album: Auch wenn Jacques Maître-Grand und François Ardenne sich nie getroffen haben, sind sie sich näher gekommen als im wirklichen Leben, ihr doppeltes Phantom geistert durch dieses Land wie durch das von Le Mauduit.

Wenn man aus Dawson City kommt, ist Whitehorse eine ansehnliche Stadt. Mindestens zwanzigtausend Einwohner, Häuser mit drei oder vier Etagen, darunter die seltsamen *skyscrapers* aus rustikalen Rundhölzern, eine lokale Sehenswürdigkeit, so etwas wie Avenuen, ein paar Läden mit Neonschildern, Hotels, Banken, Lagerhäuser, hölzerne Kirchen, sogar eine Apotheke und am Yukon, der tosend gen Norden strömt, die Überreste eines Bahnhofs. Für kurze Zeit die Endstation der Eisenbahnlinie, der trotz der nahezu unüberwindlichen Schwierigkeiten 1900 fertiggestellten segensreichen White Pass and Yukon Railway, die Skagway an der Küste mit dem Landesinneren verband und den Qualen der verfluchten Gebirgspässe ein Ende machte. Von dort konnten sich die Nachzügler endlich mit Pferden und Material auf den Weg machen, statt auf dem Wasserweg mit einer improvisierten, mit Harz kalfaterten Armada durch die gefährlichen Stromschnellen in den Canyons zu den Lakes Bennett und Lindeman hinunterzufahren; konnten endlich Lebensmittel in das fantastische Tal gebracht werden, aus dem die ersten Goldwäscher bitter enttäuscht schon wieder abzogen, hin zu den neuen Eldorados in Nome und Atlin. Whitehorse, eine verdammt richtige Hauptstadt, ersetzte die, zu der sich das anmaßende Dawson ernannt hatte, das schon bei der Entstehung dem Verfall anheimgegeben war; dort blieben nur die Magnaten der Holzindustrie, die sich mit Bäumen und Holzzuschnitt auskannten, bis sie später selbst von der Herrschaft des Metalls abgelöst wurden, und da verließ auch Frank Arden den Klondike, krächzte der alte Matt Weasel, dessen Aussprache dadurch erschwert wurde, dass er keinen einzigen Zahn und kein Gebiss hatte.

Hingerissen von unserer Geschichte, hatte Joe uns das Blaue vom Himmel versprochen, wenn es uns gelingen sollte, den alten Hasen aufzutreiben, eine erstklassige Quelle, wie er versicherte. Joe war uns während der zwei Tage in Dawson nicht von der Seite gewichen und hatte sich zu unserem Wanderführer ernannt, das Hotel überließ er seiner Schönen, einer robusten irischen Wandrerin, rothaarig wie er, die drei Jahre zuvor angekommen und sogleich den unglaublichen Himmelsmedusen des Nordlichts, den Schneeschuhen und dem authentischen Pianola verfallen war, eine Dichterin, sagte Joe; offenkundig hatte sie sich auch in die Muskeln unseres Gastgebers verliebt. Mit dem Städtchen, seinen historischen Gebäuden, Geschäften und Lokalen waren wir schnell fertig, ohne echte Hoffnung, an einer Straßenecke auf die Überreste eines Sägewerks zu stoßen, über dessen Tor der verblasste Name *Arden* stünde, oder auf die seines Holzhandelsbüros, und warum nicht gleich auf seinen Ofen, die Petroleumlampe über dem Schreibtisch und wer weiß noch was. Keine Träume, sagte Abel und träumte trotzdem noch ein bisschen davon, während uns Joe alle Winkel des Bergbautals zeigte, eine vom dampf- und später strombetriebenen Goldabbau entstellte Mondlandschaft, verwüstet von gewaltigen hydraulischen Schwimmbaggern, die jahrzehntelang den metallhaltigen Abraum umwühlten und ausspuckten, die monströsen Ringelwürmer ausschieden, die wir beim Landeanflug gesehen hatten, und die natürlichen Wasserläufe zerstörten, das Grundwasser hochpumpten und riesige künstliche Becken aushoben; bis in die Sechzigerjahre, als die Förderung von Kupfer und Zink, nicht mehr von Gold, zurückging und schließlich eingestellt wurde, haben sie die Landschaft in industriellem Maßstab neu geformt, erklärte Joe. Als wir die Hügel über dem in Bonanza umgetauften Rabbit Creek erklommen, in dem Matt Weasel geboren war, zeigte er uns weiter oben die noch klaffenden Überreste der alten Minen, denn während das Gold anfänglich unten in den Bächen in mühsamer Handarbeit ausgewaschen wurde, erkundeten die Unermüdlichen bald die Höhen, gruben im Permafrostboden und sprengten mit Dynamit acht bis zehn Meter tiefe Schächte hinein. So ließ der halb verschüttete, mit alten Winden und Rollen vollgestellte Eingang eines Stollens in der Tiefe Maschinenreste und rostige Stützen erkennen, so wie die Goldsucher ihn verlassen hatten, bevor sie Anfang des Jahrhunderts ihre Zelte abbrachen, nur wenig Vegetation war seither gewachsen, ein paar Zwergsträucher, rachitische Kiefern, die gewunden wie Gekreuzigte auf dem Geröll überlebten, ein so erbärmlicher Anblick, dass man viel Fantasie aufbringen musste, um sich vorzustellen, was für ein Schlaraffenland die Gegend um den Bonanza Creek einst gewesen war. Fantasie brauchte man auch, um in der kleinen, schlammigen Bucht mit den halb zerfallenen Landestegen den geschäftigen Hafen zu erkennen, der Dawson mit seinen Jollen, Schaufelraddampfern und Lagerhäusern am Ufer des Yukon einst gewesen war; an jenem Abend glitzerte im Norden ein Quecksilberband unter dem Blau der Lärchen.

Zwei Tage hatten völlig ausgereicht, um das grandiose, mit Trümmern bedeckte Gebiet zu erkunden, heute ein verlorener Winkel in der ungeheuren Weite des Großen Westens, aber welcher Winkel ist nicht verloren? Das ist er nur für denjenigen, der die Erinnerung an sich selbst verliert; kein Ort existiert vergeblich, Nomaden oder Sesshafte, die einst dort gewesen sind, erfüllen ihn mit einer Seele, die selbst als Gespenst noch bemerkbar ist, und wusste ich, als ich meinen Bleistift auf das winzige Sternchen von Le Mauduit richtete, das in meiner Kindheitserinnerung blinkte, dass im selben Moment das von Dawson am anderen Ende der Welt ebenso schwach blinkte? Um mich dorthin zu führen, waren so viele Umwege, Umstände und Begegnungen nötig gewesen, so viele Nächte, da ich von denen hörte, über die Lottie berichtete, dass die sechs Kettenglieder nicht ausgereicht hätten, mich zu dir zu führen, damit wir eines Tages zusammen hierherkämen, eher die Wolken, sagte ich zu Abel, sieh nur diese dort, am Horizont von Whitehorse, sie sausen dahin wie die weißen Schaumpferde der Stromschnellen.

Dass wir von weit her kamen, beeindruckte den alten Matt nicht im Geringsten. Er hatte so viele Fremde gesehen, die sich wie Geier auf seine Heimatstadt stürzten, so viele andere in Pretty Billie's Cabin beherbergt, dass er es völlig unerheblich fand, dass wir aus dem fernen Dorf Le Mauduit in Frankreich bei ihm landeten. Ein Nest, das seine Sympathie weckte, weil es ungefähr so viele Einwohner hatte wie seins; nur so wenige Einwohner, erzählte ich ihm, dass das letzte Hotel kürzlich geschlossen habe, weshalb ich privat untergekommen sei, bei einer Person, die zwar ihre Gegend nie verlassen, aber in ihrer Jugend von Dawson gehört hatte. Kein Wunder, sagte Matt nickend, die ganze Welt hat davon gehört, und als ich Lotties seltsames Ende erwähnte, freute er sich: Man geht also auch bei euch im Winterwald verloren. Er lebte bei Lily, einer jungen Lehrerin. Sie brauchte Geld, um ihr Haus zu bezahlen, und Matt hatte den Erlös aus dem Verkauf seiner historischen Pension in den Hauskauf gesteckt, im Gegenzug sorgte sie für ihn; ein gutes Arrangement, fand er, offenkundig zufrieden und ohne sich groß darum zu kümmern, dass er ihr eine Last war. Sein Zimmer war mit allem ausgestattet, was ein Kranker braucht, Rollator, Sauerstoffgerät und -maske, Defibrillator, Notrufarmband und Fernseher; hier setzte der Sohn von Billie Weasel, 1896 in einem Zelt am Rabbit Creek geboren, sein langes Leben fort und war nicht im Geringsten erstaunt, befragt zu werden, empfing er doch häufig von seiner Langlebigkeit angelockte Journalisten und Neugierige, die aus seinem Mund die Erinnerungen an das goldene Zeitalter hören wollten. Schließlich habe er die Crème de la Crème der lokalen

Fauna gekannt, rühmte er sich. Soapy Smith vor allem, den furchteinflößenden Boss der Unterwelt. Er war auf seinen Knien geritten, als der Gangster aus Skagway kam, um seine Mutter zu umwerben, der Einzige, der seine Winchester immer bei sich trug, obwohl die Polizei Feuerwaffen in Dawson verboten hatte; gestorben war er auf dem Quai Juneau, mit seinen Brüdern und seinen Kumpanen in einem Hinterhalt niedergestreckt, in den ihn die Bürgerwehr gelockt hatte, der er Schutzgeld eintreiben wollte. Soapy Smith gehörten alle Spielhöllen, er terrorisierte die Einwanderer, die in der finsteren Ecke festsaßen, zu der der Hafen geworden war, aber ich, Matt Weasel, ich war sein Maskottchen, wegen meiner Himmelfahrtsnase, rühmte er sich. Sein großer Rivale beim Spielen und Rumalbern war Jack London, der inkognito in der Gegend war und Matt auf den Schultern herumtrug – wir wagten Billies Sohn nicht entgegenzuhalten, dass er zu jener Zeit gerade mal quäkte. Außerdem sei er der Schützling von Robert Service gewesen, fuhr er schamlos fort, der von seiner Frühreife so begeistert war, dass er ihm persönlich das Pokern beibrachte, als er 1908 bei der Bank in Dawson angestellt wurde und sein berühmtes Blockhaus baute, um seine ebenso berühmte *Ballad of a Cheechako* zu schreiben, bis heute pilgern sie deswegen hierher, dann zitierte er einzelne Zeilen aus dem Werk des Barden vom Klondike, seinem Freund. Sein Gedächtnis spielt verrückt, hatte uns Lily gewarnt. Er wird Sie wahnsinnig machen mit seiner zerkratzten Schallplatte, ich höre ihm gar nicht mehr zu. Wir ließen ihn trotzdem mehr als eine Stunde seine gewohnte Legende abspulen, ohne uns zu rühren, bis Abel eine Atempause nutzte, um wie aus Versehen den Namen Frank Arden zu erwähnen, der Matt die Sprache verschlug. Verdutzt betastete er seinen Schädel, als sei seinem Gehirn eine gewaltige Erschütterung verpasst worden. Dann setzte er zum Zeichen des Protests die Sauerstoffmaske auf seine Himmelfahrtsnase und riss sie sogleich wieder ab. Dieser Schurke, knirschte er zwischen den Zähnen. Schlimmer als Soapy Smith. Er hat meine Mutter sitzenlassen. Verführt und sitzen lassen. Die Perle des Yukon, das reinste Goldnugget von Dawson City. Lily, bellte er durch die Decke nach unten, bring mir mein altes Zigarrenetui.

So viel hatten wir nicht erwartet, gab Abel zu, als wir das Haus auf dem Hügel von Riverdale oberhalb des Flughafens und der beleuchteten Stadt verließen, während der lange Abend die Berge und den mäandernden Fluss in rotes Licht tauchte; Lily war fassungslos über den Erinnerungsschock, den wir dem alten Matt verpasst hatten. Es war das von Joe versprochene Wunder, dass er aus seinen verrotteten Gehirngängen die Erinnerung an die Fotos hervorgekramt hatte, die er noch nie jemandem gezeigt hatte, nicht mal Lily, der er mit seinem endlosen Geschwätz auf die Nerven ging. Zwischen alten Tabakresten lag eine Sammlung von Klondike-Bildern in Postkartenformat, darunter drei gut erhaltene Fotos, die er, vor Empörung zitternd, auf den Tisch legte: meine Mutter, da und da, da auch. Eine Schönheit, wahrhaftig. Der Typ Lillian Gish zu Zeiten von *Gebrochene Blüten*. Sich vorzustellen, dass sie allein in ihrem Zelt in Rabbit Creek niedergekommen war, dass sie mit diesen Händchen, diesem Herzmund, dieser Wespentaille, diesen Wieselaugen, diesem glühenden Blick Kiesel und Schlamm ausgewaschen hatte! Zierlich, in groben Hosen, sitzt sie auf einem Felsen, mit einem Tuch um den Kopf, aus dem ihre wilden Locken hervorschauen; allein steht sie mitten auf der Front Street, mit stolz gewölbter Brust, die Hände in den Hüften, schlammbespritzt; und schließlich hier, mit Spitzenkragen auf der Veranda ihres Hotels, an dem noch gebaut wird, *Good Fellow* steht schon mit frischer Farbe auf dem Giebel, sie thront in einem Chaos von Leitern, bedruckten Jutesäcken, Pflöcken, Kanistern, Hunden und Maultieren, umgeben von zerlumpten Kindern; grobe und schmutzige Männer sitzen auf den Stufen, andere, elegantere, stehen, darunter dieser da, an dem Matt mit gekrümmtem Nagel kratzte. Dieser da, in Stiefeln, den wildledernen Rangerhut nachlässig zurückgeschoben, Kette an der Uhrtasche in seiner Weste, Daumen im Gürtel, Peitsche unter dem Arm und zwischen den Zähnen eine Bankierszigarre. Nicht der Größte, aber unter allen herausstechend. Seine sehr weiße Stirn, sein sehr schwarzer Bart. Den Blick ins Objektiv gebohrt, der Geliebte oder umstrittene künftige Ehemann der schönen Inhaberin. Hätte Lottie Vitalies Sohn erkannt, dessen Gesicht sich auf dem einzigen Bild, das sie je gesehen hatte, auf einem verschwommenen Foto mit der Unterschrift *François Ardenne und seine Tochter* verlor; der Boss, sagte Matt. So nannten ihn alle, der Boss, und er nannte meine Mutter Pretty Billie, den Namen hat sie behalten. Hatte einen guten Riecher, der Dreckskerl. Hat kein Gold gesucht. War nicht so dumm. Kümmerte sich um sein Geschäft. Faust und Peitsche. Den hat keiner reingelegt, er hat alle ausgenommen. Geld wie Heu. Ihm nicht genug. Wollte Billie. Nicht sie: ihre Mine, ihr Sägewerk. Hat ihr nur ihre Tränen gelassen und ihren Saloon, in dem sie sich betrinken konnte, als er von einem Tag auf den anderen abgehauen ist. Angeblich nach Whitehorse wegen seiner Geschäfte. Nie zurückgekommen. Nachdem er seinen Besitz verkauft hatte. Und den von meiner Mutter. Weiß, wo er hin ist. Hab's Billie nicht gesagt. Sie wär seiner Spur gefolgt. War verrückt nach ihm. Atemlos sank der alte Matt in seinem ergonomischen Sessel zusammen. Abel ließ ihn sich erholen, er hatte sich zum Fenster zurückgezogen und studierte leise pfeifend die Fotos. Wir hätten ihn schonen müssen, sagte er jetzt, als er den an seine Überlebensgeräte angeschlossenen Neunzigjährigen gespielt zerknirscht bedauerte. Im Gegenteil, tröstete ich ihn, wir haben ihm die Gelegenheit verschafft, die zerkratzte Schallplatte zu zerbrechen, die ihm als automatisches Gedächtnis dient. Anstatt seine Albernheiten wiederzukäuen, hat er sich eine Verjüngung der Erinnerung gegönnt, durch die Erwähnung eines einzigen Namens ist ihm ein ganzer Block aufgefrischter Vergangenheit zurückgegeben worden, er hat Glück, dass er uns getroffen hat. Er war wieder lebendig, außerhalb seiner Legende, sagte ich, als wir zu unserer Verabredung mit Chaplins Schwarz-Weiß-Bildern gingen. Wir konnten Skagway nicht ohne eine kleine Erkundungstour verlassen, zwölf Kilometer anspruchsvolle Bergwanderung bis an den Fuß des Chilkoot Passes.

Ich wandere gern, am liebsten querfeldein, hatte ich verkündet, dort aber war es besser, dem markierten Weg zu folgen, wie man uns im Büro erklärt hatte, wo unser amerikanischer *Passierschein* ordnungsgemäß abgestempelt worden war, und wir sollten alle Warnungen über marodierende Bären oder Steinschlag auf dem Weg ernst nehmen. Ein dänisches Paar sei einen Tag vor uns aufgebrochen, wurden wir informiert, wir würden der Strecke folgen, über die einst mehr als hunderttausend Einwanderer von überallher ins Gelobte Land geströmt seien, eher dort entlang zu Fuß als zu Pferd über den Dead Horse Trail, wo die gequälten Tiere mit vom Fels zerfleischten Hufen und gebrochenen Gliedern in der Schlucht tagelang auf den Tod warteten, aber die Eingeweihten sagten, »das Schlimmste ist, dass du dich, egal, welche Piste du wählst, verfluchen wirst, nicht die andere genommen zu haben«. Hinter Dyea, heute nur noch eine verschlammte bräunlich-violette Geisterbucht, und dem Rand des Staatsgebietes, wo wir den Land Rover abgestellt hatten, durchquerten wir feuchten Erlen- und Espenwald voller Mücken mit Farnen und riesigen Aralien, bis wir in die alpine Tundra eintauchten und Sheep Camp erreichten, die letzte Etappe, bevor man auf dem Pass die Grenze überquert, wo die berittene Polizei einst in der tödlichen Kälte die Horden streng kontrollierte, die vorgeschriebenen Lebensmittelvorräte für ein Jahr wog, weil es am Ziel nichts zu essen gab, und sich fünfhundert Dollar in bar vorweisen ließ, den Jahreslohn eines Arbeiters; jeder quälte sich bis zu dreißigmal hinauf, um die unsinnige Ausstattung bis zum Gipfel zu bringen, Klamotten und Zelte, Schaufel und Goldpfanne, Pickel und Hacke, Wannen, Schlitten, Seile, Leinensäcke und gusseiserne Pfannen auf den Rücken geschnallt, oft gaben sie angesichts dieser Mühen auf, ließen ihre Ausrüstung am Hang zurück oder verscherbelten sie unter dem Pass an Glücklichere, Verrücktere, um mit leeren Händen zurückzukehren, nachdem sie alles in ihren unseligen Traum gesteckt hatten. Hundert Jahre später säumte ihr Müll immer noch die Piste, Kessel, Schuhsohlen, verbogene Stangen, Ketten, rostige Löffel und Becher, die wir im Vorbeigehen andächtig begutachteten, außerdem sahen wir drei Fischotter und einen Fuchs, aber weit und breit keinen Bären. Als furchtlose Wanderer in Parka und Wanderhosen, mit anständigen Schuhen und guten Rucksäcken, betrachteten wir am Fuße der *Scales* das Schauspiel der denkwürdigen Wand. An jenem Tag, ohne den Schnee und den Blizzard von den Fotos, ohne den unglaublichen Zug der Elenden aus dem Kino, war es nur eine von Nebel, Niesel- und Graupelschauern halb verhüllte nackte, felsige Steilwand. Kaum hatte man zwei Jahre nach Beginn des Goldrauschs Seilbahnen gebaut und die Bahnstrecke bis nach Whitehorse vorangetrieben, war der Zustrom der Goldsucher bereits versiegt; heute ist die Piste zum Gold nur noch ein malerischer Gipfel für Liebhaber sommerlicher Klettertouren.

Und für einen Chaplinfan, der sich heute dort hinaufwagt, dachte ich und fragte mich, bin ich ausdauernd und opferbereit genug, um mich Abel zuliebe an den nassen Felswänden aufzuschürfen, hinzufallen, zu schnaufen wie eine Robbe, mich *just for fun* ein Stück hinaufzuquälen, um dann kehrtzumachen und die heroischen unsichtbaren Dänen, die mit dem Messer *12–08–84 Pav & Jen* in einen Holzpflock geritzt hatten, ihren Weg als versierte Kletterer fortsetzen zu lassen. Wir haben nicht geritzt noch geschwitzt, haben uns als bloße Wanderer mit der Vorstellung begnügt, wie sie, wenn sie den Pass erreichten, auf der anderen Seite plötzlich ein Panorama reinsten Sommers vor sich hätten, in der Ferne Gletscher und stolze Gipfel, trockenen Erlen- und Kiefernwald und kleine Seen unter Wasserfällen an den Hängen, dann den vorsichtigen Abstieg bis zur Schutzhütte Happy Camp, wo sie am Abend mit schmerzenden Gliedern endlich ordentlich essen und schlafen würden, vor weiteren dreißig Kilometern Abstieg bis zu den Seen. Dort hatte für die Wahnsinnigen von einst die neue Qual begonnen, monatelang fern jeder Zivilisation zu kampieren, unzählige Bäume zu fällen, sie von Hand der Länge nach zuzusägen und daraus Boote zusammenzubasteln, während sie auf den Eisgang des Yukon warteten, der im Winter zugefroren war, bis sie die Canyons ohne Schiffbruch durchqueren und fünfhundert Kilometer den Fluss hinabfahren konnten; dann endlich Dawson, endlich die Stadt, wo sich die wunderbare

Ader in ihre schwielige Hand ergießen würde. Die Fotos des alten Matt würden viele Sammler neidisch machen, meinte Abel, er hat echte Schätze in seinem Durcheinander: Das von Billie auf dem Felsen ist von einem anonymen Fotografen, aber ihr Porträt auf der Straße und das Gruppenfoto vor dem Good Fellow sind mit Larss signiert. Er hat die berühmtesten Bilder vom Klondike gemacht, später zusammen mit Duclos, der als Goldsucher aus Quebec gekommen war und dann lieber als Fotograf reich geworden ist. Die Ansichten von Skagway, vom Lake Bennett, von den Straßen von Dawson City und den Gruppen von Goldgräbern bei der Arbeit, das sind Originale von Eric A. Hegg, einem Schweden, der mit seinen Brüdern schon früher angekommen war, einer der Ersten, der seine Kameras und seine Platten mitgeschleppt hatte, um den Goldrausch zu dokumentieren; er hat sich sogar auf einem Boot ein Fotolabor eingerichtet, um mit den Einwanderern die Stromschnellen des Yukon hinunterzufahren. Sein berühmtestes Foto, das um die Welt gegangen ist und Chaplin zu seinen Filmaufnahmen inspiriert hat, ist das von der Kolonne der Goldsucher beim Anstieg zum Chilkoot Pass. François Ardenne ist jedenfalls nicht dort langgekommen, erklärte Abel.

Unwahrscheinlich, dass er unter den Abenteurern und Landstreichern war, die San Francisco oder Vancouver verließen, er kam eher von Osten, quer durchs Land, war aus Europa durch den Sankt-Lorenz-Strom nach Halifax oder Montreal gelangt, dann über die großen Ebenen nach Westen bis Calgary und Edmonton, flache Wiesen und endlose Sümpfe, unüberwindbare Flüsse und Gipfel, nie betretene Wälder bis zum Becken des Pelly River, aber wer hat ihn geführt? Von den wenigen, die diesen Weg gegangen sind, haben viele ihr Habe und ihr Leben verloren. Man kann sich schlecht vorstellen, wie sich der siebzehnjährige Bursche, gerade aus dem Internat ausgebrochen, schnurstracks auf den Weg in diese Regionen macht. Er wird sich eher hier und da herumgetrieben haben, sich überall etwas abgeschaut, Erfahrungen gesammelt, Ausdauer erworben, die Witterung aufgenommen haben, bevor er als fertiger Unternehmer hier aufkreuzt, im Holz-Business, das ihn sein Großvater, der Experte im Fällen und Zuschneiden, gelehrt hat. Er träumt nicht von Gold, diesem dürftigen Trugbild. Auch nicht vom Kolonisieren und Unterwerfen, wie zur gleichen Zeit Fernand im Tschad. So, wie ihn der alte Matt beschreibt, reicht es diesem brutalen jungen Pionier, diesem geborenen Anführer nicht, zu gewinnen und zu besitzen. Sein Vermögen hält ihn ebenso wenig wie die schöne Billie, er will nur fliehen, sich den Wind um die Nase wehen lassen und fliehen. Hat er seinen Hunger nach Raum am anderen Ende der Welt befriedigen können, waren diese Gegenden fern genug von den Ardennes, fern genug von dem Abend, an dem ihm seine Mutter offenbart hat, wessen Sohn er ist, und von ihm verlangt hat, sie zu rächen? So eine Forderung macht einen entweder verrückt, oder sie vergiftet das Dasein, doch sie löst das Rätsel nicht, ebenso wenig wie das, ob mein Vater seinen Weg gekreuzt hat. Aus allen Dokumenten, Chroniken, Archiven und Briefen, ja sogar den Fotos von Matt erhalten wir keine Gewissheit darüber, was tatsächlich aus François geworden ist, wenn wir seinen Spuren nicht noch weiter folgen, nach Neuseeland, wie Matt behauptet. Der Alte wusste nicht, welchen Humbug er noch erfinden soll, um uns zurückzuhalten.

Tatsächlich musste Lily erst die Fotos in die Dose zurücklegen, um das Gespräch zu beenden, als der fiebrige Greis, plötzlich entzückt über ein neues Fundstück, von Ogilvie erzählte. Der letzte der finsteren Bekannten, derer er sich rühmen kann, scherzte Abel, wer weiß, wen er noch heraufbeschworen hätte, wenn wir nicht gegangen wären. Ich weiß es von Ogilvie selbst, sagte Matt, besser gesagt von Hunter, einem seiner Landvermesser, der es ihm gesagt hatte, aber Sie begreifen das nicht, wenn Sie nicht wissen, was für eine Anarchie hier herrschte, die illegalen Claims, die sich die Goldsucher bis auf den Meter streitig machten und stahlen, ein explosiver Rausch, absoluter Aneignungswahn. Ogilvie, der Vermesser im Dienst des Staates, hatte gerade die neue kanadische Grenze festgelegt, er war der Erste, der ein bisschen Ordnung in das wilde Durcheinander der Goldgruben brachte und das Gesetz durchsetzte. Ogilvie war integer und wurde respektiert. Obwohl er amtierender Kommissionär der Yukon-Provinz war, kam er oft her, um seine Vermesser zu kontrollieren. Eines Tages, als er mit Hunter die Pläne prüfte, das war im Good Fellow, an einem Tisch in der Ecke, hab ich im Stimmengewirr der Trinker gehört, wie sie über das Verschwinden des Bosses gewitzelt haben, das viel von sich reden machte. Hunter hatte kontrolliert, wie viel er abholzte, und wusste schon lange, was für eine Canaille das war, auch, dass man ihn nicht zu fassen bekam, weil er Zeugen und Richter kaufte; aber Hunter wusste auch, wie er Billie reinlegte und welche Abenteuerlust ihn quälte, und deshalb, behauptete er, habe er gedacht, dass er das Land von ihm befreien könnte, indem er ihm von den noch unberührten Territorien Neuseelands vorschwärmte, wo einer seiner Brüder ein Sägewerk hätte. Und er hat ihn gelockt, hat er gesagt, ihn heiß gemacht mit unberührten Wäldern, unzähligen Bäumen und seltenen Arten, außerdem saß einem da kein Gesetzgeber im Nacken, die Eingeborenen wären zurückgeblieben, ein Eldorado nach seinem

Maß. Die beiden lachten darüber, sie waren sich einig, den Geniestreich für sich zu behalten, und sie haben sich gratuliert, dass er weg ist. Ich war absolut mit ihnen einverstanden, während ich den Spiegel hinter ihnen putzte und ihnen zuhörte, ich zitterte vor Wut und Hass, wenn er dahin verschwunden ist, soll er doch da sein Süppchen mit dem Teufel kochen, dachte ich, und Billie, die sich die Augen aus dem Kopf weint, wird niemals davon erfahren, sie ist schon genug dafür gestraft, dass sie diesen Lump liebt, der sie bestiehlt und verhöhnt, jammerte Matt, und echte Tränen rannen über seine alten Wangen, aber Abel hielt nicht viel von dieser spät aufgetauchten Erinnerung. 1912 hatte Ogilvie anderes zu tun, als die Region zu inspizieren, außerdem ist er im selben Jahr gestorben: Wenn Matt sich nicht alles ausdenkt, dann spinnt und fantasiert er; ich aber dachte, dass diese Fantasien es wohl verdienten, dass man darüber nachdachte. Dass Lottie auf ihrem Hackklotz aus den Zeichen die Zukunft besser erkannt hatte als die Statistiken und dass sie, ohne ihre Küche zu verlassen, die sicherste Quelle für die Geschichte blieb, wegen der wir hergekommen waren. Ihr auf die Vergangenheit bezogener Bericht brachte unsere eigene Gegenwart hervor, bevölkerte sie mit Erinnerungen und mehr noch mit Vergessenem, mit Lücken des Vergessens, deren Qual das Leben lebendiger macht, aber ich würde diesem prosaischen Geist nicht die Kraft der Träume und Fiktionen erklären, der sich allerdings den sentimentalen Ausflug und den Halt in den Daunen der Liebe nicht versagte, bevor wir den Rückweg nach Skagway antraten.

Statt mit dem Flugzeug zurückzukehren, hatte Abel eine Schiffskabine reserviert, und statt auf einem Kreuzfahrtschiff, das jeden Abend in einem Hafen anlegt, auf einem kleinen Frachter, der Pökelfleisch und Elektrogeräte transportierte. So fuhren wir ohne Zwischenhalt in Sichtweite der Küste, kreuzten in der Ferne Öltanker und Containerschiffe, die von Alaska bis Cap Horn dem Rückgrat der beiden Kontinente folgten, fuhren fünf Tage lang vorbei an den Bergen, die zusammengeknülltem Papier glichen und senkrecht aus dem Pazifik aufragten, in dessen saphirblauem Wasser sich die Wolkenbänke, die von Fjorden zerklüftete Küste, die schwimmenden kleinen Eisberge und die diamantenbesetzte Harfe der Gletscher spiegelten, die wir vom Deck aus jeden Tag vor dem Fernglas vorbeiziehen sahen, und in unserem Kielwasser Tausende goldene Vögel. Aus dieser Entfernung verfälscht der Gigantismus den Maßstab, so stark die Vergrößerung auch sein mag, das als wilde Schutzmauer aufgetürmte zerkleinerte Mineral auf der ganzen Fahrt erschöpfte meine Fähigkeit, mich zu begeistern. Von Skagway Port bis Vancouver dehnte sich die Reise wie ein irreales Auf-der-Stelle-Treten, das nur von den hyperbolischen Temperafarben des Tagesanbruchs unterbrochen wurde, wenn das leuchtende Rot des Sonnenaufgangs den Himmel erfüllte, jedes Gefühl für Schönheit war vergewaltigt vom schwindelerregenden Übermaß der natürlichen Großartigkeiten, was verfolgt Abel noch, fragte ich mich. Was will er mit dieser Seereise an der Nordküste ausprobieren, will er sich über unsere Abenteurerväter lustig machen, sie durch Spott besiegen oder durch die Übertreibung mit dem Thema abschließen, sagte ich mir, dem Thema, das Jacques' Briefe an das kleine Waisenmädchen sind, dem eine eigene Geschichte fehlt, das auf einem Männerrücken vom so fernen Tal des Klondike River ins Tal der Flane getragen wurde, wohin fahren wir, sind wir endlich angekommen? Wir landeten in Halfmoon Bay.

Kaum waren wir über die Brücke an Land gegangen, erklärte Abel, gleich werde ein Bus vom Busbahnhof hinter den Docks abfahren und wir würden fünfzig Kilometer entfernt einen Ort finden, wo wir vor der Rückkehr ein paar Tage bleiben könnten. Ich war so düster, so erledigt, dass ich nicht nach dem Ziel fragte, ich vermutete irgendein Örtchen an der Meerenge, wo er ein Motel oder ein Haus von Freunden kannte. Ich rechnete nicht mit der kleinen Straße, die sich an der Küste entlangwindet, der viertelstündigen Überfahrt mit der Fähre, und dann noch der Waldstraße, schließlich der Kurve an einem Hügel, wo der Bus auf Abels Bitte anhielt, keine Häuser, ein Nirgendwo mitten in der Natur, mitten am Tag. Wir saßen mit unseren Taschen an der Straße, ich briet in der Sonne, betäubt von der Stille voller Insektengesumm und Windrauschen in den Schierlingstannen, während er etwas desorientiert und besorgt die Böschung untersuchte, die mit weißen Schneebeeren, Heckenrosen und jungen Birken bedeckt war, den Ausläufern des Kiefern- und Buchendickichts, ein halb von Gesträuch überwuchertes Schild wies die Richtung nach Halfmoon Bay, woher der Bus gekommen war, dann zeigte Abel mit dem Kopf auf einen dort beginnenden Weg. Auf seine unbestimmte Art war das ein seltsames Willkommen. Und ich, dumm genug, seine Absicht nicht erraten zu haben, obwohl ich es nach aller Logik hätte wissen müssen, gekränkt, dass er sie verschwiegen hatte, als müsste sie mir völlig klar sein, oder weil er seiner Sache nicht ganz sicher war, ich fragte mich, ob der im letzten Herbst zwischen Orangensaft und Ahornsirup auf dem Frühstückstisch entworfene Plan diese letzte Etappe als Option einschloss, über die zu entscheiden er stillschweigend verschoben hatte, weil er sie davon abhängig machte, was unsere Reise bringen würde, in der wir einander auf die Probe stellten, oder ob ihm die Idee unterwegs gekommen war, am Rabbit Creek oder am Chilkoot Pass, und ob er schon vom Schiff aus mit dem Fernglas danach gespäht hatte. Dann wieder war ich sicher, dass er sie improvisiert hatte, als wir, kaum an Land gegangen, die jähe Niedergeschlagenheit eines Endes verspürt hatten, dass er unsere Rückkehr aufschieben wollte, wie eine letzte Chance, den Weg zu vollenden. Ich hatte es nicht erraten, so stark war mein Gefühl gewesen, dieser Ort könne nur ein Gespensterort sein, wie jene, die von der Karte ausgelöscht sind, so fern war die Vorkriegszeit, in der Jacques Maître-Grand diese Bucht für seinen Sommersitz gewählt hatte; so, wie Abel darüber sprach, glich es einer Chimäre.

In dieser Kurve waren wir dorthin zurückgekehrt, mitten in einem Wachtraum sahen wir einander verstört an, so verwirrt, dass ich ihn als Zwölfjährigen in Sandalen zu sehen glaubte und mich selbst als im alten Viertel von Le Mauduit verirrtes kleines Mädchen. Ich war nie mehr hier, sagte er schroff, wie jemand, der sich über seine Rührung ärgert. Das Dorf ist nicht weit, wir suchen uns besser erst ein Hotel. Kommt nicht infrage, gehen wir, erklärte ich und schulterte meinen Rucksack. Ich weiß nicht mal, was noch übrig ist, wehrte er sich, die Hippies haben alles verwüstet, was sich in den Buchten und Hütten an der Küste verwüsten ließ. Wir übernachten wie sie unter freiem Himmel. Große Worte, aber du hast nie auf einem harten Lager geschlafen. Es gibt vieles, was du noch nicht von mir weißt. Und so weiter. Diese Kabbelei belebte uns, und ich sagte mir, dass ich ihn dafür liebte, hergekommen zu sein, ohne abzuwägen und ohne Kalkül, mich blamiert zu haben, weil er es mir vorher nicht gesagt hatte. Der Jubel eines ersten Mals, von dem man weiß, dass es das letzte ist, lässt das Herz schneller schlagen, weil alles rückwärtslaufen, nie stattgefunden haben, am Nullpunkt bleiben könnte, aber die magische Zeit geht weiter, und die Sekunden folgen einander mit der Regelmäßigkeit eines himmlischen Zählers, es ist Mittag, und wir gehen den Weg hinunter. Der überhaupt nicht zugewuchert ist, man gelangt mühelos zum Meer, das man spürt, bevor man es sieht, meine Liebe, sagte er auf gut Glück, in einem Ton, wie wenn man sagt, es ist schön warm. Ich tat, als hätte ich nicht gehört, vielleicht hatte er nichts gesagt oder es richtete sich nicht an mich, aber das klare Licht, die salzige Luft, der Geschmack, der Geruch, der Rhythmus aller natürlichen Dinge waren plötzlich neu, eine Tausendstelsekunde neu und fast gleichzeitig traurig, es nicht mehr zu sein. Vielleicht ist das Glück dieser flüchtige, gleich wieder konfiszierte Kummer, der mit einer Freude erfüllt, die keiner anderen gleicht; und plötzlich spuckte uns der gewundene Weg auf den Strand. Von prächtiger Einsamkeit, klein am Ende der Bucht, aber auch groß in seiner Öffnung auf die Meerenge, nichts als vibrierender Himmel, Hitzedunst, der die gegenüberliegende Insel kräuselte, all die losgelösten Inselchen schwammen dunkelgrün auf dem jadefarbenen Wasser, das einem See glich, die Wellen plätscherten über den Kies, den Schlamm, den Silt und die Haufen angeschwemmten Holzes, ein wahres Band der Verwüstung, an dem die Brandung leckte. Ein Möwenschwarm flog kreischend auf, als wir näher kamen, und kreiste über uns, eine Wolke von Fliegen erhob sich aus dem Tang, hier ist es, sagte Abel.

Hier, das war, eingebettet in den Schutz von Bäumen, eine Hütte, grau wie der Fels, verlassen, aber weniger verfallen, als man hätte fürchten können, weniger als der unter Strandgut begrabene Steg auf Pfählen, dessen Bretter alle zerbrochen waren. Misstrauisch blieb Abel auf Abstand, die Hände in den Hüften, mit zurückgehaltener Traurigkeit: Bestimmt haben ungebetene Mieter oder Sommergäste, vielleicht Fischer darin gewohnt, meine Mutter hat sich nie mehr die Mühe gemacht, hier nach dem Rechten zu sehen. Du auch nicht, sagte ich lachend, zugleich zu Tränen gerührt von diesem paradiesischen Fleckchen. Ich hatte mich schon in den Ort verliebt. Die ausgelaugten Dachschindeln, das seltsam schräge, löchrige Dach, die winzige Veranda mit gebleichtem Boden und der eingestürzte, von der wilden Natur überwucherte Verschlag, alles war ruhig und nobel, stolz unter dem Ansturm der Jahre, Unwetter und Winter, es war ein notdürftiger Unterschlupf, das Einfachste, Primitivste, was man sich vorstellen konnte, aber hier hatten einst nachlässig gekleidete Gelehrte in Shorts und barfuß diskutiert, unter ihnen der verführerische Junge aus Le Mauduit, dessen Gespenst nicht alterte, hier hatten sein Sohn in Sandalen, seine Frau im Bikini gewohnt, von hier waren sie tagelang zum Fischen hinausgefahren und hatten den Fang auf dem Holzfeuer gegrillt, bis sie ihn aus seinem Unterschlupf lockten, und ich setzte mich zwischen sie alle und schaute sie an. Ich wärmte mich an der strahlenden Sonne, die zwischen meinen Wimpern glühte, das hat nicht mehr Konsistenz als der Traum und existiert trotzdem, sagte ich zu Lottie, wie die sich ständig auflösenden und neu bildenden Wolkenkaskaden existieren, und wie auch wir Passanten existieren, nur ganz dicht an den vorhandenen Dingen, ganz nah an den elementaren Dingen hat man das Gefühl, zu sein. Manchmal schalte ich nachts in unserem Haus in Auckland den Computer ein. Ich klicke auf Google Earth und navigiere in großer Höhe, drehe den virtuellen Globus mit der Maus, ich fliege über Ozeane und Kontinente, folge meiner Glückslinie, dann gehe ich im Sturzflug hinunter auf unsichtbare

Zonen in der blauen und grünen Weite. Wenn sich die Karte mit maximaler Schärfe stabilisiert, bahne ich mir einen Weg, um da zu landen, wo mich meine Gedanken hinführen, dabei weiß ich, dass weder das Sternchen des Dorfes, die Dächer aus Ziegeln und Schiefer in ihrer Wiege aus Bäumen noch das graue Band der Flane oder des Klondike Rivers, der Friedhof in der Vendée oder die kleine Bucht jemals zum richtigen Zeitpunkt auftauchen werden; alles dort ist gleich geblieben, aber nichts gleicht sich. In der Tiefe meiner Nacht, in der Dunkelheit meiner erregten Erinnerung sehe ich überall auf der Welt die Glut von Kaminfeuern, in denen mein Gefühl zu sein lebendig bleibt, man muss nur ab und zu ein Scheit nachlegen.

Inzwischen riss Abel mit seinem zuverlässig praktischen Sinn schon die Bretter ab, die Tür und Fenster der Hütte verschlossen, so schlecht genagelt oder von Salz und Frost zerfressen, dass sie mühelos nachgaben, vollkommen ernst prüfte er den Zustand der Ruine, denn wir hatten, Lottie, ohne uns abzusprechen, bereits beschlossen, auf einem harten Lager zu schlafen, wie Sie von dem polnischen Passanten erzählt haben, eine Nacht dort zu kampieren, zum ersten und letzten Mal. Als uns klar wurde, dass wir kein Süßwasser hatten, die dringlichste Notwendigkeit selbst für den, der Lappalien verachtet, geriet unser Plan, wie Clochards unter freiem Himmel zu nächtigen, etwas ins Wanken. Abel erklärte sich schon bereit, uns im Dorf mit Wasserflaschen zu versorgen, als ihm einfiel, dass früher ein Bach den Bungalow versorgt hatte, dessen Lauf mithilfe galvanisierter, auf Pflöcke montierter Blechrinnen gelenkt wurde, man musste sie oft wieder ausrichten, das war eine Aufgabe am Anfang jedes Sommers; zwar war die von den Vandalen vernachlässigte Rinne schon längst verschwunden, aber der kleine Bach müsse noch in der Schlucht hinter der Hütte herunterkommen, bevor er auf der anderen Seite der Bucht in den Ozean stürze, erklärte er. Wir machten uns auf die Suche und riskierten Kopf und Kragen, aber es war wunderbar, zwischen Felsen und verschlungenen Luftwurzeln, duftenden Strohblumen, Himbeersträuchern und dichten Flechten herumzuklettern und uns bald vom geheimnisvollen Klang des Wassers leiten zu lassen, das in Arpeggien plätscherte, die Schönheit der vor den Augen der Welt verborgenen Natur, auch vor unseren, die sie suchten, innehaltend, um die Stimme des Wassers besser zu hören und uns von ihr anziehen zu lassen, die lauter war als das Rauschen der Meerenge, als die Signalhörner der Schiffe, die zwischen den Inseln kreuzten, und das Geschrei der Möwen, lauter als das Knarren der Gipfel und das Brummen der Wasserflugzeuge. Von einem Vorsprung hatten wir ganz im Westen den Leuchtturm gesehen, den uns die Bucht verbarg, und im Norden in weiter Ferne die schneegefiederten Vorsprünge der Berggipfel, so hübsch gemalt, dass sie der naiven Glaszeichnung einer Laterna magica glichen, dann fanden wir den Bach. Er wirbelte und schäumte unter dem Farn, eingeklemmt zwischen den moosigen Lippen der Felsen als loyales Vorzeichen, in das sich Jubel und sanfte Kapitulation mischten, ein beständiger schmaler Strahl von der Quelle bis zum riesigen Ozean, gerade genug, um unseren Durst zu stillen, den Durst unserer Herzen und unserer gesättigten Sinne, ah, die kleine Liebesnymphe, nackt unter ihren Schleiern; wir brauchten nur zwei Flaschen mit seinem Wasser.

Ansonsten unseren frugalen Mundvorrat und unsere Schlafsäcke zum Schlafen, auf hartem Lager, wie vereinbart, auf dem morschen Bretterboden der Ruine, draußen klein, aber drinnen geräumig, ein großes baufälliges Zimmer, in dem natürlich nichts mehr von den Kalebassen, roten Zederndosen, Totems und Haida-Hüten von einst vorhanden war, nur ein paar schimmelige Lumpen, rostige Konservenbüchsen, zerfetzte Fischernetze und trockenes Laub, von einem kurzen, aber energischen Hausputz nach draußen befördert, um den besten Platz freizulegen. Er befand sich direkt unter einem Loch im Dach und offenbarte uns die Kuppel, durch die galaktische Objekte zogen, ein winziger Zipfel Unendlichkeit als Himmel unseres blauen Zimmers. Vorher hatten wir noch Schwemmholz und trockene Algen am Strand zusammengesucht und zwischen Steinen ein Lagerfeuer entzündet, ein tapferes Feuer als Reverenz an die Pionierväter, während am Horizont ein indigo-magenta gestreifter Technicolor-Westernhimmel die Meeresseide färbte, dann, später in der Nacht, blieb nur das Licht unserer Glut. Und da, Lottie, dachte ich mit Frieden im Herzen an unsere langen Abende bei den Ardennes, während sich um uns herum die natürliche Schwärze ausdehnte, bevölkert von unsichtbarem Leben, von Stimmen und Geräuschen der Einsamkeit, aber wir waren nicht allein, nicht weit entfernt gab es wohl verstreut auf dem Küstenstreifen primitive Bungalows gleich unserem und in kaum besserem Zustand, kleine Weiler, deren Laternen die Fischerboote in der Meerenge leiteten, wir lagen dicht am Feuer, wie Strohhalme auf dem riesigen Rücken der Erde, und schauten in die Dunkelheit, lauschten dem Lärm der Stille, weiteten unsere Sinne, um an die Quellen des Geheimnisses zu rühren, gemeinsam damit beschäftigt, nachzudenken, uns zu erinnern, in der Gegenwart zu wollen und der Zukunft mutig entgegenzutreten. Unsere Nacht in Halfmoon Bay schenkte uns einen echten Halbmond, wir sahen, wie er aus seinem nebligen Lichthof hinter dem Berg hervortrat und plötzlich wie mit Tinte den Strauß der Zedern und Kiefern über der Bucht nachzeichnete, ist das nicht ein Honigmond, flüsterte Abel im wollüstigen Schatten, in dem wir lagen, und später flüsterte ich dicht an seinem Mund, stell dir vor, der Zigarrenraucher hat auf Hunters Rat gehört und ist wirklich nach Neuseeland gefahren, das ist die Fortsetzung der Geschichte, und es wäre interessant, sie zu erfahren.

Anne-Marie Garat

Der große Nordwesten

Aus dem Französischen von Alexandra Baisch

Nach dem Tod ihres Mannes verlassen das Starlett Lorna und ihre sechsjährige Tochter Jessie Ende der Dreißiger überstürzt Hollywood. Ihre Reise führt sie in den Nordwesten Kanadas und nach Alaska. Ausgestattet mit einer mysteriösen Karte, einem Gewehr und dem gestohlenen Geld von Jessies verstorbenem Vater stellen sich Mutter und Tochter der Wildnis und Lornas geheimnisvoller Vergangenheit. Zum Glück treffen sie auf Kaska, einer Gwich'in, die ihr Überleben in der rauen Natur sichert. Doch was verbirgt Lorna, die bei jeder Station der Reise einen neuen Namen annimmt? Und warum ist ihnen das FBI auf den Fersen?

Der große Nordwesten ist eine fesselnde Geschichte über zwei Frauen auf der Suche nach Identität und über Nordamerika und seine Legenden: die der First Nations, Goldsucher, Kopfgeldjäger und Trapper, der Western und Abenteuerromane.

AUSGEZEICHNET MIT DEM FRANZ-HESSEL-PREIS

»Ein episches Roadmovie, eine literarische Flucht durch Alaska und Kanada. ... Beim Lesen dieses mal unverblümten, mal poetischen Romans wechselt man zwischen Lachen und Rührung, liest oft mit angehaltenem Atem. ... Als Leser spürt man Anne-Marie Garats Freude am Schreiben und folgt ihr bis in die kleinsten Verästelungen ihrer Fantasie. ... Eine Schriftstellerin, wie man sie liebt.«
Jurybegründung anlässlich der Preisverleihung für *Der große Nordwesten*

Hardcover · ISBN 978-3-8337-4281-1
E-Book · ISBN 978-3-8337-4409-9

Hilde Domin
Antillengeschichten

Ein besonderer Fund aus Hilde Domins Nachlass: In den 1940er Jahren, noch bevor Hilde Palm in Deutschland als »Dichterin der Rückkehr« unter ihrem Autorennamen Domin bekannt wurde, hatte sie einen Zyklus aus acht Erzählungen verfasst, in dem sie ihre Exilerfahrungen in der Dominikanischen Republik schilderte. Trotz ihrer Bemühungen – ja sogar einer eigenständigen Übertragung der Erzählungen ins Englische –, konnte die damals noch unbekannte Autorin während der Kriegsjahre keinen Verlag für die Antillengeschichten finden. Nachdem sie sich, zurück in Deutschland, als Lyrikerin etabliert hatte, erschienen nur einzelne Geschichten in Zeitungen oder Sammelbänden. In seiner ursprünglichen Konzeption wurde der Erzählband bis heute nicht veröffentlicht. Dabei zeigen Domins Erzählungen, dass die Begegnung zwischen den Kulturen heitere und skurrile Situationen hervor bringt, aber auch von Vorurteilen gegenüber dem Unbekannten begleitet wird.

Der Band ist hochwertig ausgestattet, jede Erzählung wird von großformatigen Illustrationen begleitet.

Hardcover · ISBN 978-3-8337-4527-0
E-Book · ISBN 978-3-8337-4538-6

Roddy Doyle

Lächeln

Aus dem Englischen von Sabine Längsfeld

Gerade in eine neue Wohnung gezogen und zum ersten Mal seit Jahren allein, geht Victor Forde in Donnelly's Pub auf ein Bier. Dort trifft er auf Fitzpatrick, der sich scheinbar an ihre gemeinsame Schulzeit erinnert. Victor mag ihn nicht, von Anfang an. Auch mag er die Erinnerung an Erlebnisse bei den Christian Brothers nicht, die Fitzpatrick immer wieder anspricht. Die lange verdrängten Ereignisse aus der Schulzeit suchen Victor in immer kürzeren Abständen heim, sie verstören ihn und rauben ihm schließlich fast den Verstand. Bis er zu einer schockierenden Erkenntnis gelangt, die alles verändert.
Doyles wichtiger und couragierter Roman beschäftigt sich mit dem brisanten und tragischen Thema des Kindesmissbrauchs in der katholischen Kirche. Er zeigt, dass die traumatischen Erlebnisse tief sitzen und die Betroffenen ein Leben lang beschäftigen. Es ist ein Beitrag dazu, das Schweigen zu brechen und das Leid spürbar und sichtbar zu machen.

»Ein Roddy Doyle ›at its best‹!
Es ist eines der seltenen Bücher, bei denen man ganz am Ende noch einmal eine andere Sicht auf die Handlung bekommt.«
Jan Ehlert, *NDR Kultur*

Hardcover · ISBN 978-3-8337-4418-8
E-Book · ISBN 978-3-8337-4537-9

MP3-CD · ISBN 978-3-8337-4540-9

Layla AlAmmar
Das Schweigen in mir

Aus dem Englischen von Yasemin Dinçer

Eine junge Frau blickt aus ihrem Wohnzimmerfenster auf die kleinen Dramen, die sich in ihrer Nachbarschaft abspielen, und beobachtet alles: Streitereien, Sex, glückliche und unglückliche Familien. Nur ihr eigenes Leben fühlt sich an, als hätte jemand die Stopptaste gedrückt. Nachdem der Bürgerkrieg in ihrer syrischen Heimat ausbrach, flüchtete die junge Journalistin nach Europa. Seit ihrer Ankunft in England fühlt sie sich isoliert und mit antimuslimischen Vorurteilen konfrontiert. Gezeichnet von den Kriegstraumata verstummt sie. Statt zu sprechen, beginnt sie zu schreiben – über den Arabischen Frühling, den syrischen Bürgerkrieg, die Flucht nach Europa und die Einsamkeit im Exilland. Ihre Beiträge werden in einem Online-Magazin veröffentlicht, unter dem Pseudonym »Die Stimmlose«. Nach und nach findet sie die Kraft, ihre Wohnung zu verlassen und die Nachbarschaft zu erkunden. Sie entdeckt den Tante-Emma-Laden um die Ecke, eine nahegelegene Moschee, einen Buchladen, einen Waschsalon und findet langsam Anschluss. Als ein Fest der Moschee von Rassisten überfallen wird, muss sie sich entscheiden: Bleibt sie stumme Beobachterin oder zeigt sie Haltung?

Hardcover · ISBN 978-3-8337-4424-2
E-Book · ISBN 978-3-8337-4597-3

»Layla AlAmmar ist eine Autorin, die versteht, welch fragmentierende Wirkung Traumata auf das Gedächtnis haben … Intelligent und bereichernd.«
The Guardian

MP3-CD · ISBN 978-3-8337-4545-4